EDIÇÕES BESTBOLSO

Mansfield Park

Jane Austen (1775-1817) nasceu no vilarejo de Steventon, na área rural da Inglaterra. A sétima dos oito filhos do reverendo George Austen, dirigente da paróquia local, a escritora cursou a maior parte de seus estudos em casa e nunca se afastou da família. Curiosamente, apesar de suas heroínas românticas estarem sempre às voltas com o casamento, Jane Austen não se casou. A obra da autora reúne seis romances completos: *Razão e sensibilidade* (1811), *Orgulho e preconceito* (1813), *Mansfield Park* (1814), *Emma* (1816), *A abadia de Northanger* e *Persuasão* – os dois últimos publicados postumamente, em 1818. Todos eles marcados pelo primoroso estilo de Austen: a precisão da linguagem, o humor e a aguda percepção para tratar do cotidiano da sociedade inglesa da virada do século XVIII para o XIX. A profunda compreensão do mundo feminino e o domínio da forma e da ironia fizeram dela uma das mais notáveis e influentes romancistas de sua época.

Jane Austen

MANSFIELD PARK

Tradução de
MARIANA MENEZES NEUMANN

Prefácio de
JULIA ROMEU

2ª edição

EDIÇÕES
BestBolso

RIO DE JANEIRO – 2013

CIP-BRASIL. CATALOGAÇÃO-NA-FONTE
SINDICATO NACIONAL DOS EDITORES DE LIVROS, RJ

Austen, Jane, 1775-1817
A95m Mansfield Park / Jane Austen; tradução de Mariana Menezes Neumann;
2ª ed. prefácio de Julia Romeu. – 2ª ed. – Rio de Janeiro: BestBolso, 2013.
12x18 cm

Tradução de: Mansfield Park
ISBN 978-85-7799-208-9

1. Romance inglês. I. Neumann, Mariana Menezes II. Título.

CDD: 823
11-4183 CDU: 821.111-3

Mansfield Park, de autoria de Jane Austen.
Título número 259 das Edições BestBolso.
Segunda edição impressa em janeiro de 2013.
Texto revisado conforme o Acordo Ortográfico da Língua Portuguesa.

Título original inglês:
MANSFIELD PARK

www.edicoesbestbolso.com.br

Design de capa: Carolina Vaz sobre pintura intitulada "In the Conservatory", de James Jacques Joseph Tissot.
Revisão de tradução: Denise Scofano Moura.

Impresso no Brasil

ISBN 978-85-7799-208-9

Prefácio à edição de bolso

Uma estranha heroína

Mansfield Park é um livro com uma estranha heroína, que vive uma estranha história de amor. Fanny Price, a personagem em questão, não tem qualquer dos atributos que estamos acostumados a encontrar nos protagonistas: ela é tímida, frágil, assustada, e sofre de um tremendo complexo de inferioridade. Além disso, o homem por quem se apaixona é Edmund, seu primo de primeiro grau, com quem foi criada desde a infância e que a considera uma irmã. Você conhece algum outro romance assim?

Os pais de Fanny são pobres – a família mais pobre em toda a obra de Jane Austen, que não se interessava muito pelas classes mais baixas –, mas sua mãe tem uma irmã que se casou com um homem muito rico, Sir Thomas Bertram. Sir Thomas e lady Bertram decidem ajudar os parentes menos favorecidos e se encarregar da criação de Fanny, que aos nove anos vai morar com o casal e seus quatro filhos em Mansfield Park.

Fanny, portanto, é arrancada de sua casa e levada para uma mansão gigantesca e fria, onde deverá viver com pessoas que mal se lembram que ela existe e, quando lembram, só fazem criticá-la. Numa sociedade com classes rigidamente definidas, ela passa a habitar uma espécie de limbo, onde é superior aos empregados, porém inferior aos outros membros da família. Como o próprio Sir Thomas deixa claro, seus filhos devem ser gentis com a prima, porém sem se esquecer que ela não é uma Bertram e que "suas condições, fortuna, direitos e expectativas serão sempre diferentes".

Os habitantes de Mansfield Park em geral ignoram ou desprezam Fanny, mas quem é realmente cruel com ela é a Sra. Norris, uma outra tia que vive nos arredores da mansão. Ela talvez seja a personalidade mais perversa já criada por Jane Austen: enquanto bajula Sir Thomas, lady Bertram e os filhos, que são ricos e importantes, é tirânica com a criadagem e se delicia em torturar Fanny de todas as formas possíveis, declarando sem parar que ela é inferior, e que estaria na miséria se não fosse pela bondade de seus tios.

O único que realmente se preocupa com o que Fanny sente e pensa é Edmund, que de imediato se torna seu único amigo na casa. Edmund descobre que Fanny, apesar de ser quietinha como um camundongo, tem uma qualidade rara – ela sempre sabe distinguir o certo do errado, não importa quão confusa seja a situação. Esse GPS moral é o que faz Fanny merecer ser a heroína de um livro de Jane Austen, pois, mesmo quando todos à sua volta se perdem, ela jamais se desvia de seu caminho.

Dois eventos mudam a rotina dos habitantes de Mansfield Park: o primeiro é a partida de Sir Thomas para a distante Antigua, no Caribe, onde ele passará meses cuidando de uma propriedade que tem por lá. Jane Austen só queria uma desculpa para remover o patriarca do livro, e certamente não tinha ideia de que essa se tornaria uma das passagens mais controversas de toda a sua obra. Ter uma propriedade em Antigua naquela época significava ser também dono de escravos, e o fato de que ninguém no livro questiona a prática mostra a indiferença do inglês médio pelo assunto. Em dado momento, Fanny chega a mencionar o tráfico de escravos para o tio, o que faz com que alguns leitores modernos acreditem que ela estava deixando clara sua desaprovação. Mas basta ler com cuidado para ver que não é o caso. A verdade é que, dentro do contexto de *Mansfield Park*, a questão é da mais suprema irrelevância.

O outro evento é a chegada à vizinhança dos irmãos Henry e Mary Crawford, que estão entre os personagens mais intrigantes de Jane Austen. Ela os criou para mostrar o quanto a imoralidade pode ser atraente, e é mesmo muito difícil não se deixar fascinar por eles. Ambos são refinados, inteligentes, interessantes e engraçados, e seus diálogos contêm todo o bom humor que os corretíssimos Fanny e Edmund são incapazes de prover. A única pessoa do livro que não se rende aos encantos dos dois é Fanny que, justamente por permanecer do lado de fora da ação, sempre observando e sem jamais ter sua opinião requisitada, consegue ver tudo com mais clareza.

Pois a verdade é que todo o brilho dos irmãos Crawford esconde defeitos sutis, porém bastante profundos. Henry é um sedutor inveterado que brincará com os corações de Maria e Julia Bertram, e por final tentará conquistar Fanny. Já Mary é uma menina mercenária e falsa, que despreza os princípios morais e religiosos de Fanny, dando mais importância às aparências e ao superficial - uma espécie de Paris Hilton da época. Apesar disso, ela se apaixonará por Edmund, que retribuirá a afeição com entusiasmo, e Fanny será obrigada a passar o livro inteiro ouvindo as confidências de ambos e reprimindo a vontade de esganar a rival.

Mansfield Park foi publicado em 1814, e é considerado por muitos críticos o livro mais complexo de Jane Austen. Ao contrastar Edmund e Fanny, que viveram a vida toda no campo, com Mary e Henry, que passam boa parte de seu tempo em Londres, acredita-se que ela estava fazendo uma última defesa da aristocracia rural inglesa, prestes a desaparecer com o advento da Revolução Industrial. Talvez por isso ela tenha criado uma heroína silenciosa e contemplativa, que tem como principais virtudes a rigidez e a constância.

Julia Romeu
Tradutora, jornalista e autora teatral

1

Há pouco menos de trinta anos, a Srta. Maria Ward, de Huntingdon, com apenas sete mil libras, teve a felicidade de conquistar Sir Thomas Bertram, de Mansfield Park, no condado de Northampton. Desde então foi elevada à condição de senhora de um nobre, com todos os confortos e possibilidades advindos de uma bela casa e de uma larga soma de recursos. Toda Huntingdon clamou ante a grandiosidade da união, e o tio advogado garantiu para ele mesmo pelo menos três mil libras. Ela possuía duas irmãs que seriam beneficiadas com sua mudança de status; e muitos dos que a conheciam opinavam que tanto a Srta. Ward quanto a Srta. Frances eram quase tão bonitas quanto a Srta. Maria, mas hesitavam em predizer se estas se casariam de modo igualmente vantajoso. Certamente não existem tantos homens ricos no mundo quanto mulheres bonitas que mereçam casar-se com eles. A Srta. Ward, passados seis anos, viu-se obrigada a noivar com o reverendo Sr. Norris, um amigo de seu cunhado praticamente sem nenhuma fortuna pessoal, e a Srta. Frances teve sorte ainda pior. No entanto, a união da Srta. Ward, quando chegou o momento, não foi desprezível. Sir Thomas estava disposto a propiciar ao amigo uma renda que lhe possibilitasse viver em Mansfield, e o Sr. e a Sra. Norris iniciaram a feliz vida conjugal com pouco menos de mil libras ao ano. A Srta. Frances se casou, por assim dizer, para desagradar a família, e escolheu um tenente da Marinha imaturo, sem fortuna nem boas relações. Dificilmente poderia ter feito uma escolha mais desfavorável. Sir Thomas Bertram tinha interesse e disposição em fazer o certo, além do desejo de ver tudo o que estava ligado a si próprio sob a condição da respeitabilidade. Ele teria se mostrado contente em se manifestar em nome da irmã de lady Bertram; porém, a profissão do marido não lhe era útil em nenhum aspecto e, antes mesmo que pudesse delinear qualquer estratégia para assisti-los, ocorrera total rompimento entre as irmãs. Esse era o resultado natural da conduta de cada parte envolvida, e o produto de um casamento excessivamente imprudente. Para salvaguardar-se da censura inútil, a Sra. Price nunca escrevera à família sobre o assunto até que estivesse de fato casada. Lady Bertram, que era uma mulher muito calma e com um temperamento extraordinariamente fácil e indolente, teria se contentado em simplesmente abrir mão de sua irmã e não pensar mais no assunto. Mas a Sra. Norris tinha um espírito diligente e não se sentiria satisfeita até que tivesse redigido uma longa e indignada carta a Fanny, apontando a insensatez de sua conduta e ameaçando-a com todas as possíveis consequências. A Sra. Price, por sua vez, ficou magoada e com raiva, e uma resposta que incluía cada irmã em sua amargura e fazia reflexões bastante desrespeitosas em relação à vaidade de Sir Thomas, que a Sra. Norris possivelmente não conseguiria deixar de compartilhar, colocou um fim a toda troca de correspondências por um período considerável.

Suas residências eram tão distantes e os círculos de relações dos quais participavam tão distintos que, nos onze anos que se seguiram, quase nada souberam sobre a existência uma da outra. Para Sir Thomas era curioso como nas circunstâncias em que a encontravam a Sra. Norris confidenciava ocasionalmente, e com uma expressão raivosa, que Fanny havia tido outro filho. No entanto, ao fim desses onze anos, a Sra. Price já não podia se dar o luxo de cultivar o orgulho ou o ressentimento, ou ainda de perder qualquer vínculo com quem pudesse vir a dar-lhe assistência. Uma família extensa, que continuava a aumentar, um marido incapacitado para o trabalho, mas não para a companhia de amigos e para a bebida, além de uma renda bastante reduzida para suprir seus desejos, a fizeram resgatar as amizades que tinha negligentemente sacrificado. Ela endereçou lady Bertram uma carta na qual expressava tamanha contrição e desespero, superabundância de crianças e um imenso desejo de quase tudo o mais, que não restaria alternativa a não ser reconciliarem-se todos. Ela estava se preparando para o seu nono parto e, após lamentar a circunstância e implorar-lhes o auxílio como patronos da criança esperada, não dissimulava quão importantes poderiam ser para a futura manutenção das demais oito crianças. Seu filho mais velho tinha dez anos, um menino de bom coração e que ansiava conhecer o mundo, mas o que ela poderia fazer? Havia alguma possibilidade de que ele fosse útil para Sir Thomas em sua propriedade nas Índias Ocidentais? Nenhuma posição seria indigna para ele – ou o que Sir Thomas pensava de Woolwich? Como um menino poderia ser enviado para o Oriente?

A carta rendeu frutos e restabeleceu a paz e a cordialidade. Sir Thomas enviou conselhos amigáveis sobre possibilidades profissionais para o filho dela, lady Bertram mandou dinheiro e roupas para as crianças, e a Sra. Norris escreveu as cartas.

Esses foram os efeitos imediatos, mas, decorridos doze meses, o resultado foi ainda mais benéfico para a Sra. Price. A Sra. Norris constantemente mencionava para o outro casal que não conseguia tirar da cabeça a pobre irmã e sua família, e a despeito de tudo que já haviam feito por ela, demonstrava o desejo de fazer mais: por ora ela não poderia deixar de desejar que a pobre Sra. Price pudesse ser poupada dos cuidados e despesas de um dos seus numerosos filhos.

– E se recebessem sob os seus cuidados a filha mais velha, agora com 9 anos, idade que requer mais atenção do que sua pobre mãe poderia lhe oferecer? Os cuidados e as despesas não seriam nada comparados à benevolência de sua ação.

Lady Bertram concordou com ela imediatamente.

– Acho que não podemos fazer melhor – disse ela. – Vamos mandar buscar a criança.

Sir Thomas, porém, não emitiu consentimento instantâneo e livre de julgamento. Ele debateu e hesitou, pois era uma incumbência séria. Cuidar de uma menina precisaria ser feito de maneira adequada, ou se tornaria uma crueldade, em vez de gentileza, tirá-la dos cuidados de sua família. Pensou a respeito de seus quatro filhos, nos dois meninos, em primos apaixonados um pelo outro etc. Mas tão logo começou a enumerar suas objeções, a Sra. Norris o interrompeu, respondendo a cada uma delas, a despeito de terem sido ou não enunciadas.

– Meu querido Sir Thomas, eu o compreendo perfeitamente e concordo com sua generosidade e delicadeza, ambas em total harmonia com sua conduta. E estou inteiramente de acordo com o compromisso de fazer tudo o que é possível para cuidar de uma criança da qual se é responsável. Mas estou certa de que eu seria a última pessoa no mundo em negar minha modesta contribuição em uma ocasião como esta. Como não tenho filhos, de quem deveria cuidar a não ser dos filhos de minhas irmãs? Estou certa de que o Sr. Norris é justo, mas como sabe, sou uma mulher de poucas palavras e declarações. Não nos amedrontemos diante de uma boa ação em razão de uma insignificância. Eduque a menina e a introduza no mundo devidamente; ela terá a oportunidade de se estabelecer bem, sem dar despesas adicionais para qualquer outra pessoa. Uma de nossas sobrinhas, Sir Thomas, ouso dizer, uma de *suas* sobrinhas, não poderia crescer neste lugar sem inúmeras vantagens. Eu não diria que será tão bonita quanto suas primas, e até atrevo-me a dizer que não será. Mas poderia ser apresentada à sociedade deste país em circunstâncias muito favoráveis e, com grande probabilidade, conseguiria uma condição respeitável. Você está pensando nos seus filhos, mas não percebe que, entre todas as circunstâncias prováveis, esta é a que tem menor chance de ocorrer, uma vez que serão criados juntos, como irmãos e irmãs? É moralmente impossível. Jamais soube de fato semelhante. É, em verdade, a única forma segura de impedir este tipo de ligação. Imagine que ela seja uma menina bonita e Tom ou Edmund a vejam, pela primeira vez, daqui a sete anos, aí sim, poderíamos prever algum mal. A ideia de vê-la crescendo longe de nós, na pobreza e no abandono, seria suficiente para fazer um dos dois meninos, amáveis e encantadores, se apaixonar por ela. Mas educá-los juntos a partir de agora, ainda que ela tenha a beleza de um anjo, fará com que jamais deixe de ser para eles nada mais do que uma irmã.

– Há muita verdade no que diz – respondeu Sir Thomas. – Não é meu intuito formular um impedimento fantasioso para um plano que trará benefícios para todos. Minha intenção é fazer ver que este não é um assunto simples, e para que seja realmente vantajoso para a Sra. Price e honroso para nós, precisamos garantir para a criança, ou nos comprometermos em garantir-lhe, aconteça o que acontecer, as providências requeridas por uma dama de respeito, caso nenhuma outra instituição possa fazê-lo, como você afirma com tanta confiança.

– Eu o compreendo perfeitamente – exclamou a Sra. Norris. – O senhor representa tudo o que é generoso e cortês. Estou certa de que nunca iremos discordar neste ponto. Disponho-me a fazer, como bem sabe, tudo em favor daqueles que amo e, embora nunca tenha sentido por essa criança um centésimo do que sinto pelos seus amáveis filhos, ou mesmo a tenha considerado, sob qualquer aspecto, um dos meus, iria odiar-me se fosse capaz de negligenciá-la. Ela, afinal, não é filha de uma irmã? Poderia eu vê-la passar necessidade se tenho um pedaço de pão para oferecer-lhe? Meu querido Sir Thomas, a despeito de todas as minhas falhas, tenho um coração afetuoso e, pobre como sou, preferiria me negar todas as necessidades da vida do que ter um gesto pouco generoso. Então, se não é contra a decisão, escreverei para a minha pobre irmã amanhã e farei a proposta a ela. Tão logo esta questão esteja resolvida, irei *pessoalmente* organizar a vinda da criança para Mansfield; *o senhor* não deve preocupar-se com isso. Como sabe, nunca levo em consideração os meus próprios problemas. Enviarei Nanny a Londres; ela poderá pernoitar na casa do seleiro, que é seu primo, e a criança deverá encontrá-la lá. Facilmente poderá ser transportada de carruagem de Portsmouth até a cidade, sob os cuidados de qualquer pessoa respeitável que porventura esteja indo na mesma direção. Arrisco-me a dizer que há sempre a esposa de um comerciante honrado ou alguém com semelhante característica.

Sir Thomas, com exceção à objeção relativa ao primo de Nancy, declinou de qualquer outra imposição e, assim, um encontro mais respeitável embora menos econômico foi devidamente acordado, celebrando-se a realização de tão generoso esquema. A sensação gratificante, para se fazer justiça, não foi a mesma nos dois casos, pois enquanto Sir Thomas estava completamente decidido a ser o real e verdadeiro protetor da criança em questão, a Sra. Norris não tinha a menor intenção em provê-la, ou assumir quaisquer despesas relacionadas à sua manutenção. No que se referia a andar, falar e tramar, ela era extremamente benevolente e ninguém sabia melhor do que ela ditar liberalidades aos outros, mas seu amor pelo dinheiro era tão grande quanto seu gosto por propor diretrizes, portanto, sabia como salvaguardar o próprio dinheiro e gastar o dos seus amigos.

Tendo se casado com uma renda menor do que estava habituada a vislumbrar, ela percebeu, desde o início, a necessidade de estabelecer uma linha de economia severa. E o que começou como uma questão de prudência em pouco tempo tornou-se uma escolha, como fruto de um zelo indispensável, visto que não havia crianças para cuidar. Caso tivesse uma família a quem prover, a Sra. Norris não poderia economizar; porém, livre de preocupações dessa natureza, nada havia que pudesse impedir sua frugalidade, ou de renunciar ao conforto de aumentar seu dinheiro anualmente, que excedia o que de fato gastavam.

Sob o pretexto apaixonado da caridade, contrabalançado pela ausência de afeição real pela irmã, era impossível para ela desejar mais do que o crédito de conceber e organizar uma ajuda tão dispendiosa, embora talvez ela mesma mal soubesse disso, e no caminho de volta ao presbitério tinha a crença feliz de que era a irmã e tia mais generosa do mundo.

Quando o assunto foi trazido à tona mais uma vez, seu ponto de vista foi exposto mais claramente e, em resposta à tranquila indagação de lady Bertram – "Para quem a criança deve vir em primeiro lugar, irmã, para você ou para nós?" –, Sir Thomas ouviu, com surpresa, de que estaria fora de questão para a Sra. Norris compartilhar qualquer responsabilidade. Se ele a estava considerando como uma contribuição particularmente bem-vinda ao presbitério e uma companhia desejável para uma tia que não possuía filhos, estava completamente enganado. A Sra. Norris declarou, com pesar, que a permanência da criança com eles estava fora de questão. O estado de saúde do pobre Sr. Norris fazia com que isso fosse impossível. Ele não poderia suportar o barulho de uma criança da mesma maneira que não lhe era possível voar. Seria uma questão diferente se, porventura, viesse a sentir-se melhor dos efeitos da gota. Ficaria feliz em receber a criança e não pensaria naquela situação como uma inconveniência, mas, por ora, o pobre Sr. Norris exigia cada minuto de seu tempo, e ela não tinha dúvidas de que a simples menção de algo desta natureza o perturbaria.

– Então é melhor que ela venha ficar conosco – disse lady Bertram com a máxima compostura.

Após uma breve pausa, Sir Thomas acrescentou com dignidade:

– Sim, que seu lar seja esta casa. Nós nos esforçaremos para cumprir nosso papel em relação a ela, e pelo menos ela terá a vantagem de ter a companhia de pessoas da sua idade e de uma tutora regularmente.

– É verdade – disse a Sra. Norris –, ambas são considerações muito importantes: para a Srta. Lee será indiferente ter duas ou três meninas para ensinar. Eu desejaria poder ser mais útil; mas, como sabe, faço tudo o que está em minhas mãos. Não sou do tipo que compartilha problemas, e Nanny vai buscá-la, mesmo que me traga certa inconveniência ter a minha principal ajudante longe por três dias. Eu imagino, irmã, que você colocará a criança no pequeno sótão branco, perto dos antigos berçários. Será o melhor lugar para ela, próximo à Srta. Lee, mas não muito distante das outras meninas e das empregadas, que poderão, uma ou outra, ajudá-la a se vestir e a cuidar de suas roupas, pois acredito que não considerará justo que Ellis cuide dela tão bem quanto das demais. Realmente, não consigo ver outra possibilidade de acomodação para ela.

Lady Bertram não fez nenhuma objeção.

– Eu espero que ela se mostre uma menina bem-disposta – continuou a Sra. Norris –, e sensível à sua sorte pouco comum, a de possuir amigos como vocês.

– Se o seu comportamento for muito nocivo – disse Sir Thomas –, em nome do bem-estar de nossas próprias crianças, não deveremos mantê-la na família, mas não há nenhum motivo para conjecturar algo tão mau. Provavelmente observaremos atitudes que desejaremos mudar, opiniões vis ou um comportamento vulgar bastante inquietante, mas estas não são falhas incuráveis nem, acredito, poderão ser perigosas para quem conviver com ela. Se as minhas filhas fossem *mais jovens*, eu deveria considerar a inclusão de tal companhia uma questão bastante delicada, mas como não é assim, espero nada ter a temer em relação às meninas e tenho muito a esperar de positivo desta ligação.

– Isto é exatamente o que penso – exclamou a Sra. Norris – e o que estava dizendo ao meu marido esta manhã. Somente o fato de estar próxima dos primos já constitui uma educação para a criança. Mesmo que a Srta. Lee nada a ensinasse, aprenderia com eles a ser boa e inteligente.

– Espero que ela não vá implicar com meu pobre Pug – disse lady Bertram. – Só agora consegui que Julia o deixasse em paz.

– Teremos algumas dificuldades em nosso caminho, Sra. Norris, com relação à adequada distinção a ser feita entre as meninas conforme ficarem mais velhas – observou Sir Thomas. – De que modo preservar nas *minhas filhas* a consciência de quem elas são sem que, com isso, menosprezem a prima. E de que maneira lembrá-la de que ela não é uma *Srta. Bertram* sem abalar desnecessariamente seu espírito. Desejo que sejam ótimas amigas e não permitirei, sob nenhum pretexto, que minhas filhas demonstrem qualquer sinal de arrogância na relação entre elas; no entanto, não podem ser iguais. Suas condições, fortuna, direitos e expectativas serão sempre diferentes. É uma questão bastante sensível e você deverá nos assistir em nossas empreitadas na escolha da melhor conduta.

A Sra. Norris manteve-se em silêncio enquanto ouvia e, embora concordasse que a tarefa era difícil, o encorajou a presumir que tudo seria facilmente administrado entre elas.

A Sra. Norris não havia escrito para a irmã em vão. A Sra. Price mostrou-se bastante surpresa com a escolha de uma menina quando possuía tantos meninos estimáveis, mas aceitou a oferta com gratidão, assegurando-lhes ser a filha muito bem-disposta e bem-humorada, crendo firmemente que nunca teriam qualquer justificativa para mandá-la embora. Mencionou que ela era gentil, porém franzina, e que estava confiante de que estaria materialmente melhor com a mudança de ares. Pobre mulher! Ela provavelmente pensava que uma mudança de ares seria o melhor para quase todos os seus filhos.

2

A menina percorreu o longo caminho em segurança, e ao chegar em Northampton foi recebida pela Sra. Norris, que festejou o mérito de ser a primeira a acolhê-la e a importância de encaminhá-la aos seus bondosos parentes.

Fanny Price tinha apenas dez anos e, embora não houvesse nela nada que pudesse cativar na primeira impressão, pelo menos nada havia que provocasse aversão. Além de baixa para a idade, sua compleição era destituída de brilho ou beleza arrebatadora; excessivamente tímida e envergonhada, parecia se encolher para não chamar atenção. Mas seu jeito, embora peculiar, não era vulgar, e sua voz era doce. Quando falava, era simpática. Sir Thomas e a Sra. Bertram a receberam de maneira muito carinhosa. Sir Thomas, percebendo quanto ela necessitava de incentivo, mostrou-se bastante conciliador, mas, para tanto, precisou superar sua seriedade; já a Sra. Bertram, pronunciando uma só palavra a cada dez do marido, logo demonstrou ser menos desagradável que ele apenas com um sorriso acolhedor.

Os mais jovens estavam todos em casa, cada qual desempenhando apropriadamente seu papel nas apresentações, bem-humorados e com desembaraço. Pelo menos no que se referia aos rapazes, que, aos dezessete e dezesseis anos e altos para sua idade, possuíam aos olhos de sua pequena prima o esplendor da masculinidade. As duas meninas sentiam-se mais inseguras por serem mais novas e em razão do respeito ao pai, que, na ocasião, dirigiu-se a elas de modo particularmente imprudente. Entretanto, estavam bastante acostumadas às companhias e aos elogios para sentirem algo que se assemelhasse a uma timidez natural. Sua segurança aumentava à medida que a da prima diminuía. Em pouco tempo foram capazes, com despreocupada indiferença, de examinar seu rosto e seu vestido.

Formavam uma família bastante privilegiada; filhos e filhas, sem dúvida, bonitos, todos crescidos e desenvolvidos para a idade, condição esta que revelava uma enorme diferença quanto ao meio em que tinham sido criados. Ninguém seria capaz de notar que as meninas tinham, de fato, idades muito próximas. Na verdade, a diferença entre a mais nova e Fanny era de dois anos. Julia Bertram tinha apenas doze anos e Maria era um ano mais velha. A pequena visitante, porém, sentia-se profundamente infeliz. Todos a amedrontavam, estava envergonhada dela mesma e ansiava pelo lar que havia deixado. Ela não sabia como encará-los; e era com enorme dificuldade que falava alto o suficiente para ser ouvida ou conseguia conter o pranto. Ao longo de todo o trajeto de Northampton, a Sra. Norris havia conversado com ela sobre sua extraordinária ventura, bem como sobre a gratidão e o bom comportamento que deveria demonstrar. Sentiu-se ainda mais triste com a ideia de que seria perversa caso não se sentisse feliz. A fadiga da longa jornada tornou-se também, em pouco tempo, uma desumanidade inútil. Foram em vão as bem-intencionadas condescendências de Sir Thomas e as preleções oficiosas da Sra. Norris para que fosse uma menina estimável. Em vão lady Bertram sorriu e fez com que se sentasse no sofá com ela e com o Pug, e em vão foi, ainda, a torta de framboesa que tinha a intenção de deixá-la mais confortável. Mal conseguiu engolir dois pedaços antes que as lágrimas irrompessem. O sono parecia ser o melhor amigo, assim, ela foi retirada para findar seu sofrimento na cama.

– Este não é um início dos mais promissores – comentou a Sra. Norris quando Fanny deixou o aposento. – Depois de tudo o que ponderei no trajeto até aqui, imaginei que ela iria comportar-se melhor. Disse-lhe quanto dependia dela apresentar-se bem. Espero que não haja mau humor em seu temperamento, pois no da sua pobre mãe era excessivo, mas devemos fazer concessões para esta criança. Não estou segura de que seu pesar em deixar o lar deva ser usado contra ela, mesmo porque, com todos os problemas *era* a sua casa, e ela ainda não é capaz de compreender quanto mudou para melhor. Por outro lado, tudo exige moderação.

Foi necessário, no entanto, um período mais extenso do que a Sra. Norris estava disposta a conceder para que Fanny pudesse acomodar-se à estranheza de Mansfield Park e à separação de todos com os quais estava acostumada. Os sentimentos dela eram muito intensos mas pouco compreendidos para serem levados em consideração. Ninguém tinha a intenção de não ser cordial, porém nenhum deles se desviava do próprio caminho para assegurar seu bem-estar.

No dia seguinte, o feriado concedido às Srtas. Bertram a pretexto de que deveriam se divertir de forma a se conhecerem e entreterem a jovem prima produziu pouco efeito. Elas não puderam deixar de considerá-la banal ao descobrirem que possuía apenas duas faixas na cintura e de que nunca havia estudado francês. Ao perceberem que não a haviam comovido com o dueto que sabiam tocar com maestria, o mínimo que poderiam fazer era, generosamente, oferecer-lhe um de seus brinquedos menos valiosos e deixá-la sozinha, enquanto ambas se transferiam para o melhor divertimento das férias naquele momento: fazer flores artificiais ou colecionar papel dourado.

Fanny, próxima ou distante de seus primos, no jardim, na sala de visitas ou no parque, era igualmente infeliz, e encontrava algo para temer em qualquer pessoa ou lugar. Abatia-se com o silêncio da Sra. Bertram, sentia-se amedrontada com o olhar austero de Sir Thomas e subjugada pelas admoestações da Sra. Norris. Os primos mais velhos a mortificavam com considerações sobre seu tamanho e, ao perceberem sua timidez, a envergonhavam ainda mais. A Srta. Lee questionava-lhe sobre a sua pouca instrução, enquanto as empregadas zombavam de suas roupas. E, quando a estes sofrimentos adicionava-se a lembrança dos irmãos e irmãs, que sempre a consideraram uma importante companheira de brincadeiras, instrutora e enfermeira, o desespero dominava seu pequeno coração.

A grandiosidade da casa causava-lhe admiração, mas não a consolava. Os aposentos eram grandes demais para permitir-lhe movimentar-se com naturalidade. Temendo quebrar algo em que tocasse, movia-se lentamente, em constante terror. Com frequência retornava para os seus aposentos para chorar. Enquanto seus tios comentavam, na sala de visitas, sobre sua falta de reconhecimento à evidente sorte que tivera, a menina concluía os seus sofrimentos diários soluçando até adormecer. Uma semana decorreu dessa maneira sem que sua passividade causasse qualquer suspeita, até ser encontrada em uma manhã pelo primo Edmund, o mais novo dos filhos, sentada e chorando na escadaria que levava ao sótão.

– Querida priminha – disse ele, com a gentileza característica de sua natureza afável –, qual é o problema?

Sentou-se a seu lado, decidido a fazer com que superasse a vergonha por tê-la surpreendido, além de persuadi-la a falar abertamente. Estava doente? Alguém havia se zangado com ela? Discutira com Maria e Julia? Poderia ele ajudá-la em alguma lição que a confundira? Agradaria-lhe algo que ele pudesse providenciar ou fazer para ela?

Durante um longo tempo a resposta não foi além de "não, não, de modo algum, não, obrigada". No entanto, ele insistiu, e tão logo mencionou o lar materno os soluços dela aumentaram, mostrando-lhe onde a mágoa estava alojada. Ele tentou consolá-la.

– Você está triste por ter deixado a mamãe, minha querida e pequenina Fanny – disse ele –, o que demonstra que é uma menina muito amorosa. Mas deve lembrar-se de que está com parentes e amigos, que todos a amam e desejam vê-la feliz. Vamos caminhar até o parque, e você poderá me contar tudo sobre seus irmãos e suas irmãs.

Ao identificar sua tristeza ele descobriu que, embora todos os irmãos e irmãs fossem igualmente queridos, existia um entre eles que estava mais presente em seus pensamentos que os demais. Era William quem ela mencionava com mais frequência e era ele quem mais ansiava rever. William, o mais velho, com um ano a mais do que ela, era seu amigo e companheiro constante. Aquele que sempre a defendia perante a mãe (para esta, o mais querido). William não gostara que ela fosse embora, e ele lhe dissera que sentiria muito a sua falta.

– Mas ouso afirmar que William vai escrever-lhe. – Sim, ele prometeu que o faria, mas lhe pedira que escrevesse primeiro. – E quando irá fazê-lo?

Ela não sabia dizer, pois não dispunha de papel de carta.

– Se esta for a sua dificuldade, vou provê-la de papel e dos demais materiais, assim poderá escrever sua carta quando quiser. Escrever para William a deixaria feliz?

– Sim, muito.

– Então que isso seja feito agora. Venha comigo à sala de desjejum, lá encontraremos o que for necessário, e teremos o aposento inteiramente para nós.

– Mas, primo, não vamos postar a carta?

– Se depender de mim, sim. E deverá ser remetida juntamente com as outras cartas. Como seu tio vai pagar pelo selo, não custará nada a William.

– Meu tio! – repetiu Fanny com um olhar amedrontado.

– Sim, quando você tiver escrito a carta, eu a levarei até meu pai para que a envie.

Fanny avaliou ser esta uma iniciativa corajosa, mas não ofereceu resistência alguma, então foram juntos para o salão de café matinal. Edmund preparou o papel para ela, desenhando linhas com extrema dedicação e com a maior exatidão, o que seu irmão certamente perceberia. Permaneceu a seu lado durante todo o tempo em que ela redigiu a carta, prestando-lhe assistência com a caneta-tinteiro ou com sua ortografia, conforme um ou outro era solicitado. Adicionou a esta atenção, que ela apreciou enormemente, ternura em relação a seu irmão, o que a encantou mais do que tudo. Ele expressou de próprio punho sua afeição pelo primo William, enviando-lhe meio guinéu sob o timbre do papel. Os sentimentos de Fanny nesta ocasião eram tais que acreditava ser incapaz de desvelá-los. No entanto, sua aflição e as poucas palavras sinceras expressaram toda a sua gratidão e estima. O primo começou a avaliá-la com mais interesse. Conversavam mais amiúde e tudo o que havia sido dito convenceu-o de que ela tinha um coração afetuoso e um grande desejo em fazer o que era correto. Percebeu que tinha direito a atenção, em razão da situação incômoda em que vivia e de sua enorme timidez. Desconhecia o fato de ter-lhe causado qualquer sofrimento, mas agora sentia que ela carecia de cuidado. Com essa percepção esforçou-se primeiro em aliviar-lhe o medo de todos, e depois em oferecer-lhe conselhos substanciais de como brincar com Maria e Julia, e de como sentir-se tão feliz quanto possível.

A partir desse dia, Fanny se sentiu mais confortável. Percebeu que tinha um amigo, e a gentileza do primo Edmund deixou-a mais à vontade com os demais. O lugar lhe pareceu menos estranho e as pessoas, menos terríveis, e se existiam alguns a quem ela não podia deixar de temer, começou ao menos a familiarizar-se com seu modo de ser e a identificar meios de adaptar-se a eles. As pequenas grosserias e estranhezas que, a princípio, invadiram dolorosamente a tranquilidade de todos, e a dela própria, necessariamente se desvaneceram. Não se sentia mais temerosa ao defrontar-se com o tio, nem a voz de tia Norris a deixava em sobressalto. Para as primas era uma companhia ocasionalmente aceitável, embora fosse indigna, devido à sua idade e força inferior, de ser uma companheira constante. Por vezes seus gostos e estratagemas eram de tal natureza que uma terceira pessoa tornava-se bastante útil, especialmente quando esta revelava possuir temperamento amável e obediente. Quando a tia os questionava a respeito das faltas da menina, ou Edmund ressaltava a bondade dela, diziam: "Fanny tem um bom coração."

Edmund era sempre gentil, porém não havia nada mais insuportável para Tom do que aquela alegria que um jovem de dezessete anos considera adequada para uma criança de dez. Ele era cheio de vigor e começava a se beneficiar com todas as liberalidades a que tem direito o filho mais velho, e acreditava ter nascido somente para consumir e ter prazer. Sua gentileza com a priminha mais nova era, portanto, condizente com sua situação e suas vantagens. Fez para ela alguns presentes bonitos e ria dela.

À medida que sua aparência e seu humor melhorava, Sir Thomas e a Sra. Norris, com grande satisfação, se parabenizavam pela ação benevolente. Em pouco tempo concluíram que, embora não fosse brilhante, ela demonstrava uma disposição dócil e, a princípio, não dava indícios de que lhes causaria problemas. A crítica sobre suas habilidades não partira apenas *deles*. Fanny podia ler, costurar e escrever, ainda assim não lhe haviam ensinado nada mais que isso. Na opinião das primas, era desinformada em relação a vários aspectos que lhes eram, havia muito, familiares. Consideravam-na espantosamente obtusa, por isso, nas primeiras duas ou três semanas apresentavam, regularmente, relatos atualizados na sala de visitas. "Querida mamãe, imagine, a minha prima não conhece o mapa da Europa", ou "Minha prima não sabe identificar quais são os principais rios da Rússia", ou "Ela nunca ouviu falar sobre a Ásia Menor" e, ainda, "Ela não sabe diferenciar aquarela do pastel!", "Que peculiar!" "Você já ouviu falar de tamanha estupidez?"

– Minha querida – respondeu a estimada tia –, é certo que isso não é nada bom, mas não espere que todos sejam hábeis e inteligentes como você.

– Mas, tia, ela é tão desinformada que, ao perguntarmos ontem à noite como iria para a Irlanda, ela respondeu que cruzaria a ilha de Wight. Não consegue pensar em nada a não ser na ilha de Wight, que ela denomina de "*a ilha*", como se não houvesse outra no mundo. Estou certa de que me sentiria envergonhada caso não soubesse sobre esses assuntos quando era ainda mais nova. Não consigo recordar de quando eu não possuía informações sobre as quais, ainda hoje, ela desconhece. Faz tanto tempo, tia, desde que mantínhamos o hábito de repetir, em ordem cronológica, os nomes dos reis da Inglaterra com as datas de sua ascensão ao trono e os principais eventos do seu reinado!

– Sim – acrescentou a irmã –, e os nomes dos imperadores romanos desde Severus, e também conhecíamos bastante sobre mitologia pagã, sobre todos os metais, semimetais, planetas e filósofos renomados.

– É bem verdade, minhas queridas, mas vocês foram abençoadas com boas memória e a sua pobre prima provavelmente, não possui nenhuma. Há uma enorme diferença entre vocês; portanto, precisam fazer concessões à sua prima, ter piedade das suas deficiências. Lembrem-se, se são tão avançadas e inteligentes, devem ser igualmente modestas, pois independentemente do quanto saibam, existe muito mais a aprender.

– Sim, eu sei, até fazer dezessete. Mas preciso lhe contar algo mais a respeito de Fanny, tão estranho quanto embaraçoso. Você sabia que ela não quer aprender música ou desenho?

– Minha querida, isso é de fato estúpido e demonstra falta de talento e ambição. Mas, na verdade, não sei se não deveria ser mesmo assim, uma vez que graças a mim seu papai e sua mamãe tão generosamente se dispuseram a criá-la junto de vocês. É desnecessário que ela demonstre tantas aptidões quanto as suas; ao contrário, é bastante razoável que haja diferença.

Estes eram os conselhos nos quais a Sra. Norris se fiava para influenciar a mente das sobrinhas. Era incrível que, a despeito de tanta informação e talentos promissores, as meninas se mostrassem tão inadequadas na aquisição do autoconhecimento, da generosidade e da humildade. Elas haviam aprendido admiravelmente tudo o que não se referia aos princípios da moral. Sir Thomas não tinha conhecimento dessas deficiências porque, embora fosse um pai preocupado, ele não sabia como demonstrar seu afeto, e seu comportamento reservado reprimia a natureza delas quando estavam próximas dele.

Lady Bertram dispensava pouca atenção à educação das filhas, pois não dispunha de tempo para tais cuidados. Era uma mulher bem-vestida, que passava seus dias sentada no sofá realizando algum bordado de pouco uso e destituído de beleza, pensando mais em seu Pug do que nas crianças, e sendo muito indulgente em relação às últimas, conquanto isso não gerasse para ela qualquer inconveniência.

As questões importantes eram de responsabilidade de Sir Thomas e as de menor relevância, da irmã; desse modo, não poderia desejar nada mais. A irmã teria sido considerada desnecessária caso lady Bertram decidisse dispensar mais tempo ao serviço das filhas, uma vez que elas já estavam sob os cuidados de uma governanta bem preparada. Quanto ao fato de Fanny ser ignorante em relação ao aprendizado, simplesmente acrescentaria que era um infortúnio, mas algumas pessoas *eram* estúpidas, portanto Fanny precisaria se esforçar mais. Exceto pelo fato de ser tão tola, não via na pobrezinha nenhum risco, acreditando ser ela bastante útil e ágil para transmitir mensagens e providenciar o que ela desejava.

Com todas as suas limitações, desinformação e timidez, Fanny morava em Mansfield Park, e aprendera a transferir para este lugar o vínculo que mantivera com o antigo lar. Assim, cresceu entre os primos sem ser infeliz. Não havia em Maria ou Julia qualquer natureza maldosa, e ainda que Fanny se sentisse mortificada pelo tratamento que lhe dispensavam, mantinha seus próprios anseios em tão baixa conta que isso não a magoava.

Desde que Fanny entrara para a família, lady Bertram, em consequência de um pequeno mal de saúde e uma grande dose de indolência, desistira de frequentar a residência na cidade na qual vivia durante toda a primavera. Permanecia o tempo todo no campo, deixando a Sir Thomas o compromisso de comparecer ao Parlamento e ignorando qualquer desconforto que sua ausência pudesse criar. No campo, as Srtas. Bertram continuaram a exercitar a mente e a praticar duetos. Ficaram mais altas e adquiriram porte de mulher. Seu pai as via crescer com maneiras e realizações próprias, tudo o que poderia satisfazer aos seus anseios. O filho mais velho era descuidado e extravagante, e provocava bastante mal-estar, mas os demais lhe prometiam só alegrias. Enquanto mantinham o sobrenome Bertram, sentia que suas filhas davam a ele novo alento, e acreditava que, ao renunciarem a este nome, se expandiriam em alianças importantes. O caráter de Edmund, seu acentuado bom-senso e retidão, sugeria justiça, utilidade, honra e felicidade para si próprio e para todos os seus relacionamentos. Ele deveria preparar-se para o sacerdócio.

Sir Thomas, embora dividindo-se entre os cuidados e a benevolência exigida pelos filhos, não se esqueceu de fazer o que estava a seu alcance pelas crianças da Sra. Price. Ele fazia generosas contribuições para a educação e o futuro dos sobrinhos, e os direcionaria tão logo ficassem mais velhos. Fanny, quase completamente separada de sua família, sensibilizava-se e sentia genuína satisfação ao tomar conhecimento dos atos de bondade em relação a eles, ou com qualquer notícia promissora relacionada à sua condição ou conduta. Apenas uma vez, no curso de muitos anos, teve a felicidade de encontrava-se com William. Nunca mais vira os demais e ninguém cogitava que ela pudesse querer encontrá-los de novo, nem mesmo para uma visita, nem ninguém parecia querer vê-la. William, entretanto, determinado a ser marinheiro, foi convidado a passar uma semana com a irmã em Northamptonshire antes de embarcar. Pode-se imaginar a afeição mútua ao reencontrarem-se, o deleite extraordinário por estarem reunidos, as horas felizes e os momentos de seriedade, assim como as esperanças compartilhadas e o estado de ânimo do rapaz até o último minuto, bem como o desespero da menina quando ele se despediu.

Felizmente, a visita ocorreu durante as férias de Natal, quando ela poderia consolar-se com o primo Edmund. As observações encantadoras dele sobre o que William realizaria e de seu retorno no futuro em consequência da profissão fez com que, gradualmente, ela admitisse que a separação tinha um propósito. A amizade de Edmund nunca a decepcionava. Sua transferência de Eton para Oxford não alterou em nada suas inclinações bondosas, somente oferecia oportunidades mais frequentes de comprová-las. Sem qualquer intenção de fazer mais do que os demais, ou qualquer receio de fazê-lo em excesso, era sempre verdadeiro em relação aos interesses dela, cuidando dos seus sentimentos, tentando fazer com que suas boas qualidades fossem compreendidas e que dominasse a falta de confiança que a impossibilitava de ser mais espontânea. Dava-lhe conselhos, consolo e encorajamento. Como era mantida a distância pelos demais, seu apoio isoladamente não conseguia fazer com que se desse a conhecer, porém a atenção que a ela dispensava era de grande importância, assistindo-a para que aprimorasse seu conhecimento e ampliasse sua satisfação.

Ele sabia que ela era inteligente, perspicaz, além de possuir bom-senso e um gosto pela leitura que, devidamente direcionado, já representava uma boa educação. A Srta. Lee ensinou-lhe francês, bem como acompanhou a sua leitura diária de história, mas os livros que a encantavam nas horas de lazer eram recomendados por ele. Ele estimulava-lhe o discernimento e corrigia suas opiniões. Fez com que a leitura se tornasse útil ao conversar com ela sobre o que havia lido, incitando seu interesse com elogios sensatos. Em retribuição a esses obséquios, ela o amava mais do que a qualquer um no mundo, exceto William. Seu coração dividia-se entre os dois.

3

O primeiro evento de maior importância na família foi a morte do Sr. Norris. Fanny tinha 15 anos na época e, inevitavelmente, o acontecimento fez surgir mudanças e algumas novidades. A Sra. Norris, ao desistir da residência paroquial, mudou-se inicialmente para Park e posteriormente para uma pequena casa de Sir Thomas no campo. Para consolar-se da perda do marido ponderou que poderia ficar muito bem sem ele, e tendo os seus proventos reduzidos, havia a necessidade ainda maior de economizar.

A residência paroquial ficaria em nome de Edmund. Se o tio tivesse morrido poucos anos antes, esta teria sido devidamente entregue a algum amigo até que ele estivesse com idade suficiente para assumi-la. Mas as extravagâncias de Tom anteriores a este evento foram tão grandes que o irmão mais novo precisou ajudar a pagar pelos prazeres do mais velho. Embora houvesse outra residência da família destinada a Edmund, o que ajudava a aliviar a consciência de Sir Thomas, ainda assim ele considerava este um ato de injustiça. E tentou incutir no filho mais velho a mesma convicção, com a esperança de produzir um efeito melhor do que qualquer outra coisa que pudera dizer ou fazer.

– Eu me envergonho por você, Tom – disse ele com dignidade. – Eu me envergonho pelo que sou levado a fazer, e acredito que na devida ocasião poderei sentir pena dos seus sentimentos como irmão. Você roubou de Edmund dez, vinte, trinta anos, e talvez para o resto de sua vida, de mais da metade da renda que deveria ser dele. É possível que esteja em meu poder ou no seu (e espero que sim) assegurar a ele um destino melhor. E não deve se esquecer de que nada que pudermos fazer por ele será em demasia, pois não se equivale ao que está renunciando em função da urgência das suas dívidas.

Tom ouviu com um misto de vergonha e pesar, mas esquivou-se tão logo foi possível e refletiu de maneira alegremente egoísta que, primeiro, ele não tinha contraído nem metade das dívidas que alguns de seus amigos; segundo, o pai tinha feito um discurso cansativo a respeito do assunto e, em terceiro lugar, que o futuro beneficiário da paróquia, independente de quem fosse, deveria provavelmente morrer em breve.

Com a morte do Sr. Norris, o beneficiário foi o Dr. Grant que, consequentemente, veio a residir em Mansfield. Era um homem de quarenta e cinco anos bastante saudável, o que indicava que desapontaria os cálculos feitos pelo Sr. Bertram, mas "não, ele era um sujeito com pescoço curto, apoplético e preocupado com a paróquia; em pouco tempo não aguentaria".

A esposa era 15 anos mais jovem do que ele, e não tinham filhos. Entraram para a comunidade com a usual boa reputação de serem pessoas muito respeitáveis e agradáveis.

Havia chegado o momento em que Sir Thomas esperava que a cunhada pedisse a sobrinha de volta. A mudança na condição da Sra. Norris e a idade de Fanny pareciam impedir qualquer objeção ao fato de não continuarem residindo juntas. Para dar à situação mais elegibilidade, como as suas próprias circunstâncias não estavam tão favoráveis quanto antes, em função de recentes perdas nos empreendimentos nas Índias Ocidentais e, ainda, com as extravagâncias do filho mais velho, não era para ele algo indesejável ser dispensado dos gastos com seu sustento e a obrigação com seu futuro. Com a crença de que era a decisão correta, mencionou essa possibilidade à mulher. Na primeira vez em que o assunto foi discutido Fanny estava presente, e ela disse calmamente:

– Então, Fanny, você vai nos deixar e morar com minha irmã. O que acha a respeito disso?

Fanny ficou muito surpresa e não conseguiu dizer mais nada a não ser repetir as palavras da tia:

– Eu vou deixá-los?

– Sim, minha querida; por qual razão deveria se mostrar tão surpresa? Você esteve conosco por cinco anos, e minha irmã sempre teve a intenção de ficar com você quando o Sr. Norris falecesse. Mas deve vir nos visitar sempre que quiser.

A notícia era tão desagradável para Fanny quanto inesperada. Ela nunca havia recebido nenhum gesto de bondade da tia Norris e não podia amá-la.

– Fico muito triste por deixá-los – disse ela com a voz trêmula.

– Sim, eu ouso afirmar que ficará, *é* natural. Suponho que ninguém tenha sido tão bem tratado quanto você desde que veio para esta casa.

– Espero não ter sido ingrata, tia – disse Fanny modestamente.

– Não, minha querida, claro que não. Sempre achei você uma menina muito boa.

– E eu nunca mais virei morar aqui?

– Nunca, minha querida. Mas pode estar certa de que terá um lar confortável. Não fará muita diferença se estiver aqui ou em outra casa.

Fanny deixou o aposento com o coração pesaroso. Ela não achava que a diferença seria tão pequena e não poderia pensar em viver com a tia com qualquer sentimento de satisfação. Logo que encontrou Edmund, revelou-lhe a sua angústia.

– Primo – disse ela –, algo vai acontecer e não estou nada feliz. Embora tenha com frequência me persuadido a me reconciliar com as situações de que a princípio não gostava, não poderei fazer isso agora. Vou morar com a tia Norris.

– É verdade?

– Sim, tia Bertram me contou há pouco. E já está decidido. Eu deixarei Mansfield Park e irei para a White House, acredito que tão logo ela mude para lá.

– Bem, Fanny, se o plano não a deixasse infeliz, eu diria que é excelente.

– Ah, primo!

– Tem todo o resto a seu favor. Minha tia está se comportando como uma pessoa sensível ao desejar ficar com você. Ela escolheu uma amiga e uma companhia exatamente onde deveria, e estou satisfeito que seu amor por dinheiro não interfira. Você será para ela o que deve ser. Espero que isto não a aflija muito, Fanny.

– Certamente me aflige. Eu não posso me conformar. Amo esta casa e tudo o que há nela, e não será o mesmo lá. Você sabe como me sinto desconfortável quando estou ao lado dela.

– Não posso dizer nada a respeito do comportamento dela com você quando era criança, mas era praticamente o mesmo conosco. Ela nunca soube ser agradável com crianças. Mas agora você está numa idade em que será tratada melhor. Acho que ela já está se comportando assim, e quando você for sua única companhia, *será* importante para ela.

– Eu nunca serei importante para ninguém.

– E o que irá impedi-la?

– Tudo, a minha situação, tolice e timidez.

– Em relação a tolice e timidez, minha querida Fanny, acredite em mim, você não tem nem mesmo uma sombra das duas coisas, a não ser o uso inapropriado destas palavras. Não existe qualquer razão que justifique que não será importante onde estiver. Você é uma pessoa sensata, com um temperamento doce, e estou certo de que tem um coração grato, e não poderia jamais receber uma gentileza sem desejar retribuí-la. Não conheço qualificações melhores para uma amiga e companheira.

– Você é muito gentil me enaltecendo desta maneira – disse Fanny. – Como eu posso agradecê-lo adequadamente por pensar tão bem a meu respeito? Ah, primo! Se devo mesmo ir embora, sempre me lembrarei de sua bondade, até o último instante de minha vida.

– Por quê, Fanny, devo desejar ser lembrado de uma distância como a de White House? Você fala como se fosse estar distante duzentas milhas em vez de estar indo somente para o outro lado do parque. Você estará conosco tanto como antes. As duas famílias estarão juntas todos os dias do ano. A única diferença é que ao viver com a sua tia você receberá a devida educação, assim como deve ser. *Aqui* existem muitas pessoas atrás das quais pode se esconder, mas com *ela* será forçada a falar por si mesma.

– Ah! Não diga isso.

– Devo dizer e com prazer. A Sra. Norris está mais preparada do que a minha mãe para cuidar de você agora. Ela tem um temperamento que a permite ajudar qualquer um por quem venha a se interessar, e ela fará com que você faça justiça às suas qualidades.

Fanny suspirou.

– Não consigo ver os fatos como você, mas devo acreditar que está correto e fico grata por tentar me reconciliar com o que deve ser feito. Se eu puder acreditar que minha tia realmente tem interesse em mim, seria uma grande felicidade em sentir-me importante para qualquer um! *Aqui* eu sei que não sou importante, e mesmo assim amo tanto este lugar.

– O lugar, Fanny, é aquilo que se faz dele. Embora você não vá estar mais na casa, terá o mesmo domínio sobre o parque e os jardins como antes. Mesmo o *seu* pequeno coração estável não precisa se amedrontar com essa mudança. Você poderá fazer as mesmas caminhadas, frequentar a mesma biblioteca, ver as mesmas pessoas e passear com os mesmos cavalos.

– É bem verdade. Sim, o querido e velho pônei cinza. Ah, primo! Quando me lembro de como detestava andar a cavalo e o pavor que sentia quando falavam do bem que me faria. Ah! Como tremia conforme o tio abria os lábios para mencionar algo sobre cavalos! Lembro-me de como você gentilmente me persuadiu a vencer os meus temores e conseguiu me convencer de que iria em breve apreciá-los; e como estava certo, estou inclinada a achar que sempre será capaz de profetizar da mesma maneira.

– Estou bastante convencido de que ficar com a Sra. Norris será tão positivo para a sua consciência como andar a cavalo o foi para a sua saúde; sobretudo, para a sua felicidade.

Assim terminou a conversa, e mesmo que tenha sido útil para Fanny, ela poderia ter sido poupada, já que a Sra. Norris não tinha a menor intenção de ficar com ela. Isso nunca havia lhe ocorrido, e era algo que deveria ser cuidadosamente evitado. Assim, escolheu a menor casa, que poderia até mesmo ser classificada como modesta entre as demais do povoado de Mansfield. A White House era grande o suficiente para acomodá-la e aos seus empregados, com um quarto adicional para algum hóspede, e decidiu que, embora os quartos adicionais no presbitério nunca tivessem sido uma opção, agora havia uma necessidade imperativa para a eventualidade de hospedar alguém. No entanto, nem todas as precauções poderiam evitar que suspeitassem do contrário. Mas a importância que ela dava agora a um quarto adicional levou Sir Thomas a acreditar que ela o queria reservar para Fanny. Em pouco tempo, lady Bertram conduziu a questão a uma certeza ao observar descuidadamente a Sra. Norris.

– Irmã, acredito que não precisaremos mais manter a Srta. Lee quando Fanny for morar com você.

A Sra. Norris mostrou-se surpresa.

– Morar comigo, querida lady Bertram, o que quer dizer?

– Ela não vai morar com você? Achei que já tivesse combinado com Sir Thomas.

– Eu? Nunca! Nunca falei uma sílaba a respeito disso com Sir Thomas, e nem ele comigo. Fanny morar comigo! Esta é a última coisa que eu pensaria no mundo, ou qualquer um que realmente conhecesse a nós duas. Meu Deus! O que eu poderia fazer com Fanny? Eu! Uma mulher indefesa, uma viúva desamparada, despreparada para qualquer situação e com o espírito abatido... o que eu poderia fazer com uma menina neste ponto da vida, uma garota de 15 anos! Na idade em que mais precisa de atenção, cuidado e alegrias. Certamente Sir Thomas não poderia esperar algo dessa natureza! Sir Thomas é um grande amigo. Estou certa de que ninguém que me deseja o melhor proporia isso. Como é que Sir Thomas falou com você a respeito disso?

– Realmente não sei. Acredito que ele tenha considerado ser o melhor.

– Mas o que ele disse? Não poderia ter dito que *desejava* que eu ficasse com Fanny. Estou certa de que em seu coração ele não poderia esperar que eu o fizesse.

– Não, ele somente disse que pensava ser possível, e achei o mesmo. Ambos achamos que seria bom para você. Mas se você não gosta da ideia, não há nada mais a dizer. Ela não é um fardo para nós.

– Querida irmã! Se você considerar o meu infeliz estado, como ela pode me servir de consolo? Eu, uma viúva desolada, privada do melhor dos maridos, com a saúde comprometida pelos cuidados e dedicação a ele, com o espírito ainda mais abatido, e toda a paz neste mundo destruída, quase sem o suficiente para me manter como uma dama, e possibilitar que viva de forma a não desonrar a memória do meu querido marido. Qual é o possível consolo que eu poderia sentir em assumir tamanha responsabilidade com Fanny? Se eu pudesse escolher para o meu próprio bem, eu não faria algo tão injusto com a pobre menina. Ela está em boas mãos e certamente estará bem. Eu preciso lutar contra os meus sofrimentos e dificuldades como posso.

– Então não vai se importar em morar sozinha?

– Querida lady Bertram! Para o que mais estou apta do que para a solidão? De tempos em tempos espero receber a visita de uma amiga em meu pequeno chalé (sempre terei acomodação para uma amiga), mas grande parte dos meus dias será em total reclusão. Se conseguir me manter adequadamente, é tudo o que posso desejar.

– Espero, irmã, que as coisas não estejam tão ruins para você, considerando as circunstâncias. Sir Thomas disse que terá seiscentas libras por ano.

– Lady Bertram, não posso reclamar. Sei que não poderei viver como antes, mas preciso reduzir as minhas despesas no que for possível e aprender a administrar melhor os meus recursos. Eu *fui* uma dona de casa bastante extravagante, mas não terei vergonha em praticar a economia a partir de agora. A minha situação está tão modificada quanto a minha renda. Esperava-se muito do pobre Sr. Norris como um clérigo, mas o mesmo não pode ser esperado de mim. Não sei quanto foi consumido em nossa cozinha por todos os que apareceram. Na White House haverá mais moderação. Eu *preciso* viver com a minha renda ou ficarei miserável. Teria grande satisfação em guardar um pouco ao fim de cada ano.

– Ouso afirmar que conseguirá. Você sempre consegue, não é verdade?

– O meu objetivo, lady Bertram, é poder ser útil para toda a minha família. É para o bem dos seus filhos que desejo ser mais rica. Eu não tenho ninguém mais para cuidar, mas ficaria muito feliz em pensar que poderia deixar uma ninharia digna deles.

– Você é muito generosa, mas não se preocupe com eles, certamente ficarão bem assistidos. Sir Thomas se certificará disso.

– Ora, você sabe que os bens do Sir Thomas serão bastante reduzidos se o negócio em Antigua não for bem-sucedido.

– Ah! *Isso* será resolvido em breve. Sir Thomas tem escrito sobre isso, eu sei.

– Bem, lady Bertram – disse a Sra. Norris preparando-se para partir –, só posso dizer que a minha única intenção é poder ser útil para a sua família, e se Sir Thomas falar novamente sobre a possibilidade de receber Fanny, poderá dizer que a minha saúde e o meu estado de ânimo não permitem; além do mais, eu não poderia lhe oferecer uma acomodação, pois preciso guardar o quarto adicional para uma amiga.

Lady Bertram repetiu para o marido o que julgou necessário sobre a conversa de forma a convencê-lo de como havia se enganado a respeito da opinião da cunhada. A partir daquele momento, ela estava perfeitamente a salvo de qualquer expectativa, ou de qualquer alusão a esse respeito. Ele não poderia deixar de se admirar com a recusa dela em fazer algo pela sobrinha, depois de ter demonstrado tão solicitamente querer adotá-la. Mas como ela se encarregou desde cedo a fazer com que ele e lady Bertram compreendessem que tudo o que ela possuía estava destinado à sua família, rapidamente mostrou-se satisfeito com tamanha distinção. Ao mesmo tempo em que era uma vantagem e uma deferência para eles, permitiria-lhe que cuidasse melhor de Fanny.

Logo Fanny descobriu o quão desnecessárias haviam sido suas lágrimas ao descobrir que teria de se mudar, e sua felicidade espontânea deu a Edmund certo consolo ao desapontamento que sentiu, pois acreditava que a mudança seria muito importante para ela. A Sra. Norris se acomodou na White House, os Grant chegaram ao presbitério, e conforme esses eventos transcorreram, tudo em Mansfield permaneceu por um tempo como de costume.

Os Grant mostraram-se bastante amigáveis e sociáveis, e deram grande satisfação a todos com a sua chegada. Eles tinham os seus defeitos e a Sra. Norris rapidamente os identificou. O médico apreciava muitíssimo uma boa refeição e jantava bem todas as noites. A Sra. Grant, em vez de satisfazê-lo modestamente, fazia refeições tão caras quanto as de Mansfield Park e quase nunca era vista cuidando de suas tarefas. A Sra. Norris não podia falar destas queixas, e nem sobre a quantidade de manteiga e ovos que eram regularmente consumidos na casa. Ninguém admirava a hospitalidade mais do que ela mesma e ninguém odiava mais os feitos lamentáveis. Ela acreditava que *no seu tempo* o presbitério nunca fora desprovido de qualquer conforto ou hospedara alguém cujo caráter era questionável. Uma dama num presbitério no campo parecia algo fora do seu lugar. A *sua* despensa, ela pensou, poderia ter sido um lugar bom o suficiente para a Sra. Grant. E por mais que perguntasse, não conseguiria descobrir se a Sra. Grant tinha mais do que cinco mil libras.

Lady Bertram ouvia sem muito interesse este tipo de críticas. Ela não compreendia sobre finanças, mas sentia-se ofendida com o fato de a Sra. Grant ser tão bem estabelecida na vida mesmo sendo destituída de beleza, e expressava a sua indignação a esse respeito com tanta frequência, embora não com a mesma veemência, quanto a Sra. Norris criticava os aspectos financeiros.

Essas opiniões foram debatidas ao longo de quase um ano até que outro acontecimento de tamanha magnitude ocorresse na família, reivindicando o seu lugar nos pensamentos e nas conversas das senhoras. Sir Thomas considerou que seria conveniente ir pessoalmente a Antigua para a melhor resolução dos seus negócios e levou consigo o filho mais velho com a esperança de separá-lo das más influências. Eles deixaram a Inglaterra com a possibilidade de permanecer ausentes por um período de doze meses.

A necessidade da viagem por motivações financeiras e a esperança em relação ao filho fez com que Sir Thomas se resignasse com a necessidade de se separar do restante da família; sobretudo de deixar as filhas sob a responsabilidade de outras pessoas justamente no momento mais interessante das suas vidas. Ele não acreditava que lady Bertram pudesse assumir igualmente o seu lugar na relação com elas, ou realizar aquela que deveria ser a sua função. Mas com os cuidados da Sra. Norris e a aprovação de Edmund, ele se sentia suficientemente confiante para partir sem receios.

Lady Bertram não apreciou em nada o fato de o marido a deixar. Mas ela não estava preocupada com a segurança ou o conforto dele, pois era uma dessas pessoas que pensa que nada perigoso, difícil ou cansativo pode acontecer a ninguém mais do que a elas mesmas.

As Srtas. Bertram poderiam ser dignas de piedade nessa ocasião, mas não pelo sofrimento, e sim pela falta dele. O pai não era objeto de amor, ele nunca parecia ter sido um amigo em seus momentos de felicidade, e a sua ausência era quase bem-vinda. Com isso estavam libertas de todas as amarras e, sem que desejassem uma gratificação que provavelmente teria sido proibida por Sir Thomas, elas se sentiram imediatamente donas do próprio nariz, com a possibilidade de realizarem todas as indulgências que estivessem ao alcance. O alívio de Fanny e seu sentimento a esse respeito era quase semelhante ao das primas, mas uma natureza mais afetuosa sugeria que estava sendo ingrata, e ela realmente sofreu por não conseguir sofrer. "Sir Thomas, que fez tanto por ela e por seus irmãos e que estava indo com a possibilidade de nunca retornar! Ela o estava vendo partir sem derramar uma lágrima, era uma insensibilidade vergonhosa." Na última manhã ele lhe disse esperar que ela pudesse ver William novamente no curso do inverno seguinte e a havia encarregado de escrever, convidando-o a Mansfield tão logo o esquadrão a que ele pertencia estivesse na Inglaterra. "Isso era tão atencioso e gentil, e se ele tivesse sorrido para ela e a chamado 'minha querida Fanny' enquanto falava, todos os olhares severos ou indiferentes poderiam ter sido esquecidos." Mas ele tinha terminado o discurso de forma que a fez mergulhar em uma triste humilhação ao acrescentar: "Se William vier a Mansfield, espero que possa convencê-lo de que os muitos anos que se passaram desde que você partiu não foram de todo desperdiçados, embora eu acredite que ele possa achar a sua irmã aos dezesseis, em alguns aspectos, muito parecida com a irmã aos dez." Ela chorou amargamente sobre essa ponderação tão logo o tio partiu, e as primas, ao vê-la com os olhos vermelhos, acharam que era uma hipócrita.

4

Nos últimos meses, Tom Bertram havia passado tão pouco tempo em casa que mal sentiam falta dele. Lady Bertram estava surpresa do quão bem todos estavam mesmo com a ausência do pai, e de como Edmund podia suprir o lugar dele nos negócios, conversando com o encarregado, escrevendo ao advogado, supervisionando os empregados e, igualmente, salvando-a de todo o cansaço e esforço, exceto na redação das suas próprias correspondências.

Foi recebida a notificação da chegada em segurança dos viajantes a Antigua após uma viagem auspiciosa; porém, não cedo o suficiente para evitar que a Sra. Norris se entregasse a terríveis lágrimas, tentando fazer com que Edmund as presenciasse em todas as ocasiões que conseguia encontrá-lo sozinho. E, como fiava-se em ser a primeira pessoa a tomar conhecimento de qualquer catástrofe fatal, ela já tinha identificado uma maneira de contar as notícias para os demais. Após Sir Thomas assegurar a todos que ambos estavam vivos e bem, por um tempo foi necessário apaziguar a sua inquietação e preparar discursos afetuosos.

O inverno chegou e terminou sem muitas mudanças, e tudo permanecia perfeitamente bem. A Sra. Norris promovia divertimentos para suas sobrinhas, auxiliando-as em sua *toilette*, exibindo as habilidades delas e ajudando-as a identificar o futuro marido. Havia muito para ser feito, acrescentando-se a essas tarefas o cuidado com os afazeres domésticos, eventuais interferências nas tarefas domésticas de sua irmã e algumas conferidas nos desperdícios da Sra. Grant, o que a deixava com muito pouco tempo para se ocupar até mesmo com os receios em relação aos ausentes.

As Srtas. Bertram estavam agora inteiramente estabelecidas entre as belas jovens da região. E conforme uniam beleza e boa educação a um jeito natural, cuidadosamente moldado pela civilidade e condescendência, tinham a seu favor benevolência e admiração. A vaidade era tão equilibrada que pareciam ser destituídas dela, e não demonstravam traços de superioridade. Os elogios a esse comportamento, assegurado e disseminado pela tia, ajudava a fortalecer nelas a crença de que não tinham falhas.

Lady Bertram não saía com as filhas. Ela era excessivamente indolente até mesmo para aceitar a gratificação de uma mãe em presenciar o sucesso e o prazer de suas filhas em nome de qualquer problema de ordem pessoal. Essa queixa foi feita para a irmã, que ao desejar nada mais do que uma imagem tão honrada, saboreava minuciosamente a possibilidade de participar da sociedade sem que precisasse ter despesas.

Fanny não compartilhava das festividades da estação, mas apreciava declaradamente ser útil como companhia para a tia quando os demais membros da família se ausentavam; e como a Srta. Lee tinha deixado Mansfield, ela naturalmente se tornou essencial para lady Bertram nas noites de baile ou festa. Ela conversava, lia, ouvia o que a tia tinha a dizer, e a tranquilidade dessas tardes, sua perfeita segurança nesses encontros sem qualquer traço de indelicadeza, era indescritivelmente bem-vinda para um espírito que conhecia com frequência os sobressaltos causados por alarme ou embaraços. No que diz respeito à alegria de suas primas, ela amava ouvir seus relatos, especialmente dos bailes, e saber com quem Edmund tinha dançado. Mas pensava de forma bastante submissa sobre sua própria situação para imaginar que algum dia poderia ser convidada a participar, então ouvia sem qualquer ansiedade. De forma geral, foi um inverno bastante confortável para todos, embora não tenha trazido William para a Inglaterra; mas a esperança constante de sua chegada era muito valiosa.

A primavera que se seguiu a privou da valiosa companhia do velho pônei cinza e por um tempo ela correu o risco de sentir a sua perda tanto em sua saúde quanto em sua afeição, pois a despeito da conhecida importância de cavalgar, nada fez com que voltasse a andar a cavalo. Como observado pelas tias, "ela poderia cavalgar qualquer cavalo das primas quando elas não quisessem". Mas como as Srtas. Bertram desejavam andar a cavalo todos os dias, e não pretendiam sacrificar os seus desejos, este dia nunca chegou. Elas faziam os passeios nas belas manhãs de abril e maio, enquanto Fanny permanecia em casa durante todo o dia com uma das tias, ou caminhava além de suas forças em companhia da outra. Para lady Bertram, qualquer exercício era desnecessário, já que o considerava desagradável para si mesma. E a Sra. Norris, que caminhava o dia inteiro, acreditava que todos deveriam fazer o mesmo. Edmund estava ausente nesse período, e por isso o mal não foi remediado bem mais cedo. Quando ele retornou e percebeu como Fanny estava sendo tratada, e todos os efeitos negativos para a saúde dela, só havia uma decisão a ser tomada.

– Fanny precisa ter o próprio cavalo.

Esta foi a sua declaração resoluta, a qual se opunha a qualquer argumento que pudesse ser instado pela passividade da mãe, ou pela economia da tia, que lhe diminuísse a importância. A Sra. Norris não podia deixar de acreditar que poderiam achar algo entre os cavalos que pertenciam a Park e que seria perfeitamente adequado, ou que poderiam emprestar um cavalo do encarregado, ou ainda que o Dr. Grant pudesse ocasionalmente emprestar o pônei que usava para ir ao correio. Ela considerava totalmente desnecessário, e até mesmo inadequado, que Fanny tivesse regularmente um cavalo destinado a uma dama, da mesma maneira que as primas. Ela estava certa de que Sir Thomas nunca tinha tido esta intenção, e sentia-se na obrigação de dizer que adquiri-lo em sua ausência e aumentar a despesa do estábulo em um período em que grande parte dos seus recursos estava incerto lhe parecia injustificado.

– Fanny precisa ter um cavalo – era a única resposta de Edmund.

A Sra. Norris não via da mesma maneira, mas lady Bertram, sim. Ela concordava inteiramente com o filho sobre a necessidade de Fanny ter o próprio cavalo, e somente implorou que não houvesse pressa, pois queria que ele aguardasse o retorno de Sir Thomas e, então, ele mesmo poderia resolver a questão. Ele estaria em casa em setembro, e haveria algum mal se esperassem até lá?

Embora Edmund estivesse muito mais insatisfeito com a tia do que com a mãe na evidência do menor zelo com a sobrinha, ele não pôde deixar de prestar maior atenção ao que ela tinha dito. Com o tempo, vislumbrou uma maneira de proceder que preveniria o risco de que seu pai pensasse que ele tinha feito demasiado e, ao mesmo tempo, adquiriria para Fanny os meios imediatos para se exercitar, já que ele não podia suportar que ela não os tivesse. Ele pessoalmente tinha três cavalos, mas nenhum deles era adequado para uma mulher. Dois deles eram para caçadas, e o terceiro, um bom cavalo para a estrada. Assim, resolveu trocar algum por outro que sua prima pudesse usar. Ele sabia onde poderia encontrá-lo, e tendo resolvido a questão, o negócio foi rapidamente concluído. A nova égua demonstrou ser um tesouro e com muito pouco trabalho ela estava apta para levar adiante o seu propósito. Fanny, então, se tornou sua única dona. Até esse momento ela não poderia acreditar que haveria um animal mais adequado para ela do que o velho pônei cinza, mas seu deleite com a égua comprada por Edmund foi além de qualquer outro prazer que já tinha sentido. Sobretudo, tamanha consideração e gentileza aumentava ainda mais o seu prazer, que era maior do que qualquer palavra poderia expressar. Ela considerava o primo um exemplo de tudo o que fosse bom, honrado e valoroso, e ninguém mais do que ela poderia apreciá-lo devidamente. Ele era digno de toda a sua gratidão, e nenhum sentimento seria suficiente para demonstrá-lo. Os sentimentos dela em relação a ele eram uma combinação de tudo o que era respeitável, agradecido, íntimo e afetuoso.

Como o cavalo continuava em nome, e de fato, propriedade de Edmund, a Sra. Norris podia tolerar que fosse usado por Fanny. E se lady Bertram tivesse pensado outra vez em objetar, ele poderia ter se desculpado por não ter aguardado o retorno de Sir Thomas em setembro, pois quando setembro chegou, Sir Thomas continuava no exterior, e sem qualquer perspectiva de terminar os negócios por lá. Circunstâncias desfavoráveis surgiram subitamente quando ele estava começando a direcionar todos os seus pensamentos para a Inglaterra, e a grande incerteza que envolvia a situação como um todo determinou que enviasse o filho de volta para casa enquanto ele pessoalmente cuidaria dos preparativos finais. Tom chegou em segurança, trazendo consigo um relato maravilhoso sobre a saúde do pai. Essas notícias eram inúteis, de acordo com a opinião da

Sra. Norris; para ela, a decisão de Sir Thomas em enviar o filho de volta lhe parecia fruto do cuidado de um pai, que permanecia ele mesmo exposto a tantos males. E, por isso, não podia evitar pressentimentos terríveis. Conforme as longas tardes do outono chegaram, ela foi perseguida por essas ideias, e na triste solidão do seu chalé, sentiu-se obrigada a se refugiar diariamente na sala de jantar do Park. O retorno dos compromissos de inverno, no entanto, não deixou de ter os seus efeitos. E ao longo do seu desenvolvimento, sua mente estava tão prazerosamente ocupada em supervisionar o destino da sobrinha mais velha que os seus nervos se acalmaram.

"Se o pobre Sir Thomas tivesse o infortúnio de nunca retornar, seria particularmente consolador ver sua querida Maria bem casada." Ela pensava nisso com frequência e sempre que estavam na companhia de homens ricos, particularmente durante a apresentação a um jovem que tinha recentemente adquirido uma das maiores e melhores propriedades na região.

O Sr. Rushworth ficou desde o início cativado pela beleza da Srta. Bertram e, estando inclinado ao casamento, logo se sentiu enamorado. Ele era um rapaz pesado, e sem qualquer atrativo em especial. Mas como não havia nada desagradável em sua aparência ou endereço, a jovem estava bastante satisfeita com a conquista. Estando agora com vinte e um anos, Maria Bertram começava a pensar no matrimônio como um dever, e o casamento com o Sr. Rushworth lhe traria o prazer de uma renda maior do que a de seu pai. O enlace garantiria uma casa na cidade, um dos seus principais objetivos, e pela mesma regra da obrigação moral, transformou-se em dever o casamento com o Sr. Rushworth, caso estivesse em seu alcance. A Sra. Norris foi extremamente zelosa em promover o casamento em todas as suas colocações e artifícios, procurando estimular a vontade de ambos. Entre outros meios utilizados, procurou estabelecer mais intimidade com a mãe do cavalheiro, que até o momento morava com ele. Chegou até mesmo a forçar lady Bertram a percorrer dezesseis quilômetros de uma estrada tediosa para fazer uma visita matinal. Em pouco tempo, a Sra. Rushworth e a Sra. Norris chegaram a um bom entendimento; a primeira demonstrou-se bastante desejosa que o filho se casasse, e declarou que entre todas as jovens que havia conhecido, a Srta. Bertram lhe parecia, por suas qualidades amáveis e talentos, a mais apta para fazê-lo feliz. A Sra. Norris aceitou o elogio e admirou o discernimento de caráter que poderia tão bem distingui-la pela virtude. Maria era sem dúvida o orgulho e a alegria de todos, destituída de defeitos e um verdadeiro anjo. Certamente era tão cercada de admiradores que deveria ser difícil escolher, mas a Sra. Norris, mesmo em pouco tempo, acreditava que o Sr. Rushworth era precisamente o jovem que a merecia e que iria conquistá-la.

Após dançarem juntos em um número apropriado de bailes, os jovens fizeram jus a essas opiniões e um noivado foi iniciado, com a adequada menção ao ausente Sir Thomas, para a satisfação das respectivas famílias e dos demais, que nas semanas que transcorreram perceberam a conveniência do casamento entre o Sr. Rushworth e a Srta. Bertram.

Alguns meses se passaram até que recebessem o consentimento de Sir Thomas. Nesse ínterim, como ninguém tinha dúvidas sobre a aceitação dele com essa união, as relações entre as duas famílias foram levadas adiante, e não havia nada sigiloso nos comentários da Sra. Norris, onde quer que fosse, de que o casamento era uma questão que não devesse ainda ser mencionada.

Edmund era o único na família que podia ver uma falha nessa negociação. E nenhuma defesa feita pela tia poderia convencê-lo de que o Sr. Rushworth era uma companhia desejável. Para ele, a irmã deveria ser o melhor juiz para determinar a própria felicidade, mas não estava satisfeito com o fato de que a felicidade dela estivesse centrada em uma grande quantia de dinheiro. E diante do Sr. Rushworth não conseguia evitar o pensamento de que "Se este homem não tivesse doze mil libras ao ano, ele seria um sujeito muito estúpido".

Sir Thomas, no entanto, estava muito feliz com a perspectiva de uma união inquestionavelmente vantajosa, e sobre a qual ele só ouvia comentários extremamente positivos e agradáveis. Era uma ligação de grande qualidade, no mesmo condado, e com os mesmos interesses. A sua concordância afetuosa foi enviada o mais brevemente possível. A única condição era que o casamento não deveria ocorrer durante sua ausência. Ele escreveu em abril e disse que tinha fortes esperanças, para a sua grande satisfação, de que deixaria Antigua antes do fim do verão.

Esses foram os acontecimentos que transcorreram em julho. Fanny tinha completado recentemente dezoito anos quando a sociedade local recebeu os irmãos da Sra. Grant, o Sr. e a Srta. Crawford, filhos de sua mãe, mas frutos de um segundo casamento. Eram jovens e ricos. O filho tinha uma bela propriedade em Norfolk, e a filha, vinte mil libras. Quando crianças, a irmã tinha sido muito amorosa com eles, mas como o seu casamento foi seguido da morte de sua mãe, eles ficaram sob os cuidados de um irmão do pai, o qual a Sra. Grant desconhecia. Desde então os havia encontrado em raras ocasiões. Na casa do tio, eles encontraram um lar acolhedor. O almirante e a Sra. Crawford, embora não concordassem em nada mais, estavam unidos na afeição pelas crianças, ou pelo menos não disputavam mais as suas afeições, já que cada um tinha o seu favorito, a quem demonstravam preferência em relação ao outro. O almirante encantou-se com o menino, e a Sra. Crawford, com a menina. E, agora, a morte da senhora obrigava à sua protegida, após alguns meses de incerteza na casa do tio, a encontrar um novo lar. O almirante era um homem de conduta imoral que escolheu, em vez de ficar com a sobrinha, trazer a amante para morar debaixo do mesmo teto. Com isso, a Sra. Grant sentia-se obrigada a auxiliar a irmã. Essa medida era muito bem-vinda por um lado, e oportuna por outro. A Sra. Grant, tendo já realizado os seus afazeres como uma senhora residente no campo e sem filhos, e mais do que preenchido a sua sala de estar com belos móveis e uma coleção de plantas e de aves, estava muito desejosa de mudanças em casa. Portanto, a chegada de uma irmã que sempre tinha amado, e que esperava conseguir manter próxima pelo período em que permanecesse solteira, era extremamente agradável. A maior inquietação era que Mansfield não satisfizesse os hábitos de uma jovem mulher que estava acostumada a Londres.

A Srta. Crawford não estava inteiramente livre de tais preocupações embora estas tenham surgido principalmente em relação ao estilo de vida da irmã e ao tipo de sociedade em que estava inserida.

E foi depois de em vão tentar persuadir o irmão a se estabelecer com ele em sua própria casa de campo, que ela resolveu aventurar-se entre outros familiares. A qualquer referência a uma estada permanente, ou à limitação da sociedade, Henry Crawford tinha, infelizmente, profunda aversão. Ele não podia acomodar a irmã em tal circunstância. Mas a acompanhou com grande solicitude até Northamptonshire e dispôs-se a buscá-la em pouco tempo caso ela se sentisse cansada do lugar.

O encontro foi bastante satisfatório para ambos. A Srta. Crawford encontrou uma irmã sem formalidades ou traços de rusticidade, um cunhado que lhe parecia um cavalheiro e uma casa cômoda e bem decorada. A Sra. Grant recebeu aos dois a quem esperava amar mais do que nunca, dois jovens de aparência muito atraente. Mary Crawford era muito bonita. Henry, embora não fosse bonito, tinha um ar distinto. O comportamento de ambos era alegre e agradável e a Sra. Grant imediatamente estendeu sua avaliação para todos os demais aspectos. Ela estava encantada com os dois, mas Mary era o seu maior objeto de afeição, e como nunca havia tido a possibilidade de regozijar-se com a própria beleza, apreciava a possibilidade de sentir-se honrada com a da irmã. Ela não havia aguardado a sua chegada para começar a pensar em um cavalheiro adequado para ela, e tinha escolhido Tom Bertram; o filho mais velho de uma baronesa não estava em condição superior à de uma menina com vinte mil libras e toda a elegância e virtude que a Sra. Grant previu. Sendo uma mulher de bom coração e sem reservas, não havia ainda passado três horas desde a chegada de Mary em sua casa e ela já tinha revelado os seus planos.

A Srta. Crawford estava satisfeita em saber que uma família de tal importância estivesse próxima a eles, não tendo ficado nem um pouco descontente com o cuidado demonstrado pela irmã, ou pela escolha que ela tinha feito. O matrimônio era o seu objetivo. Tendo a certeza de que se casaria bem, e como já tinha visto o Sr. Bertram na cidade, ela sabia que não poderia fazer nenhuma objeção a ele ou à sua condição. Embora tratasse disso como uma brincadeira, levava o assunto a sério. O plano foi rapidamente revelado a Henry.

– E agora – acrescentou a Sra. Grant –, pensei em algo para torná-lo quase perfeito. Eu adoraria poder acomodar a ambos no campo, e sendo assim, Henry, você deverá se casar com a Srta. Bertram mais nova, uma menina com bom coração, bela, bem-humorada e virtuosa, e que vai fazê-lo muito feliz.

Henry fez uma pequena reverência e agradeceu-lhe.

– Minha querida irmã, disse Mary – se você conseguir persuadi-lo a qualquer coisa desta natureza, será um grande prazer para mim encontrar aliada tão esperta, e deverei somente lamentar por você não ter meia dúzia de filhas que possa casar. Se conseguir persuadir Henry a se casar, você deve ter o endereço de alguma francesa. Tudo o que as habilidades inglesas podem tentar, já foi tentado. Tenho três amigas que fariam tudo ao seu alcance para estar com ele, e os esforços que elas, suas mães (mulheres muito inteligentes), minha querida tia e eu pessoalmente tentamos para trazê-lo à razão, persuadi-lo ou enganá-lo para que se casasse, mas é inconcebível! Ele é o pior flerte que se pode imaginar. Se as suas Srtas. Bertram não quiserem ter o coração partido, é melhor evitarem Henry!

– Meu querido irmão, não acredito que isso seja verdade!

– Não, estou certa de que é muito bondosa. Você é até mais gentil do que Mary. Você compreende as dúvidas da juventude e da inexperiência. Eu tenho temperamento cauteloso e sou incapaz de arriscar a minha felicidade por pressa. Ninguém mais do que eu tem o matrimônio em tão alta conta. Considero a bênção de uma esposa, conforme descrito nas discretas linhas do poeta, "O *último* presente do Paraíso".

– Está vendo, Sra. Grant, como ele é irônico, e veja o sorriso dele. Eu asseguro que é detestável. As lições do almirante o mimaram muito.

– Eu presto muito pouca atenção – disse a Sra. Grant – no que um jovem pondera sobre o casamento. Se proclamarem uma aversão ao fato, eu acredito que é porque ainda não encontraram a pessoa certa.

O Dr. Grant, sorrindo, congratulou a Srta. Crawford em não sentir-se pessoalmente avessa ao matrimônio.

– Ah! Sim, eu não sinto nem um pouco de embaraço por isso. Eu faria com que todos se casassem, caso o consigam fazê-lo adequadamente. Eu não gosto quando as pessoas se lançam despreocupadamente, mas todos deveriam se casar tão logo consigam fazê-lo, em nome de sua própria felicidade.

5

Todos os jovens mostraram-se mutuamente satisfeitos desde o início. De cada lado havia muitos fatores de atração, e desde que se conheceram existia a promessa de que estabeleceriam uma intimidade, até onde os bons modos permitiam. A beleza da Srta. Crawford não impediu a sua relação com as Srtas. Bertram. Elas eram bonitas demais para não apreciarem qualquer mulher também bela, e estavam tão encantadas quanto os irmãos com os seus olhos vivazes e escuros, sua compleição morena e sua beleza em geral. Se ela fosse alta, desenvolvida e formosa seria mais difícil, mas, não sendo assim, não havia comparação; ela era uma menina bonita e doce, enquanto as irmãs eram as jovens mais interessantes das cercanias.

O irmão não era bonito; quando elas o viram pela primeira vez, acharam que tinha uma aparência absolutamente comum e um porte agradável. O segundo encontro demonstrou que ele não era tão comum assim, tinha um belo semblante, seus dentes eram bons, e a sua compleição era de tal forma que logo se esquecia de que possuía uma aparência deveras desinteressante. Na ocasião do terceiro encontro, quando jantaram com ele no presbitério, ele não pôde mais ser visto da mesma forma. Era, de fato, o jovem mais agradável que as irmãs tinham conhecido e ambas estavam igualmente encantadas. O noivado da Srta. Bertram tornava-o, de maneira justa, propriedade de Julia, e ela sabia disso. E antes mesmo que ele completasse uma semana em Mansfield, ela estava pronta para enamorar-se dele.

As percepções de Maria sobre o assunto eram mais confusas e vagas; ela não queria ver ou compreender. "Não pode haver mal algum em gostar de um homem agradável. Todos sabiam da sua situação. O Sr. Crawford precisa tomar cuidado." Mas ele não tinha a intenção de se arriscar. As Srtas. Bertram eram dignas de sua atenção e estavam dispostas a serem cortejadas; o propósito inicial era unicamente fazer com que gostassem dele. Ele não queria que elas se apaixonassem, mas com sua sensibilidade e seu temperamento, deveriam fazer o que julgassem melhor. Ele se permitia avançar bastante nesse campo.

– Gosto extremamente das suas Srtas. Bertram, irmã – disse ele logo depois de tê-las levado à carruagem após uma visita para jantar –; são meninas muito elegantes e agradáveis.

– Realmente são, e estou encantada em ouvir isso de você. Mas você gosta mais da Julia.

– Certamente gosto mais de Julia!

– Gosta mesmo? Porque a Srta. Bertram é normalmente considerada a mais bonita.

– É, acredito que sim. Ela se destaca em cada traço e prefiro o semblante dela, mas gosto mais da Julia. A Srta. Bertram é certamente a mais bonita e a considero a mais agradável, mas sempre irei preferir a Julia, porque você assim me ordenou.

– Eu não falarei mais nada, Henry, mas sei que você *vai* gostar mais dela no fim.

– Mas não estou dizendo que eu a prefiro em *primeiro* lugar?

– Além do mais, a Srta. Bertram está noiva. Lembre-se disso, meu querido irmão. A escolha dela já foi feita.

– Sim, e uma mulher noiva é sempre mais agradável do que uma que não está noiva. Ela está satisfeita consigo mesma. As suas preocupações terminaram e ela sente que pode exercer todo o seu poder de agradar sem suspeitas. Tudo está seguro com uma mulher noiva, nenhum mal lhe pode ser feito.

– E por falar nisso, o Sr. Rushworth é um cavalheiro e um grande partido para ela.

– Mas a Srta. Bertram não dá a mínima importância para ele.

– *Essa* é a *sua* opinião sobre a sua querida amiga. *Eu* não concordo. Estou certa de que a Srta. Bertram está muito enamorada do Sr. Rushworth. Eu pude ver em seus olhos sempre que mencionavam o nome dele. Tenho a Srta. Bertram em alta conta para suspeitar de que ela poderia entregar a sua mão sem entregar também o coração.

– Mary, como iremos domá-lo?

– Acredito que devemos deixá-lo sozinho; falar não ajuda nada. Ele será vencido.

– Mas eu preferiria que ele não fosse *vencido*, eu não quero que seja enganado. Eu prefiro que seja justo e honrado.

– Ah! Querida. Deixe que ele tenha a sua chance e seja convencido. Será a mesma coisa. Todos nós somos vencidos em um momento ou outro.

– Nem sempre quanto ao casamento, querida Mary.

– Sobretudo, no casamento. Com todo o respeito aos casados que estão presentes, minha querida Sra. Grant, não existe uma pessoa em cem, independentemente se homem ou mulher, que não o tenha feito antes de se casar. Pense comigo, eu vejo que isso *é* verdade, e sinto que *deve* ser verdade; de todas as demais negociações, é nesta que as pessoas esperam mais umas das outras, e em que são pouco verdadeiras com elas mesmas.

– Ah! Você esteve em uma escola desfavorável para o matrimônio em Hill Street.

– Minha pobre tia certamente tinha poucos motivos para ser feliz no casamento, mas, no entanto, falando com base em minhas próprias observações, é um empreendimento que envolve manobras. Conheço muitos que se casaram com a expectativa e a confiança de que teriam alguma vantagem em particular, ou realização, ou, ainda, que encontrariam uma qualidade boa na outra pessoa, mas que se decepcionaram, e foram obrigados a se submeter a uma situação inversa! O que é isso, senão ser vencido?

– Minha pobre criança, deve haver alguma imaginação em seu pensamento. Peço desculpas, mas não posso acreditar nisso; você vê somente metade da situação, o lado negativo, mas não o consolo. Existirão obstáculos e desapontamentos em qualquer lugar, e corremos o risco de criarmos muitas expectativas. Mas se um dos planos para a felicidade não der certo, a natureza humana volta-se para outro. Se o primeiro cálculo estiver equivocado, faremos um segundo cálculo ainda melhor. Nós encontraremos consolo em algum lugar, e aqueles observadores com mentes perversas, querida Mary, que fazem muito de pequenas situações, são ainda mais convencidos e enganados do que os próprios envolvidos.

– Muito bem, irmã! Eu admiro o seu *esprit de corps.* Quando eu for uma esposa, pretendo ser tão forte quanto você, e espero que as minhas amigas o possam ser também. Iria me poupar muita dor de cabeça.

– Você é tão terrível quanto seu irmão, Mary. Mas nós vamos curá-los. Mansfield vai curá-los e sem qualquer capitulação. Fiquem conosco e nós os curaremos.

Os Crawford, sem o desejo de serem curados, estavam dispostos a ficar. Mary estava satisfeita com o presbitério como sua atual residência, e Henry estava disposto a estender a sua visita. Ele tinha vindo com a intenção de permanecer por poucos dias, mas a permanência em Mansfield era promissora e ele não tinha outros compromissos. A Sra. Grant estava encantada por ter os dois em sua casa, e o Dr. Grant também estava extremamente contente. Uma bela e falante jovem como a Srta. Crawford era sempre uma companhia agradável para um homem indolente e caseiro. E a presença do Sr. Crawford como visitante era uma justificativa para beber vinho todos os dias.

A admiração da Srta. Bertram pelo Sr. Crawford era mais arrebatadora do que a Srta. Crawford estava acostumada a presenciar. Ela reconheceu, no entanto, que os senhores Bertram eram admiráveis e que jovens deste tipo não eram vistos com frequência nem mesmo em Londres. E o comportamento deles, em especial o do mais velho, era apreciável. *Ele* estivera muitas vezes em Londres e tinha maior vivacidade e era mais galanteador do que Edmund e, sendo assim, deveria ser o escolhido. Por ser o mais velho, era um indicativo ainda maior. Ela havia pressentido que *devia* gostar do mais velho. Ela sabia que este era o seu destino.

Tom Bertram parecia ser agradável; era o tipo de jovem que, em geral, era admirado. A sua afabilidade sobrepunha-se às demais qualidades, pois ele possuía boas maneiras, era espirituoso, tinha muitos conhecidos e sabia discorrer sobre diversos assuntos. E Mansfield Park e o título de baronesa não fariam mal algum. A Srta Crawford percebeu que ele era adequado para ela. Com a devida consideração, avaliou que ele tinha tudo a seu favor: um parque, um parque verdadeiro, com oito quilômetros de extensão, uma casa moderna e recém-construída, tão bem posicionada que deveria fazer parte de qualquer coleção de gravuras de nobres do reino, precisando somente ser completamente redecorada. As irmãs eram agradáveis e a mãe calma. Ele era um homem igualmente agradável, com a vantagem de ter prometido ao pai não mais jogar, e por ser o futuro Sir Thomas. Poderia ser uma boa solução, e acreditou que deveria aceitá-la. E começou a devidamente se interessar um pouco sobre o cavalo que iria participar da corrida de B-.

Essas corridas demandavam atenção e o afastou dela logo após eles terem se conhecido. E a família não aguardava sua volta, como ocorria de costume, por algumas semanas, o que colocaria a sua paixão a um teste precoce. Ele tentou convencê-la a comparecer às corridas. Muitos planos foram feitos para que alguns deles pudessem ir, com toda a avidez que lhes era particular, mas nada de fato ocorreu.

E Fanny, o que *ela* estava fazendo e pensando durante todo esse tempo? E qual era a *sua* opinião sobre os recém-chegados? Poucas jovens de dezoito anos poderiam ser menos solicitadas do que Fanny para compartilhar a sua opinião. Silenciosamente, e sem chamar atenção, admirou-se também com a beleza da Srta. Crawford, mas considerava o Sr. Crawford bastante desinteressante, a despeito de ambas as primas terem repetidamente tentado provar o contrário. Ela nunca *o* mencionou. E seu comportamento distante foi notado pela Srta. Crowford:

– Agora começo a entender a todos, exceto a Srta. Price – disse ela numa caminhada com os Srs. Bertram.

– Esclareçam, ela foi ou não apresentada à sociedade? Estou confusa. Ela jantou no presbitério com vocês, o que me fez parecer que *sim*, mas ela fala tão pouco que eu dificilmente posso supor que ela *tenha sido*.

– Acho que entendo o que quer dizer, mas não sei responder a essa pergunta – disse Edmund, a quem esta ponderação se dirigia principalmente. – Minha prima já está crescida. Ela tem a idade e o temperamento de uma mulher, mas o seu comportamento distante está além da minha capacidade de explicar.

– E, de maneira geral, nada pode ser mais facilmente apurado. A diferença é enorme. O comportamento, como a aparência, são, em geral, completamente diferentes. Até agora, eu não me equivoquei a respeito de outras meninas. Aquela que não foi apresentada tem sempre o mesmo estilo de vestido e chapéu, por exemplo; demonstra um ar muito recatado, e nunca diz uma palavra. Ela pode sorrir, mas eu lhe asseguro, se o fizer em excesso não é considerado adequado. As mulheres devem ser quietas e modestas. A alternância de modos ao sermos apresentadas à sociedade é frequentemente muito repentina. Às vezes elas alternam em tão pouco tempo de reservadas e quietas para o oposto, uma ousadia! Não desejamos ver uma jovem de dezoito ou dezenove anos tão disposta a experimentar novidades, ainda mais quando mal pudemos ouvi-la falar um ano antes. Sr. Bertram, eu ouso afirmar que *você* ocasionalmente presenciou estas mudanças.

– Eu creio que presenciei, mas isso não é justo. Vejo aonde quer chegar. Você está testando a mim e a Srta. Anderson.

– Não, de modo algum. Srta. Anderson! Eu não sei quem ou o que quer dizer. Estou no escuro. Mas *posso* testá-lo com grande prazer, se você me disser o assunto.

– Ah! Você se saiu muito bem, mas não posso deixá-la me conduzir dessa maneira. Você devia estar pensando na Srta. Anderson ao descrever uma jovem dama alterada, pois retratou-a de forma muito acurada para ser um equívoco. Foi exatamente assim. Os Anderson de Baker Street. Nós estávamos falando deles justamente outro dia, você lembra. Edmund, você me ouviu mencionar Charles Anderson. A circunstância foi precisamente o que esta dama reencenou. Quando Anderson me apresentou à sua família, em torno de dois anos atrás, a irmã era muito tímida, e eu não consegui fazer com que ela falasse comigo. Sentei por uma hora em uma manhã esperando por Anderson, somente com ela e uma menina pequena, ou duas, no aposento. A governanta estava doente ou tinha ido embora, e a mãe entrava e saía com frequência com cartas referentes a negócios, e eu mal podia fazer com que a jovem falasse uma palavra ou olhasse para mim, nem mesmo uma resposta cordial. Ela retorceu os lábios, e virou-se contra mim com arrogância! Eu a reencontrei depois de um ano; na época, ela já tinha sido apresentada. Encontrei-a na Sra. Holford, e não a reconheci. Ela veio até mim, me tratou como se fosse um conhecido, olhou fixamente para o meu rosto e conversou e riu até o ponto de me deixar desconcertado. Eu senti que era a piada do aposento. A Srta. Crawford, evidentemente, ouviu a história.

– Esta é uma bela história, e mais verdadeira do que o crédito que podemos dar à Srta. Anderson. É uma falha muito comum. As mães certamente ainda não têm a maneira correta de cuidar de suas filhas. Não sei onde está o equívoco. Não pretendo dizer qual é o caminho correto, mas posso dizer que estão quase sempre erradas.

– Aqueles que estão demonstrando ao mundo qual *deve ser* o comportamento feminino – disse o Sr. Bertram de forma galanteadora –, estão se esforçando para que seja feito corretamente.

– O equívoco é simples – disse o menos cortês Edmund. – Essas meninas não são educadas da maneira correta. São dadas a elas noções erradas desde o início. Estão sempre se portando motivadas pela vaidade, e não existe modéstia verdadeira em seu comportamento *antes* de aparecem em público nem depois.

– Eu não sei – respondeu a Srta. Crawford, hesitante. – Sim, eu não posso concordar com você nesse aspecto. É certamente o aspecto mais difícil desse empreendimento. É muito pior ter meninas que *não tenham* sido apresentadas darem-se ares e a mesma liberdade como se já o fizessem, fato que já *presenciei*. *Isto* é pior do que qualquer outra situação. Realmente ultrajante!

– Sim, *isso* é realmente muito inconveniente – disse o Sr. Bertram. – Deixa qualquer um confuso, sem saber o que fazer. O vestuário e a modéstia que tão bem descreveu (e nada foi tão preciso) indica como se deve agir. No ano passado me envolvi em um terrível embaraço por conta disso. Em setembro passado, logo após o meu retorno das Índias Ocidentais, fui até Ramsgate por uma semana com um amigo, Sneyd; você já deve ter me ouvido falar de Sneyd, Edmund. O pai, a mãe e as irmãs estavam lá, e eu não conhecia ninguém. Quando chegamos a Albion Place estavam todos fora e fomos ao seu encontro no píer. A Sra. e as duas Srtas. Sneyd estavam na companhia de outras amigas. Eu fiz a reverência, e como a Sra. Sneyd estava cercada por homens, me aproximei de uma de suas filhas, caminhei a seu lado até chegarmos em sua casa e me comportei da maneira mais agradável possível. A jovem dama estava perfeitamente à vontade, pronta para ouvir e para falar. Eu não poderia suspeitar que eu estivesse fazendo algo de errado. Elas estavam todas muito parecidas, bem-vestidas, com véus e guarda-sóis como as outras meninas, mas posteriormente percebi que estava dando atenção para a mais nova, que *não tinha* sido formalmente apresentada à sociedade, e tinha ofendido sobremaneira a mais velha. A Srta. Augusta não deve ter sido alvo de atenção por pelo menos mais seis meses e a Sra. Sneyd, acredito, nunca me perdoou.

– Certamente foi desagradável. Pobre Srta. Sneyd! Embora eu não tenha irmã mais nova, sinto por ela. Ser negligenciada antes do tempo deve ser vexatório, mas foi inteiramente culpa da mãe. A Srta. Augusta deveria estar acompanhada de sua governanta. Esses equívocos sempre causam problemas. Mas agora peço que me esclareçam a respeito da Srta. Price. Ela frequenta os bailes? Sai para jantar, além de vir à casa da minha irmã?

– Não – respondeu Edmund. – Não acredito que ela tenha ido uma única vez ao baile. Minha mãe raramente sai de casa, e não costuma jantar com mais ninguém, com exceção da Sra. Grant, e Fanny permanece em casa *com ela*.

– Ah! Então é evidente. A Srta. Price *não* foi apresentada à sociedade.

6

O Sr. Bertram se retirou, e a Srta. Crawford preparava-se para uma grande lacuna já que não o encontraria nas reuniões seguinte quase diárias, entre as famílias. Durante os jantares no parque, logo após a saída dele, ela se acomodou novamente no lugar de sua preferência à mesa, próximo ao fundo, prevendo sentir uma profunda melancolia com a mudança de senhores. Ela estava certa de que seria bastante monótono. Em comparação com o irmão, Edmund não teria nada a dizer. O jantar foi servido sem animação, o vinho consumido sem sorrisos ou conversas agradáveis, e a carne cortada sem que fosse contada uma anedota ou alguma história divertida, como "o meu amigo é um fanfarrão". Ela deveria tentar encontrar uma forma de se divertir naquela mesa, e pôs-se a observar o Sr. Rushworth, sentado na extremidade oposta, que retornava a Mansfield pela primeira vez desde que os Crawford haviam chegado. Ele estivera visitando um amigo no condado vizinho, e esse mesmo amigo tivera recentemente a residência reformada por um empreiteiro. O Sr. Rushworth retornou bastante influenciado por essas ideias e, embora sem dizer muito a respeito, não falava de outro assunto, que já havia sido discutido na sala de estar e era então retomado no salão de jantar. A opinião e a atenção da Srta. Bertram era evidentemente o principal objetivo dele, mesmo que a conduta dela demonstrasse certa indiferença, e a menção a Sotherton Court e as ideias relacionadas ao lugar deram-lhe um sentimento de complacência, o que a impediu de ser deveras indelicada.

– Eu gostaria que vocês vissem Compton – disse ele –; nunca vi um lugar tão mudado e mais completo em toda a minha vida! Disse a Smith que eu não sabia onde estava. O parque *agora* é uma das coisas mais belas da região. Você pode ver a casa de uma maneira surpreendente. Declarei quando voltei a Sotherton ontem que parecia uma prisão, uma velha e sombria prisão.

– Ah! Que vergonha! – replicou a Sra. Norris. – Uma prisão, ora essas! Sothern Court é um dos lugares mais nobres do mundo.

– Precisa de modernização, minha senhora, acima de tudo. Nunca em toda a minha vida vi um lugar que precisasse tanto de melhorias. E está tão abandonado que não sei o que poderia ser feito.

– Não é de se espantar que o Sr. Rushworth pense assim agora – disse a Sra. Grant para a Sra. Norris, com um sorriso. – Mas se depender dele, Sotherton terá todas as benfeitorias que o seu coração desejar.

– Devo tentar fazer algo a respeito – disse o Sr. Rushworth –, mas não sei o quê. Espero ter um bom amigo para me auxiliar.

– O seu melhor amigo, no caso – disse a Srta. Bertram calmamente –, seria o Sr. Repton, imagino.

– Era exatamente quem eu tinha imaginado. Ele foi tão bem-sucedido com o Smith, que acho que devo contratá-lo o quanto antes. Ele cobra cinco guinéus por dia.

– Bem, mesmo que fossem *dez* – disse a Sra. Norris. – Estou certa de que *você* não precisa se preocupar quanto a isso. As despesas não devem servir de impedimento. Se eu fosse você, não me preocuparia e faria tudo no melhor estilo, o mais bonito possível. Um lugar como Sotherton Court merece tudo o que o dinheiro e o bom gosto podem fazer. Você tem espaço bastante, e terrenos que o recompensarão. Da minha parte, se eu tivesse algo com ao menos a quinta parte do tamanho de Sotherton, estaria sempre plantando e fazendo benfeitorias, pois naturalmente gosto muito do lugar. Seria deveras ridículo tentar fazer algo onde estou agora, com meu meio acre; é quase burlesco. Mas, se eu tivesse mais espaço, teria um prazer incomum em realizar melhorias e plantar. Nós fizemos o mesmo no presbitério e o transformamos em um lugar bem diferente de quando o compramos. É possível que vocês, os mais jovens, não lembrem muito a respeito. Mas se o querido Sir Thomas estivesse aqui, ele poderia relatar todas as mudanças que fizemos. Muito mais teria sido feito se não fossem as condições de saúde do pobre Sr. Norris. Ele mal podia levantar-se da cama, pobre homem, para poder aproveitar o seu tempo, e *isso* me deixava abatida e desanimada para pôr em prática muitos dos planos que eu e Sir Thomas costumávamos fazer. Se não fosse por *isso*, teríamos feito o jardim suspenso e a plantação para isolar o pátio da igreja, assim como o Dr. Grant o fez. Nós estávamos sempre fazendo alguma melhoria. Foi somente na primavera, doze meses antes da morte do Sr. Norris, que plantamos o damasco contra a parede, e ele agora cresceu para ser uma árvore nobre e atingiu tamanha perfeição, caro senhor – disse ela, nesse momento dirigindo-se ao Dr. Grant.

– A árvore prospera bem, sem dúvida, senhora – respondeu o Dr. Grant. – O solo é bom e nunca passo por ali sem lamentar o fato de as frutas serem em pequeno número, e de que isso torna injustificável o trabalho de colhê-las.

– Senhor, o parque está em um terreno alagadiço, é um charco, Dr. Grant, nós o compramos assim; bem, foi um presente de Sir Thomas, mas eu vi o valor e sei que custou 7 xelins, e foi cobrado o preço justo de um brejo.

– Foi-lhe imposto então, minha senhora – retorquiu o Dr. Grant –; estas batatas têm o mesmo sabor de um damasco crescido em um charco, assim como as frutas daquela árvore. No melhor das hipóteses, é uma fruta insípida, mas um bom damasco é comível, embora nenhum do meu jardim o seja.

– A verdade, minha senhora – disse a Sra. Grant, fingindo cochichar para a Sra. Norris, que estava no lado oposto da mesa –, é que o Dr. Grant mal poderia dizer qual é o gosto natural de um damasco, pois ele praticamente nunca experimentou um. É uma fruta muito valiosa e que requer pouco trabalho, e a nossa é notadamente grande e saborosa; a nossa cozinheira consegue aproveitar todas as frutas em tortas e conservas.

A Sra. Norris, que tinha começado a ficar ruborizada, foi acalmada, e por um pequeno período, outros assuntos sobre as benfeitorias em Sotherton se sobrepuseram. O Dr. Grant e a Sra. Norris raramente se entendiam; conheceram-se em meio a turbulências, e os seus hábitos eram completamente diferentes.

Após um breve intervalo, o Sr. Rushworth recomeçou.

– A propriedade de Smith é admirável, e chama a atenção nesta região, e foi por uma quantia pequena que Repton a assumiu. Acho que contratarei Repton.

– Sr. Rushworth – disse lady Bertram –, em seu lugar eu plantaria belos arbustos. As pessoas gostam de caminhar pelos arbustos quando o tempo está bom.

O Sr. Rushworth ansiou por demonstrar sua aquiescência à senhoria, e tentou dizer algo cortês; mas entre submeter-se ao gosto dela, que coincidia com o dele, e agradar as demais senhoritas presentes, insinuando que existia apenas uma única pessoa a quem gostaria de satisfazer, sentiu-se constrangido, e Edmund tomou a iniciativa de pôr fim ao assunto com um convite para beberem vinho. No entanto, o Sr. Rushworth, usualmente pouco falante, ainda tinha o que dizer sobre o assunto de tão grande interesse para ele mesmo.

– Smith não tem muito mais do que cem acres, o que é insuficiente, fato que surpreendeu ainda mais terem sido feitas tantas modificações na propriedade. Agora, em Sotherton, nós temos em torno de setecentos, sem incluir as pradarias, então acredito que se tanto pode ser feito em Compton, não precisamos nos desesperar. Duas ou três belas e antigas árvores foram cortadas, pois estavam muito próximas à casa, e isso ampliou incrivelmente a perspectiva, o que me leva a pensar que Repton, ou qualquer outro que esteja empenhado no projeto, certamente retiraria a alameda em Sotherton; a alameda que liga o lado oeste ao cume do morro, como sabe – disse dirigindo-se, em particular, para a Srta. Bertram.

Mas a Srta. Bertram pensou ser apropriado responder:

– A alameda! Ah! Eu não me lembro. Eu conheço muito pouco de Sotherton.

Fanny, que estava sentada ao lado de Edmund, exatamente na frente da Srta. Crawford, e ouvia a conversa atentamente, olhou para ele e disse em voz baixa:

– Cortar uma alameda! Que pesar! Não o faz lembrar de Cowper? "As alamedas destruídas, como lamento o seu destino imerecido."

– Tenho receio de que a alameda esteja com os dias contados, Fanny – respondeu ele sorrindo.

– Eu gostaria de conhecer Sotherton antes que as árvores fossem cortadas para ver o local em seu atual estado; mas não acredito que o farei.

– Você nunca esteve lá? Não, nunca pôde, e infelizmente a distância é grande para ser percorrida a cavalo. Eu desejaria que pudéssemos planejar uma visita.

– Ah! Mas não tem problema. Quando tiver a oportunidade, você poderá me dizer quais foram as modificações realizadas.

– Lembro – disse a Sra. Crawford – que Sotherton é um local antigo, e um lugar de certo esplendor. Qual é o estilo de construção?

– A casa foi construída no período de Elizabeth; é uma construção ampla, regular e de tijolos, pesada, mas com uma aparência digna, e possui bons aposentos. Não está bem localizada. Foi construída em um dos lugares mais baixos da região, e neste aspecto é desfavorável para a realização de benfeitorias. Mas as madeiras são de boa qualidade e há um córrego. Ouso dizer que poderá ser feito um bom negócio. O Sr. Rushworth está certo, eu acredito, em dar-lhe uma roupagem moderna, tenho certeza de que tudo será muito bem-feito.

A Srta. Crawford ouviu humildemente e disse a si mesma, "ele é um homem nobre e esforçado".

– Eu não tenho a intenção de influenciar o Sr. Rushworth – continuou Edmund –, mas, se tivesse uma propriedade para reformar, não a deixaria nas mãos de um empreiteiro. Eu optaria por uma beleza simples, e faria as melhorias progressivamente. Seria mais fácil conformar-me com meus próprios erros do que com os dele.

– *Você* certamente saberia o que fazer, mas não se pode dizer o mesmo *de mim*. Eu não tenho visão ou simplicidade para essas questões, tão somente como aparecem diante de mim. Tendo uma casa no campo, devo me sentir grato por qualquer Sr. Repton que assuma sua reforma e me entregue o máximo de beleza que meu dinheiro puder pagar. E não olharei para a casa até que esteja pronta.

– Para *mim* seria adorável ver o progresso da reforma – disse Fanny.

– Ah, você foi criada desta maneira. Não fez parte da minha formação e tudo o que aprendi foi que acompanhar essas reformas é uma tarefa fastidiosa, e as benfeitorias feitas *por mim*, um dos maiores incômodos. Há três anos, o almirante, meu honrado tio, comprou um chalé em Twickenham para nossas temporadas de verão. A minha tia e eu íamos para lá extasiadas, e mesmo sendo excessivamente bonito, logo percebemos que era necessária uma nova reforma, e ao longo de três meses só houve sujeira e confusão, sem um único lugar para pisarmos, ou um lugar apropriado para nos sentarmos. Eu gostaria de ter tudo o que fosse possível no campo: arbustos, jardins com flores e inúmeros bancos rústicos; mas teve que ser feito sem a minha interferência. Henry é diferente, ele adora participar.

Edmund estava descontente ao ouvir a Srta. Crawford, a quem ele intencionava admirar, falar tão abertamente sobre o tio. Não aprovou sua noção de etiqueta, e permaneceu em silêncio até ser induzido, com sorrisos e palavras de incentivo, a pôr um fim ao assunto.

– Sr. Bertram – disse ela –, tenho novidades a respeito da minha harpa. Estou certa de que está segura em Northampton, e já deve estar lá há uns dez dias, a despeito das garantias solenes de que temos recebido afirmando o contrário.

Edmund expressou o seu contentamento e surpresa.

– A verdade é que os nossos questionamentos foram muito diretos; enviamos um serviçal e fomos nós mesmos, e isso não fica a mais de cem quilômetros de Londres. Mas nesta manhã nós tivemos notícias confiáveis; foi visto por um fazendeiro, e ele contou para o moleiro, e este revelou para o açougueiro, e o cunhado do açougueiro comentou na loja.

– Estou muito satisfeito por ter tido notícias sobre o destino da harpa, independentemente dos meios; e espero que não haja mais atrasos.

– Eu devo recebê-la amanhã; mas como acha que deve ser transportada? Não será por um vagão ou carroça. Infelizmente, nada disso poderia ser alugado no vilarejo. Seria melhor ter solicitado um carregador e uma liteira.

– Você teria dificuldade agora, ouso afirmar, para alugar um cavalo e uma carroça em meio à já avançada colheita de feno.

– Fiquei surpresa com o trabalho que isso gerou! Querer um cavalo e uma carroça no campo parecia impossível, então pedi a minha empregada que solicitasse ambos diretamente a alguém; e assim como não posso olhar pela minha janela sem ver um jardim cultivado, ou caminhar por uma área de arbustos sem passar por outra, eu achei que bastasse solicitar para conseguir, mas me surpreendi ao descobrir que não era tão fácil. Imagine a minha surpresa ao descobrir que pedia algo inusitado e impossível, tendo ofendido todos os fazendeiros e trabalhadores da paróquia. No caso do meirinho do Dr. Grant, creio que devo ficar longe do *seu* caminho, e até mesmo do meu cunhado, que em geral é muito amável, mas que me olhou de forma bastante ameaçadora quando eu lhe disse o que queria.

– Você não poderia imaginar que fosse precisar disso algum dia, mas quando aconteceu, percebeu a importância do fato. Arrendar uma carroça em qualquer momento não é tão fácil como imagina. Os nossos fazendeiros não têm o hábito de abrir mão delas. Mas durante a colheita está fora de cogitação abrir mão de um único cavalo sequer.

– Eu deverei compreender todos os seus hábitos com o tempo. Mas tendo em vista a máxima de Londres de que tudo pode ser obtido com dinheiro, a princípio fiquei um pouco constrangida com os inflexíveis dos costumes do campo. No entanto, eu deverei receber minha harpa aqui amanhã. Henry, que é muito generoso, ofereceu-se em ir pegá-la com sua carruagem. Não será transportada de forma honrosa?

Edmund falou sobre a harpa com o entusiasmo de um admirador, e manifestou o desejo de em breve poder ouvi-la. Fanny nunca tinha ouvido o som de uma harpa, e também ansiou muito pela oportunidade.

– Ficarei muito feliz em poder tocá-la para os dois – disse a Srta. Crawford –, pelo menos enquanto estiverem dispostas a ouvir, já que eu amo música e ao começar a tocar tenho dificuldade em parar. O músico sempre se sentirá melhor, pois é gratificado de muitas maneiras. Agora, Sr. Bertram, se escrever ao seu irmão, rogo-lhe que lhe comunique que a minha harpa está vindo, pois ele ouviu tanto sobre o meu sofrimento a esse respeito. E deverá dizer, encarecidamente, que prepararei muitos lamentos contra o seu retorno, por compaixão, já que sei que o seu cavalo irá perder.

– Se eu escrever, direi o que desejar. Mas por ora não antevejo nenhuma razão para fazê-lo.

– Entendo; e ouso afirmar que nem mesmo se ele estivesse ausente há doze meses você escreveria para ele ou ele para você, se pudesse ser evitado. Tal situação nunca poderá ser esperada. Que criaturas estranhas são os irmãos. Vocês não escreveriam um para o outro a não ser em razão de uma necessidade urgente, então seriam obrigados a pegar a caneta para avisar que um cavalo está doente ou que um parente morreu, de preferência com o menor número possível de palavras. Entre vocês há apenas uma característica comum. Eu sei perfeitamente. Henry, que é em todos os outros aspectos exatamente o que um irmão deveria ser, me ama, me consulta e confia em mim, e conversará por horas a fio comigo, mas nunca escreveu mais de uma página em uma carta. Em geral, não diz nada além de "Querida Mary, acabei de chegar. Bath está bastante cheia, e sem novidades. Cordialmente". Esse é verdadeiramente o estilo masculino. Essa é exatamente a carta de um irmão.

– Quando os irmãos estão distantes da família – disse Fanny pensando em William –, eles conseguem escrever longas cartas.

– A Srta. Price tem um irmão marinheiro – disse Edmund –, cuja excelência como correspondente faz com que eu acredite que você é muito severa em relação a nós.

– Marinheiro? Sob os serviços do rei, naturalmente.

Fanny preferiria que Edmund pudesse contar a história, mas o seu silêncio determinado a obrigava a revelar a situação do irmão. A voz dela demonstrava seu entusiasmo ao falar da profissão do irmão e sobre os lugares que tinha visitado, mas não pôde conter as lágrimas ao mencionar o número de anos que ele estava ausente. A Srta. Crawford educadamente desejou que ele fosse promovido em breve.

– Você sabe algo a respeito do capitão do meu primo? – perguntou Edmund. – Capitão Marshall? Você tem muitos contatos na Marinha, não?

– Entre os almirantes, bastante. – E continuou com um ar de grandeza: – Nós conhecemos muito poucos de patentes inferiores. Embora os capitães sejam bons homens, não os conhecemos. Mas sobre diversos almirantes, poderia lhes falar bastante a respeito. Sobre eles e as suas bandeiras, os seus soldos, suas contendas e ciúmes. Mas, em geral, posso assegurá-los de que são desprezados e subvalorizados. Certamente, a convivência na casa do meu tio fez com que eu conhecesse um círculo de almirantes. De *contras* e *vices*, eu vi bastante. Agora, não suspeitem de que seja um trocadilho, eu suplico.

Edmund novamente ficou sério e limitou-se a comentar:

– É uma profissão nobre.

– Sim, a profissão é nobre o suficiente sob duas circunstâncias: se fizer fortuna e caso haja discrição no seu uso. Mas, em suma, não é uma de minhas profissões favoritas e nunca a vi pessoalmente com muito bons olhos.

Edmund reverteu o assunto para a harpa e novamente demonstrou estar muito feliz com a perspectiva de ouvi-la tocar.

O tema sobre reformas, enquanto isso, ainda estava sob consideração entre os demais. A Sra. Grant não podia evitar dirigir-se ao irmão, embora isso o desviasse da atenção à Srta. Bertram.

– Meu querido Henry, *você* não tem nada a dizer? Já cuidou pessoalmente de reformas, e pelo que soube sobre Everingham, pode rivalizar com qualquer lugar na Inglaterra. Suas belezas naturais, estou certa, são formidáveis. Everingham *era* perfeita, com aqueles morros, e que floresta! O que eu não daria para vê-la novamente!

– Nada poderia ser tão gratificante do que ouvir a sua opinião a respeito – foi a resposta. – Mas receio de que haveria desapontamentos. Você não a acharia semelhante às das suas lembranças. Você se surpreenderia com sua insignificância, e em relação às reformas, havia muito pouco a ser feito. Eu desejaria ter cuidado do lugar por muito mais tempo.

– Você aprecia este tipo de coisa? – perguntou Julia.

– Mais do que pode imaginar, mas com as vantagens naturais do lugar que foram percebidas até mesmo por olhos muito jovens, havia muito pouco para ser feito, e com as minhas próprias iniciativas, bastaram três meses para que Everingham se transformasse no que é hoje. O meu plano foi concebido em Westminster, talvez um pouco modificado em Cambridge, e executado quando eu estava com 21 anos. Estou inclinado a invejar o Sr. Rushworth por ter tamanha felicidade a sua frente. Eu fui particularmente um devorador.

– Aqueles que veem com rapidez, resolvem com rapidez e agem com rapidez – disse Julia. – Nunca deve lhe faltar trabalho. Em vez de invejar o Sr. Rushworth, deveria assisti-lo com as suas opiniões.

A Sra. Grant reforçou calorosamente, a segunda parte do discurso dela, persuadindo-o de que nenhuma avaliação poderia ser como a de seu irmão. E como a Srta. Bertram também defendia a ideia, dando-lhe total apoio, declarou que em sua opinião era infinitamente melhor consultar os amigos e conselheiros imparciais do que colocar de imediato os negócios nas mãos de um profissional. O Sr. Rushworth estava preparado para solicitar o auxílio do Sr. Crawford, e o Sr. Crawford, depois de depreciar as suas próprias habilidades, demonstrou estar ao dispor de todas as maneiras que lhe fosse possível. O Sr. Rushworth então propôs que o Sr. Crawford lhe desse a honra de ir se hospedar em Sotherton. E a Sra. Norris, como se tivesse lido a mente das duas sobrinhas, que desaprovavam a possível ausência do Sr. Crawford, interpôs-se com uma sugestão. – Não devem existir dúvidas sobre a disponibilidade do Sr. Crawford, mas por que não vamos também? Por que não fazemos uma pequena festa? Aqui estão muitos interessados na sua reforma, meu querido Sr. Rushworth, que gostariam de presenciar os conselhos do Sr. Crawford; e que poderiam até mesmo ajudá-lo com as *suas* próprias opiniões. Por mim, há bastante tempo tenho desejado encontrar-me novamente com sua mãe. Nada, a não ser não possuir meus próprios cavalos, poderia ter me feito ser tão negligente. Mas agora posso ir e passar algumas horas na companhia da Sra. Rushworth enquanto os demais conversam e planejam tudo, e depois poderíamos todos retornar para jantar aqui, ou em Sotherton mesmo, o que for mais cômodo para a sua mãe, e então faríamos o trajeto de volta sob a luz do luar. Ouso afirmar que o Sr. Crawford levaria as minhas duas sobrinhas e a mim em sua carruagem, e Edmund poderia ir a cavalo. Você sabe, irmã, Fanny ficaria em casa com você.

Lady Bertram não fez nenhuma objeção. E todos os envolvidos na visita concordaram, com exceção de Edmund, que ouviu tudo sem dizer uma palavra.

7

— Bem, Fanny, o que pensa sobre a Srta. Crawford *agora*? – perguntou Edmund no dia seguinte, após ele mesmo ter refletido sobre o assunto. – O que achou dela ontem?

–Muito bem, muito. Eu gosto de ouvi-la falar. Ela me diverte, e é tão bonita que sinto prazer só de olhar para ela.

– É o semblante que a deixa tão atraente. Ela tem uma feição maravilhosa. Mas não houve nada em sua conversa que tenha chamado sua atenção, Fanny, como algo que não estivesse inteiramente correto?

– Ah! Sim, ela não deveria ter falado sobre o tio como o fez. Fiquei bastante impressionada. Um tio com o qual viveu por tantos anos e que, independentemente de suas falhas, demonstra um carinho especial pelo irmão, tratando-o, conforme costumam dizer, como se fosse um filho. Eu não pude acreditar!

– Eu imaginei que pudesse ficar admirada. Não foi correto, decerto muito indecoroso.

– E uma grande ingratidão, é o que penso.

– Ingratidão é uma palavra forte. Não sei se o tio pode exigir a sua *gratidão*, ao contrário da esposa. E é justamente em respeito à memória da tia que ela não deveria agir assim. É uma situação embaraçosa. Com sentimentos tão calorosos e tendo-a em tão alta conta, deve ser difícil fazer justiça à sua afeição pela Sra. Crawford, sem com isso ofuscar o almirante. Não tenho a pretensão de saber a quem devo culpar pelos seus desentendimentos, embora a conduta atual do almirante nos leve a ser complacentes com a esposa. É natural e amável que a Srta. Crawford deva isentar a tia inteiramente. Não censuro as suas *opiniões*, mas certamente é impróprio compartilhá-las em público.

– Você não concorda – disse Fanny após uma rápida reflexão – que esses sentimentos espelham os da Sra. Crawford, considerando que a sobrinha foi criada por ela? Ela não deve ter compartilhado aspectos positivos a respeito do almirante.

– Esta é uma boa observação. Sim, devemos supor que as falhas da sobrinha são semelhantes às da tia e faz com que nos sintamos mais sensíveis com as desvantagens que a situação lhe impôs. Mas acredito que seu novo lar lhe fará bem. O comportamento da Sra. Grant é muito adequado. Ela fala sobre o irmão com grande afeição.

– Sim, exceto o fato de lhe escrever cartas tão curtas. Ela quase me fez rir, mas não posso acreditar que o amor ou o bom caráter de um irmão seja tão grande uma vez que ele não se dá nem mesmo o trabalho de escrever algo digno de ser lido para as irmãs quando estão distantes. Estou certa de que William jamais faria o mesmo *comigo*. E que direito ela tinha de supor que *você* não escreveria cartas extensas quando estivesse ausente?

– É o direito de um espírito livre, Fanny, aproveitar-se de qualquer situação para se divertir diante de outros. Totalmente aceitável quando não misturado com malícia ou descortesia. Não há nada semelhante a isso no semblante ou comportamento da Srta. Crawford; ela não é mordaz, maliciosa ou rude. Ela é uma perfeita dama, com exceção dos aspectos que acabamos de mencionar, sob os quais seu comportamento não pode ser justificado. Fico feliz que você tenha percebido da mesma maneira que eu.

Tendo influenciado a sua maneira de pensar e capturado a sua afeição, era grande a possibilidade de ela pensar de forma semelhante à dele, embora a partir daquele momento, e sobre aquele assunto em particular, tivessem começado a existir certas divergências, pois ele estava inclinado a sentir-se admirado pela Srta. Crawford, e percorreria caminhos em que Fanny não poderia acompanhá-lo. Os atrativos da Srta. Crawford não diminuíram. A harpa chegou e ajudou a aumentar ainda mais a sua beleza, perspicácia e bom humor ao tocar com tamanha solicitude, e com uma expressão e bom gosto que eram particularmente sedutores. Tinha sempre algo espirituoso para dizer ao fim de cada música. Edmund ia ao presbitério todos os dias para que pudesse se deleitar com seu instrumento favorito. Cada manhã assegurava o convite para a apresentação seguinte, já que a jovem não relutaria em ter um ouvinte, e em breve tudo começou a caminhar bem.

Uma mulher jovem, bonita, alegre e com uma harpa tão elegante quanto ela; ambas posicionadas perto da janela, cuja vista dava para um jardim e um pequeno gramado cercado por arbustos com a rica folhagem do verão. Esses eram elementos suficientes para capturar o coração de qualquer rapaz. A estação e o cenário eram extremamente favoráveis à ternura e ao amor. A Sra. Grant e a casa também davam a sua contribuição. Tudo se encontrava em perfeita harmonia, e como os ares ficam diferentes sob o sentimento de amor, até mesmo a bandeja de sanduíches e a gentileza do Dr. Grant em prepará-las eram dignos de nota. Sem se dar conta, no entanto, Edmund chegava ao fim de uma semana desse contato contínuo bastante apaixonado. Devemos creditar à senhorita o fato de que mesmo não sendo ele um homem do mundo como o irmão mais velho, e destituído da arte do flerte ou da conversa, ele tenha se modificado aos olhos dela. Ela sentia isso, embora sem tê-lo previsto, ou ainda, compreendido inteiramente, pois ele não tinha muitas características consideradas encantadoras; ele não conversava sobre trivialidades, não tecia elogios, as suas opiniões eram inflexíveis e seu comportamento era tranquilo e simples. Havia talvez um charme em sua sinceridade, firmeza e integridade, mas a Srta. Crawford não estava disposta a pensar sobre o assunto. Ela não se entregava com frequência a essas ideias, mas ainda assim ele a encantava. Ela apreciava tê-lo por perto, e isso era o suficiente.

Fanny não imaginava que Edmund frequentasse o presbitério todas as manhãs. Ela também teria grande satisfação em ouvi-la tocar a harpa, mesmo sem ser convidada ou notada. Tampouco sabia que quando o pequeno passeio terminasse à noite, e as duas famílias novamente se separassem, ele consideraria correto conduzir a Sra. Grant e a irmã de volta à residência, enquanto o Sr. Crawford acompanharia as demais damas até o Park. Mas ela não gostava da troca, e se Edmund não estivesse lá para misturar o vinho e a água, ela preferiria não tomá-lo. Fanny ficou bastante surpresa com o fato de ele poder passar tantas horas ao lado da Srta. Crawford e não mais perceber as falhas que havia observado antes, das quais se lembrava sempre que estava em sua companhia; mas era assim que as situações se desenrolavam. Edmund apreciava sobremaneira conversar com ela sobre a Srta. Crawford. Ele parecia acreditar ser suficiente que o almirante tivesse sido poupado desde então; a Srta. Crawford hesitava em salientar as suas próprias observações sobre ele, evitando assim demonstrar uma natureza maliciosa. A primeira dor real que a Srta. Crawford causou a Fanny foi quando decidiu aprender a andar a cavalo, depois de presenciar as demais jovens em Mansfield. Com o estreitamento da amizade entre os dois, Edmund estimulou a vontade dela ao oferecer-lhe a sua égua para as aulas iniciais, pois essa era a mais adequada, das duas estrebarias, para uma iniciante. Contudo, a oferta dele não tinha a menor intenção de causar dor ou prejuízo à prima: *ela* não deveria perder um dia sequer de exercício por isso. A égua deveria ser levada ao presbitério apenas meia hora antes da sua cavalgada diária. Fanny, diante da proposta, não se sentiu desprezada e quase foi tomada pela gratidão por ele ter lhe pedido que continuasse com sua atividade.

Na primeira tentativa da Srta. Crawford tudo transcorreu bem e sem qualquer inconveniência para Fanny. Edmund, que havia levado a égua e tomado todas as outras providências, retornou no horário combinado, antes mesmo de Fanny ou do cocheiro, que, por sua vez, estava sempre presente para assisti-la quando cavalgava sem os primos. A tentativa não ocorreu da mesma maneira no segundo dia. O prazer da Srta. Crawford foi tamanho que ela não conseguiu parar. Animada e sem qualquer traço de medo, apesar de sua baixa estatura, ela parecia ter nascido para ser uma amazona. E ao puro prazer do exercício acrescentou-se a atenção e as instruções de Edmund. Acreditava também estar superando, com seu progresso natural, sua condição feminina e, por tudo isso, demonstrou-se relutante em descer do cavalo. Fanny estava pronta e a aguardava. A Sra. Norris estava começando a censurá-la por não ter voltado para casa, e nem o cavalo nem Edmund apareciam. Para esquivar-se da tia e poder procurar por ele, ela se retirou.

Não era possível ver uma casa a partir da outra, embora distassem menos de um quilômetro; mas ao dar alguns passos fora da porta de entrada, Fanny pôde ver o parque, o presbitério e a propriedade como um todo gentilmente surgindo além da estrada; e imediatamente avistou o grupo na campina do Dr. Grant; Edmund e a Srta. Crawford, ambos montados e andando lado a lado, o Dr. e a Sra. Grant e o Sr. Crawford, com dois ou três cavalariços. Eles lhe pareceram um grupo feliz, compartilhando o mesmo interesse. Sem dúvida estavam alegres, pois as vozes de contentamento chegavam até ela, e aquilo *não* a deixou feliz. Ela sentiu uma grande angústia por Edmund ter se esquecido dela. Fanny não conseguia desviar os olhos da campina ou deixar de acompanhar os acontecimentos. A Srta. Crawford e o seu acompanhante deram uma volta no campo, que não era pequeno, ao menos para ser percorrido a pé. E então, por sugestão *dela*, ambos começaram a galopar. Para a natureza tímida de Fanny, não foi surpreendente ver como ela se saía bem. Após alguns minutos eles pararam. Edmund estava próximo a ela, aparentemente instruindo-a sobre a maneira correta de segurar as rédeas. Ele segurou a sua mão, ou então a imaginação completou a cena que os olhos não podiam ver. Ela não deveria pensar em tudo aquilo; o que poderia ser mais natural do que Edmund ser útil demonstrando a sua natureza generosa para qualquer um? Mas ela também não conseguia evitar o pensamento de que o Sr. Crawford deveria tê-lo poupado desse trabalho, já que teria sido mais apropriado para um irmão fazê-lo. O Sr. Crawford se vangloriava de sua boa índole e cortesia, mas provavelmente não sabia nada a esse respeito e não era gentil como Edmund. Ela começou a achar que seria muito desgastante para a égua ter duas pessoas montando-a; ela poderia ser esquecida, mas a pobre égua não.

Os sentimentos dela em relação a um e outro aos poucos foram tranquilizados ao ver o grupo se dispersar na campina. A Srta. Crawford, ainda montada na égua e conduzida por Edmund a pé, passou pelo portão em direção à estrada e depois para o parque, em direção ao local em que ela estava. Ela ficou com receio de parecer rude e impaciente, e caminhou ao encontro deles demonstrando grande satisfação para disfarçar seus sentimentos.

– Minha querida Srta. Price – disse a Srta. Crawford, tão logo aproximou-se o bastante para ser ouvida –, vim me desculpar por tê-la deixado esperando, mas eu não tenho nenhuma desculpa para dar-lhe. Eu sabia que já era tarde e que estava me comportando extremamente mal. Desta maneira, peço que me perdoe. O egoísmo, como sabe, sempre deve ser perdoado, porque não há esperança para a cura.

A resposta de Fanny foi muito cordial e Edmund acrescentou que ela não deveria ter pressa.

– Minha prima tem mais do que tempo suficiente para andar a cavalo na distância que em geral costuma percorrer – disse ele –, e você promoveu o bem-estar dela ao evitar que saísse meia hora antes; as nuvens estão se aproximando e ela não vai sofrer com o calor, como teria ocorrido caso tivesse saído mais cedo. Espero que *você* não esteja tão cansada com tanto exercício. Gostaria de tê-la poupado desta caminhada de volta.

– Nada me cansa como descer deste cavalo, posso assegurá-lo – disse ela, enquanto saltava com a ajuda dele. – Eu sou muito forte, nada nunca me cansa, exceto fazer aquilo de que não gosto. Srta. Price, eu a devolvo com pesar, mas espero sinceramente que faça um belo passeio e que eu não tenha nada além de boas notícias sobre este animal admirável e bonito.

O velho cocheiro, que estava esperando montado em seu próprio cavalo, aproximou-se deles e auxiliou Fanny a subir na égua. Em seguida, dirigiram-se ao lado oposto do parque. Seus sentimentos de inquietação não foram apaziguados ao vê-los descendo a colina até o vilarejo, e o seu acompanhante tampouco a ajudou com os comentários sobre as habilidades da Srta. Crawford como amazona, a quem estivera observando quase com tanto interesse quanto Fanny.

– É um prazer ver uma dama com tamanha disposição para andar a cavalo! – disse ele. – Nunca vi uma mulher conduzir tão bem um cavalo. Ela não demonstrava qualquer sinal de medo. Muito diferente de você, senhorita, quando estava aprendendo. Fará seis anos na próxima páscoa. Deus me abençoe! Como você tremia quando Sir Thomas a colocou pela primeira vez em um cavalo.

Na sala de estar, a Srta. Crawford também foi elogiada. O seu mérito em ser dotada por natureza com força e coragem foi amplamente apreciado pelas Srtas. Bertram. E o prazer que sentia ao andar a cavalo era semelhante ao delas. A excelência precoce também lembrava a delas, e demonstravam grande prazer em pontuar esse fato.

– Eu estava certa de que ela se sairia bem – disse Julia. – Ela tem um ótimo perfil, e é tão hábil quanto o irmão.

– Sim – completou Maria –; e tem a mesma disposição e firmeza de caráter. Eu não posso deixar de acreditar que andar bem a cavalo está profundamente atrelado à mente.

Quando se despediram à noite, Edmund perguntou se Fanny tinha a intenção de andar a cavalo no dia seguinte.

– Não, eu não sei, não se quiser a égua – foi a sua resposta.

– Eu não a quero para mim – respondeu –, mas sempre que estiver inclinada a permanecer em casa, acredito que a Srta. Crawford ficaria feliz em poder tê-la por mais tempo, como por uma manhã inteira. Ela demonstrou grande desejo em ir até os limites de Mansfield. A Sra. Grant falou para ela sobre as belas paisagens, e não tenho dúvida de que esteja apta a chegar até lá. Mas qualquer manhã estará bem, ela não gostaria de interferir com os seus planos, e seria muito equivocado se ela tivesse essa intenção. *Ela* anda a cavalo somente pelo prazer, *você* pela saúde.

– Certamente não andarei a cavalo amanhã – disse Fanny. – Tenho saído com muita frequência nos últimos tempos, e prefiro permanecer em casa. Você sabe que estou forte o bastante para caminhar.

Edmund demonstrou satisfação, o que deveria deixar Fanny feliz, e o passeio pela propriedade de Mansfield se deu na manhã seguinte. O grupo incluía todos os jovens, com a exceção dela mesma, e todos apreciaram bastante. Gostaram ainda mais da conversa no fim da tarde. Um programa tão bem-sucedido como esse estimulava nova proposta, e o fato de terem percorrido os limites de Mansfield os incentivou a visitarem outro lugar no dia seguinte. Existiam muitas paisagens para serem mostradas, e mesmo com calor havia caminhos sombreados em qualquer lugar que desejassem ir. Um grupo de jovens é sempre agraciado com caminhos sombreados. Quatro manhãs consecutivas foram despendidas dessa maneira, e mostraram aos Crawford o campo, com especial atenção aos locais mais bonitos. Tudo ia bem; jovialidade e bom-humor, e o calor fornecia apenas inconveniência suficiente para a conversa prazerosa. Até que no quarto dia a felicidade de um deles foi ofuscada sobremaneira: a da Srta. Bertram. Edmund e Julia foram convidados para jantar no presbitério, e *ela* foi excluída. A decisão fora da Sra. Grant, que com bom humor e sob a justificativa de que o Sr. Rushworth estava sendo aguardado em Park naquele dia, não a convidou. No entanto, ela o sentiu como uma injúria dolorosa, e suas boas maneiras disfarçaram a sua contrariedade e raiva até chegar em casa. Como o Sr. Rushworth *não* apareceu, o insulto fez-se sentir ainda mais, e ela não teve nem mesmo o consolo de poder exercer o seu poder sobre ele. A única alternativa era demonstrar o mau-humor para a mãe, a tia e a prima, e compartilhar toda a sua melancolia durante o jantar e a sobremesa.

Entre as dez e onze horas, Edmund e Julia entraram na sala de estar refeitos com a brisa da noite, entusiasmados e felizes, exatamente o inverso das três damas que encontraram sentadas, pois Maria mal levantou os olhos de seu livro; lady Bertram estava quase dormindo e até mesmo a Sra. Norris, que estava inquieta com o humor da sobrinha e fez apenas duas ou três perguntas sobre o jantar, que não foram respondidas imediatamente, parecia quase determinada a não dizer nem mais uma palavra. Por alguns minutos, o irmão e a irmã estiveram ansiosos demais em enaltecer a noite e fazer comentários sobre as estrelas para pensar em algo mais. Mas após a primeira pausa, Edmund, ao olhar em volta, disse:

- Onde está Fanny? Ela já foi se deitar?

- Não, não que eu saiba - respondeu a Sra. Norris. - Ela estava aqui há pouco tempo.

A voz gentil dela soou do outro lado do aposento, que era bastante amplo; disse a eles que estava no sofá, e a Sra. Norris a censurou.

- Este é um truque muito tolo, Fanny, desperdiçando o seu tempo no sofá. Por que não pode sentar-se aqui e ocupar-se como *nós*? Se você não tem nenhum trabalho para realizar, pode fazer uma cesta para os pobres. Tem bastante algodão, que foi comprado na semana passada e ainda nem foi tocado. Estou certa de que quase machuquei as costas organizando-o. Você deve aprender a pensar em outras pessoas. Acredite em mim, é revoltante ter uma jovem sempre refestelada no sofá.

Antes que a tia terminasse de falar, Fanny já tinha retornado ao seu lugar à mesa e recomeçando o trabalho. Julia, que estava com um excelente humor, plena dos prazeres do dia, exclamou, fazendo justiça:

– Devo dizer, senhora, que Fanny fica tão pouco no sofá quanto qualquer outra pessoa nesta casa.

– Fanny – disse Edmund, após olhar atentamente para ela –, estou certo de que você está com dor de cabeça.

Ela não poderia negar, mas disse que não era uma dor muito forte.

– Mal posso acreditar em você – respondeu ele. – Conheço muito bem a sua aparência. Há quanto tempo está se sentindo assim?

– Desde um pouco antes do jantar. Não é nada, somente o calor.

– Você saiu no calor?

– Saiu! Pode ter certeza de que o fez – disse a Sra. Norris. – Você preferiria que ela permanecesse aqui dentro com um dia tão bonito como hoje? Não estivemos *todos* fora? Até mesmo a sua mãe saiu por mais de uma hora.

– Sim, certamente, Edmund – respondeu a mãe, que foi despertada pelos comentários sarcásticos da Sra. Norris sobre Fanny. – Eu saí por uma hora. Fiquei sentada por quinze minutos no jardim enquanto Fanny cortava as rosas, e foi muito agradável, posso assegurá-lo, mas muito quente. Tinha bastante sombra no caramanchão, mas confesso que tive receio do retorno para casa.

– Fanny cortou rosas, então?

– Sim, e receio que serão as últimas do ano. Pobre criatura! *Ela* sentiu muito calor, mas as rosas estavam tão crescidas que não pudemos esperar.

– Certamente ninguém a ajudou – disse a Sra. Norris ao retomar a conversa com uma voz amena –, mas me pergunto se a dor de cabeça dela não foi justamente *deste* episódio, irmã. Não há nada mais propício a uma dor de cabeça do que permanecer debaixo do sol. Mas ouso afirmar que amanhã já se sentirá melhor. Suponho que deva dar-lhe vinagre aromático, eu sempre esqueço de encher o meu vidro.

– Ela tem – disse lady Bertram. – Ela o tem desde que voltou da sua casa pela segunda vez.

– O quê! – exclamou Edmund. – Ela não só cortou rosas como caminhou pelo parque duas vezes no calor até a sua casa? Não é de admirar que esteja com dor de cabeça!

A Sra. Norris estava conversando com Julia e não escutou.

– Temi que pudesse ser muito esforço para ela – disse lady Bertram –, mas quando as rosas foram reunidas, a sua tia desejou tê-las também, e, como sabe, precisaram ser levadas imediatamente para casa.

– Mas havia tantas rosas para fazê-la percorrer o trajeto duas vezes?

– Não, mas deveriam ser colocadas no quarto de hóspedes para poder secar e, infelizmente, Fanny se esqueceu de trancar a porta e trazer a chave de volta, então precisou voltar.

Edmund levantou-se e disse, andando pelo aposento:

– E ninguém mais poderia ter feito este trabalho a não ser Fanny? Ouça, senhora, foi uma situação muito mal conduzida.

– Estou certa de que eu não encontraria melhor forma de conduzir a situação – exclamou a Sra. Norris, incapaz de ignorar a conversa –, a não ser que eu tivesse ido pessoalmente; mas não posso estar em dois lugares ao mesmo tempo. Estava conversando com o Sr. Green sobre a mulher que traz leite para a sua mãe, a pedido *dela*. Tinha prometido ao John Groom escrever para a Sra. Jefferies a respeito do filho, e o pobre rapaz estava esperando por mim havia meia hora. Acredito que ninguém poderá jamais me acusar de me poupar de qualquer situação, mas realmente não posso fazer tudo ao mesmo tempo. E o fato de Fanny ter ido até a minha casa em meu lugar, que não é mais do que meio quilômetro, não posso acreditar que tenha sido um pedido desmedido. Quantas vezes percorri este caminho três vezes ao dia, cedo e tarde, independentemente do tempo, e não digo nada a respeito.

– Eu desejaria que Fanny tivesse a metade da sua força, senhora.

– Se Fanny fizesse os exercícios com mais frequência, ela não teria ficado abatida tão rapidamente. Ela não tem andado a cavalo regularmente e estou convencida de que quando não o faz, deve caminhar. Se estivesse andando a cavalo, eu não teria pedido a ela. Achei que faria bem após curvar-se para colher as rosas, pois não há nada tão reconfortante como uma caminhada após uma atividade tão cansativa, e mesmo o sol estando forte, não estava tão quente. Aqui entre nós, Edmund – disse, voltando-se para a mãe dele –, o que lhe causou o mal-estar foi colher as rosas e caminhar pelo jardim.

– Receio que sim – disse a cândida lady Bertram, que escutava a conversa –, tenho receio de que a dor de cabeça tenha começado nesse momento, já que o calor era forte o suficiente para matar qualquer um. É mais do que eu poderia aguentar. Ficar sentada e chamando Pug, tentando afastá-lo das flores, foi o bastante para mim.

Edmund não disse mais nada a nenhuma das damas; dirigiu-se calado para outra mesa, onde estava ainda a bandeja do jantar, trouxe uma taça de Madeira para Fanny e a obrigou a beber quase tudo. Ela queria poder declinar da oferta, mas as lágrimas, estimuladas por grande variedade de sentimentos, fez com que fosse mais fácil engolir do que falar.

Aborrecido com a mãe e com a tia, Edmund ficou ainda mais enraivecido consigo mesmo. O seu próprio esquecimento em relação ao cavalo dela era bem pior do que o que tinham feito. Nada disso teria acontecido se a tivesse levado em consideração. Mas nos últimos quatro dias havia deixado a prima sem qualquer companhia para exercitar-se, e sem justificativas para evitar os pedidos desmedidos das tias. Ele estava envergonhado em pensar que por quatro dias ela não pôde andar a cavalo e resolveu, decididamente, ainda que com relutância, abrir mão de satisfazer a Srta. Crawford. Mas aquela situação não deveria se repetir nunca mais.

Fanny foi para o quarto com o coração tão sentido quanto da primeira vez em Mansfield Park. Seu estado de espírito provavelmente era, em parte, responsável pela indisposição, pois estava se sentindo negligenciada, e vinha se debatendo recentemente contra sentimentos de descontentamento e inveja. Ao se deitar no sofá, o qual havia escolhido para não ser vista, a dor em sua mente havia sobrepujado sua dor de cabeça. A mudança repentina gerada pela gentileza de Edmund fez com que mal pudesse permanecer em pé.

8

Os passeios a cavalo de Fanny recomeçaram no dia seguinte, e como a manhã estava agradável e a temperatura mais amena do que nos dias anteriores, Edmund estava certo de que os danos causados à saúde e ao bem-estar dela estariam em breve superados. Durante a ausência dela, o Sr. Rushworth chegou acompanhado da mãe, que veio para demonstrar a sua cordialidade, sobretudo para incentivar a execução do plano para visitar Sotherton, proposto havia quinze dias, mas ainda não realizado em razão da sua subsequente ausência de casa. A Sra. Norris e as sobrinhas estavam muito satisfeitas com a retomada desse plano, e decidiram que escolheriam uma manhã tão logo se certificassem de que o Sr. Crawford não teria compromissos. As jovens damas não esqueceram esta condição, e embora a Sra. Norris tivesse prontamente respondido em seu nome, elas não autorizariam tamanha liberdade, ou correriam algum risco. Então, foi sugerido pela Srta. Bertram que o mais apropriado era o Sr. Rushworth ir diretamente até o presbitério para consultar o Sr. Crawford se quarta-feira seria um bom dia.

Antes que ele retornasse, a Sra. Grant e a Srta. Crawford chegaram. Estando fora de casa havia algum tempo, e ao escolherem um caminho diferente, elas não o tinham encontrado. Porém, disseram ao Sr. Rushworth que muito provavelmente encontraria o Sr. Crawford lá. O plano de Sotherton evidentemente foi mencionado. Era praticamente impossível qualquer outro assunto ser discutido, já que a Sra. Norris estava bastante animada com a perspectiva da visita, e a Sra. Rushworth, uma mulher de posses, civilizada, falante e pomposa, que não dava importância exceto aos assuntos relacionados a ela própria e ao filho, não havia desistido da ideia de incluir lady Bertram no grupo. Lady Bertram continuou declinando do convite, mas a sua forma plácida de recusa não convencia a Sra. Rushworth, até que a Sra Norris, com maior facilidade para expressar-se e com o tom mais alto de voz, pôs fim à insistência.

– Posso assegurá-la de que o cansaço seria demasiado para minha irmã, realmente seria demais, minha querida Sra. Rushworth. São dezesseis quilômetros até lá e mais dezesseis para voltar, você sabe. Deve desculpar minha irmã neste momento e aceitar nossas duas amáveis meninas e a mim sem ela. Sotherton é o único lugar que poderia despertar o seu *desejo* em ir tão longe, mas de qualquer maneira não será possível. Ela terá a companhia de Fanny Price, como sabe, então tudo estará bem resolvido. Em relação a Edmund, como não está aqui para falar por ele mesmo, responderei em seu nome e direi que está extremamente contente com a possibilidade de juntar-se ao grupo. Ele poderá ir a cavalo.

A Sra. Rushworth, tendo sido obrigada a convencer-se da permanência de lady Bertram em casa, podia unicamente apiedar-se.

– A perda da companhia da senhora será um grande prejuízo, e eu ficaria extremamente feliz se a jovem dama Srta. Price também pudesse ir, já que nunca visitou Sotherton. Seria uma pena ela não poder conhecer o lugar.

– Você é muito gentil, é a própria gentileza em pessoa, minha querida senhora – disse a Sra. Norris –, mas no que se refere a Fanny, ela terá muitas oportunidades para conhecer Sotherton. Ela tem bastante tempo a sua frente, e a ida nesta ocasião está fora de questão. Lady Bertram não poderia de forma alguma abrir mão de sua companhia.

– Ah! Não, não posso ficar sem Fanny.

A Sra. Rushworth pôs-se a organizar a viagem sob a convicção de que todos desejavam visitar Sotherton, e incluiu a Srta. Crawford no convite. A Sra. Grant, que ainda não tinha se dado o trabalho de visitar a Sra. Rushworth desde a sua chegada na vizinhança, civilizadamente declinou; contentava-se em assegurar qualquer forma de divertimento para a irmã. Mary, devidamente pressionada e persuadida, não demorou em aceitar a sua parcela de civilidade. O Sr. Rushworth retornou do presbitério bem-sucedido; Edmund chegou justamente no momento em que decidiam que iriam na quarta-feira, e, em seguida, acompanhou a Sra. Rushworth a sua carruagem e caminhou até a metade do caminho com as outras duas senhoras até a casa delas.

Ao retornar para a sala do café da manhã, ele encontrou a Sra. Norris tentando decidir se a Srta. Crawford deveria ou não juntar-se ao grupo, ou se a carruagem do irmão não ficaria cheia com a presença dela. As Srtas. Bertram riram com esta ideia, assegurando-a de que a carruagem acomodaria quatro pessoas perfeitamente, além do assento do cocheiro, onde *alguém* poderia ir com ele.

– Mas por que – perguntou Edmund – utilizar *somente* a carruagem do Sr. Crawford? Não deveríamos usar também a da minha mãe? Não consegui compreender, quando o plano foi mencionado anteriormente, por que a visita não poderia ser feita na carruagem da família.

– Ora! – exclamou Julia –, viajarmos três apertados com um tempo como este, quando temos mais assentos disponíveis em uma carruagem? Não, meu querido Edmund, isso não é viável.

– Além do mais – disse Maria –, sei que o Sr. Crawford deseja nos levar. Pela maneira como tudo se deu, ele assumirá isso como uma promessa.

– E, meu querido Edmund – completou a Sra. Norris –, levar *duas* carruagens quando precisamos somente de *uma* seria desperdício de trabalho. Aqui entre nós, o cocheiro não é muito afeito às estradas para Sotherton. Ele sempre se queixa das vias estreitas que arranham a carruagem e, como sabe, ninguém quer enfrentar o querido Sir Thomas se ele descobre que o verniz está arranhado.

– Esta não é uma razão suficiente para usar a do Sr. Crawford – disse Maria –, mas a verdade é que Wilcox é um sujeito estúpido e não sabe conduzir. Garanto que não teremos qualquer problema com as ruas estreitas na quarta-feira.

– Não há dificuldade alguma. Creio que não seja nem um pouco desagradável – disse Edmund – viajar no assento do cocheiro.

– Desagradável? exclamou Maria – Ah, querido, estou certa de que pode ser considerado o melhor lugar. Não há qualquer comparação para se apreciar a vista do campo. Provavelmente a Srta. Crawford vai escolher esse lugar para ela mesma.

– Sendo assim, não há qualquer objeção para a ida de Fanny, ou dúvidas quanto a disponibilidade de lugar.

– Fanny! – repetiu a Sra. Norris. – Meu querido Edmund, não há qualquer pretensão de que ela vá conosco. Ela ficará com a tia, e eu mesma disse isso para a Sra. Rushworth. Ela não está sendo aguardada.

– A senhora não deve ter qualquer justificativa – disse ele dirigindo-se à mãe – para que a Fanny *não* se junte ao grupo, a não ser por motivos pessoais. Estou certo de que, do contrário, preferiria que ela não permanecesse em casa, não é mesmo?

– Claro que não, mas *não posso* ficar sem ela.

– Você pode se eu ficar com você, como pretendo fazer.

Houve uma verdadeira comoção quando ele terminou a frase.

– Sim – ele continuou –, não há qualquer necessidade da minha presença e pretendo permanecer em casa. Fanny tem um grande desejo de conhecer Sotherton, e só eu sei o quanto. Não é com frequência que ela tem tamanha oportunidade, e estou certo de que a senhora gostaria de lhe dar esse prazer, não concorda?

– Ah! Sim, muito, caso a sua tia não tenha nenhuma objeção.

A Sra. Norris apressou-se em objetar: eles tinham assegurado enfaticamente para a Sra. Rushworth que Fanny não iria; consequentemente, sua presença não poderia ser facilmente explicada.

– Vai parecer muito estranho! – continuou a Sra. Norris. – Seria extremamente descortês, beirando até mesmo ao desrespeito com a Sra. Rushworth, cujo comportamento é sempre tão educado e atencioso. Ela não merece esse tipo de tratamento.

A Sra. Norris não tinha qualquer afeição por Fanny ou a intenção de satisfazer os seus desejos, mas a oposição a Edmund *agora* era mais em função da parcialidade do seu plano, acima de qualquer outro motivo. Ela achava que tinha organizado tudo da melhor maneira possível e qualquer alteração teria inevitavelmente um efeito negativo. Então Edmund respondeu, quando ela lhe deu a oportunidade de se expressar, que não havia motivos para se preocupar com a Sra. Rushworth porque enquanto a acompanhava no corredor, teve a oportunidade de mencionar que a Srta. Price provavelmente seria um dos membros do grupo e, em resposta, tinha recebido um convite bastante satisfatório para a prima. A Sra. Norris estava muito aborrecida para dar-lhe uma boa resposta e disse somente:

– Muito bem, muito bem, como desejar, decida o que melhor lhe aprouver, garanto que não me importo.

– Será muito peculiar – disse Maria – você permanecer em casa no lugar de Fanny.

– Tenho certeza de que ela lhe deve ser muito grata – acrescentou Julia, deixando o salão apressadamente enquanto falava, considerando que ela mesma deveria se oferecer para ficar em casa.

– Fanny é tão grata quanto a situação requer – foi a resposta de Edmund, e o assunto foi encerrado.

A gratidão de Fanny ao ouvir o plano foi de fato muito maior do que sua felicidade. Ela agradeceu a gentileza de Edmund com um sentimento que ele, sem saber de sua afeição, não poderia nem mesmo imaginar. Mas saber que ele estava se privando de seu próprio divertimento gerava nela um sentimento de angústia, e a satisfação de conhecer Sotherton não seria a mesma sem ele.

O encontro seguinte entre as duas famílias de Mansfield produziu nova alteração dos planos, que teve a aprovação de todos. A Sra. Grant se ofereceu para fazer companhia a lady Bertram nesse dia, substituindo o filho, e o Dr. Grant jantaria com elas. Lady Bertram ficou bastante satisfeita com a solução, e as jovens ficaram mais uma vez animadas. Até mesmo Edmund estava bastante grato com a solução, que lhe permitiu novamente fazer parte do grupo. A Sra. Norris achou que era um plano excelente e tinha pensado em solução semelhante, mas quando justamente ia se pronunciar, a Sra. Grant o fez primeiro.

Na quarta-feira fez um belo dia, logo após o café da manhã a carruagem chegou, com o Sr. Crawford conduzindo a irmã. Todos estavam prontos, apenas aguardando a chegada da Sra. Grant para que pudessem se acomodar em seus lugares. O assento mais importante e invejado, o posto de honra, não foi ocupado. Qual felizarda deveria ocupá-lo? Enquanto as Srtas. Bertram refletiam sobre a melhor forma de consegui-lo, dando a entender de que se tratava de um favor aos demais, a questão foi resolvida pela Sra. Grant.

– Como ao todo são cinco, é melhor que uma pessoa sente-se ao lado de Henry. Já que nos últimos tempos você tem dito que gostaria de aprender a conduzir, Julia, acho que esta será uma boa oportunidade para uma lição – disse ela, descendo da carruagem.

Julia feliz! Maria infeliz! A primeira se acomodou rapidamente, enquanto a outra sentou em seu lugar, humilhada. A carruagem partiu entre as exclamações de boa sorte das duas senhoras e os latidos de Pug, que estava nos braços de sua dona.

A estrada percorria um cenário bastante agradável. Fanny, cujos passeios nunca tinham sido tão extensos, em pouco tempo estava em local desconhecido; observava muito feliz tantas novidades e admirava a beleza do lugar. Não era com frequência convidada a participar das conversas, mas ela tampouco tinha desejo de fazê-lo. Seus próprios pensamentos e reflexões eram habitualmente as melhores companhias. Ao contemplar a aparência do lugar, as estradas, as diferenças de solo, o estado das plantações, os chalés, o rebanho e as crianças, ela encontrava uma diversão que só poderia ser maior se Edmund comentasse as suas próprias observações. Este era o único aspecto que tinha em comum com a dama que se encontrava sentada ao seu lado. Com exceção do sentimento em relação a Edmund, a Srta. Crawford era muito diferente dela. Ela não tinha o gosto refinado de Fanny, ou as mesmas ideias e sentimentos. Ela observava pouco a natureza inanimada; a sua atenção era focada nos homens e nas mulheres, com quem compartilhava os seus talentos.

Fanny olhava para trás procurando ver Edmund quando ele se distanciava na estrada, e quando ele ganhava terreno numa subida e eles emparelhavam, ambos diziam ao mesmo tempo "aí está você".

Nos primeiros onze quilômetros a Srta. Bertram não se sentiu muito confortável. A sua visão sempre terminava no Sr. Crawford, e a irmã, sentada ao lado dele, conversava com grande alegria. Ver o seu perfil quando virava sorridente para Julia ou ouvir a risada dela era uma fonte contínua de irritação, e somente o seu senso de decoro poderia disfarçar. Julia olhava para trás com um semblante de encantamento, e sempre que falava com eles era com grande satisfação. Ela dizia ter uma visão charmosa do campo, e desejava que todos pudessem ver, entre outros comentários; mas a única oferta para trocar de assento foi para a Srta. Crawford, logo que atingiram o pico de uma colina. A oferta não passou de um mero "Aqui é uma bela paisagem do campo. Gostaria que tivesse o meu lugar, mas ouso afirmar que mesmo não querendo trocar, eu faço questão". A Srta. Crawford mal pôde responder, pois rapidamente retornaram à velocidade normal.

Ao chegarem nas proximidades de Sotherton, as circunstâncias melhoraram para a Srta. Bertram, que, podemos dizer, tinha duas preocupações: Rushworth e Crawford. Nas redondezas de Sotherton, o primeiro tinha um efeito considerável. Os bens de Rushworth seriam dela também. Ela não conseguia controlar a exultação ao dizer à Srta. Crawford que aquelas árvores pertenciam a Sotherton, ou, ainda, ao comentar displicentemente que acreditava que a propriedade do Sr. Rushworth se estendia pelos dois lados da estrada. E era com grande prazer que se aproximavam da mansão, uma antiga e senhorial residência da família com todos os seus direitos de Court-Leet e Court-Baron.

– Agora não teremos mais estradas ruins, Srta. Crawford; as nossas dificuldades terminaram. O restante do caminho é mais agradável. O Sr. Rushworth cuidou da estrada desde que herdou a propriedade. Aqui começa o vilarejo. Estes chalés estão em estado deplorável. A torre da igreja é conhecida por sua beleza excepcional. Fico satisfeito com o fato de a igreja não ser tão próxima à Great House, como geralmente ocorre em lugares antigos. O incômodo com os sinos dever ser terrível. Ali está o presbitério, uma casa muito bem-arrumada, e pelo que ouvi dizer, o clérigo e a esposa são pessoas bastante honradas. Aqueles são os asilos para os pobres, construídos por algumas famílias. À sua direita está a casa do mordomo; ele é um homem muito digno. Agora estamos chegando aos portões dos alojamentos, mas ainda temos quase um quilômetro até residência. Como pode ver, esta extremidade não é feia; tem um belo madeiramento mas a situação da casa é terrível. Ao descermos a colina a vista continuará a mesma; a casa não seria tão feia se tivesse aproximação melhor.

A Srta. Crawford logo admirou o lugar. Ela podia adivinhar as impressões da Srta. Bertram e transformou em uma questão de honra fazê-la se divertir o máximo possível. A Sra. Norris estava totalmente encantada e falante. Até mesmo Fanny fazia comentários de admiração, e era ouvida com complacência. Os seus olhos estavam avidamente absorvendo tudo ao seu redor, e depois de certa dificuldade em conseguir ver a casa e observar que "era um tipo de construção que não poderia demonstrar mais do que respeito", acrescentou:

– Agora, onde está a alameda? Vejo que a casa está voltada para o leste. Então, a alameda deve estar na parte de trás da casa. O Sr. Rushworth havia mencionado que ficava a oeste.

– Sim, está situada atrás da casa. O início da alameda fica a pequena distância, e sobe quase um quilômetro até o fim da propriedade. É possível que veja algo daqui, pelo menos as árvores mais distantes; todas são carvalhos.

A Srta. Bertram não poderia falar sobre o que desconhecia quando o Sr. Rushworth pediu a sua opinião. O seu estado de espírito estava em uma feliz agitação, entre a vaidade e o orgulho, enquanto eram conduzidos até os espaçosos degraus de pedras diante da entrada principal.

9

O Sr. Rushworth estava na porta para recepcionar a sua bela dama e todos os demais com a devida atenção. Foram recebidos na sala de estar pela mãe dele com igual polidez, e a Srta. Bertram tratou cada um com a merecida cortesia. Depois que todos foram recepcionados, a primeira providência necessária era comer. As portas foram abertas para que pudessem entrar por um ou dois aposentos intermediários até o salão indicado, onde estava disposta uma refeição leve, preparada em abundância e elegância. Muito foi dito e consumido e tudo transcorreu bem. Então o assunto principal do dia foi discutido. De que maneira o Sr. Crawford preferiria conhecer a propriedade? O Sr. Rushworth mencionou o coche. O Sr. Crawford sugeriu que seria preferível uma carruagem que pudesse acomodar mais de duas pessoas:

– Privá-los dos olhares e opiniões poderia ser um mal maior do que a satisfação daquele momento.

A Sra. Rushworth propôs que a caleche deveria ser levada também, mas a sugestão não foi bem recebida. As jovens damas não sorriram ou falaram. A proposta que se seguiu de mostrar-lhes a casa foi mais bem aceita; a Srta. Bertram estava bastante curiosa depois de ver o tamanho da residência, e todos os demais ficaram igualmente satisfeitos em se ocupar com algo.

Todos seguiram o Sr. Rushworth, que os conduziu aos diversos aposentos, alguns majestosos, outros amplos, e mobiliados de acordo com os ditames de cinquenta anos antes, com pisos lustrosos de mogno, adamascado e mármore, uns decorados, outros talhados, cada um com uma beleza particular. Os quadros eram abundantes e poucos de boa qualidade; a maioria era de retratos da família, da qual restava somente a Sra. Rushworth. Ela aprendeu com os empregados da casa sobre tudo o que pôde e agora estava satisfeita em mostrá-la. Ela dirigia-se basicamente à Srta. Crawford e a Fanny, mas não existia qualquer comparação na atitude de ambas; a Srta. Crawford, que já tinha visto inúmeras casas bonitas e não se importava com nenhuma delas, apresentava unicamente uma aparente atenção, enquanto Fanny, para quem tudo era tão interessante quanto novo, com seriedade e avidez ouvia tudo que a Sra. Rushworth relatava sobre visitas reais e as disputas leais, e se encantava em relacionar qualquer fato com a história já conhecida, imaginando cenas do passado.

A situação da casa impossibilitava apreciar a paisagem através das salas, e enquanto Fanny e alguns outros estavam com a Sra. Rushworth, Henry Crawford, com um olhar sério, balançava a cabeça próximo das janelas. Todos os aposentos da face oeste estavam voltados para o jardim no início da alameda, logo após as altas cercas de ferro e os portões.

Visitaram muitos outros cômodos, que poderiam supor não ter outra finalidade a não ser contribuir para a "taxa da janela" e dar mais ocupação para os empregados.

– Agora – disse a Sra. Rushworth –, chegaremos à capela, que deveríamos entrar apropriadamente por cima para podermos ter uma visão mais ampla, mas como estamos entre amigos, os levarei por esta via, se me permitirem.

Entraram. A imaginação de Fanny a preparou para algo mais grandioso do que um mero cômodo espaçoso e retangular sob medida para a devoção, sem nada mais surpreendente do que a profusão de mogno, e das almofadas de veludo carmesim que estavam dispostas em cima da saliência próxima aos retratos da família.

– Estou decepcionada – disse ela em voz baixa para Edmund. – Esta não é a minha ideia de capela. Não há nada terrível, melancólico ou grandioso. Não existem corredores, arcos, inscrições ou estandartes. Sem estandartes, primo, para serem "soprados pelo vento da noite no Paraíso". Nenhum sinal de que um "monarca escocês dorme embaixo".

– Você se esquece, Fanny, de que esta construção não é tão antiga se a compararmos às velhas capelas e monastérios, que são mais confinados. Era exclusivamente para o uso particular de determinada família. Imagino que eles foram enterrados na paróquia. *Lá* você deve procurar pelos estandartes e pelos brasões.

- Foi tolice da minha parte pensar todas estas coisas, mas estou desapontada.

A Sra. Rushworth começou a explicação:

- Esta capela foi construída, como podem perceber, no período de James II. Antes desse período os bancos eram somente de lambril, e existem razões para crer que os forros e almofadas do púlpito e do banco destinado à família eram feitos somente de tecido roxo, mas não temos certeza. É uma bela capela e antigamente era usada constantemente, tanto durante as manhãs quanto nas tardes. As preces eram sempre lidas pelo capelão da casa, e foram ouvidas por muitas gerações, mas o falecido Sr. Rushworth pôs fim a esse costume.

- Cada geração contribui com melhorias - disse a Srta. Crawford com um sorriso para Edmund.

A Sra. Rushworth se afastou para repetir a explicação para o Sr. Crawford. Edmund, Fanny e a Srta. Crawford permaneceram juntos.

- É uma pena - exclamou Fanny - não darem continuidade ao costume. Era uma herança valiosa dos tempos passados. Há algo de tão característico em uma capela e num capelão de uma casa nobre, com a ideia que temos sobre como uma família deva ser! A família inteira reunida regularmente com o propósito de rezar, é muito bom!

- Realmente, muito bonito! - disse a Srta. Crawford, rindo. - Deve fazer muito bem às famílias forçar os pobres criados e lacaios a deixarem o trabalho e o prazer para recitarem as suas preces aqui duas vezes ao dia, enquanto eles mesmos estão criando desculpas para não participarem.

- *Esta* não é exatamente a ideia da Fanny sobre reunião familiar - disse Edmund. - Se o senhor e a senhora *não* participam, só pode haver mais danos do que benefícios nesse costume.

- De qualquer forma, é mais seguro deixar as pessoas decidirem sobre estes assuntos. Cada um gosta de seguir o seu próprio caminho; de escolher o seu tempo e a maneira que exercerão a sua devoção. A obrigação do comparecimento, a formalidade e os constrangimentos, a extensão do tempo, tudo isso é algo terrível e ninguém gosta: e se as boas pessoas que costumavam se ajoelhar e bocejar nas missas pudessem prever que viria o tempo em que homens e mulheres poderiam permanecer mais dez minutos na cama quando acordassem com dor de cabeça sem o risco da desaprovação por terem faltado à missa, eles teriam pulado com inveja e alegria. Podem imaginar a relutância com que as antigas mulheres desta casa de Rushworth iam à capela? A jovem Sra. Eleanors e a Sra. Bridgets, com aparência piedosa e devota, mas cujas cabeças estavam repletas de sentimentos conflitantes, em especial, se o capelão não fosse digno de se dar atenção? Nesses tempos eu suponho que os capelães fossem inferiores aos de hoje.

Por alguns momentos ela não teve resposta. Fanny ficou ruborizada e olhou para Edmund, mas sentia muita raiva para conseguir se pronunciar. *Ele* precisou refletir por um tempo antes que pudesse dizer algo.

– Sua mente criativa não consegue ser séria nem mesmo quando os assuntos são importantes. Você nos deu um esboço divertido, e a natureza humana não pode negar que é um pouco assim. Todos nós devemos sentir *ocasionalmente* a dificuldade de controlar os nossos pensamentos como gostaríamos, mas supondo ser algo frequente, ou seja, uma fraqueza que teria se tornado hábito em função da negligência, o que poderia ser esperado das devoções *íntimas* dessas pessoas? Você acredita que as pessoas que sofrem e que procuram se consolar em uma capela ficariam melhores se estivessem em um armário fechado?

– Sim, possivelmente. Elas teriam pelo menos duas chances a seu favor. Haveria menos distração e não ficariam reclusas por tanto tempo.

– A mente que não luta contra ela mesma sob *uma* circunstância identificaria objetos para distrair-se em *outra*, é o que penso. A influência do lugar e o exemplo podem suscitar sentimentos melhores. A maior extensão do ritual, no entanto, admito que às vezes possa ser muito a exigir da consciência. Não se desejaria que fosse assim, mas eu não saí de Oxford há tempo suficiente para esquecer o que são as preces em capelas.

Enquanto esta conversa se desenrolava, os demais membros do grupo se espalhavam pela capela. Julia chamou a atenção do Sr. Crawford sobre a irmã:

– Olhe para o Sr. Rushworth e Maria, lado a lado, exatamente como se a cerimônia fosse ocorrer. Não acha que parecem preparados?

O Sr. Crawford respondeu com um sorriso e dirigiu-se a Maria num tom de voz que somente ela poderia escutar:

– Eu não gosto de ver a Srta. Bertram tão próxima do altar.

Instintivamente a dama moveu-se um ou dois passos, mas tão logo recobrou-se, riu de maneira afetada e lhe perguntou com um tom de voz não muito mais alto, se ele não gostaria de entregá-la ao noivo.

– Devo dizer que seria muito inadequado – respondeu ele com segurança.

Julia se juntou a eles nesse momento e participou da brincadeira.

– Acredito ser realmente uma lástima que não possa ocorrer agora; se fôssemos autorizados, estando todos aqui reunidos nada no mundo poderia ser mais agradável e prazeroso.

Ela riu ao dizer isso, sem qualquer preocupação em evitar atrair a atenção do Sr. Rushworth e de sua mãe, expondo a irmã aos galanteios do amante, e a Sra. Rushworth falou com a devida dignidade que seria um evento muito feliz em qualquer momento que viesse a ocorrer.

– Se Edmund já estivesse ordenado! – exclamou Julia, e correu para onde estava anteriormente, junto da Srta. Crawford e de Fanny. – Meu querido Edmund, se tivesse sido ordenado, poderia pessoalmente conduzir a cerimônia. Que infortúnio isso ainda não ter acontecido! O Sr. Rushworth e Maria estão preparados.

O semblante da Srta. Crawford, enquanto Julia falava, poderia suscitar a curiosidade de um observador desinteressado. Ela estava horrorizada com a proposta que tinha ouvido. Fanny sentiu pena dela. "Como ela ficou aflita com o que acabou de ser dito", foi o que passou por seus pensamentos.

– Ordenado! – disse a Srta. Crawford. – Você será um clérigo?

– Sim, serei ordenado tão logo meu pai regresse, provavelmente no Natal.

A Srta. Crawford digladiava-se internamente, e tendo recuperado a sua fisionomia, respondeu unicamente:

– Se eu soubesse disso antes, teria falado sobre o clero com mais respeito – e mudou de assunto.

Logo depois a capela foi deixada no seu silêncio e quietude habituais, quebrados apenas algumas vezes ao longo do ano. A Srta. Bertram, descontente com a irmã, conduziu o caminho de volta, e todos sentiram que haviam permanecido lá por tempo demais.

Toda a parte inferior da casa foi então totalmente mostrada, e a Sra. Rushworth, incansável, teria se dirigido para a escadaria principal e os levado para conhecer todos os cômodos do piso superior caso o filho não lhe tivesse indagado se teriam tempo suficiente.

– Estamos há *muito* percorrendo a casa, e não teremos tempo para o que precisa ser feito do lado de fora. São mais de duas horas da tarde, e nós iremos jantar às cinco – disse ele.

A Sra. Rushworth resignou-se. Deu-se início a discussão sobre como deveriam percorrer o terreno. A Sra. Norris começava a planejar as carruagens e os cavalos que poderiam ser utilizados quando os mais jovens, tendo deparado com uma porta que dava para o lado de fora, não resistiram à tentação de abri-la e subiram os degraus que conduziam à relva e aos arbustos, impulsionados pelo desejo de ar puro e liberdade.

– Que tal escolhermos este caminho? – disse cordialmente a Sra. Rushworth, entendendo a mensagem e seguindo-os. – Aqui temos o maior número de plantas e os curiosos faisões.

– Eu me questiono – disse o Sr. Crawford olhando ao redor – se não devemos achar algo aqui para nos entreter antes de seguirmos adiante. Vejo paredes com muito potencial. Sr. Rushworth, devemos organizar um conselho para este gramado?

– James – disse a Sra. Rushworth ao filho –, creio que o bosque será uma novidade para todos. As Srtas. Bertram ainda não foram até lá.

Nenhuma objeção foi feita, mas por algum tempo pareceu existir uma inclinação para não seguir nenhum novo plano, ou percorrer o terreno. Todos foram inicialmente atraídos pelas flores e pelos faisões e se dispersaram. O Sr. Crawford foi o primeiro a seguir adiante para examinar as possibilidades daquela parte da casa. O gramado, delimitado em cada lado por um muro, tinha em seguida um extenso pátio para caminhar, e nos fundos uma cerca de metal cuja vista dava para o topo das árvores na floresta contígua. Era um bom lugar para identificar as imperfeições da casa. O Sr. Crawford foi seguido pela Srta. Bertram e pelo Sr. Rushworth, e quando os demais começaram a se reunir em grupos, os três foram encontrados por Edmund, Srta. Crawford e Fanny enquanto debatiam no terraço. A princípio parecia natural se juntar a eles, mas após uma breve participação nas difíceis soluções, os deixaram e continuaram o caminho. As três reminiscentes, Sra. Rushworth, Sra. Norris e Julia, estavam muito atrás. Julia, descontente por ser obrigada a ficar ao lado da Sra. Rushworth, continha os pés impacientes ao ritmo vagaroso da senhora, enquanto a tia, tendo se relacionado bem com a empregada, a acompanhava até o lado de fora para alimentar os faisões, e ficou para trás. Pobre Julia, a única entre os nove que não estava nada satisfeita com a sua sorte, e sentia-se penalizada, bem diferente do que acontecera na caleche, como se poderia supor. A polidez que havia sido ensinada a praticar como dever fez com que fosse impossível escapar, mas faltava-lhe o domínio sobre si mesma naquela a consideração pelos demais, o conhecimento sobre seu coração e o princípio de justiça, que não estavam presentes em sua educação, fazendo com que se sentisse extremamente infeliz.

– Aqui está insuportavelmente quente – disse a Srta. Crawford ao escolherem um caminho próximo ao terraço, enquanto se dirigiam pela segunda vez para a porta central que levava ao bosque. – Alguém de nós se opõe a nos sentirmos confortáveis? Ali temos um belo pedaço de madeira, se conseguirmos chegar até lá. Que felicidade se a porta não estiver trancada! Mas é claro que deve estar, já que nestes bosques os jardineiros são os únicos que podem ir a qualquer lugar!

A porta, no entanto, não estava trancada e todos concordaram alegremente em passar por ela, deixando o brilho intenso do dia para trás. Uma quantidade considerável de degraus os levou até o bosque que cobria uma região de aproximadamente dois acres. Embora essencialmente de pinheiros e faias cortadas distribuídas com regularidade, era ao mesmo tempo escuro e sombrio se comparado à beleza natural do gramado e do terraço. Todos se sentiram refrescados, e por um tempo só podiam caminhar e admirar.

– Então, você será um clérigo, Sr. Bertram. Esta é uma grande surpresa para mim – disse a Srta. Crawford após breve pausa, enquanto percorriam o caminho.

– Por que isso deveria surpreendê-la? Você deve imaginar que sou talhado para exercer algum tipo de profissão, e pode observar que não sou um advogado, soldado ou marinheiro.

– É bem verdade, mas, em suma, não tinha me ocorrido. E você sabe que em geral há um tio ou avô para deixar a fortuna para o segundo filho.

– Uma prática muito notável – disse Edmund –, mas não é universal. Sou uma das poucas exceções e, ao *ser* uma delas, preciso fazer algo por mim mesmo.

– Mas por que escolheu ser um clérigo? Eu imaginava que esse era o destino do mais novo quando houvesse outros para escolher antes deles.

– Você acha que a igreja nunca é uma escolha?

– *Nunca* é uma palavra muito forte, mas, sim, se pensar em *nunca* como *pouco usual*, penso assim. Afinal, o que poderá ser feito na igreja? Os homens adoram se distinguir dos demais, e em qualquer outro lugar é possível adquirir tal distinção, mas não na igreja. Um clérigo é o mesmo que nada.

– O *nada* desta conversa tem as suas gradações, eu espero, assim como o *nunca*. Um clérigo não se sobressairá pela sua propriedade ou vestimenta. Ele não deve liderar o povo ou definir um modelo de vestuário. Mas não posso chamar a esta situação de nada, pois se refere a tudo o que é de primeira importância para a humanidade, individual e coletivamente, temporária e eternamente. O clérigo é o guardião da religião e da moral, consequentemente dos bons costumes que resultam da sua influência. Ninguém aqui pode dizer que este *ofício* é nada. Se o homem que o exerce faz jus a esta definição, é pela negligência do seu dever, pela renúncia à sua importância e por deixar o seu lugar assemelhar-se ao que não deveria ser.

– Você atribui maiores responsabilidades ao clérigo do que estamos acostumados a ouvir, ou que eu possa compreender. Não se vê tamanha influência e importância na sociedade, e como poderia haver se os vemos tão raramente neles próprios? Como pode dois sermões por semana, mesmo que os julguemos suficientemente atrativos e supondo que o pregador prefira o de Blair ao seu próprio, fazer tudo o que acabou de mencionar, e governar a conduta e os bons costumes de uma extensa congregação pelo restante da semana? Mal podemos encontrar um clérigo fora do seu púlpito.

– *Você* está se referindo a Londres, e eu estou falando da nação como um todo.

– A metrópole, imagino, é uma amostra do restante.

– Não, eu espero, na mesma proporção que em todo o reino. Nós não vamos atrás da moralidade nas grandes cidades. Não é lá que as pessoas respeitáveis de qualquer denominação podem fazer o melhor; e certamente não é lá que a influência do clérigo pode ser ainda mais percebida. Um bom orador é seguido e admirado, mas não é somente pelo dom da oratória que um bom clérigo será útil em sua paróquia e em sua vizinhança, em especial na paróquia e na vizinhança onde for possível conhecer o seu caráter e observar a sua conduta corriqueira, o que raramente ocorre em Londres. Os clérigos estão perdidos nas multidões de suas paróquias; são conhecidos para a grande maioria como oradores e por sua influência no comportamento, e a Srta. Crawford não deve me compreender equivocadamente, ou supor que pretendo chamá-los de árbitros dos bons costumes, reguladores do refinamento e da cortesia, ou mestres das cerimônias da vida. Os *costumes* aos quais me refiro podem ser chamados de *conduta*; talvez, o resultado de bons princípios. O efeito, em suma, dessas doutrinas, que é o seu dever de ensinar e recomendar. E serão, acredito, identificados em qualquer lugar onde se encontram, ou então não representam o que deveriam, como ocorre no resto do país.

– Certamente – disse Fanny com seriedade.

– Aí está – exclamou a Srta. Crawford –, você conseguiu convencer a Srta. Price.

– Eu gostaria de poder convencer a Srta. Crawford também.

– Acho que nunca conseguirá – disse ela com um sorriso malicioso. – Estou tão surpresa quanto quando descobri que será ordenado. Você realmente poderia fazer algo melhor. Por favor, mude de opinião, ainda há tempo. Vá para o direito.

– Vá para o direito! Você diz com a mesma facilidade com que me foi dito para vir até este bosque.

– Agora você vai discursar contra o direito, mas eu o previno. Lembre-se, eu o estou avisando.

– Você não precisa se adiantar quando a intenção é tão somente prevenir que eu fale um *bon mot*, já que não fui dotado com o menor talento. Eu sou muito verdadeiro, falo o que penso, e posso me enganar em uma resposta falando por meia hora sem dizer nada relevante.

O silêncio recaiu sobre ambos. Ficaram pensativos e Fanny fez a primeira interrupção.

– Eu me pergunto se não estou cansada de caminhar tanto nesta bela floresta, e assim que encontrarmos um lugar para sentar, e se não for do desagrado de vocês, eu gostaria de me sentar um pouco.

– Minha querida Fanny! – exclamou Edmund, imediatamente segurando os seus braços. – Como fui desatencioso! Espero que não esteja muito cansada. Talvez – continuou, virando-se para a Srta. Crawford –, a minha outra companhia me daria a honra de se apoiar em mim.

– Obrigada, mas não estou nem um pouco cansada. – No entanto, ela lhe esticou o braço enquanto falava e, ao sentir esta ligação pela primeira vez, ele se esqueceu um pouco de Fanny.

– Você raramente toca o meu braço – disse ele. – E não me deixa ser útil. Que diferença o peso do braço de uma mulher em relação ao de um homem! Em Oxford com frequência eu tinha que carregar algum homem pela rua, e você parece uma pluma em comparação.

– Realmente não estou cansada, o que me espanta, já que devemos ter caminhado pelo menos mais de um quilômetro dentro do bosque. Você não concorda?

– Não caminhamos tudo isso – respondeu ele resolutamente, já que ainda não estava apaixonado a ponto de medir a distância, ou esquecer do tempo, com a mesma imprecisão feminina.

– Ah! Você não percebeu o quanto caminhamos a esmo. Nós optamos por um caminho bastante sinuoso; o bosque deve ter mais de um quilômetro de extensão em linha reta, e ainda não vimos o seu fim desde que saímos da primeira estrada.

– Mas se você se lembra, antes de deixarmos essa primeira estrada nós seguimos até o fim. Nós tivemos uma visão panorâmica do lugar e percebemos que está circunscrita por portões de ferro, e não poderia ter mais de duzentos metros de extensão.

– Ah! Eu não sei nada a respeito desses duzentos metros de extensão, mas estou certa de que é um bosque bastante denso e que nós estamos andando em caminhos sinuosos desde que chegamos aqui. E quando digo que já caminhamos mais de um quilômetro, refiro-me a este circuito.

– Nós estamos aqui há exatamente quinze minutos – disse Edmund, olhando para o relógio. – Você acha que estamos caminhando a mais de seis quilômetros por hora?

– Ah! Não me confronte com o seu relógio. Um relógio está sempre muito rápido ou muito devagar. Não posso ser comandada por um relógio.

Os poucos passos seguintes os levaram ao fim do caminho sobre o qual falavam. E lá estava, reclinado, bastante sombreado, protegido e voltado para um parque, um banco confortável em que todos se sentaram.

– Receio que esteja muito cansada, Fanny – disse Edmund observando-a. – Por que não comentou antes? Este será um dia de divertimento penoso para você se ficar muito cansada. Srta. Crawford, qualquer tipo de exercício a deixa rapidamente fatigada, à exceção de andar a cavalo.

– Que abominável da sua parte, então, deixar-me monopolizar o cavalo dela na semana passada! Estou com vergonha de você e de mim mesma, mas isto nunca vai se repetir.

– A *sua* atenção e consideração me deixam ainda mais envergonhado de minha negligência. Os interesses de Fanny parecem estar mais garantidos em suas mãos do que nas minhas.

– O fato de ela estar cansada agora não me surpreende, pois não há nada mais cansativo do que o que acabamos de fazer por toda esta manhã: percorremos uma casa extensa, entrando e saindo dos cômodos, prestando atenção, ouvindo o que não compreendemos, ou admirando aquilo que não é importante. É uma das maiores chatices deste mundo, e a Srta. Price o descobriu mesmo sem saber.

– Em breve estarei descansada – disse Fanny –; sentar à sombra de um belo dia e olhar para o verde é o descanso perfeito.

Depois de estarem sentados havia algum tempo, a Srta. Crawford levantou-se.

– Preciso me movimentar – disse ela –; descansar me deixa fatigada. Eu olhei a vista pelo valado até me cansar, preciso ir até o portão de ferro para apreciá-la melhor.

Edmund também deixou o banco.

– Agora, Srta. Crawford, se você olhar para o caminho vai se convencer de que não poderia ter mais de um quilômetro de extensão, ou a metade da metade dessa distância.

– É uma distância imensa – disse ela –, posso constatar isso apenas olhando de relance.

Ele ainda tentou convencê-la, mas foi em vão. Ela não calculava ou comparava, somente sorria e reafirmava. O maior nível de consistência racional não poderia ser mais atraente e ambos falaram com mútua satisfação. Por fim, concordaram que deveriam se aventurar a determinar a dimensão da floresta ao caminhar um pouco mais. Eles iriam até um dos seus limites seguindo o mesmo caminho em que estavam (já que havia uma estrada percorrendo o fundo do parque), e talvez caminhassem um pouco em alguma outra direção caso considerassem que isso poderia ajudá-los, e retornariam em alguns minutos. Fanny disse que já estava descansada e também estava disposta a ir, mas Edmund convenceu-a a permanecer onde estava com tamanha convicção que ela não pôde resistir, e ela foi deixada no banco pensando com carinho no cuidado do primo, mas arrependida de não ter sido mais forte. Ela os observou até virarem a esquina e os ouviu até que suas vozes sumissem.

10

Quinze, vinte minutos se passaram e Fanny ainda estava pensando em Edmund, na Srta. Crawford e nela mesma sem ninguém para interrompê-la. Ela começou a se surpreender por ter sido deixada sozinha por tanto tempo, tentava ouvir os seus passos e vozes novamente. Ela então ouviu ao fundo vozes e passos se aproximando, e teve que se contentar ao perceber que não eram daqueles a quem ansiava ver, mas sim da Srta. Bertram, do Sr. Rushworth e do Sr. Crawford. Eles tinham vindo da mesma direção e estavam diante dela.

"A Srta. Price sozinha!" e "Minha querida Fanny, o que aconteceu?" foram as primeiras saudações. Ela contou a sua história.

- Pobre Fanny! - exclamou a prima. - Como foi usada por eles! Você deveria ter ficado conosco.

Então, sentada com um cavalheiro em cada lado, resumiu-lhes a conversa em que estavam previamente envolvidos, e discutiu as possibilidades de reforma com muita animação. Nada foi determinado, mas Henry Crawford estava cheio de ideias e projetos e, de maneira geral, tudo o que propunha era imediatamente aprovado, primeiro por ela e depois pelo Sr. Rushworth, cuja função principal parecia ser a de ouvir os demais; ele raramente arriscava uma ideia, e desejava que pudessem ter visto a casa do amigo Smith.

Transcorridos assim alguns minutos, a Srta. Bertram, ao observar o portão de ferro, expressou o desejo de ultrapassá-lo até o parque, assim, suas perspectivas e planejamentos poderiam ser mais facilmente desenvolvidos. Todos ansiavam pelo mesmo; não era somente a melhor solução, mas a única maneira de proceder com qualquer vantagem, segundo a opinião de Henry Crawford. Ele imediatamente viu um elevado a menos de um quilômetro de distância, de onde poderiam ter uma visão ampla da casa, mas para chegar lá precisariam passar pelo portão, que estava trancado. O Sr. Rushworth gostaria de ter trazido a chave e estava determinado a nunca mais ir até ali sem elas; no entanto, essa resolução não resolvia o problema atual, e eles continuavam sem poder ultrapassá-lo. Como a Srta. Bertram não estava inclinada a desistir, o resultado foi que o Sr. Rushworth declarou que iria buscar a chave, e assim partiu para cumprir o seu intento.

– Sem dúvida é o melhor que podemos fazer agora, considerando que estamos tão longe da casa – disse o Sr. Crawford depois que ele saiu.

– Sim, não há nada mais para fazer. Mas falando, sinceramente, este lugar não está pior do que esperava?

– Não. Pelo contrário. Acho que está melhor, maior, mais completo em seu estilo, mesmo que não seja o melhor. Para dizer a verdade – falou baixando o tom de voz –, acho que nunca poderia ver Sotherton com tanto prazer quanto estou vendo-a agora. Em outro verão dificilmente poderá estar melhor.

Após um momento de constrangimento, a dama respondeu:

– Por ser um homem do mundo você deveria conseguir ver com os olhos do mundo. Se outras pessoas acharam que Sotherton melhorou, estou certa de que também assim achará.

– Receio que não sou tanto um homem do mundo quanto deveria em alguns aspectos. Os meus sentimentos não são tão evanescentes, ou a minha lembrança do passado não está sob fácil domínio, como costuma acontecer com os homens do mundo.

Essa afirmação foi seguida de breve silêncio. Em seguida, a Srta. Bertram disse:

– Você parecia estar apreciando a viagem para cá esta manhã. Fiquei feliz por vê-lo tão entretido. Você e a Julia riram ao longo de todo o trajeto.

– É verdade? Sim, acredito que seja verdade, mas não me lembro de nada. Ah! Eu acho que estava relatando para ela algumas histórias ridículas sobre um velho cavalariço irlandês do meu tio. Sua irmã adora rir.

– Você acha que ela tem um coração mais leve do que o meu.

– Mais facilmente entretido – respondeu ele. – Consequentemente, você sabe – disse sorrindo –, a companhia dela é melhor. Eu não conseguiria divertir *você* com anedotas de irlandeses ao longo de uma viagem de dezesseis quilômetros.

– Naturalmente, eu acredito que sou tão vivaz quanto Julia, mas tenho mais preocupações agora.

– Certamente você as tem, e existem situações nas quais espíritos muito alegres podem denotar insensibilidade. Suas expectativas, no entanto, são muito boas para justificar falta de vivacidade. Você tem um ótimo cenário adiante.

– Você quer dizer literalmente ou de maneira figurada? Literalmente, eu presumo. Sim, certamente o sol está brilhando e o bosque é muito agradável. Mas infelizmente este portão de ferro me dá uma sensação de limitação e dificuldade. Eu não consigo sair, como disse o passarinho.

Enquanto falava com expressividade, ela caminhou até o portão. Ele a seguiu.

– O Sr. Rushworth está demorando muito para buscar essa chave.

– E para o mundo vejo que você não conseguiria sair sem a chave, a autoridade e a proteção do Sr. Rushworth, ou então acho que passaria com certa dificuldade pela beirada, bem aqui, com a minha ajuda. Acho que isso pode ser feito, se você desejar ter mais liberdade, e se acreditar que não é proibido.

– Proibido! Que absurdo! Certamente posso sair por este lado e o farei. O Sr. Rushworth chegará a qualquer momento, você sabe, então não devemos nos distanciar.

– E a Srta. Price será bondosa e o avisará que estaremos próximos daquele morro, do carvalho naquele elevado.

Fanny, acreditando não ser correto, tentou convencê-los a não ir.

– Você vai se machucar, Srta. Bertram. Você certamente se machucará nestes pregos e poderá rasgar o vestido, correndo o risco de escorregar. É melhor não ir.

A prima estava segura no outro lado enquanto essas palavras eram ditas e, sorrindo com todo o bom humor do sucesso, ela disse:

– Obrigada, minha querida Fanny, mas eu e meu vestido estamos vivos e bem; então, adeus!

Fanny foi deixada novamente em sua solidão e com sentimentos desagradáveis, pois estava triste com tudo o que tinha visto e ouvido; estava surpresa com a Srta. Bertram e com raiva do Sr. Crawford.

Ao escolherem um caminho que lhe pareceu bastante inapropriado para se chegar ao elevado, em breve não poderiam mais ser vistos, e em poucos minutos ela não conseguiu ver mais ninguém ou ouvir qualquer voz. Ela parecia ter a floresta somente para ela, e podia pensar que Edmund e a Srta. Crawford a tinham abandonado, mas era impossível Edmund esquecê-la completamente.

Mais uma vez foi despertada de suas reflexões desagradáveis pelo som de passos repentinos; alguém estava vindo rapidamente pelo caminho principal. Ela pensou ser o Sr. Rushworth, mas era Julia, com muito calor, esbaforida e com um olhar desapontado.

– Olá! Onde estão todos os demais? Pensei que a Maria e o Sr. Crawford estivessem com você – exclamou ao ver Fanny.

Fanny explicou tudo o que tinha ocorrido.

– Devo dizer, um belo truque! Eu não consigo vê-los em lugar algum – disse ao olhar avidamente para o parque. – Mas eles não podem estar muito distantes, e acho que farei como Maria, mesmo sem ajuda.

– Mas, Julia, o Sr. Rushworth vai chegar a qualquer momento com a chave. Espere por ele.

– Certamente não esperarei. Já tive o suficiente da família esta manhã. E já consegui escapar de sua terrível mãe. Tamanha penitência que precisei enfrentar, enquanto você está sentada aqui tão calma e feliz! Talvez, se você estivesse em meu lugar não houvesse problema algum; mas você sempre consegue manter-se fora desses apuros.

Esta foi uma reflexão bastante injusta, mas Fanny não se incomodou e deixou passar. Julia estava contrariada e o seu temperamento era imprudente, mas Fanny acreditava que aquilo não iria durar e preferiu fingir não prestar atenção, limitando-se a perguntar se ela tinha visto o Sr. Rushworth.

– Sim, sim, nós o vimos. Ele estava correndo como se fosse uma questão de vida ou morte, e só teve tempo suficiente para nos dizer o que fazia e onde todos vocês se encontravam.

– É uma pena que ele tenha tanto trabalho por nada.

– *Esta* é a preocupação da Srta. Maria. Eu não sou obrigada a me punir pelos *seus* pecados. A mãe eu não consegui evitar, porque a minha tia estava acompanhando a empregada, mas do filho eu *posso* me distanciar.

E imediatamente ela passou pela cerca e foi embora sem responder a última pergunta de Fanny, que lhe indagava se tinha visto a Srta. Crawford e Edmund. O receio que sentiu ao imaginar a reação do Sr. Rushworth a preveniu de pensar tanto na ausência dos dois. Ela achou que ele estava sendo maltratado, e estava muito insatisfeita em ter que comunicar-lhe o ocorrido. Ele se juntou a ela cinco minutos depois de Julia ter partido e mesmo ela tendo criado a melhor das histórias, era evidente que ele estava extremamente mortificado. Ele mal falou uma palavra, e seu olhar expressava surpresa e contrariedade. Ele caminhou até o portão e lá permaneceu, aparentando não saber o que fazer.

– Eles preferiram que eu permanecesse aqui. A minha prima Maria me pediu que o avisasse que poderia achá-los na elevação, ou próximo a ela.

– Eu não pretendo dar mais nem um passo – disse ele mal-humorado. – Não os vejo. Quando eu chegar à elevação eles provavelmente terão ido para outro lugar. Já andei o suficiente.

Ele sentou ao lado de Fanny com uma expressão triste.

– Sinto muito – disse ela. – É um infortúnio. – Ela ansiava poder dizer algo mais.

– Eu acho que eles deveriam ter me aguardado – disse ele, depois de um intervalo de silêncio.

– A Srta. Bertram achou que você iria segui-la.

– Eu não precisaria segui-la se ela tivesse ficado aqui.

Este fato não poderia ser negado e Fanny se calou. Após outra pausa, ele continuou.

– Diga-me, Srta. Price, você é uma admiradora do Sr. Crawford como as demais pessoas? De minha parte, não vejo nada de especial nele.

– Eu não acho que ele seja nada bonito.

– Bonito! Ninguém pode achar aquele homem baixo bonito. Ele não tem nem mesmo um metro e oitenta. Eu acho que ele é um sujeito feio. Na minha opinião, esses Crawford não somam em nada. Nós estávamos muito bem sem eles.

Um breve suspiro escapou de Fanny e ela não sabia como contradizê-lo.

– Se eu tivesse colocado qualquer dificuldade para buscar a chave, poderia haver alguma justificativa, mas eu me dispus a ir no exato instante em que ela pediu.

– Estou certa de que nada poderia ser mais correto do que sua atitude, e ouso supor que caminhou o mais rápido que pôde. Mas mesmo assim é uma distância considerável, você sabe, daqui até a casa, e quando as pessoas estão esperando julgam muito mal o tempo, e cada trinta segundos parecem cinco minutos.

Ele levantou e caminhou novamente até o portão e desejou ter estado com a chave antes. Fanny, vendo-o ali em pé, apiedou-se dele, o que a encorajou a fazer nova tentativa.

– É uma pena não ir encontrá-los. Eles esperavam ter uma visão melhor da casa daquele lado do parque, e pensarão em novas maneiras de melhorá-la. E nada poderá ser decidido, como sabe, sem o senhor.

Ela se achava mais hábil em dispensar do que reter alguém em sua companhia. Assim, foi bem-sucedida com o Sr. Rushworth.

– Bem – disse ele –, se você realmente acha que devo ir, terá sido uma tolice trazer a chave por nada. – Ele então caminhou em direção ao portão e saiu sem maiores cerimônias.

Os pensamentos de Fanny voltaram-se para os dois que a haviam deixado muito tempo antes, e, impaciente, resolveu sair para procurá-los. Ela seguiu os passos deles e assim que chegou em outra estrada, a voz e a risada da Srta. Crawford mais uma vez chamaram a sua atenção. O som aumentou e alguns passos a mais a levaram até eles. Eles tinham acabado de retornar ao bosque por um portão lateral destrancado; eles o ultrapassaram tão logo a deixaram e percorreram uma área que levava à alameda que Fanny tinha esperado conhecer durante toda a manhã, e ficaram sentados embaixo de uma de suas árvores. Essa foi a história que contaram. Era evidente que tinham passado aqueles minutos agradavelmente e não se deram conta do tempo que permaneceram ausentes. O melhor consolo de Fanny era se assegurar de que Edmund preocupava-se com o seu bem-estar e que ele certamente teria voltado para buscá-la caso ela já não estivesse mais cansada. Mas isso não era suficiente para apaziguar a dor de ter sido deixada para trás por uma hora quando tinham dito que se ausentariam por alguns minutos; ou ainda, para afastar a curiosidade sobre o que teriam conversado durante todo aquele tempo. O resultado foi o seu desapontamento e tristeza por todos concordarem em preparar o retorno para a casa.

Ao chegarem à base dos degraus do pátio, viram que a Sra. Rushworth e a Sra. Norris os esperavam na parte de cima, prontas para irem até o bosque depois de terem-nos esperado por uma hora e meia. A Sra. Norris tinha estado muito bem entretida para se apressar. Independentemente dos acontecimentos que interferiram no lazer de suas sobrinhas, ela teve uma manhã de muita diversão. A empregada, após muitas explicações sobre os faisões, a levou até o local de fabricação dos queijos, conversou sobre as vacas e lhe deu a receita de um famoso *cream cheese*. Desde que Julia as deixou, elas encontraram o jardineiro, e a conversa entre eles foi muito proveitosa, pois ela teve a oportunidade de ajudá-lo com relação à doença do neto, convencendo-o de que era malária, e prometeu uma simpatia para ajudá-lo. Ele, em retribuição, mostrou-lhe o berçário de mudas, com particular atenção a um espécime bastante curioso de brejo.

Depois do reencontro, seguiram juntos para casa e passaram o tempo como podiam, nos sofás, conversando e lendo revistas até o retorno de todos os demais para o jantar. Já era tarde quando as duas Srtas. Bertram e os dois cavalheiros chegaram. O passeio não parecia ter sido de todo agradável ou produtivo em relação à proposta do encontro. De acordo com os relatos de cada um, passaram o dia procurando um ao outro. Para Fanny, o objetivo principal era a tentativa de reestabelecer a harmonia para que pudessem debater a reforma da casa. Ela sentiu, ao olhar para Julia e para o Sr. Rushworth, que não era a única insatisfeita entre eles; havia tristeza no semblante de todos. Já o Sr. Crawford e a Srta. Bertram estavam felizes, e ela achou que durante o jantar ele tomou para si a tarefa de dirimir quaisquer ressentimentos e restaurar o bom humor.

O jantar foi seguido de chá e café. A iminência da viagem de volta, de dezesseis quilômetros, não permitia que desperdiçassem tempo, e o tempo em que se sentaram à mesa foi uma rápida sucessão de amenidades até a carruagem chegar à entrada. A Sra. Norris, já impaciente, obteve da empregada alguns ovos de faisão e um queijo. Cordialmente agradeceu a Sra. Rushworth, e estava pronta para liderar o caminho de volta. Nesse momento o Sr. Crawford se aproximou de Julia e disse:

– Espero não perder a minha companhia, a não ser que tenha medo do ar da noite em um assento tão exposto.

O pedido não tinha sido previsto, mas foi recebido com prazer, e o dia de Julia parecia estar prestes a terminar tão bem quanto tinha começado. A Srta. Bertram estava preparada para algo diferente e ficou um pouco desapontada, mas a convicção de ser a preferida a reconfortou e com isso conseguiu se despedir educadamente do Sr. Rushworth. Ele estava mais satisfeito em ajudá-la a subir na carruagem do que estivera ao ajudá-la a descer, e a sua satisfação parecia se confirmar no momento das despedidas.

– Bem, Fanny, este foi um belo dia para você, ouso afirmar! – falou a Sra. Norris enquanto a carruagem percorria o parque. – Nada mais do que diversão do início ao fim! Estou certa de que deve estar muito agradecida à sua tia Bertram e a mim por planejar a sua vinda. Você teve um dia muito bom de divertimento.

Maria estava insatisfeita o suficiente, e disse objetivamente:

– Eu acho que *você* se saiu muito bem, senhora. O seu colo parece repleto de coisas boas, e entre nós há uma cesta que está batendo no meu cotovelo impiedosamente.

– Minha querida, é apenas uma bela e pequena planta que aquele jardineiro bondoso me fez trazer, mas se a está incomodando eu a colocarei imediatamente no meu colo. Fanny, você deve levar este embrulho para mim, e tome muito cuidado, não o deixe cair. É semelhante ao queijo delicioso que tivemos no jantar. Nada poderia satisfazer tanto aquela Sra. Whitaker quanto eu trazer estes queijos. Recusei o quanto pude, até que as lágrimas quase brotaram em seus olhos; e eu sabia que seria do agrado de minha irmã. Aquela Sra.

Whitaker é um tesouro! Ela ficou visivelmente chocada quando perguntei se era permitido ter vinho na segunda mesa, e ela dispensou duas empregadas por usarem vestidos brancos. Tome cuidado com o queijo, Fanny. Agora posso tomar conta do outro embrulho e da cesta.

– O que mais conseguiu obter? – disse Maria, parcialmente satisfeita com a cortesia de Sotherton.

– Obter, minha querida? Nada demais, a não ser quatro dos belos ovos do faisão, os quais a Sra. Whitaker praticamente forçou que eu trouxesse; ela não aceitaria uma recusa. Ela disse que seria um bom divertimento ter algumas criaturas vivas dessa natureza, já que moro sozinha. E acredito que será. Vou pedir para a empregada que trabalha na queijaria para colocá-los debaixo da primeira galinha disponível e, se tudo der certo, eu os levarei para a minha casa e pegarei emprestado um viveiro. Será uma grande diversão nas minhas horas solitárias. Se eu tiver sorte, sua mãe também terá alguns.

Estava uma bela noite, suave e calma. A viagem de volta foi tão agradável quanto a serenidade da natureza poderia oferecer, e quando a Sra. Norris se calou, a viagem seguiu bastante silenciosa. Todos estavam exaustos, e a tentativa de determinar se o dia tinha trazido mais alegrias do que sofrimentos certamente preenchia as reflexões de quase todos.

11

O dia em Sotherton, a despeito de todas as suas imperfeições, gerou para as Srtas. Bertram sentimentos mais satisfatórios do que aqueles suscitados pelas cartas de Antigua, que logo chegaram a Mansfield. Era muito mais agradável pensar em Henry Crawford do que em seu pai; e vislumbrá-lo novamente na Inglaterra em pouco tempo, como anunciavam as cartas, era inoportuno.

Novembro era o terrível mês marcado para o seu retorno. Sir Thomas escreveu sobre esse assunto com a decisão que a experiência e a ansiedade lhe proviam. Os negócios estavam quase concluídos, o que justificava comprar a passagem para setembro; assim ansiava estar próximo à sua querida família no início de novembro.

Maria lamentava mais do que Julia, pois, para ela, a chegada do pai implicava também a de um marido, e o retorno de um amigo desejoso de sua felicidade. Essa circunstância iria uni-la ao rapaz que tinha escolhido e do qual dependia a sua felicidade. Era uma perspectiva melancólica, e tudo o que lhe restava fazer era jogar um manto sobre tudo aquilo e aguardar até que a bruma se dissipasse e ela pudesse encontrar uma alternativa. Dificilmente ele chegaria no *início* de novembro; em geral ocorriam atrasos, condições insatisfatórias do tempo ou *algum* outro imprevisto. Um *acontecimento* fortuito que ocorre quando todos fecham os olhos, ou o consolo que acompanha a compreensão. Talvez ele chegasse somente em meados de novembro, e até lá haveria ainda três meses. Três meses compreendiam treze semanas, e muito poderia ocorrer nesse período.

Se Sir Thomas pudesse desconfiar da metade dos sentimentos de suas filhas com a perspectiva de seu retorno, ficaria mortificado, e dificilmente acharia consolo ao saber do interesse que era acalentado no seio de outra jovem dama. A Srta. Crawford, ao caminhar com o irmão para passar a tarde em Mansfield Park, soube das boas notícias. Embora não tivesse nenhum interesse no assunto, expressou seus sentimentos com uma simples congratulação, e ouviu com atenção, mas não satisfeita. A Sra. Norris compartilhou os detalhes das cartas e o assunto foi encerrado. Depois do chá, a Srta. Crawford estava em pé diante de uma janela aberta ao lado de Edmund e Fanny apreciando o crepúsculo, enquanto as Srtas. Bertram, o Sr. Rushworth e Henry Crawford estavam ao piano. Ela então subitamente retomou o assunto, dirigindo-se a todos.

– O Sr. Rushworth parece estar muito feliz! Ele está pensando em novembro.

Edmund olhou também para o Sr. Rushworth, mas não teve nada a dizer.

– O retorno do seu pai será um evento muito interessante.

– Será realmente, após longa ausência; não apenas longa, mas que envolveu diversos perigos.

– Será precursor também de outros eventos interessantes: o casamento da sua irmã e a sua ordenação.

– Sim.

– Não me leve a mal – disse ela rindo –, mas isso me traz a lembrança de alguns velhos heróis bárbaros que após realizarem grandes explorações em uma terra estrangeira ofereciam sacrifícios aos deuses para garantir um retorno seguro.

– Neste caso não há nenhum sacrifício – respondeu Edmund com um sorriso sério, e olhou de relance para o piano novamente –; isso é de inteira escolha dela.

– Ah! Sim, eu sei. Eu estava apenas brincando. Ela não fez nada mais do que qualquer outra jovem faria, e não tenho dúvidas de que será extremamente feliz. O meu outro sacrifício você certamente não compreende.

– A minha ordenação, posso assegurá-la, é tão voluntária quanto o casamento de Maria.

– É bastante oportuno que a sua inclinação e a conveniência para o seu pai se encaixem bem. Está destinada a você uma vida muito boa perto daqui, eu compreendo.

– E que você supõe ter influenciado minha escolha.

– Mas *isso*, tenho certeza de que não aconteceu! – exclamou Fanny.

– Obrigada pelas suas palavras, Fanny, mas é mais do que eu falaria por mim mesmo. Pelo contrário; ao saber dessa condição, provavelmente fui influenciado. Mas não acho que tenha algo de errado nisso. Não havia nenhuma inclinação natural para sacrificar, e não vejo razão por que um homem deveria ser um clérigo pior ao saber que ele terá uma vida confortável cedo na vida. Eu estava seguro, e espero não ter sido influenciado de maneira equivocada. Estou certo de que meu pai é muito consciencioso para permitir que isso ocorresse. Não tenho dúvida de que fui influenciado, mas não acho que isso seja reprovável.

– É o mesmo – disse Fanny depois de uma breve pausa – que o filho de um almirante se alistar na Marinha, ou o filho de um general se alistar no Exército, e ninguém vê nada de errado nisso. Ninguém pensa que eles deveriam optar pelo que seria melhor para os amigos ou suspeitam de que possam ter menos vocação do que aparentam.

– Não, minha querida Srta. Price, e por bons motivos. A profissão, tanto na Marinha quanto no Exército, se justifica, e tem tudo a seu favor: heroísmo, perigo, animação e estilo. Os soldados e os marinheiros são sempre bem aceitos na sociedade. Ninguém se pergunta por que um homem é um soldado ou marinheiro.

– Mas as motivações que levam um homem a se ordenar com a certeza do sucesso certamente podem ser alvo de suspeita, é o que pensa? – disse Edmund. – Aos seus olhos, para poder se justificar, ele deve escolher mesmo estando incerto quanto às vantagens financeiras que terá.

– O quê! Ordenar-se sem os meios necessários! Não, isto certamente é loucura, completa loucura!

– Devo perguntar-lhe como a igreja deve ser provida se um homem não deve ordenar-se com ou sem rendimentos? Não, pois certamente você não saberia o que responder. Mas eu devo defender qualquer vantagem que possa ter o clérigo, de acordo com o seu próprio argumento. Já que ele não pode ser influenciado pelos sentimentos que você tem em tão alta conta, como a tentação e a recompensa que os marinheiros e soldados têm em suas profissões, já que o heroísmo, a excitação e o estilo estão fora de questão, ele deve estar menos sujeito à suspeita de não ser sincero ou de não acalentar boas intenções.

– Ah! Não há dúvida de que esteja sendo muito sincero ao preferir uma renda previamente estipulada em vez de trabalhar para consegui-la, caso não tenha a intenção de fazer outra coisa de sua vida a não ser comer, beber e engordar. Sr. Bertram, certamente é uma indolência. Indolência e apego ao sossego. Um desejo pela ambição saudável, pelo prazer da boa companhia ou a inclinação para se dar ao trabalho de ser agradável, é que fazem os homens serem clérigos. Um clérigo não tem mais nada a fazer do que ser desleixado e egoísta;

ler jornal, ver as condições do tempo e discutir com a sua esposa. O auxiliar faz todo o trabalho e a meta da sua vida é jantar.

– Existem clérigos assim, não há dúvida, mas acho que não são tão comuns a ponto de se justificar a generalização do caráter da maioria deles, Srta. Crawford. Suspeito que essa censura, compreensiva e, ouso afirmar, generalizada, não seja um julgamento seu, mas sim uma influência de pessoas preconceituosas cujas opiniões você se habituou a ouvir. É impossível que a sua própria observação tenha sido suficiente para ter-lhe dado tanto conhecimento sobre o assunto. Você deve ter tido pouco contato pessoal com clérigos para criticá-los tão conclusivamente. Você repete o que foi dito na mesa do seu tio.

– Eu falo sobre o que me parece ser a opinião geral. E a opinião da maioria é geralmente a correta. Embora *eu* não tenha conhecido muito sobre a vida doméstica dos clérigos, parece que ela deixa margem a dúvida pela insuficiência de informações.

– Quando qualquer grupo de homens com qualquer formação, ou como queira chamar, é criticado indiscriminadamente, deve haver uma insuficiência de informações, ou de alguma outra coisa – disse ele sorrindo. – O seu tio e os almirantes irmãos dele talvez conhecessem muito pouco sobre os clérigos, além dos capelães a quem, para o bem ou para o mal, sempre desejavam que fossem embora.

– Pobre William! Ele foi recebido com muita gentileza pelo capelão de Antuérpia – disse Fanny carinhosamente, em função de seus próprios sentimentos, e não da conversa.

– Eu não tenho o hábito de reproduzir as opiniões do meu tio – disse a Srta. Crawford –, e já que me pressiona tanto, devo observar que estou em condições de dizer como é a vida dos clérigos, considerando que neste exato momento sou hóspede na casa do meu cunhado, Dr. Grant. E embora o Dr. Grant seja muito atencioso e amável, um verdadeiro cavalheiro, e também um grande estudioso e inteligente, pregue belos sermões e seja muito honrado, vejo-o como um *bon vivant* egoísta e indolente, que precisa ter o seu paladar sempre consultado e que não move um dedo pela conveniência de qualquer um. E, ainda, se o cozinheiro comete algum equívoco, fica mal-humorado com a sua excelente esposa. Para ser sincera, Henry e eu saímos de casa esta noite por causa da decepção dele com um ganso mal cozido. A minha pobre irmã foi obrigada a ficar e a aturar a situação.

– Eu não questiono a sua desaprovação, juro. É um defeito de temperamento, transformado em algo pior por um péssimo hábito de autoindulgência. E presenciar o sofrimento da sua irmã deve ser excessivamente doloroso. Fanny, não temos interferência nessas questões, e não podemos tentar defender o Dr. Grant.

– Não – respondeu Fanny –, mas não podemos desistir inteiramente da profissão por isso, porque independentemente de qualquer uma que o Dr. Grant escolhesse, ele não teria um bom temperamento. E como tanto no Exército quanto na Marinha ele teria mais pessoas sob o seu comando do que agora, penso que um número maior de pessoas teriam ficado mais infelizes com ele como marinheiro ou soldado do que como clérigo. Além do mais, não posso mais do que supor que, qualquer outra atividade que pudéssemos desejar para o Dr. Grant, haveria o risco de ser ainda pior em uma profissão mais ativa e mundana, na qual ele teria menos tempo e obrigações, e possivelmente menos conhecimento sobre si mesmo, pelo menos não com *frequência*, e esse conhecimento lhe escaparia mais do que agora. Um homem sensível como o Dr. Grant não pode ter uma rotina semanal de ensinar aos demais as suas obrigações, não pode ir à igreja duas vezes no mesmo domingo e pregar bons sermões, como ele o faz, sem que seja bom em seu ofício. Isso deve fazê-lo refletir, e não tenho dúvida de que ele amiúde se restringe mais do que se tivesse atividade diferente da de clérigo.

– Nós não podemos provar o contrário para termos certeza, mas eu lhe desejo um destino melhor, Srta. Price, do que ser a mulher de um homem cuja amabilidade depende de seus sermões. Pois, embora possa pregar com bom humor todos os domingos, será terrível ter que ouvi-lo reclamar do ganso da manhã de segunda até a noite de sábado.

– Eu acho que o homem que poderia discutir com Fanny – disse Edmund afetuosamente – deve estar além do alcance de qualquer sermão.

Fanny virou-se ainda mais para a janela, e a Srta. Crawford teve então a oportunidade de dizer, de maneira simpática:

– Imagino que a Srta. Price esteja mais acostumada a merecer elogios do que a ouvi-los.

Em seguida, foi convidada pelas Srtas. Bertram a se juntar aos demais, e ela dirigiu-se ao piano, enquanto Edmund a observava se afastar em um êxtase de admiração por todas as suas virtudes, desde os seus modos afetuosos até o seu caminhar suave e gracioso.

– Lá vai o bom humor, estou certo – disse ele. – Lá vai um temperamento que nunca geraria sofrimento! Como o seu caminhar é bonito e prontamente atende aos demais, juntando-se a eles tão logo é convidada. Que pena – ele acrescentou após um instante de reflexão –, ela estar nas mãos de quem está!

Fanny concordou, e sentiu prazer por ele continuar com ela na janela, a despeito da esperada canção; seus olhares estavam voltados para o cenário lá fora, onde tudo que era solene, calmo e adorável aparecia sob a luz de uma noite sem nuvens, contrastando com a sombra escura nas árvores. Fanny falou sobre os seus sentimentos.

– Isso é harmonia! – disse ela. – Isso é repouso! É isso que pode deixar para trás qualquer pintura ou música, e o que a poesia pode até mesmo esforçar-se em descrever. Isso é o que pode tranquilizar qualquer preocupação e alçar o coração ao êxtase! Quando vejo uma noite como esta, sinto que não pode haver maldade ou sofrimento no mundo, que certamente seriam minimizados se a beleza da natureza pudesse ser percebida com mais frequência, e se as pessoas pudessem se desprender de si mesmas ao contemplar tal cenário.

– Gosto de ouvir o seu entusiasmo, Fanny. É uma noite adorável, e aqueles que não foram educados para sentir da mesma maneira que você devem ser dignos de compaixão; aqueles a quem não foi dado o gosto pela natureza desde a tenra infância perdem muito!

– *Você* me ensinou a pensar e sentir assim, primo.

– Eu tive uma aluna muito aplicada. Ali está Arcturus brilhando muito.

– Sim, e o urso. Eu gostaria de poder ver Cassiopeia.

– Nós devemos ir ao jardim para isso. Você teria medo?

– De jeito nenhum. Já faz algum tempo desde que apreciamos as estrelas pela última vez.

– Não sei como isso foi acontecer.

A música começou.

– Vamos ficar até que tenham terminado, Fanny – disse ele, dando as costas para a janela. A música evoluía, e, mortificada, ela observou-o caminhar em direção a eles, movendo-se vagarosamente, e quando a música terminou, ele continuou próximo aos cantores, entre os que pediam entusiasmadamente para ouvi-la novamente.

Fanny suspirou sozinha junto à janela, em seguida foi repreendida pela Sra. Norris, dizendo-lhe que ficaria resfriada.

12

Sir Thomas retornaria em novembro, mas o filho mais velho tinha assuntos a tratar que o chamavam de volta para casa mais cedo. A aproximação de setembro trouxe notícias do Sr. Bertram, primeiro em uma carta para o couteiro, depois em outra para Edmund. Ao fim de agosto ele chegou feliz, agradável e cavalheiresco, como a ocasião requeria, ou lhe era demandado pela Srta. Crawford, para relatar sobre as corridas, Weymouth, amigos e festas. Seis semanas antes ela teria ouvido com algum interesse, e somente para se certificar debruçou-se sobre o poder da comparação, e percebeu que preferia o irmão mais novo.

A situação era inquietante e ela lamentava muito, mas assim eram os fatos. Sentia-se muito distante da intenção de casar-se com o mais velho e não pretendia atrair o seu interesse além do que a sua vaidade exigia. A longa ausência dele de Mansfield, sem qualquer outro intuito a não ser satisfazer os próprios interesses, deixou claro que ele não se importava com ela. A indiferença dele se igualava à dela. Agora, mesmo ele assumindo Mansfield Park e substituindo completamente

Sir Thomas, como faria em seu devido tempo, ela estava certa de que não ficaria com ele.

A estação e as responsabilidades que trouxeram o Sr. Bertram de volta a Mansfield levaram o Sr. Crawford a Norfolk. Everingham não poderia ficar sem ele no início de setembro. Ele partiu por quinze dias, e esse período foi visto pelas Srtas. Bertram como enfadonho, mas que deveria servir para deixá-las mais alertas. Fez também com que Julia admitisse o ciúme da irmã, a absoluta necessidade de desconfiar das intenções dele e desejar que não retornasse. Foi uma quinzena de muito lazer nos intervalos de caça e sono, que o teria convencido a permanecer fora por mais tempo se ele tivesse o hábito de examinar os seus próprios motivos e refletir sobre qual indulgência da sua vaidade indolente ele estava propenso a ceder, mas por descuido e egoísmo, frutos da riqueza e dos maus exemplos, ele não olhava para além do momento presente. As irmãs, belas e inteligentes, eram um divertimento para sua mente saciada, e como não encontrou nada em Norfolk que pudesse igualar os prazeres da vida social de Mansfield, ele voltou satisfeito, na época esperada, e foi recebido alegremente por aquelas que, mais tarde, ele menos pregaria.

Maria, tendo somente o Sr. Rushworth para lhe dar atenção, e restrita aos repetitivos detalhes das atividades diárias dele, fossem boas ou ruins, o orgulho que ele tinha dos cachorros, a sua inveja dos vizinhos, as dúvidas quanto às suas qualidades e o seu entusiasmo após as caçadas, assuntos que não encontravam espaço no coração de uma mulher sem que houvesse algum interesse, sentia profunda falta do Sr. Crawford. Julia, sem noivo ou ocupação, sentia todo o direito de sentir muito mais a sua falta. Cada uma das irmãs acreditava ser a preferida. Julia poderia justificar a sua crença pelas insinuações da Sra. Grant, propensa a acreditar em seus próprios pensamentos, e Maria, pelas insinuações do próprio Sr. Crawford. Tudo voltou a ser como antes de sua partida. O seu jeito parecia para ambas deveras animado e agradável, de tal forma que ele não perdia terreno com qualquer uma das duas. Continha-se somente diante da consistência, firmeza, solicitude e carinho que atrairiam a atenção dos demais.

Fanny era a única do grupo que encontrou nele algo que lhe desagradava, e desde aquele dia em Sotherton ela não conseguiu mais ver o Sr. Crawford com uma das irmãs sem algum tipo de julgamento, e raramente sem espanto ou censura. Se ela tivesse certeza de que suas observações eram corretas e de que seu julgamento era imparcial, ela provavelmente teria feito importantes comunicados para o seu confidente de sempre. Ela resolveu arriscar uma insinuação, mas que acabou não surtindo efeito.

– Estou bastante surpresa – disse ela –, que o Sr. Crawford tenha voltado em tão pouco tempo depois de ter estado fora por um longo período, ao todo sete semanas. Tinha compreendido que ele era muito afeito às constantes mudanças e imaginei que algo pudesse acontecer enquanto estivesse fora e que o levaria para outro lugar. Ele conhece lugares mais excitantes que Mansfield.

– Isso lhe dá crédito – foi a resposta de Edmund –, e ouso afirmar que agrada a sua irmã. Ela não gosta dos seus hábitos errantes.

– Ele é realmente o favorito entre as minhas primas!

– Sim, os seus bons modos com as mulheres são dignos de nota. A Sra. Grant, acredito, suspeita que ele goste de Julia. Eu nunca vi indícios, mas preferiria que fosse assim. Ele não tem falhas que um relacionamento sério não pudesse resolver.

– Se a Srta. Bertram não estivesse noiva – disse Fanny cautelosamente –, eu poderia às vezes até pensar que ele a admira mais do que a Julia.

– É por isso, talvez, que acredito que ele prefira a Julia mais do que você pode supor, Fanny. Pois acredito que aconteça com frequência que um homem, antes de decidir-se por alguém, vai dar mais atenção à irmã ou à amiga íntima da mulher da qual ele gosta, mais do que pensar na própria mulher. Crawford seria sensato o suficiente em não permanecer aqui se estivesse correndo qualquer risco em relação a Maria, e não temo nem um pouco por ela, depois de tantas provas que tem dado de que os seus sentimentos não são muito fortes.

Fanny supôs que deveria estar enganada e propôs-se a pensar de maneira diferente no futuro; mas a despeito de toda submissão a Edmund, e observando os olhares e insinuações trocados entre os demais, que indicavam que Julia era a escolhida pelo Sr. Crawford, ela nem sempre sabia o que pensar. Em uma noite ela teve o privilégio de ouvir uma conversa particular entre sua tia Norris e a Sra. Rushworth sobre esse assunto, e não pôde deixar de extrair as suas próprias conclusões. Ela teria ficado mais feliz em não ser obrigada a ouvir, pois foi justamente no momento em que todos os demais jovens estavam dançando, e ela, sentada a contragosto entre as duas, próximo à lareira, ansiava pelo retorno do primo mais velho, sobre o qual recaíam todas as suas esperanças de ter um parceiro de dança. Era o primeiro baile de Fanny, embora sem os preparativos ou esplendor do primeiro baile para muitas jovens, tendo sido pensado naquela mesma tarde e com a contratação de um violinista no saguão de entrada dos empregados e a possibilidade de formarem cinco novos casais com o auxílio da Sra. Grant e de um novo amigo do Sr. Bertram, que tinha acabado de chegar para uma visita. No entanto, o baile tinha sido bastante feliz para Fanny ao longo de quatro músicas, e estava aflita por perder minutos que fossem. Enquanto aguardava com ansiedade, olhando ora para os dançarinos, ora para a porta, o diálogo supramencionado entre as duas lhe foi imposto.

– Eu acho, senhora – disse a Sra. Norris com os olhos voltados para o Sr. Rushworth e para Maria, que estavam dançando juntos pela segunda vez –, que veremos alguns rostos felizes agora.

– Sim, certamente – concordou a outra com um sorriso afetado. – Haverá olhares satisfeitos *agora* e acho uma pena eles serem obrigados a separar-se. Os jovens na situação deles deveriam ser liberados dessas formalidades. Eu me pergunto se o meu filho não propôs isso.

– Ouso afirmar que o fez, senhora. O Sr. Rushworth nunca é negligente, mas a querida Maria tem muito senso de decoro, uma educação que encontramos tão pouco hoje em dia, Sra. Rushworth; o desejo de evitar essa exigência! Querida senhora, olhe só para o rosto dela neste momento; veja como está diferente do que estava nas últimas duas danças!

A Srta. Bertram de fato parecia feliz; os seus olhos brilhavam de prazer, e ela conversava animadamente, enquanto Julia e o seu acompanhante, o Sr. Crawford, estavam próximos a ela. Eles dançavam todos juntos. Como ela estava antes deste momento, Fanny não conseguia lembrar, pois estivera dançando com Edmund e não tinha pensado nela.

– É encantador, senhora, ver jovens tão felizes e adequados um para o outro! – continuou a Sra. Norris. – Eu não posso deixar de pensar no contentamento de Sir Thomas. E o que me diz, senhora, em relação à possibilidade de um novo casal? O Sr. Rushworth deu um bom exemplo, e essas atitudes são contagiantes.

A Sra. Rushworth, que não via nada mais além do filho, estava perplexa.

– O casal ao lado, senhora; não percebe nada entre eles?

– Ah! Querida, a Srta. Julia e o Sr. Crawford. Sim, certamente, um belo casal. Qual é a sua renda?

– Quatro mil ao ano.

– Muito bem. Aqueles que não têm muito, devem satisfazer-se com o que possuem. Quatro mil ao ano é uma boa renda, e ele me parece um jovem gentil e seguro; sendo assim, espero que a Srta. Julia seja muito feliz.

– Ainda não é um assunto resolvido, senhora; ainda. Só falamos sobre isso entre os amigos. Estou quase certa de que acontecerá. Ele está direcionando cada vez mais a sua atenção para ela.

Fanny não podia ouvir mais. Ouvir e imaginar estavam suspensos por algum tempo, já que o Sr. Bertram tinha voltado para o salão, e sentia que teria a grande honra de ser convidada por ele. Ele veio até o pequeno círculo em que estavam, mas em vez de convidá-la para dançar puxou uma cadeira e sentou-se ao seu lado. Conversou sobre o estado de saúde de um cavalo doente e sobre a opinião do cavalariço, com quem havia estado minutos antes. Fanny compreendeu que não poderia ser diferente, e na sua modéstia natural imediatamente sentiu que a sua expectativa era despropositada. Depois de lhe contar sobre o cavalo, ele pegou um jornal que estava sob a mesa e, passando os olhos sobre ele, falou em um tom lânguido:

– Se você quiser dançar, Fanny, eu irei com você.

E, delicadamente, ela declinou da oferta, dizendo que não desejava dançar.

– Fico satisfeito – disse ele mais animadamente, recolocando o jornal sob a mesa. – Estou morto de cansaço. Eu me pergunto como estas pessoas podem aguentar por tanto tempo. Eles devem estar *todos* apaixonados para encontrar tamanha diversão nesta tolice, e imagino que estejam. Se você olhar para eles, perceberá que muitos dos casais estão apaixonados, com exceção do Yates e da Sra. Grant; e, cá entre nós, ela, pobre mulher, deve almejar um amante como todos os demais. Ela deve ter uma vida desesperadamente enfandonha com o doutor.

Ao dizer isso, olhou com uma expressão ardilosa na direção do Dr. Grant, sentado numa cadeira próxima. Mas mudou instantaneamente de expressão e de assunto, já que Fanny, a despeito de tudo, não pôde se conter e riu.

– Este é um negócio peculiar na América, Dr. Grant! Qual é a sua opinião? Eu sempre recorro ao senhor quando reflito sobre questões gerais.

– Meu querido Tom – exclamou a tia logo depois –, como você não está dançando, ouso afirmar que não terá nenhuma objeção em unir-se a nós em um jogo, não é mesmo? – Em seguida, deixou o assento e se aproximou dele para reforçar o pedido, completando em um sussurro: – Nós queremos organizar uma mesa para a Sra. Rushworth; a sua mãe está bastante ansiosa para isso, mas não pode nos acompanhar por causa do debrum em que está trabalhando. Agora, você, eu e o Dr. Grant bastaremos, e mesmo que *nós* só joguemos com meia-coroa, você sabe que pode apostar meio guinéu com *ele*.

– Fico muito feliz com o convite – respondeu ele em voz alta e se levantou imediatamente. – Me daria grande prazer, mas neste momento vou dançar. Venha, Fanny – disse, tomando a sua mão. – Não perca mais tempo ou a dança terminará.

Fanny deixou-se de conduzir com satisfação, embora não fosse possível sentir muita gratidão pelo primo ou distinguir, como ele certamente o fez, entre o egoísmo de outra pessoa e o dele próprio.

– Um pedido muito modesto! – Ele exclamou indignadamente conforme caminhavam. – Querer me prender em um jogo de cartas pelas próximas duas horas com ela e o Dr. Grant, que estão sempre discutindo, e aquela velha ociosa, que sabe tanto de cartas quanto de álgebra! Eu desejaria que a minha querida tia fosse um pouco menos intrometida. E me pedir dessa maneira! Sem qualquer cerimônia na frente de todos, sem me deixar qualquer possibilidade de refutar o convite! Foi *isso* que me incomodou em particular. Isso aumenta a minha indisposição mais do que tudo. Convidar-me sem me dar escolha, a intenção de obrigar a pessoa a concordar com tudo, independentemente do que seja! Se eu não tivesse tido a ideia de me levantar com você, eu não teria tido como fugir. É terrível. Mas quando minha tia decide realizar algum desejo, nada pode impedi-la.

13

O honorável John Yates, o novo amigo, não tinha muito a seu favor além do estilo e da riqueza, e o fato de ser o filho mais novo de um lorde com certa independência. Do contrário, Sir Thomas teria provavelmente considerado a sua presença em Mansfield indesejável. O Sr. Bertram o conheceu em Weymouth, onde passaram dez dias juntos, convivendo com a mesma sociedade. A amizade entre os dois, se é que se pode chamar assim, consolidou-se e foi reforçada com o convite feito ao Sr. Yates para visitar Mansfield quando lhe fosse possível, e pela promessa deste em aparecer. Ele veio um pouco antes do esperado, em consequência do fim repentino de uma reunião na casa de um amigo, para onde ele havia seguido após deixar Weymouth. Ele veio sob as asas do desapontamento e com o espírito cheio de encenações, já que esta havia sido uma festa teatral, e a peça que ensaiava iria ser apresentada em dois dias, quando subitamente faleceu um dos amigos mais próximos da família. Esse acontecimento pôs fim ao projeto e dispersou os atores. Estava tão próximo da felicidade, da fama e das boas críticas dos palcos privados de Ecclesford, berço de Right Hon. Lorde Ravenshaw, em Cornwall, teria certamente imortalizado essa peça por pelo menos doze meses! Estar tão próximo e perder tudo era um prejuízo doloroso, e o Sr. Yates não conseguia falar sobre outro assunto. Ecclesford e o teatro, com os seus arranjos, vestimentas, ensaios e brincadeiras faziam parte das suas ininterruptas conversas, e vangloriar-se do passado era o seu único consolo.

Para sua sorte, o amor pelo teatro era compartilhado por todos. Entre os jovens havia forte desejo de atuar, e por isso ele dificilmente cansava os seus ávidos ouvintes. Desde a seleção dos atores ao epílogo, tudo era sedutor, e poucos não desejariam fazer parte daquilo, tampouco teriam hesitado em testar o seu talento. A peça era *Lovers' Vows*, e o Sr. Yates desempenharia o papel do conde Cassel.

– Um papel insignificante – disse ele –, e nem um pouco condizente com o meu talento, e eu não o aceitaria novamente, mas estava determinado a não criar obstáculos. Lorde Ravenshaw e o duque se apropriaram dos dois personagens dignos de serem representados antes de eu chegar a Ecclesford. Embora lorde Ravenshaw tenha se mostrado disposto a renunciar a seu personagem a meu favor, foi impossível aceitar a oferta, você sabe. Lamentei por ele ter se equivocado quanto aos seus talentos, pois ele não era em nada semelhante ao barão! Um homem baixo, com uma voz débil, sempre rouca após dez minutos! Provavelmente teria prejudicado o papel consideravelmente, mas estava decidido a não oferecer nenhuma dificuldade. Sir Henry achou que o duque não se assemelhava a Frederick, mas isso era porque Sir Henry almejava o papel para si, visto que era o mais adequado entre os dois. Eu me surpreendi ao ver Sir Henry tão determinado. Felizmente, a força do personagem não dependia dele. A nossa Agatha estava inimitável, e o duque foi considerado por muitos como grandioso. De forma geral, tudo teria ocorrido maravilhosamente bem.

"Era um caso difícil, ouso afirmar" e "é lamentável que tudo tenha terminado assim" foram as respostas dos seus compadecidos ouvintes.

– Não é digno de se reclamar, mas a pobre viúva não poderia ter falecido em momento mais inoportuno. É impossível não desejar que a notícia pudesse ter sido omitida pelos três dias de que necessitávamos. Eram somente três dias. Ela era somente uma avó, e estando a trezentos quilômetros de distância, não haveria grandes prejuízos. Isso *foi* sugerido, eu sei, mas lorde Ravenshaw, que eu considero um dos homens mais dignos da Inglaterra, ignorou a proposta.

– Uma tragédia ao invés de comédia – disse Sr. Bertram. – *Lovers' Vows* não chegou ao fim, e lorde e lady Ravenshaw abandonaram-na para atuar sozinhos em *Minha avó*. Bem, a herança deve *reconfortá-lo* e talvez, aqui entre amigos, ele tenha começado a temer por sua reputação e por seus pulmões com o barão, e não lamentou em afastar-se. E como uma compensação, eu acho que devemos organizar uma pequena peça aqui em Mansfield e você seria convidado para ser o diretor.

A proposta, embora tenha surgido naquele momento, não terminou ali, pois o desejo de atuar foi despertado. Ninguém mais do que o próprio Sr. Bertram, agora o senhor da casa, sempre disposto a transformar qualquer novidade em algo positivo, tinha ao mesmo tempo talento e veia cômica perfeitamente adequados à situação. Esse pensamento retornou várias vezes.

– Ah! Tentar algo parecido com o teatro e o cenário de Ecclesford.

Cada irmã reforçou o pedido e Henry Crawford, que entre tantos prazeres ainda não tinha desfrutado o de atuar, mostrou-se bastante animado com a ideia.

– Eu realmente acredito – disse ele – que poderia ser louco o suficiente neste momento para empreender qualquer personagem que já tenha sido escrito, de Shylock a Ricardo III, e até mesmo um herói cantante em uma farsa, vestido com um casaco escarlate e um chapéu de pena. Sinto que poderia ser qualquer um ou qualquer coisa, é como se pudesse discursar e esbravejar, ou ainda golpear, ou proferir tolices em qualquer tragédia ou comédia na língua inglesa. Vamos fazer algo, mesmo que seja somente a metade de uma peça, um ato, uma cena; o que poderia nos impedir? Não esses semblantes, estou certo

– disse ao olhar na direção das Srtas. Bertram. – E quanto ao teatro, o que significa? Nós devemos simplesmente nos entreter. Qualquer cômodo desta casa seria adequado.

– Nós precisamos de uma cortina – disse Tom Bertram. – Poucos metros de tecido verde para a cortina, e talvez só isso seja suficiente.

– Ah! sem dúvida suficiente – exclamou o Sr. Yates. – Somente com um bastidor ou duas saídas, e três ou quatro cenários diferentes, nada mais será necessário. Em nome do simples prazer entre amigos, não devemos precisar de mais nada.

– Eu acredito que devemos nos satisfazer com *menos* – disse Maria. – Não haveria tempo suficiente, e outras dificuldades surgiriam. De preferência, devemos adotar as opiniões do Sr. Crawford e fazer uma *representação*, e não uma *peça*. Inúmeras partes de nossas melhores peças ocorrem de forma independente do cenário.

– Não – discordou Edmund, que ouviu com espanto. – Não devemos fazer nada pela metade. Se vamos atuar, devemos fazer uma peça totalmente de acordo com um teatro, com camarote, galeria e plateia e do início ao fim, como uma verdadeira peça alemã, com uma boa artimanha, um epílogo, uma dança, um instrumento de sopro e música entre as cenas. Se não superarmos Ecclesford, não devemos fazer nada.

– Edmund, não seja desagradável – disse Julia. – Ninguém ama mais o teatro do que você, ou já fez tanto para poder assistir a uma peça.

– É verdade, para ver uma boa encenação, uma atuação real. Mas eu dificilmente caminharia deste aposento para o próximo para ver uma atuação ruim, crua, daqueles que não estão preparados para tal tarefa; um grupo de cavalheiros e damas que apresentam todas as desvantagens da educação e do decoro para se esforçarem à altura.

Após breve pausa, deram continuidade ao assunto, que foi debatido com inabalável empenho. O estímulo dos jovens aumentou com a discussão, contagiando a todos. Nada ficou efetivamente decidido, a não ser que Tom Bertram preferiria uma comédia e de que nada no mundo poderia ser mais fácil do que encontrar uma peça com que todos ficassem satisfeitos. A decisão em atuar, a despeito da peça, parecia tão resoluta que deixou Edmund bastante desconfortável. Ele estava determinado a tentar evitá-la, se possível, embora a mãe, que também ouviu a conversa debatida na mesa, não tivesse demonstrado qualquer sinal de desaprovação.

Na mesma tarde Tom teve oportunidade de mostrar o seu poder de persuasão. Maria, Julia, Henry Crawford e o Sr. Yates estavam no salão de jogos. Tom retornava à sala de estar onde estavam Edmund, pensativo próximo à lareira, a Srta. Bertram, sentada no sofá a pequena distância dele, e Fanny, perto dela organizando um trabalho qualquer. Logo que entrou, disse:

– Esta nossa mesa de bilhar é desprezível e não deve ser usada, creio eu, sob qualquer justificativa! Não posso mais suportá-la e acho, ouso afirmar, que não serei mais tentado a usá-la novamente. Mas um fato eu apurei com a máxima certeza: este é o cômodo perfeito para o teatro, tem o tamanho e a forma ideais, com as portas no outro lado comunicando uma com a outra, e poderão ser abertas em cinco minutos, simplesmente se movermos a estante do quarto de meu pai. É tudo que poderíamos desejar se pensássemos a respeito. E o quarto do meu pai será um excelente palco, pois parece unir-se propositalmente ao salão de jogos.

– Você não pode estar falando sério, Tom, em querer atuar – disse Edmund em voz baixa, enquanto o irmão se aproximava da lareira.

– Não estou falando sério? Como nunca antes, posso assegurá-lo. O que o surpreende nisso?

– Eu acho que seria muito equivocado. De forma *geral*, os teatros privados funcionam sob algumas objeções, mas *nesta* circunstância, acredito que seria altamente imprudente tentar algo dessa natureza. Demonstraria falta de consideração aos sentimentos do meu pai, ausente, e de certa maneira, perigoso. E acho que, no que se refere a Maria, a situação é muito delicada, se considerarmos todos os aspectos envolvidos.

– Você leva tudo muito a sério! Parece até que vamos atuar três vezes por semana até o retorno de meu pai, e convidar a todos para assistir! Mas não será nada disso. A nossa intenção é unicamente o divertimento, simplesmente uma mudança de ares e um exercício de nossos talentos em algo novo. Nós não desejamos audiência e nem publicidade. Nós podemos ter crédito, eu acho, por escolhermos uma peça perfeitamente comum, e não posso perceber qualquer dano maior ou perigo para qualquer um de nós em usar a elegante escrita de algum respeitável escritor, em vez de dialogar com nossas próprias palavras. Eu não tenho medo nem escrúpulo. E quanto ao fato de meu pai estar ausente, é de longe um obstáculo, mas sim um motivo. A expectativa com o seu retorno deve ser um período de grande ansiedade para minha mãe, e se podemos ser um instrumento para distrair essa ansiedade e mantê-la entretida pelas próximas semanas, acredito que será um tempo muito bem despendido, e estou certo de que para ele também. É um período de *muita* ansiedade para ela.

Tão logo terminou o discurso, todos olharam para a sua mãe. Lady Bertram, afundada no sofá, a imagem de saúde, riqueza e tranquilidade tinha acabado de cochilar suavemente, enquanto Fanny a ajudava a cuidar das dificuldades do seu trabalho.

Edmund sorriu e balançou a cabeça.

– Por Deus! Assim não é possível – exclamou Tom, jogando-se numa cadeira com uma forte risada. – Estava enganado, minha querida mãe, em relação a sua ansiedade. Fui infeliz neste ponto.

– Qual é o problema? – perguntou a senhora com o tom de voz pesado de quem acabou de acordar. – Eu não estava dormindo.

– Ah! Não, querida senhora, ninguém suspeitou que você... Bem, Edmund – ele continuou, retornando ao mesmo assunto, tão logo lady Bertram começou a cochilar novamente. – Mas *nisso eu insisto*: nós não estaremos fazendo mal algum.

– Eu não posso concordar com você. Estou convencido de que meu pai iria desaprovar inteiramente.

– Estou convencido do contrário. Ninguém aprecia tanto o exercício do talento nos jovens, ou o promove, mais do que meu pai. E em relação a atuação, declamação e recitação, acho que ele sempre se mostrou favorável. Estou certo de que ele encorajou isso em nós quando éramos meninos. Quantas vezes pranteamos a morte de Júlio César, e *ser* ou *não ser*, neste mesmo quarto, para diverti-lo? E lembro que *o meu nome era Norval* todas as noites de Natal da minha vida.

– Mas antes era muito diferente. Você mesmo deve saber a diferença. O meu pai desejava que nós, como estudantes, nos expressássemos bem, mas ele nunca desejaria que suas filhas já crescidas atuassem em uma peça. Seu senso de decoro é muito rigoroso.

– Sei de tudo isso – disse Tom descontente. – Eu conheço meu pai tão bem quanto você, e cuidarei para que suas filhas não façam nada que possa angustiá-lo. Cuide de suas próprias preocupações, Edmund, e eu cuidarei do resto da família.

– Se está decidido a atuar – respondeu o persistente Edmund –, espero que seja de maneira muito simples e tranquila, e acho que não deve tentar fazer uma peça, pois exigirá tomar certas liberdades com a casa do meu pai em sua ausência, algo que não pode ser justificado.

– Para todas as questões dessa natureza eu serei responsável – disse Tom, resoluto. – A casa dele não sofrerá qualquer dano. Eu tenho o mesmo interesse que você em zelar por ela, mesmo com as mudanças que sugeri há pouco, como mudar de lugar uma estante, destrancar uma porta ou até mesmo usar o salão de jogos sem usar o bilhar por uma semana. Posso supor que você desaprovaria ficarmos mais tempo neste cômodo e menos na sala do café da manhã do que ficávamos antes da partida dele, ou ainda que o piano de minhas irmãs fosse levado para o outro lado do salão, mas seria um total absurdo!

– As inovações, não sendo um equívoco, serão uma despesa desnecessária.

– Sim, a despesa com esse empreendimento será enorme! É possível que custe o equivalente a vinte libras. Sem dúvida precisamos ter algo que nos remeta a um teatro, mas será muito simples: uma cortina verde e um pequeno trabalho de carpintaria, e isso é tudo. E como todo o trabalho de carpintaria poderá ser feito em casa pelo próprio Christopher Jackson, será absurdo falar em qualquer despesa. E enquanto o Sr. Jackson estiver empregado, estará tudo bem com Sir Thomas. Não imagine que só você nesta casa pode ver ou julgar. Não atue, se não gosta, mas não espere governar todos os demais.

– Não, sobre a minha atuação – disse Edmund –, eu protesto totalmente.

Tom saiu do aposento enquanto Edmund falava, e este sentou-se para atiçar o fogo na lareira, em silenciosa contrariedade.

Fanny, que ouviu toda a conversa, e comungava com Edmund em todas as suas ponderações, agora se aventurava a sugerir algum consolo.

– É possível que não encontrem nenhuma peça que lhes agrade. O gosto do seu irmão e de suas irmãs parece ser bem diferente.

– Eu não tenho nenhuma esperança, Fanny. Se eles persistirem com essa ideia, acabarão achando algo. Vou conversar com as minhas irmãs e tentarei *dissuadi-las*, e isso é tudo que posso fazer.

– Eu acredito que a minha tia Norris estará do seu lado.

– Ouso dizer que sim, mas ela não tem influência suficiente sobre meu irmão ou minhas irmãs. E, se eu não posso pessoalmente convencê-los, deixarei que as ações tomem o seu curso sem tentar impedi-los com a ajuda dela. A querela familiar é um dos maiores males, e é melhor fazermos algo sem alarde.

As irmãs, com quem Edmund teve a oportunidade de conversar na manhã seguinte, estavam igualmente impacientes com o seu conselho, inflexíveis com os seus argumentos e tão determinadas quanto Tom. A mãe deles não tinha qualquer objeção ao plano, e ninguém estava nem um pouco receoso com a desaprovação do pai. Não poderia haver nada de errado em algo que tinha sido praticado por tantas famílias respeitáveis e por tantas mulheres honradas, e deveria ser falta de escrúpulos censurar um plano como aquele que compartilhado somente entre irmãos, irmãs e amigos próximos, e do qual ninguém mais saberia exceto eles mesmos. Julia *parecia* inclinada a admitir que a situação de Maria era delicada e exigia um cuidado específico, mas que não poderia ser estendido a *ela*. *Ela* tinha liberdade e Maria, evidentemente, considerava que o seu noivado a deixava ainda mais livre de qualquer restrição. Com isso, ao contrário de Julia, não precisaria consultar o pai ou a mãe. Edmund não tinha muitas esperanças, mas continuava a exortar o assunto quando Henry Crawford entrou no aposento, recém-chegado do presbitério.

– Não precisamos mais de ajuda em nosso teatro, Srta. Bertram – disse Henry. – Minha irmã manda lembranças; ela espera poder ser admitida na companhia e ficará feliz em receber qualquer papel que não queiram representar, desde uma velha governanta a uma confidente inofensiva.

Maria olhou para Edmund, com intenção de dizer "O que dirá agora? Podemos estar equivocados se a Srta. Crawford pensa da mesma maneira?" Edmund silenciou-se e foi obrigado a reconhecer que a sedução de atuar podia exercer fascinação às mentes dos gênios, e, com a ingenuidade do amor, fixou sua atenção na gentileza do recado, deixando de lado outros aspectos.

O plano avançou, e a oposição era uma tentativa vã. Edmund equivocou-se em achar que a Sra. Norris faria qualquer objeção. As possíveis dificuldades foram contra-argumentadas em cinco minutos pelo seu sobrinho e sobrinha mais velhos, que tinham bastante influência sobre ela. Como esse arranjo não traria despesas para ninguém e, sobretudo, para ela, e ao prever todos os desconfortos da pressa e agitação e a vantagem imediata de divertir-se, sentiu-se obrigada a deixar sua casa, onde estava morando havia um mês sob as suas próprias custas, e mudar-se para a deles, pois ficaria disponível para ajudá-los. Ela estava, na verdade, perfeitamente feliz com o projeto.

14

A opinião de Fanny parecia estar mais correta do que Edmund poderia supor. A tarefa de escolher uma peça que fosse adequada para todos provou-se não ser insignificante. O carpinteiro seguiu as ordens, tirou as medidas e deu algumas sugestões, o que obrigou-os a ampliar o planejamento e as despesas; e ele já estava trabalhando enquanto a peça ainda era escolhida. Outros preparativos estavam em curso. Um enorme rolo de tecido verde chegou de Northampton e foi cortado pela Sra. Norris (e com o bom aproveitamento do material, ela economizou três quartos de tecido). As empregadas já o estavam transformando em uma cortina e eles ainda não haviam se decidido pela peça. Dois ou três dias se passaram dessa maneira e Edmund começou a acreditar que não encontrariam nenhuma.

De fato, existiam muitas tarefas a serem realizadas e personagens a serem distribuídos de forma a agradar a todos, mas, acima de tudo, era necessário que a peça fosse ao mesmo tempo comédia e tragédia. Assim, a possibilidade de tomarem uma decisão parecia remota.

Defendiam a tragédia as Srtas. Bertram, Henry Crawford e o Sr. Yates; a comédia, Tom Bertram. Tom não estava *inteiramente* sozinho, porque era evidente que o desejo de Mary Crawford, embora cuidadosamente não revelado, tendia para a mesma direção, mas a determinação e poder dele pareciam dispensar aliados. Independentemente dessa grande e irreconciliável diferença, eles queriam uma peça que contivesse poucos personagens, mas todos deveriam ser principais e com três personagens femininos centrais. As melhores peças foram analisadas em vão. *Hamlet*, *MacBeth*, *Othello*, *Douglas* e *The Gamester* não apresentavam qualquer atrativo para os trágicos, e *Ruvals*, *School of Scandal*, *Wheel of Fortune*, *Heir at Law*, entre outras de uma longa lista, foram sucessivamente indeferidas com objeções ainda mais acaloradas. Qualquer peça proposta oferecia dificuldades para membros de ambos os lados:

"Ah! Não, *essa* não é boa. Não vamos escolher tragédias exageradas." "Há muitos personagens e nenhum papel é tolerável para uma mulher nesta peça"; Qualquer coisa menos *isso*, meu querido Tom. Seria impossível completá-la"; "Não podemos esperar que qualquer um queira este papel"; "Não há nada mais do que palhaçadas do início ao fim." "*Esta* pode ser, talvez, mas para as partes menos importantes". "Se eu *devo* dar a minha opinião, eu sempre achei que esta peça a mais insípida da língua inglesa"; "Eu não pretendo fazer objeções, e ficarei feliz em ser útil, mas acho que não poderíamos escolher uma peça pior."

Fanny observava descontente o egoísmo que, mais ou menos disfarçado, parecia governar a todos, e perguntava-se como aquela situação iria terminar. Para o seu próprio benefício ela poderia ter desejado que algo fosse encenado, pois nunca tinha visto nem mesmo a metade de uma peça, mas a conduta correta orientava-lhe a ser contra.

– Assim não é possível – disse Tom Bertram, por fim. – Nós estamos desperdiçando terrivelmente o nosso tempo. Precisamos fazer uma escolha, independentemente do que seja. Não precisamos ser tão perfeccionistas. Um número maior de personagens não deve nos amedrontar. Nós deveremos *duplicar* nossos papéis. Vamos aquiescer um pouco. Se um papel é insignificante, maior será o nosso crédito em desempenhá-lo bem. A partir deste momento *eu* não imporei mais dificuldades; ficarei com qualquer papel que escolherem para mim, contanto que seja cômico. Que seja cômico, essa é a única condição.

De uma extensa lista de sugestões, Tom propôs então *Heir at Law*, porém indeciso entre dois personagens, lorde Duberly ou Dr. Pangloss, e muito determinadamente, mas sem sucesso, tentou convencer os demais de que havia algumas partes trágicas no restante da *Dramatis Persona*.

A pausa que seguiu esse esforço infrutífero foi finalizada pelo mesmo orador ao pegar o grande número de obras que estavam sobre a mesa e, folheando-as, exclamar subitamente:

– *Lovers' Vows!* E por que *Lovers' Vows* não deveria nos fazer tão bem quanto aos Ravenshaw? Como não pensamos nisso antes? Agora percebo que se encaixa perfeitamente. O que acham? Aqui existem dois personagens trágicos principais para Yates e Crawford, e, para mim, um mordomo que gosta de rimas, caso ninguém mais o queira, pois é um papel insignificante, mas algo de que não vou desgostar. Como disse antes, estou determinado a dar o melhor de mim em qualquer papel. E os demais podem ser escolhidos por qualquer um. Faltam somente o conde Cassel e Anhalt.

A sugestão foi, de maneira geral, bem-vinda. Todos estavam fatigados com a indecisão e a primeira ideia foi que nada havia sido proposto até então que pudesse se adequar a todos. O Sr. Yates estava particularmente satisfeito; ele desejava desempenhar o barão de Ecclesford. Tinha invejado lorde Ravenshaw e sentira-se forçado a expressar suas queixas sozinho em seu quarto. Enfurecer-se com o barão Wildenhaim era o ápice da sua ambição teatral, e com a vantagem de conhecer a metade das cenas, ele ofereceu com grande presteza os seus serviços para desempenhá-lo. Para fazer-lhe justiça, no entanto, ele resolveu não se apropriar dele, ao lembrar que havia boas falas no papel de Frederick, e professou empenho semelhante para assumir esse papel também. Henry Crawford estava preparado para assumir qualquer um dos dois. O papel que o Sr. Yates não escolhesse iria satisfazê-lo completamente e uma breve troca de elogios se seguiu. A Srta. Bertram, interessou-se por desempenhar Agatha, e observou para o Sr. Yates que altura e peso deveriam ser levados em consideração, e que pelo fato de ser *o* mais alto, ele parecia ser particularmente adequado para o papel do barão. Concordaram com ela, e ambos os papéis tendo sido aceitos adequadamente, ela não teve dúvidas de que o papel de Frederick seria desempenhado apropriadamente. Três personagens haviam sido escolhidos. Quanto ao Sr. Rushworth, Maria dizia que estaria disposto a fazer qualquer um. Julia, desejava, assim como a irmã, desempenhar o papel de Agatha, e adotou uma atitude conscienciosa em relação à Srta. Crawford.

– Este não é um bom comportamento em relação aos ausentes – disse ela. – Não existem papéis femininos suficientes. Amelia e Agatha são adequadas para Maria e eu, mas não há nada aqui para a sua irmã, Sr. Crawford.

O Sr. Crawford desejou que *isso* não fosse lembrado, pois estava certo de que sua irmã não desejava atuar, mas estava disposta a ser útil, e preferiria não ser designada para algum papel. Mas Tom Bertram opôs-se imediatamente. Ele considerou que o papel de Amelia era em todos os aspectos propriedade da Srta. Bertram, se ela o aceitasse.

– Recai sobre ela como natural e compatível – disse ele –, assim como Agatha para uma das minhas irmãs. Não deve ser nenhum sacrifício para elas, pois é altamente cômico.

Um breve silêncio se seguiu. Cada irmã estava ansiosa, pois ambas se consideravam aptas ao papel de Agatha e esperavam que os demais o expressassem. Henry Crawford, nesse ínterim, debruçou-se sobre a peça e com aparente despreocupação leu o primeiro ato, e logo resolveu a questão.

– Eu devo rogar à Srta. *Julia* Bertram a não comprometer-se com o papel de Agatha, ou será a ruína de toda a minha cerimônia. Você não deve, realmente não deve – disse ele, voltando-se para ela. – Eu não poderia suportar a sua fisionomia vestida em angústia e palidez. As muitas risadas que demos juntos iriam infalivelmente vir à minha mente, e Frederick e sua mochila seriam obrigados a fugir.

Ele falou de maneira agradável e cortês, mas feriu os sentimentos de Julia. Ela percebeu seu olhar para Maria, o que a fez sentir-se mal. Aquilo era um estratagema, uma malícia. Ela sentia-se desprezada, pois Maria era a preferida. O sorriso de triunfo que Maria tentava disfarçar demonstrava que ela tinha compreendido corretamente, e antes que Julia pudesse falar, o seu irmão confirmou aquela sugestão:

– Ah! Sim, a Maria deve ser Agatha. A Maria fará melhor a Agatha. Embora Julia afirme preferir as tragédias, eu não confiaria. Não há nada de trágico nela, e ela não leva jeito para isso. A sua expressão não é trágica e ela anda demasiadamente rápido e fala com muita rapidez também, e não conseguiria manter a atitude. Ela estará melhor como a velha provinciana, a mulher do camponês. O papel da mulher do camponês é um belo papel, posso assegurar-lhes. A velha dama mitiga a altivez do marido com bastante estado de espírito. Você deverá ser a mulher do camponês.

– A mulher do camponês! – exclamou o Sr. Yates. – Sobre o que você está falando? Este é o papel mais trivial, desprezível e insignificante. Simplesmente um lugar-comum; não há uma fala tolerável em toda a peça. A sua irmã desempenhar esse papel? Essa proposta é um insulto. Em Ecclesford a governanta faria esse papel. Todos nós concordamos que não poderia ser oferecido para mais ninguém. Um pouco mais de justiça, senhor diretor, por favor. Você não merece este cargo se não puder reconhecer um pouco melhor os talentos da sua companhia.

– Em relação a *isso*, meu querido amigo, enquanto eu e minha companhia ainda não atuarmos haverá um pouco de tentativas, mas não tenho a intenção de depreciar Julia. Nós não podemos ter duas Agathas e precisamos de uma mulher para o camponês. Estou certo que lhe dei o modelo de moderação ao me satisfazer com o velho mordomo. Se o papel é insignificante, ela terá ainda mais crédito por fazer algo de bom com ele. E se ela não for desesperadamente contra qualquer humorismo, deixemo-la recitar os discursos do camponês em vez das falas de sua mulher e adaptar o papel inteiramente. Estou certo de que *ele* é solene e patético o suficiente, e não fará qualquer diferença na peça. E quanto ao camponês, posso recitar os discursos de sua mulher com todo o meu coração.

– Com toda a sua parcialidade em relação à mulher do camponês – disse Henry Crawford –, será impossível para a sua irmã poder desempenhá-lo, e não devemos forçar a sua boa natureza impondo-lhe esse papel. Nós não devemos *permitir* que aceite o papel. Não devemos deixá-la à sua própria complacência. Os seus talentos serão bem-vindos em Amelia. Amelia é um papel ainda mais difícil de ser representado do que o de Agatha. Eu considero Amelia o papel mais difícil de toda a peça, pois requer muita força e bondade, incutindo nela ludicidade e simplicidade sem extravagância. Eu já vi boas atrizes fracassarem nesse papel. A simplicidade, certamente, está além do alcance de quase todas as atrizes. Requer uma delicadeza de sentimentos que elas não possuem; requer uma donzela, uma Julia Bertram. Você *vai* aceitá-lo, não? – perguntou a ela com um olhar ansioso de súplica, e que a apaziguou um pouco. Mas enquanto ela hesitava sobre o que dizer, o irmão mais uma vez se interpôs, alegando que a Srta. Crawford era mais adequada para o papel.

– Não, não, a Julia não deve ser a Amelia. Não é o papel para ela. Ela não gostaria e não o desempenharia bem. Ela é muito alta e robusta. Amelia deve ser uma menina pequena, leve, feminina, uma figura alegre. É perfeito para a Srta. Crawford e somente para ela. Ela se parece com a personagem e estou convencido de que a fará admiravelmente.

Ignorando esse argumento, Henry Crawford continuou a súplica:

– Você deve nos agraciar – disse ele –, certamente deve. Quando estudar a personagem, perceberá que se adequa a você. A tragédia pode ser a sua escolha, mas certamente parecerá que a comédia a *escolheu*. Você é quem deverá me visitar na prisão com uma cesta repleta de mantimentos. Você refutará de ir me visitar na prisão? Eu acho que posso vê-la entrando com a sua cesta.

Ela sentia a influência da sua voz. Julia não resistiu, mas estaria ele somente tentando acalmá-la e pacificá-la e corrigir a prévia afronta? Ela não confiava nele. Sua descortesia tinha sido considerável. Ele talvez estivesse brincando de forma traiçoeira com ela. Ela olhou desconfiada para a irmã, e o semblante de Maria faria com que decidisse. Caso estivesse envergonhada e alarmada, poderia pensar no assunto, mas Maria estava serena e satisfeita e Julia sabia bem que Maria não poderia estar feliz se não fosse à sua custa. Então, com precipitada indignação e voz trêmula, ela respondeu-lhe:

– Você não parece temeroso de não conseguir manter a sua fisionomia quando eu entrar com a cesta de mantimentos, como poderíamos supor, mas somente como Agatha eu seria tão irresistível!

Ela se calou. Henry Crawford pareceu bastante tolo, como se não soubesse o que dizer.

Tom Bertram insistiu:

– A Srta. Crawford deve ser a Amelia. Ela será uma excelente Amelia.

– Não se preocupe ao achar que *eu* desejarei o papel – exclamou Julia com súbita raiva. – Eu *não* serei Agatha e estou certa de que não farei nada mais. Em relação à Amelia, é, entre todos os demais, o papel pelo qual sinto mais aversão. Eu a detesto. Uma menina odiosa, pequena, atrevida, antinatural e sem vergonha. Eu sempre protestei contra a comédia, e essa é a comédia em sua pior forma.

Em seguida, saiu apressadamente do aposento, deixando alguns deles incomodados, e todos sentindo pouquíssima compaixão, exceto Fanny, que tinha sido uma observadora silenciosa de todos os acontecimentos. Não poderia deixar de acreditar que ela estava com *ciúme*, e sentiu muita pena.

Um breve silêncio sucedeu a sua saída, mas o seu irmão rapidamente retomou as negociações de *Lovers' Vows* e debruçava-se avidamente sobre a peça. Com o auxílio do Sr. Yates, determinavam qual cenário seria necessário, enquanto Maria e Henry Crawford conversavam juntos em voz baixa. Ela começou dizendo:

– Estou certa de que abriria mão do papel para Julia de bom grado, e embora acredite que não a interpretarei bem, estou convencida de que *ela* o fará ainda pior.

E assim recebeu todos os elogios que a sua fala merecia.

Depois de algum tempo a divisão dos papéis foi completada por Tom Bertram e pelo Sr. Yates, que passaram a examinar o cômodo que agora seria chamado *o Teatro*. A Srta. Bertram resolveu ir até o presbitério com a oferta do papel de Amelia para a Srta. Crawford, e Fanny permaneceu sozinha.

O primeiro uso que fez de sua solidão foi pegar o volume que tinha sido deixado em cima da mesa, e começou a se familiarizar com a peça da qual tinha ouvido tanto. A sua curiosidade foi desperta, e ela percorreu a peça com tamanha voracidade que somente foi interrompida por intervalos de assombro, pelo fato de ter sido escolhida naquele momento, e que poderia ser proposta e aprovada em um teatro particular! Agatha e Amelia lhe pareceram de distintas maneiras inadequadas para uma apresentação doméstica. A situação de uma e a linguagem da outra lhe pareceram impróprias para qualquer mulher modesta, e ela mal poderia supor que as primas pudessem ter conhecimento do que tinham concordado em participar. Esperava que elas pudessem se conscientizar tão logo fosse possível pela repreensão que Edmund certamente faria.

15

A Srta. Crawford aceitou o papel imediatamente, e logo que a Srta. Bertram retornou do presbitério o Sr. Rushworth chegou, e um novo papel, consequentemente, foi decidido. A ele foram ofertados o conde Cassel e Anhalt. A princípio não soube qual escolher e quis que a

Srta. Bertram decidisse por ele, mas depois lhe explicaram a respeito dos dois e ele compreendeu os estilos de cada personagem, e quem era quem. Lembrou-se que tinha assistido à peça uma vez em Londres e tinha considerado Anhalt um sujeito bastante estúpido, e rapidamente decidiu-se pelo conde. A Srta. Bertram aprovou a decisão, pois quanto menos tivesse que aprender, melhor. Ela não compartilhava o desejo dele de que o conde e Agatha atuassem juntos, tampouco conseguiria aguardar pacientemente enquanto ele vagarosamente folheava as páginas na esperança de encontrar tal cena. Ela gentilmente se apossou de sua parte e diminuiu cada trecho que permitia esse tipo de intervenção, além de apontar a necessidade de que ele precisaria estar muito bem-vestido e escolheu as cores que iria usar. O Sr. Rushworth gostou da ideia de ficar bem-vestido, embora tenha dito o contrário. Estava tão envolvido com a sua aparência que não teve tempo de considerar os demais, ou chegar a qualquer conclusão, ou ainda sentir a desaprovação que Maria estava somente em parte preparada para sentir.

Muitas questões foram resolvidas sem a presença de Edmund, que havia saído durante toda a manhã e desconhecia o assunto. Ao entrar na sala de estar antes do jantar, o murmúrio da discussão estava alto entre Tom, Maria e o Sr. Yates. O Sr. Rushworth levantou-se e com grande presteza contou para ele as novidades.

– Nós temos uma peça – disse ele. – Será *Lovers' Vows*, e eu vou desempenhar o papel do conde Cassel. A minha primeira aparição será em uma vestimenta azul e uma capa de cetim rosa. Posteriormente, usarei outra roupa extravagante para a cena da caçada. Não sei se gostarei.

Os olhos de Fanny seguiram os de Edmund e o seu coração batia por ele enquanto ouvia esse discurso. Ao ver a sua expressão, imaginou o que ele estaria sentindo.

– *Lovers' Vows!* – Com um tom de profundo espanto, essa foi a única resposta ao Sr. Rushworth. Ele voltou-se para o irmão e para as irmãs, duvidando que poderia haver qualquer contradição.

– Sim – exclamou o Sr. Yates. – Após muitos debates e dificuldades, não encontramos nada mais adequado para nós, nada tão excepcional como *Lovers' Vows.* O espanto é não termos pensado nisso antes. A minha estupidez foi abominável, pois teremos todas as vantagens do que vi em Ecclesford e é muito útil ter um modelo! Nós selecionamos praticamente todos os personagens.

– Mas o que farão em relação às mulheres? – perguntou Edmund solenemente, olhando para Maria.

Maria ruborizou ao responder.

– Eu farei o personagem que seria de responsabilidade de lady Ravenshaw e – continuou com um olhar audacioso – a Srta. Crawford será Amelia.

– Jamais imaginaria que esse era um tipo de peça que facilmente poderia ser encenada por *nós* – respondeu Edmund, virando-se para a lareira onde estavam a mãe, a tia e Fanny, e sentou-se com o semblante contrariado.

O Sr. Rushworth falou em seguida:

– Eu vou aparecer três vezes, e tenho 42 falas. Isso é impressionante, não é mesmo? Mas não gosto da ideia de estar tão bem-vestido, mal irei me reconhecer em uma vestimenta azul e uma capa de cetim rosa.

Edmund não conseguiu responder-lhe. Em poucos minutos o Sr. Bertram foi chamado pelo carpinteiro para dirimir algumas dúvidas, acompanhado pelo Sr. Yates, e em seguida, pelo Sr. Rushworth. Edmund imediatamente aproveitou a oportunidade para falar.

– Não posso expressar na frente do Sr. Yates o que penso sobre esta peça, sem com isso refletir em seus amigos em Ecclesford. Mas preciso saber, querida Maria, *diga-me,* acredito que seja extremamente inadequada para uma apresentação particular, e espero que desista. Eu não posso esperar o *contrário* quando a tiver lido cuidadosamente. Leia somente o primeiro ato em voz alta para a sua mãe ou para a sua tia, e veja se pode aprová-la. Estou convencido de que não será necessário enviar para a aprovação do seu *pai.*

– Nós vemos esta situação de maneira muito diferente – exclamou Maria. – Estou perfeitamente familiarizada com a peça, posso assegurá-lo. E com poucas omissões, que certamente serão feitas, não posso ver nada censurável. Eu não sou a *única* jovem mulher que a considera perfeitamente adequada para uma representação privada.

– Que pena – foi a resposta dele. – Mas *você* será a atriz principal, e deveria servir de exemplo. Se os demais se enganaram, é o seu dever corrigi-los e mostrá-los o que constitui a verdadeira decência. Em todos os aspectos do decoro, a *sua* conduta deve ser o modelo para os demais.

Essa imagem sobre a sua responsabilidade teve algum efeito, pois ninguém mais gostaria de ser a atriz principal do que Maria, e com um bom humor ainda maior ela lhe respondeu.

– Sou muito agradecida a você, Edmund, pois estou certa de que demonstra as melhores intenções, mas continuo achando que vê a situação de maneira muito intensa, e não posso ocupar-me nesta discussão com um tema como este. Acho que *este* é o maior erro.

– Você acha que eu poderia ter uma ideia como esta? Não, deixe que a sua conduta sirva de orientação. Diga isto ao examinar a sua parte; você mesmo sente que é inadequada e percebe que exige mais esforço e autoconfiança de que dispõe. Diga isto com firmeza, e será o suficiente. Todos aqueles que demonstrem ter discernimento irão compreender o seu motivo. A peça será suspensa e a sua dignidade, respeitada, assim como deve ser.

– Não se comporte de maneira imprópria, minha querida – disse lady Bertram. – Sir Thomas não gostaria. Fanny, toque o sino, preciso do meu jantar. Certifique-se de que Julia está pronta.

– Estou convencido, senhora – disse Edmund, impedindo Fanny –, de que Sir Thomas não gostaria.

– Pronto, minha querida, você ouviu o que Edmund disse?

– Se eu for declinar do papel – disse Maria com renovado zelo –, Julia certamente o encenará.

– O quê? – exclamou Edmund. – Mesmo se ela souber dos seus motivos?

– Ah! Ela pode imaginar que com a diferença que existe entre nós, e em nossa situação, *ela* não precisa ser tão cuidadosa como eu julgo que devo ser. Acho que ela iria argumentar a favor. Não, você deve me desculpar, mas eu não voltarei atrás na minha escolha. Já está tudo resolvido, e todos ficariam muito desapontados. Tom ficaria bastante zangado, e se todos formos bonzinhos, não teremos nenhuma peça para encenar.

– Eu ia dizer exatamente o mesmo – falou a Sra. Norris. – Se todas as peças forem desaprovadas, não sobrará nenhuma, e com todos os preparativos feitos, será um dinheiro jogado fora. Estou certa de que *isso* seria um desonra para todos. Eu não conheço a peça, mas como Maria diz, caso tenha algo inadequado (e é o que ocorre com a maioria delas), pode facilmente ser excluído. Não precisamos ser tão precisos, Edmund. E como o Sr. Rushworth também fará parte da peça, não pode haver qualquer mal. Só desejaria que Tom tivesse clareza do que gostaria antes que os carpinteiros começassem o trabalho, pois perderam metade de um dia de trabalho com as portas laterais. No entanto, com a cortina fizeram um bom trabalho. As empregadas que cuidaram do serviço o fizeram muito bem, e imagino que poderemos enviar de volta algumas dúzias de argolas. Não há motivo para colocá-las tão próximas umas das outras. Eu *sou* útil, espero, quando se trata de prevenir o desperdício e de dar maior uso aos objetos. Sempre deve haver alguém com a cabeça no lugar para supervisionar tantas mentes jovens. Esqueci de contar para Tom algo que me aconteceu hoje mesmo. Estava passeando próximo ao galinheiro e ao sair deparei com Dick Jackson indo em direção ao saguão dos empregados com dois pedaços de madeira, levando-os para o pai. Você deve se certificar disso. A mãe teve a oportunidade de dar um recado ao pai, então o pai lhe pediu para levar esses pedaços de madeira de que estava precisando. Eu sei o que tudo isso significa; os sinos anunciavam o jantar das empregadas naquele exato momento, e por mais que eu deteste esse tipo de gente usurpadora (os Jackson são muito usurpadores, sempre disse isso. É o tipo de gente que pega tudo o que pode), eu disse imediatamente para o menino (um garoto desajeitado de dez anos de idade, você sabe, e que deveria se envergonhar dele mesmo): "*Eu* levarei as madeiras para o seu pai, Dick, então volte para casa o mais rápido que puder." O menino olhou bastante apalermado e virou-se sem dizer uma única palavra, pois acredito que eu tenha sido bastante dura. Estou certa de que ele ficará curado de saquear a casa, pelo menos por um tempo. Eu não suporto tanta ganância, o seu pai é tão bom para a família empregando o pai o ano inteiro!

Ninguém se deu o trabalho de responder. Os outros logo retornaram, e Edmund percebeu que seu esforço para convencê-los a adotar a atitude certa deveria ser a sua única satisfação.

Durante o jantar, o clima ficou pesado. A Sra. Norris relatou novamente o seu triunfo com Dick Jackson, mas não falaram muito sobre a peça ou os preparativos, pois a desaprovação de Edmund foi sentida até mesmo pelo irmão, embora o assunto não tenha sido mencionado. Maria, ansiando pelo apoio entusiasmado de Henry Crawford, imaginou que seria melhor evitar o assunto. O Sr. Yates, que buscava agradar Julia, sentiu que o seu pesar era menos impenetrável do que o desapontamento pela saída dela da peça. O Sr. Rushworth, tendo somente as suas falas e vestimentas em mente, rapidamente esgotou ambos os temas.

Os receios em relação à peça foram suspensos somente por uma ou duas horas. Muitas questões precisavam ser resolvidas e o estado de espírito da noite deu-lhes novo ânimo. Tão logo Tom, Maria e o Sr. Yates se reencontraram na sala de estar, organizaram-se em comitê em uma mesa separada, com o texto da peça diante deles. Quando estavam aprofundando a discussão, tiveram uma interrupção bem-vinda com a entrada do Sr. e da Srta. Crawford. Mesmo estando tarde e o caminho enlameado, não podiam evitar a visita, e foram recebidos com alegria.

"Bem, como estão caminhando?", "O que decidiram?" e "Oh! Não podemos fazer nada sem vocês" seguiram-se às primeiras saudações. Henry Crawford rapidamente sentou-se com os três à mesa, enquanto a irmã foi ao encontro de lady Bertram e, atenciosa, felicitou-a.

– Eu preciso parabenizar a senhora pela escolha da peça – disse ela –, pois embora a senhora esteja tolerando tudo com uma paciência exemplar, estou certa de que está exausta com todo o nosso barulho e dificuldades. Os atores estão felizes, mas os observadores devem estar infinitamente mais ansiosos por uma decisão. E eu sinceramente agradeço a senhora, e a Sra. Norris também, e a todos os demais que estão com igual disposição. – Em seguida, olhou com ar temeroso e ao mesmo tempo envergonhado na direção de Fanny e Edmund.

Lady Bertram respondeu muito educadamente, mas Edmund não disse nada. O fato de ser unicamente um observador não foi negado. Depois de conversar alguns minutos com o grupo próximo à lareira, a Sra. Crawford retornou à mesa. Em pé diante deles, demonstrava estar interessada nos preparativos, até que, como se tivesse sido atingida por uma lembrança súbita, exclamou:

– Meus queridos amigos, vocês estão trabalhando tranquilamente e se debruçando sobre estes chalés e tavernas e em todos os outros aspectos, mas neste ínterim eu lhes rogo para que me revelem o meu destino. Quem será Anhalt? Entre os cavalheiros, quem será aquele que terei o prazer de namorar?

Por um momento ninguém falou. De repente, todos falaram ao mesmo tempo, para revelar a mesma verdade melancólica de que ainda não havia ninguém para desempenhar o papel de Anhalt.

– O Sr. Rushworth seria o conde Cassell, mas até então ninguém havia escolhido Anhalt.

– Eu pude escolher – disse o Sr. Rushworth –, mas imaginei que preferiria o conde, mesmo que eu não aprecie muito as vestimentas que terei de usar.

– Você escolheu sabiamente, estou certa! – respondeu a Srta. Crawford com um olhar iluminado. – Anhalt é um papel muito denso.

– *O conde* tem 42 falas – retorquiu o Sr. Rushworth –, o que não é uma ninharia.

– Não estou nem um pouco surpresa – disse a Srta. Crawford depois de uma breve pausa –, com a necessidade de termos um Anhalt. Amelia não merece mais do que isso. Uma jovem mulher tão desinibida pode afugentar um homem.

– Eu ficaria feliz em assumir o papel se fosse possível – exclamou Tom –, mas infelizmente o mordomo e Anhalt aparecem juntos na mesma cena. No entanto, eu não vou desistir inteiramente. Tentarei o que for possível, e lerei as suas falas novamente.

– O seu irmão deveria assumir esse papel – disse Yates em voz baixa. – Você não concorda?

– Eu não deverei consultá-lo – respondeu Tom de um jeito frio e determinado.

A Srta. Crawford falava sobre outro assunto e, em pouco tempo, juntou-se novamente ao grupo que estava próximo à lareira.

– Eles não me querem por perto – disse ela ao sentar-se. – Eu os confundo e os obrigo a fazer discursos educados. O Sr. Edmund Bertram, como você não vai atuar, será um conselheiro neutro e, desta forma, eu peço sua ajuda. O que deveremos fazer em relação a Anhalt? É possível para os demais desempenharem, ao mesmo tempo, um segundo papel? O que nos aconselha?

– O meu conselho – disse ele calmamente – é que vocês selecionem outra peça.

– Eu não tenho objeções, mesmo que não me desagrade o papel da Amelia, se bem interpretado, isto é, se tudo correr bem; e eu não pretendo ser inconveniente, mas *naquela mesa* eles escolheram não ouvir o seu conselho – disse ela olhando adiante –, e certamente não será aceito.

Edmund não disse mais nada.

– Se *algum* papel pudesse *tentá-lo* a atuar, eu suponho que seria o de Anhalt – observou a jovem maliciosamente depois de breve pausa. – Como sabe, ele é um clérigo.

– *Essa* circunstância não iria de maneira alguma me tentar – disse ele –, pois eu ficaria infeliz em transformá-lo em um personagem ridículo com a minha má atuação. Não deve ser muito difícil deixar Anhalt como uma figura formal e um orador solene. E o homem que pessoalmente opta por essa profissão é, talvez, o último que desejaria interpretá-la num palco.

A Srta. Crawford foi silenciada, e com certo sentimento de remorso e mortificação, aproximou consideravelmente a sua cadeira da mesa do chá, dirigindo toda a atenção para a Sra. Norris, que a estava presidindo.

– Fanny – exclamou Tom Bertram da outra mesa, onde a conferência estava sendo conduzida avidamente numa conversa incessante –, precisamos dos seus serviços.

Fanny levantou-se rapidamente esperando que lhe fosse solicitada alguma tarefa, como de hábito acontecia a despeito de todas as tentativas de Edmund.

– Ora! Não queremos incomodá-la. Nós não precisamos dos seus préstimos *agora*. Nós a queremos na peça. Você deverá ser a mulher do camponês.

– Eu? – exclamou Fanny, voltando a se sentar com olhar de temor. – Realmente, vocês devem me desculpar. Eu não poderia desempenhar qualquer papel neste mundo. Não, certamente eu não posso.

– Certamente precisará, pois não poderemos desculpá-la. Você não deve ter medo, é um papel insignificante, um mero nada, e não tem mais do que seis falas. E não fará a menor diferença se ninguém ouvir uma só palavra do que disser, então poderá se comportar como um ratinho se quiser, mas precisamos olhar para você.

– Se está com receio desses diálogos – disse o Sr. Rushworth –, o que faria com um papel como o meu? Eu preciso aprender 42.

– Não é que tenha medo de ter que decorá-los – disse Fanny, chocada ao ver-se como a única oradora do aposento naquele momento, e sentir que quase todos os olhares recaíam sobre ela –, mas eu realmente não sei atuar.

– Sim, sim, você sabe o suficiente para *nós*. Aprenda as suas falas, e nós a ensinaremos todo o resto. Você aparecerá somente em duas cenas, e eu serei o camponês. Eu a irei conduzir e se sairá muito bem, eu garanto.

– Não, de jeito nenhum, Sr. Bertram; você deve me desculpar. Não compreende que é absolutamente impossível para mim. Se eu concordasse, seria simplesmente para desapontá-lo.

– Ora, ora, não seja modesta, você se sairá muito bem; todas as concessões possíveis serão feitas para você. Nós não esperamos perfeição. Você deve achar um vestido marrom, um avental branco e uma touca. Nós faremos algumas rugas em você próximo aos seus olhos, e então será uma perfeita pequena e velha senhora.

– Você deve me desculpar, certamente que sim! – exclamou Fanny, ficando cada vez mais ruborizada pelo excesso de agitação e olhando angustiada para Edmund, que estava carinhosamente observando-a, mas relutante em contrariar o irmão, e lhe deu somente um sorriso encorajador. A sua súplica não teve qualquer efeito sobre Tom; ele limitava-se a repetir o que tinha acabado de dizer. E não se tratava exclusivamente de Tom, já que agora o pedido estava sendo apoiado por Maria e pelo Sr. Crawford, e ainda por Yates, cujo tom de insistência diferia, por ser mais carinhoso e cerimonioso. O pedido de todos ao mesmo tempo era avassalador para Fanny, e antes que ela pudesse respirar, a Sra. Norris completou lançando-lhe um sussurro raivoso e audível.

– Estou envergonhada de você, Fanny, por criar tamanha dificuldade para aceitar o pedido dos seus primos em algo tão simples, e eles são tão generosos com você! Aceite o papel de bom grado, e permita-nos não ter mais que ouvir sobre esta questão, eu suplico.

– Não insista com ela, senhora – disse Edmund. – Não é justo forçá-la desta maneira. Você ouvia-a dizer que não gosta de atuar. Deixe-a que escolha por ela mesma como os demais. Devemos confiar, da mesma forma, em sua decisão. Não a induza mais.

– Eu não estou forçando-a – respondeu a Sra. Norris rispidamente –, mas eu a considero uma menina muito obstinada e ingrata caso ela não faça o que as tias e os primos estão pedindo. Certamente muito ingrata, considerando-se o que e quem ela é.

Edmund estava muito enraivecido para falar, mas a Srta. Crawford, olhou atônita para a Sra. Norris, e depois para Fanny, cujas lágrimas estavam começando a aparecer. Em seguida, disse, afiadamente:

– Eu não gosto da maneira como estou me sentindo; este *lugar* está muito quente para mim – e moveu a cadeira para o lugar oposto da mesa, ficando mais próxima de Fanny, e enquanto se acomodava, sussurrou gentilmente para ela: – Não se inquiete, querida Srta. Price; esta é uma noite cheia de inquietações. Todos estão contrariados e fazendo gracejos, mas não devemos nos importunar. – E com grande atenção continuou conversando com ela, esforçando-se por animá-la, mesmo estando ela mesma abatida. Ao olhar para o irmão, ela preveniu novas súplicas por parte da diretoria do teatro, e os bons sentimentos pelos quais ela era quase completamente guiada, rapidamente restabeleciam todos os sentimentos que tinha perdido em relação a Edmund.

Fanny não amava a Srta. Crawford, mas sentiu-se muito agradecida pela sua gentileza. Ao prestar atenção ao seu trabalho, *ela* desejou poder fazê-lo tão bem e implorou pelo mesmo modelo. Ela supôs que Fanny estivesse naturalmente se preparando para a sua *apresentação* para a sociedade quando sua prima casasse. A Srta. Crawford prosseguiu perguntando a ela se recentemente tinha recebido notícias do irmão, e disse que tinha bastante curiosidade em conhecê-lo e o imaginava um jovem muito bonito, pedindo-lhe para retratá-lo antes que voltasse ao mar da próxima vez. Ela não podia deixar de admitir que era uma lisonja agradável, e ouvia e respondia com mais interesse do que pretendia.

A conversa sobre a peça continuou e a conversa entre a Srta. Crawford e Fanny foi interrompida quando Tom Bertram a disse que mesmo estando profundamente arrependido, ele não poderia assumir o papel de Anhalt além do de mordomo. Ele estava muito ansioso tentando tornar isso possível, mas não funcionaria, e ele deveria desistir.

– Mas não haverá qualquer dificuldade em se preencher este papel – acrescentou. – Só precisamos anunciar e depois selecionar. Neste momento eu poderia nomear pelo menos seis jovens rapazes em um raio de dez quilômetros que estão muito animados para ser admitidos em nossa companhia e entre eles, um ou dois não iriam nos envergonhar. Eu não devo ter receio de confiar em Oliver ou em Charles Maddox. Tom Oliver é um sujeito muito inteligente e Charles Maddox é um cavalheiro, destes encontrados em todo lugar. Cedo pela manhã pegarei o meu cavalo e irei até Stoke e resolverei a questão com um dos dois.

Enquanto ele falava, Maria olhava apreensiva para Edmund, esperando que ele se opusesse a uma ampliação dos planos, rumo tão diferente de todas as contestações iniciais, mas Edmund não disse nada. A Srta. Crawford respondeu calmamente, em seguida:

– Por mim, posso dizer que não tenho nenhuma objeção ao que consideram aceitável. Eu já conheci esses cavalheiros? Ah, sim; o Sr. Charles Maddox jantou na casa de minha irmã um destes dias, não foi Henry? Um rapaz calmo, eu me lembro dele. *Convide-o*, por favor, pois será menos desagradável do que um total estranho.

Charles Maddox seria o escolhido. Tom estava decidido a ir encontrá-lo pela manhã no dia seguinte. Julia, que mal tinha falado, observou, em tom sarcástico, olhando de relance primeiro para Maria e depois para Edmund:

– A Companhia de Teatro de Mansfield irá alegrar extremamente toda a vizinhança.

Edmund manteve a calma e demonstrou os seus sentimentos somente pelo ar de seriedade.

– Eu não estou muito interessada em relação a nossa peça – sussurrou a Srta. Crawford para Fanny após algumas considerações. – Posso dizer ao Sr. Maddox que diminuirei algumas de *suas* falas e das *minhas* também, antes de ensaiarmos juntos. Será muito desagradável, e muito diferente do que eu esperava.

16

Não era possível para a Srta. Crawford fazer com que Fanny realmente esquecesse tudo o que tinha ocorrido. No fim da noite, ela foi para o seu aposento pensando nos últimos acontecimentos e com os nervos agitados pelo choque ocasionado pelo ataque do primo Tom, que havia sido público e persistente. O seu estado de espírito estava abalado com as observações indelicadas feitas por ele e as reprimendas da tia. Ser chamada a atenção daquela maneira e saber que era o prelúdio para algo infinitamente pior e ser obrigada a fazer algo tão difícil quanto atuar, seguida da acusação de teimosia e ingratidão, sugeriam-lhe a sua condição de dependência. Aqueles acontecimentos haviam sido tão perturbadores que ela não poderia lembrar-se direito de como haviam transcorrido, e mesmo agora, que estava sozinha, sentia pavor diante da perspectiva da retomada do assunto no dia seguinte. E se ela fosse solicitada novamente com toda a autoridade e urgência de que Tom e Maria eram capazes? Se Edmund estivesse ausente, o que ela faria? Ela dormiu antes que pudesse responder a essas questões e, mesmo depois de acordar na manhã seguinte, sentia-se perturbada. O pequeno sótão branco, onde continuava a dormir desde que entrara para a família, mostrava-se incapaz de oferecer qualquer resposta; tão logo estava vestida, dirigiu-se para outro cômodo, mais espaçoso e adequado para caminhar enquanto refletia sobre o assunto, do qual, havia algum tempo, era refém. Aquele quarto costumava ser a sala de estudos, e foi assim chamado até que as Srtas. Bertram impediram que fosse nomeado dessa maneira. O cômodo continuava desabitado. Ali a Srta. Lee havia morado, e todos haviam lido e escrito, conversado e se divertido até três anos antes, quando ela partiu. O quarto estava sem utilidade, e por algum tempo permaneceu vazio, exceto quando Fanny visitava as suas plantas ou desejava um dos livros, que ela lá conservava com satisfação, considerando-se a deficiência de espaço e acomodação do seu pequeno cômodo. Aos poucos, conforme valorizava mais o conforto que esse quarto oferecia, ela o incluiu em suas posses, e passava cada vez mais tempo ali. Não tendo nada que interferisse, foi naturalmente se apropriando, sem muito esforço, até que todos o reconheceram como dela. O quarto da ala leste, assim chamado desde que Maria Bertram tinha dezesseis anos, era então considerado de Fanny, tanto quanto o sótão branco; o tamanho do primeiro fazia com que o uso do segundo fosse justo. As Srtas. Bertram, com seus aposentos apropriados à superioridade de suas condições, aprovavam inteiramente. A Sra. Norris, tendo estipulado que a lareira nunca poderia ser usada por Fanny, tolerou o uso de um quarto que ninguém mais queria, embora os termos com que às vezes se referia à sua indulgência pareciam inferir que aquele era o melhor cômodo da casa.

O aspecto era tão favorável que mesmo sem o uso da lareira era perfeitamente habitável nas manhãs de primavera e nas tardes de outono por um espírito condescendente como o de Fanny. Enquanto houvesse um vislumbre de raio de sol, ela ansiava por não precisar sair de lá, mesmo no inverno. Sentia demasiado conforto nas horas de lazer, e sempre que algo desagradável ocorria, ou quando estava envolvida com algum pensamento, ela ia para esse quarto, onde encontrava consolo imediato. As suas flores e seus livros, dos quais era uma colecionadora desde o primeiro momento que recebeu o primeiro xelim, a escrivaninha e os trabalhos para a caridade estavam todos ao seu alcance; ou se estivesse indisposta para o trabalho, se nada mais pudesse ser feito além de refletir, qualquer objeto naquele quarto lhe traria uma lembrança interessante associada. Tudo era amigável, ou lembrava-a de um amigo, mesmo tendo sofrido em alguns momentos quando as suas motivações haviam sido mal compreendidas, os seus sentimentos desconsiderados e a sua compreensão subestimada. Embora tenha conhecido as dores da tirania, do ridículo e da negligência, qualquer referência a essas situações davam-lhe algum consolo. A tia Bertram teria conversado com ela, ou a Srta. Lee a teria encorajado, e o que ocorria com mais frequência era o mais importante: Edmund era seu defensor e amigo. Ele defendia as suas opiniões e explicava o que ela pretendia dizer. Ele dizia-lhe que não chorasse, ou dava-lhe alguma demonstração de sua afeição, o que tornava as lágrimas dela encantadoras. E tudo tornava-se tão coeso e harmonizado pela distância que todas as aflições se envolviam de fascínio. O quarto era muito estimado por ela, que não teria mudado os seus móveis por outros mais bonitos da casa a despeito dos maus tratos das crianças. A melhor e mais elegante ornamentação eram um banquinho para os pés feito por Julia, muito rústico para ser usado na sala de estar; três desenhos, feitos num momento de furor em três vidros inferiores de uma das janelas, nos quais Tintern Abbey tinha um posto naval entre uma caverna na Itália e um luar sobre o lago em Cumberland; uma coleção de retratos da família, indignos de estar em qualquer outro lugar além da parede acima da lareira, e, ao lado destes, um pequeno esboço de navio, enviado do Mediterrâneo havia quatro anos, por William, em cuja parte inferior estava escrito HMS *Antwerp*, com letras tão grandes quanto o mastro principal.

Fanny caminhava agora para esse ninho de consolo, buscando as suas influências para um espírito agitado e cheio de dúvidas. Ao ver o retrato de Edmund, imaginava poder capturar algum de seus conselhos, ou, ao expor os gerânios à brisa, ela poderia igualmente aspirar um pouco de ânimo. Mas não era somente o medo da sua própria perseverança que ela precisava eliminar. Ela começou a sentir-se indecisa sobre *o que deveria fazer*, e, enquanto caminhava em torno do quarto, as dúvidas aumentavam. Estaria ela *certa* em recusar o que havia sido pedido tão carinhosa e ansiosamente, e que poderia ser essencial para os planos daqueles a quem devia complacência? Não seria má educação, egoísmo e receio de expor-se? E seria o receio de Edmund quanto à desaprovação de Sir Thomas suficiente para justificar a sua negação determinada a despeito de todo o resto? Seria tão terrível para ela atuar que estaria inclinada a suspeitar da veracidade e pureza dos seus escrúpulos, e enquanto olhava em torno, as reivindicações dos primos para que se engajasse foram fortalecidas pelo vislumbre de cada presente que tinha recebido deles. A mesa entre as janelas estava coberta de cestas de agulhas e de caixas de tricô que tinham sido dadas a ela, principalmente por Tom. Ela sentiu-se cada vez mais desnorteada pela dívida produzida por todos aqueles presentes. Uma batida na porta a despertou em meio à tentativa de encontrar o caminho certo diante de seu dever. O seu gentil "entre" foi atendido pelo surgimento da pessoa na qual gostaria de repousar todas as suas dúvidas. Os seus olhos se iluminaram ao ver Edmund.

– Fanny, posso falar com você por alguns minutos? – pediu ele.

– Sim, certamente.

– Preciso consultá-la. Quero a sua opinião.

– Minha opinião? – exclamou ela, encolhendo-se com tamanho elogio, que a satisfazia imensamente.

– Sim, seu conselho e sua opinião. Não sei o que fazer. Este teatro está ficando cada vez pior, eles escolheram a peça tão mal quanto podiam e, agora, para piorar mais, convidarão um jovem muito pouco conhecido por todos nós. Este é o fim de toda a privacidade e decoro sobre os quais se havia discutido inicialmente. Eu não ouvi nada negativo sobre Charles Maddox, mas a intimidade excessiva que será estabelecida com a sua presença entre nós é altamente censurável. Ainda *mais* do que a intimidade, será a familiaridade. Não consigo pensar no assunto com calma, e me parece um infortúnio de grande magnitude e que deve ser, se *possível*, evitado. Você não vê da mesma maneira?

– Sim, mas o que pode ser feito? Seu irmão não está deveras determinado?

– Existe apenas *uma* atitude a se tomar, Fanny. Eu mesmo vou interpretar Anhalt. Estou certo de que nada mais deterá o Tom.

Fanny não conseguiu responder.

– Não é algo que eu aprecie – continuou. – Nenhum homem gosta de ser levado a se *apresentar* em algo tão inconsistente. Depois de saberem desde o início que me oponho a este projeto, é absurdo querer participar *agora* quando estão extrapolando os planos em todos os aspectos; mas não consigo pensar em uma alternativa. Você pode, Fanny?

– Não – disse Fanny devagar –, não imediatamente, mas...

– Mas o quê? Vejo que a sua avaliação não é semelhante à minha. Pense um pouco mais, talvez você não esteja familiarizada como eu do prejuízo que *pode* ocorrer, dos dissabores que *deverão* surgir com a recepção a um jovem dessa maneira, permintindo-lhe compartilhar nossa vida doméstica, autorizando-o a entrar a qualquer hora, envolvido em um cenário que deveria ser privado. Ao pensar sobre toda a licenciosidade possível em cada ensaio, tudo soa muito mal! Coloque-se no lugar da Srta. Crawford, Fanny. Considere o que seria interpretar Amelia ao lado de um estranho. Seus sentimentos devem ser levados em consideração, pois ela vê da mesma forma. Ouvi o suficiente do que ela falou para você ontem à noite para compreender sua relutância em atuar junto a um estranho. E como ela deve ter aceitado o papel com expectativa diferente, talvez sem refletir suficientemente para saber como poderá ser, seria mesquinho e muito equivocado expô-la a isso. Os sentimentos dela devem ser respeitados. Isso não a aflige, Fanny? Você hesitou.

– Sinto pena da Srta. Crawford, mas estou ainda mais compadecida ver você sendo induzido a fazer algo a que tinha se oposto; além do mais, isso desagradará o meu tio e será um grande triunfo para os demais!

– Eles não terão muitos motivos para se vangloriar quando virem minha maneira infame de atuar. No entanto, nesse aspecto o triunfo existirá de qualquer maneira, e eu devo ser corajoso. Mas se posso ser o meio necessário para evitar a publicidade desse assunto, de limitar a sua exibição e de concentrar a nossa insensatez, serei bem recompensado. Na minha situação atual não tenho qualquer influência, não posso fazer nada. Eu os ofendi, e eles não escutam mais o que falo. Mas ao deixá-los felizes com essa concessão, tenho esperanças de persuadi-los a limitar a apresentação para um círculo muito menor do que para o qual estão se preparando neste momento. Este será um ganho material. Meu objetivo é confinar essa exibição à Sra. Rushworth e aos Grant. Esta vitória não conta?

– Sim, será uma grande conquista.

– Mas mesmo assim ainda não tenho a sua aprovação. Você pode mencionar qualquer outra medida com a qual eu teria chance de conseguir algo igualmente positivo?

– Não, eu não consigo pensar em nada mais.

– Então me conceda a sua aprovação, Fanny. Não fico confortável sem ela.

– Ora, Primo!

– Se estiver contra mim, não devo confiar em meu julgamento, mas ao mesmo tempo é absolutamente impossível deixar que Tom continue com essa ideia de percorrer a vizinhança à procura de qualquer um que possa convencer a atuar, independentemente de quem seja. Simplesmente parecer um cavalheiro será o suficiente. Imaginei que *você* se compadeceria mais dos sentimentos da Srta. Crawford.

– Não tenho dúvidas de que ela ficará muito feliz. Deve ser um grande alívio – disse Fanny, procurando ser mais gentil.

– Ela nunca demonstrou atitude mais amável com você do que ontem. Passei a apreciá-la ainda mais.

– Ela sem dúvida *foi* muito gentil, e estou feliz que seja poupada...

Ela não conseguiu terminar sua afirmação generosa. Sua consciência interrompeu-a, mas Edmund estava satisfeito.

– Devo me pronunciar imediatamente após o café – disse ele –, e estou certo que os agradarei. E agora, querida Fanny, não vou atrapalhá-la mais. Você quer ler; mas eu não poderia ficar tranquilo até que tivesse conversado com você para tomar uma decisão. Dormindo ou acordado, a minha cabeça esteve dominada por esse assunto a noite toda. É um infortúnio, mas estou certo de que o deixarei menor do que poderia ser. Se Tom estiver acordado, irei a ele diretamente e terminarei com este assunto. E quando nos encontrarmos no café da manhã, estaremos todos de bom humor com a perspectiva de sermos tolos juntos, em tamanha unanimidade. Nesse ínterim, suponho que *você* estará empreendendo uma viagem à China. O que acontece com lorde Macartney? – disse ele abrindo um volume que estava sobre a mesa e, depois, folheando outros. – Aqui estão os *Tales* de Crabbe e o *Idler*, para distraí-la caso se canse do seu grande livro. Admiro muito este seu pequeno espaço, e tão logo eu saia, você poderá esvaziar a sua mente de todo esse disparate sobre teatro e sentar-se confortavelmente à mesa. Mas não fique aqui se estiver muito frio.

Ele saiu, mas não houve leitura, nem China, ou calma para Fanny. Ele tinha lhe comunicado a notícia mais surpreendente, inadmissível e indesejada, e ela não conseguia pensar em nada mais. Atuar! Depois de todas as suas objeções – justas e públicas! Depois de tudo o que precisou ouvi-lo dizer e presenciar, e de saber o que ele sentia. Poderia ser possível? Edmund tão inconsistente! Ele não estaria se enganando? Não estaria equivocado? Que infelicidade! Tudo foi obra da Srta. Crawford. Ela percebeu a influência dela no discurso que ele proferiu, e o fez de propósito. As dúvidas e os receios em relação à sua própria conduta, e que anteriormente a tinham afligido enquanto o ouvia, agora parecia não ter mais importância e não surtiriam qualquer efeito. Essa ansiedade mais profunda envolveu a todos. Os acontecimentos deveriam tomar o seu curso, e ela não se importava com o desfecho. Os primos podiam ficar contrariados, mas não conseguiriam convencê-la. Ela estava fora do alcance deles, e se fosse obrigada a ceder, não tinha a menor importância; *agora* estava tudo acabado.

17

Não há dúvidas de que foi um dia triunfante para o Sr. Bertram e Maria. Tamanha vitória sobre a prudência de Edmund tinha sido mais do que poderiam almejar, e foi extremamente prazeroso. Nada mais poderia perturbar o estimado projeto, e eles se congratulavam sobre a fraqueza da inveja a que tinham atribuído a mudança, com toda a alegria e satisfação possível. Edmund ainda mantinha um ar sério e afirmava que não gostava da ideia, e que deveriam rejeitar a peça em particular. Mas eles tinham vencido, ele iria atuar e foi levado a essa decisão por suas inclinações egoístas. Edmund absteve-se do sentimento de elevação moral que tinha mantido anteriormente, e estavam todos satisfeitos com sua mudança.

No entanto, eles se comportaram muito bem *com ele* na ocasião, sem trair a exultação, a não ser por um leve sorriso, e pareciam pensar ser uma ótima saída para a contratação de Charles Maddox, como se tivessem sido obrigados a admiti-lo contra suas próprias inclinações. O que desejavam era que o evento pudesse ser mantido somente entre o grupo familiar, e um estranho entre eles seria o fim de toda a comodidade, e quando Edmund, ao insistir nessa ideia, mencionou a sua expectativa quanto ao limite de pessoas na audiência, estavam prontos, perante a complacência do momento, em prometer qualquer coisa. Todos estavam de bom humor e animados. A Sra. Norris ofereceu para fazer a vestimenta dele, e o Sr. Yates o assegurou de que a última cena de Anhalt com o barão permitia grande dose de ação e dramaticidade. O Sr. Rushworth pôs-se a contar o número das suas falas.

– Talvez – disse Tom – *Fanny* esteja mais disposta em nos auxiliar agora. Quem sabe você pode *persuadi-la*?

– Não, ela está determinada e certamente não participará.

– Ah! Então, muito bem. – E nenhuma outra palavra foi dita. Mas Fanny, pessoalmente, sentiu-se em perigo, e sua indiferença em relação a esse risco já começava a enfraquecer.

Os sorrisos no presbitério não foram menores com a mudança de decisão de Edmund. A Srta. Crawford estava adorável e voltou-se para a peça com entusiasmo renovado, e era inevitável que isso tivesse efeito sobre ele. "Estava certo em respeitar esses sentimentos e feliz por tê-los determinado", pensou ele. E a manhã se passou suavemente e repleta de satisfações. Essa situação resultou em uma vantagem para Fanny. Diante do pedido sincero da Srta. Crawford, a Sra. Grant, com o seu usual bom humor, aceitou o convite de desempenhar o papel anteriormente destinado a Fanny. E isso foi tudo o que aconteceu para alegrar o coração *dela* nesse dia. E mesmo assim, o fato de ter sido transmitido por Edmund causou-lhe certa angústia, pois era a Srta. Crawford a quem deveria sentir-se agradecida, e era o empenho gentil da Srta. Crawford que deveria suscitar a sua gratidão, e cujo mérito em expressá-lo fora mencionado com entusiasmo e admiração. Ela estava resguardada; mas paz e segurança não encontravam conexão nesse caso. O seu estado de espírito nunca tinha estado tão longe da paz. Ela achou que pessoalmente tinha agido bem, mas em todos os outros aspectos sentia-se inquieta. Seu coração e sua opinião estavam igualmente contra a decisão de Edmund. Ela não poderia absolver a sua instabilidade, e a felicidade dele fez com que ela se sentisse infeliz. Ela estava tomada por ciúme e agitação. O ar de contentamento da Srta. Crawford parecia um insulto, e os olhares amigáveis em sua direção mal podiam ser retribuídos com tranquilidade. Todos ao seu redor estavam felizes e ocupados, auspiciosos e importantes, cada um tinha seu objeto de interesse, seu papel, sua vestimenta, sua cena favorita e seus parceiros. Todos estavam envolvidos, solicitando auxílio e fazendo comparações, ou divertindo-se com as opiniões divertidas que compartilhavam. Ela, sozinha, estava triste e sentindo-se insignificante, sem ter o que compartilhar. Ela poderia ir ou ficar, poderia participar da agitação ou permanecer na solidão do quarto na ala leste sem que sentissem sua falta. Ela poderia até mesmo pensar que qualquer coisa seria preferível a isso. Com a Sra. Grant acontecia o oposto, e o *seu* ótimo estado de espírito recebeu menção honrosa. Sua presença era bem-vinda, pediam-lhe opinião, e todos a aceitavam, ela era louvada. Fanny estava a princípio correndo o risco de invejá-la por ter aceitado o papel, mas a reflexão trouxe sentimentos melhores, demonstrando-a que a Sra. Grant era digna de respeito, o que não ocorreria com *ela*. E mesmo que tivesse recebido o papel principal, ela não poderia aceitar participar de um projeto que, levando-se em consideração somente o tio, ela deveria condenar completamente.

O coração de Fanny não era o único entristecido, como ela pôde em pouco tempo perceber. Julia também sofria, embora não tão irrepreensivelmente.

Henry Crawford tinha brincado com os seus sentimentos, mas ela havia muito tinha permitido e até mesmo solicitado sua atenção. O ciúme que sentia da irmã deveria ter sido suficiente para tê-la curado. Agora, tinha sido forçada a perceber a preferência dele por Maria, e ela se rendeu a esse fato sem nenhum alarme, tendo em vista a situação de Maria, tampouco esforçou-se para se tranquilizar racionalmente. Ela permanecia sentada em um silêncio sombrio, envolta em tamanha gravidade que nada poderia ajudá-la, ou despertar seu interesse. Tampouco se entregou às atenções dispensadas pelo Sr. Yates, que falava alegremente para ele próprio, ridicularizando a atuação dos demais.

Um ou dois dias depois da afronta, Henry Crawford tinha se esforçado em redimir a situação com um ataque de galanteios e elogios, mas ele não estava interessado o suficiente para insistir diante de algumas recusas. E em breve ele estava muito absorto pela peça para despender mais tempo em flertes. Ficou indiferente à querela; ao contrário, considerava-a um feliz acontecimento, que colocava um fim silencioso ao que poderia ter criado mais expectativas, e não só para a Sra. Grant. Ela não estava satisfeita com a exclusão de Julia da peça, ou de vê-la desconsiderada pelos demais. Mas não era uma questão que realmente envolvia a sua felicidade, pois Henry deveria ser o seu próprio juiz. Conforme ele a tinha assegurado com um sorriso convincente, nem ele ou Julia haviam se considerado seriamente. Mas ela poderia renovar a sua cautela em relação à irmã mais velha, suplicando a Henry que não colocasse em risco a sua tranquilidade, e, assim, resolveu participar de qualquer atividade em que pudesse levar alegria para os mais jovens. E com isso particularmente promovia o prazer para os dois jovens mais especiais.

– Eu preferiria conjecturar o porquê de Julia não estar apaixonada por Henry – foi a sua observação para Mary.

– Ouso dizer que ela está – respondeu Mary friamente. – Tenho a impressão de que ambas as irmãs estão.

– Ambas! Não, não, isso não pode ser. Não mencione isso a ele, pense no Sr. Rushworth.

– É melhor você dizer à Srta. Bertram que pense no Sr. Rushworth. Pode fazer bem a *ela*. Eu penso com frequência na propriedade e independência do Sr. Rushworth e as desejaria em outras mãos, mas nunca penso *nele*. Um homem pode representar o condado com aquela propriedade, e um homem pode escapar à profissão e tornar-se um político.

– Ouso dizer que ele *estará* no Parlamento em breve. Quando Sir Thomas retornar, creio que ele vai se candidatar, mas ainda não teve ninguém que o orientasse.

– Sir Thomas realizará grandes feitos quando voltar para casa – disse Mary depois de um intervalo. – Você lembra do *Address to Tobacco* de Hawkins Browne, em uma imitação do Papa?

> Bem-aventuradas folhas! Cujo aroma esparge no vento.
> Aos Templários modéstia, aos Parson, percepção.

Eu vou parodiá-los:

> Bem-aventurado cavaleiro! Cuja feição ditatorial dispensa
> A abundância de Crianças, a percepção de Rushworth.

– Não está satisfatório, Sra. Grant? Tudo parece depender do retorno do Sir Thomas – disse Mary.

– Você considerará seus julgamentos com relação a ele muito justos e razoáveis quando o vir em meio a sua família, posso assegurar-lhe. Não acho que nos saímos tão bem quando ele não está. Ele tem um comportamento digno, adequado ao comando de uma casa como esta, mantendo cada um em seu devido lugar. Lady Bertram parece ainda mais um enigma agora do que quando ele está em casa. E ninguém mais consegue domar a Sra. Norris. Mas, Mary, não acredite que Maria Bertram gosta de Henry. Eu estou certa de que *Julia* não gosta, ou ela não teria flertado como fez ontem à noite com o Sr. Yates. E mesmo que ele e Maria sejam ótimos amigos, acho que ela gosta muito de Sotherton para hesitar.

– Não acho que o Sr. Rushworth teria muita chance se Henry resolvesse se pronunciar antes de os papéis estarem assinados.

– Se você tem essa suspeita, algo deve ser feito. Tão logo a peça termine, conversaremos seriamente com ele para que não faça nada precipitado. E, se porventura ele tem essa intenção, nós o mandaremos embora por um tempo, mesmo sendo Henry.

Mas Julia *sofreu*, mesmo com as deduções contrárias da Sra. Grant, e mesmo tendo tal fato escapado à atenção de muitos da sua própria família. Ela o tinha amado, e continuava a amá-lo, e sofria tudo o que aquelas pessoas sentimentais e de espírito elevado estão propensos a enfrentar sob tamanho desapontamento, mesmo que irracional, de uma forte esperança seguida da certeza de terem sido usadas. O seu coração estava ressentido e raivoso, suscetível apenas aos consolos enraivecidos. A irmã com quem estava acostumada a dar-se tão bem tinha se tornado sua maior inimiga. Estavam apartadas uma da outra, e Julia ainda tinha esperanças de um fim doloroso para as disputas que ainda ocorriam, ou alguma punição para Maria pela sua conduta vergonhosa em relação a ela e ao Sr. Rushworth. Sem qualquer diferença de temperamento ou de opinião que pudessem impedi-las de ser boas amigas quando os seus interesses eram os mesmos, as irmãs, sob tal provação, não tinham afeto ou princípio suficientes para que fossem misericordiosas e justas, ou que tivessem dignidade e compaixão mútuas. Maria sentiu o triunfo e perseguia os seus propósitos desconsiderando Julia. E Julia, sem tolerar que Maria fosse preferida por Henry Crawford, sentia ciúme e, por fim, acreditava que a perturbação acabaria sendo de conhecimento público.

Fanny percebia a situação e se apiedava de Julia, mas não havia nenhuma parceria entre as duas. Julia não se aproximava e Fanny optava por não tomar certas liberdades. Elas eram duas sofredoras solitárias, ou ligadas somente pela consciência de Fanny.

A falta de atenção dos dois irmãos e da tia à situação de Julia e a cegueira em relação aos reais motivos deviam ser creditados ao fato de estarem muito ocupados com eles mesmos. Eles estavam totalmente envolvidos. Tom estava absorto com o teatro e não via nada mais que não estivesse relacionado ao assunto. Edmund estava confrontado entre o teatro e a vida real, entre o amor e a coerência, e por isso igualmente desatento. A Sra. Norris também estava muito ocupada em planejar e dirigir as pequenas questões da companhia e supervisionar as distintas vestimentas, com a preocupação de economizar pela qual ninguém lhe agradecia. Conseguia reduzir à metade um gasto aqui e ali para o ausente Sir Thomas, com satisfeita integridade, mas não tinha tempo para observar o comportamento ou salvaguardar a felicidade das filhas dele.

18

Agora tudo seguia o curso natural: teatro, atores, atrizes e roupas estavam quase prontos, e embora não tenha surgido nenhum outro grande impedimento, Fanny descobriu, depois de muitos dias, que nem tudo se tratava de felicidade ininterrupta para os envolvidos. E ela não precisaria testemunhar a continuidade de tanta unanimidade e felicidade que tinha, a princípio, sido demasiado para ela. Todos começaram a ter seus próprios aborrecimentos. Edmund os tinha em excesso. Totalmente contra a sua vontade, foi contratado um pintor da cidade, o que contribuiu para aumentar as despesas, e o que era ainda pior, o *éclat* dos seus comportamentos. Seu irmão, em vez de obedecer sua orientação em relação à privacidade da apresentação, oferecia um convite para cada família que passava por ele. O próprio Tom começou a agitar-se com o progresso lento do pintor, e sentia o tormento da espera. Ele já sabia as suas falas, todas as suas falas, e aproveitou todas, mesmo as mais insignificantes, que poderiam ser adicionadas às do mordomo. E começou a esperar impacientemente para interpretar. Cada dia não empregado na peça tendia a fazê-lo acreditar na insignificância de todas as suas falas, e o fazia lamentar não terem escolhido outra peça.

Fanny, uma ouvinte muito atenciosa e, em geral, a única sempre disponível, ouvia as reclamações e angústias da maioria deles. *Ela* sabia que para muitos o Sr. Yates declamava terrivelmente; que o Sr. Yates estava desapontado com Henry Crawford; que Tom Bertram falava tão rapidamente a ponto de soar ininteligível; que a Sra. Grant arruinava tudo ao rir; que Edmund tardava em aprender as suas falas e que era um tormento ter de lidar, sob qualquer aspecto, com o Sr. Rushworth, que queria um ponto para cada fala. Ela sabia também que o pobre Sr. Rushworth mal conseguia alguém para ensaiar com ele. Tal como as dos demais, as queixas *dele* também chegavam a ela. Fanny percebeu que sua prima Maria o evitava. Ela quase sempre, e desnecessariamente, após o ensaio da primeira cena entre ela e o Sr. Crawford, apresentava muitas reclamações *dele*. Longe de estar satisfeita e desfrutando de tudo, Fanny percebeu que todos estavam exigindo algo de que não dispunham, gerando descontentamento para os demais. Todos tinham poucas ou muitas falas, ninguém prestava atenção à peça como deveria, ou lembravam de que lado deveriam estar. Ninguém mais, com exceção do reclamante conseguia identificar soluções.

Fanny acreditava estar obtendo mais prazer com a peça do que qualquer um deles. Henry Crawford atuava bem e era agradável para *ela* ir até o teatro e assistir ao ensaio do primeiro ato, a despeito dos sentimentos exaltados suscitados por uma das falas de Maria. Ela também achava que Maria se saía bem, muito bem, e após o primeiro ou segundo ensaio, Fanny foi a sua única audiência. Às vezes servia de ponto, em outros momentos era espectadora, mas sempre muito útil. Até onde conseguia perceber, o Sr. Crawford era o melhor ator entre eles. Tinha mais confiança que Edmund, mais discernimento que Tom e mais talento e bom gosto que o Sr. Yates. Ela não o admirava como homem, mas precisava admitir que era o melhor ator e, nesse aspecto, poucos apresentavam opinião diferente. De fato, o Sr. Yates reclamava contra a sua mansidão e insipidez. Até que finalmente chegou o dia em que o Sr. Rushworth virou-se para ela com um olhar sombrio e perguntou:

– Você acha que está tudo bem em relação a esta peça? Pela minha vida, não posso admirá-lo. Aqui entre nós, ver um homem tão pequeno, mesquinho e com uma aparência vilã, tentar ser um bom ator me parece bastante ridículo.

A partir desse momento, sentiu novamente aquele antigo ciúme, o qual Maria, ainda inclinada a ter esperança em relação a Crawford, mal conseguia conter. A chance de o Sr. Rushworth conseguir decorar suas quarenta e duas falas era cada vez menor. Sem saber como proceder *adequadamente* em relação a isso, ninguém mais tinha qualquer ideia do que estava ocorrendo, a não ser sua mãe. *Ela,* no entanto, lamentava que o papel dele não tivesse mais destaque, e protelava a ida a Mansfield até que estivessem mais avançados no ensaio, para que compreendesse os atos. Mas os demais não tinham qualquer esperança de que ele compreendesse, além de sua deixa, a primeira frase da sua fala, já que as demais seriam acompanhadas pelo ponto. Fanny, em sua piedade e amabilidade, dedicava-se a ensinar-lhe como aprender as suas falas, dando a ele todos o auxílio e orientação que lhe fossem possíveis. Buscava servir-lhe como uma memória artificial, e com isso aprendia todas as falas dele, sem que ele pudesse fazer o mesmo.

Ela tinha muitos sentimentos desconfortáveis; estava ansiosa e apreensiva. Mas com tudo isso, e com as outras reclamações de que tomava conhecimento, estava longe de não ter qualquer ocupação ou utilidade entre eles; era como estar desacompanhada em tempos de inquietação, tão distante de qualquer demanda sobre o seu lazer, em sua compaixão. As suas preocupações antecipadas em relação à peça provou-se sem fundamento. Ocasionalmente, ela era útil a todos, e possivelmente estava mais contente do que qualquer um dos demais.

Além disso, tinha muita costura a ser feita, e a sua ajuda era bem-vinda. E o fato de a Sra. Norris pensar que ela estava se saindo bem era evidenciado pelo que dizia.

– Venha, Fanny – ela exclamou –; estes são bons tempos para você, mas você não deve caminhar de um cômodo a outro observando os demais prolongadamente. Eu a quero aqui. Tenho trabalhado como escrava, mais do que posso suportar. Estou tentando vislumbrar uma maneira de costurar a capa do Sr. Rushworth sem precisar adquirir mais cetim. Agora acho que você deve me ajudar a montá-la. Existem três costuras, e você pode fazê-las em um instante. Não seria difícil para mim se não precisasse cuidar da organização. *Você* tem mais tempo, posso dizer. Mas se ninguém fizesse mais do que *você*, não conseguiríamos ir mais rapidamente.

Fanny aceitava o trabalho sem aventurar-se a dar qualquer resposta, mas sua tia Bertram, mais gentil, observou:

– Não podemos deixar de nos surpreender, irmã, com o fato de Fanny estar encantada. Tudo é uma grande novidade para ela, como sabe. Você e eu costumávamos apreciar as peças, e ainda aprecio. Tão logo eu consiga ter mais tempo de lazer, pretendo assistir aos ensaios também. Do que se trata a peça, Fanny? Você nunca me contou.

– Ah! irmã, suplico-lhe que não pergunte isso agora, pois Fanny não é uma daquelas pessoas que pode conversar e trabalhar ao mesmo tempo. É sobre *Lovers' Vows.*

– Eu acredito – disse Fanny à tia Bertram – que três atos serão ensaiados amanhã à tarde, e isto lhe dará a oportunidade de ver todos os atores ao mesmo tempo.

– Você deve aguardar até que a cortina seja pendurada – interpôs-se a Sra. Norris. – A cortina será colocada em dois ou três dias; uma peça não faz muito sentido sem uma cortina, e acho que será decorada com belos festões.

Lady Bertram pareceu resignada a esperar. Fanny não compartilhava da calma da tia; ela acreditava que o dia seguinte seria bastante interessante, pois se os três atos fossem ensaiados, Edmund e a Srta. Crawford estariam atuando juntos pela primeira vez. O terceiro ato traria uma cena que a interessava particularmente, e sobre a qual ela estava temerosa e ansiosa para saber como se sairiam. Tudo girava em torno do amor; um casamento de amor seria descrito pelo cavalheiro, e uma breve declaração de amor pela dama.

Ela tinha lido e relido a cena com muitos sentimentos dolorosos e indagações, e ansiava pela sua representação, acreditando ser uma circunstância muito interessante. Ela não *acreditava* que eles tivessem ensaiado, mesmo em particular.

O dia seguinte chegou e o plano para a tarde continuava. E, com isso, Fanny estava mais agitada. Ela trabalhava diligentemente sob as coordenadas da tia, mas sua diligência e seu silêncio ocultavam um estado de espírito ausente e ansioso. À tarde ela escapou com o seu trabalho para o cômodo da ala leste, preferindo se isolar dos demais. Considerou desnecessário assistir ao ensaio do primeiro ato, no qual somente Henry Crawford ensaiava... Sentia um desejo imediato de ter algum tempo para si, e evitou encontrar com o Sr. Rushworth. Um vislumbre, enquanto passava pelo corredor, das duas damas que vinham do presbitério não alterou em nada seu desejo de retirar-se. Depois de quinze minutos trabalhando e refletindo no aposento sem qualquer distração, ouviu uma leve batida na porta, seguida da entrada da Srta. Crawford.

– Eu estou certa? Sim, este é o aposento da ala leste. Minha querida Srta. Price, me desculpe, mas vim procurá-la para suplicar sua ajuda.

Fanny, surpresa, esforçou-se por se mostrar uma boa anfitriã e olhou com grande consternação para a lareira apagada.

– Obrigada, mas estou aquecida, bem aquecida. Permita-me ficar aqui por um tempo, e tenha a bondade de ouvir o meu terceiro ato. Eu trouxe o meu livro, e se você puder ensaiá-lo comigo, ficarei imensamente grata! Vim até aqui hoje com a intenção de ensaiar com Edmund durante a tarde, mas ele não está. E se *estivesse* não acredito que conseguiria ir até o fim com *ele*, até que eu esteja um pouco mais preparada, pois na verdade são apenas uma ou duas falas. Você me fará a bondade, não é mesmo?

Fanny foi deveras cordial em seu pedido, embora não pudesse expressá-lo sem hesitar.

– Você já teve a oportunidade de ver a cena a que estou me referindo? – continuou a Srta. Crawford enquanto abria o livro. – Aqui está. A princípio não dei muita importância, mas lhe juro, aqui, veja *esta* fala, *esta*, e *esta*. Como poderei olhá-lo nos olhos e dizer estas palavras? Você conseguiria? Mas, por outro lado, ele é seu primo, o que faz toda a diferença. Você deve ensaiar comigo, e poderei imaginar que *você* é ele, e aos poucos ficarei mais segura. Às vezes você *tem* um olhar parecido com o *dele*.

– Tenho mesmo? Tentarei fazer o melhor e com prazer, mas preciso *ler* o ato, pois sei muito pouco sobre o assunto.

– Imagino que não saiba *nada*. Certamente você deve ficar com o livro. Agora vamos. Nós devemos ter duas cadeiras disponíveis para levarmos para a frente do palco. Aqui, estas cadeiras de aula estão ótimas, não foram feitas para o teatro, ouso afirmar. São muito mais adequadas para pequenas meninas poderem cutucar uma à outra enquanto aprendem a lição. O que a sua governanta e o seu tio falariam ao verem que estão sendo usadas para este propósito? Sir Thomas poderia entrar agora e iria zangar-se, pois estamos ensaiando por toda a casa. Yates está caminhando tempestuosamente pela sala de jantar, pude ouvi-lo ao subir as escadas. Agatha e Frederick, incansáveis, estão envolvidos no teatro. Se *eles* não estiverem perfeitos, *eu* ficarei muito surpresa. Há poucos instantes fui vê-los, e era justamente um daqueles momentos em que tentavam *não* se abraçar, e o Sr. Rushworth estava comigo. Acho que começou a ficar um pouco estranho, então procurei desviar a sua atenção ao máximo susurrando-lhe: "Nós teremos uma bela Agatha, existe algo tão *maternal* na sua voz e no seu semblante." Não fiz bem? Ele rapidamente iluminou-se. Agora para o meu solilóquio.

Ela começou e Fanny a acompanhou com o sentimento de modéstia que a ideia de representar Edmund inspirava tão fortemente. Com jeito e voz femininos, não poderia ser a imagem fiel de um homem; no entanto, com um Anhalt como aquele, a Srta. Crawford teve coragem suficiente. Quando já tinha percorrido metade do ato, uma batida na porta interrompeu o ensaio. Em seguida, a entrada de Edmund pôs um fim a tudo.

Surpresa, percepção e deleite foram os sentimentos que surgiram nos três com aquele encontro inesperado. Edmund tinha vindo pela mesma razão que a Srta. Crawford, mas os seus sentimentos e prazer aparentavam ser mais do que momentâneos para *eles*. Ele também tinha levado o livro e procurava por Fanny para ensaiar com ele e ajudá-lo a se preparar para o ensaio da tarde, sem saber que a Srta. Crawford estava na casa. Imensa foi a felicidade e o ânimo de estarem juntos, com a mesma intenção, e simpáticos nos elogios pela boa disposição de Fanny.

Ela não poderia igualá-los em seu ardor. O *seu* estado de espírito submergiu diante do brilho dos dois, e ela sentiu que em breve se tornaria inútil para ambos, para poder sentir algum conforto pelo fato de ter sido solicitada por eles. Agora eles deveriam ensaiar juntos. Edmund assim o propôs, instou e suplicou, até que a dama, a princípio pouco disposta, não pôde mais recusar. Fanny era necessária somente para corrigir as falas e fazer observações. Certamente ela estava imbuída da sua função de avaliar e criticar, e desejou sinceramente poder pô-la em prática e apontar-lhe todas as falhas que cometiam. Mas ao fazê-lo todos os seus sentimentos se encolheram; ela achou que não poderia, não deveria ousar fazê-lo. Se porventura ela estivesse qualificada para a crítica, a sua consciência a teria refreado para aventurar-se à desaprovação. Ela acreditava estar pessoalmente muito envolvida para ser honesta e segura. Acompanhar a leitura deveria ser o bastante para ela, e, algumas vezes, seria *mais* do que suficiente, já que não podia concentrar sempre sua atenção no livro. Ao observá-los, ela esqueceu-se de si mesma e, agitada com a mudança de comportamento de Edmund, virou a página justamente quando ele precisava de ajuda. Ela atribuiu essa falha ao cansaço, e eles lhe demonstraram gratidão e compaixão. Mas ela merecia mais piedade do que poderiam supor. Até que o ato terminou, e Fanny esforçou-se em acrescentar os seus elogios aos que eles já trocavam entre si. Quando estava novamente sozinha e pôde lembrar-se do ocorrido, acreditou que o desempenho de ambos teria certamente tanto sentimento que garantiria a sua veracidade e faria com que a exibição fosse bastante dolorosa para ela. Independentemente do que viesse a ocorrer, ela deveria enfrentar esse obstáculo de novo naquele mesmo dia.

O primeiro ensaio dos três primeiros atos estava confirmado para aquele noite. A Sra. Grant e os Crawford retornariam com esse propósito logo que possível após o jantar. Todos os envolvidos estavam profundamente ansiosos; pareciam compartilhar a mesma felicidade. Tom apreciava a proximidade do fim; Edmund ainda estava exultante pelo ensaio daquela manhã, e os pequenos aborrecimentos tinham sido suavizados. Todos estavam prontos e impacientes. As damas logo se adiantaram, e os cavalheiros as seguiram; com exceção de lady Bertram, da Sra. Norris e de Julia, todos chegaram uma hora mais cedo ao teatro, iluminado, conforme foi possível, considerando-se o seu estado inconcluso. Aguardavam somente a chegada da Sra. Grant e dos Crawford para começar.

Não precisaram esperar muito pelos Crawford, mas a Sra. Grant não pôde vir com eles. O Dr. Grant alegou indisposição e não poderia ficar sem a sua esposa e, de acordo com a sua cunhada, que lhe era justa, essa alegação não merecia muito crédito.

– O Dr. Grant está doente – disse ela, com ar solene de zombaria. – Está doente por não ter comido nenhum faisão hoje. Sofreu muito com isso, e não aceitou o seu prato. Desde então, está sofrendo.

Houve um desapontamento geral! A ausência da Sra. Grant era realmente uma infelicidade. Seu jeito cordial e a sua animação fazia com que fosse sempre valiosa entre eles. Mas *naquele momento* ela era absolutamente necessária. Eles não poderiam representar ou ensaiar com satisfação sem a sua presença. O bem-estar de toda a noite foi destruído. O que poderia ser feito? Tom, como o camponês, estava em desespero. Após uma pausa, diante da perplexidade dos fatos, alguns olhares começaram a direcionar-se para Fanny e uma voz ou duas disseram:

– Se a Srta. Price puder ser bondosa e ler a sua parte... – foi imediatamente rodeada por súplicas, todos solicitavam sua participação, e até mesmo Edmund: – Por favor, Fanny, se não for *muito* incômodo para você – disse ele.

Fanny mesmo assim se conteve. Ela não poderia suportar essa ideia. Por que a Srta. Crawford não poderia fazer isso também? Ou por que ela não fora para o seu quarto, como ela acreditava ser o mais seguro, em vez de assistir ao ensaio? Ela já sabia que aquilo iria irritá-la e afligi-la, e sabia que era o seu dever manter-se distante. Ela foi devidamente punida.

– Você só precisa *ler* as falas – insistiu Henry Crawford.

– Acredito que ela saiba todas as falas – acrescentou Maria. – Outro dia, ela sabia mais de vinte lugares aonde a Sra. Grant deveria estar. Fanny, estou certa de que sabe as falas.

Fanny não poderia dizer *não*. E como todos insistiam, e como Edmund lançou-lhe um olhar de carinhoso apreço pela sua boa natureza, ela deveria submeter-se, e faria o melhor. Todos estavam satisfeitos, e ela foi deixada aos tremores de um coração palpitante, enquanto os demais se preparavam para começar.

Eles *começaram*, e estavam muito envolvidos com os sons produzidos por sua própria motivação para perceber ruídos incomuns na outra ala da casa; e já tinham ensaiado uma parte quando a porta do cômodo foi escancarada por Julia, que entrou exclamando com um semblante horrorizado:

– O meu pai chegou! Ele está no corredor neste momento.

19

Como pode ser descrita a consternação do grupo? Para a maioria, era um momento de horror absoluto. Sir Thomas em casa! Todos sentiram uma convicção instantânea e nenhuma esperança de engano ou confusão. O olhar de Julia era uma evidência que tornava o fato incontestável. Após as primeiras ponderações e exclamações, ninguém disse uma única palavra. Trocavam olhares com semblantes alterados, e quase todos sentiam que era uma situação indesejável, inoportuna, e deveras espantosa! O Sr. Yates poderia considerá-la somente uma interrupção incômoda para a noite, e o Sr. Rushworth a via como uma dádiva, mas todos os corações estavam absortos em algum nível de autocondenação ou plena consternação. "O que será de nós? O que deverá ser feito agora?" Foi uma interrupção indesejada; e eles passaram a acompanhar com temor os sons dos passos e das portas, conforme estas se abriam.

Julia foi a primeira a mover-se e a falar novamente. O ciúme e a amargura foram suspensos; o egoísmo estava perdido em meio a uma causa comum, mas no momento da aparição dela, Frederick ouvia com olhar de devoção a narrativa de Agatha. Ela pressionava a mão ao coração dele, e a despeito do choque em suas palavras, ele manteve a compostura e reteve a mão da irmã. Seu coração novamente encheu-se de injúria, sua coloração avermelhou-se, na mesma intensidade como havia pouco estava branca. Ela deixou o aposento. "*Eu* não preciso ter medo de aparecer diante dele."

A saída dela instigou os demais, e no mesmo instante os dois irmãos deram um passo adiante, sentindo a necessidade de fazer algo. Poucas palavras entre ambos era o suficiente. O caso não admitia divergências de opinião. Eles deveriam seguir imediatamente para a sala de estar. Maria os acompanhou com a mesma intenção, mas com mais coragem entre os três. A mesma circunstância que tinha levado Julia a ir embora, era para ela o apoio mais doce. O fato de Henry Crawford ter segurado sua mão naquele instante, um momento de tamanha provação e importância, valiam por anos de dúvida e ansiedade. Ela precipitou-se zelosamente com uma séria determinação, e manteve-se assim mesmo quando se deparou com o pai. Eles saíram completamente estouvados com as inconvenientes perguntas do Sr. Rushworth:

– Devo ir agora? Não é melhor que eu os acompanhe? Não é correto que eu deva ir também?

Mas antes que chegassem à porta, Henry Crawford pôs-se a responder às perguntas ansiosas, encorajando-o de todas as maneiras a demonstrar o seu respeito a Sir Thomas sem delongas, e o enviou rápida e alegremente atrás dos demais.

Fanny foi deixada com os Crawford e o Sr. Yates. Ela foi bastante negligenciada pelos primos, e como a sua opinião acerca da afeição de Sir Thomas por ela era muito humilde com relação à afeição dele pelos filhos, estava satisfeita por ser deixada para trás, com tempo para recompor-se. Sua agitação e apreensão excediam todas as outras, em função de sua índole, que nem mesmo a inocência poderia evitar que sofresse. Ela estava quase desmaiando. Todo o seu temor habitual pelo tio estava retornando, e esse sentimento era acompanhado pela compaixão por ele e por quase todos os membros do grupo envolvidos no teatro. Em especial, sua preocupação com relação a Edmund era indescritível. Ela encontrou um lugar para sentar-se, e com tremor excessivo, enfrentava sentimentos de pavor enquanto os outros três, não mais sob qualquer coibição, deram vazão aos seus sentimentos de vexação, lamentando pela chegada prematura e não prevista como um evento pouco auspicioso; e sem qualquer comiseração desejaram que a viagem de Sir Thomas tivesse sido duas vezes mais longa, ou que ele ainda estivesse em Antigua.

Os Crawford debateram o assunto de forma mais acalorada do que o Sr. Yates, pois conheciam melhor a família e podiam analisar mais claramente o prejuízo que aquilo traria. A ruína da peça era para eles uma certeza, e sentiram que a total destruição do plano era inevitável. O Sr. Yates a considerava somente uma interrupção temporária, que poderia até mesmo sugerir a possibilidade do adiamento do ensaio para após o chá, quando o alvoroço com a chegada de Sir Thomas tivesse terminado, e ele poderia até mesmo gostar de assistir. Os Crawford riram diante daquele ideia, e resolveram rapidamente que a atitude correta naquele momento seria retirarem-se silenciosamente, deixando a família a sós, e propuseram ao Sr. Yates acompanhá-los para passar a tarde no presbitério. Mas o Sr. Yates, não tendo despendido muito tempo com aqueles que davam muita importância às exigências parentais ou à privacidade familiar, não podia compreender que qualquer medida dessa natureza fosse necessária e, portanto, lhes agradeceu e disse que preferiria permanecer onde estava e adequadamente demonstrar seu respeito ao velho cavalheiro que havia chegado. Além disso, ele não achou que seria justo com os demais que eles fugissem.

Fanny estava apenas começando a se recompor e sentia que, se permanecesse muito tempo ali, pareceria desrespeito. Quando esse assunto ficou resolvido, e tendo ficado encarregada de levar as desculpas do casal de irmãos, viu-os preparando-se para partir, quando então ela mesma deixou o aposento para desempenhar o temível dever de falar com o tio.

Em breve chegou à porta da sala de estar e, após uma pausa para recobrar a coragem, que o outro lado de qualquer porta jamais havia lhe fornecido, desesperadamente girou a fechadura, e as luzes da sala de estar e todos os membros da família estavam diante dela. Assim que entrou, seu nome lhe chamou a atenção. Sir Thomas estava naquele momento olhando em volta e perguntando:

– Mas onde está Fanny? Porque não vejo minha pequena Fanny?

Ao vê-la, foi em sua direção com uma gentileza que a admirou e penetrou; chamou-a de querida Fanny, beijou-a afetuosamente e observou com prazer resoluto como ela tinha crescido! Fanny não sabia o que sentir, ou para onde olhar. Sentia-se bastante constrangida. Ele nunca tinha sido tão gentil, *tão* gentil em toda a sua vida. Seu jeito parecia ter-se modificado, a voz parecia mais rápida com a agitação causada pela felicidade, e tudo que era terrível em sua dignidade parecia perdido em meio à ternura. Ele a conduziu para mais próximo da luz e a olhou de novo. Perguntou-lhe em especial como estava a sua saúde e depois corrigiu-se, pois observou que *não* precisava fazer perguntas, pois a sua aparência falava suficientemente sobre esse aspecto. Um leve rubor sucedeu a palidez de sua face, e ele estava convencido sobre a melhora de seu estado de saúde e beleza. Em seguida, perguntou sobre a família dela, em particular sobre William. Sua gentileza de maneira geral foi tamanha que fez com que ela se repreendesse por amá-lo tão pouco e por pensar que o seu retorno era um infortúnio. Quando teve coragem de levantar os olhos para o rosto dele, percebeu que estava mais magro e queimado, cansado, com um ar de fadiga, com a aparência de quem estivera em um clima quente, e todos os seus sentimentos de afeto ressurgiram, e ela preocupou-se ao pensar no aborrecimento que estava, provavelmente, prestes a surgir.

Sir Thomas era sem dúvida o centro da reunião; por sua sugestão, todos sentaram-se próximos à lareira. Ele tinha o direito de ser o mais falante, e exprimia o prazer que sentia por estar novamente em casa, no centro da família, depois da longa separação, o que tornava-o comunicativo de maneira pouco usual. Ele estava disposto a compartilhar todas as informações sobre a viagem e responder a qualquer questão dos dois filhos, antes mesmo que fossem enunciadas. Os negócios em Antigua tinham prosperado rapidamente nos últimos tempos, e ele veio diretamente de Liverpool, tendo a oportunidade de fazer a viagem de lá em um navio particular, em vez de esperar pelo paquete. Prontamente relatou todos os detalhes de suas atividades, acontecimentos e de suas chegadas e partidas, sentado ao lado de lady Bertram e olhando com profunda satisfação o rosto de todos os que estavam ao seu redor. Interrompeu-se mais de uma vez, no entanto, para ressaltar a sua felicidade em encontrá-los todos em casa, pois tinha chegado inesperadamente, e viu que estavam tão bem quanto tinha desejado, pois ousara não esperar por isso. O Sr. Rushworth não foi esquecido. Uma recepção amistosa e um aperto de mãos carinhoso já o tinham recepcionado, e ele agora havia sido incluído entre os temas mais intimamente ligados a Mansfield. A aparência do Sr. Rushworth não lhe desagradava e Sir Thomas demonstrou gostar dele.

A ninguém mais do círculo ele tinha ouvido com satisfação ininterrupta e completa do que à sua esposa, que estava extremamente feliz ao vê-lo, e cujos sentimentos foram reavivados como não tinha ocorrido nos últimos vinte anos. Ela *quase* havia se agitado por alguns minutos, e animou-se tão sensivelmente que guardou seu trabalho, moveu Pug para o lado e dedicou toda a sua atenção e cedeu o espaço restante do sofá para o marido. Ela não tinha receio de que qualquer um anuviasse o *seu* prazer. O seu tempo havia sido irrepreensivelmente gasto durante a ausência dele. Ela tinha trabalhado bastante fazendo tapetes e muitos metros de franjas, e teria respondido livremente por bom comportamento e atividades úteis, como qualquer um dos demais jovens. Era tão prazeroso para ela vê-lo novamente, ouvi-lo falar; ter os seus ouvidos entretidos e toda a sua atenção preenchida pelas narrativas dele. Ela compreendeu como tinha sentido terrivelmente a sua falta e como seria impossível aguentar uma ausência maior.

A Sra. Norris não estava tão feliz quanto a irmã. Não que *ela* estivesse incomodada pelo temor com a desaprovação de Sir Thomas quando estivesse a par dos acontecimentos atuais da casa. Sua preocupação era tamanha que fez com que escondesse a capa rosa de cetim do Sr. Rushworth tão logo o cunhado entrou. Ela não poderia demonstrar qualquer sinal de alarme, mas estava aborrecida com a *forma* pela qual ele regressou. Não permitiu que ela tomasse qualquer atitude. Em vez de sair do quarto para vê-lo em primeiro lugar, e espalhar a notícia feliz pela casa, Sir Thomas, com o devido receio pelos nervos de sua esposa e de seus filhos, havia feito do mordomo o seu confidente, e o seguiu imediatamente até a sala de estar. A Sra. Norris sentiu-se então defraudada em uma atribuição, da qual sempre dependeu, fosse para anunciar a sua chegada ou a sua morte. Ela agora tentava movimentar-se sem que houvesse nada para causar qualquer alvoroço e se esforçava para ser importante quando nada era mais relevante do que a tranquilidade e o silêncio. Se Sir Thomas tivesse consentido em que comessem, ela teria se dirigido à empregada com atribuições e insultado os empregados com mais ordens. Mas Sir Thomas resolutamente declinou o jantar. Ele não queria nada, pelo menos até que o chá chegasse. Mesmo assim, a Sra. Norris de tempos em tempos interferia com algo diferente, e no trecho mais interessante, sobre a viagem pela Inglaterra; quando o alarme de um corsário francês estava em seu pico, ela atropelou seu discurso com uma proposta de sopa.

– Certamente, meu querido Sir Thomas, um pouco de sopa seria muito melhor para você do que chá. Aceite uma tigela de sopa.

– Continua com a mesma ansiedade pelo bem-estar de todos, minha querida Sra. Norris – foi a resposta dele. – Mas, de fato, não desejo nada mais do que chá.

– Bem, lady Bertram, suponho que deva solicitar o chá pessoalmente e apresse Baddeley um pouco, ele parece vagaroso esta noite. – Ela insistiu nesse ponto, e a narrativa de Sir Thomas continuou.

A certa altura houve uma pausa. Seu relato imediato parecia esgotado, e ele sentiu-se satisfeito ao olhar alegremente ao redor, ora para um, ora para outro, no amado círculo. Mas a pausa não foi longa. Na exaltação de seu estado de espírito, lady Bertram tornou-se falante, e surpreendeu seus filhos ao dizer ao marido:

– Como acha que os jovens têm se entretido nos últimos tempos, Sir Thomas? Eles estão representando. Estamos todos envolvidos com uma peça.

– Certamente! E o que estão representando?

– Ah! Eles vão lhe contar.

– *Tudo* será contado em breve – exclamou Tom apressadamente e com estudada despreocupação –, mas não devemos incomodar meu pai com isso agora. Você ouvirá o suficiente amanhã, senhor. Na última semana nós tentamos, para nos ocuparmos e distrairmos minha mãe, ensaiar alguns atos, uma bobagem. Tivemos dias com chuvas incessantes desde que outubro começou; mal pude pegar na arma desde o terceiro dia do mês. Nos três primeiros dias ainda praticamos algum esporte, mas depois desistimos. No primeiro dia fui até Mansfield Wood e Edmund ao bosque para além de Easton, e trouxemos para casa seis faisões, e cada um de nós poderia ter matado seis vezes mais, porém respeitamos os seus faisões, senhor, tanto quanto deve ser. Não acredito que vá encontrar seus bosques menos povoados do que estavam. *Eu* nunca vi Mansfield Wood tão cheio de faisões em toda a minha vida como neste ano. Espero que em breve dedique um dia para a caçada, senhor.

Nesse momento o perigo tinha se afastado e os sentimentos temerosos de Fanny retrocederam, mas depois que o chá foi servido, Sir Thomas levantou-se e disse que não poderia permanecer mais um minuto na sua casa sem olhar para o seu querido quarto, e toda a agitação retornou. Ele se retirou antes que qualquer coisa pudesse ser dita para prepará-lo para o que iria encontrar, e uma pausa aflita seguiu ao seu desaparecimento.

Edmund foi o primeiro a falar.

– Algo precisa ser feito – disse ele.

– É o momento de pensarmos em nossos visitantes – disse Maria, ainda sentindo a sua mão pressionada contra o peito de Henry Crawford, importando-se pouco com o restante.

– Onde deixou a Srta. Crawford, Fanny?

Fanny relatou os acontecimentos posteriores à partida deles.

– Então o pobre Yates está inteiramente sozinho! – exclamou Tom. – Vou buscá-lo. Ele não será um mal assistente quando tudo isso vier à tona.

Ele foi para o teatro e chegou justamente em tempo de testemunhar o pai encontrando seu amigo. Sir Thomas estava bastante surpreso ao encontrar velas acesas em seu cômodo. Ao olhar ao redor, percebeu outros indícios de que havia sido ocupado recentemente, e certo desalinho nos móveis. A retirada da estante para facilitar o acesso à porta da sala de bilhar o surpreendeu em particular, mas ele não teve muito tempo para se espantar com tudo isso quando ouviu sons vindos da sala de jogos, o que o surpreendeu ainda mais. Alguém falava muito alto, e ele não reconhecia a voz que, mais do que falava, gritava. Ele chegou até a porta, alegrando-se com a possibilidade de comunicar-se imediatamente com alguém e, ao abri-la, encontrou-se em um palco de teatro, diante de um jovem que discursava e parecia na iminência de empurrá-lo para trás. No exato momento em que Yates percebeu a presença de Sir Thomas, e possivelmente dando o melhor início do que jamais tinha feito no curso dos seus ensaios, Tom Bertram entrou pelo outro lado do aposento. E nunca teve tamanha dificuldade em manter a sua expressão.

O olhar de gravidade e surpresa de seu pai em sua primeira aparição em um palco e a gradual metamorfose do apaixonado barão Wildenhaim para o bem-nascido e agradável Sr. Yates, ao curvar-se e desculpar-se com Sir Thomas Bertram, foi uma tamanha cena, uma verdadeira atuação, que ele não poderia ter perdido por nada. Possivelmente seria a última realizada no palco, mas estava certo de que não poderia haver melhor. A casa fecharia com a melhor *éclat*.

No entanto, havia pouco tempo para a bela cena. Ele precisava entrar para assistir a introdução; em meio a sensações embaraçosas, agiu da melhor forma. Sir Thomas recebeu o Sr. Yates com toda a aparente cordialidade da sua natureza, mas longe de estar satisfeito com o que estava acontecendo. A família e as conexões do Sr. Yates eram suficientemente conhecidas para lhe prestar uma saudação como amigo próximo. Um entre muitos amigos íntimos do seu filho, excessivamente inoportunos. Era necessário se sentir feliz com o retorno e toda a paciência que isso poderia oferecer para evitar a ira de Sir Thomas por encontrar-se aturdido em sua própria casa, fazendo parte de uma exibição ridícula em meio a um teatro absurdo e forçado, em um momento tão desagradável, a conhecer um jovem que desaprovava, e cujo comportamento indiferente e volúvel no curso dos primeiros cinco minutos parecia indicar que estava sentindo-se mais em casa do que ele mesmo.

Tom compreendeu os pensamentos do pai, e esperou que ele expressasse somente parte deles. Aos poucos compreendeu mais claramente que haveria algum grau de contrariedade e motivos para o olhar que o pai direcionou para o teto e para a ornamentação do cômodo. Quando inquiriu com uma calma seriedade sobre o destino da mesa de bilhar, ele não estava procedendo além de uma normal curiosidade. Poucos minutos foram suficientes para estas sensações incômodas de ambos os lados. Depois de Sir Thomas ter-se esforçado para proferir algumas palavras de aprovação em resposta a um comentário do Sr. Yates exaltando a felicidade do empreendimento, os três cavalheiros retornaram juntos para a sala de estar. Sir Thomas estava com uma aparência séria, o que foi percebido por todos.

– Vim do seu teatro – disse ele serenamente enquanto sentava. – Entrei nele de forma deveras inesperada, ao lado do meu próprio quarto, e em todos os aspectos fui pego de surpresa, pois não tinha a menor suspeita de que a representação tinha assumido um caráter tão sério. Parece-me um trabalho bem-feito, no entanto, pelo que pude analisar à luz de velas, devo os créditos ao meu amigo Christopher Jackson.

Em seguida ele mudou de assunto e bebeu o café pacificamente discutindo questões mais tranquilas de natureza doméstica. Mas o Sr. Yates, sem discernimento para compreender o sentido dado por Sir Thomas, ou desconfiança, delicadeza ou discrição suficientes para evitar que mantivesse o discurso enquanto Sir Thomas interagia com os demais com menor interferência, manteve o assunto sobre o teatro, e o atormentou com perguntas e observações. Por fim, o fez ouvir a história completa sobre o seu contratempo em Ecclesford. Sir Thomas ouviu com toda a polidez, mas sentia-se ofendido em suas crenças sobre decoro, confirmando a opinião negativa sobre as ideias do Sr. Yates, desde o início ao fim do relato. Quando este terminou, Sir Thomas não pôde oferecer-lhe outra garantia de sua simpatia a não ser um leve aceno com a cabeça.

– Esta era de fato a origem da *nossa* atuação – disse Tom após um momento. – Meu amigo Yates trouxe a doença de Ecclesford e ela se espalhou, como se poderia esperar, senhor. Certamente mais rápido pelo fato de *você* ter sempre nos estimulado com este tipo de interesse. Era como percorrer antigos caminhos novamente.

O Sr. Yates apropriou-se do assunto do amigo o mais rápido possível e imediatamente relatou para Sir Thomas o que já tinham feito e o que estavam fazendo naquele momento; a gradual mudança de percepções sobre a peça; a solução bem-sucedida das primeiras dificuldades e o promissor estágio atual. Relatou todos os detalhes com tamanho interesse que tornou-se não só cego aos movimentos inquietos de seus amigos à mesa como também à mudança dos semblantes, à agitação! Tampouco conseguiu perceber a expressão daquele em cujos olhos se fixava, ou a fronte morena de Sir Thomas contrair-se enquanto olhava com seriedade para as filhas e para Edmund, demorando o olhar em especial sobre o segundo. Este percebeu os sinais de advertência e repreensão, que *ele* sentiu como se fossem em seu próprio coração, e que foi sentida na mesma intensidade por Fanny, que havia arrastado a cadeira para trás, próximo à lateral do sofá em que se encontrava a tia. Sem que pudessem vê-la, ela percebeu tudo o que estava ocorrendo. Ela nunca esperou presenciar um olhar de tamanha repreensão para Edmund, e sabendo que ele não merecia tal julgamento, era até mesmo algo grave. O olhar de Sir Thomas insinuava: "Edmund, eu dependia do seu bom-senso, o que você fez?" Ela se imaginou curvando-se para o tio e enchendo seu peito com as palavras: "Ah! Não para *ele*. Olhe desta maneira para todos os demais, mas não para *ele!*"

O Sr. Yates continuava falando:

– Para ser sincero, Sir Thomas, estávamos em meio a um ensaio quando o senhor chegou esta noite. Ensaiávamos os três primeiros atos, e de maneira geral, nos saíamos bem. A nossa companhia está dispersa agora pelo fato de os Crawford terem ido para casa, e por isso nada mais pode ser feito. Mas se nos der a honra de sua presença amanhã à noite, não devo temer os resultados. Nós pedimos a sua tolerância; como sabe, somos atores jovens, por isso pedimos a sua indulgência.

– A minha indulgência será concedida, senhor – respondeu seriamente Sir Thomas –, mas sem qualquer outro ensaio. Vim para casa para ser feliz e indulgente – acrescentou com um sorriso enternecido. Em seguida, virou-se para todos ao mesmo tempo e disse tranquilamente: – O Sr. e a Sra. Crawford foram mencionados nas últimas cartas de Mansfield. Vocês o consideram pessoas agradáveis?

Tom era o único preparado para oferecer uma resposta imediata, e sendo ele inteiramente desprovido de qualquer questão com relação a ambos, e sem traços de ciúme em seu relacionamento com os dois, fosse no amor ou na atuação, pôde falar muito bem a respeito de ambos.

– O Sr. Crawford é um perfeito cavalheiro, e a irmã é uma menina meiga, bonita, elegante e vivaz.

O Sr. Rushworth não conseguiu mais segurar seu silêncio.

– Eu não diria que ele é exatamente um cavalheiro. Mas você deve dizer ao seu pai que ele não tem mais do que um metro e oitenta, ou então ele vai esperar encontrar um homem bem-apessoado.

Sir Thomas não compreendeu o que queria dizer, e olhou com ar de surpresa para o orador.

– Para dizer o que penso – continuou o Sr. Rushworth –, na minha opinião é muito desagradável estar sempre ensaiando. É transformar algo bom em cansativo. Não gosto tanto de atuar como antes. Acho que nos saímos melhor aqui sentados juntos, fazendo nada.

Sir Thomas voltou a olhar para ele e concordou com um sorriso.

– Fico feliz por perceber que seus sentimentos neste assunto são semelhantes aos meus, e isso me dá uma satisfação sincera. É perfeitamente natural que eu seja mais cauteloso, perspicaz e tenha os escrúpulos que os meus filhos não *têm*; assim como são naturais os meus valores a respeito da tranquilidade doméstica, pois um lar que se preserva de prazeres ruidosos deve excedê-los também. Mas, na sua idade, sentir isso é uma circunstância extremamente favorável para si mesmo e para os que estão ligados a você. Estou sensibilizado por ter um aliado de peso.

Sir Thomas gostaria de ter encontrado palavras mais precisas para expressar-se a respeito da opinião do Sr. Rushworth. Ele sabia que não podia esperar que o Sr. Rushworth fosse um gênio, mas um jovem com tamanha sensatez, que excedia a sua eloquência, deveria ser admirado. Para muitos dos presentes, foi impossível não sorrir. O Sr. Rushworth mal sabia o que fazer com tamanha consideração. Mas visivelmente contente com a opinião de Sir Thomas, e dizendo muito pouco, ele fez o que estava ao seu alcance para preservar essa opinião por mais tempo.

20

Na manhã seguinte, a primeira tarefa de Edmund foi encontrar-se a sós com o pai para relatar com precisão tudo sobre o teatro e explicar sua participação no evento. Naquele momento mais calmo, expôs os seus motivos e reconheceu ingenuamente que as suas explicações foram ouvidas com uma benevolência tão parcial que perguntava-se se não deveria ter permanecido calado. Ele estava ansioso, e se esforçava para não dizer nada indelicado sobre os demais. Havia somente um entre eles cuja conduta poderia mencionar sem a necessidade de defesa ou atenuação.

– Nós todos podemos ser considerados culpados – disse ele –, todos nós, exceto Fanny. Ela foi a única cujo comportamento foi correto desde o início, e que se manteve fiel a ele. Manteve sua posição contrária do início ao fim. Nunca deixou de considerar o que o senhor pensaria a este respeito. Você encontrará em Fanny tudo o que poderia desejar.

Sir Thomas pontuou toda a inconveniência daquele plano para eles, ainda mais naquele momento, tão enfaticamente quanto o filho achava que ele o faria. O seu pesar era forte o suficiente para dispensar o excesso de palavras; apertou as mãos de Edmund para tentar apagar a impressão desagradável e esquecer-se do quanto ele mesmo tinha sido negligenciado, em especial depois que fosse removido da casa qualquer vestígio que remetesse à lembrança do fato e fosse restaurado o seu estado natural. Ele não se queixou com os outros filhos, pois estava mais disposto a acreditar que tinham percebido seu erro do que correr o risco de ter que fazer uma inquirição. A reprovação que demonstrara e a eliminação de qualquer vestígio dos preparativos seriam suficientes.

Havia uma pessoa na casa, no entanto, que ele não poderia se contentar em saber o que sentia meramente pela conduta. Ele não conseguiu deixar de insinuar à Sra. Norris que ela deveria ter interferido para evitar o que o julgamento dele certamente não aprovaria. Os jovens tinham sido muito imprudentes em organizar aquele evento, eles deveriam ter avaliado melhor; mas eram jovens e, com exceção de Edmund, ele acreditava que não tinham um caráter rigoroso. Qual não foi a sua surpresa ao saber que ela havia apoiado aquela decisão equivocada, uma forma de diversão duvidosa, como este tipo de entretenimento sugeria. A Sra. Norris estava ligeiramente desconcertada e silenciosa como nunca tinha estado antes em toda a sua vida, pois ela estava envergonhada ao confessar não ter se dado conta da inadequação que era tão evidente para Sir Thomas. Ela não admitiria que a sua intervenção seria insuficiente, e de que teria se pronunciado em vão. A única solução era mudar de assunto o mais rápido possível e conduzir os pensamentos de Sir Thomas para algo mais prazeroso. Ela tinha muito a dizer em sua própria defesa a respeito da atenção *geral* que dispensava aos interesses e necessidades da família, os esforços e muitos sacrifícios nas saídas apressadas de casa e no abandono de seu próprio lar, as revelações sobre as desconfianças em relação a alguns empregados e as dicas de economia doméstica dadas a lady Bertram e a Edmund, e tinha propiciado uma grande economia e detectado mais de um empregado incompetente. Mas o seu maior trunfo era Sotherton. Sua glória foi ter possibilitado a conexão com os Rushworth. *Ali* ela era invencível, e tomava para si todos os créditos de ter feito com que o Sr. Rushworth se encantasse com Maria.

– Se eu não tivesse feito nada – disse ela – e não insistisse em ser apresentada à sua mãe e planejado a primeira visita à residência deles, estou tão certa de que nada teria ocorrido quanto sei que estou aqui sentada. O Sr. Rushworth é um tipo amável e modesto e requer uma grande dose de encorajamento. Haveria um número considerável de garotas para ele se tivéssemos sido negligentes. Mas não deixei pedra sobre pedra, estava disposta a mover o céu e a terra para convencer a minha irmã e, por fim, consegui. Você conhece a distância até Sotherton; estávamos em pleno inverno e as estradas ficaram praticamente intransitáveis, mas mesmo assim consegui persuadi-la.

– Sei como é influente com lady Bertram e seus filhos, e isso me deixa ainda mais preocupado por não ter...

– Meu querido Sir Thomas, se tivesse visto o estado das estradas *naquele* dia! Imaginei que nunca teríamos passado, embora naturalmente tivéssemos quatro cavalos. O pobre cocheiro nos auxiliou, em nome de sua grande devoção e gentileza, mesmo mal tendo conseguido sentar na carruagem em função do reumatismo, e para o qual eu tenho providenciado cuidados médicos, desde Michaelmas. Por fim eu o curei, mas ele esteve muito mal durante todo o inverno, inclusive naquele dia. Não consegui chegar ao quarto dele a tempo de aconselhá-lo a não se aventurar. Ele já estava colocando a peruca. Eu disse a ele: "Cocheiro, é melhor que não vá; a sua lady e eu estaremos seguras. Você sabe como é Stephen, e Charles tem guiado tanto que estou segura de que não há o que temer. No entanto, logo percebi que não adiantaria, pois ele estava decidido a ir e, como não gosto nem um pouco de contrariar e ser inoportuna, não disse mais nada; mas o meu coração se compadecia com ele a cada solavanco. Quando chegamos nas estradas tortuosas próximas a Stoke, onde as pedras estavam cobertas com geada e neve, pior do que qualquer coisa que possa imaginar, estava aflita por ele, e pelos pobres cavalos também, se esforçando tanto! Você sabe como sempre me sinto em relação a cavalos. Ao chegarmos ao fim de Sandcroft Hill, o que acha que fiz? Vai rir de mim, mas me levantei e fui a pé. Certamente o fiz. Poderia não ajudá-los muito, mas já era alguma coisa. Não podia ser carregada estrada acima à custa daqueles animais tão nobres. Peguei um resfriado terrível, mas não me importei com *isso*. O meu objetivo foi realizado na visita.

– Espero que sempre tenhamos motivos para considerar ter valido a pena qualquer esforço empreendido em prol desse relacionamento. Não há nada muito impressionante no comportamento do Sr. Rushworth, mas ontem à noite fiquei satisfeito com o que pareceu ser a sua opinião a respeito de *um* dos temas tratados, ou seja, a sua preferência por uma reunião familiar calma em vez do alvoroço e confusão causados pela peça. Ele me pareceu ser exatamente como se pode esperar.

– Sim, certamente, e quanto mais o conhecer, mais gostará dele. Ele não tem uma personalidade notável, mas tem mil qualidades! E mostra-se tão disposto a admirá-lo que acho engraçado, pois todos acham que sou responsável por isso. "Acredite em mim Sra. Norris", disse-me a Sra. Grant outro dia, "se o Sr. Rushworth fosse seu filho, não poderia ter Sir Thomas em mais alta conta".

Sir Thomas desistiu do assunto, despistado pelas evasivas dela e desarmado pelos seus elogios. Foi obrigado a se satisfazer com a convicção de que quando os prazeres daqueles que ama estão em jogo, às vezes a sua gentileza sobrepõe-se ao seu julgamento.

A conversa com cada um deles ocupou somente parte de uma manhã cheia de compromissos. Ele precisava reinserir-se na rotina de sua vida em Mansfield, encontrar o mordomo e o administrador, examinar e calcular; e nos intervalos dos negócios caminhou até os estábulos e jardins e as plantações mais próximas. Ativo e metódico, ele não só tinha cumprido com todas essas obrigações antes de sentar-se no lugar de chefe da casa na hora do jantar, como também tinha instruído o carpinteiro a desfazer tudo o que havia sido montado na sala de jogos e dispensado o pintor responsável pelo cenário, e isso havia tempo suficiente para justificar a agradável suposição de que, àquela hora, ele já deveria estar lá. O pintor tinha ido embora, tendo estragado somente o piso de um dos quartos, arruinado com todas as esponjas do cocheiro e deixado cinco empregados desocupados e insatisfeitos. Sir Thomas tinha a esperança de que um ou dois dias seriam suficientes para apagar qualquer vestígio do que tinha acontecido, até mesmo a destruição das cópias não encadernadas de *Lovers' Vows*, tendo ele queimado todas que encontrara.

O Sr. Yates começava a compreender as intenções de Sir Thomas, embora não entendesse seus motivos. De manhã bem cedo, ele e o seu amigo estiveram fora com as suas armas, quando Tom aproveitou a oportunidade para se desculpar e explicar o comportamento do pai. O Sr. Yates entendeu e se lamentou, como era de se esperar. E ter-se frustrado pela segunda vez da mesma maneira era uma circunstância de muita má sorte. A sua indignação era tanta que, se não fosse pela gentileza com o amigo e a sua irmã mais nova, acreditava que certamente tentaria convencer o barão do absurdo de seu comportamento. Ele pensou nisso resolutamente enquanto estava em Mansfield Wood e no caminho para casa. Mas, quando se sentaram em volta da mesma mesa, percebeu algo em Sir Thomas que fez com que considerasse mais sábio deixar que ele conduzisse a situação de sua própria maneira, acreditando ser insensato se opor. Ele conhecera muitos pais desagradáveis antes e com frequência fora atingido por suas inconveniências, mas nunca no curso da sua vida ele tinha encontrado um com semelhante moral ininteligível e tirania infame, como Sir Thomas. Ele não era um homem tolerável a não ser em nome de seus filhos, e ele deveria agradecer a sua bela filha Julia o fato de o Sr. Yates ter pretendido permanecer por mais alguns dias sob o seu teto.

A noite transcorreu com aparente tranquilidade, embora o estado de espírito de todos estivesse agitado. A música escolhida por Sir Thomas para que suas filhas tocassem ajudou a ocultar a ausência de uma harmonia real. Maria estava especialmente agitada. Para ela, era da maior relevância que o Sr. Crawford não demorasse se declarar, e ela se angustiava com a perspectiva de passar mais um dia sem que ele avançasse nesse aspecto. Ela aguardara-o ao longo de toda a manhã, e o esperou até a noite. O Sr. Rushworth tinha partido cedo na manhã, levando as boas novas a Sotherton, e ela desejava profundamente um *esclarecimento* imediato da situação a fim de poupá-lo do trabalho de retornar. Mas ela não viu ninguém do presbitério, tampouco ouviu qualquer notícia além de um amigável bilhete de congratulação da Sra. Grant que perguntava também a respeito de lady Bertram. Era o primeiro dia em muitas semanas que as famílias estavam completamente separadas. Desde que agosto começou, não havia se passado vinte e quatro horas sem que ficassem juntos de uma maneira ou de outra. Aquele foi um dia triste e angustiante, e o dia seguinte não trouxe novidades. Alguns poucos momentos de lazer foram seguidos de horas de intenso sofrimento. Henry Crawford estava novamente na casa. Ele caminhou até lá com o Dr. Grant, que estava ansioso em prestar seus cumprimentos a Sir Thomas, e ainda bem cedo foram conduzidos rapidamente até a sala de café da manhã, onde grande parte da família estava reunida. Sir Thomas apareceu em seguida e Maria viu com alegria e agitação o homem que amava ser apresentado ao pai. Ela se sentia confusa, e assim continuou ao ouvir Henry Crawford, que estava sentado em uma cadeira entre a dela e a de Tom, perguntar a ele em voz baixa, alguns minutos depois, se havia qualquer intenção em retomar a peça após a feliz interrupção, ao mesmo tempo em que dirigia um olhar cortês para Sir Thomas. Porque, nesse caso, ele deveria retornar a Mansfield tão logo fosse solicitado. Ele estava partindo imediatamente para encontrar o tio em Bath, sem delongas. Mas, se houvesse qualquer possibilidade de levarem adiante *Lovers' Vows*, ele se manteria comprometido, cancelaria qualquer outro compromisso e combinaria com o tio que deveria se retirar assim que sua presença fosse requisitada. A peça não poderia ficar comprometida pela *sua* ausência.

– De Bath, Norfolk, Londres, York, qualquer lugar da Inglaterra onde eu estiver – disse ele –, virei, tão logo seja avisado.

Era exatamente nesse momento que Tom deveria falar, e não a irmã. E ele disse então, com desembaraço:

– Sinto que esteja partindo, mas em relação à nossa peça, *está* inteiramente cancelada – e olhou significativamente para o pai. – O pintor foi dispensado ontem, e muito pouco perdurará do teatro até amanhã. Eu sabia como *isto* seria desde o início. É cedo para Bath. Você não encontrará ninguém.

– É a época que o meu tio costuma ir para lá.

– Quando pensa em ir?

– Devo chegar a Banbury hoje.

– Você usa os estábulos de quem em Bath? – foi a pergunta seguinte; e, enquanto esse assunto estava sendo discutido, Maria, a quem não faltava orgulho ou resolução, tentava manter-se razoavelmente calma.

Em seguida ele se dirigiu a ela repetindo grande parte do que já dissera, dessa vez com um ar mais cortês e uma expressão mais nítida de desapontamento. Mas em que ajudavam as suas expressões e o seu estado de espírito? Ele estava partindo, voluntariamente e, com exceção do encontro com o tio, em nome de compromissos estabelecidos por ele mesmo. Ele poderia falar de necessidade, mas ela sabia que Henry Crawford era independente. A mão que tinha pressionado as suas ao seu coração estava agora, como o coração, inerte e passiva! Seu espírito a suportava, mas a sua agonia mental era severa. Ela não poderia resistir ao que emergiu quando o ouviu dizer o que as suas ações contradiziam, tampouco conseguiria enterrar o tumulto dos seus sentimentos sob as regras da sociedade. Mas as boas maneiras fizeram-na manter-se controlada durante a breve visita, que logo provou-se ser de despedida. Ele partiu, e tocara a sua mão pela última vez ao fazer a mesura de despedida, inclinando-se para ela, que em seguida iria buscar consolo na solidão. O Sr. Crawford tinha deixado a casa, e dentro de duas horas partiria do presbitério. E assim terminou toda a esperança que a vaidade egoísta dele tinha suscitado em Maria e Julia Bertram.

Julia alegrou-se com a sua partida. A presença dele tinha começado a ficar insuportável para ela, e como Maria não tinha ficado com ele, estava agora calma o suficiente para dispensar qualquer outra vingança. Ela não queria que a exposição fosse acrescentada à deserção. Com a partida de Henry Crawford, ela poderia até mesmo se apiedar da irmã.

Com um espírito mais puro, Fanny alegrou-se com a novidade. Ela soube durante o jantar e recebeu-a como uma bênção, quando por todos os outros foi mencionada com pesar. Os méritos dele foram honrados em diferentes níveis de sentimento, desde a sinceridade da estima parcial de Edmund ao comentário despreocupado da mãe, que se pronunciava apenas por hábito. A Sra. Norris olhou em volta avaliando que o desejo de que ele se enamorasse de Julia resultou em nada, e até sentiu-se atemorizada com a possibilidade de ter sido negligente na condução para esse desfecho. Mas com tantas obrigações, como seria possível até mesmo manter o passo entre as *suas* atividades e os seus desejos?

Após um ou dois dias, o Sr. Yates também foi embora. E a *sua* partida interessava em especial a Sir Thomas, desejoso de ficar sozinho com a família. A presença de um estranho como o Sr. Yates era impertinente; incomodava-o seu comportamento leviano, confiado e extravagante. Ele era enfadonho, mas como amigo de Tom e admirador de Julia, era ofensivo. Sir Thomas estava indiferente à saída ou permanência do Sr. Crawford, mas os votos de uma viagem agradável para o Sr. Yates, enquanto acompanhava-o até o saguão, foram dados com satisfação genuína.

O Sr. Yates tinha permanecido para presenciar o fim de toda a preparação teatral em Mansfield e a remoção de tudo relacionado à peça. Ele deixou a casa com toda a sobriedade que pôde, e Sir Thomas, ao vê-lo sair, desejou estar se libertando do pior aspecto relacionado ao projeto, e o último que, inevitavelmente, o lembrava da sua existência.

A Sra. Norris conseguiu remover de sua vista um dos itens que poderia aborrecê-lo. A cortina cuja confecção ela havia coordenado com tanto talento e sucesso foi levada para o seu chalé, onde por acaso ela desejava ter uma de tecido verde.

21

O retorno de Sir Thomas gerou uma mudança surpreendente na conduta da família, independentemente de *Lovers' Vows*. Sob a sua liderança, Mansfield modificara-se. Alguns membros da comunidade deles tinham ido embora, deixando outros entristecidos. Tudo parecia então monótono e sombrio. Raramente as reuniões familiares eram animadas. Havia pouca comunicação com o presbitério. Sir Thomas, tendo feito recuar as intimidades de maneira geral, mostrava-se particularmente avesso nesse momento a qualquer compromisso que não fosse em Mansfield. Os Rushworth eram os únicos acréscimos permitidos ao círculo doméstico.

Edmund não imaginou que os sentimentos de seu pai pudessem ser diferentes, e nem poderia sentir-se pesaroso com o afastamento dos Grant. Mas como ele observou para Fanny, eles tinham um direito.

– Eles parecem que nos pertencem, e que fazem parte de nós. Eu gostaria que meu pai pudesse ser mais sensível à atenção que deram a minha mãe e irmãs enquanto ele esteve fora. Temo que possam sentir-se negligenciados, mas a verdade é que o meu pai mal os conhece. Eles estavam aqui não havia nem doze meses quando ele deixou a Inglaterra. Se os conhecesse melhor, os valorizaria como merecem, pois têm exatamente o perfil que ele apreciaria. Às vezes nos falta estímulo, minhas irmãs têm estado desmotivadas e Tom certamente não está tranquilo. O Dr. e a Sra. Grant nos deixariam mais vivazes e as tardes passariam com maior alegria, até mesmo para o meu pai.

– Você realmente acha isso? – perguntou Fanny. – Em minha opinião, meu tio não gostaria de ter agregados. Acho que ele valoriza a quietude que você menciona, e o repouso do seu próprio círculo familiar é tudo o que deseja. E não me parece que estamos mais sérios do que costumávamos ser; refiro-me ao tempo anterior à viagem do meu tio para o exterior. De acordo com o que lembro, foi sempre assim. Ou, se existe alguma diferença, não é mais do que a ausência tende a produzir a princípio. Deve haver uma espécie de retração, mas não me lembro de nossas noites terem sido mais alegres, exceto quando meu tio estava na cidade. Creio que nenhum jovem diverte-se quando os seus superiores estão em casa.

– Acho que está correta, Fanny – foi a resposta de Edmund após breve reflexão. – Acho que as nossas noites voltaram a ser o que eram, embora tenham assumido uma natureza diferente. A novidade é que estavam divertidas. No entanto, algumas semanas deixam uma impressão muito forte! Tenho sentido como se nunca tivéssemos vivido assim.

– Creio que estou mais séria do que as outras pessoas – disse Fanny. – As noites não me parecem longas. Amo ouvir os relatos do meu tio sobre as Índias Ocidentais, e poderia ouvi-lo por uma hora. *Fico* mais entretida, mais do que em muitas outras atividades; mas sou diferente das outras pessoas, ouso afirmar.

– Por que você pode dizer *isso*? – disse Edmund sorrindo. – Você quer ouvir que não é como as demais pessoas por ser mais sábia e discreta? Mas desde quando você, ou qualquer outra pessoa, recebe um elogio de mim, Fanny? Vá até o meu pai se desejar ser elogiada. Ele o satisfará. Pergunte ao seu tio o que ele acha e receberá os elogios que deseja. E embora refiram-se na maioria a sua aparência, você deve tolerá-los e acreditar que ele verá tamanha beleza na sua alma com o tempo.

Esse tipo de abordagem era tão novo para Fanny que ela se sentiu constrangida.

– O seu tio acha que você é muito bonita, querida Fanny, e isso é a inteira verdade. Ninguém além de mim teria dado tanta importância a isso, e mais do que ninguém você poderia se ressentir com o fato de não ter sido considerada bonita antes; mas a verdade é que seu tio nunca a admirou, mas agora o faz. A sua compleição melhorou muito, assim como o seu porte. Não, Fanny, não fuja disso, ele é somente o seu tio. Se não pode suportar a admiração de um tio, o que será de você? Você deve compreender que é digna de admiração. Você não deve se importar em se transformar em uma mulher bonita.

– Ah! Não fale assim, não fale assim! – exclamou Fanny, com mais aflição do que ele poderia perceber. Mas, ao vê-la angustiada, ele pôs um fim ao assunto e somente acrescentou, com um pouco mais de seriedade:

– Seu tio gostaria de sentir-se satisfeito com você em todos os aspectos, e eu somente poderia desejar que conversasse mais com ele. Você é uma das pessoas que menos falam nesses encontros à noite.

– Mas eu tenho conversado com ele mais do que de costume, pode ter certeza. Você não me ouviu perguntar-lhe sobre o tráfico de escravos ontem?

– Ouvi, e tive a esperança de que a esta pergunta se seguiriam outras. Seu tio teria ficado contente se você o tivesse questionado mais sobre o assunto.

– E era o meu desejo, mas era um tamanho silêncio! E não me agradou o fato de meus primos estarem sentados sem pronunciar uma palavra, sem se mostrarem interessados. Poderia parecer que eu queria me beneficiar a sua custa demonstrando curiosidade e deleite nas informações quando ele provavelmente desejaria que as suas próprias filhas o sentissem!

– A Srta. Crawford afirmou corretamente outro dia que você é tão temerosa de chamar a atenção e ser elogiada quanto outras mulheres temem ser negligenciadas. Estávamos falando sobre você no presbitério, e essas foram as suas palavras. Ela tem grande discernimento. Eu não conheço ninguém que consiga distinguir tão bem o caráter de uma pessoa. Para uma mulher tão jovem, é excepcional! Ela certamente *a* compreende mais do que aqueles que conviveram com você por tanto tempo. Em relação a algumas pessoas, posso perceber, por indícios e certas expressões, que ela poderia *defini-los* precisamente caso a delicadeza não a impedisse. Eu desejaria saber o que ela pensa sobre meu pai! Ela deve admirá-lo como um homem bem apessoado, um cavalheiro digno de modos compatíveis. Mas talvez, por vê-lo tão eventualmente, o modo reservado dele possa lhe parecer um pouco repulsivo. Se eles tivessem mais oportunidade de conviver, estou certo de que gostariam um do outro. Ele apreciaria a vivacidade dela, e o seu jeito de pensar permitiria que valorizasse os seus talentos. Eu desejaria que pudessem se encontrar com mais frequência! Espero que ela não pense que existe qualquer sentimento no qual ele a desqualifique.

– Ela deve se sentir bastante segura quanto à afeição que todos dispensam a ela – disse Fanny com um leve suspiro –, para demonstrar qualquer receio desta natureza. E o desejo de Sir Thomas de estar somente com a família neste momento é muito natural, e não há nada que ela possa dizer a respeito. Me arrisco a afirmar que em breve estaremos todos nos encontrando com a mesma intensidade, e a única diferença será a estação do ano. Este é o primeiro mês de outubro que ela passa no campo desde a sua infância. Tunbridge ou Cheltenham não podem ser consideradas propriedades campestres, e novembro é um mês mais sério. Percebo que a Sra. Grant está muito preocupada com a possibilidade de ela considerar Mansfield enfadonho quando o inverno chegar.

Fanny poderia ter dito muito mais, porém achou prudente não continuar e deixar intocados todos os recursos da Srta. Crawford, os seus talentos, ânimo, sua importância e amigos, já que poderia trair-se com alguma observação deselegante; a opinião amigável da Srta. Crawford a seu respeito merecia pelo menos um indulgente agradecimento; e ela começou a falar sobre outro assunto.

– Acho que amanhã meu tio jantará em Sotherton e você e o Sr. Bertram também. O grupo que ficará em casa será pequeno. Espero que meu tio continue gostando do Sr. Rushworth.

– Isto será impossível, Fanny. Ele deverá passar a gostar menos dele após a visita de amanhã, pois ficaremos cinco horas em sua companhia. Receio a estupidez dessa visita e o mal maior que poderá advir é a impressão que deixará para Sir Thomas. Ele não poderá enganar-se por muito mais tempo. Eu me compadeço de todos e faria tudo para que Rushworth e Maria nunca tivessem se conhecido.

No entanto, nesse aspecto, o desapontamento de Sir Thomas era iminente. Nem mesmo toda a boa vontade com o Sr. Rushworth, ou a deferência do Sr. Rushworth a ele, poderiam preveni-lo de discernir, em pouco tempo, sobre uma parcela da verdade, ou seja, que o Sr. Rushworth era um jovem de qualidade inferior, tão ignorante nos negócios quanto culturalmente, e cujas opiniões eram voláteis, sem nem mesmo se dar conta disso tudo.

Ele esperara um genro muito diferente, e começando a se preocupar com a condição de Maria, tentou compreender os sentimentos *dela*. Não era necessário observar muito para perceber que a indiferença era o que de mais positivo havia entre eles. O comportamento dela em relação ao Sr. Rushworth era descuidado e frio. Ela não poderia gostar, e não gostava dele. Sir Thomas resolveu conversar seriamente com ela. Mesmo que a aliança fosse muito proveitosa, e o noivado longo e de conhecimento público, a sua felicidade não deveria ser sacrificada. Era possível que houvesse aceitado o Sr. Rushworth muito rapidamente e, depois de conhecê-lo melhor, estivesse arrependida.

Com solene gentileza, Sir Thomas dirigiu-se a ela. Contou-lhe seus temores e indagou sobre os desejos dela, encorajando-a a ser sincera e assegurando-lhe que qualquer inconveniência deveria ser enfrentada. Caso se sentisse infeliz com a perspectiva da relação, deveria desistir. Ele iria ajudá-la e desobrigá-la do compromisso. Enquanto ouvia, Maria hesitou por um instante, mas só por um instante. Quando o pai terminou, ela estava pronta para responder, imediata e decididamente, e sem agitação aparente. Ela lhe agradeceu por sua admirável atenção e pela gentileza paterna, mas ele estava equivocado em supor que tivesse o menor desejo de interromper o noivado, ou que estivesse suscetível a qualquer mudança de opinião ou inclinação. Ela tinha grande estima pelo caráter e temperamento do Sr. Rushworth e não tinha qualquer dúvida sobre a sua felicidade com ele.

Sir Thomas estava satisfeito. Talvez, muito feliz para exortar o assunto mais profundamente do que faria caso se tratasse de outra pessoa. Era uma aliança à qual ele não renunciaria sem pesar; e, por isso, resolveu ponderar. O Sr. Rushworth era jovem o suficiente para progredir. O Sr. Rushworth deveria e iria progredir com a convivência em uma boa sociedade. E, se Maria falava com tanta segurança sobre a sua felicidade com ele, sem preconceitos, ou sem estar cega de amor, ele deveria dar-lhe crédito. Seus sentimentos provavelmente não eram precisos, e ele nunca esperou que assim fossem, mas seu bem-estar não deveria ser comprometido por isso, e se ela pudesse dispensar o desejo de um caráter brilhante no marido, tudo o mais estaria a seu favor. Uma jovem bem-disposta, e que não casaria por amor, era, em geral, mais afeiçoada à sua família. A proximidade de Sotherton com Mansfield tinha grande apelo e, de acordo com todas as probabilidades, constituiria uma provisão contínua de grandes e inocentes prazeres. Estas foram as ponderações de Sir Thomas, feliz de escapar a consequências embaraçosas de um rompimento, dos anseios, das reflexões e das censuras. Estava feliz também por assegurar um casamento que traria a ele mais respeitabilidade e influência, e pelo fato de sua da filha estar favorável à decisão.

Para ela, o encontro terminou tão satisfatoriamente quanto para ele. Ela estava satisfeita por ter assegurado um destino além do esperado, renovando a garantia de sua presença em Sotherton; e estava a salvo de possibilitar a Crawford triunfar na condução de suas ações sobre ela e destruir as suas perspectivas. Retirou-se orgulhosa por sua decisão, e determinada a comportar-se com mais cuidado em relação ao Sr. Rushworth a partir daquele momento, para que o pai não suspeitasse dela novamente.

Se Sir Thomas tivesse consultado a filha dentro de três ou quatro dias depois da partida de Henry Crawford de Mansfield, antes que seus sentimentos estivessem apaziguados e libertos de qualquer esperança em relação a ele, ou antes que ela estivesse absolutamente resolvida em resistir à sua rival, a resposta dela poderia ter sido diferente. Mas depois desse tempo, sem qualquer contato, carta ou mensagem dele, sem qualquer demonstração dele de um coração sofredor e sem a esperança de que a separação pudesse trazer alguma vantagem, seu estado de espírito tranquilizou-se o suficiente para buscar todo o conforto que o orgulho e a vingança podem oferecer.

Henry Crawford tinha destruído sua felicidade, mas ele não deveria saber o que havia feito. Ele não poderia destruir também a honra, a aparência e a prosperidade dela. Não deveria pensar que ela estava definhando em Mansfield por *ele*, rejeitando Sotherton e Londres, independência e esplendor em *seu* nome. A independência era mais necessária do que nunca, agora ainda mais desejada em Mansfield. Ela se sentia cada vez menos capaz de suportar as limitações impostas por seu pai. A liberdade proporcionada pela ausência dele tinha se tornado absolutamente necessária. Ela tinha que escapar dele e de Mansfield o mais rápido possível, e encontrar consolo para seu espírito ferido na fortuna e na posição social, na agitação do mundo. Estava determinada, e não mudaria de ideia.

Com tais sentimentos, a demora, mesmo no tempo gasto em toda a preparação, seria desfavorável; o Sr. Rushworth não poderia estar mais impaciente para o casamento do que ela mesma. No que se referia a toda a preparação interior, ela estava pronta para o casamento, motivada pela aversão ao lar, pelas coibições e tranquilidade; pela tristeza causada pelo afeto não correspondido e pelo desprezo pelo homem com o qual iria se casar.

Estando todos de acordo, provavelmente poucas semanas seriam suficientes para os arranjos para o casamento.

A Sra. Rushworth mostrava-se pronta para abrir caminho para a jovem afortunada que o querido filho tinha escolhido. No início de novembro, ela, a empregada, o mordomo e a carruagem, com a verdadeira dignidade de uma nobre dama, retiraram-se para Bath. Poderia deleitar-se com os prazeres de Sotherton nas visitas noturnas, divertindo-se, talvez com mais animação do que nunca, nos jogos de carta. E antes de meados do mesmo mês a cerimônia foi realizada, dando a Sotherton uma nova senhora.

O casamento foi muito adequado. A noiva vestida elegantemente e as duas damas de honra convenientemente inferiores em beleza; o pai a conduziu ao altar e a mãe permaneceu com o vidro de sais em sua mão, caso se sentisse aflita. A tia tentou chorar, e o cerimonial foi lido de maneira comovente pelo Dr. Grant. Nada pôde ser criticado quando o assunto foi tema das conversas na vizinhança, exceto pela carruagem em que os noivos e Julia se retiraram da igreja, pois tinha sido a mesma que o Sr. Rushworth tinha utilizado doze meses antes. Sob nenhum outro aspecto a etiqueta da cerimônia merecia ser criticada.

Tudo chegou ao fim, e eles partiram. Sir Thomas sentiu-se como era esperado de um pai zeloso, e estava experimentando a agitação que a esposa temera sentir, mas da qual tinha escapado felizmente. A Sra. Norris, satisfeita de poder contribuir com as atividades do dia, fazendo companhia à irmã devido ao estado de espírito desta, brindou em nome da saúde do Sr. e da Sra. Rushworth em uma ou duas taças. Estava alegre e encantada, pois tinha sido responsável pela união, e ninguém poderia supor, com o seu triunfo confiante, que tivesse ouvido falar sequer uma vez na vida sobre infelicidade conjugal, ou que poderia ter qualquer conhecimento sobre as inclinações da sobrinha, que tinham vindo à tona debaixo dos seus olhos.

A intenção do jovem casal era dirigir-se dentro de alguns dias para Brighton, e permanecer lá por algumas semanas. Todos os lugares públicos eram desconhecidos para Maria, e Brighton era tão alegre no inverno quanto no verão. Quando as novidades tivessem acabado, seria o momento para irem a Londres.

Julia os acompanharia até Brighton. Uma vez que a rivalidade entre as irmãs tinha cessado, gradualmente elas retomaram o bom relacionamento anterior. Eram amigas o suficiente para ficarem felizes em compartilhar a ocasião. Outra companhia além do Sr. Rushworth era de extrema importância para a senhorita; Julia estava tão ansiosa por novidades e prazeres quanto Maria, embora provavelmente não tivesse lutado tanto para obtê-las, e pudesse suportar mais facilmente uma situação de submissão.

A partida deles acarretou outra mudança em Mansfield; um vazio que requereria mais tempo para ser preenchido. O círculo familiar ficou bastante reduzido, e mesmo que as Srtas. Bertram contribuíssem pouco para a diversão, sua ausência não poderia deixar de ser sentida. Até mesmo a mãe sentia falta delas, e mais ainda a prima de coração bondoso, que vagava pela casa e pensava nelas, e sentia por ambas uma tristeza afetuosa, que elas tinham feito muito pouco para merecer.

22

A importância de Fanny aumentou com a partida das primas. Ela se transformou na única dama a ocupar os serões na sala de visitas e a interessante divisão familiar na qual tinha até agora ocupado um humilde lugar secundário. Era impossível continuar a não ser notada, e passaram a se preocupar com ela mais do que em qualquer outro momento. "Cadê a Fanny?" transformou-se em uma pergunta recorrente, mesmo que sua presença não fosse conveniente para ninguém.

Não foi somente em casa que ela passou a ser mais valorizada, mas no presbitério também. Na casa em que mal tinha entrado duas vezes ao ano após a morte do Sr. Norris, ela tornou-se uma convidada bem-vinda; e em meio à melancolia e à poeira de um dia de novembro, foi uma companhia agradável para Mary Crawford. As suas visitas, iniciadas ao acaso, continuaram por solicitação. A Sra. Grant, ansiosa em contribuir para uma mudança no ânimo da irmã, enganava-se em achar que estava fazendo uma gentileza para Fanny, dando-lhe a oportunidade de instruir-se mais com os convites frequentes.

Fanny, tendo sido enviada ao vilarejo para realizar alguma tarefa para a tia Norris, foi surpreendida por uma chuva forte próxima ao presbitério. Foi vista por uma das janelas buscando abrigo sob os galhos e extensas folhas de um carvalho próximo, e sentiu-se forçada, não sem uma relutante modéstia de sua parte, a entrar. Ela se comportou como uma humilde serva, mas quando o Dr. Grant saiu com um guarda-chuva, não havia nada mais a ser feito a não ser, mesmo sentindo-se envergonhada, entrar rapidamente na casa. Para a pobre Srta. Crawford, que estava somente contemplando desanimadamente a chuva forte, lamentando a ruína dos seus planos para exercitar-se naquela manhã, e sem qualquer chance de encontrar uma criatura durante as vinte e quatro horas seguintes, o som de movimentação na porta de entrada e a visão da Srta. Price completamente molhada no vestíbulo foi encantadora. O valor de um evento no campo em um dia chuvoso foi-lhe apresentado. Ela sentiu-se reviver e mostrou-se útil a Fanny ao perceber que ela estava mais molhada do que aparentava e ofereceu-lhe roupas secas. Fanny foi obrigada a submeter-se a toda essa atenção; foi assistida pela dona da casa e pelas empregadas. Em seguida, foi conduzida de volta ao andar térreo, e fizeram-na permanecer na sala de estar por uma hora, enquanto a chuva caía. O benefício de algo novo para ver e pensar foi estendido à Srta. Crawford, até a hora de se trocar e de jantar.

As duas irmãs foram tão gentis e agradáveis que Fanny poderia ter apreciado a sua visita caso não acreditasse estar atrapalhando, e caso tivesse previsto que o tempo melhoraria até o fim daquela hora, poupando-a da vergonha de terem preparado a carruagem e os cavalos do Dr. Grant para levarem-na para casa. Em relação ao alarme que sua ausência poderia ocasionar naquele mau tempo, ela não tinha nada com que se preocupar, pois somente as duas tias sabiam que ela tinha saído, e ela estava perfeitamente ciente de que nenhuma das duas se importaria, e que independentemente de qual abrigo a Sra. Norris escolhesse para se proteger da chuva, a tia Bertram não teria dúvida de que ela também estaria lá.

O tempo começava a ficar mais claro quando Fanny, ao observar uma harpa no aposento, fez algumas perguntas que foram imediatamente entendidas como um desejo de ouvir o instrumento. Ela fez também uma confissão, na qual os demais mal puderam acreditar, de que nunca o havia ouvido, desde que este chegara a Mansfield. Para Fanny, aquela lhe parecia uma circunstância simples e natural; ela mal tinha ido ao presbitério desde que o instrumento chegara, e não havia razão para que tivesse ido. Mas a Srta. Crawford, chamando a atenção para um desejo expresso anteriormente sobre o assunto, preocupou-se com a sua própria negligência, e perguntou a Fanny com presteza e bom humor.

– Devo tocar para você agora? O que gostaria de ouvir?

Assim, ela tocou o instrumento, feliz de ter uma nova ouvinte que lhe parecia tão agradecida e encantada com o seu desempenho, demonstrando não ser destituída de bom gosto. Ela tocou até que o olhar de Fanny dispersou-se em direção à janela ao perceber que o tempo tinha melhorado, o que lhe despertou novamente o desejo de ir embora.

– Mais um quarto de hora – disse a Srta. Crawford – e nós veremos como estará. Não fuja na primeira estiagem. Essas nuvens estão ameaçadoras.

– Mas já passaram – disse Fanny. – Eu as estive observando. Este tempo vem do sul.

– Sul ou norte, conheço uma nuvem escura, e você não deve ir embora enquanto ainda está tão ameaçadora. Além do mais, quero tocar outra música para você, muito bonita, e a favorita do seu primo Edmund. Você deve ficar e ouvir a favorita do seu primo.

Fanny sentiu que deveria ficar, embora não esperasse aquele comentário para pensar em Edmund, e aquela sugestão estimulou-a a pensar nele. Ela pôs-se a imaginá-lo sentado naquele cômodo, possivelmente no mesmo lugar em que ela estava sentada, ouvindo com deleite constante a sua música favorita, tocada, como lhe parecia, com um tom e uma expressão superiores. Mesmo apreciando a música, e feliz em ouvir o que quer que fosse de que ele também gostasse, ela estava mais impaciente para ir embora tão logo terminasse. Ao se despedir, foi tão gentilmente convidada pela Srta. Crawford a retornar para ouvi-la tocar que achou necessário aceitar, caso não surgisse nenhuma objeção em casa.

Esta foi a origem da aproximação que se estabeleceu entre eles nos primeiros quinze dias desde a partida da Srta. Bertram; uma aproximação resultante principalmente do desejo da Srta. Crawford por algo novo, e que tinha pouca correspondência com os anseios de Fanny, que ia até a sua casa a cada dois ou três dias. Parecia uma espécie de fascínio. Ela não se sentia confortável em rejeitar o convite, mas ao mesmo tempo era destituída de qualquer sentimento de amor pela Srta. Crawford, além de não pensar como ela; e, agora, estava livre da obrigação de ser encontrada, quando ninguém mais a solicitava. O seu prazer na conversação limitava-se a um entretenimento ocasional, que *muitas* vezes contrariava suas convicções, quando faziam comentários com tom jocoso sobre pessoas ou assuntos que Fanny desejava que fossem respeitados. No entanto, ela não deixava de ir, e caminhavam juntas por meia hora pelo jardim da Sra. Grant, sob uma temperatura incomumente branda para aquela época do ano. Às vezes se aventuravam a sentar em um dos bancos, agora comparativamente desprotegidos, lá permanecendo até que, enquanto Fanny gentilmente elogiava o outono prolongado, elas eram forçadas a sair em busca de proteção com o surgimento repentino de uma fria rajada de vento, que balançava as últimas folhas amarelas.

– Isto é bonito, muito bonito! – disse Fanny olhando em volta, quando sentadas juntas em uma dessas ocasiões. – Toda vez que passo por estes arbustos fico mais impressionada com o seu crescimento e beleza. Há três anos isto aqui não era nada além de uma cerca viva ao longo da parte superior do jardim. Nunca achei que pudesse ser algo, ou que pudesse transformar-se em algo, e agora foi convertido em uma passagem, e seria difícil dizer se mais valioso como uma conveniência ou ornamento. É possível que daqui há três anos nós possamos esquecê-lo, esquecer como era antes. Que maravilha, como é maravilhosa a força do tempo, e as mudanças da mente humana!

Dando continuidade a esses pensamentos, acrescentou:

– Se uma de nossas faculdades naturais pode ser considerada *mais* extraordinária do que as demais, eu diria que é a memória. Parece haver algo mais incompreensível no poder dos lapsos e na irregularidade da memória do que em qualquer outra de nossas capacidades. A memória é muitas vezes tão segura, disponível e obediente; em outras, aturdida e fraca, e ainda em outras circunstâncias, tirânica e fora de controle! De qualquer maneira, é um milagre diário; mas a nossa capacidade de lembrar e de esquecer me parece particularmente difícil de se compreender.

A Srta. Crawford, desinteressada e desatenta, não tinha nada a dizer. Fanny, ao perceber isso, procurou abordar assuntos que poderiam interessá-la.

– Pode parecer impertinente da *minha* parte elogiar, mas devo admirar o bom gosto demonstrado pela Sra. Grant em tudo isto. A proposta da caminhada foi muito simples e espontânea!

– Sim – respondeu a Srta. Crawford descuidadamente –, é muito adequada a um lugar como este. Ninguém nesta região pensa em extinções e, aqui entre nós, até chegar a Mansfield, eu não tinha imaginado que um presbitério poderia desejar um jardim ou similar.

– Estou tão contente em ver as sempre-vivas florescerem! – disse Fanny em resposta. – O jardineiro do meu tio sempre diz que o solo aqui é melhor do que o dele, e é o que parece, tendo em vista o crescimento do loureiro e das sempre-vivas de forma geral. As sempre-vivas! Como são belas, agradáveis e maravilhosas! Quando pensamos a respeito, entendemos como é impressionante a variedade da natureza! Em alguns países, sabemos que as árvores que perdem a folhagem é o seu próprio diferencial, o que não faz com que seja menos impressionante o fato de a mesma terra e o mesmo sol nutrirem plantas que se diferem pela primeira regra e lei de sua existência. Você deve achar que estou filosofando, mas quando estou ao ar livre, especialmente quando estou sentada em meio à natureza, fico bastante propensa a entrar neste tipo de estado de espírito. Não podemos fixar os nossos olhos mesmo na produção mais comum sem encontrar alimento para uma ideia divagadora.

– Para falar a verdade – disse a Srta. Crawford –, sou parecida com o famoso Doge da corte de Luís XIV, e posso declarar que não vejo nenhum encantamento nestes arbustos, tampouco em estar entre eles. Se alguém tivesse me dito há um ano que este lugar seria o meu lar, e que eu passaria mês após mês aqui, como tenho feito, certamente eu não teria acreditado! Não estou aqui nem mesmo há cinco meses e, sem dúvida, foram os cinco meses mais calmos que já vivi.

– Calmos *demais* para você, acredito.

– *Teoricamente* deveria pensar que sim – disse com os olhos brilhando –, mas se eu analisar tudo o que ocorreu, nunca tive um verão mais feliz – continuou, com um ar mais pensativo e tom de voz mais baixo –; mas não é possível dizer o que acontecerá.

O coração de Fanny se acelerou, e ela hesitou entre fazer algum comentário ou perguntar algo. No entanto, a Srta. Crawford, com renovado estímulo, continuou:

– Sei que estou muito mais reconciliada com uma residência no interior do que jamais pude supor. Posso até mesmo imaginar como deve ser agradável passar *metade* do ano no campo sob certas circunstâncias; seria muito agradável. Uma casa elegante e com o tamanho adequado, em meio a familiares, com boas relações e com compromissos regulares, comandando a sociedade nos arredores, até mesmo mais do que as famílias com maior fortuna. E poder intercalar esses prazeres com algo não menos interessante do que o *tête-à-tête* com a pessoa que consideramos a mais agradável do mundo. Não há nada de terrível nesse cenário, não é mesmo, Srta. Price? Não é preciso invejar a Sra. Rushworth com uma residência como *aquela*.

– Invejar a Sra. Rushworth! – foi tudo o que Fanny se aventurou a dizer.

– Ora, ora, não seria adequado da nossa parte sermos severas com a Sra. Rushworth, pois acredito que lhe seremos muito gratas por momentos alegres, radiantes e felizes. E suponho que visitaremos Sotherton com frequência no próximo ano. Uma união como esta feita pela Srta. Bertram é uma bênção pública, e um dos primeiros prazeres da esposa do Sr. Rushworth será manter a casa cheia e oferecer os melhores bailes da região.

Fanny ficou em silêncio, e a Srta. Crawford voltou-se para os seus pensamentos, até que subitamente virou-se e exclamou:

– Ah! Ele está aqui!

Não era o Sr. Rushworth, no entanto, mas Edmund, que apareceu caminhando na direção delas, acompanhado da Sra. Grant.

– Minha irmã e o Sr. Bertram. Estou tão feliz que o seu primo mais velho tenha partido para que ele *possa* ser o Sr. Bertram novamente. Há algo que soa tão formal em Sr. *Edmund* Bertram, tão digno de piedade, de irmão mais novo, que eu detesto.

– Como pensamos de maneira diferente! – exclamou Fanny. – Para mim, o tratamento *Sr.* Bertram soa tão frio e destituído de significado, inteiramente sem qualquer traço de vivacidade ou caráter!

É aplicável a um cavalheiro, e nada mais. Mas existe algo de nobre no nome de Edmund. É um nome de heroísmo e reputação; de reis, príncipes e cavalheiros, e parece exalar o espírito de cavalheirismo e afetos calorosos.

– Concordo que o nome seja bonito por si mesmo, e *lorde* Edmund ou *Sir* Edmund soam encantadores, mas submeta-o à aniquilação de um Sr., e Sr. Edmund não é nada mais do que Sr. John ou Sr. Thomas. Bem, devemos nos juntar a eles e os desapontarmos em meio à conversa sobre a natureza nesta época do ano, levantando-nos antes que comecem?

Edmund as encontrou com prazer especial. Era a primeira vez que as via juntas desde que ouvira falar na aproximação entre elas, o que tinha sido motivo de grande satisfação. A amizade entre duas pessoas tão queridas a ele era exatamente o que poderia ter desejado. E, levando-se em consideração a compreensão do apaixonado, sob todos os aspectos ele considerava que Fanny não era a única a se beneficiar daquele amizade.

– Bem – disse a Srta. Crawford –, você não vai nos censurar pela nossa imprudência? Porque você acha que estamos aqui sentadas senão para falarmos a este respeito, e sermos rogadas e suplicadas a nunca repetirmos?

– É possível que eu tivesse repreendido – disse Edmund – se uma das duas estivesse sentada aqui sozinha; mas como agem erroneamente juntas, posso omitir.

– Elas não devem estar aqui há muito tempo – disse a Sra. Grant –, pois quando fui buscar meu xale, pude vê-las da janela próxima à escada, e estavam caminhando.

– E realmente – acrescentou Edmund – o dia está tão agradável, que o fato de se sentarem por alguns minutos dificilmente pode ser considerado imprudente. A nossa temperatura não pode ser sempre avaliada pelo calendário. Às vezes podemos ter mais liberdade em novembro do que em maio.

– Vejam só, vocês são os amigos mais decepcionantes e insensíveis que já tive! – exclamou a Srta. Crawford. – Não é possível dar-lhes um momento sequer de preocupação. Vocês não sabem o quanto estávamos sofrendo, tampouco o frio que estávamos sentindo! Mas há muito tempo considero o Sr. Bertram um assunto difícil, em qualquer esforço contra o senso comum, e alguém que jamais atormentaria uma mulher. Desde o início tive poucas esperanças em relação a *ele*. Mas quanto a você, Sra. Grant, minha irmã, minha própria irmã, eu acho que tinha o direito de deixá-la um pouco preocupada.

– Não se vanglorie, minha querida Mary. Você não tem a menor chance de me comover. Tenho minhas preocupações, mas estão em assuntos completamente diferentes. E se eu pudesse ter alterado o clima, você teria tido um forte vento soprando do leste na sua direção o tempo todo, pois aqui estão algumas das minhas plantas que o Robert *vai* deixar de lado, já que à noite a temperatura tem estado tão amena, e sei que no fim teremos uma mudança repentina no tempo, e uma geada intensa chegará deixando a todos (pelo menos Robert) surpresos. Eu deverei perder tudo e, o que é pior, o cozinheiro me disse recentemente que o peru, que eu particularmente não desejava servir até domingo, porque sei quanto o Dr. Grant o preferirá no domingo após o cansaço do dia, não passará de amanhã. Estas são de fato queixas e faz com que eu pense que o frio se aproxima.

– As delícias de se cuidar da casa no campo! – disse a Srta. Crawford ironicamente. – Recomende-me para a enfermaria e para o tratador das galinhas.

– Minha querida criança, recomende o Dr. Grant ao decano de Westminster ou St. Paul, e hei de ficar tão feliz quanto o jardineiro ou o tratador de galinhas. Mas não temos pessoas assim em Mansfield. O que você gostaria que eu fizesse?

– Ah! Você não pode fazer nada além do que já faz. É atormentada com frequência sem perder a paciência.

– Obrigada, mas não há como escapar desses pequenos aborrecimentos, Mary, independentemente do lugar onde se vive. Quando estiver residindo na cidade e eu for visitá-la, ouso afirmar que a encontrarei com as suas próprias preocupações, a despeito do seu jardineiro ou tratador de galinhas, ou talvez justamente por causa deles. O fato de viverem distantes e serem pouco pontuais, os preços exorbitantes que cobrem e seus ardis causarão lamentações amargas.

– Pretendo ser rica demais para lamentar ou sentir qualquer coisa dessa natureza. Uma renda generosa é a melhor receita para a felicidade. Certamente solucionará todos as questões sobre jardins e peru.

– Você pretende ser muito rica? – perguntou Edmund, com um olhar que, para Fanny, pareceu muito significativo.

– Para ter segurança. Você não? Não é o que todos desejamos?

– Eu não pretendo ter nada que esteja completamente além da minha possibilidade. A Srta. Crawford pode escolher o seu nível de riqueza. Ela só precisa determinar quantos milhares deseja ao ano, e não pode haver dúvida de que virão. As minhas intenções se resumem a não ser pobre.

– Com moderação e economia, e restringindo os seus gastos à sua renda, e tudo o mais. Eu o compreendo, e é um plano muito adequado para uma pessoa na etapa de vida em que você se encontra, com meios tão limitados e poucas relações. O que mais *você* pode querer do que uma condição digna? Você não tem muito tempo a sua frente, e seus amigos não estão em posição de fazer nada por você, ou humilhá-lo com o contraste de suas riquezas e importância. Ser honesto e pobre, em todos os aspectos; mas eu não devo invejá-lo. Eu não posso nem mesmo respeitá-lo. Eu respeito muito mais aqueles que são honestos e ricos.

– Seu grau de respeito pela honestidade, rico ou pobre, é exatamente o que não me importa. Eu não pretendo ser pobre. A pobreza não é, de fato, o que determinei para minha vida. A honestidade está em algum lugar em meio às circunstâncias mundanas, e é tudo o que espero não vê-la menosprezar.

– Mas eu menosprezo, sim. Devo menosprezar tudo aquilo que se contenta com a obscuridade no lugar da distinção.

– Mas como isso pode elevar-se? Como poderá a minha honestidade ao menos ser elevada a alguma posição de distinção?

Aquela não era uma questão fácil de ser respondida e gerou um profundo suspiro da senhora que acrescentou em seguida:

– Você deveria estar no Parlamento, ou ter ido para o Exército há dez anos.

– *Isto* não faz muito sentido agora, e a possibilidade de estar no Parlamento, acredito que preciso esperar até que haja uma assembleia especial para a representação de filhos mais novos que tenham pouca renda. Não, Srta. Crawford – acrescentou Edmund em um tom mais sério –, *existem* algumas distinções cuja incapacidade de obter me deixaria infeliz, mas estas são de natureza diferente.

Um olhar consciente de Edmund enquanto ele falava, e o sorriso em resposta da Srta. Crawford, demonstrando compreensão, foi uma imagem lamentável para Fanny. E, sentindo-se incapaz de dar atenção adequada à Sra. Grant, ao lado de quem caminhava então, ela decidiu voltar imediatamente para casa, e criou coragem para anunciá-lo somente quando o grande relógio de Mansfield Park soou três horas da tarde, o que a fez sentir que estivera ausente por mais tempo do que deveria. E, perguntando antes a si mesma, se deveria partir naquele momento, ou se deveria aguardar mais um pouco, decidiu então se despedir, e Edmund, no mesmo momento, lembrou-se de que sua mãe havia perguntando por ela e que ele tinha caminhado até o presbitério com o intuito de levá-la de volta.

A pressa de Fanny se intensificou. E sem nem mesmo esperar por Edmund, ela teria se precipitado sozinha, mas todos se apressaram também e a acompanharam até a casa, pela qual era necessário passar. O Dr. Grant estava no vestíbulo, e ao pararem para falar com ele, ela percebeu pelo comportamento de Edmund, que ele *pretendia* realmente acompanhá-la. Ele também estava indo embora, e ela ficou agradecida. No momento da despedida, Edmund foi convidado pelo Dr. Grant para comer carne de carneiro com ele no dia seguinte, e Fanny mal teve tempo para qualquer sentimento desagradável, pois logo em seguida a Sra. Grant, lembrando-se subitamente, convidou-a também. Essa atenção era uma tamanha novidade na vida de Fanny, e ela estava surpresa e envergonhada; e enquanto gaguejava as suas obrigações, sem acreditar que aquilo estaria em seu poder, olhava para Edmund buscando sua opinião e ajuda. Mas Edmund, feliz pelo convite feito a ela e concordando com um olhar de soslaio e a metade de uma frase, disse que ela não tinha qualquer objeção exceto em relação à tia, e não acreditava que a sua mãe se oporia à ida dela. Assim, aconselhou-a a aceitar o convite. E embora Fanny não se aventurasse, mesmo com o seu encorajamento, a uma audaciosa e independente iniciativa de aceitá-lo, foi logo decidido que, se nada fosse dito ao contrário, a Sra. Grant poderia aguardar por ela.

– E você sabe o que será o jantar: o peru – disse a Sra. Grant sorrindo – e eu a asseguro de que será um prato muito bem preparado – continuou, virando-se para o marido – a cozinheira insiste em fazer o peru amanhã.

– Muito bem, muito bem! – exclamou o Dr. Grant. – Tanto melhor. Fico satisfeito em saber que não têm algo tão bom para fazer; mas a Srta. Price e o Sr. Edmund, ouso afirmar, estarão correndo algum risco. Nenhum de nós quer ouvir detalhes sobre o cardápio. Um encontro informal e não um jantar fino é tudo o que temos em mente. Poderá ser um peru ou um pato, a perna de um carneiro, ou qualquer outro prato que a sua cozinheira decida nos oferecer.

Os primos caminharam juntos para casa e, à exceção da conversa sobre esse compromisso, sobre o qual Edmund falou com grande satisfação, e como particularmente desejável para ela na intimidade que ele considerava estabelecida, foi uma caminhada silenciosa. Quando finalizaram o assunto, ele tornou-se pensativo e insdisponível para qualquer outro.

23

– Mas por que a Sra. Grant deveria convidar a Fanny? – perguntou lady Bertram. – Como ela pôde pensar em chamar a Fanny? Fanny nunca jantou na casa dela, pelo menos, dessa maneira. Não posso deixá-la ir, e estou certa de que ela não o deseja. Fanny, você não quer ir, não é mesmo?

– Se você fizer este tipo de pergunta a ela – disse Edmund, impedindo sua prima de responder –, Fanny imediatamente dirá que não;

mas estou certo, minha querida mãe, de que ela gostaria de ir, e não vejo qualquer razão para que ela não o faça.

– Eu não posso imaginar por que a Sra. Grant pensou em convidá-la. Ela nunca o fez antes. Ela costumava perguntar às suas irmãs ocasionalmente, mas ela nunca convidou Fanny.

– Se não pode ficar sem mim, senhora... – disse Fanny, em um tom de abnegação.

– Mas a minha mãe estará com o meu pai durante toda a noite.

– Para dizer a verdade, estarei, sim.

– Suponha que você pergunte a opinião de meu pai, senhora.

– Bem pensado, e eu o farei, Edmund. Perguntarei ao Sir Thomas, tão logo ele chegue, se posso ficar sem ela.

– Como desejar, senhora; mas eu estava me referindo à opinião do meu pai a respeito de Fanny aceitar o convite ou não. Eu acho que ele vai concordar com a Sra. Grant, assim como permitir a ida de Fanny, considerando-se que este é o *primeiro* convite, e que ela deveria aceitá-lo.

– Eu não sei. Nós vamos perguntar a ele mas ele se mostrará muito surpreso com o fato de a Sra. Grant tê-la convidado.

Não havia nada mais a ser dito ou acrescentado até que Sir Thomas estivesse presente. Mas já que o assunto envolvia o seu bem-estar no dia seguinte, era o assunto prioritário para lady Bertram. Meia hora depois, ao vê-lo passar em direção ao seu aposento após a visita feita à plantação, ela o chamou rapidamente de volta quando ele já fechava a porta.

– Sir Thomas, tenho algo a lhe dizer.

Ela era sempre ouvida e atendida em seu tom de langor, sem nunca ter-se dado o trabalho de elevar a voz. Sir Thomas retornou. Ela começou a relatar o fato, e Fanny imediatamente deixou o cômodo. Saber-se tema de qualquer conversa com o tio era mais do que sua emoção poderia suportar. Ela estava ansiosa, e sabia que talvez estivesse mais ansiosa do que de fato deveria, pois que diferença faria ela ir ou não? Mas se o tio demorasse a decidir, e se sua expressão se tornasse séria, ela correria o risco de não conseguir demonstrar sua submissão e indiferença como deveria. Até aquele momento, a sua causa transcorria bem. Começara com o relato de lady Bertram.

– Tenho algo a lhe dizer que vai deixá-lo surpreso. A Sra. Grant convidou Fanny para jantar!

– Bem? – interrogou Sir Thomas, como se esperando mais para sentir-se surpreso.

– Edmund quer que ela vá. Mas como poderei dispensá-la?

– Ela voltará tarde – disse Sir Thomas, enquanto tirava o seu relógio. – Mas qual é a sua dificuldade?

Edmund sentiu-se obrigado a falar e a preencher as lacunas deixadas pela história de sua mãe. Ele contou tudo, e ela somente acrescentou:

– É muito estranho a Sra. Grant nunca tê-la convidado antes.

– Mas não é muito natural que a Sra. Grant deseje oferecer uma visita tão agradável para a irmã? – observou Edmund.

– Nada poderia ser mais natural – disse Sir Thomas após breve deliberação. – Ou, ainda, mesmo que não houvesse uma irmã, nada poderia me parecer mais natural. A demonstração de cortesia da Sra. Grant em relação à Srta. Price, sobrinha de lady Bertram, não requer explicações. A única surpresa que posso demonstrar é o fato de ser o *primeiro* convite. Fanny estava certa em não fornecer-lhe uma resposta definitiva. Ela parece se comportar como deveria, mas concluo que ela deseja ir, já que todos os jovens gostam de estar juntos. Não posso ver qualquer razão para que seja negada a ela essa indulgência.

– Mas eu posso ficar sem ela, Sir Thomas?

– Certamente pode.

– Ela sempre faz o chá, você sabe, quando minha irmã não está aqui.

– Talvez a sua irmã possa desejar passar o dia conosco, e eu certamente estarei em casa.

– Muito bem então. Fanny pode ir, Edmund.

As boas novas rapidamente chegaram a ela. Edmund bateu à sua porta quando se dirigia para o quarto.

– Bem, Fanny, tudo foi resolvido da melhor maneira e sem a menor hesitação do seu tio. Ele só tinha uma única opinião: a de que você deve ir.

– Obrigada! Estou *muito* contente – respondeu Fanny instintivamente, embora ao se virar e fechar a porta não tenha podido deixar de pensar: "por que eu deveria me sentir feliz? Não estou prestes a ver ou ouvir algo que me causará sofrimento?"

No entanto, a despeito dessa convicção, ela estava satisfeita. Mesmo que aquele encontro pudesse parecer simples aos olhos de outras pessoas, aos seus era algo novo e importante, pois com exceção do dia passado em Sotherton, foram raras as ocasiões em que jantou fora. E mesmo que fosse somente a cerca de um quilômetro de distância e para encontrar três pessoas, ainda assim era jantar fora. Todos os pequenos preparativos constituíram prazeres em si mesmos. Ela não teve qualquer compaixão ou assistência daquelas que deveriam tê-la auxiliado. Lady Bertram nunca pensou em ser útil a alguém, e a Sra. Norris, quando chegou no dia seguinte atendendo a um chamado feito ainda cedo pelo Sir Thomas, estava extremamente mal-humorada, e pareceu desejar somente tentar acabar com o prazer da sobrinha, naquele momento e mais tarde, tanto quanto possível.

– Ouça o que digo, Fanny; você tem muita sorte em encontrar tamanha atenção e favor! Você deve sentir-se muito agradecida à Sra. Grant por pensar em você, e a sua tia por deixá-la ir. Você deve perceber tudo isso como algo extraordinário. Espero que tenha consciência de que não existe qualquer razão para você participar desse tipo de encontro, ou mesmo para jantar fora. E não deve esperar que isso se repita, ou acreditar que esse convite tenha sido uma gentileza para *você* em especial. Essa honraria destina-se a seu tio, sua tia e a mim. A Sra. Grant acredita que é cordial conosco ao dar atenção a você, ou então isso nunca teria passado por sua cabeça, e você pode ter certeza de que se a sua prima Julia estivesse em casa, você não teria sido convidada.

A Sra. Norris tinha engenhosamente destruído toda a consideração da Sra. Grant, e Fanny, que acreditou precisar dizer algo, conseguiu apenas dizer que estava muito agradecida à tia Bertram por deixá-la ir, e que se empenharia em adiantar de tal forma o trabalho de sua tia para evitar que a sua ausência pudesse ser sentida.

– Ah! Se dependesse disso... a sua tia pode se sair muito bem sem você, ou não teria sido permitido que você fosse. Eu estarei aqui, então não precisa se preocupar com ela. Espero que tenha um dia muito *agradável* e que considere tudo *encantador*. Mas devo observar que cinco é um dos números mais estranhos para se compor uma mesa e não posso deixar de me surpreender com o fato de uma senhora tão *elegante* como a Sra. Grant ter ignorado isso! E em torno de sua grande mesa, que domina o cômodo terrivelmente! Se o doutor tivesse aceitado a minha mesa de jantar quando fui embora, como qualquer pessoa em seu juízo perfeito teria aceitado, em vez daquela nova e absurda mesa, literalmente maior do que a mesa daqui, teria sido infinitamente melhor! E ele seria bem mais respeitado, já que as pessoas nunca são respeitadas quando saem dos seus próprios meios. Lembre-se *disso*, Fanny. Apenas cinco pessoas para sentar-se em torno daquela mesa! No entanto, você terá jantar suficiente para dez pessoas, ouso afirmar.

A Sra. Norris tomou novo fôlego e continuou.

– A insensatez e a tolice das pessoas de sair do seu próprio nível e tentar parecer algo mais do que são, me faz pensar que devo dar a *você* uma dica Fanny, agora que está indo a um evento social sem a companhia de qualquer um de nós. Eu lhe imploro para não se comportar indevidamente; você não deve falar e dar a sua opinião como se fosse uma de suas primas, a querida Sra. Rushworth ou a Julia. *Isso* nunca dará certo, acredite em mim. Lembre-se, esteja onde estiver, você deve ser humilde. Embora a Srta. Crawford tenha os modos dela no presbitério, você não deverá tentar assumir comportamento semelhante. E em relação à hora de voltar para casa à noite, você deve deixar que Edmund tome a decisão. Deixe que ele determine *isso*.

– Sim, senhora. Eu não faria de qualquer outra maneira.

– Se chover, o que acho muito provável acontecer, já que nunca vi tamanha ameaça em um dia úmido, você deverá agir como for possível, e não esperar que a carruagem seja enviada para ir buscá-la. Certamente eu não vou para casa hoje, então a carruagem não precisará sair por minha causa; então você deverá decidir sobre o que fazer, e tomar as próprias providências.

A sobrinha achou perfeitamente razoável. Ela mesma não pensava merecer nada diferente em relação ao seu próprio bem-estar. Porém, em seguida, Sir Thomas abriu a porta disse:

– Fanny, a que horas deseja que a carruagem venha buscá-la? – Tamanha foi sua surpresa que ela não conseguiu se pronunciar.

– Meu querido Sir Thomas! – exclamou a Sra. Norris, ruborizada de raiva. – Fanny pode caminhar.

– Caminhar? – disse Sir Thomas com tom de indignidade, enquanto entrava no aposento.

– Minha sobrinha caminhar para um compromisso de jantar nesta época do ano? Às quatro horas e vinte minutos está bem para você?

– Sim, senhor – foi a humilde resposta de Fanny, cujos sentimentos pareciam os de um criminoso diante da Sra. Norris; e sem conseguir permanecer ao seu lado denotando tal estado de triunfo, ela seguiu o tio para fora do aposento, ainda em tempo de ouvir as palavras proferidas com fúria pela tia:

– Totalmente desnecessário! Muita gentileza! Mas Edmund vai, é verdade, então Edmund deve decidir. Eu observei que ele estava rouco na quinta à noite.

Mas isso não poderia afetar Fanny. Ela acreditava que a carruagem seria somente para ela, e a consideração de seu tio para com ela, em contraste com as reclamações da tia, fizeram-na derramar lágrimas de gratidão quando estava sozinha.

O cocheiro levou cerca de um minuto para trazer a carruagem, e outro minuto foi o suficiente para que o cavalheiro descesse; e como a dama, com o receio de se atrasar, se encontrava havia algum tempo sentada na sala de estar, Sir Thomas se despediu vendo-os partir no momento certo, de acordo com o que os seus hábitos de pontualidade exigiam.

– Agora devo olhar para você, Fanny – disse Edmund com o sorriso gentil de um irmão afetuoso – e dizer quanto gosto de você, e como posso julgar por essa luz, você está muito bonita. O que está vestindo?

– O vestido novo que o meu tio me deu muito gentilmente na ocasião do casamento da minha prima. Espero que não esteja inadequado, mas pensei que deveria usá-lo logo que fosse possível e que eu não teria outra oportunidade durante todo o inverno. Espero que não pense que estou vestida com exagero.

– Uma mulher nunca pode estar excessivamente arrumada quando usa somente branco. Não, não vejo excesso, mas somente o que é perfeitamente apropriado. Seu vestido é muito bonito. Gosto destes detalhes brilhosos. A Srta. Crawford não tem um vestido semelhante?

Ao se aproximar do presbitério passaram pelo estábulo e pela cocheira.

– Olá! – disse Edmund. – Têm companhia, aqui está outra carruagem! Quem está aí para nos receber? – Em seguida ajustou o espelho lateral para poder distinguir. – É dos Crawford. É a carruagem dos Crawford, tenho certeza! Ali estão dois dos seus empregados levando-a de volta. Ele certamente está aqui. Esta é uma surpresa, Fanny. Ficarei muito feliz em vê-lo.

Não era ocasião ou momento apropriado para Fanny dizer como se sentia de forma diferente, mas a ideia de ter outra pessoa a observá-la aumentou consideravelmente sua perturbação enquanto entrava na sala de estar.

De fato, o Sr. Crawford estava lá, tendo chegado a tempo suficiente de preparar-se para o jantar. Os sorrisos e olhares satisfeitos dos outros três que estavam em pé em volta dele demonstravam como era bem-vinda a sua resolução de permanecer com eles por alguns dias após deixar Bath. O encontro entre ele e Edmund foi muito cordial, e com exceção de Fanny, o prazer era geral. Mas até mesmo para *ela* poderia haver algum benefício com a presença dele, já que quanto maior o grupo, mais chance teria de permanecer em silêncio, sem chamar a atenção. Em pouco tempo isso se confirmou. Embora ela devesse se submeter, conforme era esperado, e a despeito da opinião da tia

Norris, ao fato de ser a principal convidada, o que ela viu a partir daquele momento, e enquanto estavam na mesa, foi um fluxo feliz de conversação que dispensava sua participação. Havia muito para ser dito entre o irmão e a irmã sobre Bath, e tanto assunto sobre caçada entre os dois jovens rapazes, e sobre política entre o Sr. Crawford, o Dr. Grant e os demais, e entre todos e o Sr. Crawford e a Sra. Grant, que ela teve a feliz perspectiva de poder ficar em silêncio, e de passar um dia muito agradável. Ela não pôde cumprimentar o rapaz recém-chegado sem demonstrar algum interesse em saber se ele prolongaria a sua estada em Mansfield; e mandar chamar os seus caçadores de Norfolk, por sugestão do Dr. Grant e de Edmund, e calorosamente instado pelas duas irmãs, logo dominou os pensamentos dele. Ele parecia querer ser encorajado até mesmo por ela para que pudesse se decidir. A sua opinião foi solicitada a respeito da previsão do tempo, mas as suas respostas foram curtas e indiferentes, conforme a etiqueta. Ela não poderia desejar que ele permanecesse, e preferiria que ele não lhe dirigisse a palavra.

As duas primas ausentes, especialmente Maria, vinham a sua lembrança enquanto ela olhava para ele; mas nenhum pensamento embaraçoso afetou o *seu* estado de espírito. Aqui estava ele no mesmo local onde tudo tinha ocorrido, e aparentemente disposto a permanecer e ser feliz sem as Srtas. Bertram, como se nunca tivesse conhecido Mansfield de outra maneira. Ela o ouviu mencioná-las somente de modo geral quando todos se reuniram novamente na sala de estar, no momento em que Edmund estava envolvido em algum assunto de negócios com o Dr. Grant, e que parecia absorvê-los, e a Sra. Grant estava ocupada na mesa de chá. Ele então começou a falar sobre elas com particularidade para a outra irmã. Com um sorriso expressivo, que fez com que Fanny quase o odiasse, ele disse:

– Então Rushworth e a sua bela noiva estão em Brighton; que homem felizardo!

– Sim, eles estão lá há quinze dias aproximadamente, não é mesmo Srta. Price? E Julia está com eles.

– E o Sr. Yates, eu presumo, não está muito distante

– Sr. Yates! Ah, nós não sabemos nada sobre o Sr. Yates. Acredito que ele não seja mencionado com frequência nas cartas para Mansfield Park, não é Srta. Price? Acho que a minha amiga Julia sabe que não deve mencionar o nome do Sr. Yates a seu pai.

– Pobre Rushworth e as suas quarenta e duas falas! – continuou Crawford. – Ninguém poderá esquecê-las. Pobre sujeito! Eu o vejo agora, com o seu trabalho e o seu desespero. Bem, estou muito equivocado se a sua adorável Maria vai um dia querer que ele profira quarenta e duas falas para ela – acrescentou ele com breve seriedade –, ela é boa demais para ele, boa demais. – E então, retomando um tom cortês, dirigiu-se para Fanny: – Você era a melhor amiga do Sr. Rushworth. A sua gentileza e paciência nunca poderão ser esquecidas, a sua incansável paciência em fazê-lo aprender as suas falas, em dar-lhe um cérebro que a natureza lhe negou, em oferecer-lhe um conhecimento da superfluidade dele mesmo! *Ele* pode não ter sensibilidade suficiente para estimar a sua bondade, mas me aventuro a dizer que foi valorizada por todos os demais.

Fanny ruborizou e não disse uma palavra.

– É um sonho, um sonho agradável! – exclamou ele, e voltou a disparar após breve reflexão: – Sempre me lembrarei de nosso empreendimento teatral com grande satisfação. Houve tamanho interesse, animação e disposição geral! Todos sentiram isso. Estávamos todos vivos. Houve comprometimento, esperança, solicitude e animação, a qualquer hora do dia. Sempre alguma pequena objeção, ou dúvida, alguma pequena ansiedade a ser superada. Nunca fui tão feliz!

Com silenciosa indignação, Fanny repetiu para si mesma:

"Nunca foi tão feliz! Nunca foi mais feliz ao fazer o que sabemos não ser honrado! Nunca foi tão feliz ao se comportar de maneira indigna e insensível! Ah! Que mente corrompida!"

– Nós fomos desafortunados, Srta. Price – continuou ele em um tom de voz mais baixo para evitar ser ouvido por Edmund, e sem a menor noção do que ela pensava. – Nós certamente não tivemos sorte. Uma semana, somente uma semana a mais, teria sido o suficiente para nós. Acho que se tivéssemos o controle dos eventos; se Mansfield Park tivesse tido o domínio dos ventos por umas duas semanas, teria sido diferente. Não que colocaríamos em risco a segurança dele com um tempo ruim, mas somente um vento contrário e estável, ou um vento calmo. Acho, Srta. Price, que teríamos nos beneficiado com uma semana de calmaria no Atlântico naquela ocasião.

Ele parecia esperar uma resposta. Fanny, evitando o olhar dele, disse com um tom mais firme do que o usual:

– De minha parte, eu não teria atrasado o seu retorno por um único dia. Tal foi a desaprovação de meu tio quando chegou que, na minha opinião, tudo já tinha ido longe demais.

Ela nunca tinha falado tanto de uma só vez com ele e tampouco com tamanha raiva com qualquer outra pessoa. Quando terminou, ela tremeu e ficou ruborizada por sua audácia. Ele ficou surpreso, mas após observá-la por um momento, respondeu em um tom mais calmo e grave, como se tomado por uma convicção.

– Acho que está certa. Foi mais prazeroso do que prudente. Nós estávamos ficando muito barulhentos. – E, então, conduziu a conversa para outros assuntos, mas as respostas dela eram tão acanhadas e relutantes que ele não conseguiu avançar em nenhum deles.

A Srta. Crawford, que estava olhando ora para o Dr. Grant, ora para Edmund, comentou então:

– Aqueles cavalheiros devem estar conversando sobre algum assunto muito interessante.

– O mais interessante do mundo – respondeu seu irmão: – como ganhar dinheiro, como aumentar uma renda. O Dr. Grant está dando a Bertram instruções sobre a vida que começará em breve. Acho que ele vai ordenar-se em algumas semanas. Eles já estavam conversando sobre isso na sala de jantar. Fico feliz em saber que Bertram ficará bem. Ele terá uma bela renda para criar patos e marrecos, sem precisar fazer qualquer esforço. Pelo que pude entender, ele não terá menos do que setecentos mil por ano, e setecentos mil é uma quantia considerável para um irmão mais novo. Como provavelmente permanecerá em casa, será somente para os seus *menus plaisirs*; e um sermão no Natal e outro na Páscoa deverão ser o total do seu sacrifício.

A irmã tentou disfarçar seus pensamentos.

– Nada me diverte mais do que a maneira com a qual as pessoas se referem à abundância dos demais e que representam uma quantidade bem menor do que a delas mesmas. Você ficará bastante enfadonho Henry, se os seus *menus plaisirs* se limitarem a setecentos mil por ano.

– É possível que sim, mas tudo, como *sabe*, é inteiramente relativo. A herança patrimonial e o hábito devem resolver o assunto. Bertram está certamente bem para um filho mais novo de um barão. Quando estiver com vinte e quatro ou vinte e cinco anos, ele terá setecentos mil por ano e nada o que fazer com esse dinheiro.

A Srta. Crawford *poderia* sugerir-lhe o que fazer, mas nada lhe ocorreu naquele momento; assim, ela se conteve e não falou nada. Tentou parecer calma e despreocupada quando os dois cavalheiros se juntaram a eles logo depois.

– Bertram – disse Henry Crawford –, virei até Mansfield para ouvir seu primeiro sermão. Virei com o propósito de encorajar um jovem aprendiz. Quando será? Srta. Price, você não me acompanhará para estimular seu primo? Você não manterá os olhos fixos nele o tempo todo, como eu o farei, para não perder uma única palavra, ou somente desviar o olhar para anotar uma frase eminentemente bonita? Nós traremos caderno e lápis. Quando será? Você deve pregar em Mansfield, você sabe, para que Sir Thomas e lady Bertram possam ouvi-lo.

– Deverei me manter o mais distante possível – respondeu Edmund –, pois é provável que você me deixe desconcertado, e me causaria desgosto vê-lo tentar fazer isso, mais do que qualquer outra pessoa.

"Ele não percebe isso?", pensou Fanny. "Não, ele não pode perceber nada como deveria."

Estando então o grupo todo reunido, e os principais oradores atraindo a atenção um do outro, ela permaneceu tranquila. Uma mesa de jogo de cartas foi preparada após o chá, na verdade, especialmente para o lazer do Dr. Grant, por sua esposa atenciosa, embora ela tivesse tentado não evidenciar isso, e a Srta. Crawford pegou a harpa; e ela não tinha nada a mais a fazer a não ser ouvir. A sua tranquilidade não foi perturbada o resto da noite, exceto quando o

Sr. Crawford eventualmente endereçava-lhe uma pergunta ou observação que ela não pudesse evitar responder. A Srta. Crawford estava muito incomodada com o que acabara de ouvir, e indispôs-se para qualquer outra atividade além de música. Com isso, ela se acalmou e entreteve a amiga.

A certeza de que Edmund em breve iria ordenar-se chegou até ela como um golpe que houvesse sido adiado e que parecia incerto, o que dera-lhe alguma esperança. Essa certeza foi sentida com ressentimento e mortificação. Ela estava muito aborrecida com ele. Pensara que tinha mais influência sobre ele; sentia que *tinha* começado a pensar nele, com grande estima e com intenções muito claras. Mas agora ela o sentia desinteressado. Estava certa de que ele não tinha reais intenções, ou apego, ao se decidir por uma situação com a qual ela nunca iria concordar. Ela aprenderia a comportar-se com a mesma indiferença, doravante iria aceitar suas atenções sem qualquer desejo além de uma diversão momentânea. Se *ele* podia controlar os próprios afetos, os *dela* não poderiam fazer qualquer mal a ela mesma.

24

Na manhã seguinte, Henry Crawford tinha decidido permanecer por mais quinze dias em Mansfield, solicitou a vinda de seus caçadores e escreveu algumas linhas de explicação ao almirante. Ele olhou para a irmã enquanto selava a carta e jogava-a para longe. Ao perceber que os demais membros da família estavam ausentes disse, com um sorriso:

– Mary, como acha que devo me divertir nos dias em que não estiver caçando? Estou muito velho para sair mais do que três vezes por semana, mas eu tenho um plano para os próximos dias; e o que acha que é?

– Caminhar e cavalgar comigo, certamente.

– Não exatamente, embora fique feliz em fazer ambos; mas *isso* seria somente exercício para o meu corpo, e eu devo cuidar também da minha mente. Além do mais, *isso* seria apenas recreação e prazer, sem combinação com trabalho, e não gosto de degustar o pão da ociosidade. Não, o meu plano é fazer com que Fanny Price se apaixone por mim.

– Fanny Price! Que absurdo! Não, não. Você deve se satisfazer com as duas primas.

– Mas não posso me satisfazer sem Fanny Price, sem deixar um pequeno vazio em seu coração. Tenho a sensação de que você não está devidamente atenta ao fato de as qualidades dela merecerem admiração. Quando falamos sobre ela ontem à noite, ninguém pareceu estar sensível à melhora maravilhosa na sua aparência nos últimos seis meses. Você a vê todos os dias e, portanto, não percebe. Mas posso assegurá-la de que ela é uma criatura bastante diferente do que era no outono. Ela era meramente uma menina quieta, modesta e comum, mas agora está absolutamente bonita. Eu achava que ela não tinha uma boa compleição, ou uma bela postura; mas naquela pele macia, tão frequentemente tingida com rubor, decididamente há beleza. Do que pude observar dos seus olhos e boca, eu acredito que sejam capazes de expressar o suficiente quando ela tem algo a dizer. E ainda o seu jeito, o seu comportamento, *tout ensemble*, melhorou indiscutivelmente. Ela deve ter crescido cinco centímetros, pelo menos, desde outubro.

– Ora! Ora! Isto é porque não havia mulheres altas com quem você pudesse compará-la, e porque ela comprou um vestido novo, e você nunca a viu tão bem-vestida antes. Ela está da mesma maneira que em outubro, pode acreditar. A verdade é que ela era a única mulher para você olhar, e sempre precisa ter alguém. Eu sempre a achei bonita, não extremamente bonita, mas "bonita o suficiente" como as pessoas costumam dizer. Um tipo de beleza que aos poucos se insinua. Seus olhos deveriam ser mais escuros, mas ela tem um sorriso doce. Mas estou certa de que esse nível extraordinário de melhoria pode ser resolvido com uma qualidade melhor de vestido e ninguém mais para você admirar. Sendo assim, caso decida flertar com ela, você nunca vai me convencer de que é um elogio à sua beleza, ou de que não será consequência de sua ociosidade e tolice.

O irmão somente sorriu diante dessa acusação, e disse em seguida:

– Eu não estou certo sobre o que pensar a respeito da Srta. Fanny. Não a compreendo. Eu não podia definir como estava ontem. Como é o seu caráter? Ela é cerimoniosa? Animada? Pudica? Porque ela se distanciou e olhou de forma tão séria para mim? Eu mal consegui fazê-la falar. Nunca passei tanto tempo ao lado de uma jovem tentando diverti-la e com tão pouco sucesso! Nunca conheci uma jovem que me olhasse tão seriamente! Devo tentar mudar isso. Seu olhar dizia: "Eu não vou gostar de você, estou determinada a não gostar de você", mas ouso afirmar que ela vai.

– Sujeito tolo! Então esse é o seu atrativo. É isso, o fato de ela não gostar de você; é isso que lhe dá uma pele macia, a faz mais alta e produz todo esse charme e encanto! Eu não desejo que a faça infeliz; um *pouco* de amor poderá estimulá-la e lhe fazer algum bem, mas não deixarei que fique muito enamorada, pois ela é uma das criaturas mais adoráveis que já viveram, e é muito sensível.

– Posso dizer que serão necessários quinze dias – disse Henry –, e se quinze dias podem matá-la, ela deve ter um temperamento que não poderá salvá-la. Não, eu não lhe farei qualquer mal, querida e pequena alma! Só quero que ela me olhe gentilmente, me ofereça sorrisos e rubores, reserve uma cadeira para mim próxima a ela quando estivermos próximos, e fique animada quando eu estiver conversando com ela. Que ela pense como eu, demonstre interesse em todas as minhas posses e prazeres, tente prolongar a minha estada em Mansfield, e pense que nunca mais será feliz quando eu for embora. Não quero nada mais.

– É a moderação em pessoa! – disse Mary. – Não posso ter escrúpulos agora. Bem, você terá muitas oportunidades para esforçar-se em melhorar a sua imagem, pois estamos quase sempre juntas.

E sem tentar qualquer outra advertência, ela deixou Fanny ao seu destino. Um destino que, se o coração de Fanny não estivesse salvaguardado de uma maneira que a Srta. Crawford nem sequer suspeitava, poderia ter sido mais difícil do que ela merecia. Pois embora fossem jovens damas inconquistáveis de dezoito anos (ou não se leria sobre elas), nunca devem ser persuadidas ao amor contra sua vontade, a despeito de tudo o que as boas maneiras, a atenção e o galanteio pudessem fazer. Não tenho qualquer inclinação para acreditar que Fanny fosse uma delas. Ou pensar que com tanto afeto e bom gosto, como os apresentados por ela, poderia ter escapado inteiramente da corte (mesmo durante apenas quinze dias) de um homem como Crawford, ainda que tivesse de superar uma opinião negativa a seu respeito, e não tivesse disponibilizado a sua afeição para ninguém mais. Com toda a certeza, o amor de outra pessoa e a falta de estima por ele ofereciam a paz de espírito que ele pretendia interromper. A atenção constante dele, sem ser inoportuna, adaptando-os cada vez mais a gentileza e delicadeza de caráter, em breve a obrigou a desgostar menos dele do que antes. Ela não tinha esquecido o passado, mas sentiu o poder dele. Ele era divertido, e seu comportamento tinha melhorado muito, tão sério e irrepreensivelmente educado que era impossível não responder com civilidade.

Poucos dias foram necessários para se produzir esse efeito. E ao fim desses poucos dias, as novas circunstâncias, nas quais ele tendia a tentar agradá-la, ofereciam-lhe tal grau de felicidade que a deixava disposta a mostrar-se satisfeita com todos. William, seu irmão, o ausente e amado irmão, estava novamente na Inglaterra. Ela tinha recebido uma carta dele com algumas breves e felizes frases, escritas enquanto o navio chegava ao Canal. Fora enviada a Portsmouth pelo primeiro barco que deixou o *Antwerp Antwerp*, ancorado em Spithead. Quando Crawford chegou trazendo o jornal, esperando ser o primeiro a dar-lhe as boas-novas, ele a encontrou tremendo de felicidade com a carta, e ouvindo com um semblante iluminado e agradecido um convite que o tio ditava em retorno.

Foi apenas no dia anterior que Crawford tomou pleno conhecimento sobre o fato de ela ter um irmão, e de ele estar no navio. O interesse suscitado foi de tal forma que determinou o seu retorno à cidade para descobrir informações acerca do período provável do retorno do *Antwerp* do mediterrâneo etc. E a grande sorte de encontrar as notícias sobre os navios no jornal da manhã seguinte parecia uma recompensa por sua inventividade em aproveitar-se disso para agradá-la, e também pela atenção respeitosa do almirante, que acreditava ter o jornal as primeiras informações navais. No entanto, ele chegou tarde demais. Todo aquele plano, com o qual ele contava para suscitar bons sentimentos nela, foi em vão. Mas sua intenção, a gentileza da sua intenção, foi reconhecida com gratidão; com gratidão calorosa, pois ela estava superando a timidez corriqueira no fluxo do seu amor por William.

O querido William estaria em breve entre eles. Não poderia haver dúvida de que conseguiria imediatamente a licença para vê-los, já que ele era ainda somente um aspirante. E os pais, por morarem na mesma região, já deviam tê-lo visto, e possivelmente estavam se encontrando com ele todos os dias. Devem ser-lhe oferecidas férias, com justiça, para ser compartilhadas com sua irmã, que tem sido a sua melhor correspondente nos últimos sete anos, e com o tio, que lhe tinha dado todo o apoio para o seu progresso. Em breve chegou a resposta que acalmaria os anseios dela, estabelecendo um dia próximo para a sua chegada; ele viria tão logo fosse possível. Mal se tinham passado dez dias da excitação em torno de seu primeiro convite para jantar, e ela já se encontrava novamente sobressaltada com motivo de natureza maior. Olhava o corredor, o saguão e as escadas ao primeiro som de carruagem, na esperança de ver o irmão chegar.

Sua chegada ocorreu felizmente enquanto ela aguardava. E não havendo nem cerimônia ou receio de atraso para o encontro, ela o recebeu assim que ele entrou na casa, e os primeiros momentos, de grande intensidade, não foram interrompidos ou testemunhados, a não ser pelos empregados responsáveis pela abertura das portas. Isso era exatamente o que Sir Thomas e Edmund conspiraram secretamente, e advertiram a Sra. Norris para permanecer onde estava, em vez de se precipitar até o saguão tão logo os sons da chegada tivessem sido ouvidos por todos.

William e Fanny logo apareceram; e Sir Thomas recebeu com prazer o seu protegido, certamente uma pessoa muito diferente daquela a quem havia auxiliado sete anos antes. Era um jovem de semblante aberto e agradável, franco, espontâneo, mas com sentimentos e conduta respeitosos, tal como havia certificado seu amigo.

Demorou até que Fanny pudesse se recuperar da agitação dos últimos minutos de expectativa e dos primeiros de regozijo. Foi necessário algum tempo para que ela conseguisse expressar o quanto se sentia feliz, antes do desapontamento que acompanha as mudanças, e ela pudesse vê-lo como o William de sempre, e falar com ele, como o seu coração desejara fazer muitas vezes naquele último ano. No entanto, esse momento se insinuou aos poucos, estimulado pelo afeto dele, tão caloroso quanto o dela, sem os entraves do refinamento e da desconfiança. Ela era o primeiro objeto do amor dele, mas era um amor que o seu caráter forte e temperamento ousado fazia com que fosse tão natural demonstrar como sentir. No dia seguinte estavam caminhando juntos com verdadeiro contentamento, e cada dia renovavam o *tetê-a-tête*, que Sir Thomas não podia deixar de observar com complacência, mesmo antes que Edmund tivesse chamado-lhe a atenção para isso.

À exceção dos momentos de especial encantamento gerados pela consideração de Edmund por ela nos últimos meses, algumas vezes intencional, outras casuais, Fanny nunca tinha conhecido tamanha felicidade em sua vida como aquela, incontida, recíproca, livre de qualquer repressão com o irmão e amigo, que abriu todo o seu coração para ela, compartilhando as suas esperanças e medos, planos e ansiedade em relação ao longo desejo, merecido e justo, da promoção. Ele pôde dar-lhe informações sobre o pai, a mãe, os irmãos e irmãs, dos quais ela sabia muito pouco. Ele estava interessado no seu bem-estar e nas suas dificuldades em Mansfield, e estava pronto para opinar sobre cada um dos membros daquele lar de acordo com as observações de Fanny, diferindo apenas em opiniões menos escrupulosas, mostrando-se ainda mais incomodado com os abusos da tia Norris. Ele era a pessoa (possivelmente o mais indulgente entre todas as outras) com quem tudo o que era negativo e positivo dos anos passados poderiam ser relembrados, e toda dor e prazer que tinham sentido juntos era revivida carinhosamente. Isso era de significativo proveito, fortalecedor do amor, circunstância em que até os laços conjugais estavam em condição inferior aos dos fraternais. Filhos da mesma família, do mesmo sangue, que haviam vivenciado juntos os primeiros aprendizados e hábitos, tinham em comum prazeres que não poderiam compartilhar em outros relacionamentos.

A não ser por um longo e antinatural afastamento, ou por um divórcio que nenhuma outra relação pode justificar, se essas preciosidades de um relacionamento de infância são preservadas, jamais poderão ser inteiramente esquecidas. Em geral é o que ocorre: o amor fraternal para uns é quase tudo, enquanto para outros é pior do que nada. Mas para William e Fanny Price ainda era um sentimento em todo o seu apogeu e frescor, sem feridas causadas por interesses conflitantes, sem esfriar por qualquer afastamento; e que para ambos só crescia sob a influência do tempo e da distância.

Uma afeição tão agradável era cada vez mais perceptível para aqueles que tinham um coração capaz de valorizar o que é bom. Henry Crawford estava deveras surpreso como todos os demais. Ele honrava o coração afetuoso e a afeição cega do jovem marinheiro, o que levou-o a dizer com as mãos esticadas em direção à cabeça de Fanny:

– Você sabe, estou começando a gostar daquela farda peculiar, embora quando soube que estava sendo fabricada na Inglaterra eu não pudesse acreditar. Quando a Sra. Brown e as demais mulheres no Comissariado em Gibraltar apareceram com o mesmo uniforme, pensei que estivessem loucas, mas Fanny consegue fazer com que eu mude minhas opiniões. – E percebeu, com admiração, o rubor na bochecha de Fanny, o brilho de seus olhos, e o interesse profundo e a concentrada atenção no relato do irmão sobre riscos iminentes e cenas terríveis que um longo período no mar pode ocasionar.

Era uma visão que Henry Crawford tinha capacidade suficiente para apreciar. A atração por Fanny aumentou; a sensibilidade dela deixou sua fisionomia mais bonita e iluminou a sua feição, o que constituiu uma fonte de atração. Ele não tinha mais dúvidas sobre a capacidade do coração dela. Ela tinha sentimentos, e eram genuínos. Seria diferente ser amado por uma menina como ela, e excitar os primeiros ardores de sua mente jovem e inexperiente! Ela o interessava mais do que ele poderia ter previsto. Quinze dias não seriam suficientes, e a sua permanência tornou-se indefinida.

William era convidado com frequência pelo tio a ser o orador. Os seus relatos eram uma fonte de entretenimento para Sir Thomas, mas a motivação principal em solicitá-los era para melhor compreender o jovem; para saber sobre o rapaz por meio de suas histórias. E ele ouvia com grande satisfação os detalhes contados com clareza, simplicidade e empolgação. Percebia nessas histórias a prova dos seus princípios, seu conhecimento sobre a profissão, energia, coragem e alegria, tudo o que poderia indicar características positivas. Mesmo sendo jovem, William já tinha vivenciado muitas situações. Ele tinha estado no Mediterrâneo, nas Índias Ocidentais e novamente no Mediterrâneo. Havia sido levado muitas vezes para a costa com a permissão do comandante, e no curso de sete anos conheceu todas as variedades de perigo que o mar e a guerra podiam oferecer. Com tanto a seu favor, ele tinha o direito de ser ouvido. E embora a Sra. Norris se agitasse pelo aposento incomodando a todos ao procurar duas agulhas com linha, ou um botão de uma camisa antiga, em meio aos relatos de seu sobrinho sobre um naufrágio ou batalha, todos os demais prestavam atenção. Nem mesmo lady Bertram conseguia ouvir sobre aqueles horrores sem inquietar-se, ou sem levantar os olhos do seu trabalho para dizer:

– Meu Deus! Que desagradável. Eu me pergunto como alguém pode ir para o mar.

Para Henry Crawford os sentimentos eram diferentes. Ele desejava ter ido para o mar, e ter realizado e presenciado as mesmas situações. Seu coração estava aquecido e seu desejo, em chamas. Ele estava sentindo grande respeito pelo rapaz que antes dos vinte anos tinha enfrentado tamanhas agruras físicas e demonstrava tanto conhecimento. A glória do heroísmo, da utilidade, do empenho e da resistência fez com que seus prazeres egoístas parecessem vergonhosamente contrastantes. Ele desejou ser um William Price, distinguindo-se e trabalhando pela fortuna, com respeito por si próprio e entusiasmo, diferentemente do que ele era!

O desejo foi mais intenso do que duradouro. Foi tirado de sua introspecção e de seu lamento com uma pergunta de Edmund sobre seus planos de caçar no dia seguinte. Ele descobriu que era igualmente digno um homem ter fortuna com cavalos e caçadores ao seu comando. Em um aspecto era até melhor, pois isso oferecia-lhe a possibilidade de ser gentil quando desejasse. Com vivacidade, coragem e curiosidade em relação a tudo, William expressou o desejo de caçar. Crawford poderia oferecer-lhe um cavalo sem a menor inconveniência para ele mesmo, mas sem a intenção de interferir nos planos de Sir Thomas, que sabia mais do que o sobrinho sobre o valor de tal oferta, e com receio em relação a Fanny. Ela temia por William, e não se convencia de que ele era igualmente capaz de cavalgar um cavalo inglês de caça bem nutrido, nem mesmo após tudo o que ele dissera sobre as suas habilidades como cavaleiro em diversos países, das partidas e passeios de que tinha participado, dos cavalos difíceis e das mulas que tinha montado, ou das muitas quedas terríveis que evitara. Até que ele tivesse retornado em segurança e bem, sem acidentes ou desonra, ela poderia mudar de opinião quanto ao risco, ou ficar agradecida ao Sr. Crawford por emprestar o cavalo. Quando provou não ter causado nenhum dano a William, ela pôde admitir ter sido uma gentileza, e até mesmo recompensou o dono com um sorriso quando o animal foi novamente destinado a ele. Com grande cordialidade, e sem oferecer resistência, usou-o seguidamente até o fim de sua permanência em Northamponshire.

25

A relação entre as duas famílias estava nesse momento tão próxima quanto havia estado no outono, fato que nenhum deles poderia supor acontecer. O retorno de Henry Crawford e a chegada de William Price estavam inteiramente relacionados a isso, porém, mais ainda, devia-se à tolerância de Sir Thomas às investidas dos vizinhos em

Mansfield. Seu estado de espírito, agora desvencilhado das preocupações que o tinham afetado a princípio, contentava-se em receber os Grant e os seus jovens parentes para visitas. Embora estivesse infinitamente distante de projetar ou planejar algum acordo matrimonial vantajoso para qualquer um dos seus entes queridos, e até mesmo rejeitasse essa possibilidade, Sir Thomas não pôde deixar de perceber a maneira com que o Sr. Crawford distinguia a sobrinha em relação aos demais, e talvez por esta razão se abstivesse (mesmo inconscientemente) de se opor aos convites.

No entanto, sua presteza em concordar em jantar no presbitério, quando o convite geral foi então debatido por todos para se avaliar se deveria ou não ser aceito, já que Sir Thomas não estava inclinado a aceitar e lady Bertram, desestimulada, deu-se somente por boa educação e benevolência, não estando em nada relacionada ao Sr. Crawford, que seria apenas mais um em um grupo agradável. Foi no transcorrer dessa primeira visita que ele pensou pela primeira vez que qualquer observador habitual *poderia ter percebido* que o Sr. Crawford era o admirador de Fanny Price.

O encontro foi percebido por todos como aprazível e composto por uma boa proporção entre os que falavam e os que ouviam. O jantar foi elegante e farto, de acordo com o estilo usual dos Grant e de todos os demais para que suscitasse qualquer estranheza, à exceção da Sra. Norris. Ela não conseguia se acostumar com a extensa mesa e o número de iguarias servidas e sempre imaginava algum acidente causado pelos empregados que passavam por detrás de sua cadeira. Tinha também a convicção de que entre tantos pratos diferentes era impossível que alguns não estivessem frios.

Naquela noite foi descoberto, com a predeterminação da Sra. Grant e de sua irmã, que após terminar a arrumação da mesa haveria tempo suficiente para uma rodada de jogo, e todos foram inteiramente de acordo. Sem muito poder de escolha, como era característico destas situações, optaram por *speculation* tão rapidamente quanto o *whist*. Lady Bertram logo viu-se em uma situação crítica, indecisa sobre qual jogo escolher, *whist* ou *speculation*. Ela hesitou, e por sorte Sir Thomas estava próximo.

– O que devo fazer, Sir Thomas? *Whist* ou *speculation*, o que deverá me divertir mais?

Sir Thomas, após pensar por um instante, recomendou *speculation*. Ele pessoalmente era um jogador de *whist*, e correria o risco de não se divertir tendo-a como parceira.

– Muito bem – respondeu ela satisfeita. – Então, por favor, que seja *speculation*, Sra. Grant. Eu não sei nada a respeito, mas Fanny vai me ensinar.

Nesse momento Fanny interveio, porém, alegando também ignorância no jogo. Ela nunca o tinha jogado ou assistido em toda a sua vida. Novamente lady Bertram teve um momento de indecisão, mas todos lhe asseguraram que não havia nada mais fácil, que era o mais fácil jogo de cartas; e tudo foi decidido quando Henry Crawford pediu gentilmente a ela e a Srta. Price para se sentar entre elas, pois ensinaria a ambas. Sir Thomas, a Sra. Norris, Dr. Grant e a Sra. Grant sentaram-se à mesa do alto estado intelectual e da dignidade, e os seis remanescentes, sob a direção da Srta. Crawford, foram organizados em torno da outra mesa. Foi um belo arranjo para Henry Crawford, que estava próximo a Fanny e com suas mãos cheias de trabalho, ao ter as cartas de duas pessoas para gerir, além das suas próprias. Embora fosse impossível para Fanny não sentir-se senhora das regras do jogo em três minutos, ele ainda teria que ensiná-la o espírito do jogo, afiar a sua avareza e endurecer o seu coração, o que, sobretudo em qualquer competição com William, era um trabalho que oferecia alguma dificuldade. Quanto a lady Bertram, ele deveria continuar responsável por toda a sua fama e sorte ao longo de toda a noite. Se fosse rápido o suficiente para impedir que ela olhasse para as suas cartas quando eram distribuídas, deveria assessorá-la a fazer o que considerasse melhor até o fim.

Ele estava animado, realizando tudo com tranquilidade alegre e destacando-se em todas as jogadas com soluções rápidas e com destreza bem-humorada, fazendo jus ao jogo. A mesa redonda era um confortável contraste com a outra, sóbria, silenciosa e ordenada.

Duas vezes Sir Thomas perguntou sobre o divertimento e o sucesso de sua esposa, mas em vão. Nenhuma pausa era extensa o suficiente para que obtivesse qualquer informação, e muito pouco sobre o seu estado foi conhecido até ter sido possível à Sra. Grant, no fim da primeira rodada, ir até ela e oferecer os seus cumprimentos.

– Espero que a senhora esteja satisfeita com o jogo.

– Ah, querida, sim. É realmente muito divertido. Um jogo muito estranho. Eu não sei do que se trata. Nunca vejo as minhas cartas e o Sr. Crawford é responsável por todo o resto.

– Bertram – disse Crawford algum tempo depois, aproveitando a breve interrupção do jogo. – Não contei o que aconteceu comigo ontem na cavalgada de volta para casa.

Eles estavam caçando juntos, e em meio a uma corrida a alguma distância de Mansfield, quando percebeu que o cavalo tinha perdido uma ferradura, Henry Crawford foi forçado a desistir e encontrar a melhor forma de retornar.

– Contei-lhe que fiquei perdido após passar por aquela velha casa de fazenda, com as árvores, porque nunca gosto de pedir informações; mas não contei que com a minha sorte usual, pois nunca faço algo errado sem ter algum benefício, eu me veria, no momento certo, no local que tinha curiosidade em conhecer. De repente, ao virar em uma curva onde o campo é íngreme e ondulado, estava em meio a um antigo vilarejo entre colinas suaves. Um pequeno córrego a minha frente, uma igreja a minha direita construída sobre uma pequena colina, e que era grandiosa e bonita para o lugar, e nenhum cavalheiro, tampouco a casa de algum cavalheiro que pudesse ser vista, à exceção de uma, que poderia ser presumivelmente o presbitério, a pequena distância da pequena colina e da igreja. Em suma, eu me encontrei em Thornton Lacey.

– Parece que sim – disse Edmund –, mas em que lado virou depois de passar pela fazenda de Sewell?

– Eu não respondo a perguntas irrelevantes e traiçoeiras, e mesmo que eu conseguisse responder a todas que você fizesse no curso de uma hora, você nunca seria capaz de provar que *não* era Thornton Lacey, pois certamente era.

– Então, você se informou?

– Não, eu nunca procuro por informações. Mas eu *disse* a um homem que consertava uma cerca que era Thornton Lacey, e ele concordou.

– Você tem uma bela memória. Eu esqueci que havia lhe contado tanto a respeito do lugar.

Thornton Lacey era o local da futura residência dele, como a Srta. Crawford sabia muito bem. E o interesse dela em negociar o servente de William Price aumentou.

– Bem – continuou Edmund –, e o que achou do que viu?

– Certamente, gostei muito. Você é um sujeito de sorte. Haverá trabalho por pelo menos cinco verões antes que o lugar seja habitável.

– Não, não, não está tão ruim assim. O pátio da fazenda deve ser modificado, eu lhe asseguro; mas não tenho conhecimento de nada mais. A casa não está mal de modo algum, e quando esse pátio for removido, a aparência ficará bem melhor.

– O pátio da fazenda deve ser removido inteiramente e plantado o suficiente para cobrir a oficina do ferreiro. A casa deve ser virada de maneira que fique voltada para o leste, e não para o norte; pelo menos a entrada e os quartos principais devem ficar nesse lado, onde a vista é realmente muito bonita. Estou certo de que isso pode ser feito. E onde hoje é o jardim deve haver um toque de sua personalidade. E você deve fazer um novo jardim nos fundos da casa, o que dará o melhor aspecto do mundo ao local que se inclina para o sul-leste; o solo parece até adequado. Percorri quinhentos metros entre a igreja e a casa para poder olhar em volta, o que me deu uma visão geral. Nada poderia ser mais fácil. Os prados além do local *onde será* o novo jardim, assim como o jardim atual e que contornam o caminho onde parei até o norte-leste, que é a estrada principal que corta o vilarejo, devem ser aplainados, naturalmente. É um descampado muito bonito, belamente polvilhado de árvores. Pertence aos moradores, acredito. Se não, você deve comprá-lo. Quanto ao córrego, algo precisa ser feito, mas não consegui determinar o quê. Tive duas ou três ideias.

– Também tenho duas ou três ideias – disse Edmund –, e uma delas é que muito pouco do seu plano será colocado em prática em Thornton Lacey. Devo me satisfazer com muito menos ornamento e beleza. Acho que a casa e os arredores podem ficar confortáveis e ter a aparência de uma casa de um cavalheiro sem muita despesa, e isso deve me satisfazer. E espero que possa satisfazer a todos que gostam de mim.

A Srta. Crawford, um pouco desconfiada e ofendida com o tom de voz de Edmund e o olhar enviesado que dirigiu a ela no fim de seu discurso, precipitou a entrega das cartas finais para William Price, assegurando um preço exorbitante a seu valete. Em seguida, ela exclamou:

– Pronto, apostarei o meu último trunfo como uma mulher de coragem e sem nenhuma prudência. Não nasci para ficar parada sem fazer nada. Se eu perder o jogo, não será por não me esforçar.

Ela ganhou o jogo, mas não foi o suficiente para pagar o que ela tinha apostado inicialmente. As cartas foram distribuídas outra vez e Crawford voltou a falar sobre Thornton Lacey.

– Meu plano pode não ser o melhor possível; eu não tive muito tempo para formulá-lo. Mas você deve fazer um bom empreendimento. O lugar merece, e você não ficará satisfeito com muito menos do que a sua potencialidade permite. (Com licença, mas a senhora não deve ver as suas cartas. Assim, deixe que elas fiquem à sua frente.) O lugar merece uma reforma, Bertram. Você fala em dar ao lugar um ar de residência de um cavalheiro. *Isso* será feito com a retirada do pátio, pois à parte aquele terrível incômodo, eu nunca tinha visto uma casa com tanta aparência de residência de um cavalheiro, tão superior à de um mero presbitério, com despesas que excedem alguns milhares por ano. A casa não tem o formato de uma coleção irregular de quartos, com tantos telhados quanto janelas, comprimidos na vulgaridade compacta de uma casa de fazenda quadrada; as suas paredes são sólidas, ela é espaçosa e tem ares de mansão, onde se pode imaginar ter residido várias gerações de uma família respeitável, por pelos menos dois séculos, que estaria agora gastando em média dois ou três mil ao ano.

A Srta. Crawford ouvia, e Edmund concordou.

– Tem ares de residência de um cavalheiro, sendo assim, não há alternativa a não ser dar-lhe um aspecto mais nobre. Mas é possível se fazer muito mais – continuou Crawford. – (Deixe-me ver, Mary; lady Bertram aposta uma dúzia por esta rainha; não, não, uma dúzia é mais do que vale. Lady Bertram, *não* aposte uma dúzia. Ela não fará nada. Pode ir, pode ir.) Algumas dessas modificações que sugeri (eu não espero que proceda de acordo com o meu plano, mas de qualquer maneira duvido que alguém possa pensar em um melhor), você pode dar à casa uma aparência melhor. Você pode elevá-la a uma *casa*. De uma mera residência de um cavalheiro poderá se transformar, por meio de melhorias sensatas, na residência de um homem refinado, de bom gosto, comportamento moderno e boas relações. Tudo isso deve ficar estampado nela. Aquela casa adquirir uma aparência que faça com que o dono seja visto como o maior dono de terras da paróquia por qualquer criatura que atravesse a estrada, especialmente porque não há nenhuma casa de fidalgo nas cercanias para disputar o título. Uma circunstância que, aqui entre nós, valorizará, acima de todos os cálculos, uma casa como aquela, em um lugar privilegiado e independente. *Você*, Fanny, pensa como eu, espero – disse, abrandando a voz. – Você conhece o lugar?

Fanny negou com um aceno e tentou esconder seu interesse no assunto voltando sua atenção para o irmão, que estava tentando avidamente barganhar e se impor no jogo. Mas Crawford interveio: – Não, não, você não deve se desvencilhar da rainha. Você a comprou com muito interesse, e o seu irmão não ofereceu a metade do seu valor. Não, não, senhor, tire as suas mãos, tire-as. Sua irmã não vai vender a rainha. Ela está muito determinada. O jogo será seu – e, virando-se novamente para ela, continuou: – Certamente será seu.

– Fanny preferiria que fosse de William – disse Edmund, sorrindo para ela. – Pobre Fanny, não lhe é permitido que trapaceie no jogo como gostaria.

– Sr. Bertram – disse a Srta. Crawford algum tempo depois –, você sabe que Henry é um grande renovador, e você não pode pensar em fazer algo dessa natureza em Thornton Lacey sem aceitar o seu auxílio. Pense em como foi útil em Sotherton! Somente avalie como mudanças grandiosas foram realizadas por termos ido lá juntos em um dia quente de agosto, percorrido os seus caminhos, e presenciado como se dá o talento. Assim nós fomos e retornarmos, e tudo o que foi feito lá é impossível de ser descrito!

Por um momento os olhos de Fanny voltaram-se para Crawford com uma expressão que exprimia mais do que seriedade, mas repreensão. Ao encontrar os dele, imediatamente desviou o olhar. Embaraçado, ele balançou a cabeça para a irmã e respondeu sorrindo:

– Não posso dizer que muito tenha sido feito em Sotherton; mas era um dia quente e ficamos todos aturdidos atrás uns dos outros.

Tão logo um murmúrio geral lhe deu a cobertura necessária, ele acrescentou em um sussurro exclusivo para Fanny:

– Temo que as minhas habilidades de *planejador* sejam julgadas por aquele dia em Sotherton. Agora vejo os acontecimentos de maneira diferente. Não pense em mim como lhe pareci naquela ocasião.

Sotherton era uma palavra que chamava a atenção da Sra. Norris, e estando ela satisfeita após assegurar a cartada da jogada final que a favorecia e ao Sir Thomas, contra as excelentes cartas do Dr. e da Sra. Grant, ela falou com animação em voz alta:

– Sotherton! Sim, este certamente é um ótimo lugar, e passamos um dia encantador lá. William, você não teve sorte, mas na próxima vez que vier espero que os queridos Sr. e Sra. Rushworth estejam em casa, e estou certa que posso falar em nome de ambos que será gentilmente recebido. Suas primas não têm o hábito de esquecer os parentes, e o Sr. Rushworth é um homem amável. Eles estão em Brighton agora, bem, em uma das melhores casas de lá, como lhes é de direito, tendo em vista a fortuna do Sr. Rsuhworth. Eu não sei exatamente a distância, mas quando retornar a Portsmouth, e se não for muito distante, você pode ir até lá cumprimentá-los; eu aproveitaria para enviar uma pequena encomenda para suas primas.

– Eu ficaria muito feliz, tia, mas Brighton é próximo a Beachey Head; mas se eu pudesse ir tão longe, me honraria ser recebido em um lugar como esse, um aspirante insignificante como eu.

A Sra. Norris tinha começado a lhe dar garantias veementes da boa receptividade que poderia esperar quando foi interrompida por Sir Thomas.

– Eu não o aconselho a ir a Brighton, William, pois acredito que em breve haverá oportunidades mais convenientes para esse encontro, e as minhas filhas ficariam felizes em reunir-se com os primos em qualquer lugar. Você verá que o Sr. Rushworth tem uma disposição genuína em considerar todas as relações de nossa família como se fosse de sua própria – disse ele com autoridade.

– Eu preferiria antes de tudo vê-lo como secretário particular do Primeiro Lorde do Tesouro.*

Esta foi a única resposta de William, em voz baixa, sem intenção de ser ouvido a distância. Então, o assunto morreu.

Até aquele momento Sir Thomas não tinha percebido nada censurável no comportamento do Sr. Crawford, mas, quando a mesa de *whist* se desfez, restando o Dr. Grant e a Sra. Norris para disputarem a última rodada, ele passou a observar o rapaz e percebeu que a sobrinha era o objeto das suas atenções e de declarações.

Henry Crawford exprimia com novo entusiasmo outro plano para Thornton Lacey, e sem conseguir prender a atenção de Edmund, detalhava-o para a sua bela vizinha com considerável empenho. O seu plano era alugar ele mesmo a casa no inverno seguinte, possibilitando-o ter sua própria casa nas redondezas. E não seria somente para usá-la durante o período de caçada (como estava contando para ela), embora *aquela* observação certamente tivesse algum peso. Apesar da grande generosidade demonstrada pelo Dr. Grant, era impossível para ele se acomodar, e aos cavalos, sem gerar qualquer inconveniência. Mas a sua ligação com a vizinhança não significava unicamente uma forma de lazer em uma estação do ano. Ele havia decidido empenhar-se em se estabelecer de forma que pudesse visitá-los a qualquer momento; uma pequena moradia ao seu dispor onde pudesse passar todas as férias do ano e dar continuidade, melhorar e *aprimorar* a sua amizade

*O posto de primeiro-ministro data do século XVIII, embora naquela época ainda estivesse associado ao cargo de *First Lord of the Treasury* (Primeiro Lorde do Tesouro). O titulo de primeiro-ministro foi mencionado pela primeira vez em um documento oficial no Tratado de Berlim, de 1878, e foi reconhecido oficialmente em 1905. (*N. do E.*)

e intimidade com a família de Mansfield Park, cuja estima para ele aumentava todos os dias. Sir Thomas não se sentiu ofendido com o que ouviu. Não havia qualquer intenção de desrespeito no que o jovem rapaz dissera, e a reação de Fanny foi adequada e modesta, tranquila e pouco convidativa, e assim não havia razão alguma para censurá-la. Ela falou pouco, com algum comentário aqui e ali, sem demonstrar intenção de se apropriar de qualquer parte do elogio ou de fortalecer as suas opiniões a respeito de Northamptonshire. Ao perceber quem o estava observando, Henry Crawford dirigiu-se a Sir Thomas, em um tom mais corriqueiro, mas ainda assim com entusiasmo.

– Quero ser seu vizinho, Sir Thomas, como é possível que tenha me ouvido dizer à Srta. Price. Posso contar com a sua aprovação e que não influencie seu filho a se opor a ter-me como locatário?

Sir Thomas, curvando-se reverentemente, respondeu:

– É a única maneira, senhor em que eu *não* desejaria que se estabelecesse como nosso vizinho permanente. Mas espero e acredito que Edmund vai ocupar a sua própria casa em Thornton Lacey. Edmund, falei algo errado?

Edmund, diante do apelo, primeiro precisou tomar conhecimento do que estava sendo discutido, e, ao compreender do que se tratava, não hesitou ao responder.

– Certamente, senhor, eu não tenho qualquer outra ideia que não seja a residência. Mas, Crawford, embora eu o recuse como locatário, aceito-o como amigo. Considere também sua a casa por todos os invernos, e nós melhoraremos os estábulos de acordo com as suas sugestões, e todas as melhorias e benfeitorias poderão ser realizadas ainda nesta primavera.

– Será uma grande perda para nós – continuou Sir Thomas. – A mudança dele, mesmo que se estabeleça somente a doze quilômetros de distância, ocasionará uma redução indesejável ao nosso círculo familiar; no entanto, eu teria me sentido profundamente mortificado se um dos meus filhos se contentasse com menos do que isso. É perfeitamente natural que você não tenha pensado muito no assunto, Sr. Crawford. Uma paróquia tem demandas e necessidades que só podem ser atendidas por um clérigo que seja um residente permanente, e as quais nenhum encarregado é capaz de satisfazer da mesma maneira. Edmund poderá, numa expressão usual, realizar as tarefas de Thornton, isto é, ler as preces e pregar, sem abrir mão de Mansfield Park. Ele até poderá se dirigir todos os domingos para uma casa escolhida e conduzir o seu serviço divino. Ele pode ser o clérigo de Thornton Lacey a cada sete dias, por três ou quatro horas, se isso o satisfizer. Mas não será suficiente para ele, que sabe que a natureza humana requer mais lições do que um sermão semanal pode transmitir, e que se ele não viver entre os seus paroquianos, dando-lhe atenção constante, e se não demonstrar ser amigo, desejando-lhes o melhor, ele estará fazendo muito pouco para o bem deles e para o seu próprio.

O Sr. Crawford curvou-se aquiescendo.

– Repito – acrescentou Sir Thomas –, que Thornton Lacey é a única casa na vizinhança na qual *não* ficarei feliz em ter que esperar para ver ocupada pelo Sr. Crawford.

O Sr. Crawford curvou-se em agradecimento.

– Sir Thomas – disse Henry –, sem dúvida compreende o dever do padre de uma paróquia. Vamos esperar que seu filho prove que *ele* também sabe.

A despeito do efeito que o breve discurso do Sir Thomas tivesse produzido, este suscitou sensações peculiares em duas atentas ouvintes, a Srta. Crawford e Fanny. Uma delas, até então sem compreender que Thornton tão brevemente e tão certamente seria a residência de Edmund, ponderava com os olhos baixos sobre como seria *não* ver Edmund todos os dias; a outra, tendo anteriormente tolerado as ideias favoráveis do irmão, estava agora surpresa com o poder da descrição feita por ele, e vendo não mais ser possível, em uma imagen que havia criado em relação ao futuro de Thornton, fechar a igreja e acabar com a função de clérigo, vendo a residência somente um local respeitável, elegante e moderno, morada ocasional de um homem independente e rico, pensou em Sir Thomas com severas críticas, vendo nele o destruidor de tudo, e sofreu ainda mais com a benevolência demonstrada por ele e com o fato de não ousar aventurar-se a ressaltar o absurdo de suas ideias.

Todas as *suas* esperanças haviam findado naquele momento. Era hora de terminar o jogo de cartas, já que os sermões prevaleciam. Decidiu renovar seu estado de espírito com uma mudança de lugar e de companhia.

Alguns estavam irregularmente reunidos em torno da lareira, antes da separação final. William e Fanny eram os que estavam mais distantes. Eles permaneceram juntos na mesa de jogos, agora deserta, conversando tranquilamente sem se preocupar com os demais, até que alguns deles começaram a pensar nos dois. A cadeira de Henry Crawford era a que estava mais voltada para eles, e ele observou-os em silêncio por algum tempo. Estava ao mesmo tempo sendo observado por Sir Thomas, que conversava em pé com o Dr. Grant.

– Esta é a noite da Assembleia – disse William. – Se eu estivesse em Portsmouth, talvez estivesse lá.

– Mas você desejaria estar em Portsmouth, William?

– Não, Fanny; certamente não. Eu terei o suficiente de Portsmouth, e de festas também, quando não puder estar com você. E também não sei se haveria alguma vantagem em ir à Assembleia, pois possivelmente não teria uma companhia. As meninas de Portsmouth torcem o nariz a qualquer um que não tenha algum cargo. Ser um aspirante da Marinha é o mesmo que nada. *Um* nada, realmente. Você se lembra das meninas dos Gregory; elas se transformaram em belas jovens, mas mal me olham, porque Lucy é cortejada por um tenente.

– Ah, que lástima, que lástima! Mas não se incomode, William. – As bochechas dela estavam ruborizadas de indignação enquanto falava. – Não vale a pena se aborrecer. Não é um reflexo do que *você* representa. Não é nada mais do que os grandes almirantes vivenciaram, de uma forma ou de outra, em seu tempo. Você deve pensar nisso; deve compreender que essa é uma das dificuldades que todos os marinheiros compartilham, assim como tempo ruim e vida difícil, com a vantagem de que isso terá um fim, pois chegará o tempo em que nada disso existirá.

– Começo a pensar que nunca serei um almirante, Fanny. Todos são promovidos, menos eu.

– Ah, meu querido William, não fale dessa maneira, não se desanime. Meu tio não diz nada, mas estou certa de que fará tudo que estiver em seu poder para que você seja promovido. Ele sabe tão bem quanto você como isso é importante.

Ela era observada pelo tio, que estava mais próximo deles do que poderiam supor, e ambos acharam necessário mudar de assunto.

– Você gosta de dançar, Fanny?

– Sim, muito, mas fico rapidamente cansada.

– Eu gostaria de ir a um baile com você para vê-la dançar. Não são realizados bailes em Northampton? Eu gostaria de poder vê-la dançar, e eu dançaria com você se *quisesse*, já que aqui ninguém saberia quem eu sou, e desejaria ser seu par novamente. Lembra quando nós costumávamos pular de um lado a outro várias vezes, quando tocavam sanfona na rua? Do meu jeito, sou um ótimo dançarino, mas ouso afirmar que você é ainda melhor. – Em seguida, virou-se para o tio, que agora estava próximo a eles.

– Fanny não é ótima dançarina, senhor?

Fanny, surpresa diante de uma pergunta como aquela, não sabia para que lado olhar, ou como se preparar para a resposta. Alguma expressão séria de reprovação, ou pelo menos uma expressão de indiferença, deveria estar a caminho, e afligiria o irmão e a deixaria envergonhada. Mas, ao contrário, a resposta não foi tão impactante.

– Sinto em dizer que não posso responder a esta pergunta. Não vejo Fanny dançar desde que era uma criança. Acredito que nós dois a veremos se comportar como uma jovem dama quando tivermos a oportunidade de observá-la, e talvez tenhamos essa chance em breve.

– Eu tive o prazer de ver sua irmã dançar, Sr. Price – disse Henry Crawford, inclinando-se para a frente –, e atrevo-me a responder a qualquer pergunta que poderá fazer sobre o assunto, para a sua total satisfação. Mas eu acredito — acrescentou, vendo Fanny aflita – que deverá ser em outro momento. Existe *uma* pessoa aqui presente que não gosta que falem da Srta. Price.

Era verdade que ele tinha visto Fanny dançar uma única vez, e era igualmente verdade que poderia ter respondido sobre o seu jeito tranquilo de dançar, elegante e em tempo admirável; mas não conseguia realmente se lembrar de quando havia sido, e mal tinha percebido a sua presença antes, sendo assim não recordava nada a respeito.

Ele, no entanto, passou por admirador da dança dela; e Sir Thomas, de maneira alguma contrafeito, prolongou a conversa sobre dança em geral, e descreveu com tanto interesse os bailes em Antigua, e ouviu, com tanta atenção o relato do sobrinho sobre os diferentes tipos de dança que este tinha observado, que ele não ouviu a sua carruagem ser anunciada, dando-se conta somente pelo alvoroço da Sra. Norris.

– Venha, Fanny, Fanny, onde está você? Nós estamos indo. Não percebe que sua tia está de partida? Rápido, rápido. Não me agrada deixar o bom e velho Wilcox esperando. Você sempre deve se lembrar do cocheiro e dos cavalos. Meu querido Sir Thomas, nós combinamos que a carruagem deverá voltar para buscar você, Edmund e William.

Sir Thomas não pôde discordar, pois tinha sido ele mesmo o responsável pela decisão, previamente comunicada à sua esposa e irmã, mas aquilo parecia ter sido esquecido pela Sra. Norris, que se vangloriava por ter ela mesma cuidado desse arranjo.

O último sentimento de Fanny em relação à visita foi de desapontamento, pois o xale que Edmund calmamente pegava com a empregada para colocar em seus ombros foi capturado pelas mãos rápidas do Sr. Crawford, e ela sentiu-se obrigada a ter gratidão à sua proeminente atenção.

26

O desejo de William em ver Fanny dançar lançou sobre o tio uma ideia mais do que momentânea. A esperança pela oportunidade que Sir Thomas lhes havia oferecido não foi esquecida. Ele permaneceu firmemente inclinado em gratificar o sentimento tão amável de qualquer pessoa que desejasse ver Fanny dançar, e oferecer um momento de prazer para os jovens em geral. Depois de voltar a pensar no assunto e de ter tomado uma decisão, o resultado apareceu na manhã seguinte durante o café, quando, após relembrar e comentar sobre o que o sobrinho dissera, acrescentou:

– Eu não gostaria, William, que você deixasse Northampton sem satisfazer esse desejo. Sentirei prazer em ver ambos dançando. Você mencionou os bailes em Northampton. Seus primos ocasionalmente os frequentaram, mas agora não seria adequado para nós. O cansaço seria demasiado para a sua tia. Acredito que não devemos pensar em um baile em Northampton. Uma dança em casa seria mais conveniente, e se...

– Ah! Meu querido Sir Thomas – interrompeu a Sra. Norris. – Eu sabia o que estava por vir. Sabia o que diria. Se a querida Julia estivesse em casa, ou os queridos Sr. e Sra. Rushworth em Sotherton, teríamos um motivo, uma ocasião para tal; você seria tentado a oferecer aos jovens um baile em Mansfield. Estou certa de que sim. Se *eles* estivessem em casa para comparecer ao baile, poderia oferecer um baile no próximo Natal. Agradeça ao seu tio, William, agradeça ao seu tio.

– As minhas filhas – respondeu Sir Thomas, interpondo-se seriamente – têm os seus próprios prazeres em Brighton, e espero que estejam muito felizes; mas o baile que penso em oferecer em Mansfield será para os primos delas. Se todos nós pudéssemos nos reunir, a nossa satisfação seria sem dúvida mais completa, mas a ausência de uns não deve impedir o entretenimento de outros.

A Sra. Norris não teve o que dizer. Ela percebeu o ar de decisão de Sir Thomas, e a sua surpresa e contrariedade requeriam alguns minutos de silêncio para que pudesse se recompor. Um baile neste momento! As filhas ausentes e ela não ter sido consultada! Em breve haveria consolo. *Ela* seria a responsável por tudo. Lady Bertram certamente seria poupada de toda a preocupação e esforço, e tudo recairia em *suas* mãos. Ela deveria ficar responsável pelas honrarias da noite, e esta reflexão rápida restaurou seu bom humor, permitindo que se juntasse aos demais, antes que a felicidade e o agradecimento deles pudessem ser expressados.

Edmund, William e Fanny, cada um a sua maneira, demonstraram e verbalizaram sua gratidão e felicidade diante da promessa do baile, o que satisfez Sir Thomas. Edmund ficou feliz pelos outros dois. Para ele, o pai nunca tinha concedido tal favor ou demonstrado tamanha gentileza.

Lady Bertram, satisfeita, concordou inteiramente e não teve qualquer objeção a fazer. Sir Thomas comprometeu-se a não lhe dar muito trabalho.

– Não estava nada receosa com o trabalho, certamente não poderia imaginar que houvesse qualquer preocupação – garantiu ela.

A Sra. Norris estava pronta para dar as suas sugestões, como quanto aos cômodos que consideraria mais apropriado utilizar, mas viu que tudo já estava bem encaminhado. E quando estava prestes a sugerir uma data, lhe pareceu que isso também já tinha sido decidido. Sir Thomas tinha se empenhado em planejar o esboço completo do evento, e conforme ela ouviria em silêncio pouco tempo depois, a lista dos familiares a serem convidados, calculada por ele com as devidas considerações, tendo em vista a brevidade do convite, já tinha sido também decidida; o objetivo era reunir jovens suficientes para formar doze ou quatorze casais. Ele detalhou as razões que o haviam levado a definir o dia vinte e dois como o mais apropriado. William deveria estar em Portsmouth no dia vinte e quatro, e portanto o dia vinte e dois seria o último de sua estada. Como restavam poucos dias, seria imprudente estipular uma data anterior. A Sra. Norris foi obrigada a satisfazer-se em pensar da mesma maneira, e ela estava justamente a ponto de propor o dia vinte e dois como a data mais indicada para o evento.

O baile estava então decidido, e antes que terminasse o dia todos os interessados estavam a par de tudo. Os convites foram enviados com rapidez, e muitas jovens damas foram para a cama com a mente cheia de felizes inquietações, assim como Fanny. Para ela, às vezes as preocupações pareciam estar além da felicidade, já que era jovem e com pouca experiência, sem chances de escolhas e sem qualquer confiança no seu gosto; "como devo estar vestida" era uma questão preocupante. E o único ornamento que possuía, uma belíssima cruz de âmbar que William lhe havia trazido da Sicília, era a maior das suas preocupações, pois não tinha nada além de um pedaço de fita com que amarrá-la. Embora a tivesse usado dessa maneira anteriormente, seria adequado, nessa circunstância, em meio aos mais ricos ornamentos que supunha que todas as demais jovens estariam usando? E, por outro lado, não usá-lo? William tinha tido a intenção de comprar-lhe um colar de ouro também, mas o valor estava acima das suas posses e, portanto, não usar a cruz seria aflitivo para ele. Tais eram considerações que a deixavam suficientemente ansiosa diante da eminência de um baile oferecido sobretudo para gratificá-la.

Neste ínterim, os preparativos continuaram, e lady Bertram continuou sentada em seu sofá sem ser incomodada pelos demais. Ela recebeu algumas visitas adicionais de sua governanta, e a empregada apressava-se para preparar um novo vestido para ela. Sir Thomas dava as ordens e a Sra. Norris se apressava para pô-las em prática, mas tudo isso não causava a *ela* nenhum transtorno, como havia previsto.

Naquele momento Edmund estava repleto de inquietações. Sua mente estava profundamente ocupada com dois iminentes e importantes eventos, os quais decidiriam o seu destino: ordenação e matrimônio. Eventos de uma natureza tão séria que faziam com que o baile, que seria seguido por um deles, aparentasse ter menor relevância a seus olhos do que para qualquer outra pessoa na casa. No dia vinte e três ele iria visitar um amigo em Peterborough, que se encontrava na mesma situação, pois seriam ordenados na semana do Natal. Parte do seu destino seria então decidido, mas a outra parte poderia não ser resolvida tão facilmente. Seus deveres seriam estabelecidos, mas a esposa que iria compartilhá-los, incentivando-o e recompensando-o poderia ainda estar inatingível. Ele sabia o que sentia, mas nem sempre tinha completa certeza de saber se conhecia a Srta. Crawford. Existiam algumas questões sobre as quais eles não concordavam, e momentos em que ela não parecia propícia, embora acreditasse em sua afeição, a ponto de estar resolvido (quase resolvido) a chegar a uma decisão em muito pouco tempo, tão logo os diversos assuntos de sua responsabilidade pudessem ser encaminhados. Ele sabia o que tinha a oferecer-lhe, e sentia muita ansiedade e muitas horas de dúvida quanto ao desfecho. Algumas vezes ele tinha convicção quanto à estima dela por ele, ele tinha vários motivos para sentir-se encorajado. Ela parecia perfeita por demonstrar uma relação desinteressada, mas em alguns momentos, a dúvida e o receio dele se misturavam com as esperanças; quando ele lembrava-se de que ela não tinha inclinação para uma vida de privacidade e isolamento, e que expressava preferência pela vida em Londres, perguntava-se o que mais poderia esperar do que uma rejeição resoluta, a não ser que fosse uma aceitação a ser ainda mais censurada, por exigir tantos sacrifícios de sua situação e de seu trabalho, o que não deveria ser permitido pela sua consciência.

A solução para todos esses assuntos dependia de uma questão. Ela o amava suficientemente para renunciar ao que lhe costumava ser essencial, ou para que não mais lhe parecesse essencial? Essa pergunta, que ele continuamente fazia a si mesmo, era respondida ora com um "sim", ora com um "não".

A Srta. Crawford deixaria Mansfield em breve, e nesta circunstância o "não" e o "sim" eram alternados. Ele viu os olhos dela brilharem ao falar da carta da querida amiga que havia muito exigia uma longa visita a Londres e a gentileza de Henry em permanecer onde estava até janeiro, e que ele poderia levá-la até lá. Ele a ouviu descrever os prazeres dessa viagem, cuja animação trazia um "não" em cada expressão. Mas isso ocorreu no primeiro dia em que havia tomado a decisão, na primeira hora em que irrompia tamanho deleite, quando só tinha no pensamento os amigos que iria visitar. Desde então a tinha ouvido se expressar de maneira diferente, com sentimentos diferentes. Ele a ouviu dizer para a Sra. Grant que iria embora com pesar, e que tinha começado a acreditar que nem os amigos ou os prazeres à frente eram dignos dos que deixava para trás. E apesar de sentir que devesse ir, e que iria divertir-se tão logo fosse embora, ela ansiava por voltar para Mansfield. Não havia um "sim" em tudo isso?

Com essas questões para ponderar, organizar e reorganizar, Edmund não podia, pessoalmente, pensar muito sobre a noite pela qual o restante da família estava ansiando com maior grau de interesse. A despeito da diversão de seus dois primos, a noite não apresentava para ele nenhum valor maior do que qualquer outro compromisso entre as duas famílias. A cada encontro havia a esperança de receber ainda maior confirmação da afeição da Srta. Crawford, mas o turbilhão de um baile talvez não fosse particularmente favorável para a revelação de sentimentos sérios, e garantir de antemão as duas primeiras danças era toda a fonte de felicidade a que poderia almejar e que sentia estar em seu poder. Essa era a única preparação para o baile de que poderia efetivamente participar, a despeito de tudo o que estava ocorrendo à sua volta sobre esse mesmo assunto, da manhã à noite.

Quinta-feira era o dia do baile, e na quarta-feira pela manhã, Fanny, ainda incapaz de decidir o que deveria vestir, resolveu pedir conselho entre os mais experientes, e procurou a Sra. Grant e a irmã, cujo reconhecido bom gosto certamente a eximiria de qualquer culpa. Como Edmund e William tinham ido para Northampton, ela tinha motivos suficientes para acreditar que o Sr. Crawford também estaria fora, e caminhou até o presbitério sem muito receio de estar buscando uma oportunidade para uma conversa particular; além disso, ela precisava de privacidade, pois estava mais do que envergonhada por tal consulta.

Ela encontrou a Srta. Crawford a alguns metros do presbitério preparando-se para ir chamá-la, pois lhe parecia que a amiga, embora se sentindo no dever de voltar, estava disposta a não perder o passeio, e explicou-lhe imediatamente o motivo de sua visita. E, ainda, disse-lhe que se ela pudesse ser gentil dando-lhe sua opinião, isso poderia ser resolvido da mesma maneira dentro ou fora de casa. A Srta. Crawford pareceu grata com a solicitação, e após pensar por um momento, instou Fanny a retornar com ela de maneira mais cordial do que antes, e propôs que fossem até o seu quarto, onde poderiam ter um confortável *coze* sem perturbar o Dr. e a Sra. Grant, que estavam juntos na sala de estar. Era exatamente o plano que satisfazia Fanny. E demonstrando gratidão por tamanha presteza e gentileza, dirigiram-se para dentro de casa, subiram as escadas e logo estavam envolvidas no assunto. A Srta. Crawford, satisfeita com o pedido, deu a ela as suas opiniões e preferências, fazendo tudo parecer mais fácil com as suas sugestões e mais agradável com o seu encorajamento. Tudo então ficou decidido quanto ao vestido.

– Mas o que fará em relação ao colar? – perguntou a Srta. Crawford. – Será que você não deve usar a cruz dada pelo seu irmão?

E enquanto falava ela desfazia um pequeno embrulho, que Fanny notara em suas mãos quando se encontraram. Fanny expressou os seus desejos e dúvidas a respeito da cruz, pois não sabia como usá-la, ou se deveria desistir dela. A resposta veio com uma pequena caixa de joias posta diante dela, quando foi então solicitada a escolher entre diversas correntes e colares de ouro. Esse era o embrulho que a Srta. Crawford carregava, e também o motivo da sua visita. De maneira extremamente gentil ela incitava Fanny a escolher um para usar com a cruz e guardar para si, dizendo tudo que poderia para evitar as recusas de Fanny, que tinha um olhar de horror diante de tal proposta.

– Como pode ver, tenho uma coleção – disse ela. – É mais do que consigo usar, ou até mesmo do que poderia pensar em usar. Não ofereço objetos novos; o que ofereço é somente um colar antigo. Você deve perdoar a minha liberdade e me deixar fazer esta gentileza.

Ainda assim Fanny resistiu, e as suas negativas foram sinceras. O presente era muito valioso. Mas a Srta. Crawford insistiu, e argumentou tão afetuosamente sobre William, a cruz, o baile e ela mesma, que finalmente teve sucesso. Fanny sentiu-se obrigada a ceder para não ser tachada de orgulhosa e indiferente, ou qualquer outra mesquinharia. Tendo dado a ela o seu humilde consentimento, procedeu à seleção. Ela olhou e olhou, desejosa de descobrir qual poderia ter menos valor; e por fim tomou uma decisão, ao perceber que um dos colares aparecia com maior frequência diante dos seus olhos. Era de ouro e belamente trabalhado, e embora Fanny preferisse um colar mais longo e simples, considerou-o mais apropriado para o seu propósito, esperando ser aquele o que a Srta. Crawford tivesse o menor desejo em manter. A Srta. Crawford sorriu dando-lhe total consentimento, e a urgiu a completar o presente ao colocá-lo em torno de seu pescoço, fazendo com que visse quão bonito tinha ficado.

Fanny não tinha uma única palavra a dizer diante do resultado. Com exceção do que lhe restou de seu pudor, estava extremamente satisfeita com a aquisição oportuna. Ela preferiria sentir-se agradecida a outra pessoa, mas esse era um sentimento indigno. A Srta. Crawford tinha previsto seu desejo com a gentileza de uma amiga verdadeira.

– Quando eu usar este colar sempre pensarei em você – disse Fanny –, e lembrarei de como foi gentil.

– Você deve pensar em outra pessoa também quando usar este colar – disse a Srta. Crawford. – Você deve pensar em Henry, pois foi a primeira escolha dele. Foi ele que me deu, e com este colar eu repasso para você o dever de lembrar-se do seu doador original. É uma lembrança de família. A irmã não deve estar em suas lembranças, sem que o irmão não esteja também.

Fanny, perplexa e confusa, teria devolvido o presente instantaneamente. Aceitar o que tinha sido o presente de outra pessoa, sobretudo de um irmão... impossível! Não poderia ser! E com uma ansiedade e vergonha que divertiram sua amiga, ela recolocou o colar em seu lugar e pareceu determinada a escolher outro, ou a não escolher nenhum. A Srta. Crawford pensou nunca ter visto uma pessoa tão conscienciosa.

– Minha querida criança – disse ela rindo –, do que tem medo? Você acha que Henry reivindicará o colar como meu e acreditará que você não o obteve honestamente? Ou você acha que ele ficará deveras envaidecido ao ver em torno de seu adorável pescoço um ornamento que ele comprou com o seu dinheiro há três anos, antes que soubesse que existia um pescoço como o seu no mundo? Ou talvez – disse, olhando maliciosamente –, você suspeite de que haja uma aliança entre mim e ele, e o que estou fazendo agora é não só com o seu consentimento, mas também com o seu desejo.

Com intenso rubor, Fanny protestou contra esse pensamento.

– Então – respondeu a Srta. Crawford mais seriamente, sem acreditar nela –, para me convencer de que você não suspeita de um truque, e é alheia aos elogios como sempre acreditei que fosse, aceite o colar e não diga mais nada a respeito. O fato de ser um presente do meu irmão não deve fazer a menor diferença para você aceitá-lo, eu asseguro-lhe que não faz a menor diferença para mim em separar-me dele. Meu irmão sempre me dá uma coisa ou outra. Eu tenho inúmeros presentes dele, e é quase impossível estimar seus valores, ou para ele lembrar-se da metade. E, no caso deste colar, não acredito que o tenha usado seis vezes. É muito bonito, mas nunca me lembro dele. E embora pudesse escolher qualquer outro da minha caixa de joias, você se apegou a este, e se posso escolher, eu prefiro vê-la saindo com este do que com qualquer outro. Não diga mais nada a respeito, eu a suplico. Isso é uma bobagem, e não merece a metade de tantas palavras.

Fanny não ousou se opor novamente, e com renovado, mas não tão contente, agradecimento, aceitou novamente o colar, pois pela expressão do olhar da Srta. Crawford, ela não se sentiria satisfeita.

Era impossível para ela ficar insensível à mudança de comportamento do Sr. Crawford. Ela há muito já havia percebido. Ele evidentemente tentava agradá-la, era cavalheiresco e atencioso, como havia sido com suas primas. Ele queria, acreditava ela, tirá-la de sua tranquilidade, como havia feito com elas, e imaginou que ele tivesse algo a ver com aquele colar! Ela não poderia se convencer do contrário, pois a Srta. Crawford, complacente como uma irmã deve ser, era negligente como mulher e amiga.

Ao refletir, e estando permeada de dúvidas, sentia que a posse daquilo que havia tanto desejado não trouxera muita satisfação. Agora ela caminhava para casa com uma alteração, mas não uma diminuição de suas preocupações, desde que tinha passado por aquele caminho na última vez.

27

Ao chegar em casa, Fanny subiu imediatamente as escadas para guardar no aposento da ala leste a inesperada aquisição, o colar que lhe parecia um presente duvidoso, em sua caixa favorita, que continha todos os seus pequenos tesouros. Ao abrir a porta, qual não foi sua surpresa ao encontrar o primo Edmund escrevendo à mesa! Aquela visão nunca havia ocorrido antes, e era tão maravilhosa quanto bem-vinda.

– Fanny – disse ele, enquanto levantava e repousava a caneta, em seguida caminhando em sua direção, com algo nas mãos.

– Peço desculpas por estar aqui. Vim procurá-la, e depois de esperar um pouco, com a expectativa da sua chegada, utilizei seu tinteiro para explicar a minha vinda. Você encontrará o começo de uma mensagem, mas agora posso explicar a minha intenção, que é unicamente implorar que aceite este pequeno presente: um colar para a cruz que William lhe deu. Você deveria tê-lo recebido há uma semana, mas houve um atraso pelo fato de meu irmão não estar na cidade no dia esperado, e somente agora o recebi em Northampton. Espero que goste deste colar, Fanny. Eu me esforcei para atender à simplicidade do seu gosto. De qualquer maneira, sei que será gentil com as minhas intenções e irá considerá-lo uma prova de amor de um dos seus amigos mais antigos.

Ao dizer isso, ele apressou-se para ir embora, antes que Fanny, subjugada por diversos sentimentos de pesar e prazer, pudesse falar. Mas motivada por um desejo que se sobrepunha aos demais, ela o chamou:

– Primo, pare por um momento, suplico-lhe que pare!

Ele voltou.

– Eu não tenho como lhe agradecer.

E continuou agitadamente:

– “Obrigada” está fora de questão. Eu sinto muito mais do que posso expressar. Sua bondade em pensar em mim dessa forma...

– Se isso é tudo o que tem para me dizer, Fanny. – disse, sorrindo, enquanto ia embora novamente.

– Não, não, não é. Preciso lhe fazer uma pergunta.

Quase inconscientemente ela desfez o embrulho que ele tinha acabado de colocar em suas mãos e viu diante dela, em uma das embalagens mais bonitas, um cordão de ouro impecavelmente simples e elegante; ela não pôde se conter e irrompeu novamente:

– Ah, isto é realmente muito bonito! É exatamente o que eu desejava! Este é o único ornamento que eu sempre quis ter. Será muito adequado para a minha cruz. Eles devem e serão usados juntos. E, também, chegou em um momento muito oportuno. Ah, primo, você não sabe o quão oportuno.

– Minha querida Fanny, você dá muito valor a esses sentimentos. Fico muito feliz que você goste do colar, e que este tenha chegado a tempo para amanhã; mas seus agradecimentos superam a ocasião. Acredite em mim, não tenho prazer superior neste mundo do que contribuir com o seu. Não, posso afirmar com certeza que nada me oferece um prazer tão completo e genuíno. Não há qualquer inconveniência.

Sob essas demonstrações de afeto, Fanny poderia ter vivido uma hora sem dizer uma palavra, mas Edmund, após esperar por um momento, trouxe-a de volta de suas divagações.

– Mas sobre que assunto deseja me consultar?

Era sobre o colar que ela desejava avidamente devolver, e esperava poder contar com a aprovação dele. Ela relatou a recente visita, e agora o seu arrebatamento poderia chegar ao fim, pois Edmund estava tão surpreso com a circunstância, e encantado com a atitude da Srta. Crawford, que se sentia gratificado por tamanha coincidência de conduta entre eles, e Fanny não pôde deixar de admitir o poder superior *daquele* prazer para ele, embora tivesse agido de maneira involuntária. Demorou algum tempo para que ele prestasse atenção ao seu plano, ou para que ela obtivesse qualquer resposta. Ele estava imerso em uma reflexão amorosa, proferindo aqui e ali algumas poucas frases de elogio, mas quando ele finalmente acordou e se deu conta do ocorrido, estava decidido a se opor à intenção dela.

– Devolver o colar! Não, minha querida Fanny, sob nenhuma justificativa. Isso a deixaria terrivelmente mortificada. Não pode haver sensação mais desagradável do que ter algo devolvido e que tenha sido dado com a esperança de contribuir para o bem-estar de um amigo. Por que ela deveria perder um contentamento do qual demonstrou ser merecedora?

– Se ela tivesse me dado um presente novo – disse Fanny –, eu não pensaria em devolvê-lo, mas sendo um presente do irmão, não é justo supor que ela preferiria ficar sem ele por não ser mais necessário.

– Ela não deve presumir que não é desejado, que não é ao menos aceitável; tendo sido originalmente um presente do irmão, não faz qualquer diferença, pois isso não a impediu de oferecê-lo, ou a você de aceitá-lo e, portanto, não deve afetar a sua decisão de mantê-lo. Sem dúvida é mais bonito do que o meu, e mais adequado a um baile.

– Não, não é mais bonito, nem um pouco mais bonito, e para o meu propósito não é nem mesmo adequado. Este cordão combinará com a cruz de William acima de qualquer comparação com este colar.

– Por uma noite, Fanny, por apenas uma noite, será um sacrifício; estou certo de que depois de pensar no assunto, preferirá fazer o sacrifício a gerar sofrimento a quem foi tão cuidadosa com o seu bem-estar. A atenção da Srta. Crawford não foi mais do que você merece, eu seria a última pessoa a achar *isso*; mas foi a atenção de sempre. E devolvê-lo poderá parecer ingratidão, embora eu saiba que não seria essa a intenção e acredito que isso não faça parte da sua natureza. Use o colar, como se comprometeu a fazer, amanhã à noite, e deixe o cordão, que foi encomendado sem nenhuma referência ao baile, para ocasiões mais corriqueiras. Este é o meu conselho. Eu não colocaria qualquer sombra entre a intimidade das duas, que eu tenho observado com grande apreciação, e em cujas personalidades há tanta semelhança, como generosidade sincera e delicadeza natural, para se fazer qualquer mudança, principalmente nessa situação. Isso não é obstáculo suficiente para uma verdadeira amizade, e eu não gostaria de ver esse realcionamento esfriar.

Em seguida ele repetiu, com a voz um pouco mais baixa:

– Entre as duas pessoas mais queridas para mim neste mundo.

Ele foi embora enquanto falava, e Fanny permaneceu para se tranquilizar como pôde. Ela era uma das duas pessoas mais queridas; isto deveria ser o suficiente para ela. Mas a outra, era a primeira! Ela nunca o tinha ouvido falar tão abertamente antes, e mesmo que ele não tenha revelado nada que ela já não tivesse percebido antes, era um golpe para ela, pois revelava as convicções e opiniões dele. Eles estavam decididos. Ele se casaria com a Srta. Crawford. Era um golpe, apesar de toda a expectativa; e ela precisou repetir inúmeras vezes que era uma de suas duas pessoas mais queridas, antes que qualquer palavra pudesse confortá-la. Se ela pudesse acreditar que a Srta. Crawford o merecia, seria diferente, ah, como seria diferente; muito mais tolerável! Mas ele estava enganado em relação a ela, ele enxergava nela méritos que não existiam; as suas falhas eram as de sempre, mas ele não as via mais. Até que tivesse chorado muitas lágrimas por causa dessa decepção, Fanny não conseguiu controlar a sua agitação, e a tristeza que se seguiu só poderia ser aliviada pela influência de preces ardorosas pela felicidade dele.

Era a sua intenção, e o seu dever, superar todos os excessos, tudo o que margeasse o egoísmo em seu afeto por Edmund. Considerar isso uma perda, um desapontamento, seria uma presunção, já que não tinha palavras fortes o suficiente para satisfazer a sua própria humildade. Pensar nele da mesma forma que a Srta. Crawford tinha legitimidade seria, em seu caso, uma insanidade. Para ela, ele não poderia ser nada mais sob qualquer circunstância, nada mais do que um querido amigo. Por que uma ideia como essa a teria acometido mesmo sendo reprovável e proibida? Não deveria ter nem mesmo chegado aos confins da sua imaginação. Ela tentaria ser racional e merecer o direito de julgar o caráter da Srta. Crawford, e o privilégio de ser objeto de verdadeiro afeto da parte dele, de maneira racional e com um coração puro.

Ela tinha a virtude do heroísmo e estava determinada a cumprir com o seu dever; mas tendo também muitos sentimentos da juventude e de sua própria natureza, após tomar todas essas resoluções guiada pelo autocontrole, pegou o pedaço de papel no qual Edmund tinha começado a escrever para ela e, como um tesouro que se encontra além de todas as esperanças, leu com a emoção mais afetuosa as palavras dele: "Minha querida Fanny, você deve me conceder o favor de aceitar..."; em seguida, guardou-o junto com o cordão, como a parte mais valiosa do presente. Era a única coisa mais próxima a uma carta que havia recebido dele, e era possível que nunca mais recebesse outra. Seria impossível receber outra que fosse tão perfeitamente recompensadora diante de tal ocasião e no mesmo estilo. Duas frases tão preciosas jamais haviam saído da caneta do mais ilustre escritor, ou haviam consagrado as pesquisas de qualquer estimado biógrafo. O entusiasmo da paixão feminina ultrapassa até mesmo o do biógrafo. Para ela, a caligrafia dele, independentemente de qualquer mensagem que pudesse transmitir, era uma bênção. Nenhuma letra, redigida por qualquer outro ser humano, tinha o talhe da caligrafia mais comum de Edmund! Esse exemplar, escrito às pressas, não tinha uma única falha; e havia felicidade no fluxo das três primeiras palavras, na combinação de "Minha querida Fanny", e ela poderia admirá-las eternamente.

Tendo controlado os seus pensamentos e reconfortado os seus sentimentos por essa mistura feliz de razão e fraqueza, ela pôde, em tempo hábil, descer as escadas e retomar a sua rotina com a tia Bertram sem demonstrar qualquer desconforto.

A quinta-feira, predestinada à esperança e ao entretenimento, chegou e foi iniciada com grande alegria por Fanny, mais do que qualquer outro dia. Logo após o café da manhã chegou uma mensagem bastante amigável do Sr. Crawford para William, dizendo que, uma vez que teria compromissos em Londres no dia seguinte, onde permaneceria por algum tempo, ele não poderia deixar de procurar uma companhia. Sendo assim, esperava que se William decidisse deixar Mansfield meio dia antes do previsto, poderia aceitar um lugar em sua carruagem. O Sr. Crawford intencionava estar na cidade para jantar com o tio no horário habitual, e William estava convidado a jantar com ele na casa do almirante. A proposta era muito aprazível para William, que apreciou a ideia de viajar conduzido por quatro cavalos e na companhia de um amigo deveras bem-humorado. E desejando oferecer uma resposta com prontidão, argumentou em nome de toda a felicidade e dignidade que a sua imaginação pôde sugerir. Fanny, por motivo diferente, estava excessivamente satisfeita, pois de acordo com o plano original William deveria viajar pela costa de Northampton na noite seguinte, o que o impediria de desfrutar um momento de descanso antes de seguir para Portsmouth. Embora estivesse ciente de que essa proposta a roubaria muitas horas de sua companhia, ela estava feliz em saber que William seria poupado do cansaço daquela jornada, para poder se importar com qualquer outra coisa. Sir Thomas concordou por outra razão. O fato de seu sobrinho ser apresentado ao almirante Crawford poderia ser oportuno. Ele acreditava que o almirante teria interesse em ajudá-lo. De maneira geral, o convite foi bem recebido por todos. O estado de espírito de Fanny alimentou-se disso durante quase toda a manhã, em decorrência da felicidade em saber que o responsável pelo bilhete também iria embora.

Em relação ao baile tão próximo, ela tinha muitas preocupações e receios que tomavam o lugar de metade da alegria que costuma anteceder tais eventos, como deveriam estar sentindo as muitas outras jovens, ansiosas para a mesma noite, mas de forma mais tranquila, por não se tratar para elas de uma circunstância inteiramente nova; ao contrário, era de menor interesse e provavelmente menos recompensadora do que para Fanny. A Srta. Price, conhecida por metade dos convidados somente pelo nome, faria agora a sua primeira aparição, e deveria ser considerada a rainha da noite. Quem poderia estar mais feliz do que a Srta. Price? Mas ela não havia sido criada para o ofício de ser *apresentada à sociedade*. Se tivesse percebido o que significava aquele baile, teria aumentado consideravelmente o seu desconforto, pelos medos que já acalentava em conduzir-se equivocadamente ou de ser observada. Dançar sem ser observada em demasia ou sem se cansar em excesso, ter disposição e parceiros por pelo menos metade da noite, dançar um pouco com Edmund e não em demasia com o Sr. Crawford, ver William se divertir e manter-se distante da tia Norris eram as suas maiores ambições e a sua maior possibilidade de felicidade. Como essas eram as suas maiores esperanças, não podiam sempre prevalecer. No curso da longa manhã, despendida principalmente com as duas tias, ela estava com frequência sob a influência de visões menos animadoras. William, determinado a fazer desse último dia um momento de grande prazer, saiu para caçar. Edmund, como ela tinha muitas razões para acreditar, estava no presbitério; e assim foi deixada sozinha para tolerar as preocupações da Sra. Norris, que estava contrariada pelo fato de a empregada decidir pessoalmente sobre o jantar; e Fanny não podia evitá-la, mas a empregada, sim. Fanny estava exaurida e com pensamentos negativos sobre o baile. Quando foi dispensada para ver o vestido, dirigiu-se desanimadamente em direção ao seu quarto, sentindo-se incapaz para a felicidade, como se não lhe tivesse sido permitida ter ao menos uma parte dela.

Enquanto subia as escadas devagar, ela pensava no dia anterior. Tinha sido aproximadamente o mesmo horário em que tinha retornado do presbitério e encontrado Edmund no quarto da ala leste. "Suponha que eu o encontre lá novamente!", pensou com prazer.

– Fanny – disse uma voz próxima a ela. Ela olhou sobressaltada para cima e viu, do outro lado do saguão que ela acabara de alcançar, o próprio Edmund, que estava em pé no topo da outra escadaria. Ele se aproximou dela.

– Você parece estar cansada e extenuada, Fanny. Você andou muito.

– Não, não andei muito, de verdade.

– Então você se cansou dentro de casa, o que é pior. Teria sido melhor sair.

Fanny, que não era afeita a reclamações, achou mais fácil não responder, e embora ele a estivesse olhando com a gentileza habitual, ela acreditava que ele não estivesse prestando atenção em seu semblante. De fato, ele não parecia estar entusiasmado, algo não relacionado a ela provavelmente estava equivocado. Eles continuaram a subir juntos, pois seus quartos eram no mesmo andar.

– Acabei de chegar do Dr. Grant – disse Edmund. – Você pode imaginar o que fui fazer lá, Fanny.

E olhou tão intencionalmente que Fanny não pôde pensar senão em uma única razão, que fez com que se sentisse indisposta para falar.

– Fui pedir à Srta. Crawford que se comprometesse a ser meu par nas duas primeiras danças.

Essa explicação trouxe vida novamente à Fanny, possibilitando-lhe, ao perceber que deveria falar, fazê-lo em tom de pergunta em relação ao desfecho.

– Ela se comprometeu comigo, mas – acrescentou ele, com um sorriso contido a custo – disse que será a última vez que dançará comigo. Ela não está falando sério. Eu acredito, e espero, que ela não esteja falando sério, mas eu preferiria não ter ouvido isso. Ela disse que nunca dançou com um pároco, e que nunca *o fará*. Para o meu próprio bem, eu desejaria que não houvesse nenhum baile. Quero dizer, não nesta semana, neste dia em especial. Amanhã vou embora.

Fanny esforçou-se para falar.

– Sinto muito que isso tenha ocorrido e que o tenha aborrecido. Este deveria ser um dia de contentamento; foi essa a intenção do meu tio.

– Ah, sim, sim, e será um dia de alegria. Tudo dará certo. Eu só estou aborrecido por um momento. De fato, não é que considero a data inapropriada para o baile, mas o que significa um baile? Fanny...

Deteve-a pegando a sua mão, e falou devagar e com seriedade:

– Você sabe o que tudo isso significa, e talvez, possa me dizer melhor do que eu como e por que isso me aborrece. Deixe-me conversar com você um pouco. Você é uma ouvinte muito, muito gentil. Fui ferido pelo comportamento dela esta manhã, e não consigo tirar nada de bom disso. Sei que ela tende a ser meiga e irrepreensível como você, mas a influência de suas companhias anteriores a faz parecer, e à sua conversa e opiniões, às vezes, tingidas de equívoco. Ela não *pensa* o mal, mas ela o menciona, embora de maneira brincalhona e, mesmo que eu saiba ser de brincadeira, me entristece a alma.

– O resultado da educação – disse Fanny gentilmente.

Edmund não pôde senão concordar.

– Sim, o tio e a tia! Eles prejudicaram uma bela mente! Pois às vezes, Fanny, digo a você, me parece ser mais do que unicamente o comportamento dela; parece que a própria mente foi contaminada.

Fanny imaginou que aquilo fosse um apelo à sua opinião e, portanto, após ponderar por um momento, disse:

– Se você deseja que eu seja somente a sua ouvinte, primo, serei útil como me for possível; mas não estou qualificada para aconselhá-lo. Não *me* peça conselhos. Não sou competente para isso.

– Você está certa, Fanny, em protestar contra essa função, mas não precisa ter medo. É um assunto sobre o qual eu nunca pediria conselho. É o tipo de pergunta que nunca deve ser feita, imagino que poucos a façam, a não ser quando desejam ser influenciados contra a própria consciência. Eu só quero conversar com você.

– Mais uma observação, e me desculpe pela liberdade, mas tome cuidado *como* fala comigo. Não me diga nada de que futuramente poderá se arrepender. Pode chegar o dia em que... – o rubor precipitou-se no rosto dela enquanto falava.

– Querida Fanny – exclamou Edmund, pressionando as mãos dela contra os seus lábios, com quase tanta gentileza quanto o faria com a Srta. Crawford.

– Você é sempre tão atenciosa. Mas não precisa se preocupar; esse dia nunca chegará. Nenhum momento a que se refere jamais chegará. Eu começo a pensar que é muito improvável, as chances diminuem cada vez mais. E mesmo que chegue, não haverá nada a ser lembrado por mim ou por você de que devemos ter medo, pois eu jamais sentirei vergonha dos meus próprios escrúpulos. E se eu não os tiver mais, será por mudanças que somente elevarão o caráter dela pela recordação das falhas cometidas. Você é o único ser neste mundo a quem eu compartilharia o que acabei de dizer. Mas você sempre soube a minha opinião sobre ela, e pode ser a minha testemunha, Fanny de que nunca fui cego. Quantas vezes nós conversamos sobre as pequenas falhas dela! Você não precisa temer. Praticamente desisti de todas as intenções mais sérias em relação a ela, mas eu certamente seria um tolo se, aconteça o que acontecer, eu não tivesse a mais sincera gratidão por sua gentileza e simpatia.

Ele disse o suficiente para balançar a experiência dos dezoito anos de Fanny. Ele disse o suficiente para deixar Fanny mais feliz do que havia estado nos últimos tempos.

– Sim, primo, estou convencida de que você seria incapaz de qualquer outra atitude. Eu não posso ter medo de qualquer assunto que queira me falar. Não se reprima. Diga-me o que desejar – disse ela com um brilho no olhar.

Eles estavam agora no segundo andar, e o surgimento de uma criada os fez interromper a conversa, que, para o bem-estar de Fanny, foi concluída possivelmente no melhor momento. Se ele tivesse tido a oportunidade de falar por mais cinco minutos, não haveria como prever se retiraria todos os comentários sobre as falhas da Srta. Crawford e de seu próprio desânimo com relação a ela. Mas eles se despediram; ele tinha um olhar de gratidão amorosa, e ela, de sensações preciosas. Ela não sentiu nada parecido por muitas horas. Desde que se havia esvaído a felicidade ocasionada pelo bilhete do Sr. Crawford para William, ela não encontrara qualquer consolo ou esperança. Agora tudo estava lhe sorrindo. A bem-aventurança de William retornou aos seus pensamentos e lhe parecia ter ainda mais valor do que antes. E, com o baile, uma noite de contentamento a aguardava! Era agora verdadeiramente um estímulo, e ela começou a se vestir com a excitação que costuma anteceder um baile. Tudo ocorreu como deveria; ela não desgostava da sua aparência, e quando voltou ao colar, a sua sorte parecia completa, pois ao experimentar o colar presenteado pela Srta. Crawford, viu que não era possível encaixar a cruz, pois era largo demais. Ela resolvera, para agradar a Edmund, usá-lo; mas, assim, o dele deveria ser usado, e com encantamento ela uniu o cordão à cruz, lembranças das duas pessoas a quem mais amava, e cujos símbolos de amor foram feitos um para o outro, em todos os aspectos, reais e imaginários. Ao colocá-los em torno do pescoço, sentiu o quanto representavam William e Edmund e, sem qualquer esforço, decidiu usar o colar da Srta. Crawford também. Ela sentiu que era o certo a fazer. A Srta. Crawford tinha uma reivindicação, e para não decepcioná-la depois de tamanha bondade, ela poderia fazer justiça e ao mesmo tempo sentir-se feliz consigo mesma. O colar realmente ficou muito bonito; e, por fim, Fanny deixou o seu quarto, completamente satisfeita com ela mesma e com tudo ao seu redor.

A tia Bertram tinha se lembrado dela na ocasião com um grau incomum de zelo. Tinha realmente lhe ocorrido, espontaneamente, que Fanny, ao se preparar para um baile, poderia sentir-se mais alegre com a ajuda das suas criadas. Ao terminar de se vestir, ela de fato enviou a sua própria criada para ajudá-la. Esta naturalmente chegou muito tarde; a Sra. Chapman tinha acabado de chegar ao sótão quando a Srta. Price deixou o aposento completamente pronta, e somente trocaram gentilezas. Fanny ficou agradecida pela atenção da tia, quase tanto quanto lady Bertram e a Sra. Chapman teriam ficado.

28

O tio e as duas tias encontravam-se na sala de estar quando Fanny desceu. Para o primeiro ela era uma visão interessante e viu com prazer a elegância de sua aparência e o fato de estar extraordinariamente bonita. O bom gosto e a adequação do vestido foi o que ele se permitiu comentar em sua presença, mas tão logo ela deixou o aposento ele falou sobre a sua beleza com elogios contundentes.

– Sim – disse lady Bertram --, ela está muito bem. Enviei Chapman para auxiliá-la.

– Está bonita! Ah, sim – exclamou a Sra. Norris –, ela tem bons motivos para ficar bem com todas as suas vantagens: foi criada nesta família e teve como exemplo o comportamento dos primos. Somente imagine, meu querido Sir Thomas, os benefícios que você e eu oferecemos a ela. O próprio vestido que acabou de elogiar é o presente generoso que lhe deu para o casamento da querida Sra. Rushworth. O que seria dela se não a tivéssemos carregado pelas mãos?

Sir Thomas não respondeu, mas ao sentarem-se à mesa, os olhares dos dois jovens lhe asseguraram que o assunto seria retomado mais tranquilamente quando as senhoras deixassem o aposento, e com mais sucesso. Fanny percebeu que tinha sido aprovada, e a certeza de estar bem fez com que ficasse ainda mais bonita. Por muitas razões ela estava feliz, e em breve ficaria ainda mais feliz, pois logo que as tias se retiraram, Edmund, que estava à porta quando ela passou por ele, disse:

– Você deve dançar comigo, Fanny. Você deve reservar duas danças para mim; as que você escolher, exceto a primeira.

Ela não poderia desejar nada mais. Ela nunca tinha atingido um estágio de tamanha felicidade em sua vida. A alegria demonstrada pelas primas em um dia de baile não mais lhe causava surpresa; ela percebeu que aquilo era de fato muito encantador, e pôs-se a praticar os passos de dança na sala de estar tão logo ficou fora da vista da tia Norris, que estava totalmente envolvida em reorganizar a lareira e diminuir o fogo que o mordomo havia preparado.

Os trinta minutos que se seguiram poderiam ter sido passados languidamente sob qualquer outra circunstância, mas a felicidade de Fanny prevalecia. Ela não conseguia deixar de pensar na conversa com Edmund, e ignorava a inquietação da Sra. Norris e os bocejos de lady Bertram.

Os cavalheiros se juntaram a elas; em seguida, começou a prazerosa expectativa pela chegada de uma carruagem. Com um sentimento geral de bem-estar e alegria, todos estavam conversando e rindo, e cada momento apresentava os seus prazeres e esperanças. Fanny sentiu que Edmund se esforçava para demonstrar alegria, e via com prazer que seu esforço era bem-sucedido.

Ao ouvirem as carruagens quando os convidados começaram chegar, sua felicidade foi contida. A visão de tantos estranhos a fez cair em si, e além da seriedade e formalidade do círculo principal, as quais nem Sir Thomas e nem lady Bertram dispensavam, ela ocasionalmente se viu enfrentando algo pior. Ela foi apresentada aqui e ali por seu tio, e era forçada a conversar e a trocar mesuras. Essa era uma tarefa difícil, e sempre que era convocada olhava para William, que circulava tranquilamente em segundo plano, preferindo estar com ele.

A chegada dos Grant e dos Crawford foi muito favorável. A rigidez do evento logo deu lugar à informalidade; pequenos grupos se formaram e todos ficaram mais à vontade. Fanny percebeu a oportunidade, e desvencilhando-se do peso da civilidade, teria voltado a se sentir feliz se tivesse conseguido evitar seguir Edmund e Mary Crawford com o olhar. *Ela* estava adorável; e qual seria o fim daquilo? Os seus devaneios terminaram tão logo deparou-se com o Sr. Crawford a sua frente, e os seus pensamentos foram desviados pelo convite para que dançasse com ele as duas primeiras músicas. A sua felicidade nesse momento era muito *à-la-mortal*, agradavelmente diversificada. Garantir um parceiro era essencial, pois o início estava cada vez mais próximo, e ela tinha tão pouca noção de seus próprios atrativos que imaginou que, se não tivesse sido convidada pelo Sr. Crawford, seria a última a ser escolhida. E então ela teria conseguido um par somente por meio de busca, correria e interferências, e isso teria sido terrível. Ao mesmo tempo ela percebeu uma sutileza na forma com que ele a convidou que não lhe agradou, e notou quando ele olhou para o colar com um sorriso. Ao menos pensou ter sido um sorriso, o que a fez corar e sentir-se triste. Embora não tivesse havido um segundo olhar para incomodá-la, e ainda que o seu objetivo fosse somente parecer-lhe simpático, ela não conseguiu superar o seu embaraço, agravado pela sensação de que ele o tinha percebido, o que lhe tirou a serenidade até que ele se dirigiu para conversar com outra pessoa. Então gradualmente ela voltou a sentir uma satisfação genuína por ter um parceiro voluntário, garantido para o começo da dança.

Quando todos caminhavam para o salão de dança, ela ficou pela primeira vez próxima à Srta. Crawford, cujos olhares e sorrisos foram imediatos, e mais inequivocadamente voltados para o colar do que o havia feito seu irmão; e ela começava a tocar no assunto quando Fanny, ansiosa por terminar a história, apressou-se em justificar o segundo colar – a verdadeira corrente. A Srta. Crawford ouviu, e todos os seus elogios e insinuações para Fanny foram esquecidos; ela teve apenas um pensamento, e os seus olhos tornaram-se ainda mais brilhantes do que já estavam.

– Ele lhe deu? Edmund? É bem típico dele. Nenhum outro homem teria pensado nisso. Eu o admiro mais do que posso expressar – disse ela com euforia.

Ela olhou em volta como se estivesse desejando dizer-lhe isso. Ele não estava próximo, pois dava atenção a um grupo de senhoras na outra sala. A Sra. Grant aproximou-se das duas, pegou o braço de cada uma delas e conduziu-as para perto dos demais.

O coração de Fanny se abateu, mas não houve tempo suficiente para pensar nos sentimentos da Srta. Crawford. Elas estavam no salão do baile, os violinos tocavam e os pensamentos dela estavam em tamanha excitação que não pôde fixar a sua atenção em nada. Ela precisava observar os preparativos e como tudo acontecia.

Pouco depois, Sir Thomas aproximou-se dela e perguntou-lhe se tinha par. – Sim, Senhor; o Sr. Crawford.

Era exatamente o que ele intencionava ouvir. O Sr. Crawford não estava muito distante, e Sir Thomas o levou até ela dizendo-lhe que *ela* deveria conduzir o caminho e inaugurar o baile, o que foi uma novidade para Fanny. Todas as vezes que tinha imaginado os detalhes da noite, tivera certeza que começaria com Edmund e a Srta. Crawford, e essa impressão era tão forte que, mesmo o *tio* tendo dito o contrário, ela não pôde evitar uma exclamação de surpresa, uma alusão à sua inaptidão e uma súplica para ser compreendida. Insistir contra a opinião de Sir Thomas era prova da gravidade do caso, mas tamanho foi o seu horror à primeira sugestão, que ela conseguiu olhar para o rosto dele e dizer que preferia que fosse decidido de outra maneira. No entanto, foi em vão. Sir Thomas sorriu, tentou encorajá-la, e disse, olhando-a seriamente:

– Deve ser assim, minha querida.

Ela não se arriscou a dizer outra palavra. A seguir ela se viu sendo conduzida pelo Sr. Crawford para o meio do salão, e foi acompanhada pelos demais dançarinos, casal após casal, conforme iam se formando.

Ela mal podia acreditar. Estar à frente de tantas jovens elegantes! Era uma enorme honra; estava sendo tratada como o eram as suas primas. E os seus pensamentos foram desviados para as primas ausentes, com genuíno afeto, lastimando o fato de elas não estarem em casa para assumir os seus lugares no salão e ter a sua parcela de prazer, e que seria encantador para elas. Muitas vezes as tinha ouvido mencionar o desejo de realizar um baile em casa, pois seria a maior das alegrias! E agora que estavam ausentes o baile ocorreu, e *ela* o estava abrindo com o Sr. Crawford! Ela esperava que não viessem a invejar tamanha honraria; mas lembrou dos acontecimentos do outono anterior, de suas ligações quando haviam dançando uma ocasião naquela casa, e o evento atual era mais do que ela mesma poderia compreender.

O baile começou. Para Fanny era mais uma honra do que felicidade, pelo menos naquela primeira dança. O seu parceiro estava em excelente animação, que tentou transmitir a ela, mas ela se sentia assustada demais para sentir qualquer prazer enquanto era observada. Jovem, bonita e gentil, no entanto, ela não tinha nenhuma inabilidade que suprimisse seu encanto, e poucas pessoas ali presentes deixaram de admirá-la. Ela era atraente, modesta e sobrinha de Sir Thomas, e não demorou para que notassem que era cortejada pelo Sr. Crawford. Era o suficiente para se destacar. Sir Thomas observava o seu progresso na dança; estava orgulhoso da sobrinha e sem atribuir sua beleza ao fato de ter sido criada em Mansfield, como a Sra. Norris parecia pensar, ele estava satisfeito consigo próprio por ter-lhe suprido de tudo o mais: educação e bons costumes; e ela lhe era grata por isso.

A Srta. Crawford percebeu os pensamentos de Sir Thomas, e a despeito das ideias equivocadas dele em relação a ela, reinava nela um desejo de agradá-lo, e, aproximando-se, aproveitou a oportunidade para lhe dizer algo favorável sobre Fanny. Seu elogio foi caloroso, e ele o recebeu como ela desejava, correspondendo ao seu comentário sem exceder seus limites de discrição, cortesia e concisão. E certamente foi mais bem-sucedida com ele do que o seria a seguir com a sua esposa; ao perceber que lady Bertram estava sentada em um sofá próximo, dirigiu-se a ela antes de dançar e a elogiou pela aparência da Srta. Price.

– Sim, ela está realmente muito bem – disse lady Bertram em resposta. – Chapman auxiliou-a a se vestir. Enviei Chapman para ajudá-la.

Ela estava satisfeita em saber que Fanny era admirada, porém ainda mais orgulhosa com a sua própria gentileza em ceder-lhe Chapman, e não conseguiu deixar de prender-se a essa ideia.

A Srta. Crawford conhecia muito bem a Sra. Norris para *parabenizá-la* por Fanny. Com ela, o assunto apropriado deveria ser outro.

– Ah, senhora, como gostaríamos de que as queridas Sra. Rushworth e Julia estivessem aqui esta noite!

A Sra. Norris correspondeu com muitos sorrisos e palavras gentis, tanto quanto possível em meio a tantas incumbências, uma vez que estava organizando a mesa de cartas, dando dicas ao Sir Thomas e tentando direcionar os pares aos melhores lugares do salão.

A Srta. Crawford caminhou até Fanny com a ideia de agradá-la também; ela intencionava agitar seu pequeno coração e supri-la de boas sensações. Interpretou erradamente os rubores de Fanny, e acreditou que deveria persistir; assim, depois das duas primeiras danças foi até ela novamente e disse, com um olhar expressivo:

– Talvez você possa me explicar por que meu irmão está indo à cidade amanhã. Ele diz que tem compromissos, mas não me diz quais são. É a primeira vez que ele me nega confidências! Mas isso é o que acontece com todos. Todos nós somos substituídos mais cedo ou mais tarde. Agora devo pedir informações a você. Suplico-lhe: o que Henry está indo fazer?

Fanny alegou seu desconhecimento tão firmemente quanto seu embaraço permitiu.

– Bem – respondeu a Srta. Crawford, rindo –, devo então supor que seja exclusivamente com o pretexto de levar o seu irmão e falar sobre você ao longo do caminho!

Fanny estava confusa, mas era uma confusão gerada pelo descontentamento. Enquanto a Srta. Crawford divagava, ela não sorriu, e viu-se mais ansiosa do que o necessário, estranha àquilo ou, ainda, pensou qualquer outra coisa, mas não se sensibilizava com a atenção dispensada por Henry. Fanny divertiu-se bastante no curso da noite, mas as atenções de Henry tinham muito pouco a ver com isso. Ela preferiria *não* ser convidada novamente por ele, e desejava não ter sido levada a suspeitar que as perguntas feitas por ele à Sra. Norris sobre a hora do jantar tivessem o intuito de assegurar a companhia dela para aquele momento. Mas não poderia ser evitado. Ele a fez sentir que era o centro das atenções, embora ela não pudesse dizer que tenha sido feito de maneira desagradável, e que ele era indelicado ou ostensivo em seus modos. Às vezes, ao falar de William, ele realmente não era desagradável e demonstrava um afeto que lhe dava maior credibilidade; mas ainda assim a sua atenção não fazia parte da sua satisfação. Ela estava feliz por William, pois via como ele estava se divertindo, e a cada cinco minutos ouvia-o relatar sobre as suas parceiras de dança. Ela estava feliz por saber que era admirada e por ter duas músicas para dançar com Edmund. Durante grande parte da noite as suas mãos foram avidamente disputadas, e o seu compromisso com *ele* era uma contínua perspectiva. Ela ficou feliz quando o momento finalmente chegou, mas não por ele ter demonstrado grande animação, ou qualquer galanteio, como havia feito naquela manhã. Ele estava abatido, e a felicidade dela consistia em ser a amiga na qual ele buscou repouso.

– Estou exausto com tantas formalidades – disse ele. – Conversei incessantemente durante toda a noite, e sem nada a dizer. Mas com *você*, Fanny, pode haver descanso. Não precisamos conversar; vamos nos dar o luxo do silêncio.

Fanny mal respondeu, aquiescendo. Ela deveria respeitar o seu cansaço, provavelmente causado também, em grande medida, pelos mesmos sentimentos que havia revelado naquela manhã. Dançaram as duas músicas juntos com sóbria tranquilidade, que poderia satisfazer a qualquer observador que questionasse o fato de Sir Thomas não ter ainda providenciado uma esposa para o filho mais novo.

A noite ofereceu a Edmund poucos prazeres. A Srta. Crawford estava bastante animada quando eles dançaram juntos pela primeira vez, mas não foi o contentamento dela que lhe fez bem; ao contrário, diminuiu ainda mais o seu bem-estar em vez de elevá-lo. Depois, já que ele ainda sentira-se impelido a procurá-la mais uma vez, ela o entristeceu pela maneira como se referiu à profissão que ele estava prestes a abraçar. Eles alternaram momentos de conversa e de silêncio. Ele argumentou e ela criticou. E ambos se separaram aborrecidos. Fanny, incapaz de se abster de observá-los, viu o suficiente para sentir-se satisfeita. Era cruel sentir-se feliz quando Edmund sofria. No entanto, alguma felicidade emergia da convicção de que ele sofria.

Quando as duas danças com ele terminaram, o seu desejo e disposição para continuar estava praticamente no fim. Sir Thomas, ao vê-la praticamente caminhar em vez de dançar, sem ar e com a mão na cintura, ordenou-lhe que sentasse imediatamente. E o Sr. Crawford aproveitou para também se sentar.

– Pobre Fanny! – exclamou William, aparecendo em um momento para visitá-la e abanando o leque de sua parceira para reavivá-la. – Como ficou cansada rapidamente! Vamos, a festa mal começou. Espero que consigamos manter a disposição pelas próximas duas horas. Como pode sentir-se cansada tão cedo?

– Tão cedo! Meu bom amigo –, disse Sir Thomas, exibindo o relógio com o máximo de cuidado –, são três horas da madrugada, e sua irmã não está acostumada a ficar acordada até tão tarde.

– Bem, Fanny, então você não deve se levantar amanhã antes de minha partida. Durma até a hora que puder, e não se preocupe comigo.

– Ah, William!

– O quê? Ela pensou em levantar-se antes de você partir?

– Ah, sim, senhor – exclamou Fanny, levantando-se avidamente de seu assento para ficar próxima ao tio. – Devo levantar e tomar o café com ele. Será a última vez, como sabe; a última manhã.

– É melhor não. Ele deve tomar café e sair às nove e meia. Sr. Crawford, você pode chamá-lo às nove e meia?

No entanto, Fanny insistiu com os olhos marejados de lágrimas, e o seu tio não pôde discordar.

– Bem, bem – disse ele, consentindo.

– Sim, às nove e meia, disse Crawford a William, enquanto este se afastava. – Serei pontual, pois não haverá uma irmã gentil para se levantar por *mim*.

E voltou-se para Fanny, com um tom de voz mais baixo:

– Terei somente um lar deserto quando me levantar. O seu irmão poderá constatar a diferença entre as nossas noções de horário amanhã.

Depois de breve reflexão, Sir Thomas convidou Crawford para se juntar a eles no café da manhã, em sua casa, em vez de comer sozinho; ele mesmo estaria presente. E a prontidão com que Crawford aceitou o convite convenceu-o de que as suas suspeitas, confirmadas no baile, eram fundamentadas. O Sr. Crawford estava apaixonado por Fanny, e ele previu os desdobramentos com prazer. A sobrinha, neste ínterim, não ficou grata ao tio pelo que tinha acabado de fazer. Ela esperava ter William exclusivamente para ela na última manhã; seria um presente indescritível. Mas mesmo tendo o seu desejo sido arruinado, não havia sobre o que se queixar. Pelo contrário, ela estava tão pouco acostumada a ter as suas opiniões consultadas, ou ter qualquer acontecimento realizado de acordo com o seu desejo, que estava mais disposta a admirar-se e alegrar-se por ter conseguido ser atendida do que a lamentar-se com a contrariedade que se seguiu.

Pouco tempo depois, Sir Thomas fez mais uma interferência ao aconselhá-la a ir imediatamente para a cama. "Aconselhar" foi o termo que ele utilizou, mas era o conselho de quem detinha todo o poder, e a ela não restava alternativa a não ser levantar e, com o adeus cordial do Sr. Crawford, ir embora silenciosamente. Parou em frente à porta como a Dama de Braxholm Hall, "um minuto e nada mais", contemplou a cena feliz e deu a última olhada nos cinco ou seis casais que ainda dançavam determinadamente. Em seguida, subiu lentamente a escadaria principal, seguida pela música incessante, febril com suas esperanças e medos, com os pés doloridos e exausta, insone e agitada, e ainda assim sentindo, a despeito de tudo, que o baile era algo de fato encantador.

Ao mandá-la embora, é possível que Sir Thomas não estivesse pensando somente em sua saúde; pode ter-lhe ocorrido que o Sr. Crawford estava sentado ao seu lado por tempo suficiente, ou então ele estava pensando em entregar-lhe como esposa ao fazê-lo demonstrar o seu comportamento.

29

O baile chegou ao fim, e em breve também o café da manhã. O último beijo foi dado e William fora embora. O Sr. Crawford tinha sido, conforme prometera, muito pontual, e a refeição foi rápida e agradável.

Após acompanhar William até o último instante, Fanny voltou para a sala de café da manhã com o coração apertado, sofrendo com a mudança melancólica. O tio deixou-a sozinha para chorar em paz, imaginando que as cadeiras vazias dos rapazes evocariam seus sentimentos de afeto, que provavelmente iriam se dividir entre as sobras de carne de porco com mostarda no prato de William e as cascas de ovo quebradas no prato do Sr. Crawford. Ela sentou e chorou *con amore*, como o seu tio imaginara, mas foi *con amore* fraternal e nenhum outro. William havia partido, e agora ela lamentava ter desperdiçado a metade do tempo de sua visita com preocupações inúteis e egoístas, que não se relacionavam em nada com ele.

O estado de espírito de Fanny era tal que ela nem conseguiu pensar em sua tia Norris no seu lar pequeno e melancólico sem se censurar por não lhe ter dispensado um pouco mais de atenção quando estiveram juntas pela última vez; muito menos ainda ser absolvida por não ter dado a William a atenção que ele merecia no decorrer dos quinze dias.

Foi um dia difícil e melancólico. Logo após o segundo café da manhã, Edmund despediu-se e montou no seu cavalo rumo a Peterborough, onde ficaria por uma semana. Todos tinham partido. Nada restou da noite anterior, a não ser lembranças, as quais não tinha com quem compartilhar.

Ela procurou a tia Bertram, pois necessitava conversar com alguém; mas sua tia tinha presenciado muito pouco do que ocorrera e demonstrou tão pouco interesse que acabou não sendo muito fácil. Lady Bertram não sabia dizer nada muito preciso acerca dos vestidos, ou dos lugares que as pessoas haviam ocupado no jantar, exceto o seu próprio. Ela não se lembrava do que ouvira a respeito de uma das Srtas. Maddoxe ou o que lady Prescott percebera em Fanny; não estava certa se o coronel Harrison havia comentado a respeito do Sr. Crawford ou de William, referindo-se ao jovem mais refinado no aposento; alguém tinha sussurrado algo para ela, e se esqueceu de consultar o Sir Thomas sobre o assunto.

Essas foram as suas informações mais longas e detalhadas. Fora isso, somente lacônicos "Sim, sim, muito bem; E você?; Ele disse o quê?; Eu não vi *isso*; Eu não saberia diferenciar um do outro."

A conversa não foi satisfatória. Só foi melhor do que teriam sido as respostas mordazes da Sra. Norris. Mas como ela havia ido para casa levando geleias para cuidar de uma criada doente, havia paz e bom humor no pequeno grupo, apesar da pouca animação.

A noite foi tão melancólica quanto o dia.

– Eu não sei explicar o que há de errado comigo! – disse lady Bertram quando os utensílios do chá foram retirados. – Eu me sinto bastante estranha. Deve ser por ter ficado acordada até tarde. Fanny, você deve fazer algo para me manter acordada. Não consigo trabalhar. Prepare as cartas, estou muito entediada.

As cartas foram trazidas e Fanny jogou com a tia até a hora de se deitarem, e nenhum outro som foi ouvido na sala nas duas horas seguintes além da contagem do jogo.

– E *isso* faz com que some trinta e um. Quatro na mão e oito no baralho. Você deve dar as cartas, senhora; devo fazer por você?

Fanny pensou sem parar como depois de vinte e quatro horas aquela sala e toda aquela parte da casa estavam tão diferentes. Na noite anterior havia sido esperança e sorrisos, alvoroço e movimento, barulho e esplendor na sala de estar, fora da sala de estar e em toda parte. Agora tudo era melancolia e solidão.

Uma boa noite de descanso melhorou o seu estado de espírito. Ela pôde pensar em William com mais alegria no dia seguinte. Pela manhã ela teve a oportunidade de conversar sobre a noite de quinta-feira com a Sra. Grant e com a Srta. Crawford, muito agradavelmente e com muita imaginação, sorrisos e brincadeiras. Esses elementos foram essenciais para apagar as sombras deixadas por um baile que tinha chegado ao fim. Depois disso ela poderia conseguir se concentrar sem muito esforço nos assuntos cotidianos e se conformar facilmente com a tranquilidade da silenciosa semana.

O grupo deles nunca ficara tão pequeno ao longo de um dia inteiro, e *ele* tinha partido, justamente sobre quem todo o bem-estar e alegria familiar repousavam a cada refeição. Mas era preciso aprender como enfrentar aquela situação. Em breve ele estaria permanentemente ausente; mas ela sentia-se grata por agora conseguir sentar-se no mesmo aposento que o tio, ouvir a sua voz e suas perguntas, e até mesmo respondê-las sem sentir o pavor de outrora.

– Sentimos falta dos dois jovens – observou Sir Thomas no primeiro e no segundo dia em seu reduzido grupo após o jantar.

Em consideração aos olhos marejados de lágrimas de Fanny, nada mais foi dito no primeiro dia, além de um brinde à saúde deles, mas no segundo dia o assunto foi retomado e estendido. Fizeram comentários positivos a respeito de William e torceram por sua promoção.

– Não há razão para supor – acrescentou Sir Thomas –, que as suas visitas não serão mais frequentes. Em relação a Edmund, precisamos aprender a ficar sem ele. Este será o último inverno em que residirá conosco.

– Sim – disse lady Bertram –, mas eu gostaria que ele não fosse embora. Acredito que todos estejam partindo. Eu preferiria que permanecessem em casa.

Este comentário relacionava-se sobretudo a Julia, que havia recentemente solicitado permissão para ir para a cidade com Maria; e Sir Thomas acreditou que seria melhor para as irmãs permanecerem juntas. Lady Bertram, em sua generosidade, também não a teria impedido de ir, mas lamentava a mudança de planos do retorno de Julia, que ocorreria naquela ocasião. Foi necessário a Sir Thomas bastante bom-senso para convencer a sua esposa sobre a nova combinação. Tudo o que uma mãe sensata *deveria* sentir e tudo o que uma mãe afetuosa *deveria* sentir para promover a felicidade de seus filhos foi argumentado e atribuído à sua natureza. Lady Bertram concordou com um calmo "Sim", e após refletir por alguns minutos, comentou espontaneamente:

– Sir Thomas, estive pensando: estou muito feliz por termos acolhido Fanny, e agora, com a ausência dos demais, percebemos o benefício.

Sir Thomas imediatamente complementou o elogio:

– É bem verdade. Nós demonstramos a Fanny quanto reconhecemos ser ela uma boa menina, elogiando-a em sua frente. Ela é uma companhia muito valiosa. Fomos bons para *ela*, e agora ela é bastante necessária para *nós*.

– Sim – disse lady Bertram prontamente. – E é um consolo saber que sempre teremos sua companhia.

Sir Thomas fez uma pausa. Com um leve sorriso, olhou para a sobrinha e disse com seriedade:

– Espero que ela nunca nos deixe até ser convidada para outro lar que lhe prometa felicidade maior do que a que tem aqui.

– E *isso* não é muito provável, Sir Thomas. Quem poderia convidá-la? Maria até poderá sentir-se contente por vê-la ocasionalmente em Sotherton, mas ela não a chamaria para viver lá. E estou certa de que estará melhor aqui; além do mais, não posso ficar sem ela.

A semana transcorrida tão silenciosa e calmamente na grande casa em Mansfield apresentava um caráter bem diferente no presbitério. Pelo menos para as jovens das duas famílias, os sentimentos eram muito diferentes; o que era tranquilidade e bem-estar para Fanny constituía tédio e aborrecimento para Mary. Algo foi suscitado no espírito de ambas pela diferença de disposição e hábito: um facilmente satisfeito e o outro, intolerante; todavia, havia mais diferença naquela circunstância. Em algumas questões, estavam em situações opostas. Na percepção de Fanny, a ausência de Edmund, tendo em vista o motivo que o fizera partir, era um alívio. Para Mary, era somente sofrimento; ela desejava sua companhia todos os dias, quase todas as horas. E o seu desejo era tamanho que não conseguia extrair nada mais do que irritação ao pensar no motivo pelo qual ele havia partido. Ele não poderia ter planejado nada pior do que se ausentar naquela semana, justamente no momento em que seu irmão e William Price partiram, concluindo a separação de um grupo que estivera tão animado. Ela sofreu intensamente. Eles agora compunham um desanimado trio, confinados em casa pela chuva e pela neve, com nada para fazer ou planejar. Aborrecida como estava com Edmund por suas ideias, que se opunham às dela (e estava tão enfurecida que eles se despediram do baile de forma pouco amistosa), não conseguia deixar de pensar nele continuamente durante a sua ausência, apoiando-se em seus méritos e em sua afeição, sentindo falta dos encontros quase diários que haviam tido nos últimos tempos. A sua ausência era desnecessariamente longa. Ele não a deveria ter planejado, não deveria ter partido por uma semana, quando a sua própria despedida de Mansfield estava próxima. Então, ela começou a se sentir culpada. Ela desejava não ter falado de forma tão veemente em sua última conversa com ele. Temia ter utilizado algumas expressões desagradáveis e de desdém ao se referir ao clero, e *isso* não poderia ter ocorrido. Não havia sido gentil; fora um erro. Ela desejava com todo o seu coração poder desdizer aquelas palavras.

A sua inquietação não teve alívio com o término da semana. Tudo isso era ruim, mas ainda tinha mais para sentir quando a sexta-feira chegou novamente e não trouxe Edmund de volta; e no sábado, nada de Edmund tampouco. Em uma breve conversa com a outra família no domingo, descobriu que ele tinha escrito postergando o seu retorno, pois tinha prometido ao amigo permanecer uns dias a mais com ele!

Se antes ela sentia impaciência e arrependimento, se estava arrependida pelo que dissera e temia o seu efeito sobre ele, agora ela sentia e temia dez vezes mais. E ainda precisava rivalizar com outro sentimento desagradável e inteiramente novo a ela: o ciúme. O amigo dele, Sr. Owen, tinha irmãs, e ele poderia achá-las atraentes. Mas de qualquer modo, a sua ausência em um momento no qual, de acordo com os planos anteriores, ela deveria mudar-se para Londres, tinha um significado que ela não podia suportar. Se Henry retornasse, conforme dissera que faria, ao fim de três ou quatro dias, seria o momento da partida dela de Mansfield. Tornou-se absolutamente necessário encontrar Fanny e saber mais. Ela não poderia continuar em tamanha infelicidade sozinha, e caminhou até o Park carregando dificuldades que tinha considerado insuperáveis na semana anterior, buscando a chance de ter mais alguma informação, ou ao menos a oportunidade de ouvir falar o nome dele.

A primeira meia hora foi perdida, pois Fanny e lady Bertram estavam juntas, e caso não tivesse a oportunidade de ter Fanny exclusivamente para ela, não poderia esperar nada mais. Mas, por fim, lady Bertram deixou o aposento, e quase imediatamente a Srta. Crawford começou a perguntar, regulando sua voz tão bem quanto lhe era possível:

– O que acha do seu primo Edmund permanecer tanto tempo longe? Sendo a única jovem de casa, deve ser *você* quem mais sofre. Você deve sentir falta dele. Sua permanência longe o deixa surpresa?

– Eu não sei – respondeu Fanny hesitantemente –; eu particularmente não esperava por isso.

– Talvez ele fique ainda mais tempo longe do que tenha dito. É assim que ocorre, todos os jovens fazem isso.

– Ele não o fez na última vez que visitou o Sr. Owen.

– Ele se sente mais à vontade na casa *agora*. Ele é um jovem muito, muito encantador, e não posso deixar de me preocupar em não vê-lo antes de partir para Londres, como agora certamente acontecerá. Eu aguardo Henry todos os dias, e tão logo ele venha nada mais me impedirá de deixar Mansfield. Confesso que eu gostaria de vê-lo uma vez mais. Você deverá transmitir-lhe os meus cumprimentos. Sim, acho que é isso, devem ser cumprimentos. Não há, Srta. Price, em nossa língua, algo entre os cumprimentos e o amor que seja mais apropriado à amizade que tivemos? Tantos meses que convivemos! Mas cumprimentos devem ser suficientes agora. A carta dele era longa? Ele revelou o que tem feito? É pelas festas de Natal que ele permanece lá?

– Ouvi somente uma parte da carta. Era endereçada ao meu tio, mas acredito que era muito curta. Tudo o que soube é que o seu amigo insistiu para que ficasse mais tempo e que ele concordou em fazê-lo. Uns *poucos* dias a mais, ou *muitos* dias a mais, não estou certa.

– Ah! Se ele escreveu ao pai... Pensei que poderia ter sido para Lady Bertram ou para você. Mas se escreveu ao pai, não é de se admirar que tenha sido conciso. Quem escreveria trivialidades para Sir Thomas? Se tivesse escrito para você, haveria mais detalhes. Você saberia de bailes e festas. Ele teria enviado uma descrição de tudo e de todos. Quantas são as Srtas. Owen?

– Três crescidas.

– Elas sabem tocar ou cantar?

– Não sei dizer. Nunca ouvi nada a respeito.

– Esta é a primeira pergunta, você sabe – disse a Srta. Crawford tentando aparentar feliz e despreocupada –, que toda mulher que sabe tocar pergunta a outra. Mas é uma tolice fazer perguntas sobre outras jovens, sobre as três irmãs crescidas. Pois sabemos que, mesmo sem nos ter dito, sabemos exatamente o que são. Todas muito talentosas e agradáveis, e *uma* muito bonita. Existe alguma beleza em todas as famílias. Esta é uma certeza. Duas tocam piano e a outra, harpa, e todas sabem cantar, ou saberiam cantar se fossem ensinadas, ou cantam até melhor por nunca terem aprendido, ou algo do gênero.

– Eu não sei nada a respeito das Srtas. Owen – disse Fanny calmamente.

– Você não sabe nada e não se importa, como as pessoas costumam dizer. Nunca o seu tom tinha expressado uma indiferença mais evidente. Realmente, como alguém pode se importar com alguém que nunca viu? Bem, quando seu primo retornar, ele encontrará tudo muito quieto em Mansfield, todos os barulhentos terão partido: o seu irmão, o meu, e eu mesma. Não gosto da ideia de deixar a Sra. Grant, agora que o momento se aproxima. Ela não queria que eu partisse.

– Você não pode duvidar de que muitos sentirão a sua falta – Fanny sentiu-se obrigada a dizer. – A sua ausência será muito sentida.

A Srta. Crawford olhou-a como se quisesse ouvir mais, ou ver mais, e depois disse, sorrindo:

– Ah sim, sentirão a minha ausência como de qualquer mal barulhento que se afasta; isto é, sente-se uma grande diferença. Mas eu não estou insinuando nada, não me elogie. Se a minha ausência *for* sentida, acontecerá. Poderei ser achada por aqueles que quiserem me ver. Eu não estarei em nenhum lugar duvidoso, ou distante, ou uma região inatingível.

Agora Fanny não conseguia falar nada e a Srta. Crawford estava desapontada, pois esperava ouvir algo satisfatório de seu poder, de alguém que julgava conhecer. E o seu estado de espírito mais uma vez se fechou.

– As Srtas. Owen – disse ela logo depois –, imagine que tivesse uma das Srtas. Owen hospedada em Thornton Lacey. O que acharia disso? Situações mais estranhas já ocorreram. Ouso dizer que estão buscando isso. E estão certas, pois seria uma bela casa para elas. Não me surpreende, e eu não as critico. É o dever de cada um tentar fazer o melhor para si. O filho de Sir Bertram é uma pessoa importante, e é independente. O pai delas é um clérigo e o irmão também, e são todos clérigos juntos. Ele é uma propriedade deles por direito. Ele pertence a eles de maneira justa. Você não fala nada, Fanny; Srta. Price, você não fala nada. Mas agora, honestamente, você não acha que ocorrerá dessa maneira?

– Não – disse Fanny resolutamente. – Eu não espero nada disso.

– Não? – exclamou a Srta. Crawford espontaneamente. – Eu questiono tudo isso, mas ouso afirmar que você sabe exatamente... eu sempre imagino que você é... talvez você não acredite que ele esteja pronto para se casar, pelo menos não agora.

– Não, eu não acho – disse Fanny amavelmente, esperando não ter afirmado uma coisa ou outra.

A sua amiga a olhou fixamente, e recuperando o seu estado de espírito mesmo ruborizada por esse olhar, afirmou somente:

– Ele está melhor assim. – E mudou o assunto.

30

A inquietação da Srta. Crawford suavizou-se depois dessa conversa, e ela caminhou de volta para casa em tal estado de espírito que quase poderia resistir a mais outra semana, caso fosse necessário, com o mesmo grupo reduzido e o mesmo tempo desagradável. Mas aquela mesma noite trouxe o irmão de volta de Londres, bastante alegre, como habitualmente, ou talvez ainda mais que o habitual. E assim ela não tinha mais do que se lamentar. A insistência dele em não revelar o que tinha ido fazer tinha apenas a intenção de provocá-la; o que um dia antes poderia tê-la irritado, agora é uma brincadeira engraçada, mas ela suspeitava de que ele planejava alguma surpresa para ela.

O dia seguinte *trouxe* de fato uma surpresa para ela. Henry disse que iria até os Bertram para lhes perguntar como estavam e retornaria em dez minutos. Mas já estava fora havia uma hora quando a irmã, que o aguardava para conversar no jardim, o encontrou deveras impaciente.

– Meu querido Henry, onde esteve por todo este tempo?

E tudo o que havia a dizer era que estivera conversando com lady Bertram e Fanny.

– Conversando com elas há uma hora e meia! – exclamou Mary.

Mas isso era somente o início de sua surpresa.

– Sim, Mary – disse ele, juntando o seu braço ao dele e caminhando ao longo do jardim como se não soubesse onde estava. – Eu não pude deixá-las antes; Fanny estava tão adorável! Estou muito determinado, Mary. Estou resoluto. Isto vai surpreendê-la? Não, você deve saber que estou bastante determinado a me casar com Fanny Price.

A surpresa agora estava completa. Pois, a despeito do que o comportamento dele pudesse sugerir, a suspeita de que ele pudesse acalentar esses pensamentos nunca tinha passado pela cabeça da irmã. Ela demonstrou sua perplexidade, e de tal forma que ele sentiu-se obrigado a repetir o que acabara de dizer, mais completa e solenemente. Convencida da determinação do irmão, deu-lhe apoio. Até sentiu algum prazer com a surpresa. Mary estava em um estado de espírito favorável para exultar uma ligação com a família Bertram, e não ficou descontente com a ideia de casá-lo com alguém um pouco inferior a ele.

– Sim, Mary – afirmou Henry. – Estou completamente apaixonado. Você sabe quais foram minhas motivações fúteis, mas elas não existem mais. Eu fiz (e me orgulho disso) um progresso considerável na conquista da afeição dela, mas o que sinto por ela está totalmente definido.

– Garota de sorte, muita sorte! – exclamou Mary tão logo conseguiu falar. – Que casamento para ela! Meu querido Henry, esta é a minha *primeira* impressão, mas a *segunda*, que deve saber sinceramente, é que aprovo a sua escolha do fundo da minha alma, e prevejo a sua felicidade do fundo do meu coração; é o que espero e desejo. Você terá uma esposa meiga, grata e devota; exatamente o que merece. Que bela união para ela! A Sra. Norris com frequência menciona a sorte que ela teve. O que dirá agora? Sem dúvida, será uma alegria para toda a família! E ela tem *verdadeiros* amigos nesta família. Como *eles* vão alegrar-se! Mas me diga mais. Fale comigo sem parar. Quando começou a pensar seriamente nela?

Nada poderia ser mais impossível do que responder a essa pergunta, mas nada mais agradável do que ter sido perguntado a respeito. Como havia sido tão agradavelmente capturado ele não poderia dizer, e antes que tivesse expressado repetidamente o mesmo sentimento com pequenas variações, a irmã o interrompeu ansiosamente.

– Ah, meu querido Henry, então é isso que o levou a Londres! Este era o seu compromisso! Você decidiu consultar o almirante antes de tomar uma decisão.

Mas isso ele negou com veemência. Ele conhecia muito bem o tio para consultá-lo a respeito do casamento. O almirante tinha aversão a casamento, e achava que isso era imperdoável para um jovem de fortuna e independente.

– Quando ele conhecer Fanny – continuou Henry –, vai gostar dela. Ela é exatamente o tipo de mulher que pode acabar com todos os preconceitos de um homem como o almirante, pois constitui exatamente o tipo de mulher que ele acredita não existir no mundo. Ela é precisamente a impossibilidade que ele descreveria, caso tenha agora sensibilidade suficiente que o permita descerver as suas ideias. Mas até que tudo esteja absolutamente resolvido, e sem qualquer interferência, ele não deve saber nada sobre o assunto. Não, Mary, você está equivocada. Ainda não descobriu qual era o meu compromisso!

– Bem, bem, estou satisfeita. Agora sei sobre a quem se relaciona, e não estou com pressa em saber o restante. Fanny Price, maravilhoso, realmente maravilhoso! Mansfield foi tão importante... que *você* encontrou lá o seu destino! Mas você está correto, não poderia ter feito melhor escolha. Não há uma jovem melhor no mundo, e você não a deseja por fortuna. E quanto a sua origem, não poderia ser melhor. Os Bertram são indubitavelmente uma das melhores famílias neste país. Ela é sobrinha de Sir Thomas Bertram, e isso será suficiente para o mundo. Mas continue, continue. Conte-me mais. Quais são os seus planos? Ela já sabe do seu feliz destino?

– Não.

– O que está esperando?

– Por... por um pouco mais do que uma oportunidade. Mary, ela não é como as primas, mas acredito que não lhe perguntarei em vão.

– Ah, certamente não. Ainda que você fosse menos agradável, e supondo que ela não o ame agora (do que tenho razões para duvidar), você teria garantia de conquistá-la. A gentileza e o reconhecimento de seu caráter vão assegurá-la para você imediatamente. Do fundo da minha alma eu não acho que ela casaria com você *sem* amor, pois se existe alguma jovem neste mundo capaz de não ser influenciada pela ambição, acredito que seja ela. Mas peça-a que o ame, e ela não terá coragem de refutá-lo.

Tão logo a sua ansiedade sossegou, eles estavam igualmente felizes de contar e ouvir, e a conversa que se seguiu foi verdadeiramente interessante para ambos, embora ele não se referisse a nada mais do que as suas próprias sensações, ou os encantos de Fanny. A beleza do rosto de Fanny e de seu corpo, a graciosidade do seu jeito e a bondade de coração foram os temas inesgotáveis. A gentileza, a modéstia e meiguice de sua personalidade foram discorridas afetuosamente; aquela suavidade que constitui parte essencial do valor da mulher perante o julgamento de um homem, e embora muitas vezes apenas imaginada, que eles sempre acreditam existir. Ele tinha bons motivos para confiar em seu temperamento e para elogiá-lo. Ele o tinha visto ser testado com frequência. Havia alguém na família, com exceção de Edmund, que não houvesse, de uma forma ou de outra, continuamente exercitado a sua paciência e indulgência? Os seus afetos eram evidentemente intensos. Vê-la com o irmão! O que mais poderia ser uma prova de que o ardor em seu coração era semelhante à sua gentileza? O que mais poderia ser encorajador para um homem que tinha a esperança do seu amor? Assim, a compreensão dela estava acima de qualquer suspeita, viva e transparente. A sua conduta constituía um espelho de sua modéstia e elegância. E isso não era tudo. Henry Crawford tinha muita percepção para não reconhecer o valor dos bons princípios em uma esposa, embora ele mesmo estivesse pouco acostumado a refletir seriamente sobre isso. Mas ao falar sobre a sua conduta estável e regular, sua grande noção de honra e compostura como uma espécie de garantia para qualquer homem confiante na fé e integridade dela, estava inspirado nos bons princípios e na religiosidade dela.

– Eu poderia total e absolutamente confiar nela – disse ele –, e *isso* é o que eu quero.

Bem poderia a irmã, acreditando que a opinião dele sobre Fanny Price pouco ultrapassasse os méritos dela, alegrar-se com esperanças.

– Quanto mais eu penso no assunto – disse ela –, mais me convenço de que está fazendo o correto, e ainda que eu nunca escolhesse Fanny Price como a jovem mais provável para você, acredito que ela seja a mais indicada para fazê-lo feliz. Seu plano perverso de fazê-la se apaixonar por você sem dúvida foi uma boa ideia, e ambos serão beneficiados.

– Foi malévolo, muito malévolo, atentar contra essa criatura! Mas eu não a conhecia então. E ela não deverá ter qualquer motivo para lamentar a minha decisão. Eu a farei muito feliz, Mary; mais feliz que jamais foi ou que tenha visto alguém ser. Eu não a tirarei de Northamptonshire. Eu deixarei Everingham e alugarei uma residência nas cercanias, talvez Stanwix Lodge. Alugarei Everigham por sete anos. Estou certo de encontrar com facilidade um excelente inquilino. Eu poderia nomear três pessoas agora que aceitariam os meus termos e ainda me agradeceriam.

– Ah! – exclamou Mary –, estabelecer-se em Northamptonshire. Que agradável! Assim ficaremos todos juntos.

Em seguida, pensou no que havia acabado de dizer e arrependeu-se; mas não havia qualquer motivo para se constranger, pois o irmão a via como a possível ocupante do presbitério de Mansfield e respondeu gentilmente que a convidaria para a sua casa, e reivindicou seus direitos sobre ela.

– Você deve nos dar mais do que a metade do seu tempo – disse ele. – Eu não posso admitir que a Sra. Grant tenha um direito semelhante ao de Fanny e meu, pois ambos teremos direitos sobre você. Fanny será verdadeiramente a sua irmã!

Mary não teve nada mais a dizer além de lhe demonstrar a sua gratidão e dar-lhe garantias; mas naquele momento não tinha a intenção de ser a visitante nem do irmão ou da irmã por muitos meses.

– Você dividirá o seu ano entre Londres e Northamptonshire?

– Sim.

– Você está certo; e em Londres, naturalmente, em sua própria casa, sem precisar hospedar-se na do almirante. Meu querido Henry, será de grande benefício para você distanciar-se do almirante antes que seu comportamento seja afetado pelo dele; antes que adote suas tolas opiniões ou aprenda a sentar-se à mesa como se fosse a maior bênção da vida! *Você* não percebe o seu benefício, já que a sua estima por ele o cegou; mas em minha opinião, o seu casamento quando ainda jovem poderá ser a sua salvação. Vê-lo tornar-se parecido com o almirante nas palavras e atos, olhar ou gestos, partiria meu coração.

– Bem, bem, nós não temos a mesma opinião. O almirante tem seus defeitos, mas é um ótimo homem e tem sido mais do que um pai para mim. Poucos pais teriam permitido tamanha liberdade. Você não deve influenciar Fanny negativamente a seu respeito. E farei com que se amem mutuamente.

Mary evitou dizer o que pensava, pois não poderiam existir duas pessoas com personalidade e comportamento tão discordantes; o tempo faria com que ele percebesse. Mas ela não podia evitar ter tal ideia a respeito do almirante.

– Henry, tenho Fanny Price em alta conta, e se eu pudesse supor que a próxima Sra. Crawford teria metade dos motivos que a minha pobre mal casada tia possuía para abominar o próprio nome, eu tentaria impedir o casamento, se possível. Mas o conheço, sei que uma mulher que você *ame* será a mais feliz, e mesmo que deixe de amá-la, ainda assim ela verá em você a generosidade e a boa educação de um cavalheiro.

A impossibilidade de não fazer tudo que estivesse ao seu alcance para deixar Fanny Price feliz, ou de deixar de amá-la, foi a base para a sua eloquente resposta.

– Se a tivesse visto esta manhã, Mary – continuou ele –, atendendo com indescritível doçura e paciência a todas as absurdas demandas da tia, trabalhando com ela e para ela, com seu brilho belamente ressaltado enquanto se empenhava no trabalho, a seguir finalizando uma anotação iniciada antes de se colocar a serviço daquela mulher estúpida, e tudo isso com gentileza despretensiosa, como uma obrigatoriedade, como se fosse natural não ter direito a único momento seu; seu cabelo perfeitamente arrumado, como sempre, com um pequeno cacho caído sobre o seu rosto enquanto escrevia, que de tempos em tempos jogava para trás. Em meio a tudo isso conversava em intervalos *comigo*, ou me ouvia, demonstrando gostar de prestar atenção ao que falo. Se a tivesse visto, Mary, você não teria vislumbrado a possibilidade de extinguir-se o seu poder sobre o meu coração.

– Meu querido Henry, como estou feliz em vê-lo apaixonado! – exclamou Mary, sorrindo para ele. – Fico encantada. Mas o que será que a Sra. Rushworth e Julia vão dizer?

– Não me importa o que dirão ou o que poderão sentir. Agora elas perceberão o tipo de mulher que pode me conquistar, e que pode conquistar um homem de bom-senso. Espero que a descoberta possa lhes fazer bem. E elas verão a prima ser tratada da maneira como deve, e espero que possam verdadeiramente se envergonhar de sua abominável negligência e indelicadeza. Elas ficarão furiosas – completou, e prosseguiu depois de um momento de silêncio e em um tom mais brando: – A Sra. Rushworth ficará muito aborrecida. Será um comprimido amargo, e assim como a pílula ruim terá dois momentos; primeiro, o gosto desagradável, mas depois será engolida e esquecida. Eu não sou pretensioso o suficiente para supor que os sentimentos dela seriam mais duradouros do que os de outra mulher, mesmo tendo sido objeto deles. Sim, Mary, a minha Fanny sentirá certamente uma diferença, a cada dia e a cada hora, no comportamento de todos os que se aproximarem dela, e será a completude da minha felicidade saber que sou o responsável por isso; saber que fui a pessoa responsável por aquilo que lhe é de direito. Agora ela é dependente, indefesa, destituída de amigos, negligenciada e esquecida.

– Não, Henry, não por todos; não é esquecida por todos, nem desprovida de amigos. O seu primo Edmund nunca se esquece dela.

– Edmund, é verdade; acredito que ele seja (de forma geral) gentil com ela, e Sir Thomas também, a sua maneira. Mas o tio se comporta como os ricos: superiores, prolixos e arbitrários. O que Sir Thomas e Edmund podem fazer juntos, o que eles *fazem* pela sua felicidade, bem-estar, honra e dignidade neste mundo em comparação ao que eu farei?

31

Henry Crawford estava de volta a Mansfield Park na manhã seguinte e chegou mais cedo do que o usual para a sua visita. Fanny e a tia Bertram estavam juntas na sala do café da manhã, e felizmente para ele lady Bertram encontrava-se justamente de saída no momento em que entrou. Ela estava quase à porta, e sem a intenção de ter esse trabalho em vão, continuou o seu caminho após uma recepção cordial e uma breve justificativa por estar sendo aguardada, seguindo-se um pedido à criada para avisar sir Thomas.

Henry, radiante por vê-la se retirar, curvou-se e, sem perder um instante, virou-se instantaneamente para Fanny, que segurava algumas cartas, e disse com uma expressão feliz:

– Devo ficar infinitamente agradecido a qualquer criatura que me ofereça a oportunidade de vê-la sozinha: tenho desejado isso mais do que pode imaginar. Sabedor de seus sentimentos como irmã, não poderia conceber outra pessoa nesta casa compartilhando com você as notícias que trago. Ele foi promovido. Seu irmão é tenente. Eu tenho a infinita satisfação de parabenizá-la pela promoção do seu irmão. Aqui estão as cartas que a anunciam; acabaram de chegar, e talvez você queira vê-las.

Fanny não conseguia falar, e ele não queria que ela falasse. Ver a expressão em seus olhos, a mudança em sua feição, a sua comoção, sua dúvida, confusão e felicidade eram suficientes. Ela pegou as cartas da mão dele. A primeira era do almirante para informar ao sobrinho, em poucas palavras, de seu sucesso na tarefa pela qual ficara responsável, ou seja, a promoção do jovem Price; as demais, uma do secretário do Primeiro Lorde do Tesouro a um amigo, com quem o almirante havia conversado a respeito, a outra, a resposta desse amigo, indicando que a Sua Excelência tinha a grande satisfação de atender à recomendação do Sir Charles, que Sir Charles estava encantado em ter a oportunidade de demonstrar a sua estima pelo almirante Crawford e que a promoção do Sr. William Price a segundo-tenente do navio HM *Thrush* havia disseminado grande contentamento em grande círculo de pessoas importantes.

As mãos de Fanny tremiam enquanto lia as cartas, os seus olhos percorriam uma e outra e o seu coração estava pleno de emoção. O Sr. Crawford continuou, com verdadeira ansiedade, e a expressar o seu interesse no acontecimento.

– Eu não falarei da minha própria felicidade – disse ele –, pois por maior que seja só consigo pensar na sua. Quem teria mais direito de ficar feliz? Quase lamentei ter tido a oportunidade de saber antes de você o que deveria ter-lhe sido revelado previamente, antes de qualquer pessoa neste mundo. No entanto, não desperdicei um único momento; o correio atrasou-se esta manhã, mas assim que chegou não houve um instante sequer de demora. Nem mesmo tentarei descrever como estava impaciente, ansioso e consumido pelo assunto, e como fiquei severamente aflito e decepcionado por não tê-lo concluído enquanto estava em Londres! Dia após dia eu tinha a esperança de que fosse ocorrer, pois nenhum outro motivo poderia ter me mantido afastado de Mansfield por metade desse tempo. E mesmo tendo o meu tio se empenhado para realizar o meu pedido com muito boa vontade e de imediato, houve uma demora devido à ausência de um de seus amigos e aos compromissos de outro, e por fim não consegui suportar a espera; sabendo que a causa estava em boas mãos, retornei na segunda-feira, com a confiança de que o correio não passaria muitas vezes antes de trazer cartas com essas notícias. O meu tio, que é o melhor homem no mundo, dedicou-se ao caso como imaginei que o faria depois de conhecer seu irmão. Ele gostou muito de

William. Ontem eu não poderia me permitir dizer o *quão* encantado o almirante estava, ou repetir a metade dos elogios que ele fez. Eu adiei mencioná-los até que se mostrassem comprovadamente elogios de um amigo, como aconteceu. *Agora* posso dizer que nem mesmo eu precisaria interferir para que William Price despertasse mais interesse, ou fosse mais bem recebido ou tivesse melhor aprovação do que teve espontaneamente de meu tio depois de terem passado uma tarde juntos.

– Então *você* é o responsável por tudo isso? – exclamou Fanny. – Meu Deus! Como foi gentil, muito gentil! Você realmente... Foi por sua interferência? Peço desculpas, mas estou aturdida. O almirante Crawford solicitou? Como foi? Estou muito surpresa.

Henry estava extremamente feliz em lhe revelar a história desde o início e explicar com detalhes o que havia feito. A última viagem para Londres tinha sido planejada exclusivamente para apresentar o seu irmão em Hill Street, e pedir ao almirante que se beneficiasse da sua influência para auxiliá-lo. Esse havia sido o seu compromisso, e não o mencionara a ninguém. Ele não tinha revelado nem mesmo uma sílaba para a sua Mary, pois enquanto houvesse incerteza quanto ao desfecho ele não poderia revelar sua ideia, mas essa havia sido a sua tarefa. Ele falou com tanto ardor sobre a sua iniciativa, e usou expressões tão marcantes, mencionando profundo *interesse*, *redobrados motivos e desejo maior do que poderia expressar*, que Fanny não poderia permanecer insensível à compulsão dele. Seu coração estava tão pleno e a sua emoção ainda tão atônita que ela mal ouvia o que ele dizia, mesmo sobre William, e limitou-se a dizer, assim que ele fez uma pausa:

– Que gentileza! Que enorme gentileza! Ah, Sr. Crawford, estamos infinitamente agradecidos a você. Querido, querido William!

Ela levantou-se subitamente e dirigiu-se com pressa até a porta.

– Irei até meu tio. Ele deve saber disso o quanto antes.

Mas ele não poderia perder aquela oportunidade, estava muito impaciente. Ele a seguiu. "Ela não deve ir, ela deve me conceder mais cinco minutos." Ele pegou sua mão e a conduziu de volta à cadeira, e, quando estava em meio à sua explanação, ela ainda nem suspeitava o motivo da conversa. Quando Fanny compreendeu, no entanto, enquanto ele acreditava ter-lhe provido sensações que o seu coração nunca tinha conhecido antes, e que tudo o que tinha feito para William teria crédito nesse seu excessivo e desigual afeto por ela, ela ficou bastante aflita, e por alguns instantes foi incapaz de falar. Considerou tudo aquilo um disparate, mera frivolidade e galanteio, com a única intenção de iludi-la. Ela sentiu que ele a tratava de forma inadequada e indigna, de forma que ela não merecia. Mas era condizente com ele, e um papel já desempenhado antes e que ela havia presenciado. Porém ela não se permitiria demonstrar a metade da desaprovação que sentia, porque ele lhe havia feito um favor, e a indelicadeza dele não poderia fazê-la esquecer. Com o coração sobressaltado pela felicidade e gratidão em nome de William, Fanny não poderia ficar severamente ofendida com algo que feria somente a ela. Após ter recuado as mãos duas vezes, e duas vezes ter tentado em vão se desvencilhar dele, levantou e, bastante agitada, disse apenas:

– Não, Sr. Crawford; rogo-lhe que não. Este é um tipo de conversa muito desagradável para mim. Devo ir embora. Não posso suportá-la.

Mas ele continuou falando, descrevendo a sua afeição, pedindo reciprocidade e, finalmente, em palavras tão sinceras, que expressavam apenas um significado até mesmo para *ela*, ofereceu sua mão, sua fortuna; tudo estava ao dispor dela. Era isso; ele tinha dito. Ela estava ainda mais surpresa e confusa, e embora ainda sem saber se ele estava falando seriamente, ela mal pôde permanecer em pé. Ele a pressionou por uma resposta.

– Não, não, não! – exclamou ela, escondendo o rosto. – Isto tudo é um absurdo. Não me aflija. Não posso ouvir mais nada a respeito. A sua gentileza a William faz com que seja mais agradecida a você do que as palavras podem expressar, mas não quero, não posso suportar, não devo ouvir isto. Não, não, não pense em mim. Mas você *não* está pensando em mim. Sei que isso tudo não significa nada.

Ela conseguiu se libertar dele, e nesse momento eles ouviram Sir Thomas conversando com uma criada enquanto se dirigia ao aposento em que se encontravam. Não havia mais tempo para novas declarações ou pedidos, e deixá-la em um momento em que a modéstia dela parecia, em seu otimismo, se colocar à frente da felicidade que ele buscava, era uma necessidade cruel. Fanny apressou-se em direção à porta oposta, da qual surgiria o tio, e caminhava de um lado para outro no quarto da ala leste com sentimentos extremamente confusos e contraditórios logo depois dos cumprimentos e congratulações de Sir Thomas, ou antes que soubesse da feliz notícia que o seu visitante tinha vindo comunicar.

Ela estava sentindo, pensando, temendo, sobre tudo. Agitada, feliz, infeliz, infinitamente agradecida, absolutamente com raiva. Tudo era inacreditável! Isso era imperdoável, incompreensível! Mas tal era o seu perfil; ele não conseguia fazer nada sem um componente de malícia. Primeiro, ele a tinha feito o mais feliz dos seres humanos, e em seguida a insultara. Ela não sabia o que dizer, ou como analisar e compreender a situação. Ela sabia que ele não falava seriamente; e como poderia justificar o uso de tais palavras e ofertas, se não significavam nada mais do que um gracejo?

William era um tenente. Quanto a *isso* não havia dúvida ou sentimento de amargura. Ela só pensaria nisso e esqueceria todo o resto. O Sr. Crawford nunca mais se dirigiria a ela da mesma maneira; ele devia ter percebido como lhe foi desagradável. Mas como ela lhe era grata e o estimava por sua amizade a William!

Ela não ultrapassaria o cômodo na ala leste além do topo da grande escadaria até se certificar de que o Sr. Crawford houvesse ido embora. Quando teve certeza de que ele havia deixado a casa, ansiou por descer para se encontrar com o tio e compartilhar com ele toda a felicidade que sentia com a notícia sobre William, conversar a respeito de todos os benefícios que ele teria e conjecturar sobre o seu destino. Sir Thomas estava tão feliz quanto ela poderia desejar, muito gentil e falante, e tiveram uma conversa muito agradável sobre William, que a fez se sentir como se nada a houvesse aborrecido; até que descobriu que o Sr. Crawford se comprometera a retornar para o jantar naquele mesmo dia. Essa era uma informação desagradável, pois, embora o que havia ocorrido não significasse nada para *ele*, seria deveras angustiante para ela revê-lo em tão pouco tempo.

Ela tentou perceber o lado positivo daquela situação e se esforçou para parecer natural, conforme a hora do jantar se aproximava. Mas foi quase impossível para ela não parecer envergonhada e desconfortável quando o visitante entrou no aposento. Ela não poderia imaginar tal confluência de tantos sentimentos conflitantes no mesmo dia da notícia da promoção de William.

O Sr. Crawford não apenas estava na sala, como rapidamente pôs-se ao lado dela. Ele tinha um bilhete da irmã para entregar-lhe. Fanny não podia olhá-lo, mas não havia qualquer traço de brincadeira na voz dele. Ela leu o recado imediatamente, satisfeita por ter algo de que se ocupar, e ficou feliz por sentir-se protegida ao ser observada a certa distância por tia Norris, que também iria jantar com eles.

> Minha querida Fanny, assim deverei sempre chamá-la, após um infinito alívio de ter que chamá-la de *Srta. Price* nas últimas seis semanas. Não posso deixar meu irmão se despedir sem enviar-lhe algumas palavras de congratulação, e dar-lhe meu alegre consentimento e minha aprovação. Vá em frente, minha querida Fanny, e sem medo. Não há dificuldades que sejam dignas de se mencionar. Eu opto por supor que a garantia do *meu* consentimento servirá. Então, pode sorrir para ele com o seu sorriso mais meigo nesta noite e enviá-lo de volta para mim ainda mais feliz do que sai daqui.
>
> Com afeição,
M.C

Essas frases não teriam como fazer bem a Fanny, mesmo tendo ela lido-as rapidamente e de forma confusa, impedindo-a de entender com clareza as intenções da Srta. Crawford. Era evidente que pretendia parabenizá-la pela união com seu irmão, e até mesmo *parecia* que ela levara aquilo a sério. Fanny não sabia o que fazer ou no que pensar. A ideia de que aquilo fosse sério causou-lhe perplexidade e agitação em todos os aspectos. Ela angustiava-se todas as vezes que o Sr. Crawford falava com ela, e ele o fez com muita frequência. Ela notou que ao se dirigir a ela seu tom de voz e seu jeito eram bastante diferentes de quando conversava com os demais. Ela sentiu grande mal-estar naquele jantar, e mal conseguiu comer. Quando Sir Thomas mencionou de maneira bem-humorada que a felicidade tinha lhe tirado o apetite, ela desejou poder submergir pela vergonha ao imaginar a possível interpretação do Sr. Crawford. Embora não tenha conseguido dirigir seu olhar para a direita, onde ele estava acomodado, ela sentiu que o dele estava incidindo diretamente nela.

Mais do que nunca, ficou silenciosa. Ela mal participou da conversa, mesmo quando o assunto foi William, já que a sua promoção tinha sido providenciada pela mesma pessoa à sua direita, e foi doloroso lembrar essa correlação.

Ela achou que a Sra. Bertram prolongava o jantar mais do que de costume, e começou a se desesperar com o desejo de partir; por fim foram para a sala de estar e ela pôde se entregar aos pensamentos, enquanto as tias concluíam o assunto sobre a promoção de William à sua própria maneira.

A Sra. Norris parecia mais encantada com a economia que seria para Sir Thomas do que em relação a todos os outros aspectos.

– *Agora* William poderá se sustentar, o que fará grande diferença para o tio, pois não se sabe o quanto custaria para ele. Aquilo certamente faria alguma diferença nos presentes *dela* também. Ela estava muito feliz com o que tinha dado para William quando ele partiu. Realmente, ficou muito feliz por ter tido a possibilidade de ajudar, sem qualquer inconveniência material, na época, pra dar-lhe algo considerável. Quer dizer, para *ela*, que possuia recursos limitados; e agora o valor seria útil para ajudá-lo a decorar a sua cabine. Ela sabia que ele teria gastos e que teria muito o que providenciar, mesmo sendo certo que seu pai e sua mãe fariam com que conseguisse comprar tudo mais barato. Mas ela estava muito feliz por ter contribuído com sua bagatela.

– Estou feliz que tenha dado a ele algo significativo – disse lady Bertram com tranquila ingenuidade –, pois só dei a ele dez libras.

– De fato! – exclamou a Sra. Norris, ruborizando. – Acredite, ele foi embora com os seus bolsos bem providos e sem qualquer despesa para a viagem a Londres!

– Sir Thomas me disse que dez libras seriam o suficiente.

A Sra. Norris, sem qualquer intenção de questionar a sua adequação, conduziu o assunto para outra direção.

– É surpreendente – disse ela –, o quanto os jovens custam aos amigos, que dirá criá-los e colocá-los no mundo! Eles pensam pouco sobre isso, ou que os seus pais, tios e tias gastam com eles no curso de um ano. Agora, aqui estão os filhos da minha irmã Price, se os reunirem, ouso afirmar que ninguém poderá acreditar no valor que custam ao Sir Thomas a cada ano, sem mencionar o que *eu* faço por eles.

– É bem verdade, irmã; é conforme você expressou. Mas, pobres criaturas, eles não podem fazer nada a respeito, e você sabe que faz pouca diferença para Sir Thomas. Fanny, William não deve esquecer o meu xale se viajar para as Índias Ocidentais; e eu lhe darei uma comissão por qualquer outra encomenda que valha a pena. Espero que ele vá para as Índias Ocidentais e que eu receba meu xale. Acho que vou querer dois xales, Fanny.

Neste ínterim, Fanny, que falava somente quando não lhe era possível evitar, tentava veementemente compreender as intenções do Sr. e da Srta. Crawford. Tudo neste mundo se opunha à possibilidade de estarem falando seriamente, exceto as palavras e a atitude de Henry. Tudo que era natural e provável argumentava contra isso, contra todos os seus hábitos e formas de pensar, até mesmo os próprios deméritos dela. Como ela poderia acreditar seriamente nas afeições de um homem que havia conhecido tantas mulheres e sido admirado por muitas delas, e flertado com tantas, infinitamente superiores a ela; alguém que não parecia estar inclinado a opiniões sérias; que não se importava com a dor alheia para divertir-se; que refletia tão pouco e descuidadamente, e com tamanha insensibilidade, sobre todas essas questões; assuntos, aquele que era essencial para todos, mas que não parecia encontrar alguém que fosse essencial para ele? Ainda mais, como se poderia supor que sua irmã, com todas as concepções mais nobres sobre o matrimônio, conhecedora do mundo que era, poderia apoiar uma atitude de natureza tão séria? Nada poderia soar mais antinatural do que ambos. Fanny estava envergonhada de suas próprias dúvidas. Tudo poderia ser possível, com exceção de um compromisso sério ou de sua concordância para isso. Ela já estava completamente convencida disso quando Sir Thomas e o Sr. Crawford se juntaram a elas. A dificuldade era manter a convicção de maneira resoluta na presença do Sr. Crawford, pois não soube como avaliar os olhares que ele lhe direcionava. Viesse de qualquer outro homem, pelo menos ela teria pensado tratar-se de algo muito sincero e propositado. Mas ela ainda tentava acreditar que não era nada diferente do que teria feito com as primas e cinquenta outras mulheres.

Ela achava que ele desejava comunicar-se com ela sem que fosse percebido pelos demais. Ela imaginou que ele estivesse tentando estabelecer essa comunicação de tempos em tempos, durante toda a noite, sempre que Sir Thomas se ausentava da sala ou estava envolvido em alguma conversa com a Sra. Norris. Ela cuidadosamente o evitava em todas essa ocasiões.

Por fim, para alívio do nervosismo de Fanny, tinha terminado, ele preparou-se para ir embora. Mas o seu bem-estar foi ameaçado quando ele voltou-se para ela.

– Você não tem nada a dizer para Mary? Nenhuma resposta ao seu recado? Ela ficará desapontada se não receber nada de você. Rogo-lhe que escreva, mesmo que somente uma frase.

– Ah! Sim, certamente – exclamou Fanny, levantando-se apressadamente, tentando disfarçar seu embaraço e procurando escapar. – Escreverei agora mesmo.

Ela então dirigiu-se à mesa onde costumava escrever para a tia e se preparou para escrever sem ter a exata noção do que deveria dizer! Ela tinha lido somente uma vez o bilhete da Srta. Crawford, e não saber como responder a uma mensagem não compreendida inteiramente era deveras angustiante. Sem prática nesse tipo de correspondência, se houvesse tempo para escrúpulos e medos ela os teria sentido em abundância. Mas havia urgência, e era necessário não demonstrar qualquer intenção verdadeira; ela então escreveu, com espírito e mãos vacilantes:

Estou muito grata a você, minha querida Srta. Crawford, pela sua gentil congratulação no que se refere ao meu querido William. Em relação ao restante do seu bilhete, sei que não quer dizer nada, mas estou tão à parte de qualquer referência desta natureza que espero que me desculpe em lhe pedir que não toque mais nesse assunto. Conheço bem o Sr. Crawford e não compreendo suas atitudes. Se ele me compreendesse tão bem, ouso afirmar que se comportaria diferentemente. Não estou certa sobre o que escrevo, mas seria um imenso favor nunca mais mencionar o assunto. Em agradecimento à gentileza do seu bilhete,

Subscrevo-me, querida Srta. Crawford, etc. etc.

A conclusão ficou pouco clara devido a seu crescente nervosismo, pois percebeu que o Sr. Crawford, sob a justificativa de pegar o bilhete, vinha em sua direção.

– Não deve pensar que quero apressá-la – disse em um baixo tom de voz ao perceber a pressa com que ela escrevia. – Não deve pensar que essa é a minha intenção. Não se apresse, eu insisto.

– Ah! Eu lhe agradeço, mas já terminei, acabei de terminar; entregarei-o a você num instante. Estou muito grata por encaminhá-lo à Srta. Crawford.

O bilhete lhe foi estendido e estava pronto para ser levado. Fanny desviou o olhar e caminhou em direção à lareira onde os demais estavam sentados, e ele não tinha nada mais a fazer do que se despedir.

Fanny pensou que não conhecera um dia com tamanha agitação, tanto de alegria quanto de sofrimento. Mas felizmente o prazer não se extinguiria com o dia; seria renovado diariamente com a lembrança da promoção de William, com a esperança de que o sofrimento não voltasse mais. Ela não tinha dúvida de que o seu bilhete havia sido excessivamente mal redigido, com uma linguagem que até uma criança criticaria, mas a sua angústia não possibilitou que fosse diferente. Pelo menos, iria assegurar a ambos de que não desejava ou que sentia-se gratificada pelas atenções do Sr. Crawford.

32

Fanny não conseguiu deixar de pensar no Sr. Crawford ao acordar na manhã seguinte, e ao lembrar-se do conteúdo do bilhete que escrevera, não estava menos otimista do efeito que produzira na noite anterior. Se o Sr. Crawford pudesse simplesmente ir embora! Era o que ela desejava mais intensamente: que ele fosse embora e levasse a irmã com ele, como estava por fazer, e com cujo propósito havia retornado a Mansfield. E por que ainda não havia ido ela simplesmente não conseguia imaginar, já que a Srta. Crawford tinha pressa. Fanny havia desejado, durante a visita dele na noite, ouvi-lo mencionar a data da partida, mas ele só comentara que a viagem seria realizada dali a não muito tempo.

Satisfatoriamente convencida de que o seu bilhete havia bastado, ela não pôde deixar de se surpreender ao ver acidentalmente o Sr. Crawford voltando à casa, e uma hora mais cedo do que o fizera no dia anterior. A visita poderia não ter nada a ver com ela, mas se possível deveria evitar encontrá-lo. Estava naquele momento subindo a escada, e resolveu permanecer lá em cima até o fim da visita dele, a não ser que sua presença fosse solicitada. Como a Sra. Norris ainda estava na casa, talvez não houvesse risco de ser chamada.

Por um momento ela permaneceu sentada em estado de grande agitação, tentando ouvir, tremendo e receando ser chamada, mas como não ouviu nenhum passo se aproximando do quarto da ala leste, aos poucos se sentiu mais calma, sentou-se e conseguiu se ocupar, desejando que o Sr. Crawford chegasse e saísse sem que ela fosse obrigada a saber que assunto lhe trouxera.

Passada quase meia hora ela sentia-se ainda mais confiante, até que de repente ouviu passos regulares aproximaram-se; era um passo pesado e pouco usual naquele lado da casa. Era o andar do seu tio, que ela conhecia tão bem quanto a sua voz, e com cujo som ela já havia estremecido muitas vezes antes. Ela estremeceu como sempre acontecia, e mais ainda naquele momento com a possibilidade de ele se dirigir a ela, independentemente do assunto que viesse tratar. Realmente foi Sir Thomas quem abriu a porta procurando por ela, e perguntou se poderia entrar. Ela sentiu o mesmo terror que sentira em sua visitas anteriores àquele quarto, e sentiu como se ele fosse argui-la novamente em francês ou inglês.

No entanto, ela demonstrou-se atenciosa, pegando uma cadeira para ele e procurando aparentar sentir-se honrada com sua presença. Em sua agitação não se deu conta das condições do cômodo, até que ele, parando tão logo entrou, perguntou supreso:

– Por que a lareira não está acesa hoje?

Havia neve no jardim, e ela usava um xale. Ela hesitou.

– Não estou com frio, senhor. Eu nunca fico aqui por muito tempo nesta época do ano.

– Mas em geral você acende a lareira?

– Não, senhor.

– E por qual motivo? Deve haver algo errado aqui. Compreendi que usaria este cômodo para sentir-se plenamente confortável. Em seu quarto sei que *não pode* ter uma lareira. Aqui está havendo um grande equívoco, que deve ser corrigido. É altamente impróprio para você permanecer aqui, mesmo que por meia hora por dia, sem uma lareira. Você não é muito forte. E está tremendo de frio. Sua tia não deve estar ciente disto.

Fanny preferiria permanecer em silêncio, mas ao ser obrigada a falar, não pôde se abster de fazer justiça à tia preferida, e disse algo em que ressaltou "minha tia Norris".

– Compreendo – disse o tio pensativamente, sem querer ouvir mais nada. – Eu compreendo. A sua tia Norris sempre defendeu apropriadamente a ideia de que os jovens devem ser educados sem indulgências desnecessárias; mas deve haver moderação em tudo. Ela é bastante exigente até consigo mesma, o que certamente a influencia na opinião sobre os desejos dos demais, e eu compreendo perfeitamente. Eu a conheço bem. O princípio em si é bom, mas pode ter *sido* conduzido, creio eu, até longe demais no seu caso. Sei que houve situações em que ela agiu inapropriadamente com discriminação, mas tenho você em muita alta conta, Fanny, para supor que algum dia vai alimentar ressentimentos por isso. Você tem uma compreensão que a prevenirá de perceber a realidade em fragmentos, e julgar parcialmente. Você verá o passado como um todo, e vai considerar momentos, pessoas e probabilidades, e perceberá que *eles* não terão sido seus amigos e que a estavam educando e preparando para a condição de mediocridade que lhe *parecia* reservada. Mesmo que esses preceitos possam se demonstrar desnecessários, a intenção terá sido verdadeira. E disso você pode estar segura, todo benefício da riqueza será multiplicado pelas pequenas privações e restrições que lhe tiverem sido impostas. Estou certo de que não decepcionará a minha opinião sobre você deixando de tratar sua tia Norris com o respeito e a atenção que ela merece. Mas basta deste assunto. Sente-se, minha querida. Preciso conversar com você por alguns minutos, mas não irei detê-la por muito tempo.

Fanny obedeceu, com os olhos baixos e ruborizando. Após uma pausa, Sir Thomas, tentando conter um sorriso, continuou.

– É possível que não saiba que recebi uma visita essa manhã. Estava em meus aposentos após o café quando fui procurado pelo Sr. Crawford. O motivo da visita você pode imaginar.

O rubor de Fanny intensifica-se. O tio, ao perceber que ela estava tão envergonhada a ponto de não conseguir falar ou olhar para ele, desviou também o olhar, e continuou a falar a respeito da visita do Sr. Crawford.

O objetivo do Sr. Crawford era declarar-se apaixonado por Fanny, fazer-lhe propostas definitivas e buscar a aprovação do tio, que havia assumido o papel dos pais dela. E ele o fez tão bem, tão abertamente e tão adequadamente, que Sir Thomas, acreditando que as respostas e afirmações dele eram condizentes com a situação, estava excessivamente feliz em compartilhar com Fanny os detalhes de sua conversa, sem saber o que passava na mente da sobrinha, imaginando que ao transmitir-lhe tais detalhes a deixaria mais satisfeita do que ele mesmo ficara. Ele falou por alguns minutos sem que Fanny ousasse interrompê-lo; ela nem sequer pretendia fazê-lo. Sua mente estava muito confusa. Ela mudou de posição, e com os olhos fixos em uma das janelas, ouviu o tio completamente perturbada e desalentada. Ele fez uma breve pausa, que ela mal notou; e levantando-se da cadeira ele disse:

– E agora, Fanny, terminada a primeira parte da minha tarefa, e mostrando-lhe que tudo está assegurado e satisfatório, passo ao pedido para que me acompanhe até lá embaixo, e embora presumindo que eu não seja uma companhia tão desagradável, acredito que a conduzirei para outra mais digna de ser ouvida. Como deve imaginar, o Sr. Crawford ainda está aqui na casa. Ele está em meus aposentos, e espera poder encontrá-la lá.

Tais palavras seguiram-se por tal olhar, sobressalto e surpresa de Fanny que surpreenderam Sir Thomas. Mas ele surpreendeu-se ainda mais ao ouvi-la dizer em seguida:

– Ah, não, senhor, eu não posso, certamente não posso ir encontrá-lo. O Sr. Crawford já sabe, ele deve saber, pois eu disse-lhe o suficiente ontem para convencê-lo. Ele falou comigo sobre este assunto, e expliquei-lhe sem qualquer dissimulação que isso era muito desagradável para mim, e que eu não teria condição de corresponder às suas estimas.

– Não compreendo o que quer dizer – disse Sir Thomas sentando-se novamente. – Não está em condição de corresponder as suas estimas! O que isso significa? Sei que ele conversou com você ontem e (pelo que pude compreender) recebeu o incentivo próprio de uma jovem de discernimento. Fiquei muito satisfeito com o que soube ter sido o seu comportamento ontem. Demonstrou uma discrição digna de ser altamente elogiada. Mas agora que ele fez a sua proposta tão apropriada e honradamente, quais são os seus escrúpulos?

– O senhor está equivocado – disse Fanny, forçada pela ansiedade provocada pelo momento, até mesmo para dizer aquilo ao tio. – O senhor está equivocado. Como o Sr. Crawford pôde falar isso? Eu não o encorajei ontem. Pelo contrário, eu lhe disse, e não consigo lembrar as minhas palavras exatas, mas estou certa de ter-lhe dito que não queria ouvi-lo, e que esse assunto me era desagradável sob todos os aspectos, e o implorei para nunca mais falar comigo daquela maneira. Estou certa de que falei isso, e deveria ter falado ainda mais se acreditasse que ele estivesse falando seriamente; mas não achei ter sido esse o caso, e não poderia suportar que o fosse; do contrário, teria me expressado ainda melhor. Pensei que tudo aquilo não significasse nada para *ele*.

Ela não conseguiu dizer nada mais. Estava praticamente sem ar.

– Eu devo compreender – disse Sir Thomas após uma pausa – que você intenciona rejeitar o Sr. Crawford?

– Sim, senhor.

– Rejeitá-lo?

– Sim, senhor.

– Rejeitar o Sr. Crawford! Sob qual justificativa? E por qual motivo?

– Eu... eu não consigo gostar dele, senhor, o suficiente para me casar com ele.

– Isso é muito estranho! – disse calmamente Sir Thomas, com um tom de desaprovação. – Existe algo nisso que a minha compreensão não alcança. Aqui está um jovem disposto a compartilhar os seus sentimentos com você, e com tudo a seu favor; não somente por sua situação de vida, com fortuna e caráter, mas cujo comportamento e conversa agradam a todos. E você não o conheceu hoje, mas há algum tempo. Além disso, a irmã dele é sua amiga íntima, e ele fez tudo *aquilo* pelo seu irmão, o que acredito já seria o suficiente para qualificá-lo, se não existisse qualquer outro motivo. Não se sabe se meus conhecimentos poderiam ter feito algo por William. E ele já o fez.

– Sim – disse Fanny com uma voz débil e cabisbaixa, ainda envergonhada. Ela quase sentia vergonha dela mesma por não gostar do Sr. Crawford após o cenário descrito por Sir Thomas.

– Você deve ter percebido já há algum tempo – continuou Sir Thomas imediatamente – o comportamento do Sr. Crawford em relação a você. Portanto, isso não deveria tê-la deixado surpresa. Você deve ter observado as atenções dele, e embora você tenha agido adequadamente (não tenho nenhuma crítica a fazer-lhe nesse aspecto), nunca percebi terem-lhe sido desagradáveis. Estou quase inclinado a pensar, Fanny, que você não conhece os próprios sentimentos.

– Ah sim, senhor, certamente eu os conheço. E as atenções dele eram exatamente do que eu não gostava.

Sir Thomas a olhou ainda mais surpreso.

– Isso está além da minha compreensão – disse ele. – Isso requer explicação. Jovem como é, e não tendo conhecido praticamente ninguém, é quase impossível que as suas afeições...

Ele se interrompeu e a olhou fixamente. Ele viu os lábios dela esboçarem um *não*, não tendo chegado a pronunciá-lo, e sua face escarlate. Aquilo, uma menina tão modesta, poderia ser compatível com sua inocência; e desejando ao menos parecer satisfeito, rapidamente acrescentou:

– Não, não; eu sei que *isto* está fora de questão, é impossível. Bem, não há nada mais a ser dito.

E por alguns momento ele não falou nada. Estava imerso em pensamentos, assim como sua sobrinha, que se preparava para responder a novas perguntas. Ela preferiria morrer a dizer a verdade, e acreditava que refletir sobre o assunto a fortaleceria para não induzir-se a erro.

– Independentemente do interesse aparentemente justificado do Sr. Crawford – disse Sir Thomas, retomando calmamente o assunto –, o desejo dele em casar-se tão cedo faz com que meu apreço por ele aumente. Sou um defensor dos casamentos precoces, quando há recursos suficientes, com uma renda adequada aos vinte e quatro anos, como é o caso dele. Esta é a minha opinião, e lamento a improbabilidade de meu filho mais velho, seu primo, Sr. Bertram, casar-se ainda jovem; até agora, pelo que posso perceber, o matrimônio não faz parte dos seus planos ou pensamentos. Eu gostaria que ele estivesse mais disposto a se comprometer. – Ele olhou a seguir para Fanny. – Quanto a Edmund, pela sua disposição e hábitos, considero muito mais provável que se case antes do irmão. Penso que *ele*, de fato, conheceu a mulher a quem pode amar, e estou convencido de que isso ainda não aconteceu com o meu filho mais velho. Não estou certo? Você concorda comigo, minha querida?

– Sim, senhor.

Essas palavras foram ditas de maneira gentil e calma, e Sir Thomas falou com tranquilidade sobre os primos dela. Mas a mudança no seu tom não fez melhorar em nada o que sentia sua sobrinha. Como ela não mudou de ideia, o seu descontentamento aumentou. Ele levantou-se e andou pelo quarto com um olhar severo, que Fanny podia imaginar se dirigir a ela, embora não ousasse levantar os olhos. Pouco depois, ele, com uma voz de autoridade, disse:

– Você tem qualquer motivo, criança, para pensar negativamente a respeito do temperamento do Sr. Crawford?

– Não, senhor.

Ela desejou acrescentar: "em relação aos seus princípios, sim"; mas o seu coração se retraiu diante do aterrorizante risco de uma discussão, ou de uma longa explicação, e ainda sem a perspectiva de conseguir convencê-lo. A opinião negativa dela em relação a ele estava fundamentada, sobretudo, em observações que, para o bem das primas, ela não ousaria mencionar ao pai delas. Maria e Julia, especialmente Maria, estavam tão comprometidas pela má conduta do Sr. Crawford que ela não poderia lhe revelar o caráter dele, como o entendia, sem traí-las. Ela havia imaginado que para um homem como o tio, perspicaz, honrado e bom, bastaria tomar conhecimento da sua própria *aversão* a ele; mas para a sua infinita tristeza, este não foi o caso.

Sir Thomas foi em direção à mesa onde ela estava sentada, tremendo e infeliz, e disse com severidade:

– Percebo que não adianta falar com você. Devemos pôr fim a esta conversa atormentadora. O Sr. Crawford não deve esperar mais. Eu, portanto, somente ressaltarei, por ser a minha obrigação, o que penso sobre a sua conduta. Você me desapontou em todos os aspectos, e demonstrou ter uma personalidade oposta à que eu havia imaginado. Eu *tinha*, Fanny, como acredito ter demonstrado, uma opinião muito favorável sobre você desde o meu retorno à Inglaterra. Eu havia imaginado que você fosse particularmente isenta de teimosia, vaidade e qualquer tendência à independência que prevalece tanto nos dias atuais, até mesmo nas mulheres jovens; e nas mulheres jovens essa é a mais ofensiva e ultrajante transgressão. Mas agora você me mostrou que pode ser voluntariosa e insolente, que pode e vai decidir-se por si mesma sem qualquer consideração ou deferência por aqueles que certamente têm o direito de conduzi-la, sem nem mesmo lhes pedir conselho. Você mostrou ser muito, muito diferente de tudo o que eu havia imaginado. As vantagens ou desvantagens da sua família, dos seus pais, irmãos e irmãs, não parecem ter qualquer parcela de influência nos seus pensamentos nesta situação. Como *eles* seriam beneficiados, e como *eles* comemorariam essa união; e isso parece nada significar para *você*. Você só pensa em si mesma, e o fato de não sentir pelo Sr. Crawford exatamente o que uma jovem extravagante imagina ser necessário à felicidade faz com que opte por rejeitá-lo de imediato, sem solicitar-lhe ao menos um tempo para pensar no assunto; um pouco mais de tempo para uma reflexão tranquila, e avaliar criteriosamente as suas próprias inclinações. E precipitadamente, em uma deliberada tolice, está jogando fora a sua oportunidade de estabelecer-se na vida, com vantagem, honradez e nobreza, como provavelmente nunca ocorrerá novamente em sua vida. Eis um jovem com bom-senso, caráter, bom temperamento, boa conduta e fortuna, extraordinariamente afeiçoado a você, pedindo a sua mão em casamento da forma mais elegante e desinteressada. E digo a você, Fanny; você poderá viver outros 18 anos sem ser cortejada por um homem com a metade da fortuna do Sr. Crawford, ou a décima parte de seus méritos. Eu teria-lhe concedido com satisfação qualquer uma das minhas filhas. Maria está nobremente casada, mas se ele tivesse pedido a mão de Julia, eu a teria dado com uma satisfação maior e mais verdadeira do que concedi a mão de Maria ao Sr. Rushworth. – Após uma pausa, ele continuou: – E eu teria ficado muito surpreso se alguma das minhas filhas recusasse decididamente uma proposta de casamento que tivesse a *metade* da qualificação *desta*, imediata e peremptoriamente, sem consultar a minha opinião ou consideração. Eu ficaria muito surpreso e importunado com um comportamento como esse. Eu teria pensado que é uma violação grave do dever e do respeito. *Você* não deve ser julgada pela mesma regra. Você não me deve a obrigação de um filho. Mas, Fanny, se o seu coração pode absolvê-la de tal ingratidão...

Ele se interrompeu. Nesse momento, Fanny chorava tão efusivamente que se ele não estivesse tão enfurecido não levaria seu discurso adiante. O coração dela estava praticamente partido com o cenário que ele descrevera sobre ela. Quantas acusações pesadas! Teimosia, obstinação, egoísmo e ingratidão. Ele pensava tudo isso a seu respeito. Ela tinha traído as suas expectativas, e perdido a confiança que ele tinha nela. O que seria dela?

– Eu peço muitas desculpas – disse ela inarticuladamente em meio às lágrimas. – Realmente, peço muitas desculpas.

– Desculpas! Sim, espero que esteja arrependida, e você certamente terá motivos para se lamentar pelos acontecimentos deste dia.

– Se fosse possível para mim proceder de outra maneira... – ela esforçou-se imensamente para dizer –, mas eu estou totalmente convencida de que nunca poderia fazê-lo feliz, e de que eu também seria extremamente infeliz.

Fanny irrompeu novamente em lágrimas, mas a despeito disso e da terrível palavra *infeliz*, que acabou estimulando-as, Sir Thomas começou a abrandar o seu tom, que indicava uma mudança de disposição e que poderia favorecer a solicitação do rapaz. Ele sabia que ela era muito tímida e excessivamente nervosa, e talvez o seu estado de espírito, com um pouco de tempo, um pouco de pressão, um pouco de paciência e de impaciência e uma razoável mistura de tudo isso, poderia ter efeitos positivos. O cavalheiro deveria ser perseverante, se tivesse amor suficiente para tal; e Sir Thomas começou a ter esperanças. Com essas reflexões, ele se animou.

– Bem, criança – disse ele em um tom de conveniente gravidade, mas com menos raiva –, enxugue suas lágrimas, elas não trarão nenhum benefício. Você deve descer comigo. O Sr. Crawford já está aguardando há muito tempo. Você deverá responder-lhe pessoalmente; não podemos esperar que ele se contente com menos. Somente você poderá explicar-lhe os fundamentos dos seus sentimentos equivocados que, infelizmente, ele deverá aceitar. Sou completamente contrário a isso.

Fanny demonstrou tamanha relutância e desconforto com a ideia de descer para encontrá-lo que Sir Thomas, após breve consideração, julgou ser melhor ceder. As suas esperanças em relação ao cavalheiro e à jovem diminuíram com esse resultado; mas pelo péssimo estado da aparência da sobrinha, em consequência do choro, ele imaginou que poderia ser tanto vantajoso quanto desvantajoso um encontro imediato. Pronunciando algumas palavras, sem qualquer significado especiais, ele saiu sozinho, deixando a pobre sobrinha chorando, angustiada com o que havia acabado de se passar.

A mente dela estava em absoluta desordem. O passado, o presente, o futuro, tudo era terrível. Mas a ira do tio lhe causava a mais severa das dores. Egoísta e ingrata! Ser vista desta maneira por ele! Ela seria eternamente infeliz. Não tinha ninguém que pudesse defendê-la ou aconselhá-la. Seu único amigo estava ausente; ele poderia ter acalmado o pai; mas todos, possivelmente todos, pensariam que ela era egoísta e ingrata. Provavelmente teria que suportar essa acusação inúmeras vezes; ela teria que ouvir, ver e tomar conhecimento dessa crítica para sempre, em tudo que fosse relacionado a ela. Ela não poderia deixar de sentir algum ressentimento em relação ao Sr. Crawford. No entanto, se ele realmente a amasse e também estivesse infeliz... isso seria um grande infortúnio.

Depois de quinze minutos, o tio retornou. Ela estava prestes a desmaiar somente ao vê-lo; mas ele falou com calma, sem austeridade ou reprimenda, e ela sentiu-se menos mal. Havia algum conforto em suas palavras, e também em sua atitude.

– O Sr. Crawford se foi; ele acabou de sair. Não preciso repetir o que ocorreu. Eu não pretendo piorar o seu sofrimento contando-lhe o que ele sentiu. É suficiente dizer que ele se comportou como um cavalheiro, e da maneira mais generosa, confirmando a minha opinião sobre ele: seus discernimento, sentimentos e comportamento. A partir do momento em que mencionei o seu sofrimento, ele imediatamente, e com grande gentileza, deixou de insistir em vê-la por ora.

Fanny olhou para o tio e depois baixou novamente o olhar.

– Claro – continuou o tio – que não podemos supor que ele não vá solicitar uma conversa com você a sós, ainda que por apenas cinco minutos; um pedido natural e muito justo para ser negado. Mas não combinou-se uma hora ou dia; possivelmente amanhã, ou quando o seu estado de espírito estiver suficientemente recomposto. Agora você só precisa se tranquilizar. Reavalie as suas lágrimas, pois só a deixarão exausta. Se, como suponho, você deseja fazer qualquer observação, não deverá se entregar a estas emoções, mas tentar esforçar-se para argumentar com um estado de espírito fortalecido. Eu a aconselho a sair; o ar lhe fará bem. Caminhe por uma hora pelo cascalho, pelos arbustos, para se recompor e exercitar. E, Fanny - disse ele, voltando-se por um momento -, eu não vou comentar lá embaixo sobre nada do que ocorreu, nem mesmo para a sua tia Bertram. Não há razão para se espalhar o contratempo; não diga nada você também a esse respeito.

Essa era uma ordem a ser obedecida com prazer. Este era um ato de bondade, que ela sentiu em seu coração. Ser poupada das intermináveis censuras da tia Norris! Ao sair, ele percebeu a sua aura de gratidão. Qualquer coisa seria mais tolerável do que as suas censuras. Mesmo encontrar o Sr. Crawford seria menos avassalador.

Ela saiu imediatamente, conforme o tio recomendou, e acatou o seu conselho tanto quanto pôde; enxugou as lágrimas e determinou-se a recompor o seu estado de espírito e fortalecer-se. Ela ansiava por provar para ele que desejava o seu consolo e almejava recuperar a sua estima. Ele tinha dado a ela outro forte motivo para empenhar-se ao propor manter o assunto longe do conhecimento das tias; agora precisava evitar suspeitas por meio de olhares ou de seu comportamento, e ela se sentia capaz de qualquer coisa que pudesse salvá-la da tia Norris.

Ela ficou pasma, completamente pasma ao retornar de sua caminhada e encontrar no quarto da ala leste a lareira acesa, a primeira coisa que lhe chamou a atenção quando entrou. A lareira! Parecia demais naquele momento ser-lhe concedida essa indulgência; tal gratidão era comovente, até mesmo dolorosa. Ela se perguntou como Sir Thomas havia tido tempo para essa trivialidade. Mas em breve descobriu, por informação voluntária da criada que entrou para cuidar da lareira, que deveria ser assim todos os dias, por ordens de Sir Thomas.

– Eu devo ser certamente uma estúpida, se posso ser tão ingrata! – disse ela para si mesma. – Que os céus me protejam de ser tão ingrata!

Ela não encontrou mais o tio e ou a tia Norris até a hora do jantar. O tio a tratou de forma quase tão natural quanto antes. Ela estava certa de que ele não demonstrara intenção de qualquer mudança, e talvez somente a sua consciência estivesse imaginando tal atitude. Não demorou para a tia Norris começar a censurá-la, e quando descobriu o quão desagradável lhe estava sendo não ter comunicado à tia a sua caminhada solitária, sentiu o quanto fora abençoada pela bondade do tio, que a salvou de semelhante estado de repreensão em um assunto tão significativo.

– Se eu soubesse que você sairia, eu lhe teria pedido para ir até a minha casa com ordens para Nanny – disse ela –, e para a minha grande inconveniência, fui obrigada a ir pessoalmente. Eu poderia ter evitado o desperdício de tempo, e você poderia ter me poupado desse trabalho se tivesse sido gentil o suficiente para nos avisar que estava saindo. Não teria feito nenhuma diferença para você, creio eu, se tivesse caminhado pelo jardim ou até a minha casa.

– Eu recomendei os arbustos para Fanny por ser o lugar mais seco – interveio Sir Thomas.

– Ah! – disse a Sra. Norris, parecendo analisar –; foi muito gentil da sua parte, Sir Thomas; mas você não sabe como é seco o caminho até a minha casa. Fanny poderia ter feito uma caminhada igualmente boa até lá, posso assegurá-lo, com a vantagem de fazer algo útil e ajudar a tia: é tudo culpa dela. Ela deveria ter nos avisado que sairia; mas existe algo em relação a Fanny, e que tenho observado com frequência: ela gosta de seguir a sua própria maneira de trabalhar, ela não gosta que lhe deem ordens, e sai para suas caminhadas solitárias sempre que pode. Ela certamente tem um espírito de reserva, independência e contrassenso que eu lhe aconselharia a mudar.

Sir Thomas pensou que nada poderia ser mais injusto com respeito a Fanny, embora ele mesmo tivesse recentemente expressado sentimentos semelhantes, e procurou mudar de assunto aos poucos, já que a Sra. Norris não tinha discernimento suficiente para perceber, agora ou em qualquer outro momento, o quão bem ele pensava sobre a sobrinha, ou como estava longe de desejar que os méritos de seus filhos fossem realçados em detrimento dos de Fanny. Ela continuava a repreender Fanny, e censurou sua caminhada durante quase metade do jantar.

Enfim o jantar terminou, e a noite se seguiu com mais tranquilidade para Fanny, e melhor estado de espírito do que ela poderia ter desejado após uma manhã tão tempestuosa. Mas ela acreditava, acima de tudo, que tinha agido corretamente, e que o seu julgamento não a tinha enganado, pois, pela pureza das suas intenções, ela pôde dar suas respostas; e além disso estava disposta a acreditar que o descontentamento do tio estava diminuindo, e se reduziria ainda mais se ele considerasse a questão com maior imparcialidade, e se sentisse, como um bom homem deve sentir, o quão infeliz, imperdoável, desesperançoso e desprezível seria casar sem afeição.

Quando o encontro, que ameaçava se realizar no dia seguinte, tivesse terminado, ela ficaria com orgulho de si mesma pelo fato de o assunto ter sido finalmente concluído. E quando o Sr. Crawford deixasse Mansfield, tudo voltaria ao normal, como se nada daquilo houvesse ocorrido. Ela não iria, tampouco poderia, acreditar que a afeição do Sr. Crawford por ela fosse afligi-lo por muito tempo; ele não tinha esse perfil. Londres em breve o curaria. Assim que chegasse a Londres ele questionaria os seus sentimentos e agradeceria pelo discernimento dela, que o teria salvado de consequências negativas.

Enquanto Fanny estava imersa nessas esperanças, o tio foi chamado de fora da sala logo após o chá. Era uma ocorrência muito corriqueira para chamar-lhe a atenção, até que o mordomo reapareceu dez minutos depois, e disse, dirigindo-se diretamente a ela:

– Sir Thomas deseja lhe falar, senhora, no aposento dele.

Então, ocorreu-lhe o que poderia estar acontecendo; uma suspeita que a deixou pálida. Mas ela levantou-se imediatamente, disposta a obedecer, quando a Sra. Norris gritou:

– Fique; fique, Fanny! O que está fazendo? Onde está indo? Não saia correndo. Pode ter certeza de que não é você que está sendo chamada; ele deve estar chamando a mim – disse ela olhando para o mordomo. – Mas você está tão determinada a se colocar à frente. Por que acha que Sir Thomas a chamaria? É a mim Baddeley, que deve chamar.

Estou indo neste momento. Você deveria ter me chamado, Baddeley; estou certa de que Sir Thomas quer a mim, e não a Srta. Price.

Baddeley estava resoluto.

– Não, senhora; é a Srta. Price, estou certo de que é a Srta. Price. – E aquelas palavras foram pronunciadas entre um leve sorriso, que parecia significar: "Eu não acho que *você* preencha o propósito, de forma alguma."

A Sra. Norris, muito descontente, foi obrigada a se recompor, e retomou o trabalho. Fanny, caminhando em grande agitação, encontrou-se logo a seguir, como antecipara, sozinha com o Sr. Crawford.

33

O encontro não foi tão breve ou tão conclusivo como a jovem havia imaginado, e o cavalheiro não se sentiu facilmente satisfeito. Ele tinha todas as condições para ser persistente, conforme esperara Sir Thomas. Ele era vaidoso, o que, primeiramente, o deixara fortemente propenso a acreditar que ela o amava, mesmo que não o soubesse; e, posteriormente, quando forçado no último minuto a admitir que ela desconhecia os seus próprios sentimentos, fê-lo convencer-se de que em tempo os manipularia como bem entendesse.

Ele estava apaixonado, muito apaixonado. Era um amor que, cheio de esperança e confiança, com mais ardor do que delicadeza, fazia com que a afeição dela parecesse ainda maior por estar sob seu controle, e o fazia determinado a ter a glória e a felicidade de impeli-la a amá-lo.

Ele não se desesperaria, e não desistiria. Tinha motivos bem fundamentados para acreditar em uma união sólida, e sabia que ela possuía todas as qualidades que poderiam justificar as esperanças de felicidade duradoura. A conduta dela naquele momento, no que dizia respeito ao seu desinteresse e à sua delicada natureza (qualidades que ele certamente considerava raras), aumentava o seu desejo e confirmava sua determinação. Ele não sabia que teria de enfrentar um coração já comprometido. *Disso* ele não tinha qualquer suspeita. Ele achava que ela nunca havia pensado suficientemente nesse tipo de assunto para sentir-se em perigo, que era protegida por sua juventude, uma jovialidade de espírito tão amável quanto a sua personalidade, cujo recato a impedira de compreender as intenções dele, ainda profundamente afetada pela intensidade das suas declarações, completamente inesperadas, e pela novidade de uma situação a qual nunca houvera imaginado.

Mas com o desenrolar dos acontecimentos, e quando fosse finalmente compreendido, ele não seria bem-sucedido? Ele acreditava inteiramente nisso. Um amor como o dele, partindo de um homem como ele, e com perseverança, teria a garantia de ser correspondido, e não demoraria muito. Ele deleitava-se tanto com a ideia de fazê-la apaixonar-se por ele em pouco tempo, que o fato de ela não amá-lo naquele momento não o incomodava. Uma pequena dificuldade a ser transposta não era um infortúnio para Henry Crawford; e, na verdade, esse fato só alimentava o seu espírito. Ele estava acostumado a conquistar os corações muito facilmente. Essa situação era nova e animadora.

Para Fanny, no entanto, que tinha vivenciado muitos obstáculos em toda a sua vida para poder identificar qualquer encanto nessa situação, tudo parecia ininteligível. Ela descobriu que ele intencionava perseverar, mas ela não entendia como, após tudo que fora obrigada a dizer-lhe, sem ainda assim ter sido compreendida. Ela revelou que não o amava, que não poderia amá-lo e estava certa de que nunca o amaria; que uma mudança nisso era praticamente impossível, e que o assunto lhe causava sofrimento. Suplicou-lhe para não mais mencioná-lo, e imediatamente considerá-lo encerrado para sempre. Quando mesmo assim continuou a ser pressionada, acrescentou que em sua opinião ambos eram tão diferentes que tornava incompatível uma afeição mútua, e que eram inadequados um para o outro por natureza, educação e hábitos. Ela disse-lhe tudo isso e com toda a sinceridade, mas ainda assim não foi suficiente, já que ele imediatamente refutou qualquer incompatibilidade entre ambos que pudesse desfavorecê-los, e declarou enfaticamente que permaneceria apaixonado e esperançoso!

Fanny estava segura, mas não havia nada censurável em seu comportamento. Os seus modos eram incorrigivelmente gentis, e ela nem sequer percebia o quanto conseguia dissimular a firmeza de sua determinação. A sua modéstia, gratidão e delicadeza transformavam qualquer expressão de rejeição em uma tentativa de abnegação, quase dando a entender que aquilo causava sofrimento tanto para ela mesma quanto para ele. O Sr. Crawford não era mais o admirador clandestino, traiçoeiro e desleal de Maria Bertram, a quem ela abominava e evitava; e ela não conseguia acreditar existir nele alguma boa qualidade, e cujo poder até mesmo de ser agradável ela mal havia sido percebido. Ele agora era o Sr. Crawford que se dirigia a ela com ardor e amor puro, cujos sentimentos tinham se tornado honrados e justos, e para quem o desejo de felicidade estava atrelado ao casamento. Ele agora exaltava os méritos dela, descrevendo continuamente a sua afeição, tentando provar, até onde as palavras podiam demonstrar, e com linguagem, tom e forma de um homem talentoso, que ele a desejava pela sua gentileza e bondade; e, para completar, ele era o Sr. Crawford, responsável pela promoção de William!

Ele havia mudado, e as suas reivindicações não poderiam deixar de surtir efeito. Ela poderia tê-lo desprezado por toda a dignidade da virtude pelo que havia ocorido em Sotherton ou no teatro em Mansfield Park, mas agora ele a procurava com atributos que demandavam tratamento diferente. Ela deveria ser cortês e compassiva. Ela deveria sentir-se honrada, e fosse por ela ou por seu irmão, deveria demonstrar forte sentimento de gratidão. O efeito de tudo isso era tamanho desconsolo e agitação, com as palavras dele misturando-se à sua recusa, que expressava agradecimento e preocupação, que para um temperamento vaidoso e esperançoso como o do Sr. Crawford, a determinação, ou ao menos a grande indiferença dela, poderia ser questionada. E ele não era tão irracional quanto Fanny o havia considerado na tarefa da perseverança, e terminou a conversa dizendo que não desistiria dela.

Foi com relutância que ele a deixou partir, mas não houve olhar de desespero na despedida para desmentir suas palavras, ou que desse a ela esperanças de que estivesse menos desarrazoado do que professava.

Agora ela se sentia contrariada e indignada com a perseverança egoísta e mesquinha. Novamente era a ausência de delicadeza e estima pelos demais, que já a havia surpreendido e aborrecido. Novamente os traços do mesmo Sr. Crawford que ela já havia desaprovado. Evidentemente faltava nele sentimento e humanidade quando os seus próprios prazeres estavam em jogo, e, ora, como ela percebeu desde o começo, faltavam-lhe também os princípios que faziam dessas qualidades um dever quando não se encontravam no coração. Se ela estivesse afetivamente livre, como talvez devesse estar, ele ainda assim nunca conseguiria conquistá-la.

Assim pensou Fanny sinceramente, e com melancolia, sentada em frente ao grande presente do tio, o luxo de uma lareira, avaliando sobre o passado e o futuro, e sobre o que ainda estava por vir, em meio à agitação que não trouxe nada de bom, a não ser a convicção de que não poderia sob qualquer circunstância amar o Sr. Crawford e a felicidade de ter uma lareira diante da qual se acomodar e pensar.

Sir Thomas foi obrigado, ou obrigou a si mesmo, a esperar até o dia seguinte para saber o que tinha ocorrido entre os jovens. Encontrou então o Sr. Crawford e ouviu o seu relato. O primeiro sentimento foi de desapontamento, pois tinha imaginado resultados melhores. Ele havia pensado que uma hora de súplicas de um jovem como o Sr. Crawford não poderia ter mudado tão pouco a idéia de uma menina gentil como Fanny; mas logo consolou-se com a determinação e perseverança otimista de seu pretendente. E ao ver tamanha confiança no sucesso, Sir Thomas sentiu-se também confiante.

Nada foi omitido do lado dele, civilidade, elogio ou gentileza, que pudesse ajudar no plano. A perseverança do Sr. Crawford foi honrada, Fanny foi muito elogiada, e a união continuava a ser a mais desejável do mundo. O Sr. Crawford sempre seria bem-vindo em Mansfield Park, ele somente precisaria consultar o seu próprio julgamento e sentimentos quanto à frequência das visitas, no presente e no futuro. Entre os familiares da sobrinha e amigos havia unanimidade de opinião e desejo em relação a esse assunto; a influência de todos que a amavam deveriam conduzi-la para uma direção.

Tudo foi dito para encorajá-lo, e todo estímulo foi recebido com grande alegria, e o os cavalheiros se despediram como bons amigos.

Satisfeito em ver que a causa estava tomando a direção mais apropriada, Sir Thomas resolveu se abster de importunar a sobrinha e não demonstrar abertamente a sua interferência. Com a disposição demonstrada por ela, acreditava que tratá-la com gentileza traria os melhores resultados. As súplicas deveriam vir somente de um único lado. A paciência de sua família, sobre cujos anseios, ela não teria dúvidas, poderia ser o melhor recurso para que chegassem ao desfecho desejado. Assim, de acordo com esse princípio, Sir Thomas falou-lhe, na primeira oportunidade, e com gravidade branda, com a intenção de influenciá-la.

– Bem, Fanny, encontrei o Sr. Crawford novamente, e estou sabendo exatamente como tudo está indo entre vocês. Ele é um jovem extraordinário, e qualquer que seja o resultado, você deve saber que inspirou um sentimento pouco comum; mesmo que seja jovem, e desconheça a natureza efêmera, mutável e instável do amor, é natural que você não esteja tão surpresa quanto eu com essa admirável perseverança contra o desencorajamento. Quanto a ele, é inteiramente uma questão de sentimento, ele não reivindica nenhum mérito, e é possível que não tenha direito a nenhum. Contudo, tendo escolhido tão bem, a sua constância tem um cunho de respeitabilidade. Se a decisão dele tivesse sido menos irrepreensível, eu não o incentivaria a insistir.

– Certamente, senhor – disse Fanny. – Lamento que o Sr. Crawford continue a... Eu sei que para mim é lisonjeador, e me sinto imerecidamente honrada, mas estou absolutamente convencida, e eu disse isso a ele, que nunca estará em meu poder...

– Minha querida – interrompeu Sir Thomas –, não há necessidade de disso. Os seus sentimentos são tão conhecidos por mim quanto os meus desejos e desapontamentos devem ser para você. Não há nada mais para ser dito ou feito. A partir de agora esse assunto não deverá jamais ser mencionado entre nós. Você não deve temer ou incomodar-se com nada. Você não deve supor que eu poderia tentar persuadi-la a casar-se contra a sua vontade. A sua felicidade e bem-estar é o que tenho em mente, e não é exigido nada mais de você do que tolerar o empenho do Sr. Crawford para convencê-la. Ele se comporta por sua própria conta e risco. Você está pisando em chão seguro. Eu me comprometi a fazer com que vocês se encontrem sempre que ele estiver aqui, como teria feito caso nada disso tivesse ocorrido. Você o verá em companhia de todos nós, da mesma maneira que antes e quantas vezes puder, desfazendo qualquer lembrança desagradável do que ocorreu. Ele deixará Northamptonshire muito em breve, e até mesmo este pequeno sacrifício não será exigido por muito tempo. O futuro deve ser muito incerto. E agora, minha querida Fanny, este assunto está encerrado entre nós.

A sua partida era tudo em que Fanny poderia pensar com a maior satisfação. As expressões gentis do tio, no entanto, e a sua tolerância sensibilizaram-na, e ao pensar no quanto da verdade que ele desconhecia, ela acreditou não ter nenhum direito para questionar a linha de conduta que ele seguia. Ele, que tinha casado uma filha com o Sr. Rushworth. Delicadeza romântica certamente não poderia ser esperada dele. Ela deveria cumprir o seu dever, e acreditava que o tempo tornaria a sua tarefa mais fácil do que era agora.

Ela não acreditava, mesmo aos dezoito anos, que os sentimentos do Sr. Crawford se sustentariam para sempre. Ela imaginava que o seu recuo constante e determinado levaria o caso ao fim, com o tempo. Quanto tempo ela conseguiria, em sua imaginação, ter domínio sobre a questão, seria um outro problema. Não seria justo indagar a uma jovem dama o tempo estimado de suas próprias qualidades.

A despeito da sua intenção de não tocar mais no assunto, Sir Thomas foi uma vez mais obrigado a mencioná-lo brevemente com a sobrinha de forma a prepará-la para a possibilidade de chegar às suas tias. Ele teria evitado tal medida se possível, mas esta se tornou necessária para preveni-la de qualquer providência secreta do Sr. Crawford. Ele não tinha notícia de nada semelhante. A situação era conhecida por todos no presbitério, onde gostava de conversar sobre o seu futuro com ambas as irmãs. E seria deveras gratificante para ele ter testemunhas bem informadas sobre o progresso do seu sucesso. Quando Sir Thomas compreendeu isso, sentiu a necessidade de compartilhar imediatamente o assunto com a esposa e a cunhada, embora, no que se referia a Fanny, ele temesse o efeito dessa comunicação para a Sra. Norris. Ele censurava a ideia equivocada de Fanny, mas preocupava-se com ela. Sir Thomas, de fato, não estava neste momento muito longe de classificar a Sra. Norris como uma daquelas pessoas bem-intencionadas que sempre cometem erros ou têm atitudes muito desagradáveis.

A Sra. Norris, no entanto, rendeu-se. Ele exigiu muita tolerância e silêncio em relação à sobrinha. Ela não só prometeu, como cumpriu; ela apenas passou a tratá-la com mais má vontade. Estava com muita amargura e raiva. Mas ela estava com mais raiva por Fanny ter recebido essa oferta do que por tê-la recusado. Era uma ofensa e uma afronta a Julia, que deveria ter sido a escolhida pelo Sr. Crawford. E independentemente disso, ela não gostou do fato de Fanny ter omitido isso dela; e sentia rancor pela mudança de status de alguém que sempre tentou humilhar.

Sir Thomas deu a ela mais crédito pela discrição do que merecia nessa ocasião. E Fanny poderia tê-la abençoado por ter apenas demonstrado o seu descontentamento, sem tê-la feito ouvir nada a respeito.

Lady Bertram reagiu de forma diferente. Ela tinha sido bonita, afortunadamente bonita, durante toda a sua vida. A beleza e a riqueza eram tudo o que ela reverenciava. Saber que Fanny tinha sido pedida em casamento por um homem rico, consequentemente, fez com que ela subisse em seu conceito. Convencendo-se de que Fanny *era* muito bonita, algo de que havia duvidado antes, e de que teria um casamento lucrativo, passou a sentir certa honra em chamá-la de sobrinha.

– Bem, Fanny – disse ela tão logo encontraram-se sozinhas. Lady Bertram havia estado particularmente impaciente para ficar sozinha com Fanny, e a sua fisionomia estava extraordinariamente animada ao falar –, eu tive uma surpresa muito agradável esta manhã. Devo falar sobre isso *apenas uma vez*, eu disse ao Sir Thomas que eu falaria *uma vez*, e depois estará encerrado. Eu lhe desejo toda a felicidade, minha querida sobrinha.

Olhando para ela complacentemente, completou:

– Hum! Nós certamente somos uma família bonita.

Fanny ruborizou-se, e a princípio não estava certa sobre o que deveria dizer; e com a intenção de atingir o seu lado mais suscetível, disse em seguida:

– Minha querida tia, *você* não pode querer que eu aja de maneira diferente do que fiz, estou certa. *Você* não pode esperar que eu me case, pois iria sentir a minha falta, não iria? Sim, estou certa de que sentiria muito a minha falta.

– Não, minha querida; não devo pensar em sentir a sua falta diante de uma oferta como essa. Eu ficaria muito bem sem você caso se casasse com um homem de posição como o Sr. Crawford. E você deve saber, Fanny, que é o dever de uma jovem aceitar uma oferta tão excepcional quanto essa.

Esse foi o único conselho que recebeu da tia ao longo de oito anos e meio. E ela silenciou-se, pois sentiu o quanto seria inútil discordar. Se os sentimentos da tia estavam contra ela, nada poderia ser esperado por contestá-la. Lady Bertram prosseguiu falando:

– Eu lhe digo, Fanny – continuou ela. – Estou certa de que ele se apaixonou por você no baile; estou certa de que ele se enamorou naquela noite. Você estava muito bonita. Todos a acharam bonita. Sir Thomas disse o mesmo. E você sabe que Chapman a ajudou a se vestir. Estou muito feliz por ter mandado Chapman até você. Devo dizer para Sir Thomas o que aconteceu naquela noite. – E ainda com a mesma alegria, continuou: – Eu direi uma coisa, Fanny; e é mais do que fiz pela Maria: da próxima vez que Pug tiver uma ninhada, você ganhará um filhote.

34

Edmund teve notícias muito importantes para ouvir em seu retorno. Muitas surpresas o aguardavam. A primeira não foi a de menor importância: o encontro com Henry Crawford e a irmã, que caminhavam juntos pelo vilarejo enquanto ele entrava em suas ruas a cavalo. Ele tinha suposto, ou melhor, desejado que estivessem bem distantes. Sua ausência tinha sido estendida por mais quinze dias justamente para evitar a Srta. Crawford. Ele retornava para Mansfield com o espírito preparado para se alimentar de lembranças melancólicas e associações afetuosas, quando então deparou-se com a bela figura, apoiando-se no braço do irmão, e viu-se recebendo as boas-vindas, inquestionavelmente amigáveis, da mulher que alguns momentos antes ele achava estar a cem quilômetros de distância, e ainda mais distante do que qualquer distância poderia expressar no que dizia respeito a suas inclinações.

A recepção dela foi de tal maneira que ele não esperava, ainda que houvesse desejado vê-la. Tendo em vista o propósito com que ficara ausente, ele teria esperado qualquer coisa, mas não um olhar de satisfação e palavras simples e agradáveis. Foi o suficiente para preencher seu coração de encantamento e permitir-lhe chegar em casa em um estado de espírito mais preparado para sentir o peso da outra grande surpresa que estava à sua espera.

A promoção de William, e todos os seus pormenores, logo chegou ao seu conhecimento; e como uma provisão secreta de bem-estar para contribuir para a sua felicidade, ele viu nisso uma fonte de sensações gratificantes e de contínua alegria durante todo o jantar.

Após o jantar, quando ele e o pai estavam sozinhos, soube da história de Fanny. E, assim, todos os grandes acontecimentos dos quinze dias de sua ausência e a situação naquele momento em Mansfield foram revelados a ele.

Fanny suspeitou do que estava ocorrendo. Eles conversaram por muito mais tempo do que o usual na sala de jantar e ela teve certeza de que falavam sobre ela. E quando finalmente foram chamados para o chá, e ela encontrou Edmund de novo, sentiu-se terrivelmente culpada. Ele se aproximou dela, sentou-se, pegou sua mão e a pressionou gentilmente. Nesse momento ela pensou que se não estivesse ocupada com o chá, teria traído a sua emoção por um excesso imperdoável.

No entanto, ele não intencionava com esta atitude transmitir-lhe a aprovação e o encorajamento que ela esperava. Sua intenção era apenas lhe demonstrar a sua participação em tudo o que interessava a ela, e dizer-lhe tudo o que tinha ouvido e que envolvia o seu afeto. Ele estava, na verdade, inteiramente ao lado do pai. Ele não estava tão surpreso quanto o pai por sua rejeição a Crawford, pois longe de achar que ela o considerasse uma possibilidade, ele havia sempre acreditado ser exatamente o oposto, e imaginou mesmo que ela tivesse sido pega de surpresa. Mas Sir Thomas não poderia achar essa união mais bem-vinda do que ele mesmo achava; ele só via vantagens, e embora a honrasse pelo que tinha feito sob a influência de sua indiferença, e de forma mais intensa do que Sir Thomas poderia ter percebido, ele ansiava e confiava que, ao fim, haveria uma união. E, unidos por afeição mútua, pareceria que as inclinações de ambos eram perfeitamente adequadas para abençoá-los, como agora ele mesmo começava seriamente a considerar. Crawford havia se precipitado. Ele não deu tempo para que ela se enamorasse. Ele havia começado erroneamente pelo fim. Com o poder que ele exercia, no entanto, e com uma disposição como a dela, Edmund acreditava que tudo chegaria a um final feliz. Nesse ínterim, ele notou o suficiente do embaraço de Fanny para ter o cuidado de evitar agitá-la mais uma vez com qualquer palavra, olhar ou atitude.

Crawford os visitou no dia seguinte, e com a justificativa do retorno de Edmund, Sir Thomas sentiu-se à vontade para convidá-lo a ficar para o jantar. Era uma deferência necessária. Naturalmente ele ficou, e Edmund teve inúmeras oportunidades de observar como ele se apressava com relação a Fanny e o quanto se estimulava com o comportamento dela. E era pouco, tão pouco (todas as chances, qualquer possibilidade, tinham por base somente o embaraço dela, e se não criasse esperança nisso, não haveria mais nada), que ele começava a questionar a insistência do amigo. Fanny justificava tudo; ele acreditava que ela era digna de qualquer empenho e paciência, de todo o esforço, mas pensava que ele mesmo não poderia ter se debruçado pessoalmente sobre qualquer mulher com algo a mais para alimentar sua coragem do que aquilo que podia identificar nos olhos dela. Ele desejou que Crawford pudesse ver mais claramente, e essa foi a melhor conclusão a que pôde chegar com relação ao amigo, a partir de tudo o que observou diante dele durante e após o jantar.

Ao longo da noite, alguns acontecimentos pareceram-lhe mais promissores. Quando ele e Crawford caminharam até a sala de estar, sua mãe e Fanny trabalhavam sentadas, concentradas e silenciosas, como se não tivessem mais nada com o que se preocupar. Edmund não pôde deixar de perceber a aparente tranquilidade delas.

– Nós não estávamos tão silenciosas – respondeu a mãe. – Fanny estava lendo para mim, e somente interrompeu a leitura quando os ouviu voltar.

E sem dúvida havia um livro sobre a mesa aparentando ter sido fechado recentemente; era um volume de Shakespeare.

– Ela em geral lê para mim esses livros. E ela estava em meio a um discurso muito bonito daquele homem... Qual é o nome dele, Fanny?, quando ouvimos os seus passos.

Crawford pegou o volume.

– Deixe-me ter o prazer de terminar o discurso para a senhora – disse ele. – Eu o encontrarei imediatamente.

Ao passar cuidadosamente uma ou duas páginas, ele o encontrou, rápido o suficiente para satisfazer lady Bertram, que confirmou o nome do cardeal Wolsey, cujo discurso ele acabara de ler. Fanny não lançou nem mesmo um olhar ou ofereceu qualquer ajuda; nenhuma sílaba a favor ou contra. Toda a sua atenção estava voltada para o trabalho; ela parecia determinada a não demonstrar interesse por mais nada. Mas o apreço pelos versos era muito forte nela. Ela não conseguiu abstrair seus pensamentos por cinco minutos, e acabou sendo forçada a ouvir. A leitura dele foi perfeita, e ela tinha extremo prazer de ouvir uma boa leitura. À *boa* leitura, no entanto, ela estava bastante acostumada. O tio lia bem, assim como as primas, e Edmund lia muito bem. Mas na leitura do Sr. Crawford havia uma variação além do que ela conhecia. O rei, a rainha, Buckingham, Wolsey, Cromwell, todos haviam tido a sua vez, e com grande destreza e habilidade de expressão, ele ilustrava, deliberadamente, a melhor cena, ou as melhores falas de cada um; e ele expressou com igual beleza dignidade ou orgulho, gentileza ou remorso, ou qualquer outra manifestação. Era verdadeiramente dramático. A sua habilidade como ator havia antes ensinado a Fanny os possíveis prazeres de uma peça, e agora a sua leitura a fez lembrar inteiramente da sua atuação, e, talvez ainda com maior prazer, pois aconteceu inesperadamente e com menos constrangimento do que vê-lo no palco com a Srta. Bertram.

Edmund a observava, e ficou satisfeito ao vê-la gradualmente abandonar o bordado, que antes parecia lhe tomar inteiramente a atenção; viu quando ela o deixou cair de sua mão; os seus olhos, que pareceram determinados a evitar Crawford ao longo do dia, estavam voltados e fixos nele, e assim permaneceram por minutos, até chamar a atenção de Crawford, e o livro foi fechado e o encanto, quebrado. Então ela se retraiu novamente, ruborizada, e trabalhou com mais empenho que antes. Mas foi o suficiente para Edmund encorajar o amigo, que cordialmente lhe agradeceu, esperando estar expressando também os sentimentos secretos de Fanny.

– Esta peça deve ser uma de suas favoritas – disse ele. – Você a leu como se a conhecesse bem.

– Será a minha favorita a partir deste momento – respondeu Crawford. – Mas eu não me lembro de ter tido um volume de Shakespeare em minhas mãos desde os meus quinze anos. Uma vez vi uma montagem de *Henry VIII*. Ou ouvi falar sobre ela, não lembro ao certo. Mas nos familiarizamos com Shakespeare sem saber como. É parte da formação de um inglês. Os seus pensamentos e belezas estão tão espalhados que é possível tocar-lhes em qualquer lugar; tornamo-nos íntimos dele por instinto. Nenhum homem com alguma inteligência consegue abrir em uma página de uma boa passagem de suas peças sem imergir no fluxo de seus significados imediatamente.

– Não há dúvida de que nos familiarizamos com Shakespeare em algum nível, desde a infância – disse Edmund. – Suas passagens celebradas são citadas por todos; estão na metade dos livros que abrimos, e todos falamos como Shakespeare, usamos as suas imagens e descrevemos conforme as suas próprias narrativas. Mas isso é totalmente diferente de prover o texto de sentido conforme acabou de fazer. Conhecê-lo aqui e ali é bastante comum; conhecê-lo profundamente talvez não seja incomum; mas lê-lo em voz alta tão bem não é para qualquer talento.

– Senhor, você me deixa honrado – respondeu Crawford, fingindo serenidade enquanto se inclinava em reverência.

Ambos os cavalheiros olharam para Fanny, esperando ouvir alguma palavra de elogio, ao mesmo tempo duvidando que ela diria algo. O seu elogio havia sido a atenção dispensada, e *isso* deveria ser o suficiente para eles.

A admiração de lady Bertram foi intensamente expressada.

– Foi como assistir a uma peça – disse ela. – Eu queria que Sir Thomas estivesse presente.

Crawford estava excessivamente satisfeito. O que lady Bertram, com toda a sua incapacidade e langor, havia sentido e expressado poderia influenciar no que a sobrinha poderia sentir, sensível e culta como ela era.

– Você tem grande habilidade para atuar, estou certa, Sr. Crawford – continuou lady Bertram. – E direi ainda mais: eu acho que terá um teatro, em algum momento ou outro, em sua casa em Norfolk. Quero dizer, quando estiver lá. Sim, certamente. Acho que organizará um teatro em sua casa em Norfolk.

– Acha mesmo, senhora? – exclamou ele. – Não, não, isso nunca acontecerá. A senhora está equivocada. Nenhum teatro em Everingham! Ah, não!

Então olhou para Fanny com um sorriso expressivo, que evidentemente significava "esta dama nunca permitirá um teatro em Everingham".

Edmund presenciou tudo, percebeu a determinação de Fanny em *não* levantar os olhos, como se intencionasse deixar claro que a sua voz era o suficiente para transmitir todo o significado do seu protesto. E o fato de ela ter presenciado o elogio e a insinuação, ele pensou, era mais favorável do que o contrário.

O tema sobre a leitura continuou. Os dois jovens rapazes eram os únicos que conversavam, e, próximos à lareira, falavam sobre a negligência da qualificação educacional, da total falta de atenção ao sistema de ensino para meninos, e como consequência natural, embora em algumas instâncias quase antinatural, a ignorância e grosseria dos homens; homens sensíveis e bem informados, que chamados à necessidade de lerem em voz alta, eram exemplos de fracassos e fiascos. Tudo proveniente da primeira causa: ausência de preparo e hábito. E também falaram sobre a necessidade de se saber administrar a própria voz, da modulação e ênfase adequadas, de visão e do bom-senso. E Fanny novamente ouvia com grande atenção.

– Mesmo na minha profissão – disse Edmund com um sorriso –, como a arte da leitura é tão pouco estudada! Ou a necessidade de uma boa dicção! Falo mais sobre o passado, no entanto, do que o presente. Agora existe um espírito de melhoria no exterior; mas entre os que foram ordenados há vinte, trinta, quarenta anos, a grande maioria, a julgar pelos desempenhos, deve ter pensado que ler é ler, e pregar é pregar. Agora é diferente. O assunto tem sido visto mais adequadamente. A distinção e a energia parecem ter tido peso ao se considerarem as verdades mais sólidas; e, além do mais, há um cuidado geral e bom gosto, uma visão crítica mais difundida do que anteriormente. Em toda congregação, a maioria conhece um pouco sobre o assunto, e pode julgar e criticar.

Edmund já havia realizado uma cerimônia depois de sua ordenação. E ao saber disso, Crawford lhe fez uma variedade de perguntas sobre os seus sentimentos a respeito e sobre o sucesso do seu trabalho. Perguntas feitas com a vivacidade do interesse amistoso e perspicácia, sem qualquer traço daquele estado de espírito zombeteiro ou frívolo que Edmund sabia ser deveras ofensivo para Fanny, e Edmund teve real prazer em respondê-las. Crawford prosseguiu, e ao perguntar a opinião dele e compartilhar a sua própria sobre a maneira mais adequada de se conduzirem algumas passagens da cerimônia, demonstrou seu interesse no assunto, sem qualquer julgamento; e isso deixou Edmund ainda mais satisfeito. Esse seria o caminho para o coração de Fanny. Ela não seria conquistada com galanteios, perspicácia e humor; ou pelo menos não seria conquistada por tais qualidades em pouco tempo, sem a assistência de sensibilidade e afeição, assim como de seriedade em assuntos importantes.

– A nossa liturgia – observou Crawford – tem belezas que nem mesmo um estilo de leitura descuidado e desleixado pode destruir. Mas também tem redundâncias e repetições que requerem uma boa leitura para não serem percebidas. Pessoalmente, confesso que nem sempre fico atento como deveria – nesse momento olhou para Fanny. – Muitas vezes fico pensando como a oração deve ser lida, e desejando poder lê-la eu mesmo. Você falou algo?

Voltando-se rapidamente para Fanny, perguntou-lhe em um tom suave de voz:

– Você disse algo?

Ela respondeu negativamente, e ele acrescentou:

– Você está certa de que não disse nada? Vi seus lábios se moverem. Imaginei que possivelmente iria me dizer que eu *devo* ser mais atento, e não *permitir* que meus pensamentos se percam. Você não vai dizer-me isso?

– Não, certamente você conhece muito bem o seu dever para que eu... até mesmo supor...

Ela se sentiu confusa e não conseguiria acrescentar outra palavra, nem mesmo forçada pelo pedido ou pela espera dele. Ele então se voltou para o ouvinte anterior, e continuou como se não houvesse ocorrido essa afetuosa interrupção.

– Um sermão bem conduzido é mais incomum até mesmo do que preces bem lidas. Um sermão, por si só, não é algo raro. É mais difícil falar bem do que escrever bem, embora as regras e os truques da escrita sejam frequentemente objeto de estudo. Um sermão bom do início ao fim, inteiramente bem proferido, é uma grande gratificação. Eu não consigo ouvir um assim sem grande admiração e respeito, e até sinto vontade de me ordenar e pregar pessoalmente. Existe algo na eloquência do púlpito, quando há realmente eloquência, que é digno dos maiores elogios e honra. O orador que consegue tocar e afetar uma massa heterogênea de ouvintes, em assuntos limitados e há muito repetidos para todos, e que pode dizer algo de novo e impactante, que estimule a atenção dos ouvintes, é um homem que não podemos (em sua habilidade pública) honrar o suficiente. Eu gostaria de ser um homem como esse.

Edmund riu.

– Eu gostaria, certamente. Nunca ouvi um orador notável em toda a minha vida sem sentir alguma inveja. Mas eu precisaria ter uma audiência londrina; eu não poderia pregar se não fosse para os preparados para entender meu discurso. E não sei se gostaria de pregar com regularidade; uma ou outra vez é possível. Uma ou duas vezes na primavera, após ter sido ansiosamente esperado por uns seis domingos seguidos; mas não constantemente, isso não seria bom.

Então, Fanny, que não pôde fazer nada além de ouvir, involuntariamente balançou a cabeça, e Crawford se aproximou imediatamente, rogando-lhe para dizer o que aquilo significara. Edmund percebeu, pela maneira com que ele puxou a cadeira e sentou-se próximo a ela, que ele faria uma abordagem completa, e que olhares e meia-voz seriam utilizados. Ele então sentou-se o mais silenciosamente possível em um canto e pegou um jornal, sinceramente desejando que a pequena e querida Fanny pudesse ser convencida a explicar por que balançou a cabeça, para a satisfação do seu ardente apaixonado. Cuidadosamente tentava abafar as vozes deles enquanto se distraía murmurando os diversos anúncios: "uma irresistível propriedade em South Wales", "Para pais e tutores" e uma "Temporada especial para caça".

Fanny, nesse ínterim, aborrecida com ela mesma por não ter ficado tão imóvel quanto calada, afligia-se esperando uma providência de Edmund, e tentava com toda a força de sua natureza modesta e gentil rechaçar o Sr. Crawford evitando seus olhares e perguntas; e ele, impassível, persistia com ambos.

– O que você quis dizer com esse meneio de cabeça? – perguntou ele. – O que intencionava expressar? Desaprovação, medo? O que eu disse que a desagradou? Você acha que falei de maneira inapropriada?

Levianamente, irreverentemente sobre o assunto? Apenas me diga se é isso. Só me diga se estou equivocado. Quero poder me corrigir. Não, não, eu suplico-lhe. Por um momento repouse o seu bordado. O que esse meneio da cabeça significou?

Em vão foi a sua insistência.

– Suplico-lhe, Sr. Crawford, por favor – e, sem sucesso, ela tentou se distanciar.

Com a mesma voz impaciente, e ainda próximo a ela, ele continuou, repetindo as perguntas. A cada momento ela ficava mais insatisfeita e contrariada.

– Como pode, senhor? Você me deixa embaraçada. Eu me pergunto como pode...

– Eu a deixo embaraçada? – disse ele. – Você se pergunta? Existe algo em minha súplica que você não entende? Eu vou lhe explicar imediatamente tudo o que me faz insistir desta maneira, tudo o que me faz ter vontade de saber o que está olhando ou fazendo, e estimula a minha curiosidade neste momento. Eu não a deixarei conjecturando por muito tempo.

A despeito de si mesma, ela não pôde deixar de dar um meio sorriso, mas não disse nada.

– Você balançou a cabeça quando revelei que não gostaria de me envolver frequentemente com as tarefas de um clérigo, como uma constância. Sim, esta foi a palavra: constância; eu não tenho receio quanto a esta palavra. Eu poderia soletrá-la, lê-la, escrevê-la para qualquer um. Não vejo nada de alarmante nesta palavra. Você acha que eu deveria?

– Talvez – disse Fanny, levada por fim a se pronunciar. – Talvez eu tenha considerado uma pena que você não se conhecesse sempre tão bem como parecia fazê-lo naquele momento.

Crawford, encantado por conseguir fazê-la falar de qualquer maneira, estava determinado a fazê-la continuar falando. Pobre Fanny, que esperava poder silenciá-lo apenas com uma reprovação, acabou se equivocando, e com isso houve somente a troca de uma curiosidade e de um conjunto de palavras por outra. Ele conseguiu várias oportunidades para suplicar explicações. Tinha que aproveitar o momento. Não houvera nenhuma outra desde que a vira no quarto do tio, e nenhuma outra poderia ocorrer até que deixasse Mansfield. Lady Bertram, sentada do outro lado da mesa, não significava muito, já que sempre cochilava, e os anúncios de Edmund continuavam sendo sua prioridade.

– Bem – disse Crawford após o curso de rápidas perguntas e relutantes respostas – estou mais feliz do que antes, porque agora compreendo mais claramente a sua opinião sobre mim. Você acha que sou instável, facilmente levado pela extravagância do momento, facilmente instigado e que facilmente deixo as coisas de lado. Com essa opinião, não é de espantar... mas vejamos. Não é por meio de protestos que conseguirei convencê-la de que acho que errei, ou por meio de palavras que a convencerei de que as minhas afeições são estáveis. A minha conduta falará por mim; a ausência, a distância e o tempo falarão por mim; provarão que assim como todos podem merecê-la, eu também a mereço. Você é infinitamente superior a mim em méritos. É *tudo* o que sei. Você tem qualidades que antes não poderia supor existir em qualquer ser humano. Você tem toques de anjo, além dos quais... não meramente além do que alguém pode ver, porque ninguém nunca vê algo assim... mas além do que alguém poderia desejar ser real. Mesmo assim, não tenho medo. Não é por igualdade de mérito que você poderá ser conquistada; isso está fora de questão. É aquele que mais percebe e idolatra os seus méritos, e que a ama devotamente, que tem o direito de ser correspondido. É nisso que construo a minha confiança. Por ter esse direito, eu irei merecê-la; e tão logo seja convencida de que o meu sentimento é tão intenso quanto o que declaro, eu a conheço muito bem para saber que não deixará de acalentar as melhores esperanças. Sim, querida e doce Fanny – continuou ele enquanto ela se afastava insatisfeita –, perdoe-me, é possível que eu ainda não tenha este direito; mas de que outra forma posso tratá-la? Você supõe que está em meus pensamentos de outra forma? Não, é em Fanny que penso ao longo de todo o dia, e com quem sonho à noite. Você deu ao seu nome tamanha realidade de doçura, que agora nada mais pode descrevê-la tão bem.

Fanny não teria conseguido permanecer em seu lugar, tampouco teria contido a vontade se desvencilhar, de prever a censura dos demais a essa atitude, se não tivesse ouvido o som aliviador que se apro ximava, o som que havia muito aguardava e cujo atraso já estranhava.

A procissão solene, encabeçada por Baddely, com a bandeja do chá, bules e bolos, finalmente fez a sua aparição e a libertou de um aprisionamento penoso tanto do seu corpo quanto do seu espírito. O Sr. Crawford foi obrigado a se afastar. Ela estava liberta; estava ocupada e protegida.

Edmund não ficou triste por poder ser mais uma vez incluído entre aqueles com quem poderia falar e ouvir; e embora a conversa lhe tivesse parecido muito longa, e mesmo percebendo em Fanny um rubor de contrariedade, ele estava inclinado a desejar que houvesse sido proveitosa para o orador.

35

Edmund havia determinado que estaria inteiramente nas mãos de Fanny escolher se deveriam ou não conversar a respeito da sua situação com Crawford. E caso ela não falasse nada, ele nunca haveria de fazê-lo. Mas após um ou dois dias de silêncio mútuo a respeito do assunto, ele foi induzido pelo pai a mudar de ideia e ver o que a sua influência poderia fazer para ajudar o amigo.

O dia de partida dos Crawford, não muito tempo depois, foi estabelecido. Sir Thomas pensou por bem fazer mais uma tentativa a favor do jovem antes que ele deixasse Mansfield, com a esperança de que suas declarações e votos de inabalada afeição pudessem sustentar o máximo possível uma união entre eles.

Sir Thomas sinceramente ansiava pela maturidade do caráter do Sr. Crawford neste aspecto; desejava que ele fosse um modelo de estabilidade afetiva, e tentou imaginar os melhores meios de realizar as suas intenções sem testá-lo por muito tempo.

Edmund dispôs-se a se engajar no empreendimento; ele queria se informar dos sentimentos de Fanny. Ela estava acostumada a consultá-lo em todas as suas dificuldades, e ele a amava muito para suportar a rejeição de sua confiança agora. Ele esperava poder ser-lhe útil, ele pensou que deveria ser-lhe útil, afinal, a quem mais ela poderia abrir seu coração? Se ela não precisasse de aconselhamento, ao menos precisaria do consolo do diálogo. Fanny lhe parecia distante, silenciosa e reservada, o que era um estado incomum. Um estado que ele deveria modificar, e cuja intervenção ela desejava, como ele logo saberia.

– Falarei com ela, senhor. Falarei com ela na primeira oportunidade em que estivermos a sós – disse ele ao pai. E com a informação de Sir Thomas de que ela estava naquele momento caminhando sozinha no jardim, ele imediatamente foi ao seu encontro.

– Vim caminhar com você, Fanny – disse ele. – Posso? – E entrelaçou o braço dela ao seu. – Já faz algum tempo que fizemos uma agradável caminhada juntos.

Ela concordou com o olhar, sem dizer uma palavra. Estava desanimada.

– Mas, Fanny – ele acrescentou em seguida –, para termos uma caminhada prazerosa, é necessário algo mais do que unicamente andarmos juntos. Precisamos conversar sobre o que está acontecendo, e sei o que está pensando. Você não pode acreditar que eu esteja desinformado. Devo ouvir sobre isso de todos, menos da própria Fanny?

Fanny imediatamente se agitou, e respondeu com desânimo.

– Se você ouviu de todos os outros, não há nada mais que eu possa revelar.

– Talvez não com relação aos fatos, mas aos sentimentos, Fanny. Somente você pode me falar sobre isso. No entanto, a minha intenção não é pressioná-la. Se não é o que você deseja, não insistirei. Eu imaginei que pudesse ser um alívio.

– Receio que temos opiniões muito diferentes para que eu possa achar um alívio revelar o que sinto.

– Você acha que pensamos de forma diferente? Não faço ideia disso. Ouso afirmar que em relação às nossas opiniões, elas continuam tão parecidas quanto antes. Indo direto ao assunto: considero a proposta de Crawford muito vantajosa, caso você corresponda aos sentimentos dele. Eu considero muito natural que toda a família deseje que você corresponda aos sentimentos dele; mas como você não pretende fazê-lo, agiu exatamente como desejo ao recusá-lo. Pode haver alguma discordância entre nós neste aspecto?

– Ah não! Mas pensei que me censurasse. Achei que estivesse contra mim. Isto é um grande consolo.

– Você poderia ter tido este consolo antes, Fanny, caso o tivesse buscado. Mas como você pôde supor que eu estava contra você? Como você pôde imaginar que eu defenderia um casamento sem amor? E mesmo que eu fosse em geral descuidado com essas questões, como você pôde imaginar que eu agiria assim quando a *sua* felicidade está em jogo?

– O meu tio acha que estou equivocada, e sei que ele andou conversando com você.

– Até agora, Fanny, acho que agiu perfeitamente. Posso estar pesaroso, ou surpreso, mas dificilmente *isto*, pois você ainda não teve tempo de se afeiçoar. Acho que está certa. Isso pode permitir alguma dúvida? Seria vergonhoso para nós se o permitisse. Você não o ama, e nada poderia ter justificado aceitá-lo.

Há muitos dias Fanny não se sentia tão à vontade.

– Seu comportamento até o momento foi irrepreensível, e estavam equivocados todos que esperavam que você agisse de outra forma. Mas a questão não termina aqui. Crawford não a corteja de uma forma comum; ele insiste com a esperança de conquistar uma estima que não existia antes. Isso nós sabemos que só acontece com o tempo, mas, se ele por fim for bem-sucedido, Fanny – disse ele com um sorriso afetuoso –, deixe que ele seja bem-sucedido. Você já demonstrou sua honestidade e seu desinteresse; agora, mostre-se agradecida e de bom coração, e então será o modelo perfeito de mulher, para o qual sempre achei que havia nascido.

– Nunca, nunca, nunca; ele nunca será bem-sucedido comigo – ela falou com tal convicção que surpreendeu Edmund, e ruborizou-se ao dar-se conta do olhar dele e ao ouvir o que ele disse em seguida.

– Nunca, Fanny, seja tão determinada e segura! Você não costuma ser assim, de natureza tão racional.

– Quero dizer – disse ela se lamentando e se corrigindo –, eu *acho* que nunca corresponderei, até onde posso prever, à afeição dele.

– Eu desejo coisas melhores. Sei bem mais do que Crawford de que o homem que intenciona ser amado por você (e conhecendo você as suas intenções) deverá ter muito trabalho, pois enfrentará toda sua bagagem afetiva, como um campo de batalha. E antes que ele possa dispor do seu coração, deve desprendê-lo de todas as amarras animadas e inanimadas que se fortaleceram ao longo dos anos, e que estão consideravelmente sólidas neste momento, com a própria ideia da separação. Eu sei que a apreensão de ser forçada a deixar Mansfield irá por um tempo armá-la contra ele. Eu preferiria que ele não tivesse se sentido obrigado a lhe revelar suas intenções. Eu gostaria que ele a conhecesse tão bem quanto eu a conheço, Fanny. Aqui entre nós, acho que nós a teríamos convencido. As minhas teorias e a experiência dele juntas não teriam falhado; ele agiria de acordo com os meus planos. Eu espero, no entanto, que o tempo o torne (tão firmemente quanto eu acredito que o fará) merecedor da sua afeição, e ele será recompensado. Não posso supor que você não tenha o *desejo* de amá-lo, o desejo natural pela gratidão. Você deve sentir algo nesse sentido Você deve lamentar a sua própria indiferença.

– Nós somos totalmente diferentes – disse Fanny, evitando uma resposta direta –; eu e ele somos tão, tão diferentes em todas as nossas inclinações e comportamento, que considero quase impossível sermos toleravelmente felizes juntos, mesmo que eu *conseguisse* gostar dele. Nunca existiram duas pessoas tão diferentes. Nós não temos sequer uma predileção em comum. Seríamos muito infelizes.

– Você está equivocada, Fanny. A diferença não é tão extrema. Vocês são bem parecidos. Vocês *têm* predileções em comum, assim como inclinação moral e gosto literário em comum. Ambos têm corações afetuosos e sentimentos benevolentes; e, Fanny, quem o ouviu ler e reparou como você prestou atenção a Shakespeare naquela noite não pensará que não são ideais um para o outro? Você se esquece de si mesma: existe uma inegável diferença nos seus temperamentos, eu concordo. Ele é vivaz e você é séria, mas tanto melhor assim; o estado de espírito dele compensará o seu. Você tem uma inclinação para sentir-se desanimada, e ver dificuldades onde não há. A alegria dele vai neutralizar isso. Ele não vê dificuldade em nada, e a simpatia e a alegria dele a estimulará constantemente. O fato de serem muito diferentes, Fanny, não implica de forma alguma a improbabilidade da felicidade conjugal; nem pense nisso. Eu pessoalmente estou convencido de que, ao contrário, essa diferença é deveras favorável. Estou completamente convencido de que é melhor que os temperamentos sejam diferentes; ao menos no estado de espírito, nas atitudes, na disposição para muita ou pouca companhia, na propensão para falar ou permanecer em silêncio, para seriedade ou alegria. Estou totalmente convencido de que algum nível de contraste é algo positivo para a felicidade matrimonial. Certamente excluo os extremos, e a menor semelhança em qualquer um desses aspectos tem a capacidade de produzir um extremo. Uma divergência, gentil e constante, é a melhor salvaguarda do comportamento e da conduta.

Fanny sabia muito bem onde os pensamentos dele estavam nesse momento. O poder da Srta. Crawford estava retornando. Ele tinha falado sobre ela alegremente quando chegou de viagem, e estava por um triz a intenção de continuar a evitá-la. Ele havia jantado no presbitério somente na noite anterior.

Após deixá-lo com seus pensamentos alegres por alguns minutos, Fanny sentiu que era seu dever retomar o assunto sobre o Sr. Crawford.

– Não é somente no *temperamento* que o considero totalmente inadequado para mim, embora, *nesse* aspecto, penso que a diferença entre nós seja muito grande, infinitamente grande; o estado de espí rito dele em geral me oprime, mas existe algo nele que eu desaprovo ainda mais. Devo dizer, primo, que não aprovo o caráter dele. Eu não tenho uma boa opinião sobre ele desde a época da peça. Ele se comportou, do meu ponto de vista, de maneira muito inapropriada e destituída de sentimentos, e posso falar sobre isso agora porque tudo chegou ao fim. Foi muito incorreto com o pobre Sr. Rushworth, sem parecer se preocupar com o fato de tê-lo exposto e machucado ao insinuar-se para minha prima Maria que... em suma, naquele momento da peça fiquei com uma impressão que nunca poderei apagar.

– Minha querida Fanny – respondeu Edmund mal ouvindo-a até o fim –, não devemos, qualquer um de nós, sermos julgados pelo nosso comportamento naquele período de insensatez generalizada. Desagrada-me lembrar daquela peça. Maria agiu de forma equivocada, assim como Crawford; todos nós erramos juntos, mas ninguém tanto quanto eu. Comparado a mim, todos foram inocentes. Eu estava bancando o tolo com os olhos bem abertos.

– Como observadora – disse Fanny –, talvez eu tenha visto mais do que você. E penso que o Sr. Rushworth ficou realmente com ciúmes algumas vezes.

– É muito provável, e não é de se estranhar. Nada poderia ter sido mais inapropriado do que toda aquela situação. Fico chocado todas as vezes que penso no fato de Maria ter sido capaz daquilo; mas, se ela aceitou o papel, não podemos nos surpreender com o que aconteceu depois.

– Antes da peça, posso estar muito equivocada, mas *Julia* pensou que ele estava interessado nela.

– Julia! Eu já ouvi antes alguém mencionar que ele estivesse apaixonado por Julia, mas nunca pude perceber nada. E, Fanny, embora eu espere fazer justiça às qualidades das minhas irmãs, penso que é muito possível que elas, uma delas ou as duas, tivessem maior desejo de ser admiradas pelo Crawford, e possivelmente demonstraram esse desejo de maneira mais imprudente. Lembro que estavam evidentemente apreciando a sua companhia, e, com algum encorajamento, um homem como Crawford, vivaz e possivelmente um pouco irresponsável, se deixou levar. Não há nada muito surpreendente, porque era evidente que ele não tinha qualquer pretensão. O coração dele estava reservado para você. E devo dizer que, com isso, meu conceito sobre ele aumentou consideravelmente. Isso o torna muito digno, demonstra a estima correta pelas bênçãos da felicidade doméstica e da relação pura. Prova que ele não foi corrompido pelo tio. Em resumo, demonstra tudo em que sempre desejei acreditar sobre ele, mas temia que não fosse assim.

– Estou convencida de que ele não pensa como deveria em assuntos sérios.

– Eu direi que ele ainda não refletiu sobre assuntos sérios, o que acredito ser muito bom. Como poderia ser de outra forma, com a educação e o conselheiro que teve? Com as desvantagens da formação de ambos, não é maravilhoso que tenham se tornado o que são? Os *sentimentos* de Crawford, devo reconhecer, foram até agora os seus guias. Felizmente, esses sentimentos foram, em geral, bons. Você poderá oferecer o que lhe falta; ele é um homem muito afortunado por se afeiçoar a uma pessoa como você, uma mulher que, firme como uma pedra em seus princípios, tem uma amabilidade de caráter apropriada. Ele escolheu a sua parceira, e certamente terá uma sorte rara. Ele a fará feliz, Fanny, sei que a fará feliz; mas você o fará mais feliz ainda.

– Eu não me comprometeria com esta tarefa – disse Fanny com um tom de voz baixo. – Seria uma tarefa de muita responsabilidade!

– Como sempre você não acredita estar apta para nada, imaginando que tudo é demasiado para você! Bem, embora eu não possa persuadi-la a pensar de forma diferente, você mesma será persuadida a mudar, estou certo. Confesso sincera e ansiosamente que isso acontecerá. Eu não tenho interesse pelo bem-estar de Crawford. Próxima a sua felicidade, Fanny, a dele tem a mesma prioridade. Você sabe que não tenho nenhum interesse em comum com Crawford.

Fanny sabia muito bem disso para fazer qualquer comentário a respeito. E eles caminharam juntos por uns quarenta metros em silêncio. Edmund retomou o assunto.

– Fiquei muito satisfeito com a maneira dela de falar ontem; especialmente satisfeito, porque eu não imaginava que ela veria a situação dessa maneira. Eu sabia que ela gostava muito de você, mas ainda assim temia que ela não a considerasse digna para o irmão, e que ela pudesse lastimar o fato de ele não ter escolhido uma mulher de distinção ou fortuna. Eu estava com medo do preconceito gerado por essas máximas às quais ela está muito acostumada a ouvir; mas foi muito diferente. Ela falou sobre você, Fanny, da melhor maneira. Ela deseja o enlace tanto quanto seu tio ou eu mesmo. Nós conversamos bastante a respeito disso. Eu não teria mencionado o assunto, embora estivesse muito ansioso para saber a opinião dela a respeito, mas logo depois que cheguei ela o introduziu com toda a sinceridade, amabilidade e espirituosidade que lhe são características. A Sra. Grant achou graça pela rapidez com que ela tocou no assunto.

– A Sra. Grant estava presente?

– Sim. Quando cheguei encontrei as duas irmãs sozinhas, e quando ainda conversávamos sobre você, Fanny, Crawford e o Sr. Grant chegaram.

– Há mais de uma semana que não vejo a Srta. Crawford.

– Sim, e ela lamenta por isso, embora tenha ponderado estar sendo melhor assim. Você a verá, no entanto, antes que ela vá embora. Ela está muito decepcionada com você, Fanny; você deve estar preparada para isso. Ela disse que está muito zangada, e você pode imaginar o motivo. É o lamento e o desapontamento de uma irmã que pensa que o irmão tem direito imediato a tudo o que deseja. Ela está sofrendo, como você o faria por William; mas ela a ama e a estima de todo o coração.

– Eu imaginei que ela estivesse muito zangada comigo.

– Minha querida Fanny – disse Edmund, puxando o braço dela ainda mais para perto dele –, não deixe que o fato de ela estar aborrecida incomode você. É uma raiva da qual se fala mais do que sente. O coração dela é feito para o amor e a gentileza, e não para o ressentimento. Eu gostaria que você pudesse ter ouvido os elogios que ela fez e que pudesse ter visto a sua fisionomia quando disse que você *deveria* ser a esposa de Henry. Notei que ela tratou-a todas as vezes como "Fanny", o que não era seu hábito anteriormente; ela demonstrou um ar de cordialidade fraterna.

– E quanto à Sra. Grant, ela disse algo... ela esteve presente o tempo todo?

– Sim, e ela concordou inteiramente com a irmã. A surpresa com a sua recusa, Fanny, parece irrestrita. Sua rejeição a um homem como Henry Crawford é de difícil compreensão para elas. Eu disse o que estava ao meu alcance em seu favor, mas você deverá encontrar uma forma de mostrar-lhes, assim que puder, que está certa dos seus sentimentos. Nada mais poderá satisfazê-las. Mas isso é uma importunação para você; não falarei mais nada. Não se afaste de mim.

– Eu pensei – disse Fanny após breve reflexão – que qualquer mulher pudesse desaprovar determinado homem, que não precisasse corresponder a seu afeto, mesmo sendo ele considerado encantador pelas demais pessoas. Mesmo tendo todas as perfeições do mundo, penso que um homem não deve ter que ser obrigatoriamente aceito por qualquer mulher de que ele venha a gostar. E mesmo supondo ser assim, tendo o Sr. Crawford todos os créditos que as irmãs lhe atribuem, como posso estar preparada para retribuir-lhe com qualquer sentimento à altura dos seus? Ele me pegou completamente de surpresa. Eu não imaginei que a atitude dele em relação a mim tivesse qualquer intenção, e eu certamente não teria me esforçado para gostar dele somente porque ele estava prestando atenção em mim para passar o tempo. Na minha situação, seria o extremo da vaidade ter qualquer expectativa em relação ao Sr. Crawford. Estou certa de que as irmãs dele, ao qualificaram-no como o fazem, devem ter pensado da mesma maneira ao suporem que ele não intencionava nada sério. Então como eu poderia... me apaixonar por ele no momento em que ele se declarou a mim? Como eu poderia ter os meus sentimentos ao seu serviço tão logo fosse solicitado? As irmãs dele deveriam me ver da mesma forma que ele o fazia. Quanto maiores as suas qualidades, mais teria sido inapropriado para mim pensar nele como alguma possibilidade. E... nós pensamos de forma muito diferente sobre a natureza da mulher se elas imaginam que uma mulher é capaz de retribuir tão rapidamente os sentimentos de alguém, como elas parecem pensar.

– Minha querida, querida Fanny, agora sei a verdade. Entendo agora o que se passa, e esses sentimentos são muito dignos de você. Eu já os havia atribuído a você antes. Pensei que a compreendesse. Agora você me deu exatamente a explicação que eu havia aventurado a fazer para a sua amiga e para a Sra. Grant. Ambas se mostraram muito satisfeitas, embora a sua emotiva amiga tenha se esquivado um pouco, em função de sua estima por Henry. Eu disse a elas que você, entre todas as criaturas, é em quem o hábito tem maior poder, enquanto a novidade, o menor; e que, portanto, a circunstância da inusitada aproximação de Crawford ia contra ele. Disse-lhes também que o fato de o assunto ser tão novo e recente era desfavorável a ele, e que você não poderia tolerar nada a que não estivesse acostumada. Falei isso e muito mais para que pudessem conhecer a sua natureza. A Srta. Crawford nos fez rir com os seus planos para encorajar o irmão. Ela intenciona convencê-lo e insistir na esperança de ser amado a tempo, e de receber elogios após dez anos de um casamento feliz.

Fanny sorriu com dificuldade. Seus sentimentos eram de indignação. Ela temia ter errado ao falar em demasia, exagerando o cuidado que ela acreditou ser necessário ao resguardar-se de um mal e deixando-se ficar exposta a outro; e ouvir a respeito do bom humor da Srta. Crawford naquele momento, e sobre tal assunto, foi ainda mais amargo.

Edmund viu cansaço e angústia em sua fisionomia, e imediatamente resolveu interromper a conversa, e nem mesmo mencionou o nome de Crawford novamente, exceto no que pudesse relacionar-se a algo agradável para ela. Assim, ele logo após observou:

– Eles partirão na segunda-feira. Você certamente encontrará a sua amiga amanhã ou no domingo. Eles realmente irão na segunda-feira, e eu quase fui convencido a ficar em Lessingby até esse mesmo dia! Eu quase aceitei. Estes cinco ou seis dias a mais em Lessingby poderiam ter feito grande diferença por toda a minha vida.

– Você quase ficou por lá?

– Sim, por pouco. Fui gentilmente convidado e quase aceitei. Se eu tivesse recebido alguma carta de Mansfield com notícias de todos, acredito que certamente teria ficado. Mas eu não sabia nada sobre o que se passava aqui nos últimos quinze dias, e senti que tinha permanecido fora tempo demais.

– Você passou o seu tempo agradavelmente lá?

– Sim; isto é, o problema teria sido inteiramente comigo se não tivesse gostado. Todos foram muito simpáticos; mas duvido que tenham pensado o mesmo de mim. Carreguei inquietações comigo, das quais não consegui me libertar até que estivesse de volta a Mansfield.

– Você gostou das Srtas. Owen, não é verdade?

– Sim, muito. São meninas agradáveis, bem-humoradas e sem afetação. Mas eu estou mal-acostumado, Fanny, com a companhias femininas da sociedade; mulheres bem-humoradas e sem afetação não são suficientes para um homem acostumado a mulheres sensíveis. Constituem dois tipos muito diferentes de pessoas. Você e a Srta. Crawford me deixaram muito exigente.

Fanny continuava se sentindo oprimida e cansada. Ele percebeu isso em seu olhar, e ela não conseguiria disfarçar. Sem demora ele a acompanhou diretamente até a casa, com a autoridade gentil de um privilegiado guardião.

36

Edmund acreditava estar agora bem inteirado de tudo o que Fanny sentia, ou que conseguira transmitir e que poderia ser conjecturado sobre os seus sentimentos, e ficou satisfeito. Crawford, como tinha presumido, havia sido muito precipitado, e deveria ter dado tempo para que a ideia se tornasse familiar e bem recebida por Fanny. Ela deveria se acostumar com o fato de ele estar apaixonado, e então a retribuição ao seu afeto não estaria muito distante.

Ele compartilhou a sua opinião em conversa com o pai, e recomendou que não se tornasse mais no assunto, e que nenhuma tentativa para influenciá-la ou persuadi-la deveria ser feita. Tudo deveria ser deixado por conta da perseverança de Crawford e os seus efeitos naturais nas emoções de Fanny.

Sir Thomas prometeu que seria assim. Ele acreditou que o relato de Edmund sobre os sentimentos de Fanny era correto, e entendeu que ela os acalentasse, mas considerava isso um infortúnio. Ele estava menos disposto do que o filho a relegar tudo ao futuro, e temia que, se essas concessões de tempo e de hábito para ela eram necessárias, ela poderia não ser persuadida a tempo, antes que os sentimentos do rapaz esfriassem. Não havia nada a ser feito, no entanto, a não ser submeter-se silenciosamente e esperar pelo melhor.

A visita prometida da "amiga", como Edmund se referira a Srta. Crawford, constituía uma ameaça terrível para Fanny, e deixou-a em constante terror. No papel de irmã, era parcial e contrariada, com muito pouco escrúpulo em seus comentários; e por outro lado, triunfante e segura, ela era de todas as maneiras um objeto de um alarme em vão. O seu descontentamento, sua perspicácia e sua alegria eram temerosos, e a possibilidade da presença de outras pessoas quando se encontrassem era o único consolo de Fanny. Ela se distanciou o mínimo possível de lady Bertram, não frequentou o quarto na ala leste e não caminhou sozinha pelo jardim, como precaução contra qualquer investida inesperada.

Foi bem-sucedida. Estava segura na sala de café da manhã com a tia quando a Srta. Crawford finalmente apareceu. Tendo o medo inicial se desfeito, e como a Srta. Crawford olhava e falava sem nenhuma particularidade em sua expressão, como temera por antecipação, Fanny começou a acreditar que não precisaria enfrentar nenhum desafio a não ser meia hora de alvoroço emocional. Mas nesse caso ela se iludiu em demasia, pois a Srta. Crawford não era escrava da oportunidade. Ela estava determinada a conversar a sós com Fanny e, assim, logo disse para ela em voz baixa:

– Preciso falar com você por alguns minutos em outro lugar.

Fanny sentiu essas palavras percorrerem todo o seu ser, em todas as pulsações e nervos. Escapar era impossível; acostumada à submissão, ao contrário, ela quase que imediatamente se levantou e conduziu a amiga para fora do aposento. Ela se sentia infeliz, mas não havia como evitar aquilo.

Mal haviam chegado ao saguão, todo o comedimento da Srta. Crawford se desfez. Ela imediatamente balançou a cabeça para Fanny com ar malicioso, ao mesmo tempo com uma censura afetuosa; pegou a sua mão e falou diretamente, não conseguindo dizer mais que poucas palavras.

– Menina lamentável, lamentável! Eu não sei até quando terei de repreendê-la. – Ela teve a discrição de aguardar até que tivessem a garantia de poder conversar reservadamente, sozinhas entre quatro paredes. Fanny naturalmente seguiu para o andar de cima, e levou a convidada para o aposento que agora estava sempre confortável, adequado para uso; no entanto, abriu a porta com o coração aflito, sentindo que viveria a cena mais angustiante que aquele cômodo já testemunhara. Mas as iminentes repreensões foram pelo menos adiadas; houve uma mudança abrupta na expressão da Srta. Crawford, causada pela forte emoção que ela sentiu ao encontrar-se novamente no quarto da ala leste.

– Ah! – exclamou ela com animação. – Estou aqui novamente? O quarto da ala leste. Estive aqui uma única vez!

Ela olhou ao redor, parecendo retraçar tudo o que havia se passado ali, e acrescentou:

– Somente uma vez. Você se lembra? Eu vim para ensaiar. O seu primo também, e nós ensaiamos juntos. Você foi a nossa audiência e nossa memória de texto. Um ensaio encantador. Nunca poderei esquecê-lo. Aqui estávamos nós, exatamente neste lado do quarto. Seu primo estava aqui, eu estava aqui, e ali, as cadeiras. Ah, porque essas coisas sempre passam?

Felizmente, ela não queria uma resposta. A sua mente estava totalmente absorta. Ela estava em devaneio com as memórias encantadoras.

– A cena que estávamos ensaiando era excepcional! O assunto tão, tão... como posso dizer? Ele estava para me pedir em casamento. Eu acho que posso vê-lo agora tentando ser modesto e sereno como Anhalt, ao longo de duas extensas falas. "Quando dois corações complacentes se encontram em estado de matrimônio, o casamento pode ser feliz". Eu suponho que o tempo não conseguirá apagar a impressão que tenho de seu olhar e sua voz, enquanto ele dizia essas palavras. Foi curioso, muito curioso, termos tido esse diálogo para encenar! Se eu tivesse o poder de reviver qualquer semana da minha existência, seria essa, a dos nossos ensaios. Diga o que disser, Fanny, deveria ser *essa*, pois nunca conheci tamanha felicidade como naqueles dias. Ver o espírito resoluto dele ceder daquela maneira! Ah, foi uma felicidade além das palavras. Mas, que pena!, naquela noite tudo foi destruído. Aquela noite trouxe seu inoportuno tio. Pobre Sir Thomas, quem ficou feliz ao vê-lo? Mas, Fanny, não imagine que eu esteja me referindo desrespeitosamente a Sir Thomas, embora eu certamente o tenha odiado naquela semana. Não, faço justiça a ele. Ele é exatamente o que um chefe de família deve ser. E com a tristeza apaziguada, acredito que agora eu ame todos vocês.

Depois de dizer isso, com uma ternura e uma sinceridade que Fanny nunca tinha visto e que muito lhe agradaram, virou-se por um instante para se recompor.

– Eu tive um pequeno impacto ao entrar neste cômodo, como pode perceber – disse ela bem-humorada. – Mas já acabou; vamos então nos sentar confortavelmente. Quanto ao fato de repreendê-la, Fanny, e eu vim com essa intenção, não tenho coragem agora que chegou o momento.

Ela abraçou Fanny afetuosamente.

– Boa e gentil Fanny! Quando penso que é a última vez que a verei sabe-se lá por quanto tempo, sinto que é impossível qualquer outra coisa a não ser amá-la.

Fanny estava comovida. Ela não havia imaginado nada disso, e mal pôde resistir à influência melancólica da palavra "última". Ela chorou como se amasse a Srta. Crawford mais do que conseguia, e a Srta. Crawford, ainda mais emocionada com tamanha afeição, a abraçou com ternura e disse:

– Eu detesto ter que deixá-la. Para onde vou, não encontrarei ninguém com metade da sua amabilidade. Quem sabe não seremos irmãs? Eu sei que seremos. Eu sinto que nascemos para estar ligadas uma à outra, e estas lágrimas me convencem de que você sente da mesma maneira, querida Fanny.

Fanny levantou-se e respondeu apenas parcialmente.

– Mas você só está deixando um grupo de amigos por outro. Você estará com uma amiga especial.

– Sim, é verdade. A Sra. Fraser é uma grande amiga há muitos anos. Mas não estou pensando tanto na aproximação com ela; só consigo pensar nos amigos que estou deixando: a minha excelente irmã, você e todos os Bertram. Há um *calor* entre vocês que não se encontra mundo afora. Todos vocês me fazem sentir que posso confiar e me abrir com vocês, e sabemos que nas relações corriqueiras isso não ocorre. Eu desejaria ter combinado com a Sra. Fraser para ir ao seu encontro somente após a Páscoa, uma época bem mais apropriada para a visita, mas agora não posso decepcioná-la. E depois de vê-la visitarei a sua irmã, lady Stornaway, porque das duas *ela* era a minha melhor amiga, e eu não *lhe* dei muita atenção nestes últimos três anos.

Em seguida, as duas jovens ficaram alguns minutos em silêncio, ambas pensativas; Fanny refletia sobre os diferentes tipos de amizade no mundo, e Mary sobre assuntos menos filosóficos. *Ela* falou em primeiro lugar.

– Lembro-me de como foi perfeita a minha decisão de procurar você no andar de cima, e de ter encontrado o quarto da ala leste sem ter qualquer ideia de onde ficava! Como me lembro bem do que estava pensando antes de chegar aqui, assim como de tê-la encontrado sentada, trabalhando nesta mesa; e, depois a surpresa do seu primo quando abriu a porta e me viu aqui! E o seu tio retornou naquela mesma noite! Nunca houve nada igual.

Após outro breve momento de reflexão, ela então voltou-se para a amiga.

– Fanny, você totalmente absorta em devaneio! E espero que esteja pensando naquele que sempre pensa em você. Ah, se eu pudesse transportá-la por um breve período para o nosso círculo de amigos na cidade, para que você pudesse compreender como o seu poder sobre Henry é comentado por lá! Ah, a inveja e o sofrimento de dezenas e dezenas! Como haverá espanto e incredulidade quando souberem do que fez! Um segredo: Henry é praticamente herói de um romance antigo, e tem boa reputação em seus relacionamentos. Você deveria ir a Londres para dar valor a essa conquista. Se você pudesse ver como ele é cortejado, e como eu sou cortejada em seu nome! Agora sei que não serei tão bem recebia pela Sra. Fraser em consequência dos sentimentos dele por você. Quando ela souber a verdade, vai desejar que eu volte para Northamptonshire, onde mora uma filha do primeiro casamento do Sr. Fraser, que não vê a hora de se casar, tinha esperança de que fosse com Henry. Ah! Ela sempre desejou tanto se casar com Henry! Inocente e quieta aqui, você não tem ideia da *sensação* que causará, e da curiosidade que terão para vê-la, e das intermináveis perguntas que terei de responder! Pobre Margaret Fraser, não vai parar de me perguntar sobre os seus olhos e dentes, como penteia o cabelo, e quem faz os seus sapatos. Eu gostaria que Margaret estivesse casada, em nome da minha pobre amiga, pois acredito que os Fraser são tão infelizes quanto a maioria dos demais casais. Ainda assim, era uma união muito cobiçada para Janet naquela época. Todos nós estávamos muito contentes. Ela não poderia senão aceitá-lo, já que ele era rico e ela não tinha nada. Mas ele demonstrou ser mal-humorado e *exigeant*, e deseja uma jovem mulher, uma bela jovem de vinte e cinco que seja tão estável quanto ele. A minha amiga não consegue lidar muito bem com ele, e não parece saber como tirar o melhor da situação. Existe um clima de irritação que, para não dizer nada pior, é certamente muito malcriada. Na casa deles eu sempre me lembro do comportamento conjugal do presbitério de Mansfield com respeito. Até mesmo o Dr. Grant demonstra completa confiança em minha irmã, e certa consideração por suas opiniões, o que nos faz acreditar que *existe* um relacionamento; mas não vejo isso nos Fraser. Devo permanecer em Mansfield para sempre, Fanny. Minha irmã como esposa e o Sir Thomas Bertram como marido são os meus modelos de perfeição. Pobre Janet, foi tristemente enganada; ainda que não tenha havido nada inapropriado de sua parte. Ela não se jogou na relação sem considerar antes, não foi por falta de visão. Ela pensou em seu pedido por três dias, e durante esses três dias pediu o conselho de todos cuja opinião fosse digna de ser ouvida. Aconselhou-se especialmente com a minha querida falecida tia, cujo conhecimento sobre o mundo fazia com que seus conselhos tivessem, merecidamente, muita credibilidade entre todos os jovens que conhecia, e ela foi decididamente a favor do Sr. Fraser. Isso parece indicar que não há nenhuma garantia para o sucesso matrimonial! Eu não tenho muito a dizer sobre a minha amiga Flora, que recusou um belo jovem no Blues por ter preferido o terrível lorde Stornaway, que muito me lembra o

Sr. Rushworth, Fanny, mas muito mais desinteressante fisicamente e de péssimo caráter. Eu *tive* as minhas dúvidas na época com relação à decisão dela, pois ele não tem nem mesmo ares de cavalheiro e agora estou certa de que ela se equivocou. Aliás, Flora Ross apaixonou-se por Henry no primeiro inverno em que foi apresentada à sociedade. Se eu tentasse listar para você todas as mulheres que sei terem se apaixonado por ele, não conseguiria. Somente você, insensível Fanny, consegue ser indiferente a ele. Mas será você tão insensível quanto demonstra? Não, não; sei que não é.

Fanny ficou realmente tão ruborizada naquele momento que poderia suscitar forte suspeita de que acreditava naquilo.

– Excelente criatura! Não vou provocá-la. Tudo tomará o seu próprio curso. Mas, querida Fanny, você deve admitir que não estava tão absolutamente despreparada para isso, como o seu primo alega. Não é possível que você não tenha pensado no assunto, ou feito algumas conjecturas sobre o que poderia acontecer. Você deve ter percebido que ele estava tentando agradá-la, dedicando-lhe toda a atenção que podia. Ele não se mostrou dedicado a você no baile? E antes do baile, o colar! Ah, você o recebeu merecidamente. Você estava tão consciente quanto o coração poderia desejar. Eu me lembro disso perfeitamente.

– Você quer dizer que o seu irmão sabia antes sobre o colar? Ah, Srta. Crawford, isso não foi honesto.

– Se ele sabia? Foi tudo obra dele; foi ele quem pensou nisso. Tenho vergonha por revelar que nem mesmo passou pela minha cabeça, mas fiquei feliz em agir a pedido dele, pelo benefício de vocês.

– Eu não direi – respondeu Fanny – que eu não estivesse meio temerosa disso naquele momento, pois havia algo em seu olhar que me assustou; mas não a princípio. No início eu não suspeitei de nada, é verdade. É tão verdade quanto o fato de eu estar sentada aqui. E se eu tivesse ideia disso, nada teria me induzido a aceitar o colar. Em relação ao comportamento do seu irmão, certamente tinha percebido algumas particularidades, pouco tempo antes, possivelmente duas ou três semanas; mas então não atribuí nenhum sentido a isso, acreditei ser somente o jeito dele, e estava tão longe de suspeitar quanto de desejar que ele pensasse seriamente a meu respeito. Eu não fui, Srta. Crawford, uma observadora desatenta sobre o que estava acontecendo entre ele e uma parte desta família durante o verão e o outono. Eu estava silenciosa, mas não cega. Não pude deixar de presenciar que o Sr. Crawford se permitiu fazer galanteios que não queriam dizer nada.

– Ah, não posso discordar disso. Ele sempre foi um galanteador, e nunca se importou muito com a devastação que poderia causar nos sentimentos de jovens damas. Por vezes o repreendi por isso, mas a culpa é exclusivamente dele; mas também há que se dizer que poucas damas são merecedoras do afeto dele. E então, Fanny, a glória está em conseguir ser o alvo de desejo entre tantas outras, de ter para si o poder de vingar o próprio sexo! Ah, estou certa de que não faz parte da natureza feminina recusar esse triunfo.

Fanny balançou a cabeça.

– Não posso pensar positivamente sobre um homem que brinca com os sentimentos de qualquer mulher; e certamente haverá ainda mais sofrimento do que qualquer observador possa julgar.

– Não o defendo. Eu o deixo inteiramente à sua misericórdia. E quando ele a tiver levado para Everingham, eu não me importo o quanto irá censurá-lo. Mas tenho que dizer que esse hábito dele de fazer com que as meninas se enamorem um pouco não é tão perigoso para a felicidade de uma esposa quanto a tendência de apaixonar-se, para o que ele nunca se mostrou predisposto. Eu seriamente e firmemente acredito que ele esteja apaixonado por você de uma forma que nunca esteve por qualquer outra mulher, e que ele a ama com todo o coração e possivelmente a amará para sempre. Se qualquer homem amou uma mulher para sempre, acho que Henry a amará da mesma forma.

Fanny não pôde evitar um débil sorriso, mas não teve o que dizer.

– Eu não posso imaginar que Henry já tenha sido tão feliz – continuou Mary – como quando conseguiu a promoção do seu irmão.

Ela conseguiu causar impacto na emoção de Fanny nesse momento.

– Ah, sim. Como ele foi gentil, muito gentil!

– Sei que ele deve ter se esforçado bastante, pois conheço os obstáculos que precisou transpor. O almirante detesta ser incomodado, e abstém-se de pedir favores. E existem tantas reivindicações semelhantes de jovens rapazes, que somente uma grande amizade e forte empenho são capazes de atender. Que criatura feliz deve ser o William! Eu gostaria que pudéssemos encontrar com ele.

O estado de espírito da pobre Fanny foi lançado na maior das suas angústias. A lembrança do que havia sido feito por William era sempre a maior inquietação entre todos os seus sentimentos contrários ao o Sr. Crawford. E ela permaneceu sentada pensando profundamente sobre isso até que Mary, que a estava observando com complacência, enquanto refletia sobre algo mais a dizer, de repente lembrou-a:

– Eu gostaria de passar o dia todo aqui conversando com você, mas não devemos nos esquecer das damas que estão lá embaixo. Adeus, minha querida, amável e excelente Fanny; pois embora iremos nos separar de fato somente na sala do café, devo me despedir de você já aqui. E me despeço ansiosa por um reencontro feliz, e confiante de que, quando nos virmos novamente, nossos corações estarão mutuamente abertos, sem qualquer traço de ressentimento.

Um abraço muito gentil e alguma agitação acompanharam essas palavras.

– Devo encontrar seu primo em breve na cidade. Ele mencionou que estaria lá muito em breve. Sir Thomas, imagino, encontrarei na primavera, e o seu primo mais velho, os Rushworth e Julia, estou certa de que os encontrarei muitas vezes. Encontrarei todos, exceto você. Tenho dois favores para pedir: um é sobre sua correspondência. Por favor, me escreva. E o outro, para visitar regularmente a Sra. Grant e compensá-la de minha ausência.

Com o primeiro dos favores Fanny preferiria não ter que se comprometer, mas foi impossível para ela negar-lhe a correspondência. Foi impossível para ela até mesmo não concordar mais prontamente do que a sua vontade permitia. Não havia como resistir a tamanha demonstração de afeto. Sua natureza era deveras inclinada a valorizar um tratamento gentil, e por ter conhecido pouco desse tipo de tratamento, ficou ainda mais comovida pela estima demonstrada pela Srta. Crawford. Além do mais, havia o sentimento de gratidão a ela por ter feito esse *tête-à-tête* menos doloroso do que ela havia imaginado.

A conversa chegara ao fim, e ela havia escapado de reprimendas e sem precisar fazer revelações. Seu segredo permanecia intacto, e enquanto fosse assim, ela pensou que poderia submeter-se a quase tudo.

À noite houve nova despedida. Henry Crawford foi visitá-los. E sem resistência prévia em seu estado de espírito, ela estava com o coração afável, porque ele realmente parecia sincero. Muito diferentemente de sua atitude corriqueira, ele mal disse uma palavra. Estava evidentemente oprimido e Fanny deveria sofrer por ele, embora esperasse que nunca mais o visse até que fosse o marido de outra mulher.

Quando chegou o momento da despedida, ele pegou sua mão e não encontrou resistência. No entanto, ele não disse nada, ou nada que ela tivesse ouvido, e quando ele deixou o aposento, ela ficou satisfeita por poder terminar tal demonstração de amizade.

No dia seguinte, os Crawford partiram.

37

Com a partida do Sr. Crawford, o próximo intuito de Sir Thomas era fazer com que sua ausência fosse notada, e acalentava muitas esperanças de que a sobrinha sentisse falta das atenções que antes julgava incômodas. Ela vivenciara esse tipo de atenção da maneira mais lisonjeadora, e ele esperava que essa ausência, o mergulho no vazio, despertasse grande arrependimento nela. Ele a observava enquanto refletia, sem saber se poderia esperar algum sucesso. Não havia nenhum indício de qualquer mudança em seu estado de espírito. Ela era sempre tão gentil e reservada que suas emoções estavam além de seu discernimento. Ele não a compreendia; ao menos sentia que não. Sendo assim, recorreu a Edmund para que ele lhe dissesse como ela estava naquele momento, e se mais ou menos feliz do que já estivera.

Edmund não identificou nenhum sintoma de arrependimento, e pensou que o pai estava sendo um pouco precipitado em supor que os primeiros três ou quatro dias pudessem produzir algum sinal relevante.

O que surpreendia especialmente Edmund era o fato de a irmã de Crawford, a amiga e companheira que tinha feito tanto por ela, não demonstrar nenhuma tristeza. Ele se questionava porque Fanny falava tão pouco sobre *ela*, e tinha muito pouco a dizer espontaneamente sobre sua opinião quanto a essa separação.

Mas era justamente essa irmã, amiga e companheira, o motivo principal do desconforto de Fanny. Se ela pudesse acreditar que o destino de Mary não estivesse ligado a Mansfield, como ela tinha certeza ser o caso do irmão, e se pudesse ter a esperança de que o seu retorno estivesse tão distante quanto o dele, seu coração certamente estaria leve. Mas quanto mais refletia e observava, mais se convencia de que tudo caminhava, mais do que nunca, para o casamento da Srta. Crawford com Edmund. De sua parte, a inclinação parecia forte, enquanto ela parecia ambígua. As objeções e os escrúpulos dele, a sua integridade, tudo parecia ter se esvaído, e ninguém saberia dizer como. E as dúvidas e hesitações das ambições dela haviam igualmente terminado, e, da mesma maneira, sem razão aparente. Isso só poderia ser atribuído ao fortalecimento dos sentimentos. Os bons sentimentos dele e os maus dela cederam ao amor, e esse amor deveria uni-los. Ele deveria ir a cidade tão logo resolvesse alguns negócios relativos a Thornton Lacey, possivelmente dentro de 15 dias. Ele conversava sobre a viagem, e amava falar sobre isso; e tão logo estivesse novamente com ela, Fanny não poderia duvidar dos desdobramentos. A aceitação dela deveria ser tão certa quanto o seu pedido. No entanto, ainda permaneciam alguns sentimentos negativos, que tornavam a perspectiva desses acontecimentos muito dolorosa para ela, independentemente da sua vontade.

Na última conversa entre as duas, a despeito de ela ter sido amável e gentil, ainda assim era a Srta. Crawford, demonstrando um espírito distraído e confuso, e sem ter qualquer noção disso. Era sombria, e acreditava ser clara. Ela poderia amar, mas não merecia Edmund por nenhum outro sentimento. Fanny acreditava que dificilmente houvesse um segundo sentimento em comum entre os dois. Ela poderia ser desculpada por sábios anciãos por considerar ser praticamente improvável o progresso da Srta. Crawford, pois mesmo na temporada de amor a influência de Edmund tinha feito muito pouco para clarear seu discernimento e suas ideias. As qualidades dele seriam por fim desperdiçadas com ela ao longo de anos de matrimônio.

A experiência esperaria mais de qualquer jovem nessas circunstâncias, e a imparcialidade não teria negado à natureza da Srta. Crawford aquela participação no perfil característico das mulheres que a levaria a adotar como suas as opiniões do homem que amava e respeitava. Essas eram as convicções de Fanny, e ela afligia-se muito por isso, e nunca poderia pensar na Srta. Crawford sem sofrimento.

Enquanto isso, Sir Thomas seguia com as suas próprias esperanças e continuava a observar, ainda acreditando ter o direito, em função de todo o seu conhecimento sobre a natureza humana, de esperar ver o efeito da perda e da consequente importância no estado de espírito da sobrinha, e das atenções agora ausentes do admirador produzirem um desejo pelo seu retorno. Em breve outra visita lhe tiraria as esperanças de tais sentimentos em Fanny, cuja proximidade apenas era suficiente para fortalecer o estado de espírito que era objeto de sua observação. William havia obtido uma licença de dez dias para permanecer em Northamptonshire, e ele viria, o mais feliz dos tenentes, pois o mais recentemente promovido, para compartilhar a sua felicidade e mostrar a farda.

Ele finalmente chegou, e ele teria grande prazer de mostrar a farda a todos não fosse pela cruel proibição de usá-la fora do serviço. Assim, esta permaneceu em Portsmouth. Edmund presumiu que antes que Fanny pudesse ter a chance de vê-la, toda a sua novidade e todo o viço dos sentimentos daquele que o usava teriam se esvaído. Pois o que poderia ser mais inconveniente, desprezível, do que o uniforme de um tenente que está no posto há um ou dois anos e vê os demais serem promovidos antes dele? Tais foram as considerações de Edmund, até que o pai o confidenciou um plano que daria a Fanny a chance de ver o segundo tenente do HMS *Thrush* em toda a sua glória.

O plano era fazê-la acompanhar o irmão até Portsmouth e passar breve período com a sua própria família. Isso havia ocorrido ao Sir Thomas em uma das honradas reflexões, como uma concessão e também um direito dela. Mas antes de decidir-se inteiramente, ele consultou o filho. Edmund considerou a proposta em todos os seus aspectos e achou-a muito positiva. O plano era bom por si só, e não poderia ser executado em momento mais oportuno, e tinha certeza de que seria muito apreciado por Fanny. Isso foi o suficiente para a decisão de Sir Thomas, o que encerrou aquela etapa das negociações. Sir Thomas deu o assunto por encerrado, sentindo-se satisfeito e com a sensação de que estava fazendo o melhor, com intenções que iam além do que havia comunicado ao filho; o real motivo do plano tinha muito pouco a ver com a visita aos pais, e tampouco estava relacionado com a ideia de fazê-la feliz. Ele certamente gostaria que a viagem fosse do agrado dela, mas a sua esperança era de que ela ficasse com muita saudade de casa antes que a visita terminasse, e que um pouco de distanciamento da elegância e do luxo de Mansfield Park elevariam o estado de sua consciência, possibilitando-a perceber o valor daquele lar de maior permanência e o semelhante conforto que havia sido oferecido a ela.

Era um tratamento medicinal para curar o estado da sobrinha, que ele considerava estar doente. O fato de ter residido por oito ou nove anos em uma casa rica e abundante tinham afetado a sua capacidade de comparar e julgar. A casa de seu pai iria, muito provavelmente, ensiná-la o valor de uma boa renda; e ele acreditava que ela seria uma mulher mais sábia e feliz pelo resto da vida por ter vivenciado a experiência que estava prestes a lhe ser legada.

Fosse Fanny afeita a arrebatamentos, ela teria tido forte reação ao tomar conhecimento da oferta do tio para visitar a casa de seus pais, irmãos e irmãs, de quem tinha se separado por metade de sua vida; para retornar por dois meses ao cenário da sua infância, tendo

William como protetor e companheiro de sua jornada, com a certeza de estar com ele até o último minuto de sua permanência em terra. Se ela se permitisse arroubos de encantamento, este teria sido o momento, pois estava em deleite; mas a sua felicidade era silenciosa, profunda, sentida apenas no coração. E, já não muito falante, ela tendia ao silêncio quando as emoções eram intensas. Nesse momento ela só conseguiu agradecer e aceitar. Mais tarde, familiarizada com a perspectiva de felicidade tão inesperada, ela conseguiu falar mais abertamente com William e Edmund sobre o que estava sentindo, mas ainda assim havia emoções que não poderiam ser expressas em palavras. A lembrança de todos os seus prazeres pregressos, e o quanto havia sofrido quando arrancada deles, voltou a ela com força renovada. Parecia-lhe que estar novamente em casa curaria todas as dores criadas pela separação. Estar novamente no centro desse círculo, amada por tantos, e ainda mais do que jamais havia sido, sentir afeição sem medo ou constrangimento, sentir-se igual aos que estavam ao seu redor, ter a garantia de não ouvir mencionados os nomes dos Crawford, e livre de qualquer olhar que revelasse uma censura em relação a eles! Essa era uma perspectiva que deveria ser vivida com carinho, e que só poderia ser parcialmente compreendida.

Edmund também; ficar dois meses longe *dele* (possivelmente poderia fazer com que sua ausência se prolongasse por três), faria bem a ela. Distante e protegida de seus olhares e de sua gentileza, segura da irritação contínua de saber o que ia no coração dele e esforçando-se para evitar suas confidências, ela poderia voltar à razão. Ela conseguiria pensar nele em Londres, organizando-se lá, sem tristezas. O que poderia ter sido difícil de suportar em Mansfield seria um mal menor em Portsmouth.

O único inconveniente era a dúvida sobre o bem-estar da tia Bertram sem ela. Ela não era útil a mais ninguém, mas *naquele* caso sua ausência seria sentida em um nível que ela preferiria não pensar. Essa parte era de fato a mais difícil de ser resolvida por Sir Thomas, e somente *ele* poderia convencer lady Bertram.

Ele era o senhor em Mansfield Park. Quando realmente tomava uma decisão, ele sempre a realizava. E agora, após insistir longamente no assunto, explicando e exortando o dever de Fanny de ver a família em algum momento, ele conseguiu induzir a esposa a deixá-la ir. A sua aprovação foi mais por submissão, no entanto, do que por convicção, pois lady Bertram estava muito pouco convencida de que Sir Thomas acreditasse que Fanny deveria ir; mas teve que se resignar. Na calma de seu quarto de vestir, e no fluxo imparcial de suas próprias reflexões, não influenciada pela afirmações desconexas dele, ela não conseguiu identificar nenhuma necessidade para Fanny se aproximar de um pai ou de uma mãe que tinham permanecido tanto tempo sem ela, além do fato de ser a sobrinha tão útil para ela própria. E quanto a não sentir a falta dela, que na discussão com a Sra. Norris era o que tencionava argumentar, foi firmemente contra admitir aquilo.

Sir Thomas recorreu à sua razão, consciência e dignidade. Ele chamava isso de sacrifício, e implorou por sua bondade e força de vontade. Mas a Sra. Norris quis persuadi-la de que Fanny poderia facilmente ser dispensada (*ela* estaria pronta para abrir mão de seus próprios afazeres quando fosse solicitada) e, em suma, a sua ausência não seria sentida.

– É possível, irmã – foi a resposta de lady Bertram. – Ouso afirmar que está correta, mas estou certa de que sentirei muito a falta dela.

O passo seguinte era comunicar-se com Portsmouth. Fanny ofereceu-se para escrever ela mesma e a resposta de sua mãe, embora curta, foi muito amável; em poucas linhas ela expressou a felicidade natural de uma mãe diante da perspectiva de ver sua filha novamente, confirmando toda previsão de felicidade da filha por encontrar-se com ela, convencendo-se de que encontraria uma amiga calorosa e afetiva na "*Mamma*" que certamente não tinha demonstrado seu carinho pela filha anteriormente. Mas isso ela supôs ter sido por sua própria culpa, ou ela teria apenas imaginado isso. Ela havia provavelmente alienado o amor pelo desamparo e mau humor de um temperamento amedrontado, ou então fora injusta por desejar uma parcela maior do que qualquer um poderia desejar. Agora, que sabia como ser útil e como tolerar, e não estando mais a sua mãe ocupada pelas demandas incessantes de uma casa cheia de crianças pequenas, haveria uma mudança na relação entre elas, e em breve seriam o que mãe e filha devem ser uma para a outra.

William estava quase tão feliz quanto a irmã. Seria um enorme prazer tê-la próximo nos últimos momentos antes de sua partida, e talvez encontrá-la ainda quando retornasse de sua primeira viagem! Além do mais, ele queria muitíssimo que ela visse o *Thrush* antes que saísse do porto (o *Thrush* era certamente o mais belo navio em atividade). E haviam sido feitas muitas melhorias no cais, e ele ansiava poder mostrar-lhe.

Ele não hesitou em dizer-lhe que o fato de ela ficar em casa por algum tempo seria um grande benefício para todos.

– Eu não sei como será – disse ele –, mas nós queremos um pouco do seu conhecimento e método na casa de meu pai. A casa está sempre bagunçada. Você poderá organizá-la, estou certo. Você poderá dizer a minha mãe como tudo deve ser feito, e será muito útil a Susan, e ensinará a Betsey, e fará com que os meninos a amem e respeitem. Como tudo isso será bom e agradável!

Quando a resposta da Sra. Price chegou, sobravam apenas poucos dias em Mansfield, e durante alguns desses dias os jovens viajantes estavam sobressaltados com relação à viagem, pois quando se tratou da maneira como deveria ocorrer, a Sra. Norris percebeu que toda a sua ansiedade para salvaguardar o dinheiro do cunhado foi em vão e, apesar de sua tentativas de um transporte menos dispendioso para Fanny, eles estavam para partir quando ela viu Sir Thomas dar a William algumas notas com esse propósito, e se deu conta da possibilidade de ter espaço para mais uma pessoa na carruagem, manifestando subitamente forte interesse de ir junto com eles e ver sua pobre e querida irmã Price. Ela argumentou que já tinha se decidido a ir com os jovens, e que seria uma grande indulgência a ela, pois não via a sua pobre e querida irmã Price havia mais de vinte anos. Seria também de grande ajuda para os mais jovens, em sua jornada, ter uma pessoa mais velha para cuidar das responsabilidades. Ela também não podia deixar de pensar que sua pobre e querida irmã Price consideraria uma falta de gentileza de sua parte não ir visitá-la com tal oportunidade.

William e Fanny ficaram apavorados diante dessa possibilidade.

Todo o prazer da confortável viagem seria destruído de uma só vez, e com semblantes aflitos os irmãos se entreolharam. O suspense se prolongou por uma ou duas horas. Ninguém interferiu, encorajando-a ou dissuadindo-a; a Sra. Norris teve a liberdade de decidir ela mesma sobre o assunto, e para a felicidade infinita de seus sobrinhos, ela se lembrou de que não poderia de forma alguma deixar Mansfield Park naquele momento, pois era extremamente necessária a Sir Thomas e lady Bertram, e não poderia deixá-los nem mesmo por uma semana e, sendo assim, deveria sacrificar qualquer outro prazer por aquele que seria ficar disponível a eles.

Na verdade lhe havia ocorrido que, embora fosse para Portsmouth sem qualquer gasto, seria quase impossível evitar ela mesma custear o seu retorno. Então, a pobre e querida irmã Price teria que se desapontar por não poder usufruir dessa oportunidade, e possivelmente novo período de mais vinte anos de afastamento acabava de começar.

Os planos de Edmund foram afetados por essa viagem a Portsmouth, por essa ausência de Fanny. Ele também tinha um sacrifício a fazer por Mansfield Park, assim como a tia. Ele intencionava, por volta desse mesmo período, ir para Londres, mas ele não poderia deixar o pai e a mãe justamente quando todos os demais de maior relevância para o bem-estar deles estivessem ausentes. E com esforço não revelado, ele adiou por uma ou duas semanas uma viagem que aguardava ansiosamente, durante a qual talvez estabelecesse sua felicidade para sempre.

Ele conversou com Fanny sobre isso. Ela já sabia tanto a respeito que deveria saber tudo o mais. Esse foi o conteúdo de outra conversa confidencial sobre a Srta. Crawford, e Fanny ficou muito contente ao sentir que seria a última vez que o nome da Srta. Crawford seria tão livremente mencionado entre eles. Posteriormente, ela voltou a ser mencionada por ele. Lady Bertram tinha pedido nessa noite à sobrinha que lhe escrevesse em breve e que prometesse fazê-lo com regularidade. Edmund, em um momento conveniente, sussurrou a Fanny:

– E *eu* vou escrever para você quando tiver qualquer assunto digno de ser revelado, qualquer coisa que ficará encantada em saber, e sobre o qual não saberá por ninguém mais.

Se ela tivesse qualquer dúvida sobre o significado dessas palavras, o rubor no semblante dele teria sido decisivo.

Ela deveria se preparar para receber tal carta. Uma carta de Edmund seria motivo para pânico! Ela começou a sentir que ainda não tinha experimentado todas as variações de sentimentos e opiniões que a passagem do tempo e a mudança de circunstâncias possibilitariam. Ela ainda não havia esgotado todas as possibilidades da alma humana

Pobre Fanny; embora tanto ansiasse pela viagem, a última noite em Mansfield Park ainda era angustiante. O seu coração estava completamente entristecido com a eminência da separação. Ela chorava por todos os cômodos da casa, e mais ainda pensando em cada habitante amado. Não se desgrudou da tia, porque iria sentir a sua falta; beijou a mão de seu tio com soluços porque o tinha decepcionado; e quanto a Edmund, ela mal podia falar, olhar ou mesmo pensar nele, e foi somente quando tudo chegou ao fim que se deu conta de que ele se despedia dela com afeto de irmão.

Tudo isso se passou durante a noite, pois a viagem se iniciaria de manhã bem cedo, e no café da manhã o pequeno grupo presente já não tinha a companhia de William e Fanny, que já haviam, àquela hora, avançado a primeira etapa da viagem.

38

A novidade da viagem e a felicidade por estar com William logo produziram os efeitos naturais no estado de espírito de Fanny assim que deixaram Mansfield Park para trás. No fim do primeiro estágio da viagem, quando deveriam deixar a carruagem de Sir Thomas, ela se despediu do velho cocheiro e pediu-lhe para transmitir lembranças e saudações.

Não havia fim para as conversas agradáveis entre irmão e irmã. Tudo oferecia diversão para William, que fazia muitas brincadeiras nos intervalos dos assuntos mais sérios, e todos giravam em torno da exaltação ao *Thrush*, em conjecturas sobre a sua utilização, os possíveis esquemas de ação contra uma força superior e – na hipótese de ausência do primeiro-tenente, e William não era muito indulgente com o primeiro-tenente –, ele em breve teria a sua promoção; ou ainda, de especulações de prêmios em dinheiro, que seriam generosamente distribuídos em casa, com a única ressalva de guardar o suficiente para poder construir uma pequena e confortável casa, onde ele e Fanny passariam o fim de suas vidas juntos.

As preocupações imediatas de Fanny, que envolviam o Sr. Crawford, não fez parte de suas conversas. William sabia o que havia ocorrido, e lamentava sinceramente que os sentimentos de sua irmã fossem tão frios em relação a um homem que ele considerava de ótimo caráter. Mas ele estava em uma idade propícia ao amor, e por isso impossibilitado de censurá-la. Como conhecia o pensamento dela sobre esse assunto, não queria importuná-la com qualquer alusão ao tema.

Ela tinha razões para acreditar ainda não ter sido esquecida pelo Sr. Crawford. Recebera muitas notícias da sua irmã nas últimas três semanas desde que eles haviam deixado Mansfield, e em todas as cartas havia algumas frases escritas por ele, calorosas e determinadas como os seus discursos. Era uma correspondência que Fanny considerava quase tão desagradável quanto havia receado. O estilo de carta da Srta. Crawford, alegre e afetuoso, era terrível em si mesmo, independentemente do que era escrito pela pena do irmão, pois Edmund nunca descansava até que ela tivesse lido a carta inteira para ele, em seguida tendo que ouvir seus elogios pela linguagem dela, e o ardor de seu afeto. Havia em todas as cartas muitas mensagens, alusões e lembranças sobre Mansfield, e Fanny não pôde deixar de supor que ela havia escrito para Edmund. Era então forçada a esse propósito extremamente cruel: a uma correspondência que trazia as investidas de um homem a quem não amava, e que a obrigava a lidar com a paixão adversa do homem que amava. Nesse aspecto também o seu afastamento prometia ser vantajoso; ela acreditava que o fato de não estar sob o mesmo teto que Edmund faria com que a Srta. Crawford não tivesse motivos fortes o suficiente para se dar o trabalho de escrever, e que em Portsmouth a correspondência entre elas iria diminuir até chegar a um fim.

Com esses pensamentos entre tantos outros, Fanny prosseguia em sua jornada, segura e alegre, e tão rápida quanto se poderia esperar no poeirento mês de fevereiro. Eles entraram em Oxford, mas ela só conseguiu ter uma rápida visão da universidade de Edmund quando passaram por ela, e não fizeram nenhuma parada até chegarem a Newbury, onde uma boa refeição, unindo jantar e ceia, os refez dos prazeres e das fadigas do dia.

A manhã seguinte os viu partir novamente bem cedo; e sem qualquer acontecimento imprevisto ou atrasos, eles avançaram normalmente e chegaram aos arredores de Portsmouth enquanto ainda estava claro, e Fanny pôde olhar em volta e admirar os prédios novos. Eles passaram pela ponte levadiça e entraram na cidade. A luz do sol começava a enfraquecer, e guiados pela voz firme de William, eles foram conduzidos até uma rua estreita, saindo de High Street, e alcançaram a porta de uma pequena casa, então habitada pelo Sr. Price.

Fanny estava agitada e alvoroçada, esperançosa e apreensiva. No momento em que pararam, uma criada com aparência suja e parecendo estar à espera deles na porta aproximou-se e, mais interessada em revelar as novidades do que oferecer-lhes ajuda, disse:

– O *Thrush* deixou o porto; por favor, senhor, um dos oficiais esteve aqui...

Ela foi interrompida por um belo menino de onze anos, que saiu correndo de dentro da casa, empurrou a criada para o lado, e enquanto William abria a porta do cabriolé, ele exclamou:

– Você chegou bem a tempo! Nós estávamos procurando por você havia meia hora. O *Thrush* deixou o porto esta manhã. Eu o vi. Foi uma bela visão. Eles acham que o navio receberá as ordens de partida em um ou dois dias. O Sr. Campbell esteve aqui às quatro horas da tarde perguntando por você; ele pegará um dos botes do *Thrush* rumo ao navio às seis horas, e esperava que você estivesse de volta a tempo de ir com ele.

Ele lançou um ou dois olhares para Fanny enquanto William a ajudava a descer da carruagem, e foi toda a atenção dada voluntariamente por esse irmão, mas ele não fez nenhuma objeção em ser beijado por ela, embora estivesse ainda envolvido em dar mais detalhes sobre a saída do *Thrush* do porto. Ele tinha muito interesse no assunto, já que em breve começaria a sua carreira como homem do mar.

Logo a seguir Fanny estava na estreita passagem na entrada da casa e nos braços de sua mãe, que a encontrou ali com genuína amabilidade, e Fanny gostou muito de ver como seu semblante lembrava o da tia Bertram. E ali estavam suas duas irmãs, Susan, uma bela jovem crescida de quatorze anos, e Betsey, a mais nova da família, com cerca de cinco anos, ambas felizes de vê-la chegar, mas sem manifestar muita alegria. No entanto, Fanny não se preocupou com isso; se elas simplesmente a amassem, isso seria o suficiente para deixá-la satisfeita.

Ela então foi levada a uma pequena sala, tão pequena que a primeira impressão foi de que se tratava apenas de uma passagem para algum lugar maior, e ela ficou em pé, aguardando ser conduzida. Mas quando viu que não havia outra porta, e percebeu indícios de utilização daquele cômodo, ela afligiu-se com a possibilidade de terem suspeitado do que pensara. A mãe não permaneceu ali tempo suficiente para suspeitar de nada. Ela voltou para a porta da casa para dar as boas-vindas a William.

– Ah, meu querido William, como estou feliz em vê-lo. Mas você já soube do *Thrush*? O navio já deixou o porto, três dias antes de nos termos dado conta; e não sei o que devo fazer em relação aos pertences de Sam, nunca ficarão prontos a tempo, pois é possível que o navio parta amanhã. Fui pega de surpresa. E você sabe que deve ir para Spithead também. Campbell esteve aqui, bastante preocupado com você; e agora, o que devemos fazer? Pensei que teria uma noite agradável a seu lado, e eis que tudo isso está acontecendo ao mesmo tempo.

O filho respondeu alegremente, dizendo que tudo acontecia para o melhor, e minimizando a inconveniência de ter que ir embora tão rapidamente.

– Pode estar certa de que eu preferiria que o navio tivesse permanecido no porto, e que eu pudesse ter algumas horas com você; mas já que tem um barco em terra firme, devo ir imediatamente, e não há nada que se possa fazer. Onde em Spithead o *Thrush* está ancorado? Próximo ao *Canopus*? Mas não importa; Fanny está na sala, e por que deveríamos permanecer na passagem? Venha, mãe; você mal olhou para sua querida Fanny.

Ambos entraram, e a Sra. Price, tendo carinhosamente beijado a filha novamente e feito breve comentário sobre o seu crescimento, começou a questionar com natural desvelo o cansaço e as necessidades dos viajantes.

– Pobrezinhos! Como devem estar cansados; o que desejam? Comecei a pensar que nunca viriam. Betsey e eu estávamos esperando por vocês havia meia hora. E quando comeram a última vez? E o que gostariam de comer agora? Eu não sabia se prefeririam carne, ou apenas um chá, após a viagem; do contrário teria preparado algo. E agora, mesmo que Campbell chegue antes que tenha tempo para preparar um bife, não temos um açougueiro por perto. É um inconveniente não termos um açougueiro na rua. Era melhor em nossa última casa. Talvez vocês queiram um chá, tão logo fique pronto.

Ambos declararam que prefeririam o chá a qualquer outra coisa.

– Então, Betsey, minha querida, corra até a cozinha e veja se a Rebecca colocou a água para ferver, e diga para ela trazer o chá tão logo esteja pronto. Eu gostaria de poder mandar consertar o sino, mas Betsey é uma mensageira muito útil.

Betsey foi com boa vontade, orgulhosa em mostrar suas habilidades para a nova e bela irmã.

– Meu Deus! – continuou a ansiosa mãe –, que lareira fraca nós temos aqui, e ouso afirmar que os dois devem estar morrendo de frio. Aproxime mais a sua cadeira, minha querida. Não sei dizer o que Rebecca andou fazendo. Estou certa de que pedi a ela para trazer carvão há uma hora. Susan, *você* deveria ter cuidado da lareira.

– Eu estava lá em cima, mamãe, organizando as minhas coisas – disse Susan em um tom destemido e de autodefesa que surpreendeu

Fanny. – Você tinha dito que minha irmã Fanny e eu deveríamos ficar com o outro quarto, e não consegui fazer com que Rebecca me ajudasse.

A discussão foi interrompida por novas demandas. Em primeiro lugar, o condutor foi receber o pagamento; em seguida houve uma discussão entre Sam e Rebecca sobre a forma como deveria ser carregada a mala da irmã, e que ele disse poder dar conta sozinho. Por fim, o Sr. Price entrou, precedido por sua voz alta. Praguejando, ele chutou a mala do filho e a bolsa da filha que estavam no corredor, e gritou pedindo uma vela; no entanto, nenhuma vela lhe foi levada, e ele acabou por entrar no aposento.

Fanny, com sentimentos conflitantes, levantou para cumprimentá-lo, mas recuou novamente ao perceber que não havia sido identificada no escuro. Depois de um aperto de mão amigável do filho, ele falou em voz alta:

– Ah! Bem-vindo de volta, meu menino. Fico feliz em vê-lo. Você soube das notícias? O *Thrush* deixou o porto esta manhã. Pontualmente. Por Deus, você chegou a tempo. O doutor esteve aqui perguntando por você; ele partirá para Spithead às seis horas em um dos barcos, então é melhor você ir com ele. Estive com Turner e tudo será resolvido. Eu não me surpreenderia se recebesse as suas ordens amanhã, mas não poderá velejar com este vento, se tiver que cruzar para o lado oeste. O capitão Walsh acredita que você vai para oeste com o *Elephant*. Por Deus, espero que sim. Mas o velho Scholey estava dizendo havia pouco que talvez você seja enviado primeiro para o *Texel*. Bem, bem; nós estamos prontos, independentemente do que ocorrer. Mas, por Deus, você perdeu uma bela visão do *Thrush* deixando o porto. Eu não perderia isso nem mesmo por mil libras. O velho Scholey veio na hora do café da manhã para dizer que o navio havia soltado as amarras e estava prestes a sair. Eu me levantei rapidamente e cheguei à plataforma em dois tempos. Se existe uma beleza flutuante perfeita, é esse navio; e lá está ele em Spithead, e qualquer um na Inglaterra o daria vinte e oito anos. Eu o admirei da plataforma por duas horas nesta tarde; agora está próximo ao *Endymion*, e ao *Cleopatra*, a leste do belo casco do navio.

– Ah! – exclamou William –, *ali* é exatamente onde eu o colocaria. É o melhor ancoradouro de Spithead. Mas aqui está minha irmã, senhor; aqui está Fanny – disse ele conduzindo-a para a frente. – Está tão escuro que não consegue vê-la.

Percebendo que havia se esquecido completamente dela, o Sr. Price abraçou cordialmente a filha, observando que tinha se tornado uma mulher, e disse acreditar que ela desejaria um marido em breve, e ele teria que esquecê-la novamente.

Fanny voltou a se sentar, sentida com a linguagem e a atitude do pai. Ele só se dirigia ao filho, e falava apenas sobre o *Thrush*, embora William, tão interessado nesse assunto quanto ele, mais de uma vez tivesse chamado a atenção do pai para Fanny, mencionando sua longa ausência e a longa viagem.

Depois de algum tempo, uma vela foi trazida; mas como o chá ainda não havia aparecido, e de acordo com a informação de Betsey, ainda demoraria um tempo considerável, William desistiu de esperar e resolveu se retirar para mudar de roupa e cuidar dos preparativos necessários para o seu embarque imediato, preferindo tomar o chá confortavelmente depois de pronto.

Assim que ele deixou a sala, dois rostos rosados, esfarrapados e sujos, em torno de oito e nove anos de idade, entraram correndo, vindos da escola, ansiosos para ver a irmã e contar que o *Thrush* tinha deixado o porto. Eram Tom e Charles. Charles havia nascido após a saída de Fanny, mas de Tom ela havia ajudado a cuidar, e agora sentia um prazer especial em vê-lo novamente. Ambos foram beijados afetuosamente, mas segurou Tom por algum tempo, tentando identificar traços do bebê que tinha amado e contar-lhe de sua preferência por ela quando era menor. No entanto, Tom não se mostrou interessado na atenção da irmã; ele não viera para casa na intenção de conversar, mas para correr e fazer barulho, e os dois meninos logo irromperam para longe, e bateram a porta da sala a ponto de causar dor nas têmporas de Fanny.

Ela agora tinha visto todos os que estavam em casa, com exceção de dois irmãos nascidos depois dela e antes de Susan; um deles era funcionário de um escritório em Londres, e o outro, cadete a bordo do *Indiaman*. Embora tivesse *visto* todos os membros da família, ela ainda não tinha *ouvido* todo o barulho que eram capazes de produzir. Quinze minutos depois, o barulho aumentou ainda mais. William começou a gritar do segundo piso, chamando pela mãe e por Rebecca. Ele estava aflito com algo que não estava encontrando. Uma chave fora extraviada, Betsey foi acusada de mexer no chapéu novo dele, e o pedido para que fizessem um pequeno, mas essencial, conserto no colete de sua farda, que lhe haviam prometido cumprir, fora inteiramente ignorado.

A Sra. Price, Rebecca e Betsey subiram a fim de se defender, e falavam todas ao mesmo tempo, mas Rebecca falava ainda mais alto. No entanto, o trabalho precisava ser feito, tão bem e tão rápido quanto possível. William tentava em vão fazer com que Betsey descesse, ou tentava evitar que causasse tanto transtorno. Como quase todas as portas da casa estavam abertas, os sons eram claramente distinguidos da sala, exceto quando abafados de tempo em tempo pelo barulho ainda maior causado por Sam, Tom e Charles, que corriam um atrás do outro, para cima e para baixo, caindo e gritando por todos os lados.

Fanny estava quase aturdida. O pequeno tamanho e as paredes estreitas da casa tornavam tudo tão próximo que, com o agravante do cansaço da viagem e de toda a recente agitação, ela mal conseguia suportar. *Dentro* da sala tudo estava suficientemente tranquilo, pois tendo Susan desaparecido com os demais, sobraram somente ela e o pai. Ele pegou um jornal, emprestado regularmente por um vizinho, e pôs-se a lê-lo, parecendo ter se esquecido da sua existência. Ele segurava a vela solitária entre ele e o jornal, sem se preocupar com o bem-estar dela; mas Fanny não tinha nada para fazer e ficou feliz por sua dolorida cabeça ser resguardada da luz enquanto sentada em contemplação confusa e pesarosa.

Ela estava em casa. Mas, ora, aquilo não era um lar; ela não havia tido uma bela recepção. Mas... pensando bem, era injusto censurá-los. Que direito ela tinha de querer ter qualquer importância para a família? Não poderia ter nenhuma, depois de tanto tempo! William, que sempre a procurava, tinha todo direito. E pouco fora dito ou perguntado sobre ela, e praticamente nenhuma pergunta sobre Mansfield! Causava-lhe sofrimento ver Mansfield esquecida. Os amigos que fizeram tanto por ela, os queridos, queridos amigos! Mas aqui um assunto engolia todos os demais. É possível que devesse ser assim. A destinação do *Thrush* devia ser naquele momento o assunto mais interessante. Dentro de um ou dois dias tudo poderia ser diferente. A culpa era somente *dela*. Ainda assim, ela imaginou que em Mansfield não teria sido assim. Não; na casa do tio haveriam dado importância ao tempo e às estações, haveria uma ordem para cada assunto, decoro e atenção especial para todos os que houvessem se ausentado por algum tempo.

Por meia hora, Fanny só teve seus pensamentos interrompidos por um súbito rompante involuntário do pai, sem qualquer intenção de conciliá-los. Devido a um arroubo maior do que o comum de socos e gritaria no corredor, ele exclamou:

– Diabo leve estes cachorros! Como estão gritando! E a voz de Sam é a mais alta de todas! O menino deveria ser um contramestre. Ei, você, Sam, pare com o maldito assobio, ou irei atrás de você.

Essa ameaça foi completamente ignorada, e cinco minutos depois, quando os três meninos entraram correndo na sala juntos e se sentaram, Fanny considerou isso apenas como evidência de extremo cansaço, o que os rostos vermelhos e as respirações ofegantes pareciam demonstrar, e porque ainda continuavam a chutar-se mutuamente na canela, e gritando de tempos em tempos mesmo sob o olhar do pai.

Nova abertura de porta trouxe algo mais bem-vindo: era o chá, o qual ela já havia desistido de esperar naquela noite. Susan e uma ajudante, uma menina, cuja aparência humilde informava a Fanny, para a sua grande surpresa, que a outra criada vista anteriormente era a principal, trouxeram tudo que era necessário para a refeição. Susan, enquanto colocava o bule no fogo, olhava para sua irmã, como se estivesse dividida entre o triunfo prazeroso de demonstrar sua atividade e habilidade e o temor de ser inferiorizada por estar realizando aquele ofício.

Ela estava na cozinha, disse ela, para ajudar Sally fazer as torradas e espalhar a manteiga no pão, ou então o chá não ficaria pronto e estava certa de que a irmã provavelmente desejaria algo após tal viagem.

Fanny ficou muito agradecida. Ela não poderia deixar de admitir que ficaria feliz com um pouco de chá, e Susan começou a prepará-lo imediatamente, como se estivesse feliz por poder cuidar de tudo sozinha. E com um alvoroço desnecessário, e algumas vãs tentativas de impor ordem aos irmãos, saiu-se muito bem. O estado de espírito de Fanny refez-se tanto quanto o seu corpo; a sua mente e o seu corpo sentiram-se melhor pela gentileza naquele momento oportuno. Susan tinha um semblante tranquilo e sensível, parecido com o de William, e Fanny esperava que ela tivesse a mesma disposição e boa vontade com ela.

Nessas circunstâncias mais calmas, William voltou, seguido logo depois por sua mãe e Betsey. Com a farda completa de tenente, parecendo mais alto, firme e elegante, caminhou sorridente em direção a Fanny; ela levantou-se e, sem palavras, olhou-o por um momento com admiração, e jogou os braços em torno do seu pescoço, externando com lágrimas as diferentes emoções de dor e prazer.

Ansiosa por não parecer infeliz, ela rapidamente recobrou-se; enxugou as lágrimas, e conseguiu examinar e admirar todas as particularidades notáveis da roupa do irmão, ouvindo com alegria o desejo dele de poder sempre permanecer em terra firme por alguns dias antes de viajar, e de levá-la para Spithead para ver o navio.

O alvoroço seguinte foi a chegada do Dr. Campbell, médico do *Thrush*, um jovem muito bem comportado, que veio para chamar o amigo, a quem foram oferecidos uma cadeira para sentar-se e uma xícara e um pires, depois de lavados apressadamente pela jovem ajudante. Após quinze minutos de animada conversa entre os cavalheiros, e com o barulho aumentando cada vez mais, alvoroço em cima de alvoroço, homens e meninos movimentando-se ao mesmo tempo, chegou por fim o momento da partida, e tudo estava preparado. William se foi, assim como todos os demais, já que os três meninos, apesar das súplicas da mãe para ficarem, estavam determinados a acompanhar o irmão e o Sr. Campbell até o porto. O Sr. Price saiu nesse mesmo momento para devolver o jornal ao vizinho.

Algo próximo da tranquilidade poderia ser esperado nesse momento. Rebecca ficou responsável por retirar a louça do chá e a Sra.

Price andou pela sala atrás de um punho de camisa, que Betsey havia tirado de uma gaveta da cozinha. O pequeno grupo de mulheres estava mais calmo, e a mãe, tendo lamentado novamente a impossibilidade de preparar os pertences de Sam a tempo, estava agora livre para conversar com a filha mais velha e saber sobre os amigos que havia deixado.

Ela começava então a fazer algumas perguntas. Logo quis saber como a irmã Bertram administrava os criados, e se tinha muita dificuldade para achar criados toleráveis, e tais preocupações desviaram seu foco de Northamptonshire para suas próprias queixas domésticas. A natureza revoltante de todos os criados em Portsmouth, dos quais certamente as suas duas criadas eram as piores, a absorveu completamente. Os Bertram foram esquecidos quando ela se pôs a detalhar as falhas de Rebecca, contra quem Susan tinha muitas críticas, assim como a pequena Betsey. Não tinham nenhum elogio a fazer-lhe, e Fanny então presumiu que a mãe deveria mandá-la embora quando o primeiro ano terminasse.

– Um ano! – exclamou a Sra. Price. – Estou certa de que conseguirei me livrar dela antes de um ano, que só se completará em novembro. Esse é o destino dos criados em Portsmouth, minha querida; é quase um milagre alguém conseguir mantê-los por mais de meio ano. Não tenho qualquer esperança de me acertar com alguém definitivamente, e se eu mandar a Rebecca embora, será para substituí-la por alguém pior. Mesmo assim não acho que eu seja uma patroa difícil de agradar, e estou certa de que esta casa é fácil de cuidar, pois sempre há uma menina para ajudá-la, e em geral eu mesma realizo metade do trabalho.

Fanny estava em silêncio, mas não por estar convencida de que não houvesse uma solução para esses males. Ela olhava para Betsey, e não pôde deixar de lembrar de outra irmã, uma criança muito bonita, não muito mais jovem do que ela na época em que partiu para Northamptonshire, que falecera alguns anos depois. Ela havia sido particularmente especial para Fanny, que naquele tempo era a preferida, e não Susan; e quando as notícias a respeito de sua morte chegaram a Mansfield, ela ficou muito aflita por algum tempo. Betsey trouxe-lhe de volta a imagem da pequena Mary, mas ela evitaria tocar no assunto para não causar dor à mãe. Enquanto era observada por Fanny, Betsey, não muito distante dali, estava segurando algo que capturara seu interesse e que ao mesmo tempo tentava esconder.

– O que você tem aí, minha querida? – perguntou Fanny. – Venha aqui e me mostre.

Era uma faca de prata. Susan levantou sobressaltada, dizendo que era sua, e tentava escondê-la, mas a criança correu para a proteção da mãe e Susan pôde somente censurá-la. E o fez de maneira carinhosa, evidentemente tentando despertar uma boa imagem de si mesma para Fanny.

Era terrível ela não poder dispor da sua *própria* faca; afinal, era sua. A pequena irmã Mary deixou para ela em seu leito de morte, e ela deveria ter ficado com ela havia muito tempo. Mas mamãe a escondeu, e no fim das contas, estava sempre deixando Betsey pegá-la. Betsey iria estragá-la e ficar com ela, mesmo que a mamãe tivesse *prometido* a ela que Betsey não a tomaria.

Fanny estava chocada. Todo o sentimento de dever, afeto e honra foi comprometido pelo discurso da irmã e pela resposta da mãe.

– Susan! – exclamou a Sra. Price em tom de reclamação –, como pode ficar contrariada dessa maneira? Você está sempre discutindo sobre essa faca. Eu gostaria que você não fosse tão briguenta. Pobre pequena Betsey, como Susan está zangada com você! Mas você não deveria tê-la pegado, minha querida, quando a pedi que fosse até a gaveta. Pedi para não mexer nela, porque Susan fica muito zangada com isso. Terei que escondê-la outra vez, Betsey. Pobre Mary, mal poderia acreditar que seria um motivo para tantas contendas quando pediu que eu a guardasse, somente duas horas antes de morrer. Pobre alma, mal podíamos entender suas palavras, e ela disse gentilmente: "Dê minha faca para Susan, mamãe, quando eu estiver morta e enterrada." Pobre querida! Ela gostava tanto da faca, Fanny, que a manteve a seu lado na cama durante todo o período em que esteve doente. Foi o presente de sua bondosa madrinha, a velha Sra. Maxwell. Pobre criatura amorosa! Bem, ela foi poupada de um sofrimento futuro. Minha Betsey – disse acariciando-a –, *você* não teve a sorte de ter uma madrinha tão bondosa. A tia Norris vive muito longe para pensar em crianças como você.

Fanny de fato não tinha nada para dar-lhe da tia Norris, a não ser um recado, em que dizia esperar que a sobrinha fosse uma boa menina e estudasse. Em um breve murmúrio na sala de estar em Mansfield Park ela comentara sobre a possibilidade de enviar um livro de orações, mas Fanny não ouviu mais nada sobre isso depois. A Sra. Norris fora então até sua casa e escolhera dois livros de orações antigos de seu marido com esse propósito, mas ao examiná-los cuidadosamente, o ardor da generosidade passou. Um deles tinha as letras muito pequenas para os olhos de uma criança, e o outro era muito pesado para que ela pudesse carregar.

Fanny sentia-se extremamente cansada, e aceitou imediatamente o convite para ir deitar-se, e retirou-se antes que Betsey tivesse terminado de chorar por ter sido permitido ficar somente uma hora a mais em honra da irmã. Permaneceram a confusão e o barulho; os meninos imploravam por torrada com queijo, o seu pai pedia rum e água e Rebecca nunca estava onde devia.

Não havia nada para elevar seu espírito no quarto confinado e escassamente mobiliado que dividiria com a irmã Susan. O tamanho dos cômodos nos dois pavimentos, e a estreiteza das passagens e da escadaria a surpreendeu para além da sua imaginação. *Naquela* casa tão pequena para o conforto de qualquer um, ela logo começou a dar grande valor ao seu pequeno sótão em Mansfield Park.

39

Se Sir Thomas tomasse conhecimento dos sentimentos de Fanny expressos em sua primeira carta para a tia, ele não teria se preocupado. Apesar de ela ter tido uma boa noite de descanso, uma manhã agradável, a esperança de em breve encontrar William e o estado comparativamente silencioso da casa, já que Tom e Charles estavam no colégio e o pai em seus usuais passeios, o que lhe permitiu se expressar positivamente sobre a casa, haveria ainda muitos inconvenientes por vir. Se ele soubesse apenas metade de que ela sentia antes do fim de uma semana, ele teria certeza do sucesso de seus planos para convencê-la a respeito do Sr. Crawford, e estaria feliz com a própria sagacidade.

Antes do fim da semana, tudo havia se mostrado um grande desapontamento. Em primeiro lugar, William tinha partido. O *Thrush* tinha recebido as suas ordens para partir, o vento havia mudado, e ele embarcou quatro dias após terem chegado a Portsmouth. Nesse período, ela o viu somente duas vezes, rápida e apressadamente, quando ele veio cumprir algumas tarefas em terra firme. Não houve tempo para conversar livremente, caminhar nas plataformas, visitar o estaleiro ou conhecer o *Thrush*; nada do que haviam planejado e desejavam fazer. Tudo naquela semana a tinha decepcionado, exceto a afeição de William. Ela foi sua última preocupação antes de deixar a casa. Ele voltou para a porta e disse:

– Cuide da Fanny, mãe. Ela é amável, e não está acostumada com as dificuldades como nós. Eu lhe suplico: cuide da Fanny.

William fora embora e Fanny não podia esconder dela mesma que a casa onde havia sido deixada era em quase todos os aspectos o inverso do que poderia ter desejado. Era a morada do barulho, da desordem e da falta de zelo. Ninguém se comportava adequadamente, nada era feito apropriadamente. Ela não conseguia respeitar os pais como tinha esperado. Ela não havia esperado muito do pai, mas ele era ainda mais negligente com a família do que poderia imaginar, assim como os seus hábitos eram piores do que pensara e os modos eram grosseiros. Ele não desejava desenvolver novas habilidades, e não tinha qualquer curiosidade ou informação além da sua profissão. Somente lia o jornal e a lista de navios, falava sobre o estaleiro, o porto, Spithead e o Motherbank. Ele blasfemava e bebia, era sujo e grosseiro. Fanny não conseguia se lembrar de nada semelhante a ternura em seu relacionamento com ela anteriormente. O que tinha permanecido era uma impressão geral de sua descortesia e seu barulho. Agora, ele mal a notava, exceto quando fazia dela alvo de alguma piada grosseira.

O desapontamento com a mãe era maior. *Dela* ela tinha esperado mais, e encontrou quase nada. Todas as agradáveis expectativas em breve se perderam. A Sra. Price não era rude, mas em vez de conseguir seu afeto e confiança, e de tornar-se mais e mais querida, a filha não encontrou gentileza maior do que no dia de sua chegada. O instinto materno foi rapidamente satisfeito e o afeto da Sra. Price não tinha outra fonte. Seu tempo e coração já estavam bastante preenchidos, e ela não tinha tempo nem afeição disponíveis para Fanny. As filhas nunca representaram muito para ela. Ela gostava dos filhos, em especial de William, mas Betsey era a primeira das meninas a quem ela tinha demonstrado maior estima e com quem era inadvertidamente indulgente. William era o seu orgulho, Betsey a sua querida, e John, Richard, Sam, Tom e Charles ocupavam todo o restante de sua atenção materna, alternando entre as preocupações e os consolos. Estes repartiam o seu coração, e o seu tempo era destinado à casa e aos empregados. Os dias eram passados em uma espécie de alvoroço lento, ela estava sempre atabalhoada, mas nunca progredia, sempre atrasada e se lamentando. Sem mudar suas atitudes, desejava economizar, mas não adotava qualquer medida nesse sentido. Insatisfeita com os empregados, e sem as habilidades necessárias para fazer com que melhorassem, ora os ajudava, ora os repreendia ou favorecia, sem qualquer capacidade de ganhar-lhes o respeito.

De suas duas irmãs, a Sra. Price assemelhava-se mais à lady Bertram do que à Sra. Norris. Ela era uma administradora por necessidade, sem qualquer traço da inclinação ou da habilidade da Sra. Norris. Sua índole era naturalmente fácil e indolente, como a de lady Bertram, e uma situação de semelhante abundância, sem atividades domésticas, teria sido muito mais adequada para as suas capacidades do que os esforços e a abnegação que seu imprudente casamento lhe havia imposto. Ela poderia ter se saído tão bem como uma mulher rica quanto lady Bertram, mas a Sra. Norris seria uma mãe mais respeitável para nove crianças e com pouco dinheiro.

Fanny não podia se compadecer por nada mais além disso. Ela poderia ser cuidadosa no uso das palavras, mas deveria e sentia que a mãe era parcial e tinha julgamentos equivocados, era ociosa, desmazelada, não ensinava ou controlava os filhos, uma mãe cujo lar era o cenário da falta de zelo e do desconforto, do início ao fim; ela era destituída de talentos, não conseguia interagir e não tinha amor-próprio. Não tinha curiosidade em conhecer melhor a filha, não demonstrava desejo pela sua amizade e nenhuma inclinação para a sua companhia, o que poderia servir para modificar esse comportamento.

Fanny ansiava por poder ser útil e não parecer superior ao seu lar, ou sob qualquer aspecto desqualificada ou pouco disposta por causa de sua formação diferenciada, e esperava poder contribuir para o bem-estar geral. Sendo assim, começou imediatamente com Sam, e trabalhava desde cedo até tarde, com perseverança e presteza. Ela empenhou-se tanto que o menino foi enviado para o navio com mais da metade de suas roupas prontas. Sentiu muito prazer em se sentir útil, e não podia conceber como eles poderiam ficar sem ela.

Ela sentiu a partida de Sam, apesar de o menino ser barulhento e arrogante; mas ele era talentoso e inteligente, e mostrava-se ansioso por realizar qualquer trabalho na cidade. Embora rejeitasse as censuras de Susan, da maneira como eram ditas, mesmo sendo bastante justas, mas com zelo inoportuno e sem autoridade, começou a ser influenciado pelas ideias de Fanny e por sua persuasão gentil. Ela percebeu que ele não tinha as qualidades dos irmãos. Tom e Charles, sendo alguns anos mais novos, estavam distantes não só na idade como em maturidade, o que poderia sugerir mais capacidade de fazer amigos e de se esforçar em ser menos desagradável. A irmã deles logo mostrou-se preocupada em causar a melhor impressão possível a eles. Eles eram deveras indomáveis, a despeito do seu empenho nesse sentido. Todas as noites voltavam com seus jogos barulhentos por toda a casa, e ela rapidamente aprendeu a suspirar diante da chegada das folgas parciais aos sábados.

Betsey também era uma criança mimada, acostumada a pensar que o alfabeto era um grande inimigo; era encorajada a ficar com os empregados e a relatar qualquer equívoco que cometessem. Fanny estava pronta para amá-la e ajudá-la. Em relação ao temperamento de Susan, ela tinha muitas dúvidas. Os contínuos desentendimentos com a mãe, as brigas com Tom e Charles e a petulância com Betsey eram tão desgastantes para Fanny, que mesmo admitindo que não eram desarrazoadas, ela temia que a índole que a levava a agir assim devia estar longe de ser amável, e não oferecia qualquer repouso para si mesma.

Esta era a casa que deveria tirar Mansfield dos seus pensamentos e ensinar-lhe a pensar moderadamente no primo Edmund. Mas, ao contrário, ela não podia pensar em mais nada além de Mansfield, em seus amados residentes e em suas alegrias. Tudo o que agora ela vivenciava era o oposto. A elegância, a organização, a regularidade e a harmonia, e possivelmente, acima de tudo, a paz e a tranquilidade de Mansfield eram trazidos à sua lembrança todas as horas do dia pela prevalência de tudo o que *aqui* era o reverso.

Viver em meio ao barulho constante era para o temperamento delicado e inquieto de Fanny um mal que nenhuma elegância ou harmonia em excesso tinha compensado inteiramente. Aquilo era o maior dos infortúnios. Em Mansfield, não havia sinais de contendas, voz alta, explosões abruptas, e nenhuma ameaça de violência fora ouvida por ela uma vez sequer. Lá tudo ocorria em uma ordem alegre, todos tinham a devida importância e os seus sentimentos eram sempre consultados. Se, porventura, faltasse ternura, o bom-senso e a boa educação serviam como recompensa. Mesmo as pequenas provocações da tia Norris pareciam rápidas e banais, como uma gota d'água no oceano, se comparadas ao tumulto incessante daquela casa. Ali todos eram barulhentos, todas as vozes muito altas (com exceção talvez da voz da mãe, que se assemelhava ao tom suave e monótono de lady Bertram, sendo apenas mais mal-humorada). Tudo era solicitado aos berros, e os empregados gritavam de volta as justificativas da cozinha. As portas eram constantemente batidas, havia sempre alguém subindo ou descendo as escadas, e nada era feito sem algazarra, ninguém permanecia parado e ninguém conseguia ter atenção quando falava.

Ao comparar as duas casas antes do fim da primeira semana, Fanny estava tentada a utilizar-se da opinião celebrada do

Dr. Johnson sobre matrimônio e celibato, e pensava que embora Mansfield causasse alguns sofrimentos, em Portsmouth não encontrara qualquer prazer.

40

Fanny estava certa em não esperar receber notícias da Srta. Crawford na mesma intensidade em que haviam começado a se corresponder. A carta seguinte de Mary foi após um intervalo bastante maior, mas não acertou ao supor que o fim desse intervalo traria alívio; ao contrário, trouxe grande mudança em seu estado de espírito! Ela ficou feliz em receber a carta. Em seu atual exílio da boa sociedade, e distante de tudo que poderia lhe interessar, a carta de alguém que pertencia ao lugar onde residia o seu coração era altamente bem-vinda. Desculpava-se pela demora em não ter escrito antes, como de costume, em função do número de compromissos.

"E agora que comecei", continuou, "a minha carta não será digna de sua leitura, pois não haverá uma pequena oferta de amor ao fim dela, três ou quatro frases *passionées* do devoto H.C, já que Henry está em Norfolk. Ele foi chamado a Everingham há dez dias para um compromisso, ou talvez só tenha fingido ter sido chamado, para poder viajar enquanto você está ausente. Mas lá está ele; e, além do mais, a ausência dele pode suficientemente desculpar qualquer negligência pela falta de notícias da irmã, já que não houve o costumeiro 'Bem, Mary, quando vai escrever para a Fanny... já não é tempo de escrever para a Fanny?' para me induzir a fazê-lo. Por fim, após muitas tentativas, finalmente, encontrei os seus primos, 'a querida Julia e queridíssima Sra. Rushworth'. Elas me visitaram em casa ontem e ficamos felizes em nos vermos novamente. Nós *parecíamos muito* felizes de nos vermos, e realmente acho que estávamos um pouco.

Tínhamos muito a dizer. Devo relatar a expressão da Sra. Rushworth quando seu nome foi mencionado? Eu não pensava que lhe faltasse força de vontade, mas ontem ela estava incontrolável. De maneira geral a Julia tinha uma expressão melhor, pelo menos após terem mencionado você. Ela não conseguiu recuperar a fisionomia depois que mencionei seu nome, e o fiz como faria uma irmã. Mas chegará o dia em que a Sra. Rushworth terá uma boa expressão; temos convites para a sua primeira festa no dia vinte e oito. Então, estará bela, pois vai inaugurar uma das melhores casas em Wimpole Street. Eu estive lá há dois anos, quando pertencia a lady Lascelles, e a prefiro a qualquer uma das demais que conheço em Londres. Nesse momento ela certamente sentirá, para usar uma frase vulgar, que conseguiu um centavo digno de si. Henry não poderia comprar essa casa para ela. Espero que ela se lembre disso, e se sinta satisfeita, como deveria, por ser a rainha de um palácio, mesmo que o rei fique melhor no segundo plano. E como eu não tenho a intenção de provocá-la, não vou mais *impor* o seu nome. Ela melhorará aos poucos. De tudo o que ouvi e posso conjecturar, a atenção do barão Wildenhaim a Julia continua, mas não estou certa se ele tem alguma motivação séria. Ela consegue se sair melhor. Um pobre honrado não é um bom partido, e não posso imaginar nada de vantajoso nesse caso, pois com exceção dos seus encantos, o barão não tem nada mais. Se a sua renda estivesse à altura dos seus discursos! Edmund ainda não veio me visitar; possivelmente foi detido por seus deveres com a paróquia. Parece que há uma velha senhora em Thornton Lacey para ser convertida. Prefiro imaginar que não estou sendo esquecida por causa de uma *jovem*. Adeus, minha querida Fanny; esta é uma longa carta de Londres. Escreva-me uma bela carta em resposta para alegrar Henry quando ele retornar, e me envie um relato de todos os capitães impetuosos que você desdenha por causa dele."

Havia muito sobre o que refletir com essa carta, e não era uma reflexão agradável. Ainda assim, com toda a inquietação que ela trazia, ligava-a aos que estavam ausentes, revelava sobre as pessoas e situações sobre as quais nunca tinha sentido tanta curiosidade como agora, e ela ficaria feliz em receber uma carta como aquela todas as semanas. A correspondência com a tia Bertram era a que lhe despertava maior interesse.

Na sociedade de Portsmouth não havia ninguém entre o círculo de conhecidos do pai ou da mãe que pudesse trazer-lhe qualquer satisfação para compensar as deficiências de casa. Ela não conheceu ninguém que a fizesse superar sua timidez e reserva. Os homens lhe pareciam rudes, as mulheres insolentes, e todos mal-educados. Ela retribuía a indiferença que lhe era dispensada em cada nova apresentação. As jovens que se aproximavam dela, a princípio com algum respeito e consideração pelo ao fato de ter vindo de uma família nobre, sentiam-se rapidamente ofendidas pelo que chamavam de "ares", pois como ela não sabia tocar piano ou não usava capa de peliça, não havia motivos para pensarem que fosse superior.

O primeiro consolo que Fanny recebeu pelos infortúnios domésticos, o primeiro a ter sua total aprovação e que lhe oferecia alguma promessa de durabilidade, foi o fato de conhecer mais sobre o caráter de Susan e a possibilidade de lhe ser útil. Susan sempre tinha se comportado amavelmente com ela, mas a sua natureza determinada a tinha surpreendido e alarmado. Somente após quinze dias ela começou a entender um temperamento tão diferente do seu. Susan percebia que havia muitas coisas erradas em casa e queria corrigi-las. Uma garota de quatorze anos, agindo inteiramente por sua conta, poderia errar no método utilizado para essa mudança. Fanny em breve mostrou-se mais propensa a admirar sua natural leveza de espírito, que poderia discernir com clareza tão precocemente, do que a censurar severamente os equívocos de sua conduta. Susan agia de acordo com as mesmas verdades que ela, e procurava colocar em prática o que acreditava ser correto, mas que o seu temperamento indolente e indulgente não conseguia demonstrar. Susan tentava ser útil em situações que a teriam feito ir embora e chorar. Ela percebia a pre-disposição de Susan, e sabia que tudo seria pior sem a interferência dela, e que tanto a mãe quanto Betsey eram reprimidas em seus excessos de desagradável indulgência e vulgaridade.

Em todas as discussões com a mãe, Susan levava vantagem em sua razão, e nunca havia qualquer traço de carinho maternal para convencê-la a ceder. A afeição oculta, que produzia todo o mal em torno dela, *ela* nunca tinha conhecido. Não havia gratidão pelas afeições passadas ou presentes, para fazê-la suportar melhor os excessos aos demais.

Gradualmente tudo isso se tornou evidente, e cada vez mais a irmã Susan tornava-se alvo de compaixão e respeito, mesmo que seu comportamento fosse equivocado, e em alguns momentos muito equivocado, e os meios utilizados fossem mal escolhidos e inoportunos, com aparência e linguagem geralmente indesculpáveis. Fanny não podia deixar de sentir e acreditar que tudo aquilo poderia ser corrigido. Ela descobriu que Susan a consultava e buscava a sua opinião. E foi um ofício muito novo para Fanny exercer autoridade, tão novo quanto poder imaginar ser capaz de guiar ou educar alguém. Ela decidiu oferecer algumas dicas ocasionais para Susan, impelindo-a a exercitar, para seu próprio benefício, noções justas, que deveriam ser úteis a todos e que seria prudente aproveitar para ela mesma. Esses aconselhamentos lhe haviam sido introjetados pela educação que tinha recebido.

A sua influência, ou ao menos a percepção e o uso dela, legou a Susan uma mudança de comportamento, após muitas hesitações. Logo lhe ocorreu que uma pequena quantia de dinheiro poderia restaurar a paz para sempre no doloroso assunto sobre a faca de prata, que era motivo para frequentes discussões. O tio lhe dera dez libras no momento da despedida, o que permitiu-lhe pensar em ser generosa. Mas ela estava tão pouco habituada a conceder favores, a não ser para os muito pobres, e tinha tão pouca prática em resolver males ou fazer gentilezas entre os seus iguais que, receosa de parecer superior, foi preciso algum tempo para decidir se não seria inapropriado oferecer esse presente. E, por fim, assim foi feito. Ela comprou para Betsey uma faca de prata, que foi aceita com grande entusiasmo; por ser nova, tinha todas as vantagens sobre a outra. A Susan foi concedida inteira posse da antiga faca, enquanto Betsey declarava generosamente que agora tinha uma igualmente bonita e que nunca mais iria querer *aquela*. A mãe não fez nenhuma objeção e parecia igualmente satisfeita, o que Fanny temera ser quase impossível. Essa ação foi muito bem-sucedida; aquela fonte doméstica de disputas ficara inteiramente resolvida e o coração de Susan abrira-se para ela, dando-lhe algo a mais para amar e se interessar. Susan demonstrou ter delicadeza; mesmo feliz por ser dona do objeto pelo qual lutara nos últimos dois anos, ela temia que a opinião da irmã era de censura por tê-la forçado a fazer uma compra em nome da tranquilidade da casa.

Ela foi sincera e reconheceu seus medos, culpando-se por ter disputado com tamanha veemência, e a partir daquele momento Fanny compreendeu o valor de seu comportamento. Ao perceber como ela estava inclinada a buscar sua opinião e guiar-se pelo seu julgamento, começou a sentir novamente a bênção da afeição, acalentando a esperança de ser útil para alguém tão necessitada de ajuda, e igualmente merecedora. Ela dava conselhos muito sensatos para serem rejeitados por alguém que os compreendia; eram oferecidos suave e cuidadosamente, a fim de não contrariar um temperamento deveras imperfeito. Teve várias oportunidades de observar os bons resultados. Mais não poderia ser esperado de alguém que, enquanto observava todas as obrigações e presteza da submissão e paciência, percebia também tudo o que poderia incomodar uma menina como Susan. Seu maior questionamento sobre o assunto logo se apresentou; não que Susan tenha desrespeitado ou se oposto a seus ensinamentos, mas sim, como ela poderia acalentar certas opiniões e percepções. E em meio à negligência e ao erro, como ela teria desenvolvido a adequada noção de como as coisas deveriam ser. Afinal, ela não tinha o primo Edmund para direcionar os seus pensamentos ou solidificar os seus princípios.

A intimidade que então se estabeleceu foi de substancial vantagem para as duas. Isolavam-se no andar de cima, a assim evitavam consideravelmente a agitação da casa. Fanny tinha paz, e Susan aprendeu que não era um infortúnio ocupar-se em silêncio. Elas não tinham lareira à disposição, mas *este* era um tipo de provação familiar até mesmo para Fanny, e ela sofria menos ao lembrar-se do quarto da ala leste. Este era o único aspecto semelhante. Em relação ao espaço, iluminação, mobiliário e aparência, não havia nada parecido entre os dois aposentos. Ela muitas vezes suspirava diante das lembranças de seus livros e caixas, e de todos os demais consolos. Cada vez mais as meninas passavam a maior parte da manhã no andar de cima, a princípio para trabalhar e conversar; mas depois de alguns dias, a lembrança dos referidos livros passou a estimulá-las tanto que Fanny desejou voltar a ler. Não havia nenhum livro na casa do pai, mas a riqueza permite exuberância e ousadia, e ela utilizou parte de seus recursos em uma biblioteca. Ela se inscreveu, e ficou abismada em ter algo em *propria persona*, surpresa com as suas iniciativas em todos os aspectos; ela não só pegava emprestados os livros, mas também podia escolhê-los! E ainda conseguiria o aprimoramento de alguém com suas escolhas! Mas assim foi. Susan nunca tinha lido, e Fanny desejava compartilhar com ela os seus primeiros prazeres, e inspirar o gosto pela biografia e a poesia, que a fascinavam.

Ainda mais; ela esperava com essa ocupação enterrar algumas das lembranças de Mansfield, que rapidamente tomariam conta dos seus pensamentos caso suas mãos não estivessem ocupadas. Naquele momento em especial gostaria de afastar dos pensamentos a ideia da ida de Edmund para Londres, de que tomara conhecimento pela carta da tia. Ela não acalentava dúvidas sobre os resultados. A prometida notícia a perseguia. A chegada do carteiro na vizinhança começava a trazer-lhe horror diário, e se a leitura pudesse desviá-la dessa ideia por até mesmo meia hora, já era uma vantagem.

41

Edmund era aguardado na cidade havia uma semana e Fanny não havia recebido nenhuma notícia dele. Três conclusões poderiam ser inferidas desse silêncio, entre as quais os seus pensamentos oscilavam. A cada momento uma delas parecia ser a mais provável. A viagem dele poderia ter sido adiada novamente, ou ele ainda não havia conseguido encontrar a Srta. Crawford ou, por fim, ele poderia estar tão feliz que não lhe tinha sido possível escrever uma carta!

Numa manhã, quase quatro semanas depois de Fanny ter deixado Mansfield, tempo no qual ela não deixava de pensar e calcular todos os dias, enquanto ela e Susan se preparavam para subir até o andar de cima, foram interrompidas por uma batida à porta, e acreditaram não poder escapar, já que Rebecca apressou-se em ir atendê-la, pois esta era a tarefa que mais lhe agradava.

Elas ouviram a voz de um cavalheiro, e Fanny empalideceu imediatamente. Em seguida, o Sr. Crawford entrou na sala.

Fanny recorreu ao seu bom-senso de sempre. Ela percebeu que conseguiu apresentá-lo à mãe como um "amigo de William", embora ela jamais tivesse se imaginado capaz de pronunciar uma sílaba em um momento como aquele. O fato de terem-no ali somente como amigo de William significava algum conforto para ela. No entanto, tendo-o apresentado aos demais, e após estarem todos acomodados, ela foi tomada de pavor ao imaginar o que estava por vir, e acreditou que estava a ponto de desmaiar.

Enquanto tentava manter-se lúcido, o visitante, que chegara com um semblante bastante feliz, estava sábia e gentilmente evitando o olhar dela, dando-lhe tempo para se recompor. Enquanto isso, dedicava suas atenções à mãe, dirigindo-se a ela com grande polidez e amabilidade, interessado em demonstrar modos perfeitos.

A atitude da Sra. Price também era a melhor possível. Emocionada com a presença de um amigo do filho, e com o desejo de não se sair mal, estava transbordando de gratidão materna e de bons modos que não eram em nada desagradáveis. O Sr. Price não estava, e ela lamentou muito. Fanny tinha se recomposto o suficiente para sentir que *ela* não lamentava a ausência do pai. Às várias fontes de desconforto foi adicionada a vergonha terrível pelo lar em que ele a encontrara. Ela poderia se censurar por essa fraqueza, mas não havia como evitar; estava envergonhada, e ficaria ainda mais envergonhada pelo pai do que por todo o resto.

Eles conversaram sobre Wiliam, um assunto que jamais cansava a Sra. Price. O Sr. Crawford estava mais cordial em seus elogios do que o coração dela poderia desejar. Ela nunca tinha conhecido um homem mais agradável em toda a sua vida, e ficou surpresa ao saber que um homem tão admirável e honrado como ele viera até Portsmouth motivado não por uma visita ao almirante ou outra autoridade, nem mesmo por uma visita à ilha ou ao estaleiro. Nada do que estava acostumada a pensar como prova de importância, ou do bom uso da riqueza, o tinha trazido a Portsmouth. Ele tinha chegado tarde na noite anterior, ficaria por um ou dois dias e estava hospedado no Crown. Ele havia encontrado acidentalmente dois amigos oficiais da Marinha, mas este não era o objetivo da viagem.

Enquanto ele falava tudo isso, é de se supor que ele tenha olhado e se dirigido a Fanny. Ela foi capaz de tolerar o seu olhar, e prestar atenção quando ele disse que passara meia hora com a irmã na véspera de sua saída de Londres. Ela enviara todo o seu carinho, mas não havia tido tempo para escrever. Ele achou que teve sorte em ver Mary por pelo menos meia hora, mal tendo passado vinte e quatro horas em Londres depois do seu retorno de Norfolk, antes de partir novamente. O seu primo Edmund estava na cidade, e pelo que tinha entendido tinha permanecido por lá por alguns dias. Ele não o vira pessoalmente, mas sabia que estava bem, assim como todos em Mansfield, e jantaria na noite anterior com os Fraser.

Fanny ouviu controladamente todo o relato. Parecia um alívio para o seu espírito cansado ter uma confirmação. Ao ouvir "a esta hora tudo está resolvido" não demonstrou muita emoção, a não ser um leve rubor.

Após falar um pouco mais sobre Mansfield, tema no qual ela demonstrava algum interesse, Crawford indiretamente sugeriu uma caminhada:

Estava uma bela manhã, e nesta estação do ano uma bela manhã poderia facilmente piorar, o que era prudente para todos não adiarem o exercício. Como a indireta não produziu qualquer efeito, ele prosseguiu com uma recomendação para a Sra. Price e suas filhas caminharem sem perda de tempo. Elas então compreenderam. A Sra. Price aparentemente mal saía de casa, exceto aos domingos, argumentando que com uma família numerosa ela mal tinha tempo para caminhar. Ele então quis saber se ela não poderia persuadir as filhas a aproveitarem a bela temperatura, e lhe permitir o prazer de acompanhá-las.

A Sra. Price ficou muito agradecida e concordou. Disse que as filhas estavam muito confinadas, pois Portsmouth era um lugar triste e elas não saíam com frequência. Como sabia que elas tinham algumas tarefas para cumprir na cidade, seria muito oportuno realizarem naquele momento.

O resultado foi que Fanny, embora achasse estranho, embaraçoso e incômodo, em dez minutos estava caminhando ao lado de Susan em direção a High Street com o Sr. Crawford.

Logo aquela situação trouxe-lhe sofrimento em cima de sofrimento, confusão em cima de confusão; mal haviam chegado à High Street encontraram o pai dela, cuja aparência não era das melhores, considerando-se que era sábado. Ele parou, e mesmo sem ter a aparência de um cavalheiro, Fanny foi obrigada a apresentá-lo para o Sr. Crawford. Ela não tinha dúvida sobre qual seria a reação do Sr. Crawford. Ele deveria estar inteiramente desconsertado; em breve desistiria do enlace com ela. Embora ela quisesse que ele se curasse dos seus sentimentos, aquele era um tipo de cura tão negativa quanto a enfermidade. Creio que haja muito poucas moças em todo o Reino Unido que não preferiam ser a causa da infelicidade de um jovem agradável e inteligente, do que afastá-lo graças à vulgaridade dos seus parentes mais próximos.

O Sr. Crawford provavelmente não poderia considerar o futuro sogro um modelo de aparência, mas (como Fanny instantaneamente, e para o seu grande alívio, discerniu) o pai era um homem muito diferente, um Sr. Price deveras diferente em seu comportamento com esse ilustre estranho do que o era em família. Seu comportamento agora, mesmo não sendo refinado, era mais do que aceitável, agradável, animador e valoroso. As suas expressões eram a de um pai preocupado, e as de um homem sensível. A sua voz costumeiramente alta soava bem ao ar livre, e não se ouviu nenhuma imprecação. Era uma reação instintivamente educada aos bons modos do Sr. Crawford, e independentemente dos desdobramentos daquele encontro, a apreensão de Fanny foi imediatamente acalmada.

O resultado da troca de amabilidades entre os dois cavalheiros foi uma oferta do Sr. Price em levar o Sr. Crawford até o estaleiro. O Sr. Crawford aceitou imediatamente a gentileza, mesmo já tendo visto o estaleiro inúmeras vezes, mas esperando ter a companhia de Fanny por mais tempo, mostrou-se agradecidamente disposto a beneficiar-se da situação, caso as Srtas. Price não receassem o cansaço. E como se tivesse sido determinado de alguma maneira, ou inferido, ou pelo menos decidido, que elas não temiam o cansaço de modo algum, todos seguiram para o porto. Não fosse pelo Sr. Crawford, o Sr. Price teria partido imediatamente, sem a menor consideração pela missão das filhas em High Street. No entanto, ele incentivou-as a ir às lojas para as quais haviam sido designadas pela mãe. Mas não demoraram muito, já que Fanny mal podia conter a impaciência, sabendo que aguardavam por ela, e antes que os cavalheiros, em pé na porta, pudessem começar a conversar sobre regulamentação naval, ou concordar sobre a quantidade de navios de combate em construção, as suas companhias estavam prontas para prosseguir.

Eles então se encaminharam para o porto e a caminhada teria sido conduzida singularmente (de acordo com a opinião do Sr. Crawford) caso o Sr. Price tivesse sido o responsável por sua condução; ele percebeu que as meninas foram deixadas para trás, tentando acompanhá-los em seu ritmo apressado. A ele foi possível mudanças ocasionais, mas não tanto quanto ele desejara. Ele não se distanciava em momento algum, e nas travessias, ou quando havia qualquer aglomeração, o Sr. Price gritava:

– Venham, meninas! Venha, Fanny, venha, Sue; cuidem-se, fiquem atentas!

Nesses momentos o Sr. Crawford dispensava-lhes toda sua atenção.

Quando haviam praticamente chegado ao porto, ele conseguiu se aproximar de Fanny, já que um amigo do Sr. Price, que ia lá com frequência para se inteirar dos acontecimentos, havia se juntado a eles, e ele era uma companhia mais apropriada para o pai de Fanny. Após algum tempo, os dois oficiais pareciam satisfeitos em caminhar juntos, conversando sobre assuntos de comum interesse, enquanto os mais jovens sentavam-se em algumas vigas, ou encontravam lugar para se sentar a bordo de algum navio que visitassem. Fanny convenientemente buscava algum lugar para descansar. Crawford não poderia desejar que estivesse mais cansada ou pronta para sentar-se, mas ao mesmo tempo gostaria que a irmã estivesse distante. Uma menina com a idade de Susan era o que existia de pior – totalmente diferente de lady Bertram, que prestava atenção a tudo. Ele não tinha como introduzir o assunto de seu interesse na sua presença. Deveria contentar-se em ser amável, deixando que Susan tivesse a sua parcela de diversão, com a indulgência, de tempos em tempos, de um olhar de insinuação à mais bem-informada e conscienciosa Fanny. O assunto sobre que mais conversara era Norfolk, onde tinha permanecido por algum tempo, e tudo o que dizia respeito a esse lugar era de grande interesse para os seus planos. Um homem como ele deveria ter algo interessante para compartilhar. As suas viagens e as pessoas que conhecera despertaram o interesse de Susan de uma forma bastante nova. Para Fanny estava sendo revelado algo novo além das festas que ele havia frequentado. Ela entendeu a razão em particular que o levara a Norfolk naquela época do ano. Ele fora por negócios, referentes à renovação de um aluguel no qual o bem-estar de uma família extensa e (conforme acreditava) dedicada ao trabalho, estava em jogo. Ele havia suspeitado que o seu procurador intencionava prejudicar a família, tão merecedora, e por isso decidira ir pessoalmente para investigar minuciosamente os méritos do caso. Os resultados tinham sido melhores do que pensara, tendo sido ainda mais útil do que planejara. Agora poderia se congratular e sentir que ao realizar o seu dever, tinha assegurado boas lembranças para si mesmo. Ele se apresentou para alguns inquilinos que nunca havia visto, e conheceu casas cuja existência, embora em sua propriedade, era até aquele momento desconhecida para ele. Este assunto estava direcionado, e bastante, para Fanny. Ela gostou de ouvi-lo contar aquilo, e achou que seu comportamento havia sido muito adequado. Amigo dos pobres e oprimidos! Nada poderia ser mais valioso para ela, e estava em meio à possibilidade de lhe conceder um olhar de aprovação, quando foi tomada de surpresa ao ouvi-lo acrescentar que desejava ter em breve um assistente, um amigo, um guia para todos os planos em ser útil e caridoso em Everingham, alguém que fizesse de Everingham e tudo a seu respeito um lugar mais estimado do que havia sido até então.

Ela se afastou, e preferiria que ele não falasse aquelas coisas. Ela estava disposta a acreditar que ele poderia ter mais qualidades positivas do que tinha imaginado ser possível. Ela começou a sentir que ele era, e poderia vir a tornar-se, bem melhor aos seus olhos, mas era e continuaria sendo completamente inadequado para ela, e não deveria pensar nela.

Ele pensou que havia falado o suficiente sobre Everingham e que seria adequado passar a outro assunto, e voltou-se então para Mansfield. Ele não poderia ter escolhido melhor, pois esse era um tópico que traria de volta a atenção e o olhar dela instantaneamente. Para Fanny era um verdadeiro prazer falar sobre Mansfield ou ter notícias de lá. Estando agora distante de todos que conheciam o lugar, ela identificou a voz dele como a de um amigo ao ouvi-lo tocar no assunto; ele estimulou sua estima ao elogiar as belezas e os confortos da Mansfield, e disparou tributos honrosos aos habitantes de lá; ele gratificou o seu coração ao fazer um elogio afetuoso ao tio, creditando-lhe tudo o que é sábio e bom, e ao mencionar o temperamento mais doce da tia.

Ele próprio tinha grande ligação com Mansfield, e disse-lhe isso; ele esperava poder passar grande parte do seu tempo lá, sempre lá, ou em suas cercanias. Particularmente desejava passar um feliz verão e outono naquele ano. Ele sentia que assim seria, e contava com isso. Um verão e outono infinitamente melhores que os anteriores. Igualmente animados, diversificados e sociáveis, mas com circunstâncias indescritivelmente superiores.

– Mansfield, Sotherton, Thornton Lacey – continuou ele –, que bela sociedade será reunida nessas casas! E em Michaelmas, talvez, uma cabana de caça na vizinhança pode ser acrescentada, próximo a tudo, pois em relação a amizade em Thornton Lacey, como Edmund Bertram propôs alegremente, espero e antevejo duas objeções, muito boas, excelentes e irresistíveis objeções a este plano.

Fanny ficou silenciosa nesse momento, embora em seguida tivesse se arrependido de não ter se forçado a revelar que tinha compreendido a metade do que ele intencionara dizer, e de não tê-lo encorajado a dizer algo a mais sobre a irmã dele e Edmund. Era um assunto sobre o qual ela deveria aprender a se manifestar, e a fraqueza que demonstrava em breve se revelaria imperdoável.

Quando o Sr. Price e o amigo haviam visto tudo o que queriam, os demais estavam prontos para retornar. No caminho de volta, o Sr. Crawford conseguiu um minuto de privacidade com Fanny para dizer-lhe que ela havia sido a sua motivação para ir a Portsmouth, e que tinha planejado passar dois dias na cidade inteiramente por causa dela, pois não conseguia suportar uma separação mais longa. Ela sentia muito, realmente, ainda assim, a despeito disso e de duas ou três coisas que preferia não ter ouvido dele, achou que ele havia melhorado desde a última vez que o vira. Ele estava muito mais gentil, agradecido e atencioso aos sentimentos das outras pessoas como jamais havia sido em Mansfield. Ela nunca o vira tão *próximo* de ser agradável. O comportamento dele em relação ao pai não era ofensivo, e havia algo particularmente gentil e adequado na atenção que dispensou a Susan. Ele decididamente estava melhor. Ela desejou que não houvesse o dia seguinte, que ele tivesse vindo somente por um dia; mas não foi tão ruim quanto ela havia pensado. O prazer de falar sobre Mansfield era enorme!

Antes de se despedirem, ela precisou agradecer-lhe pela alegria proporcionada, que não era nada trivial. O pai lhe pediu que os honrassem com a sua companhia para jantar carne de carneiro. Fanny teve pouco tempo para reagir com horror antes que ele declarasse já estar previamente compromissado. Ele tinha compromissos de jantar naquele dia e no seguinte, pois tinha encontrado alguns conhecidos no Crown e não teria como recusar o encontro. No entanto, teria a honra de encontrá-lo no dia seguinte etc. Então se despediram, Fanny em um estado de grande felicidade por escapar de tão terrível ameaça.

Tê-lo junto à sua família na hora do jantar e presenciar todas as deficiências deles teria sido pavoroso! A culinária e o serviço de

Rebecca, e a falta de compostura de Betsey à mesa, eram, entre outras, situações com as quais a própria Fanny ainda não havia se habituado para conseguir fazer uma refeição tolerável. *Ela* era educada devido à sua natureza delicada, mas *ele* tinha sido educado em uma escola de luxo e epicurismo.

42

Os Price estavam de saída para a igreja quando o Sr. Crawford apareceu novamente. Ele não veio de passagem, mas sim para juntar-se a eles. Foi convidado para acompanhá-los até a capela Garrison, e era exatamente essa a sua intenção; e todos seguiram juntos.

A família agora parecia muito elegante. A natureza lhes havia dado significativa parcela de beleza, e todos os domingos usavam suas melhores vestimentas. Os domingos sempre traziam esse bem-estar para Fanny, e nesse em particular ela o sentiu mais do que nunca. A pobre mãe não aparentava ser indigna de ser a irmã de lady Bertram. Em geral ela sofria ao pensar no contraste que existia entre as duas; a natureza fizera pouca diferença, mas as circunstâncias o haviam feito sobremaneira. Sua mãe, bela como lady Bertram, e alguns anos mais jovem, tinha uma aparência mais desgastada e destituída dos confortos, e o seu aspecto geral era de desmazelo. Mas o domingo fez dela uma Sra. Price digna de nota e toleravelmente alegre, chegando com uma família cheia de crianças, sentindo um pequeno descanso dos afazeres da semana, perdendo a compostura somente ao ver os meninos próximos a algum perigo ou Rebecca passar por eles com uma flor em seu chapéu.

Na capela foram obrigados a se dividir mas o Sr. Crawford tomou o devido cuidado de não se separar das mulheres, e mesmo após a missa continuou com elas, e tornou-se mais um na reunião familiar.

Ao longo do ano a Sra. Price caminhava semanalmente pela plataforma nos domingos sem chuva, sempre saindo diretamente da missa e lá permanecendo até a hora do jantar. Era o seu espaço público. Ali ela encontrava os conhecidos, inteirava-se das notícias, reclamava sobre a qualidade dos criados em Portsmouth e preparava o espírito para os seis dias seguintes.

Caminharam ainda para mais distante nesse dia. O Sr. Crawford estava feliz por ter as Srtas. Price sob sua responsabilidade, e Fanny percebeu subitamente, e não podia acreditar, que ele estava entre as duas, que tinham seus braços apoiados nos dele. Ela não sabia como pôr fim àquilo. Sentiu-se desconfortável por algum tempo, mas ainda assim ocorreram momentos de diversão durante o passeio, que deixou boas lembranças.

O dia foi surpreendetemente adorável. Era um dia de março, mas parecido com abril devido a sua atmosfera amena, o vento refrescante e suave e o sol brilhante, ocasionalmente encoberto com nuvens. Tudo parecia muito bonito sob a influência desse céu; os efeitos das sombras seguiam a todos nos navios em Spithead e na ilha adiante, com os sempre inconstantes matizes do mar, agora com a maré alta, dançando alegremente, indo de encontro às plataformas com um som agradável, tudo junto produzindo uma combinação de encantamentos para Fanny que a deixou gradualmente despreocupada com a situação em que estava. Aliás, se ela estivesse sem o auxílio do braço dele, em breve saberia que seria necessário, e que logo precisaria de força para as duas horas de um passeio como aquele, depois de uma semana de inatividade. Fanny começou a sentir o efeito da privação de seu exercício regular e usual. Ela tinha comprometido a sua saúde desde que chegara a Portsmouth, e se não fosse pelo Sr. Crawford e pela beleza da estação, estaria extremamente cansada naquele momento.

Com a beleza do dia e da vista, ele sentia-se como ela. Com frequência paravam com o mesmo sentimento e opinião, recostando-se no muro por alguns minutos para observar e admirar. Considerando que ele não era Edmund, Fanny admitiu que ele mostrava-se suficientemente aberto aos charmes da natureza, e muito capaz de expressar a sua admiração. Ela, de tempos em tempos, se entregava aos devaneios, e ele eventualmente se beneficiava disso para observá-la sem ser notado. Como resultado desses olhares, ele notou que, mesmo sendo tão encantador como sempre, o rosto dela estava menos resplandecente do que deveria. Ela *disse* que estava muito bem e não queria que imaginassem o contrário; mas levando tudo em consideração, ele estava convencido de que sua atual residência não deveria ser confortável, o que não era nem um pouco salutar para ela. Ele ansiava cada vez mais que ela estivesse novamente em Mansfield, onde sua felicidade, e a dele ao vê-la feliz, seria maior.

– Você está aqui há um mês, não é? — perguntou ele.

– Não, quase um mês. Amanhã fará quatro semanas que deixei Mansfield.

– Você calcula com grande precisão e honestidade. Eu consideraria isso um mês.

– Cheguei aqui somente na terça à noite.

– E deverá ser uma visita de dois meses, não é mesmo?

– Sim, meu tio mencionou dois meses; suponho que não será menos do que isso.

– E como deverá voltar? Quem virá buscá-la?

– Eu não sei. Minha tia ainda não me disse nada. É possível que eu fique mais tempo. Talvez não seja conveniente que me busquem exatamente ao fim de dois meses.

Após um momento de reflexão, o Sr. Crawford respondeu:

– Conheço Mansfield e os caminhos que levam até lá. E sei o quanto *você* sente falta de lá. Sei também o risco que corre de ficar esquecida e perder o seu conforto em nome da conveniência de alguém da família. Estou ciente de que você poderá ficar aqui semana após semana se Sir Thomas não puder vir ele mesmo buscá-la, ou enviar a criada de sua tia para você, sem que isso implique a alteração dos planejamentos feitos para o próximo trimestre. Isto não funcionará. Dois meses é um período muito amplo; acredito que seis semanas são mais do que suficientes. Estou pensando na saúde da sua irmã – disse ele dirigindo-se para Susan. – Penso que o confinamento em Portsmouth lhe é desfavorável. Ela requer exercícios ao ar livre e constantes. Quando você a conhecer tão bem quanto conheço, tenho certeza de que concordará comigo; que ela nunca deveria ser banida do ar puro e da liberdade do campo. Se porventura – disse então voltando-se novamente para Fanny – estiver se sentindo cada vez mais desconfortável, ou se tiver qualquer dificuldade para retornar a Mansfield, antes que o período de dois meses termine, *isso* não deve ser considerado um problema. Se você se sentir mais combalida e desconfortável que o usual, basta avisar a minha irmã, mesmo que apenas indiretamente; ela e eu viremos imediatamente buscá-la e levá-la para Mansfield. Você sabe a presteza e o prazer com que isso será feito. Você sabe todo o sentimento que isso envolverá.

Fanny agradeceu, mas tentou desvencilhar-se rindo.

– Estou falando sério – respondeu ele –, como sabe perfeitamente. E espero que não esteja escondendo qualquer indisposição aqui. Certamente *não* deve fazê-lo, não estará em suas mãos; tão logo você diga em todas as cartas enviadas a Mary: "Eu estou bem", como sei que você não conseguirá falar ou escrever uma inverdade, o que você disser será considerado verdadeiro.

Fanny o agradeceu novamente, mas estava de tal forma afetada e aflita que foi impossível dizer muito mais, ou saber o que deveria dizer. A caminhada já estava no fim. Ele os acompanhou até a porta da casa; ele sabia que iriam jantar, e simulou estar sendo aguardado em outro lugar.

– Eu gostaria que não estivesse tão cansada – disse ele, detendo Fanny na porta de casa. – Eu preferiria deixá-la sentindo-se melhor. Existe algo que eu possa fazer por você na cidade? Estou quase decidido a ir novamente para Norfolk. Não estou satisfeito com Maddison. Estou certo que tentará insistir, se possível, para levar um de seus primos para residir no engenho que intenciono designar para outra pessoa. Eu devo chegar a um entendimento com ele, e o avisarei que não ficarei ao sul de Everingham, assim como não ficarei ao norte, e que serei senhor de minha propriedade. Não fui suficientemente claro da última vez. Os danos que um administrador pode causar em uma propriedade, tanto para o crédito do seu empregador quanto para o bem-estar dos pobres, é inconcebível. Estou quase decidido a ir diretamente para Norfolk, e organizar tudo de tal forma que não possa mais ser modificado. Maddison é um sujeito esperto; não desejo mandá-lo embora, contanto que ele não tente me *dispensar*; mas não seria difícil ser enganado por um homem que não tem legitimidade para tal, e mais ainda, deixá-lo me oferecer um sujeito aflitivo como inquilino, em vez de um homem honesto, com quem já praticamente me comprometi. Não seria tolice? Devo ir? Você me aconselha a fazê-lo?

– Sim! Você sabe bem o que é certo.

– Sim. Quando você compartilha comigo a sua opinião, sempre sei o que é certo. A sua opinião é o meu critério para decidir o que é correto.

– Ah, não! Não fale isso. Nós mesmos somos nossos melhores guias, mais que qualquer outra pessoa. Adeus. Desejo-lhe uma viagem agradável amanhã.

– Não há nada que possa fazer por você na cidade?

– Nada; mas fico muito agradecida.

– Não tem nenhum recado para alguém?

– Diga a sua irmã que envio-lhe minhas estimas, por favor; e quando encontrar meu primo Edmund, desejo que seja gentil e fale para ele que gostaria de receber notícias dele.

– Certamente; e se ele for preguiçoso ou negligente, eu me desculparei por ele pessoalmente.

Ele não conseguiu dizer mais nada, pois Fanny não podia mais esperar. Ele pressionou a mão dela, olhou-a e foi embora. *Ele* se entreteve o quanto pôde pelas três horas seguintes com seus conhecidos, até que o melhor jantar que um hotel poderia oferecer estava pronto para o deleite deles; e *ela* foi para o seu jantar mais singelo.

Os destinos de cada um tinham naturezas bastante distintas; e se ele pudesse ter suspeitado quantas privações, além do exercício, ela precisou suportar na casa de seu pai, ele poderia ter imaginado que sua fisionomia não evidenciava a realidade. Não havia quase diferença entre os pudins e os picadinhos de Rebecca, trazidos à mesa da forma como era feito, em pratos parcialmente limpos, e facas e garfos sujos, que ela sentia-se forçada a adiar sua refeição até que pudesse enviar seus irmãos à noite para lhe comprar biscoitos e pão. Depois de ter vivido em Mansfield, era tarde demais para ter seu espírito endurecido em Portsmouth; e se Sir Thomas tivesse conhecimento do que acontecia, saberia que a sua sobrinha estaria mais inclinada a morrer de fome, disposta a sacrificar-se tanto mental quanto fisicamente em detrimento da boa companhia e da fortuna do Sr. Crawford, e teria desistido do experimento, a fim de evitar que a sobrinha morresse.

Fanny ficou com o espírito abalado pelo restante do dia. Apesar de ter certeza de que não veria mais o Sr. Crawford, não conseguia evitar a tristeza. Por um lado estava satisfeita com sua partida, por outro, agora lhe parecia que tinha sido abandonada por todos; era uma espécie de nova separação de Mansfield, e não podia imaginar o retorno dele à cidade e os encontros frequentes dele com Mary e Edmund sem invejá-lo, fazendo com que odiasse a si mesma por conhecê-los.

Nada ao seu redor ajudava a minimizar sua tristeza. Um ou dois amigos de seu pai, como sempre ocorria quando ele não estava com eles, passava as longas tardes na casa, e das seis hora da tarde até às nove e meia da noite não havia qualquer interrupção do barulho e da bebida. Ela estava muito triste. As mudanças maravilhosas que imaginou no Sr. Crawford era o que mais se aproximava de um consolo para seus pensamentos atuais. Sem considerar o círculo tão diferente em que o tinha visto anteriormente, ou a intensidade do contraste, ela estava deveras convencida de que ele inquestionavelmente se comportava de maneira mais gentil e preocupava-se mais com os demais do que antes. E se era assim nas pequenas coisas, não seria nas grandes também? Tão preocupado com a sua saúde e conforto, mostrando-se sensível, era possível que em breve tentasse persuadi-la novamente.

43

Presumia-se que o Sr. Crawford estaria viajando de volta para Londres no dia seguinte, já que não foi mais visto na residência do Sr. Price. Dois dias depois o fato comprovou-se para Fanny em carta recebida pela irmã dele, que foi aberta e lida com grande curiosidade e ansiedade.

Devo informá-la, minha querida Fanny, que Henry foi até Portsmouth para vê-la e ele fez um passeio encantador com você pelo porto no último sábado, e ainda outro no dia seguinte nas plataformas. A atmosfera restauradora, o mar brilhante, a sua fisionomia meiga e a conversa agradável formaram uma deliciosa harmonia, proporcionando-lhe sensações que lhe darão prazer até mesmo ao serem recordadas. Isto, como eu compreendo, é o principal assunto desta minha carta. Ele me solicita que escreva para você, mas não tenho o que dizer a não ser essa visita a Portsmouth e as referidas caminhadas, e o fato de ter conhecido a sua família; em especial, uma bela irmã, uma jovem de quinze anos que os acompanhou na caminhada pelas plataformas, certamente aprendendo a sua primeira lição sobre o amor. Não tenho tempo para escrever mais, mas seria inadequado se o fizesse, pois esta carta deve ser unicamente uma tarefa, redigida com o único propósito de transmitir a informação necessária que não poderia ser postergada sem que eu corresse nenhum risco. Minha querida, querida Fanny, se você estivesse aqui, como poderia conversar com você! Você iria me ouvir até a exaustão, e me aconselharia até que ficasse ainda mais cansada; mas é impossível colocar um centésimo da minha emoção no papel, então vou me abster inteiramente e deixar que adivinhe. Eu não tenho notícias para você. Você tem as suas próprias relações onde está, e seria muito ruim da minha parte aborrecê-la com os nomes e as festas que preenchem o meu tempo. Eu deveria lhe enviar um relato sobre a primeira festa da sua prima, mas tive preguiça e agora já se passou muito tempo. É suficiente dizer que tudo transcorreu como deveria, em um estilo que deve ter agradado a todos que participaram; o seu vestido e o seu modo de receber foram seus maiores méritos. A minha amiga Sra. Fraser é apaixonada por essa casa, e me fez boa companhia. Eu irei para lady Stornaway após a Páscoa. Ela parece estar bastante animada e muito feliz. Gosto do lorde S. Ele é muito bem-humorado e agradável com a sua própria família, e não o acho tão feio como antes, ao menos podemos encontrar homens ainda mais feios. Ele não se aproxima em nada do seu primo Edmund. E sobre o referido herói, o que devo dizer? Se eu evitasse o nome dele inteiramente, pareceria suspeito. Devo dizer, então, que nos vimos duas ou três vezes, e os meus amigos estão muito impressionados com o seu cavalheirismo. A Sra. Fraser (que não é uma má observadora) declarou que só conhece três homens na cidade com semelhante personalidade, altura e fisionomia; e devo confessar, quando ele jantou aqui outro dia, não havia nenhum que pudesse ser comparado a ele, e nós éramos dezesseis. Felizmente não é a vestimenta que faz o homem, hoje em dia porém...

Afetuosamente sua,

Mary

Eu tinha quase me esquecido (e a culpa é do Edmund, presente nos meus pensamentos mais do que eu gostaria) de lhe dizer, em meu nome e de Henry, algo em relação ao seu retorno para Northamptonshire. Minha doce e pequena criatura, não permaneça em Portsmouth até perder sua beleza. Os ventos vindos do mar são a ruína para a beleza e para a saúde. A minha pobre tia sempre sentia os seus efeitos, mesmo quando estava a quinze quilômetros de distância do mar, o que certamente o almirante nunca acreditou, mas sei que era verdade. Estou a sua disposição e à de Henry, para qualquer hora. Terei muito prazer em acompanhá-los, e nós poderíamos aproveitar a viagem para dar um passeio e mostrar-lhe Everingham no caminho, e acho que você não se incomodaria de passar em Londres e conhecer a capela de São George, em Hanover Square. Somente mantenha seu primo Edmund longe de mim nessa ocasião, pois não quero ser tentada. Que carta longa! Somente uma palavra a mais. Creio que Henry pensa em voltar a Norfolk para algum compromisso que *você* aprove, mas isso não será possível até a metade da próxima semana, ou seja, ele não pode ser dispensado até o dia quatorze, pois *nós* teremos uma festa nessa noite. Você não tem noção do valor de um homem como Henry em ocasiões como essas; mas deve acreditar em mim quando digo que é inestimável. Ele encontrará os Rushworth, e devo admitir que estou um pouco curiosa, assim como ele, mas ele não confessa.

Esta era uma carta para ser lida ávida e deliberadamente, cujo conteúdo fornecia motivo para muita reflexão e deixava tudo em maior suspense do que nunca. A única certeza era que nada decisivo havia ocorrido. Edmund ainda não falara nada. Como a Srta. Crawford realmente se sentia, como intencionava agir, ou como poderia vir a agir contra seus próprios interesses; se os sentimentos dele continuavam os mesmos desde a última separação; se houvessem diminuído, restava saber se poderiam diminuir ainda mais ou se voltariam novamente; as conjecturas eram intermináveis, e não trariam qualquer conclusão nos dias que se seguiram. A ideia que retornava com frequência era de que a Srta. Crawford, após ter se mostrado mais distante e titubeante, com o retorno aos hábitos de Londres, ainda estava muito ligada a ele para desistir. Ela tentaria ser mais ambiciosa do que o seu coração permitiria. Ela hesitaria, provocaria, criaria condições, faria exigências, mas no fim aceitaria. Essa era a expectativa mais recorrente de Fanny. Uma casa na cidade! *Isso* ela achou que seria impossível. Ainda assim não era possível prever o que a Srta. Crawford não pediria. A perspectiva em relação ao primo piorava cada vez mais. Uma mulher que só podia falar sobre ele e somente sobre a sua aparência! Que relação menos valorosa! Obter apoio nas recomendações da Sra. Fraser! *Ela* que o conhecia intimamente havia meio ano! Fanny tinha vergonha dela. Os trechos da carta que se referiam ao Sr. Crawford e a ela mesma haviam surtido pouco efeito. O fato de o Sr. Crawford vir a Norfolk antes ou depois do dia quatorze não era de seu interesse; mas, levando tudo em consideração, ela pensou que ele *deveria* chegar sem delongas. O esforço da Srta. Crawford em tentar garantir um encontro entre ele e a Sra. Rushworth era uma péssima conduta, extremamente indelicada e inoportuna. Mas ela esperava que *ele* não fosse influenciado por tamanha curiosidade degradante. Ele não estava a par de tal ideia, e sua irmã deveria ter lhe dado crédito por qualidades melhores que as suas próprias.

Ela estava então ainda mais impaciente por receber outra carta do que jamais estivera, e por alguns dias ficou tão inquieta pelo que havia acontecido e haveria de acontecer, que as suas leituras e conversas costumeiras com Susan foram menos frequentes. Ela não conseguia se concentrar como gostaria. Se o Sr. Crawford se lembrasse do recado dela para o primo, ela achou que seria possível, *muito* possível, que ele escrevesse para ela, de qualquer maneira, o que seria muito condizente com a sua gentileza habitual, e até que ela houvesse se libertado desta ideia, que gradualmente se dissiparia pela ausência de notícias nos três ou quatro dias seguintes, já que nenhuma carta apareceu, ela permaneceu em estado de grande inquietação e ansiedade.

Por fim, algo semelhante à serenidade se sucedeu. O suspense deveria ser domado, a fim de não deixá-la exaurida e inútil. O tempo, com a colaboração do seu empenho, fez com que retomasse as atenções para Susan, e novamente teve seu interesse despertado pela irmã.

Susan a estimava cada vez mais, e mesmo sem o encantamento com os livros que tinha sido tão forte em Fanny, e por isso menos inclinada às atividades sedentárias ou ao conhecimento pelo simples prazer da informação, ela demonstrava grande interesse em não *aparentar* ignorância, e aprendia com rapidez, se comportando como uma pupila deveras atenta, útil e agradecida. Fanny era o seu oráculo. As explicações e os comentários de Fanny eram uma contribuição valiosa a todas as dissertações, ou para cada capítulo sobre a história. O que Fanny lhe contava sobre tempos passados habitava mais os seus pensamentos do que as páginas de Goldsmith, e ela elogiava a irmã, dizendo-lhe que preferia o seu estilo ao de qualquer outro autor. Na verdade, faltava-lhe o hábito da leitura.

No entanto, as conversas nem sempre eram sobre temas elevados como história ou moral. Outros assuntos também tinham a sua vez mas nenhum era tão recorrente, ou era tão longamente debatido como Mansfield Park – a descrição de seus moradores, seu estilo de vida, seus entretenimentos. Susan, que tinha um gosto nato pelas boas maneiras e pelos bem-nascidos, ansiava por ouvir mais, e Fanny não poderia lhe negar tais temas, tão apreciados. Ela esperava que aquilo não fosse um equívoco, embora após um tempo a grande admiração de Susan por tudo que aprendera sobre a casa do tio, e seu desejo de ir para Northamptonshire, quase deixou-a culpada por suscitar na irmã sentimentos que não poderiam ser realizados.

A pobre Susan era quase tão pouco adequada para aquele lar quanto a irmã mais velha. Conforme Fanny se deu conta disso, sentiu que quando chegasse o momento de sua partida de Portsmouth, a sua felicidade seria incompleta por ter que deixar Susan para trás. O fato de uma menina com tantas habilidades ser deixada naquele lugar a inquietava mais e mais. Se *ela* tivesse um lar que pudesse recebê-la, isto seria uma bênção! E se fosse possível retribuir a estima do Sr. Crawford, a pequena probabilidade de ele recusar tal providêcia lhe traria grande bem-estar. Ela pensou que ele tinha um bom temperamento, e teria prazer em compartilhar um plano como aquele.

44

Sete semanas dos dois meses da sua estada na casa dos pais já estavam quase no fim, quando uma carta de Edmund, havia muito esperada, chegou às mãos de Fanny. Ao abrir o envelope e ver a sua extensão, preparou-se por um instante para o detalhamento minucioso da felicidade e profusão de amor e estima em relação à criatura afortunada que era agora a dona do destino dele. Esse era o conteúdo:

Mansfield Park

Minha querida Fanny,
Desculpe-me por não ter escrito antes. Crawford me disse que você desejava receber notícias minhas, mas foi impossível escrever de Londres e me convenci de que você compreenderia o meu silêncio. Se eu pudesse ter enviado algumas palavras felizes, elas não tardariam, mas nada dessa natureza estava

em meu poder. Retornei a Mansfield em um estado de maior incerteza de que quando a deixei. As minhas esperanças enfraqueceram. Você provavelmente já deve saber disso. A Srta. Crawford a tem em grande estima, e é muito natural que ela deva ter relatado a você os sentimentos dela, assim você pode deduzir também os meus. No entanto, não deixarei de dar-lhe o meu próprio relato. Nossas confidências a você não devem ser conflitantes. Não farei perguntas. Há algo acalentador na ideia de que temos a mesma amiga, e independentemente das desafortunadas diferenças de opinião que possam existir entre nós, estamos unidos em nosso amor por você. Será um consolo relatar a presente situação, e revelar-lhe os meus planos, se é que posso dizer que os tenho. Retornei no sábado. Permaneci em Londres por três semanas, e encontrei-a lá com frequência (considerando que estávamos em Londres). Recebi toda a atenção possível dos Fraser. Ouso afirmar que eu *não* fui sensato por acalentar esperanças de encontros semelhantes aos de Mansfield. Foi o seu comportamento, no entanto, e não a insuficiência de encontros. Se ela estivesse diferente quando a encontrava, eu não reclamaria, mas desde o primeiro encontro notei sua mudança. A minha primeira recepção foi muito diferente do que imaginava, e quase resolvi deixar Londres imediatamente. Não preciso entrar em detalhes. Você conhece o lado frágil da personalidade dela, e pode imaginar os sentimentos e expressões que estavam me torturando. Ela estava muito animada e cercada por aqueles que apoiavam, com seus julgamentos errôneos, a sua mente vivaz. Eu não gosto da Sra. Fraser. Ela tem um coração frio, vaidoso, e casou inteiramente por conveniência. Embora esteja evidentemente infeliz em seu casamento, revela o seu desapontamento não em relação a falhas de julgamento, ou temperamento, ou ainda, desproporção na idade, mas ao fato de ser menos rica do que muitos de seus conhecidos, especialmente a irmã, lady Stornaway Ela é uma defensora determinada de tudo o que é suficientemente mercenário e ambicioso. Percebo a intimidade dela com essas duas irmãs como o grande infortúnio de sua vida e da minha. Elas a conduzem para o mau caminho há anos. Seria bom se ela pudesse se separar delas, e muitas vezes acredito que isso seja possível, pois a afeição me parece ser maior do lado delas. Elas a estimam muito, mas estou certo de que ela não as ama como ama você. Quando penso na grande ligação que existe entre vocês, e no seu comportamento sensato como irmã, ela me parece uma criatura muito diferente, capaz de atos nobres, e estou preparado a me culpar por uma avaliação precipitada de seu jeito divertido. Não posso desistir dela, Fanny. Ela é a única mulher do mundo que eu poderia imaginar como minha esposa. Se eu acreditasse que ela não acalenta nenhuma estima por mim, é claro que não diria isso, mas acredito nisso. Estou convencido de que ela me escolheu. Não tenho ciúmes de ninguém, mas é a influência do mundo elegante que receio. Eu temo os hábitos da alta sociedade. As ideias dela não são tão elevadas quanto a sua fortuna pode justificar, mas, combinadas, estão acima do que os nossos proventos somados podem permitir. Até mesmo nisso, no entanto, existe consolo. Eu poderia suportar perdê-la mais por não ser rico o suficiente do que pela minha profissão. Isso somente provaria que a sua estima não incluiria sacrifícios, o que, na verdade, mal justificaria pedir-lhe. Se eu for recusado, acredito que esse será o motivo verdadeiro. Percebo que os seus preconceitos não são arraigados como antes. Você conhece os meus sentimentos como eles o são, minha querida Fanny; é possível que às vezes sejam contraditórios, mas não será um retrato menos fiel da minha mente. Tendo uma vez começado, é um prazer revelar a você como me sinto. Não posso desistir dela. Conectados como estamos, e espero que ainda seremos, desistir de Mary Crawford seria desistir da companhia dos que considero mais estimados; seria como me banir das casas e dos amigos a quem, sob qualquer infortúnio, devo me voltar por consolo. Devo considerar a perda de Mary como a perda de Crawford e de Fanny. Se assim for decidido, se eu for rejeitado, espero saber como suportar e como me empenhar para reduzir a sua presença em meu coração; e no curso de alguns anos, espero não estar escrevendo absurdos, eu devo suportar. E até que o seja, eu nunca deixarei de me empenhar por ela. Essa é a verdade. A única pergunta é: *como?* Quais devem ser os meios? Às vezes penso em retornar para Londres após a Páscoa, e em outros momentos resolvo aguardar o retorno dela a Mansfield. Mesmo agora, ela fala com prazer sobre estar em Mansfield em junho; mas junho ainda está muito distante, e acredito que escreverei para ela. Eu estou quase determinado a explicar tudo por carta. Saber com certeza é de suma importância. O estado atual é lastimosamente penoso. Levando tudo em consideração, acho que uma carta será o melhor método de explicação. Devo conseguir escrever muito do que não me foi possível dizer, e darei tempo a ela para refletir antes que se decida, e tenho menos receio do resultado da reflexão do que do impulso apressado. Acredito que é o melhor. Meu maior receio é que ela consulte a Sra. Fraser, e por estar distante não poderei dizer nada em meu favor. Uma carta expõe a todos os infortúnios de uma conversa, e uma mente destituída do poder da melhor decisão pode, em um momento inoportuno, ser influenciada de forma que mais tarde leve ao arrependimento. Eu devo pensar um pouco mais sobre isso. Esta longa carta, repleta de minhas próprias preocupações, será capaz de cansar até mesmo a amizade de Fanny. A última vez que vi Crawford foi na festa da Sra. Fraser. Eu estou cada vez mais satisfeito com tudo o que vejo e descubro sobre ele. Não há qualquer sombra de hesitação. Ele conhece profundamente a própria mente, e atua de acordo com as suas resoluções, uma qualidade inestimável. Eu não posso lembrar dele em um mesmo cômodo com minha irmã mais velha sem me recordar do que você me disse, e reconheço que não se encontraram como amigos. Havia uma frieza acentuada da parte dela. Eles mal se falaram. Eu o vi recuar surpreendido, e fiquei pesaroso pelo fato de a Sra. Rushworth se ressentir com desconsiderações pregressas da Srta. Bertram. Você deverá querer ouvir a minha opinião sobre o grau de bem-estar de Maria como esposa. Não há qualquer traço de infelicidade. Acredito que eles se relacionem muito bem. Jantei duas vezes em Wimpole Street e poderia ter ido lá com mais frequencia, mas é aflitivo ter Rushworth como irmão. Julia parece apreciar Londres demasiadamente. Eu não me diverti muito por lá, mas aqui ainda é pior. Não somos um grupo alegre. A sua ausência é muito sentida. Sinto mais a sua falta do que posso expressar. Minha mãe deseja-lhe as suas estimas, e espera ter notícias suas em breve. Ela fala sobre você a todo momento, e fico triste em pensar quantas semanas mais ela deverá passar sem você. Meu pai intenciona ir pessoalmente buscá-la, mas apenas depois da Páscoa, quando ele terá alguns compromissos na cidade. Espero que esteja feliz em Portsmouth, mas esta visita não deve ser anual. Eu a quero em casa, e preciso de sua opinião sobre Thornton Lacey. Não tenho interesse em realizar muitas mudanças até que saiba se terei uma esposa. Eu certamente irei escrever. Está quase decidido que os Grant irão para Bath; eles deixarão Mansfield na segunda-feira. Estou feliz por isso. Não me sinto disponível para a companhia de qualquer um, mas a sua tia parece se sentir sem sorte que estas notícias sobre Mansfield estejam sendo notificadas pela minha caneta e não pela dela.

Para sempre seu, minha querida Fanny.

"Eu nunca, certamente nunca mais desejarei receber uma carta", foi a declaração secreta de Fanny ao terminar de ler. "Trazem somente desapontamento e sofrimento. Depois da páscoa! Como aguentarei? E a minha pobre tia falando constantemente sobre mim!"

Fanny tentou afastar esses pensamentos, mas estava muito próxima de avaliar que Sir Thomas estava agindo deveras indelicadamente, tanto com a sua tia quanto com ela. Em relação ao principal assunto da carta, não havia nada que pudesse apaziguar sua irritação. Ela estava quase enraivecida com Edmund. "Não há nada de bom nesse atraso", pensou ela. "Porque não está resolvido? Ele está cego, e nada poderá abrir os olhos dele, nada poderá, depois de ter tantas verdades diante dele em vão. Ele acabará se casando com ela, e será infeliz. Deus queira que a influência dela não faça com que ele perca a sua respeitabilidade!" Ela olhou novamente para a carta. "Ela gosta tanto de mim! Isso é um disparate. Ela não ama a mais ninguém do que a si mesma e o irmão. Certamente não foram as suas amizades que a conduziram para o mau caminho há muitos anos; elas devem ter se corrompido mutuamente, mas se elas a estimam muito mais do que ela as estima, certamente tem menor probabilidade de se machucar, a não ser pela adulação delas. A única mulher do mundo a quem ele pode imaginar como sendo sua esposa. 'Eu firmemente acredito nisso.' É uma relação que governará todos os aspectos de sua vida. Aceito ou rejeitado, o coração dele está casado com ela para sempre. 'A perda de Mary, eu devo considerar como a perda de Crawford e de Fanny.' Edmund, você não *me* conhece. As famílias nunca estariam relacionadas se não fosse por você. Ah, escreva, escreva. Acabe com isso de uma vez. Deixe que haja um fim a esse suspense. Decida-se, aja, condene a si mesmo."

No entanto, essas sensações estavam muito próximas do ressentimento para que pudessem guiar por mais tempo os solilóquios de Fanny. Em breve ela estava mais calma e infeliz. A afeição dele, as suas expressões gentis e a sua confiança nela a tocaram enormemente. Ele era muito bondoso com todos. Em suma, aquela era umacarta que ela não desejava por nada neste mundo, e que não poderia ser apreciada. Era o bastante daquilo.

Todos aqueles aficionados por escrever cartas sem ter nada para dizer, e isso inclui grande parcela do mundo feminino, devem se sentir desafortunados como lady Bertram, que não pôde transmitir a notícia sobre Mansfield de que os Grant estariam indo para Bath em um momento sem qualquer vantagem para ela. E deve terlhe sido mortificante que tal assunto tenha sido transmitido pelo filho displicente, e tratado de maneira tão concisa ao fim de uma longa carta, em vez de ter se estendido ao longo de uma página inteira de uma de suas cartas. Apesar de lady Bertram não escrever cartas brilhantenente, por ter se casado muito cedo, para manter uma atividade, enquanto Sir Thomas ocupava o Parlamento, ela habituou-se a escrevê-las e a manter correspondentes. Criou para si um estilo digno, comum e exagerado, em que um assunto de menor importância era o suficiente. Ela precisava ter algo sobre o que escrever, mesmo que fosse para a sobrinha, e tendo sido destituída da possibilidade de relatar sobre os sintomas da gota do Dr. Grant e dos chamados matinais da Sra. Grant, fora muito difícil para ela ser privada de um dos últimos assuntos epistolares.

No entanto, havia uma reparação à sua espera. O momento de sorte de lady Bertram havia chegado. Após alguns dias do recebimento da carta de Edmund, Fanny recebeu outra da tia, que começava da seguinte forma:

> Minha querida Fanny,
> Eu faço uso da minha caneta para comunicar algo de grande alarme, e que estou certa lhe trará grande preocupação.

Isso era bem melhor do que ter de pegar a caneta e participar-lhe todos os detalhes da viagem dos Grant, já que o assunto atual era de tal natureza que prometia ocupar a caneta por muitos dias subsequentes: a grave doença de seu filho mais velho, da qual haviam acabado de receber notícias apenas algumas horas antes.

Tom tinha deixado Londres com um grupo de amigos para Newmarket, quando uma queda, decorrente de uma quantidade considerável de bebida, tinha ocasionado uma febre. Tendo o grupo se desfeito, e estando incapacitado de mover-se, ele foi deixado sozinho na casa de um desses jovens rapazes ao consolo da doença e da solidão, e na companhia dos criados. Em vez de esperado melhorar em pouco tempo para acompanhar os amigos, seu mal-estar aumentou significativamente. Não muito depois ele percebeu que estava deveras doente, ele e seu médico decidiram enviar uma carta para Mansfield.

"Esta notícia angustiante, como deve supor", observou a tia, após relatar os detalhes dos acontecimentos, "nos deixou muito preocupados, e não podemos evitar nos sentirmos alarmados e apreensivos com o pobre inválido, cujo estado Sir Thomas receia que seja crítico. Edmund gentilmente propôs socorrer o irmão imediatamente, mas acrescentou com satisfação que Sir Thomas não me deixará nesta circunstância aflitiva, já que seria uma grande provação para mim. Nós sentiremos enormemente a falta de Edmund em nosso pequeno grupo, mas acredito e espero que ele encontre o pobre inválido em um estado menos alarmante do que podemos inferir, e que ele possa trazê-lo para Mansfield em pouco tempo. Sir Thomas disse que isso é o que deve ser feito, pois considera o melhor sob todos os aspectos. Tenho esperança de que o pobre sofredor tolerará a remoção sem nenhum dano físico. Tenho poucas dúvidas quanto aos seus sentimentos por nós, minha querida Fanny, sob estas circunstâncias preocupantes, e escreverei novamente muito em breve".

Os sentimentos de Fanny naquele momento eram de fato mais calorosos e genuínos do que o estilo de escrita da tia. Ela sentia muito por todos. Tom gravemente doente, Edmund indo ao seu encontro e o pequeno e triste grupo que permaneceu em Mansfield eram preocupações que reduziriam todas as demais, ou quase todas. Sobrou apenas espaço para a indagação egoísta se Edmund *teria* escrito para a Srta. Crawford antes do ocorrido, mas nenhum sentimento que não os puramente afetivos e desinteressados permaneceu por muito tempo. A tia não a negligenciou, e escreveu de novo e de novo. Eles recebiam informações frequentes sobre Edmund, as quais eram regularmente transmitidas a Fanny, no mesmo estilo difuso e com as mesmas confusas crenças, esperanças e medos, ditos a esmo. Era como brincar de estar amedrontada. Os sofrimentos que lady Bertram desconhecia tinham pouco poder sobre as suas fantasias, e ela escreveu confortavelmente sobre agitação e ansiedade e pobres inválidos até a transferência de Tom para Mansfield, e até os seus próprios olhos verem a mudança na aparência dele. Então, uma carta que preparara previamente para Fanny foi concluída em um estilo diferente, numa linguagem de sentimento verdadeiro e preocupações, a qual escreveu como se tivesse falando. "Ele acabou de chegar e foi levado para o andar de cima. Estou muito chocada com sua aparência, e não sei o que fazer. Tenho certeza de que ele esteve doente. Pobre Tom, estou muito aflita com ele e muito temerosa, assim como Sir Thomas. E como ficaria contente se você estivesse aqui para me confortar. Mas Sir Thomas acredita que ele estará melhor amanhã e que devemos levar em conta a viagem, pois a fadiga deve tê-lo deixado ainda mais abatido."

A preocupação legítima agora despertada no seio materno não terminaria logo. A impaciência extrema de Tom para ser levado para Mansfield e desfrutar do conforto da casa e da família, menos valorizado nos tempos de boa saúde, provavelmente induziu a sua transferência precoce, acarretando o retorno da febre, e por uma semana o seu estado foi mais preocupante do que nunca. Todos estavam muito amedrontados. Lady Bertram escrevia relatos diários de seu horror para a sobrinha, que agora vivia em função dessas cartas, passando o tempo entre o sofrimento das que lia e a esperança das que viriam. Sem qualquer estima especial pelo primo mais velho, seu coração terno fez com que sentisse que não poderia ficar sem ele, e a pureza dos seus princípios acrescentou ainda uma dolorosa preocupação, quando se deu conta de como a vida dele havia sido aparentemente pouco útil e abnegada.

Susan era a única companheira e ouvinte, nesta e nas demais situações. Susan estava sempre disposta a ouvir e solidarizar-se. Ninguém mais poderia ficar interessado em um mal tão remoto de uma família a mais de cento e cinquenta quilômetros de distância, nem mesmo a Sra. Price, além de uma ou duas breves perguntas quando encontrava a filha com uma carta nas mãos, e ocasionalmente observava silenciosamente: "Minha pobre irmã Bertram deve estar sofrendo muito."

Há muito separadas, e, vivendo em contextos diferentes, os elos familiares eram muito tênues. Uma relação originalmente tão tranquila quanto os temperamentos de ambas tinha se tornado meramente nominal. A Sra. Price havia feito por lady Bertram tanto quanto lady Bertram teria feito pela Sra. Price. Três ou quatro Price poderiam desaparecer, um deles ou todos eles, exceto Fanny e William, e lady Bertram teria pensado pouco sobre o assunto. Ou talvez teria ouvido da Sra. Norris que era algo muito bom, e uma grande bênção para a pobre e querida irmã Price, que teria seus filhos tão bem providos.

45

Ao fim da primeira semana em Mansfield, o perigo iminente de Tom tinha passado; ele foi declarado fora de perigo, e sua mãe pôde despreocupar-se. Depois de conviver com o sofrimento dele, com seu estado desamparado, ela ouviu então a melhor notícia, sem analisar além do que ouviu, sem qualquer disposição para o alarme ou aptidão para os indícios, como de costume, e lady Bertram era o alvo mais feliz para uma imposição médica. A febre tinha baixado, e era a febre a maior queixa de Tom então naturalmente em breve ele estaria bem. Lady Bertram não podia pensar de outra forma, e Fanny compartilhou a certeza da tia até que recebeu uma carta de Edmund, cujo intuito era dar-lhe uma ideia clara da situação do irmão e comunicar-lhe as apreensões dele e do pai depois de terem conversado como médico; alguns sintomas fortes depois que a febre já tinha passado monopolizavam as suas angústias. Eles achavam que lady Bertram deveria ser poupada de tais preocupações, que, esperavam, seriam infundadas, mas não havia razão para que Fanny não soubesse da verdade. Eles estavam apreensivos com o estado dos pulmões dele.

Algumas poucas frases de Edmund mostraram-lhe a realidade do paciente e do quadro de forma mais precisa e acurada do que todas as páginas de carta de lady Bertram. Não havia mais ninguém na casa que poderia ter descrito, a partir da observação pessoal, melhor que ela mesma; ninguém poderia ser mais útil ao filho em alguns momentos. Ela não poderia fazer nada a não ser passar discretamente para vê-lo; mas quando ele podia conversar ou ser ouvido, e ainda ter alguém para ler para ele, era a companhia de Edmund que preferia. A tia o preocupava com os seus cuidados, e Sir Thomas não sabia adaptar sua conversa e seu tom de voz ao grau da irritação e fraqueza do doente. Edmund fazia tudo. Fanny acreditava nele, e a sua estima por ele aumentou ainda mais quando ele assumiu a responsabilidade pelos cuidados do irmão, apoiando-o e ajudando-o em seu sofrimento.

Não havia somente a debilidade ocasionada pela recente doença, mas havia também, como ela soube, alteração de temperamento, estados de espírito desanimados para serem tranquilizados e reerguidos, e ela deduziu que havia uma pessoa a ser devidamente guiada.

A família não estava derrotada, e ela, mais inclinada a acalentar esperanças do que medos pelo primo, exceto quando pensava na Srta. Crawford, mas esta deixou-lhe com a ideia de que era filha da boa fortuna, e de acordo com o egoísmo e a vaidade dela, seria uma sorte ter Edmund como filho único.

Mesmo no quarto do doente, a afortunada não era esquecida. Edmund acrescentou "Dando prosseguimento ao assunto tratado em minha última carta, eu tinha começado a redigir uma carta quando fui solicitado pela doença de Tom, mas agora eu mudei de ideia, e receio a influência de amigos. Quando Tom estiver melhor, deverei ir pessoalmente."

Esta era a situação em Mansfield, e assim continuou, quase sem mudanças, até a Páscoa. Algumas linhas adicionais de Edmund às cartas da mãe era o suficiente para manter Fanny informada. A recuperação de Tom era alarmantemente devagar.

A Páscoa chegou, particularmente mais tarde este ano, já que Fanny tristemente descobrira que não teria nenhuma chance de deixar Portsmouth antes disso. A Páscoa chegou, e ainda assim não ouviu nada sobre o seu retorno, nem mesmo sobre sua ida a Londres, que precederia a viagem para Mansfield. A tia expressava com frequência o desejo pela presença da sobrinha, mas não havia qualquer sinal do tio, de quem tudo dependia. Ela supunha que ele ainda não poderia deixar o filho, mas ainda assim aquela demora era cruel e terrível para ela. O fim de abril se aproximava, em breve ela estaria fora por três meses, em vez de dois; os dias se passavam em um estado de penitência, porém Fanny os amava muito para perturbá-los com suas queixas. Quem poderia dizer quando haveria algum momento de prazer para vislumbrar, ou quando viriam buscá-la?

O seu afã, sua saudade e impaciência de estar com eles foram suficientes para trazer uma frase de Cowper Tirocinicum para sempre diante dela: "Com que intensidade ela deseja o seu lar", que estava continuamente em sua mente, como uma descrição verdadeira de um desejo que nem uma alma adolescente poderia sentir com mais veemência.

Quando ela estava indo para Portsmouth, adorou chamar-lhe de seu lar, e sentira prazer em dizer que estava indo para sua casa, palavra que surtira forte efeito, mas que agora deveria ser aplicada a Mansfield. *Aquela* era a sua casa. Portsmouth era Portsmouth, Mansfield era o seu lar. Eles havia muito compreendiam as suas reflexões secretas, e nada poderia servir-lhe de mais consolo do que ver que a tia tinha o mesmo pensamento. "Eu não posso deixar de dizer que sinto muito que esteja longe de casa em um momento inoportuno como este, e que exige tamanha provação do meu estado de espírito Eu acredito, espero e sinceramente desejo que nunca mais se ausente de casa por tanto tempo." Essas palavras foram encantadoras para ela. Porém, ela guardou esse prazer para si; por delicadeza com os pais, foi cautelosa e não demonstrou a preferência pela casa do tio. Ela apenas dizia: "Quando eu voltar para Northamptonshire, ou quando eu retornar para Mansfield, farei isso e aquilo." Por longo período foi assim, mas, no fim, a saudade apertou e, sem perceber, ela encontrava-se falando sobre o que faria quando retornasse para casa. Ela se censurava, ruborizava e olhava temerosa para seu pai e sua mãe. Mas não precisava sentir-se desconfortável; não havia qualquer sinal de descontentamento, ou mesmo de que a tivessem ouvido. Eles estavam totalmente destituídos de qualquer ciúmes de Mansfield. Para eles era indiferente onde ela desejava estar.

Foi uma tristeza para Fanny perder todos os prazeres da primavera. Ela não fizera ideia das alegrias que perderia ao passar março e abril numa mesma cidade. Até aquele momento não sabia o quanto o início e o progresso do crescimento da vegetação a encantava. Que felicidade de corpo e espírito ela tinha extraído ao observar a mudança da estação que não pode, a despeito de seus caprichos, ser desagradável, e ao ver as suas belezas crescentes nas flores recém-nascidas no jardim da tia, a abertura das folhas nas plantações do tio, e o resplendor das árvores. Perder prazeres como esses não era uma frivolidade. Perdê-los porque estava em meio a aglomeração e ao barulho, confinada, em meio ao ar impuro e aos cheiros desagradáveis que substituíam a liberdade, o frescor, a fragrância e o verdor era infinitamente pior. Mesmo essa lástimas eram débeis diante da convicção de que os seus melhores amigos sentiam a sua falta e do desejo de poder ser útil para aqueles que desejavam a sua presença!

Se ela pudesse estar em casa, teria estado a serviço de cada um deles. Ela sentia que poderia ter sido útil para todos, aliviando-os naquela tormenta. E se fosse somente para servir de consolo ao espírito da tia Bertram em sua solidão, ou ainda o mal pior de uma companhia inquieta e inoportuna, a sua presença já teria sido útil. Ela adorava imaginar como poderia ter lido para a tia, conversado com ela, e tentado fazer com que sentisse a bênção das coisas como eram ou preparar o seu espírito para o que estava por vir. De quantas caminhadas para cima e para baixo ela poderia ter poupado a tia e quantas mensagens teria transmitido para ela.

Ela ficava surpresa com o fato de as irmãs de Tom permanecerem em Londres em um momento como aquele, durante uma doença que tinha agora, após vários níveis de risco, se estendido por muitas semanas. *Elas* retornariam para Mansfield quando bem entendessem, e a viagem não seria uma dificuldade para *elas*, e Fanny não compreendia como as duas conseguiam se manter ausentes. Se a Sra. Rushworth tivesse obrigações que a impedissem de viajar, Julia certamente poderia sair de Londres quando desejasse. Pareceu-lhe, de acordo com uma das cartas da tia, que Julia havia se oferecido para retornar, mas isso havia sido tudo. Era evidente que preferiria permanecer onde estava.

Fanny estava disposta a acreditar que Londres exercia uma grande influência negativa em todas as relações respeitáveis. Ela via a prova disso na Srta. Crawford, assim como em suas primas. A ligação *dela* com Edmund era honrada, a parte mais honrada de seu caráter; e a sua amizade por ela era irrepreensível. Onde estavam os sentimentos agora? Já fazia tanto tempo que Fanny não recebia nenhuma correspondência dela, que ela sentia ter razão em pensar em uma amizade que havia durado tão pouco. Semanas haviam se passado desde que tivera notícias da Srta. Crawford ou de suas outras amizades na cidade, exceto por intermédio de Mansfield, e começava a supor que possivelmente nunca saberia se o Sr. Crawford havia voltado para Norfolk, pelo menos até que se encontrassem novamente, e que não receberia mais qualquer notícia da irmã dele naquela primavera, quando por fim a seguinte carta chegou, reavivando antigas sensações e criando novas.

> Perdoe-me, minha querida Fanny, tão logo possa, pelo meu longo silêncio, e comporte-se como se fosse possível me perdoar neste instante. Este é o meu pedido modesto e o meu desejo, pois você é uma pessoa muito boa e acredito poder ser mais bem tratada do que mereço. Eu lhe escrevo agora para implorar-lhe uma resposta imediata. Gostaria de saber sobre a situação em Mansfield Park e você, sem dúvida, poderá me informar. Somente um bárbaro não se solidarizaria com o que eles estão vivenciando. Pelo que ouvi, o pobre Sr. Bertram tem poucas chances de se recuperar completamente. A princípio não me preocupei com a doença dele. Eu acreditava que ele era o tipo de pessoa que gostava de chamar a atenção, e de fazer um alvoroço por qualquer desconforto banal, e estava preocupada, sobretudo, com os que tiveram que cuidar dele. Mas agora acreditam verdadeiramente que ele esteja piorando, que os sintomas são alarmantes, e que parte da família, ao menos, está consciente disso. Se for este o caso, estou certa de que você está incluída nesse grupo, e assim, rogo-lhe que me confirme se essas informações são corretas. Não é necessário dizer quanto ficarei feliz em saber que há algum engano, mas as notícias são tão recorrentes que confesso não conseguir deixar de acreditar nelas. Saber que um rapaz deveras jovem pode perder a vida na flor da idade é motivo para grande melancolia. Pobre Sir Thomas, sentirá muito. Estou verdadeiramente

preocupada com esse assunto. Fanny, Fanny, eu a vejo sorrir e olhar de maneira astuta, mas, lhe juro, eu nunca subornei um médico em toda a minha vida! Pobre jovem! Se ele morrer, haverá *dois* jovens homens a menos neste mundo, e com uma expressão destemida e com uma voz corajosa, eu diria a qualquer um que nenhuma riqueza pode recair sobre as mãos de pessoas mais merecedoras do que as deles. No Natal passado foi uma precipitação tola, mas os males de alguns dias podem ser parcialmente maculados. O disfarce e os enfeites podem esconder muitas manchas. E podem até mesmo implicar na perda do título de Esquire que consta depois do nome dele. Com real estima, Fanny, como a minha, muitas coisas podem ter sido negligenciadas. Escreva-me imediatamente; acredite na minha ansiedade e não perca tempo. Diga-me a verdade, já que a tem da fonte. E, agora, não se envergonhe dos meus sentimentos ou dos seus. Acredite, não são apenas naturais, mas são filantrópicos e virtuosos. Eu deixo a cargo da sua consciência avaliar se "Sir Edmund" não estaria melhor com toda a propriedade dos Bertram do que com qualquer outro título de "Sir". Se os Grant estivessem em casa eu não a teria importunado, mas é a única a quem posso recorrer para saber a verdade, já não tenho acesso às irmãs dele no momento. A Sra. R. está passando a Páscoa com os Aylmer em Twickenham (para que saiba) e ainda não retornou; e Julia está com os primos que vivem próximos a Bedford Square, porém eu esqueci o nome deles e a rua em que moram. Mesmo que eu pudesse fazer contato com uma das duas, no entanto, ainda assim preferiria você, pois me surpreende que elas tenham se preocupado mais com seus próprios divertimentos, e fechem os olhos para os acontecimentos. Suponho que as férias da Sra. R. não vão durar muito mais tempo; não há dúvida de que ela esteja permanentemente em férias. Os Aylmer são pessoas agradáveis. E com o marido ausente, ela deve estar se divertindo bastante. Acredito que ela é que tenha-o incentivado a ir a Bath para buscar a mãe; mas como ela e a viúva conviverão em uma casa? Henry não está por perto, então não tenho nada a dizer dele. Você não acredita que Edmund estaria há muito na cidade se não fosse por essa doença?

Carinhosamente,

Mary

Eu já estava dobrando a carta quando Henry entrou; mas ele não trouxe qualquer notícia que me impeça de enviá-la. A Sra. R. sabe que houve uma piora; ele a viu esta manhã, ela voltará para Wimpole Street hoje, e a velha senhora também irá. Não fique inquieta com qualquer fantasia porque ele estava passando alguns dias em Richmond. Ele o faz toda primavera. Esteja certa, ele gosta somente de você. Neste momento, está ansioso para vê-la e ocupa-se em planejar uma forma de fazê-lo, para que a felicidade dele contribua para a sua. De fato, ele repete, e cada vez mais impacientemente, o que disse em Portsmouth sobre levá-la para casa, e eu o apoio com toda a minha alma. Querida Fanny, escreva imediatamente, e nos diga que podemos ir. Fará bem a todos nós. Ele e eu podemos ir para o presbitério, como você sabe, e assim não daremos qualquer trabalho para os amigos em Mansfield Park. Seria muito gratificante poder ver todos novamente, e uma pequena adição ao grupo pode lhes fazer bem. E você deve sentir que é muito desejada por lá, e que não pode conscientemente (e conscienciosa como é) manter-se distante, quando tem os meios necessários para retornar. Eu não tenho tempo e estou sem paciência para transmitir-lhe a metade das mensagens de Henry. Mas alegro-me em comunicar que o espírito de todos é de inalterada afeição.

A aversão de Fanny por grande parte desta carta, e a sua extrema relutância em imaginar sua autora e o seu primo Edmund juntos, deixaram-na incapaz de julgar com imparcialidade se deveria ou não aceitar a oferta. Para ela, pessoalmente, era deveras tentador. Imaginar-se dentro de três dias sendo transportada para Mansfield trazia-lhe grande felicidade, mas seria ao mesmo tempo inconveniente dever tamanha felicidade a pessoas cuja conduta ela tanto condenava – a ambição destemida *dela* e a vaidade *dele*.

Saber que ele possivelmente ainda flertava com a Sra. Rushworth! Ela estava mortificada. Tinha pensado melhor sobre ele. Felizmente, no entanto, ela não tinha deixado contrabalançar a sua felicidade por inclinações opostas e noções duvidosas sobre o que é certo. Não havia razão para determinar se deveria ou não deixar Edmund e Mary separados. Ela tinha uma regra e que poderia resolver tudo. A reverência ao tio, e o seu pavor em tomar qualquer liberdade com ele, fê-la instantaneamente decidir o que deveria fazer. Ela deveria declinar totalmente da oferta. Se ele quisesse, mandaria alguém buscá-la, e até mesmo oferecer um retorno prematuro era uma presunção que parecia ter pouca justificativa. Ela agradeceu a Srta. Crawford e recusou.

"O tio, pelo que ela havia compreendido, iria buscá-la, e em relação à doença do primo, esta se prolongava havia tantas semanas que ela imaginou que o seu retorno fosse desnecessário, e até mesmo que sua presença seria inconveniente no momento, e ela se sentiria como uma imposição."

A descrição do estado de saúde do primo estava exatamente de acordo com o que ela acreditava, e os seus temores igualmente de acordo com as esperanças que habitavam na mente de sua amiga. Edmund seria perdoado por ser um clérigo, ao que tudo indicava, sob certas condições de saúde. E isso, ela suspeitava, era a conquista do preconceito, do qual ele estava preparado para se congratular. Mary havia aprendido a pensar em nada mais do que dinheiro.

46

Fanny não duvidava de que a sua resposta causaria grande desapontamento, e aguardava, por conhecer o temperamento da Srta. Crawford, que ela voltasse a insistir. E embora a segunda carta só tivesse chegado após uma semana, ela ainda acalentava o mesmo sentimento.

Ao recebê-la, imediatamente soube que era uma carta curta e que teria o tom de uma carta apressada e objetiva. O assunto era inquestionável, e rapidamente foi possível imaginar que estavam apenas notificando-a de que estariam em Portsmouth naquele mesmo dia, o que levou-a a sentir toda a agitação da dúvida em decidir o que deveria fazer naquele caso. Se aqueles breves instantes, no entanto, estavam cercados de dificuldades, o momento seguinte podia dispersá-los. E antes que tivesse aberto a carta, a possibilidade de o Sr. e a Srta. Crawford terem solicitado a permissão do tio e a obtido deixava-a reconfortada. Essa era a carta:

> Um rumor escandaloso e de má índole acabou de chegar a mim e eu escrevo, querida Fanny, para adverti-la a não dar o menor crédito, caso este chegue à cidade. Pode ter certeza de que é um equívoco, e em um ou dois dias tudo será esclarecido. De qualquer maneira, Henry não tem culpa, e a despeito de um momento de *étourderie*, ele não pensa em ninguém mais além de você. Não diga nada, não ouça nada e não conclua nada, não sussurre nada até que eu escreva novamente. Estou certa de que tudo será abafado, e nada comprovado, a não ser a tolice de Rushworth. Se eles partiram, aposto a minha vida de que foram para Mansfield Park e que Julia foi com eles. Mas por que não me deixa ir buscá-la? Espero que não se arrependa.
>
> Sua, etc.

Fanny ficou horrorizada; como nenhum rumor escandaloso e de má índole havia chegado até ela, era impossível compreender o significado daquela carta estranha. Ela podia unicamente perceber que estava relacionado a Wimpole Street e ao Sr. Crawford, e conjecturar que algo muito imprudente tinha acabado de ocorrer naquela vizinhança para chamar a atenção do mundo e provocar o seu ciúme, de acordo com a apreensão da Srta. Crawford. A Srta. Crawford não deveria se preocupar com ela. Ela unicamente sentia-se pesarosa pelas pessoas envolvidas e por Mansfield, caso a notícia chegasse lá rapidamente, mas esperava que isso não acontecesse. Se os Rushworth tivessem ido para Mansfield, como poderia ser inferido pelo que a Srta. Crawford revelou, era improvável que algo desagradável tivesse precedido a viagem deles, ou algo que desse tal impressão.

Em relação ao Sr. Crawford, ela esperava que isso o conscientizasse de suas próprias inclinações, convencendo-se de não ser capaz de relacionar-se seriamente com qualquer mulher no mundo e sentindo-se envergonhado em persistir em seus galanteios a ela.

Era muito estranho! Ela tinha começado a achar que ele realmente a amava, e a imaginar que a afeição dele por ela era algo acima do comum. A irmã ainda dissera que ele não se interessava por mais ninguém. Ainda assim, deve ter ocorrido demonstrações claras de atenção pela prima, e deve ter havido uma grande indiscrição, desde que a sua correspondente não era do tipo a levar em consideração algo sem importância.

Ela estava se sentindo muito desconfortável e certamente continuaria assim até que recebesse novas informações da Srta. Crawford. Era impossível banir a carta de seus pensamentos, e não podia aliviar-se falando com ninguém. A Srta. Crawford não precisava ter solicitado discrição com tamanha ênfase; ela poderia ter confiado em seu bom-senso no que dizia respeito à prima.

No dia seguinte nenhuma carta chegou. Fanny estava desapontada. Naquela manhã ela mal podia pensar em outra coisa, mas quando o pai retornou à tarde com o jornal, como sempre ocorria, ela estava tão longe de imaginar qualquer elucidação por aquele veículo que o assunto ficou por um momento suspenso dos seus pensamentos.

Ela estava imersa em outro tipo de reflexão. A lembrança da primeira noite naquela sala, e de seu pai com o jornal, surgiu-lhe de repente. Agora ela não queria nenhuma vela. O sol ainda estava a uma hora e meia do horizonte. Pareceu-lhe que estava lá realmente havia meses. Os fortes raios de sol que penetravam na pequena sala, ao invés de alegrar-lhe, deixaram-na ainda mais melancólica, pois estes lhe pareceram totalmente diferentes na cidade e no campo. Ali na cidade, o seu poder era apenas de um brilho sufocante e pálido, servindo para trazer à tona manchas e sujeira que do contrário estariam escondidas. Não havia bem-estar ou felicidade com os raios de sol na cidade. Ela sentia uma onda de calor opressivo, em meio a uma nuvem de poeira. Os seus olhos só conseguiam ver as paredes com as sombras da cabeça do pai, a mesa talhada por seus irmãos, onde se encontrava a bandeja do chá nunca totalmente limpa, as xícaras e panelas rachadas, o leite com uma crosta de poeira formando pontos azuis, e o pão e a manteiga mais engordurados do que as mãos de Rebecca quando os preparou. O pai lia o jornal, e a mãe lamentava, como de costume, o tapete esfarrapado, enquanto o chá era preparado, e gostaria que Rebecca pudesse consertá-lo. Fanny despertou de seus pensamentos quando o ouviu chamar por ela, após ler e analisar um parágrafo em particular.

– Qual é o nome das suas distintas primas na cidade, Fan?

Após um momento para se recobrar, ela conseguiu responder:

– Rushworth, senhor.

– E elas não vivem em Wimpole Street?

– Sim, senhor.

– Então, um grande mal se abateu sobre eles, isso é tudo – disse, repassando o jornal para ela –; veja o que estas boas relações podem fazer com você. Não sei o que Sir Thomas pensa a respeito desses assuntos, ele deve ser um cavalheiro fino para adotar qualquer medida contra a filha. Mas, por Deus, se ela fosse minha, eu lhe daria uma boa surra. Uma surra para o homem e para a mulher também seria uma boa forma de prevenir tais coisas.

Fanny leu em silêncio que era com grande preocupação que o jornal anunciava ao mundo um escândalo matrimonial na família do Sr. R., de Wimpole Street. A bela Sra. R., cujo nome foi inscrito há pouco tempo na lista das mais elegantes, e que tinha a promessa de se tornar uma líder brilhante entre o mundo do bom gosto, abandonou o teto do marido em companhia do conhecido e cativante Sr. C., amigo íntimo e associado do Sr. R., e ainda não era conhecido, nem mesmo para o editor do jornal, para onde tinham seguido.

– É um equívoco, senhor – disse Fanny imediatamente. – Deve ser um erro, não pode ser verdade, devem estar se referindo a outras pessoas.

Ela falou com o desejo instintivo de retardar o embaraço, e com uma resolução nascida do desespero, pois disse o que nem mesmo ela podia acreditar. Aquela leitura causou-lhe um choque de convicção. A verdade precipitou-se sobre ela, que não entendeu como conseguiu falar, ou até mesmo respirar, depois daquilo.

O Sr. Price importou-se muito pouco com a notícia para responder-lhe.

– Deve ser tudo uma mentira – disse ele –, mas tantas jovens de respeito estão se comportando equivocadamente hoje em dia, que não causa surpresa para mais ninguém.

– Realmente, eu espero que não seja verdade – disse a Sra. Price melancolicamente. – Seria um grande choque! Se já falei com Rebecca sobre esse carpete, estou certa que o fiz uma dúzia de vezes, não é mesmo Betsey? E não lhe tomaria dez minutos de trabalho.

O horror de uma alma como a de Fanny, causado pela convicção de tamanha culpa e pela compreensão do tormento que estava por vir, dificilmente podem ser descritos. A princípio era uma espécie de estupefação, mas gradualmente ela se dava ainda mais conta do mal terrível. Ela não tinha dúvida; não ousava ceder à esperança de que o parágrafo não fosse verdadeiro. A carta da Srta. Crawford, que havia lido tantas vezes e cujas palavras já sabia de cor, estava em conformidade assombrosa com aquela notícia no jornal. A sua ansiedade em defender o irmão, a esperança de poder abafar o assunto, a sua evidente agitação eram sintomas de algo muito ruim, e se havia uma mulher cujo caráter poderia tratar este pecado de primeira magnitude como uma frivolidade, e que gostaria de tentar explicá-lo e desejar que não acarretasse qualquer punição, ela acreditava que a Srta. Crawford era essa mulher! Agora ela podia perceber seu equívoco em relação a *quem* havia ido embora, ou quem *disse* que havia ido embora. Não havia sido o Sr. e a Sra. Rushworth, mas a Sra. Rushworth e o Sr. Crawford.

Fanny acreditava nunca ter se surpreendido tanto antes. Não havia possibilidade de descansar naquela circunstância. A noite passou sem um único instante de pausa da sua angústia, e ela permaneceu completamente insone. Ela alternava entre sentimentos de mal-estar e tremores de horror, e entre acessos de febre e de frio. O evento era tão chocante que em alguns momentos ela sentia-se revoltada, mesmo quando resolveu não acreditar ser verdade. Uma mulher casada havia somente seis meses, um homem que se dizia afeiçoado, até mesmo *comprometido* com outra, e esta outra um parente próximo, a família inteira, ambas as famílias tão ligadas, todos os amigos, tão próximos! Era uma confissão terrível de culpa, um grande exemplo da má índole humana, não em um estado de barbárie absoluta, para ser capaz de tais atos! Ainda assim seu discernimento lhe dizia que era verdade. O afeto duvidoso *dele*, flutuando junto com a sua vaidade, a afeição de *Maria* e a ausência de princípios suficientes em cada um dos lados possibilitaram aquela situação. E a carta da Srta. Crawford transformava isso tudo em um fato.

Qual seria a consequência? Quem não seria prejudicado? Sob os olhares de quem isso ganharia importância? Quem teria sua paz de espírito abalada para sempre? A própria Srta. Crawford e Edmund; mas talvez fosse perigoso trilhar por esse caminho. Ela se limitou a pensar, ou ao menos tentou limitar seu pensamento, no infortúnio indubitável da família, que envolveria a todos, se fosse realmente verdade e ganhasse exposição pública. O sofrimento da mãe, do pai... e nesse ponto ela se deteve. Pensou também no sofrimento de Julia, Tom e Edmund... e fez uma pausa ainda maior. Ambos sofreriam mais acentuadamente. A preocupação paternal de Sir Thomas, seu alto senso de honra e decoro, os princípios elevados de Edmund, seu temperamento ingênuo e a intensidade de seus sentimentos, fez com que ela pensasse o quanto seria difícil para eles suportar a vida à luz desta desgraça. Pareceu-lhe que seria a ruína de todos os que tivessem qualquer relação de parentesco com a Sra. Rushworth.

Nada ocorreu no dia seguinte, ou no outro, para amortecer os seus temores. O carteiro passou por sua casa dois dias seguidos sem trazer qualquer refutação, pública ou privada. Não houve uma segunda carta da Srta. Crawford explicando a primeira. Não chegou qualquer notícia de Mansfield, embora já fosse tempo de receber notícias da tia. Aquilo era um péssimo augúrio. Ela tinha, de fato, apenas uma sombra de esperança para apaziguar a mente, e reduziu-se a tamanha tristeza e abatimento que não passaria despercebido por uma mãe gentil, exceto a Sra. Price. Até que no terceiro dia ela ouviu a perturbadora batida na porta, e uma carta de Edmund, com o selo de Londres, foi-lhe entregue.

Querida Fanny,
Você sabe sobre o nosso presente infortúnio, e que Deus possa ajudá-la a lidar com a sua parcela. Nós estamos aqui há dois dias, mas não há nada que possamos fazer. Eles não puderam ser encontrados. Você não deve ter ouvido o último golpe: a fuga de Julia. Ela foi para a Escócia com Yates. Deixou Londres poucas horas antes de nossa chegada. Em algum outro momento isso teria sido terrível. Agora não parece nada mais do que um agravante. O meu pai não está se sentindo derrotado. Nada mais pode ser esperado. Ele ainda consegue pensar e agir, e escrevo a pedido dele, que propõe o seu retorno. Ele está ansioso por tê-la em casa em nome da minha mãe. Estarei em Portsmouth na manhã seguinte à entrega desta carta, e espero encontrá-la pronta para partir para Mansfield. Meu pai deseja que você convide Susan a vir junto, para passar alguns meses. Decida com ela como achar melhor, me diga o que considera apropriado. Estou certo que perceberá a gentileza dele em um momento como esse! Faça justiça à sua proposta, a despeito do fato de que eu possa torná-la confusa. Você pode imaginar o meu estado atual. Não há fim para o mal que nos assola. Você me verá amanhã cedo.

Seu, etc.

Nunca Fanny desejou tanto um estímulo como o que viera com essa carta. Amanhã! Deixar Portsmouth amanhã! Ela percebeu que corria o risco de sentir-se absurdamente feliz enquanto todos estavam infelizes. O mal que lhe trouxe tanto bem! Ela receava que poderia parecer insensível. Partir imediatamente, e tendo sido solicitada com tamanha gentileza, era grande consolo; e ainda na companhia de Susan, era uma combinação de bênçãos que deixava o seu coração radiante. Por algum tempo toda a dor pareceu se distanciar e ela sentia-se incapaz de compartilhar o infortúnio daqueles em quem ela mais pensava. A fuga de Julia poderia afetá-la menos do que a da sua irmã; ela estava surpresa e chocada, mas isso não conseguia ocupá-la, ou preencher os seus pensamentos. Ela era obrigada a forçar-se a pensar no assunto e considerá-lo algo terrível e doloroso, em meio a todas as preocupações, agitações e alegrias que aquela mensagem lhe trazia.

Não há nada como uma ocupação ativa e indispensável para aliviar o sofrimento e até mesmo dissipar a melancolia, e as ocupações de Fanny traziam-lhe esperança. Ela tinha tanto a fazer que nem mesmo a terrível história da Sra. Rushworth, agora completamente confirmada, poderia afetá-la como havia feito anteriormente. Não havia tempo para a infelicidade. Dentro de vinte e quatro horas ela provavelmente teria partido; ela precisava conversar com o pai e com a mãe, preparar Susan, e tudo precisava estar pronto. Os afazeres eram muitos, e o dia não era longo o suficiente. A felicidade que ela irradiava, e que mal poderia ser comprometida pela terrível notícia, o alegre consentimento do pai e da mãe para a ida de Susan e o sentimento geral de satisfação que a partida de ambas parecia gerar, assim como o próprio êxtase de Susan, contribuíam para manter o seu contentamento.

A aflição dos Bertram não foi muito sentida na família. A Sra. Price falou alguns poucos minutos sobre a pobre irmã, mas ela estava mais preocupada em encontrar algo onde pôr as roupas de Susan, já que Rebecca sempre pegava as caixas e as estragava. Em relação a Susan, agora inesperadamente tendo o seu primeiro desejo realizado e não conhecendo pessoalmente nada sobre aqueles que haviam pecado, ou sobre os que sofriam, se ela pudesse ajudar a reconfortá-los, era tudo o que poderia ser esperado da virtude humana aos quatorze anos.

Sem nenhuma solicitação à Sra. Price, ou à presteza de Rebecca, tudo foi racionalmente e devidamente realizado, e as meninas estavam prontas para o dia seguinte. O benefício de uma boa noite de sono para prepará-las para a viagem não foi impossível. O primo a caminho mal poderia ter imaginado os espíritos agitados, felizes, enquanto estava em indescritível perturbação.

Por volta das oito horas Edmund chegou. As meninas ouviram a sua chegada do andar de cima, e Fanny desceu. A ideia de vê-lo imediatamente, lembrando-se de tudo o que estava sofrendo, trouxe à tona seus antigos sentimentos. Ele estava tão próximo a ela e tão infeliz. Ela estava prestes a abater-se ao entrar na pequena sala. Ele estava sozinho, e foi imediatamente a seu encontro, e ela sentiu seu coração se pressionado ao ouvir as palavras dele:

– Minha querida Fanny, minha única irmã, o meu único consolo agora. – Ela não conseguiu dizer nada, e por alguns minutos ele também ficou em silêncio.

Ele se virou para se restabelecer, e quando falou novamente, mesmo com a voz hesitante, a sua atitude demonstrava que ele buscava o autocontrole e que ele evitava qualquer outra alusão aos fatos recentes.

– Você já tomou o café da manhã? Quando estará pronta? Susan também irá?

Essas perguntas seguiram-se uma à outra. Quando mencionaram Mansfield, o tempo já era curto, e o estado de espírito dele buscava alívio no movimento. Foi decidido que ele ordenaria a carruagem para buscá-los na porta dali a meia hora. Fanny respondeu que já tinham tomado o café da manhã e que estariam prontas em meia hora. Ele já havia comido e declinou do convite para a refeição. Ele caminharia pelas plataformas e as encontraria na carruagem. Novamente ele se foi, feliz de se distanciar até mesmo de Fanny.

Ele parecia muito mal; evidentemente sofria sob violentas emoções das quais ele estava determinado a se livrar. Ela sabia do que se tratava, mas era terrível para ela.

A carruagem chegou, e ele entrou na casa justo em tempo de passar alguns minutos com a família e testemunhar, mas sem se dar conta, a maneira tranquila com que as filhas se despediram, e a tempo de evitar que elas se sentassem à mesa do almoço, que por força da situação incomum, foi adiado e posto apenas quando a carruagem chegava à porta. A última refeição de Fanny na casa do pai assemelhava-se à primeira, eles se despediram da mesma forma que a receberam.

Seu coração estava imerso em alegria e gratidão enquanto eles passavam pelas fronteiras de Portsmouth, e o rosto de Susan tinha um compreensível sorriso. Sentando na frente, no entanto, coberta parcialmente por seu chapéu, sua expressão de felicidade mal poderia ser percebida.

A viagem deles era silenciosa. Os suspiros profundos de Edmund eram percebidos por Fanny. Se ele estivesse sozinho com ela, teria aberto seu coração, a despeito de qualquer resolução; mas a presença de Susan o fez permanecer fechado em si mesmo, e as tentativas de conversar sobre assuntos sem importância não foram bem-sucedidas.

Fanny percebeu sua preocupação e às vezes, ao capturar seu olhar, recebia um sorriso afetuoso que a confortava. Mas o primeiro dia de viagem transcorreu sem que ela tivesse ouvido uma palavra sobre os assuntos que o abalavam. A manhã seguinte foi um pouco mais produtiva. Pouco antes de deixarem Oxford, enquanto Susan estava parada próxima a uma janela observando atentamente a partida de uma numerosa família do hotel, os dois estavam próximos à lareira. Edmund, particularmente surpreso com a alterada fisionomia de Fanny, e ignorando os desafios diários que ela enfrentara na casa dos pais, atribuiu *tudo* aos eventos recentes. Pegou então a sua mão e disse em baixo tom de voz, mas muito expressivo:

– Não me surpreende que você se sinta assim; você deve estar sofrendo. Como um homem que um dia a amou pode desistir de você! Mas *você*, a sua estima com relação a ele, era recente; Fanny, pense na minha situação!

A primeira parte da viagem estendeu-se por um longo dia, e eles estavam exaustos ao chegarem a Oxford; já o segundo terminou bem mais cedo. Eles tinham chegado aos arredores de Mansfield muito antes da hora do jantar, e enquanto se aproximavam do lugar amado, o coração das duas irmãs abateu-se um pouco. Fanny começou a temer o encontro com as tias e com Tom, sob tamanha humilhação. E Susan sentia alguma ansiedade com o fato de que todos os bons modos e conhecimentos recém-adquiridos seriam colocados em prática. Visões sobre a boa e a má educação, de antigas vulgaridades e novas gentilezas estavam diante de seus olhos. Ela pensava em garfos de prata, guardanapos e copos. Fanny estava muito sensível às diferenças do campo desde fevereiro, mas ao entrarem em Mansfield Park, sua recepção e seu prazer foram intensos. Foram três meses, três meses inteiros de ausência, e a mudança era do inverno para o verão. Seu olhar recaiu sobre os gramados e as plantações de verde mais intenso, e as árvores, embora ainda não totalmente cobertas, encontravam-se naquele estado encantador de beleza próxima, deixada à imaginação. O seu contentamento, no entanto, dizia respeito a si mesma. Edmund não podia compartilhá-lo. Ela olhou para ele, que estava recostado, imerso em uma tristeza ainda maior e com os olhos fechados, como se a visão da alegria o oprimisse, e como se ele tentasse excluir a imagem do próprio lar.

Isto fez com que ela se sentisse melancólica novamente, e o fato de saber o que estava se passando envolvia até mesmo a casa e a atmosfera, dando-lhe um aspecto triste.

Eles estavam sendo esperados com tamanha impaciência, desconhecida até então. Mal Fanny havia passado pelos semblantes solenes dos criados quando lady Bertram veio da sala de estar para encontrála. E sem titubear, abraçou-a e disse:

– Querida Fanny! Agora eu ficarei bem.

47

Todos se sentiam mal por causa dos últimos acontecimentos. A Sra. Norris, no entanto, mais ligada a Maria, era quem mais sofria. Maria era a sua preferida, a mais querida de todos. O casamento tinha sido planejado por ela, e como vinha acalentando tamanho orgulho em seu coração, não podia admitir o que sentia, e esses acontecimentos a haviam subjugado.

Ela havia mudado; estava silenciosa, estupefata e indiferente a tudo o que ocorria. Ela havia desperdiçado inteiramente o benefício de ter sido deixada na casa com a irmã e o sobrinho sob os seus cuidados. Sentia-se incapaz de instruir, de ordenar, e até mesmo de imaginar-se útil. Ao ser verdadeiramente afetada pela aflição, seus poderes haviam se entorpecido. Nem mesmo lady Bertram ou Tom tinham recebido dela o menor apoio ou tentativa de ajuda. Ela não fez mais por eles do que eles fizeram entre si. Eles estavam igualmente solitários, desamparados e desesperançados; agora, a chegada dos demais somente reforçou o seu infortúnio. Os seus companheiros ficaram aliviados, mas aquilo não significava nenhum benefício para *ela*. Edmund era tão bem-vindo para o irmão quanto Fanny para a tia. A Sra. Norris, em vez de extrair consolo de qualquer um dos dois, era a mais irritada com a visão daquela a quem, sob cegueira da raiva, atribuía a responsabilidade do mal ocorrido. Se Fanny tivesse aceitado o Sr. Crawford, nada daquilo haveria acontecido.

Susan também era um problema. Ela não tinha qualquer inclinação para dirigir-lhe mais do que olhares repulsivos, pois a considerava uma espiã, uma intrusa, e uma sobrinha indigente, representando tudo o que havia de mais odioso. A outra tia a recebeu com gentileza apenas; mas sabia que ela, como irmã de Fanny, também tinha direito à sua parcela de Mansfield, e prontificar-se a beijá-la e a gostar dela. Susan estava mais do que satisfeita, estando perfeitamente consciente de que não deveria esperar nada mais do que mau humor da tia Norris, e estava tão repleta de felicidade, em meio à maior de suas bênçãos, tendo escapado de tantos males, que ela poderia ter enfrentado muito mais indiferença do que recebeu em sua chegada.

Ela foi deixada sozinha por algum tempo para familiarizar-se como podia com a casa e com os jardins, e assim passou dias felizes, enquanto os que poderiam ter conversado com ela permaneceram em silêncio, ou totalmente ocupados com quem dependia de seus cuidados, e, sobretudo, de consolo. Edmund tentava esconder os sentimentos empenhando-se nos cuidados com o irmão, enquanto Fanny devotava-se à tia Bertram, respondendo a cada tarefa com grande zelo e pensando que nunca poderia fazer o suficiente por alguém que parecia lhe querer tão bem.

Lamentar sobre o desagradável assunto com Fanny era o único consolos de lady Bertram. Ser ouvida e tolerada, e em retorno ouvir a voz gentil de Fanny, era tudo o que ela poderia receber. Não havia a possibilidade de ser reconfortada de outra maneira; a situção não permitia. Lady Bertram não avaliava profundamente a questão, mas conduzida por Sir Thomas, ela pensava exatamente em todas as questões importantes e via, portanto, em toda a sua abrangência, o que tinha ocorrido, e não tentava ou solicitava a Fanny que a aconselhasse, ou a ajudasse a atenuar a culpa ou a infâmia.

Sua sensibilidade não era aguçada, tampouco sua consciência era tenaz. Após algum tempo, Fanny percebeu que não era difícil desviar o pensamento da tia para outros assuntos e fazê-la retornar algum interesse pelas ocupações costumeiras; mas sempre que lady Bertram *insistia* no assunto, ela podia vê-lo somente sob uma ótica: a ideia de que perdera uma filha e de uma desgraça que nunca poderia ser desfeita.

Fanny soube por intermédio dela todos os detalhes de que ainda não tomara conhecimento. A tia não era uma narradora metódica, mas com a ajuda de algumas cartas trocadas com Sir Thomas, acrescidas ao que já sabia, e ao que poderia inferir, ela em pouco tempo conseguiu entender o que ocorrera.

A Sra. Rushworth havia viajado para pasasar o feriado de Páscoa na residência dos Twickenham; ela havia se tornado íntima deles pouco tempo antes; era certamente uma família bastante vivaz e de bons costumes, boa moral e discrição, pois o Sr. Crawford os visitava frequentemente. O fato de que ele havia estado na mesma vizinhança Fanny já conhecia. O Sr. Rushworth, nesse ínterim, havia viajado para Bath para passar alguns dias com a mãe e trazê-la para a cidade. Maria estava com esses amigos sem qualquer restrição, sem mesmo a companhia de Julia, que saíra de Wimpole Street duas ou três semanas antes para visitar uns amigos de Sir Thomas, uma mudança que agora o pai e a mãe preferiam atribuir a algum interesse pelo Sr. Yates. Pouco tempo depois do retorno dos Rushworth para Wimpole Street, Sir Thomas recebeu uma carta de um amigo antigo de Londres, que ao ouvir e presenciar situações de grande alarme naquela vizinhança, resolveu escrever-lhe aconselhando-o a ir pessoalmente para Londres e, com sua influência sobre a filha, pôr um fim à sua exposição a comentários desagradáveis, e certamente deixando o Sr. Rushworth numa situação incômoda.

Sir Thomas estava disposto a agir conforme o conselho do amigo, sem comunicar o seu conteúdo para qualquer membro de Mansfield, quando foi enviado pelo mesmo amigo mais um correio expresso para revelar-lhe a situação deveras desesperadora sobre o comportamento dos mais jovens. A Sra. Rushworth tinha deixado a casa do marido. O Sr. Rushworth estava enraivecido e mortificado com *ele* (Sr. Harding) por ter revelado o ocorrido. O Sr. Harding temera, *no mínimo*, um escândalo. A criada da Sra. Rushworth, mãe do Sr. Rushworth, fazia ameaças alarmantes. Ele estava fazendo tudo em seu poder para silenciar os rumores, com a esperança de retorno da Sra. Rushworth, mas suas ações foram neutralizadas em Wimpole Street pela mãe do Sr. Rushworth, e assim as piores consequências poderiam ser esperadas.

Essa terrível carta não poderia ser omitida do restante da família. Sir Thomas partiu, e Edmund o acompanhou; os demais ficaram em estado de grande infelicidade, inferior somente ao que se seguiu à chegada de novas correspondências de Londres. Naquele momento tudo já havia se tornado público. A criada da Sra. Rushworth, sabia de todos os eventos e, com a aquiescência da patroa, não poupou nenhum detalhe. As duas senhoras, mesmo no curto período em que conviveram, não tinham se relacionado bem. E a amargura da mais velha em relação à nora poderia ser relacionada tanto ao desrespeito com que tinha sido tratada quanto às dores pelo filho.

Independentemente do estado das coisas, ela estava intratável. Mas, ainda que ela tivesse sido menos obstinada, ou exercido menor influência sobre o filho, que era sempre guiado pela última pessoa a se pronunciar, por quem tomasse as rédeas da situação e o fizesse se calar, o caso parecia não inspirar qualquer esperança de ser corrigido, pois a Sra. Rushworth não reaparecera, e havia motivos suficientes para se concluir que estava escondida em algum lugar com o Sr. Crawford, que havia deixado a casa do tio para uma viagem no mesmo dia em que ela desapareceu.

No entanto, Sir Thomas permaneceu um pouco mais de tempo na cidade com a esperança de descobrir onde ela se encontrava, com o intuito de impedi-la de incorrer em outros atos de libertinagem, ainda que tudo estivesse perdido no que se referia ao caráter dela.

Fanny estava sofrendo com o estado atual de espírito *dele*. Somente um dos filhos não representava uma fonte de sofrimento para ele. As queixas de Tom tinham aumentado com o choque causado pela conduta da irmã e o seu período de convalescença aumentou; até mesmo lady Bertram se surpreendeu, e as suas preocupações eram compartilhadas regularmente com o marido. O sumiço de Julia, o golpe adicional que o havia recebido em Londres, mesmo que a sua intensidade estivesse comprometida no momento, deveria ser profundamente sentido, como ela poderia imaginar, e isso foi confirmado. As cartas dele expressavam o quanto lamentava aquela situação. Sob nenhuma circunstância aquela aliança seria bem-vinda; mas a sua clandestinidade, e em um momento como aquele, deixou os sentimentos de Julia em uma situação deveras desfavorável, mostrando-lhe o erro de sua escolha. Ele chamou aquilo de equívoco, feito da pior maneira possível e no pior momento. E embora o comportamento de Julia tivesse sido considerado mais uma insensatez do que uma imoralidade, como o de Maria, ele não poderia deixar de considerar que deixava as piores possibilidades de conclusão, assim como o de sua irmã. Essa era a opinião dele sobre a situação que ela mesma criara.

Fanny sentia enormemente por ele. Ele não poderia ter qualquer consolo a não ser em Edmund. Todos os outros filhos estavam torturando o seu coração. O desprazer que sentia em relação a ela, ao avaliar diferentemente da Sra. Norris, agora teria se dissolvido. *Ela* poderia ser justificada. O Sr. Crawford teria perdoado inteiramente sua conduta de recusá-lo, mas isso, embora fosse mais importante para ela, servia de pouco consolo para Sir Thomas. O descontentamento do tio era terrível para ela; mas do que poderia servir para ele os seus sentimentos de gratidão e de estima? Somente Edmund poderia servir de esteio.

Ela estava equivocada, porém, em supor que Edmund não dera ao pai uma fonte de sofrimento. Era de natureza menos pungente do que os demais, mas Sir Thomas avaliava a felicidade dele, que estava profundamente atingida pela atitude ofensiva da irmã e do amigo, e pelo distanciamento da mulher que indiscutivelmente o interessava e cujo relacionamento tinha grande probabilidade de sucesso, e que, apesar do desprezível irmão dela, seria uma união desejável. Ele sabia quanto Edmund estava sofrendo por causa daquela perda, além de todo o resto, quando eles estavam juntos na cidade; ele havia percebido, ou deduzido, os sentimentos dele, que levara a crer que Edmund havia encontrado com a Srta. Crawford, e que esse encontro o havia deixado ainda mais angustiado. Ele se apressou em tirar Edmund da cidade, e o incumbiu de levar Fanny de volta para a casa da tia, tendo em vista o benefício que isso traria para ele e para todos os demais. Fanny não conhecia as intenções de Sir Thomas, e nem Sir Thomas estava verdadeiramente familiarizado com o caráter da Srta. Crawford. Se tivesse tido a oportunidade de participar de um encontro privado entre ela e o filho, ele não teria aprovado o relacionamento entre eles, mesmo que as vinte mil libras dela fossem quarenta mil.

Para Fanny, não havia dúvida de que Edmund deveria se separar para sempre da Srta. Crawford. Ainda assim, até saber que ele pensava da mesma forma, a sua própria convicção era insuficiente, e queria uma confirmação disso. Se agora ele conversasse com ela com a mesma franqueza que anteriormente ela considerava excessiva, seria extremamente consolador, mas ela percebeu que *isso* não aconteceria. Ela raramente ficava a sós com ele, pois provavelmente ele estivesse evitando isso. O que poderia ser deduzido? Parecia-lhe que as suas opiniões se submetiam à parcela dolorosa e singular das aflições familiares, que eram sentidas tão agudamente que nem sequer eram mencionadas. Esse deveria ser o estado de espírito dele. Em alguns momentos ele cedia, mas com tamanha agonia que ele não conseguia se expressar verbalmente. Demoraria muito, muito tempo, até que o nome da Srta. Crawford repousasse em seus lábios novamente, ou até que ela pudesse ter esperança pela retomada do íntimo relacionamento.

Isso *demorou* muito tempo para acontecer. Eles chegaram a Mansfield na quinta-feira, e somente no domingo à noite Edmund conversou com ela sobre o assunto. Sentado ao seu lado em uma noite chuvosa, em um momento propício para se abrir o coração, quando se tem um amigo pronto para ouvir, ele acabou falando. Não havia mais ninguém na sala além da mãe dele, que após ouvir um sermão comovente, chorou até dormir. Com dificuldade para ir direto ao assunto, ele disse a Fanny que, se ela o ouvisse por alguns minutos, ele seria muito breve, e certamente não abusaria da gentileza dela voltando a tocar no assunto, que dali em diante seria inteiramente proibido. Ele começou o relato dando-lhe o prazer de ouvir a explicação das circunstâncias e sensações do seu interesse por aquela que ele acreditava sentir o mesmo por ele.

Pode-se imaginar como Fanny prestou atenção ao relato, com curiosidade e preocupação, sentindo as dores e os encantamentos da história. Ela notou a agitação da voz dele, e olhou cuidadosamente para os objetos em volta, evitando o olhar dele. O início foi alarmante. Ele havia visto a Srta. Crawford, pois fora convidado para ir vê-la. Ele recebeu um bilhete de lady Stornaway implorando-lhe para vê-la. E compreendia que deveria ser o último encontro entre os amigos, percebendo nela todos os sentimentos de vergonha e infortúnio que deveria sentir por ser a irmã de Crawford, e foi encontrá-lo em um estado de espírito tão atenuado e devotado, que por alguns instantes Fanny temeu não ser o último. Com o evoluir do relato, esses medos se dissiparam. Ela o encontrou, disse ele, com um ar sério, bastante sério, até mesmo agitado, e antes que fosse capaz de pronunciar uma frase inteligível, ela introduziu o assunto de uma maneira que o surpreendeu.

– "Eu soube que esteve na cidade" – disse ela. – "Eu queria vê-lo. Vamos conversar sobre esse assunto triste. O que poderia igualar a tolice de nossos dois parentes?" Eu não pude responder, mas acredito que a minha expressão tenha sido suficiente. Ela percebeu meu ar de desaprovação. Como os sentimentos são às vezes percebidos tão rapidamente! Com um olhar e com a voz mais graves, ela acrescentou: "Eu não pretendo defender Henry, sabendo que isso poderá prejudicar sua irmã." Então, ela começou; a forma como falou, Fanny, não é adequado repetir para você. Não me recordo de todas as palavras. Se me fosse possível, eu não me debruçaria sobre elas. O conteúdo do que me disse era sobre a sua cólera frente à *tolice* dos dois. Ela reprovava a tolice do irmão por ser induzido a isso por uma mulher de quem ele nunca gostou, e que o fez perder a mulher que ele adorava; mas Maria havia sido ainda mais tola, pobre Maria, em sacrificar a sua posição, mergulhando em tantas dificuldades pela ilusão de ser verdadeiramente amada por um homem que havia muito já deixara evidente a sua indiferença. Imagine o que eu estava sentindo. Ao ouvir a mulher a quem... nenhuma outra palavra pode ser mais adequada do que tolice! Tão voluntariamente, espontaneamente e friamente examinava o assunto! Não havia relutância ou horror; ou, devo dizer, nenhuma repugnância! É isso o que o mundo faz. Onde, Fanny, podemos encontrar uma mulher cuja natureza é valiosamente dotada? Mimada, mimada!

Após breve reflexão, ele continuou com uma espécie de calma desesperada.

– Contarei tudo para você, e então nunca mais falaremos sobre isso. Ela via essa situação somente como uma tolice, e uma tolice marcada apenas por sua exposição. O cuidado de ambos pela discrição, o fato de ele ter ido para Richmond durante todo o período em que ela estava em Twickenham e de ela ter dado a si mesma a posição de uma criada. Em resumo, o problema tinha sido o fato de serem pegos. Ah, Fanny, era a descoberta, e não a ofensa da atitudes deles que ela reprovava; a imprudência que trouxe os acontecimentos ao extremo, e obrigou o seu irmão a abrir mão de seus estimados planos para poder fugir com ela.

Ele fez uma pausa.

– E o que você disse? – perguntou Fanny, acreditando que ele esperava que ela se pronunciasse –; o que você poderia dizer?

– Nada, nada que pudesse ser compreendido. Eu era um homem em choque. Ela continuou, e falou de você... Sim, ela falou de você, lamentando, como esperado, a perda de uma... Nesse momento ela falou racionalmente, mas sempre fazendo justiça a você. "Ele jogou fora", disse ela, "uma mulher que ele nunca mais vai encontrar. Ela o teria corrigido, ela o teria feito feliz para sempre". Minha querida Fanny, espero estar lhe proporcionando mais motivos para alegria do que para dor com essa retrospectiva do que poderia ter sido, mas que agora nunca mais será possível. Você prefere que eu me silencie? Se quiser, me avise com um olhar ou com uma palavra, e eu o farei.

Não houve nenhuma palavra ou olhar de Fanny.

– Graças a Deus! – disse ele. – Nós estávamos todos surpresos, mas me parece que foi um ato misericordioso da Providência não deixar sofrer um coração sem malícia. Ela falou sobre você com grande estima e afeição, mas ainda assim havia rancor, um ímpeto de maldade, pois no meio disso tudo ela exclamou: "Por que ela não o quis? É tudo culpa dela. Garota modesta! Eu nunca a perdoarei. Se ela o tivesse aceitado como deveria, eles agora estariam prontos para se casar, e Henry estaria muito feliz e ocupado para se interessar por qualquer outro assunto. Ele não se daria o trabalho de reaproximar-se da Sra. Rushworth. Tudo teria terminado em um flerte em encontros anuais em Sotherton e Everingham." Você acha que teria sido possível? Mas agora o encanto se quebrou. Os meus olhos estão abertos.

– Cruel! – dissse Fanny. – Muito cruel! Em um momento como esse se dar o luxo das brincadeiras e de falar com leveza, em especial com você! Absolutamente, uma crueldade.

– Você chama isso de crueldade? Nesse ponto, nós temos opiniões diferentes. Não, ela não tem uma natureza cruel. Não acho que ela tem a intenção de ferir meus sentimentos. O mal está além; em sua total ignorância, e por não suspeitar da existência de tais sentimentos, uma perversão de sua mente fez com que achasse natural tratar do assunto dessa maneira. Ela falou simplesmente da mesma forma como estava acostumada a ouvir; ela não tem falhas de temperamento. Não causaria sofrimento desnecessariamente para qualquer um, e ainda que eu possa estar enganado, penso o mesmo em relação a mim, pelos meus sentimentos, ela... O problema dela é falta de princípios, Fanny, uma delicadeza brusca e corrompida, uma mente corrompida. É possível que seja melhor para mim, pois desta forma não tenho muito do que me lamentar. No entanto, não é assim. Eu me submeteria felizmente a toda dor de perdê-la do que pensar nela nesta forma. Eu disse isso a ela.

– Disse?

– Sim; quando nos despedimos, eu disse isso a ela.

– Vocês ficaram juntos por quanto tempo?

– Vinte e cinco minutos. Bem, ela continuou dizendo que o que restaria a fazer era organizar um casamento para os dois. Ela disse isso, Fanny, com uma voz mais segura do que jamais ouvi.

Ele continuou o relato, interrompendo-o vez ou outra.

– "Nós devemos persuadir Henry a se casar com ela", disse Mary, e com honra, e com a certeza de ter perdido Fanny para sempre, eu não me desespero. Ele deve desistir de Fanny. Não acredito que nem mesmo *ele* possa acalentar qualquer esperança de ser bem-sucedido com um tipo de mulher como ela, então espero não termos nenhuma dificuldade insuperável. A minha influência, que não é pequena, será completamente voltada para esse intuito. Uma vez casada e devidamente mantida pela própria família, pessoas de respeito como são, ela poderá retomar o seu lugar na sociedade até certo nível. Em alguns círculos sabemos que ela nunca será aceita; mas com bons jantares e festas, sempre haverá aqueles que ficarão felizes por conhecê-la. E, sem dúvida, existe mais liberalidade e candura nestes anos do que nos anteriores. O que eu aconselho é que seu pai permaneça em silêncio. Não o deixe prejudicar sua própria causa ao interferir; tente persuadi-lo a deixar as coisas seguirem o seu curso. Se por uma súplica dele ela for induzida a deixar a proteção de Henry, haverá muito menos chance de ele se casar com ela, e de eles permanecerem juntos. Eu sei como ele pode ser facilmente influenciado. Deixe que Sir Thomas confie na honra e na compaixão dele, e a situação poderá terminar bem. Mas se ele levar a filha embora, tudo estará terminado."

Após terminar o relato, Edmund estava tão comovido que Fanny, observando-o em silêncio, com uma preocupação terna, lamentou que o assunto tivesse vindo à tona. Demorou bastante tempo até que ele pudesse falar novamente.

– Agora, Fanny – disse ele –, já terminarei. O que ela disse foi essencialmente isso. Tão logo tive chance de falar, respondi que não acreditava ser possível, ao me dirigir para a casa dela com o estado de espírito em que eu me encontrava, deparar-me com algo que pudesse me fazer sofrer ainda mais, pois ela estava abrindo ainda mais feridas com cada frase. E que embora, durante o nosso relacionamento, eu tivesse consciência de nossas diferenças de opinião sobre determinados assuntos, em nenhum momento achei que fossem tão divergentes como ela demonstrara. Disse-lhe também que não esperava ouvir a forma como ela tratava do terrível crime cometido pelo irmão dela e pela minha irmã (a quem recaía a maior parcela de responsabilidade, não pretendo negar esse fato), e a maneira pela qual se referiu ao crime propriamente dito, fazendo todas as reprimendas, considerando todas as consequências negativas como se estas pudessem ser enfrentadas ou superadas pelo desafio da decência e imprudência. E por fim, o fato de ela nos recomendar complacência, compromisso, e aceitação da continuidade do pecado, com a possibilidade de um casamento que, pensando como eu agora o faço sobre o irmão dela, deveria ter sido evitado. Todos esses fatores juntos me convenceram dolorosamente que eu nunca a tinha compreendido, e que ela era um produto da minha própria imaginação; não era a Srta. Crawford que estava em meus pensamentos ao longo de tantos meses. Isso talvez tenha sido melhor para mim. Eu teria que me lamentar menos em sacrificar uma amizade do que sentimentos e esperanças que seriam, em algum momento, arruinados. Mesmo assim, que eu deveria confessar, e confessei, que se eu pudesse recuperar a imagem que eu tinha dela anteriormente, eu preferiria infinitamente aumentar o meu sofrimento com a despedida, a fim de carregar comigo o direito ao afeto e à estima. Foi o que eu disse, ou os aspectos mais importantes; mas, como você deve imaginar, não de maneira tão refletida e metódica como reproduzido aqui para você. Ela estava atônita, excessivamente surpresa, mais do que surpresa. Eu vi a mudança na fisionomia dela. Ela ficou muito vermelha. Eu imaginei que estava vendo uma mistura de sentimentos, um grande esforço, embora breve, em parte desejando ceder às verdades, e em parte sentindo vergonha, mas o hábito era o seu verdadeiro condutor. Ela teria rido se pudesse. A sua resposta foi uma espécie de risada:

"Um excelente sermão, devo afirmar. Foi parte do seu último sermão? A esta altura você conseguirá reformar todos em Mansfield e Thornton Lacey. E na próxima vez que ouvir falar de você, será como um célebre orador em alguma importante sociedade metodista, ou um missionário no estrangeiro." Ela tentou falar despreocupadamente, mas não estava tão segura quanto gostaria de aparentar. Somente respondi que do meu coração esperava que ela ficasse bem, e que em breve ela aprendesse a pensar com maior senso de justiça, e conhecesse os ensinamentos mais valiosos que todos nós devemos adquirir: o nosso autoconhecimento e o nosso dever, mesmo por meio das experiências aflitivas. Imediatamente deixei o aposento. Havia percorrido alguns passos, Fanny, quando ouvi a porta abrir atrás de mim. "Sr. Bertram", disse ela. Eu olhei para trás. "Sr. Bertram", disse ela com um sorriso; mas era um sorriso em nada proporcional à conversa que havíamos tido, um sorriso atrevido e divertido, parecendo uma tentativa de me conquistar. Ao menos, foi o que me pareceu. Eu resisti. Foi o impulso do momento resistir, e continuei caminhando. Desde então, às vezes me arrependo de não ter voltado atrás, mas sei que agi da maneira correta. E esse foi o fim de nosso relacionamento! E que relacionamento! Como fui enganado! Igualmente pelo irmão e pela irmã! Eu aprecio a sua paciência, Fanny. Foi um grande desabafo, e é tudo.

E assim Fanny repousou em suas palavras, e por cinco minutos pensou que o assunto estivesse terminado. No entanto, o tema foi retomado, ou algo próximo dele, e nada menos que a aparição de lady Bertram fez a conversa terminar definitivamente. Até então, eles haviam continuado a conversar sobre a Srta. Crawford e sobre como ele havia se afeiçoado a ela, como a natureza a tinha feito bela e como ela poderia ter sido perfeita caso tivesse caído em boas mãos mais cedo. Fanny, agora com liberdade para falar abertamente, sentiu que era mais do que justificado acrescentar sua opinião sobre o verdadeiro caráter dela, de forma indireta, mencionando indícios de que o estado de saúde do irmão dele tinha suscitado nela o desejo de uma completa reconciliação. Aquela não era uma insinuação agradável. A natureza promoveu uma resistência temporária. Teria sido muito mais agradável se ela estivesse menos interessada na união, mas a vaidade dele não tinha força suficiente para combater a razão. Ele concordou que a doença de Tom a poderia tê-la influenciado, reservando apenas para si o pensamento consolador de que, considerando-se os efeitos de hábitos conflitantes, ela certamente tinha estado *mais* ligada a ele do que ele poderia ter esperado, e por amor a ele, estaria inclinada a fazer o certo. Fanny pensava exatamente o mesmo, e ambos pareciam concordar quanto ao efeito duradouro e a impressão indelével que o desapontamento lhe causou. O tempo iria certamente mitigar o sofrimento que ele estava sentindo, mas ainda assim ele nunca estaria completamente refeito, e quanto a conhecer uma mulher que poderia... era impossível pensar nisso sem indignação. A amizade de Fanny era tudo o que ele tinha.

48

Deixe que outras canetas se delonguem na culpa e na tristeza. Eu abandono esses assuntos odiosos o mais rapidamente possível, impaciente por devolver a todos que não incorreram em grandes falhas o consolo tolerável, e terminar com todo o resto.

Quanto à minha Fanny, tenho a satisfação de afirmar que estava se sentindo feliz a despeito de todo o resto. Ela devia ser uma pessoa feliz, apesar do que sentia, ou acreditava sentir, pelo infortúnio daqueles que estavam ao seu redor. Tinha recursos de positividade que os ajudavam a seguir o caminho. Ela tinha retornado para Mansfield Park, era útil, amada; estava livre do Sr. Crawford, e quando Sir Thomas retornou, ela teve todas as provas, a despeito do estado de espírito melancólico dele, de que a aprovava inteiramente e de que a afeição dele por ela era ainda maior. Tudo isso a fazia muito feliz, mas ainda que nada disso acontecesse, ela teria ficado feliz só pelo fato de Edmund não ser mais o joguete da Srta. Crawford.

É verdade que Edmund estava distante de sentir-ser feliz. Ele sofria com o desapontamento e com o arrependimento, afligindo-se pelo que havia ocorrido e desejando que tudo tivesse sido de outra forma. Ela se lamentava, mas sua tristeza era fundamentada na satisfação, tendendo a abrandar, e em harmonia com todas as sensações que lhe eram queridas. Poucos não trocariam os seus próprios prazeres por esse sentimento de satisfação.

Sir Thomas, pobre Sir Thomas, um pai cônscio de seus equívocos como pai, foi o que sofreu por mais tempo. Ele sentia que não deveria ter permitido o casamento, já que os sentimentos da filha lhe eram suficientemente conhecidos; sentindo-se culpado por tê-lo autorizado, e, ao fazê-lo, tinha sacrificado o direito à conveniência, tendo sido governado pelo orgulho e pelos desejos mundanos. Essas eram reflexões que levariam algum tempo para serem atenuadas, mas o tempo resolveria quase tudo, e embora pouco consolo tenha surgido da parte da Sra. Rushworth pela tristeza que tinha causado, ele encontrou mais consolo do que esperava com os demais filhos. A união de Julia tornou-se um assunto menos desesperador do que inicialmente previra. Ela estava humilde e desejosa de ser perdoada, e o Sr. Yates, que vislumbrava ser verdadeiramente recebido pela família, estava disposto a seguir os conselhos dele. Ele não era muito confiável, mas havia a esperança de que ficasse menos frívolo e de ser ao menos toleravelmente voltado para o lar e aquietar-se. De qualquer maneira, ficou consolado ao descobrir que a sua boa condição sobrepunha-se aos seus débitos, ao contrário do que se imaginava, e Sir Thomas era consultado e tratado como um amigo a quem devia seguir. Houve também consolo em relação a Tom, que gradualmente recuperou a saúde sem, contudo, recuperar a irreflexão e o egoísmo de seus antigos hábitos. Ele estava completamente curado. Havia sofrido e, com isso, aprendeu a refletir, dois benefícios que ele nunca conhecera antes. Ele se autorreprovava com relação ao evento deplorável em Wimpole Street, por cuja intimidade perigosa causada pelo injustificado teatro, ele se sentia pessoalmente responsável! E, aos vinte e seis anos, sem carência de bom-senso e de boas companhias, ele sentia efeitos felizes e duradouros. Tornou-se exatamente o que deveria: útil ao pai, estável e calmo, não mais vivendo inteiramente para si.

Nisso certamente havia consolo! Tão logo Sir Thomas pôde confiar nessas mudanças positivas, Edmund contribuiu para a sua tranquilidade no único aspecto em que *ele* tinha gerado sofrimento, ou seja, com a melhoria do seu estado de espírito. Após caminhar e sentar embaixo das árvores com Fanny durante as noites de verão, sua mente havia sido conduzida novamente a uma boa disposição.

Essas eram as circunstâncias e esperanças que gradualmente trouxeram alívio para Sir Thomas, diminuindo a sensação de que estava perdido, e parcialmente reconciliando-o consigo mesmo, embora a angústia gerada pela convicção de seus próprios erros na educação das filhas nunca fosse totalmente extinta.

Ele se deu conta tardiamente como é desfavorável ao caráter de qualquer jovem o tratamento que Maria e Julia receberam em casa, onde a indulgência e a adulação excessiva da tia estavam sempre em contraste com a sua própria severidade. Percebeu como estivera equivocado em reagir aos erros da Sra. Norris com uma atitude reversa. Claramente compreendeu que tinha aumentado o mal ao ensiná-las a reprimirem a sua natureza em sua presença, fazendo com que os seus verdadeiros sentimentos fossem desconhecidos a ele, conduzindo-as às indulgências de uma pessoa que havia se afeiçoado a elas somente pela cegueira de seu afeto e pelo excesso de elogios.

Nesse aspecto ele havia incorrido em grave ingerência, mas mesmo assim, aos poucos percebeu que não havia sido o mais terrível dos equívocos no plano de educação que traçara. Algo devia estar faltando no *interior* delas, ou o tempo teria desgastado os efeitos negativos. Ele temia esse princípio, o princípio ativo que faltava, de que não tinham aprendido a governar devidamente as suas inclinações pessoais e temperamentos pelo satisfatório senso de dever. Elas foram instruídas teoricamente em sua religião, mas nunca fora exigido que a praticassem em seu cotidiano. Ser distinguidas pela elegância e pelas realizações, o objetivo da juventude, não poderia ter qualquer influência e nenhum efeito moral no espírito. A intenção dele era de que fossem boas, mas os seus cuidados foram direcionados para o conhecimento e os modos, e não para o caráter. Ele temia que elas nunca tivessem ouvido de ninguém sobre a necessidade do autossacrifício e da humildade, o que as teria beneficiado.

Amargamente ele deplorava a deficiência que agora mal podia compreender como havia sido possível. Infelizmente ele sentia que, apesar de todo o custo e atenção de uma educação cuidadosa e dispendiosa, ele havia criado as filhas sem que elas compreendessem os principais deveres, e sem que ele conhecesse o caráter e o temperamento delas.

O espírito vivaz e as paixões intensas da Sra. Rushworth, especialmente, só lhe chegaram ao conhecimento com o infortunado resultado. Não era esperado que ela deixasse o Sr. Crawford. Ela ansiava se casar com ele, e permaneceram juntos até que ela foi obrigada a reconhecer que era uma esperança vã e até que o desapontamento e a tristeza que surgiram com esta convicção demonstraram que o seu temperamento era deveras genioso, e os sentimentos por ele eram semelhantes ao ódio, fazendo com que cada um representasse uma punição para o outro, induzindo-os finalmente a uma separação voluntária.

Ela havia vivido com ele como condenada à responsabilidade pela ruína da felicidade dele com Fanny, e ao deixá-lo o seu melhor consolo foi saber que ela os *havia* separado. O que pode exceder o infortúnio de um espírito como esse nessa situação?

O Sr. Rushworth não teve dificuldade em obter o divórcio. Assim terminou o casamento, e o melhor que ele poderia dizer era que o desfecho tinha sido positivo. Ela o desprezara e tinha amado outro, e ele sabia muito bem que isso de fato havia acontecido. As indignidades da estupidez e os desapontamentos da paixão egoísta suscitam pouca misericórdia. A punição dele condizia com a sua conduta, e uma punição ainda maior foi a profunda culpa da esposa. *Ele* fora libertado da união que o humilhara e o deixara infeliz até que outra bela jovem pudesse atraí-lo novamente para o matrimônio. Ele então se lançaria ao segundo casamento, e esperamos que fosse mais próspero. Se fosse enganado, que o aceitasse de maneira bem-humorada e afortunada. Já *ela* deveria retirar-se da sociedade com mais sofrimento, isolando-se e repreendendo-se de tal maneira que não lhe seria permitida uma segunda primavera de esperança ou de caráter.

O local em que ela deveria permanecer tornou-se um assunto de conversa triste e significativa. A Sra. Norris, cuja afeição parecia aumentar com os deméritos da sobrinha, propôs que ela fosse recebida em casa e respeitada por todos. Sir Thomas não concordou, e a raiva da Sra. Norris contra Fanny aumentou, pois considerou que a residência *dela* naquela casa era o principal motivo. Ela insistiu em culpar Fanny pelos escrúpulos dele, mas Sir Thomas assegurou solenemente à Sra. Norris que mesmo que não tivesse nenhum jovem em casa, homem ou mulher, sob os seus cuidados, que pudesse correr qualquer risco pela convivência, ou ser atingido pelo caráter da Sra. Rushworth, ele nunca ofereceria tamanho insulto à vizinhança com a presença dela. Na condição de filha, ele esperava que ela se arrependesse, e deveria ser protegida por ele e ter o seu bem-estar garantido; também deveria ser encorajada a fazer o certo, dentro das possibilidades da sua situação. Mas ele não faria nada *além* disso. Maria tinha destruído o seu próprio caráter, e ele não tentaria em vão restaurar o que nunca poderia ser consertado, fosse sancionando o ato imoral, ou buscando diminuir a desgraça; ele estaria introduzindo grande infelicidade na família de algum outro homem.

No fim, a Sra. Norris optou por deixar Mansfield e devotar-se à sua infortunada Maria, tendo-lhe sido destinada uma casa em outro lugar, remoto e privado, onde, longe da sociedade, de um lado sem afeição e, de outro, sem discernimento, podemos supor que os temperamentos de cada uma tornaram-se uma punição mútua.

A saída da Sra. Norris de Mansfield foi o grande consolo adicional à vida de Sir Thomas. Seu conceito sobre ela tinha diminuído desde o seu retorno de Antigua; tanto no contato diário, quanto nos negócios e nas conversas, ela continuamente perdia espaço na estima dele, que se convencia de que o tempo havia feito um desserviço, ou de que ele havia superestimado consideravelmente o seu bom-senso, e de que tinha suportado maravilhosamente bem o comportamento dela. Ele a via como um mal a todo instante, e agravado pelo fato de parecer não haver chance de mudar aquela situação por toda a vida. Ela parecia mesmo fazer parte da vida dele, e ele teria de tolerá-la para sempre. Assim, ser desobrigado da presença dela constituía tal felicidade que, se não tivesse deixado lembranças amargas para trás, ele teria corrido o risco de aprovar o mal que produzia esse distanciamento como se fosse um bem.

Ninguém sentia falta dela em Mansfield. Ela nunca fora capaz de conquistar nem mesmo a estima daqueles a quem mais amava, e desde a fuga da Sra. Rushworth, o seu temperamento ficara irritadiço a ponto de atormentar a todos. Nem mesmo Fanny derramou lágrimas pela tia Norris quando ela se foi para sempre.

O fato de Julia ter tido um destino melhor do que Maria devia-se, em alguma medida, a uma favorável diferença de tendência e circunstância, mas, sobretudo, por não ter sido tão querida aos olhos da tia, e, assim, não ter sido tão mimada e estragada. A sua beleza e habilidades tinham lhe rendido um lugar secundário. Ela mesma costumava pensar que era um pouco inferior em relação à Maria. O seu temperamento era o melhor entre as duas, e os seus sentimentos, embora fugazes, eram mais passíveis de ser controlados. Além disso, a educação não lhe havia conferido tão doloroso nível de exigência.

Ela reagira melhor ao desapontamento provocado por Henry Crawford. Quando extinguiu-se a amargura inicial causada pela convicção de ter sido desprezada, em breve havia deixado de pensar nele. Ao se reencontrarem na cidade, e a casa do Sr. Rushworth passou a ser frequentada por Crawford, ela teve o mérito de se distanciar, tendo escolhido visitar amigos, de forma a não correr o risco de sentir-se atraída. Esse havia sido o motivo de sua ida para a casa dos primos, e não o Sr. Yates. Havia algum tempo ela mostrava-se receptiva às atenções dele, mas sem considerar a possibilidade de aceitá-lo algum dia. A atitude da irmã, aliada ao medo pela reação do pai e da família com relação a ela, como consequência inevitável, tratando-a com mais austeridade e controle, a fez pensar rapidamente em esquivar-se. Do contrário, é provável que o Sr. Yates nunca fosse bem-sucedido. Ela não havia fugido senão pelo egoísmo de não querer se expor. Pareceu-lhe a única coisa a ser feita. A culpa de Maria tinha induzido Julia à tolice.

Henry Crawford, arruinado pela independência precoce e pelo mau exemplo em casa, cedeu aos caprichos da vaidade por muito tempo. Uma vez, de maneira não planejada, foi-lhe aberto o caminho para a felicidade. Se lhe tivesse sido suficiente conquistar as afeições de uma mulher amável, ele poderia ter encontrado exultação suficiente em superar a relutância dela, e conseguir aos poucos a estima e a ternura de Fanny Price. Ele poderia ter alcançado sucesso e felicidade. Seu afeto por ela já havia produzido alguns efeitos. A influência dela sobre ele já havia sido recompensada. Se tivesse se dedicado mais, não havia dúvida de que teria obtido melhores resultados. Em especial, após o casamento, quando ele teria então os benefícios do julgamento consciencioso dela, unindo-os para sempre, com a superação da sua recusa inicial. Se ele tivesse persistido, Fanny teria sido sua recompensa, e uma recompensa voluntariamente concedida, depois de um período razoável do casamento de Edmund com Mary.

Se ele tivesse feito como intencionara, ou seja, ter ido para Everingham após o retorno de Portsmouth, ele possivelmente teria decidido o seu feliz destino. Mas foi pressionado a permanecer para a festa da Sra. Fraser, e como consequência da adulação, acabou ficando, e encontrou a Sra. Rushworth. A curiosidade e a vaidade juntas e a tentação do prazer imediato foi muito forte para uma mente desacostumada a fazer qualquer sacrifício em nome do que era certo. Ele resolveu retardar a viagem para Norfolk, decidindo que uma carta resolveria a questão, ou de que o propósito da viagem não era importante, e então, decidiu ficar. Encontrou-se com a Sra. Rushworth, e foi recebido por ela com uma frieza que deveria ser a expressão de repulsa, e estabeleceria uma aparente indiferença entre eles para sempre. Ficou mortificado, não poderia suportar ser dispensado por uma mulher cujos sorrisos haviam se subjugado a ele. Deveria ter forçado a si mesmo a subjugar uma demonstração de ressentimento tão orgulhosa. Ela assim agia pelo rancor em relação a Fanny, e ele deveria extrair o melhor daquilo, fazendo com que a Sra. Rushworth, Maria Bertram, ficasse novamente interessada nele.

E com esse estado de espírito ele começou a investida. Após breve insistência, restabeleceu as trocas familiares de galanteios e flerte. Triunfou sobre a discrição; mas caso o sentimento de raiva tivesse persistido, ambos teriam sido salvos. Ele sucumbiu aos poderes dos sentimentos da parte dela, que se mostraram mais fortes do que supusera. Ela o amava, e não havia atenções declaradamente mais importantes. Ele fora envolvido em sua própria vaidade, sem qualquer sentimento de amor, e sem a menor afeição em relação à prima dela. O primeiro objetivo dele era evitar que Fanny e os Bertram soubessem daquela situação. O sigilo não seria mais desejável para a Sra. Rushworth do que para ele mesmo. Quando retornasse de Richmond, ele ficaria feliz em não reencontrar a Sra. Rushworth. Tudo o que se seguiu foi resultado da imprudência dela. Por fim, ele precisou fugir com ela porque não teve como evitar, e lamentou-se por Fanny, mas lamentou ainda mais depois de terminado todo o alvoroço da situação; e alguns poucos meses lhe ensinaram, pela força do contraste, a valorizar ainda mais a doçura do seu temperamento, a pureza de espírito e a excelência de seus princípios.

Essa punição, a punição pública do erro, deveria justamente *afetá-lo*, mas como sabemos, a virtude não é uma barreira que a sociedade cerca. Na sociedade, a punição não é justa como gostaríamos que fosse, mas sem esperar um resultado mais justo futuramente, podemos considerar que mesmo a um homem com um temperamento como o de Henry Crawford foi conferida uma pequena parcela de vexação, arrependimento e embaraço, sentimentos que podem gerar autorrepreensão e arrependimento por ter correspondido de tal forma à hospitalidade recebida, prejudicando a paz familiar que implicou a perda da sua estimada amizade, a perda da mulher a quem racional e passionalmente amava.

Depois do ocorrido, que serviu para prejudicar e acabar com a relação entre as duas famílias, a proximidade das residências dos Bertram e dos Grant tornara-se deveras aflitiva. A mudança dos Grant, prolongada propositalmente por alguns meses, finalmente aconteceu. O Dr. Grant, que havia muito perdera a esperança de ver realizada essa promessa, foi bem-sucedido em uma cátedra em Westminster, propiciando uma boa justificativa para deixar Mansfield e residir em Londres, e um aumento na renda foi muito bem-vindo para custear a mudança, que favoreceu os que foram e os que permaneceram.

A Sra. Grant, inclinada a amar e a ser amada, deve ter partido com alguma lástima, pelos cenários e pelas pessoas com as quais estava acostumada; mas igual felicidade poderia ser encontrada em qualquer lugar ou em qualquer sociedade, proporcionando-lhe muito deleite. E, agora, novamente teria um lar para oferecer a Mary. Mary estava saturada de seus amigos: de sua vaidade, ambição, amor e desapontamento no curso dos últimos seis meses; precisava da verdadeira bondade da irmã e de sua tranquilidade racional. Elas moravam na mesma residência, e quando o Dr. Grant foi levado à apoplexia e morte depois de três grandes jantares institucionais em uma semana, elas continuaram residindo juntas. Mary, resolvida a nunca se casar com um segundo filho, demorou a encontrar um entre os representantes encantadores ou herdeiros desocupados que viviam submetidos à sua beleza e ao seu dote de vinte mil libras; alguém que pudesse apreciar o bom gosto que havia adquirido em Mansfield, e cujo caráter e boas maneiras lhe permitissem acalentar a esperança da felicidade conjugal que lá havia aprendido a estimar; ou pelo menos que a ajudasse a esquecer Edmund Bertram.

Edmund estava em uma posição mais vantajosa do que ela nesse aspecto. Ele não precisava esperar para direcionar as suas afeições a alguém digno de sucedê-la. Ele mal deixara de se lamentar a respeito de Mary Crawford quando, ao comentar com Fanny a impossibilidade de encontrar mulher semelhante, surpreendeu-se ao imaginar que possivelmente era justamente ela a mulher que poderia lhe fazer bem, ou ainda melhor. Perguntou-se se Fanny não estaria tornando-se tão importante para ele com o seu sorriso e o seu jeito, assim como acontecera com Mary Crawford, e se não seria possível empreender a tarefa de convencê-la de que a sua estima fraternal seria o suficiente para o amor conjugal.

Eu deliberadamente me abstenho das datas nessa ocasião, e que cada um tenha a liberdade para determiná-las, cientes de que a cura para paixões inconquistáveis e a transferência de sentimentos deve variar de acordo com cada pessoa. Somente rogo a todos que acreditem que, no momento oportuno, quando era natural que devesse ser assim, e nem mesmo uma semana antes, Edmund deixou de pensar na Srta. Crawford, tornando-se igualmente ansioso por se casar com Fanny, tanto quanto ela poderia desejar.

De fato, com o interesse que ele tinha por ela, havia muito tempo estabelecido, uma estima fundamentada nas reivindicações mais encantadoras da inocência e do desamparo, complementado por todas as qualidades cada vez mais dignas de mérito, o que mais poderia ser natural do que mudar? Amá-la, guiá-la e protegê-la, como vinha fazendo desde que ela tinha dez anos de idade, tendo ela formado o seu caráter com o auxílio dele, e cujo bem-estar sempre dependera da bondade dele. Ela lhe era particularmente próxima e despertava-lhe interesse, e era mais estimada do que qualquer um em Mansfield. O que mais poderia ser acrescentado, a não ser que agora ele aprenderia a preferir olhos claros e suaves aos escuros e reluzentes? Estando sempre com ela, trocando confidências, e com o espírito exatamente naquele estado favorável em decorrência de um desapontamento recente, os olhos claros e suaves em pouco tempo obteriam a primazia.

Sentindo que havia iniciado a caminhada pela estrada da felicidade, não havia nada referente a prudência que pudesse impedi-lo ou diminuir o seu progresso. Ele não tinha dúvida quanto aos méritos dela, nem receio quanto a divergências de comportamento; tampouco necessidade de estabelecer novas esperanças de felicidade a partir das dessemelhanças de caráter. A consciência dela, assim como suas inclinações, opiniões e hábitos não precisavam de dissimulação; não havia equívoco no presente, e nenhuma necessidade de esperar por aprimoramento futuro. Mesmo em meio a sua última paixão, ele tinha percebido a superioridade da consciência de Fanny. Então, como ele a veria agora? Naturalmente, ela era apenas boa demais para ele; mas assim como todos se comportam diante daquilo que lhes parece muito bom, ele estava determinado a obter a bênção, e não precisaria esperar pelo encorajamento dela. Tímida, ansiosa e hesitante como ela era, não era impossível que tamanha ternura de coração não deveria, às vezes, recear a esperança do sucesso, já que ela levou algum tempo para dizer a ele a completa e surpreendente verdade. A felicidade dele ao saber que havia muito era o alvo de um coração como aquele, não pôde fazê-lo evitar qualquer determinação em mascarar os seus sentimentos para ela, e mesmo para ele. Deve ter sido uma felicidade e tanta! Mas também havia felicidade onde nenhuma descrição poderia fazer compreender. Ninguém deve presumir os sentimentos de uma jovem ao ter assegurada a afeição que ela mal tinha se permitido desejar.

Ao estarem seguros dos seus sentimentos, não havia dificuldades, nenhum inconveniente pela pobreza ou pela família. Era uma união que Sir Thomas havia prenunciado. Cansado de relacionamentos ambiciosos e mercenários, valorizando cada vez mais os princípios e temperamentos genuínos, ansiosamente determinado a vincular à segurança tudo o que restava de felicidade doméstica, ele ponderou com verdadeira satisfação a possibilidade de dois jovens amigos encontrarem consolo para todos os desapontamentos sofridos. E, assim, consentiu com alegria a solicitação de Edmund, sentindo-se honrado com a promessa de ter Fanny como sua filha, o que contrastava com a sua opinião na época em que a vinda da pobre criança havia sido vislumbrada. O tempo sempre produz mudanças nos planos e nas decisões dos mortais, para o seu próprio ensinamento e para a alegria dos seus próximos.

Fanny era de fato a filha que ele sempre desejara. A sua terna caridade tinha criado o apogeu do bem-estar dele. A sua generosidade tinha tido uma grande recompensa, e ela merecia a bondade das intenções dele. Ele poderia ter feito da sua infância um período mais feliz, mas foi um erro de julgamento dele, que lhe tinha dado somente a aparência de severidade, privando-o do amor dela mais cedo. E quando finalmente se conheceram melhor, o afeto mútuo tornou-se muito forte. Após tê-la estabelecido em Thornton Lacey e providenciado gentilmente o seu bem-estar, o objetivo de todos os dias era vê-la, visitá-la ou levá-la para Mansfield.

Egoísta como era a estima que tinha a Fanny, lady Bertram não pôde vê-la partir de coração alegre. A felicidade do filho ou da sobrinha não conseguiria fazê-la desejar o casamento, mas foi possível separar-se dela porque Susan ficou em seu lugar. Susan transformou-se na sobrinha indispensável, e feliz em poder sê-lo! Ela era talhada para isso pela inteligência e inclinação em ser útil, assim como Fanny fora pelo seu temperamento dócil e fortes sentimentos de gratidão. Susan nunca poderia ser dispensada. Primeiro por servir de consolo para a ausência de Fanny, depois por auxiliá-la e, por fim, como sua substituta, ela estabeleceu-se em Mansfield com todas as indicações de que seria uma longa permanência. Seu caráter destemido e bom humor deixaram tudo mais fácil para ela. Por compreender rapidamente os temperamentos daqueles com quem precisava conviver, e sem aquela timidez natural que restringe qualquer desejo, ela em breve se tornou bem-vinda e útil para todos. Após a mudança de Fanny, sucedeu tão naturalmente o trabalho que garantia o bem-estar diário da tia que gradualmente se tornou, possivelmente, a mais amada entre as duas. Em razão da disponibilidade *dela,* das qualidades de Fanny, do fato de William continuar galgando novos espaços e elevada fama em sua carreira e o comprometimento de todos com o sucesso dos demais membros da família, em que todos se ajudavam mutuamente fazendo jus ao auxílio de Sir Thomas, ele viu, repetidas vezes, razões para regozijar-se com o que tinha feito por todos, e percebeu as vantagens que as privações, a disciplina e a consciência de ter nascido para o esforço ajudam a suportar as dificuldades.

Com tanto mérito e amor verdadeiros, e sem carência de bem-aventurança e amigos, a felicidade dos primos casados parecia tão segura quanto a felicidade terrena pode ser. Igualmente talhados para a vida doméstica e ligados aos prazeres do campo, a casa deles era o lar do afeto e do bem-estar. Para completar o cenário positivo, a aquisição da residência do Dr. Grant em Mansfield ocorreu pouco tempo depois do casamento deles, mas em tempo suficiente para planejarem um aumento da renda, e a percepção da distância da morada paterna como uma inconveniência.

Nessa ocasião retornaram para Mansfield, e o presbitério, de onde antes Fanny nunca conseguia se aproximar sem alguma sensação de desconforto ou alarme, em breve tornou-se tão querido ao seu coração quanto perfeito aos seus olhos como havia muito ocorria com tudo o que estava dentro dos domínios de Mansfield Park.

fim

EDIÇÕES
BestBolso

Este livro foi composto na tipologia Minion Pro, em corpo 10/12,5, e impresso em papel off-set 56g/m² no Sistema Cameron da Divisão Gráfica da Distribuidora Record